Debaixo do vulcão

Malcolm Lowry

Debaixo do vulcão

tradução
José Rubens Siqueira

Copyright © 1947 by Malcolm Lowry
Copyright renovado © 1975 by Margerie Lowry

*Grafia atualizada segundo o Acordo Ortográfico da Língua Portuguesa de 1990,
que entrou em vigor no Brasil em 2009.*

Título original
Under the Volcano

Capa e imagem
André Hellmeister e Faustin Rezende

Preparação
Ciça Caropreso

Revisão
Marise Leal
Clara Diament

*Os personagens e as situações desta obra são reais apenas no universo da ficção;
não se referem a pessoas e fatos concretos, e não emitem opinião sobre eles*

Dados Internacionais de Catalogação na Publicação (CIP)
(Câmara Brasileira do Livro, SP, Brasil)

Lowry, Malcolm, 1909-1957
Debaixo do vulcão / Malcolm Lowry ; tradução
José Rubens Siqueira. — 1ª ed. — Rio de Janeiro :
Alfaguara, 2021.

Título original: Under the Volcano
ISBN: 978-85-5652-113-2

1. Ficção inglesa I. Título.

21-56227   CDD-823

Índice para catálogo sistemático:
1. Ficção : Literatura inglesa   823
Maria Alice Ferreira – Bibliotecária – CRB-8/7964

[2021]
Todos os direitos desta edição reservados à
EDITORA SCHWARCZ S.A.
Praça Floriano, 19, sala 3001 — Cinelândia
20031-050 — Rio de Janeiro — RJ
Telefone: (21) 3993-7510
www.companhiadasletras.com.br
www.blogdacompanhia.com.br
facebook.com/editora.alfaguara
instagram.com/editora_alfaguara
twitter.com/alfaguara_br

Para Margerie, minha esposa

Há muitos assombros, mas nada tão assombroso quanto o homem. É ele que, sobre o branco do mar, por entre os vórtices das vagas, foge ao tempestuoso vento sul. E a maior dentre as deusas, a terra indestrutível e infatigável, ele gasta indo e vindo o arado ano a ano, lavrando com a estirpe equina.

E o povo dos voadores pássaros, o homem destro em rastros, com redes bem tramadas, após emboscá-lo o caça, e a tribo da animalha bruta, e a prole que do sal do mar se nutre. E enreda com trapas as feras rudes que rondam nos penhascos, e o cavalo de lombo hirsuto ele o prende, jugando a nuca, e o indomável touro das montanhas.

E a palavra e o pensamento alado e o elã que governa a cidade aprendeu, e a fugir das borrascosas flechas e dos granizos dos inóspitos climas: pleno de tramas, preso nas tramas de nada que está por vir. Só não sabe fugir ao sítio dos mortos, mas contra as insanáveis pragas um remédio ele urdiu.

SÓFOCLES — Antígona

Ora eu bendizia a condição do cachorro e do sapo, sim, alegremente me veria na condição do cachorro ou do cavalo, pois sabia que eles não têm alma para perecer sob o peso eterno do Inferno e do Pecado, como a minha tendia a fazer. Não, e embora eu percebesse isso, sentisse isso, e me esfacelasse com isso, aquilo que aumentava meu sofrimento era não conseguir descobrir com toda minha alma que eu de fato desejasse a libertação.

JOHN BUNYAN — Graça abundante ao principal dos pecadores

Wer immer strebend sich bemüht, den können wir erlösen.

Quem quer que se esforce sempre mais por subir... esse podemos salvar.

GOETHE

1

Duas cadeias de montanhas atravessam a república praticamente de norte a sul e formam entre si uma porção de vales e platôs. Debruçada sobre um desses vales, dominado por dois vulcões, se encontra, mil e oitocentos metros acima do nível do mar, a cidade de Quauhnahuac. Ela está situada bem ao sul do Trópico de Câncer, para ser exato no paralelo dezenove, mais ou menos na mesma latitude das ilhas Revillagigedo no oeste do Pacífico; ou, muito mais a oeste, da ponta do extremo sul do Havaí; e do porto de Tzucox, a leste na costa atlântica de Yucatán, perto da fronteira com as Honduras britânicas; ou muito mais a leste da cidade de Juggernaut, na Índia, na baía de Bengala.

As muralhas da cidade, construída num promontório, são altas, as vielas e alamedas tortuosas e quebradas, as ruas cheias de curvas. Uma boa rodovia de estilo americano vem do norte, mas se perde nas ruas estreitas e prossegue depois como uma trilha de cabras. Quauhnahuac possui dezoito igrejas e cinquenta e sete cantinas. Exibe também um campo de golfe e nada menos que quatrocentas piscinas, públicas e privadas, repletas da água que verte incessantemente das montanhas, e muitos hotéis esplêndidos.

O Hotel Casino de la Selva se encontra num morro ligeiramente mais alto nos arredores da cidade, perto da estação de trem. A construção fica bem longe da via principal, cercada por jardins e terraços dos quais se tem uma ampla vista em todas as direções. Palaciano, certo ar de desolado esplendor o perpassa. Porque não é mais um cassino. Não se pode nem mais apostar drinques nos dados sobre o balcão. Assombrado por fantasmas de jogadores arruinados. Ninguém mais parece nadar na magnífica piscina olímpica. Os trampolins, vazios e lamentosos. As quadras de jai-alai cheias de mato e desertas. Só duas quadras de tênis recebem manutenção na temporada.

Quase ao pôr do sol do Dia dos Mortos de novembro de 1939, dois homens trajados com flanela branca estavam sentados no terraço principal do Casino bebendo anis. Tinham jogado tênis, em seguida bilhar, e suas raquetes, à prova d'água, em seus protetores aparafusados — o do médico, triangular; o do outro, retangular —, se achavam no parapeito diante deles. Quando se aproximaram as procissões, que desciam serpenteando do cemitério pela encosta atrás do hotel, o som plangente de seus cantos chegou até os dois homens; eles se voltaram para olhar os lamentosos, que pouco depois só eram visíveis pelas melancólicas chamas de suas velas, que circulavam por entre os feixes de milho ao longe. O dr. Arturo Díaz Vigil empurrou a garrafa de Anís del Mono para M. Jacques Laruelle, que agora se inclinava para a frente com atenção.

Ligeiramente à direita e abaixo deles, sob o gigantesco anoitecer vermelho, cujo reflexo sangrava nas piscinas desertas espalhadas por toda parte como tantas miragens, havia a paz e a doçura da cidade. De onde estavam sentados, ela parecia bem tranquila. Só ouvindo com muita atenção, como fazia agora M. Laruelle, podia-se distinguir um remoto som confuso — diferente, mas de alguma forma inseparável do minúsculo murmurar e tilintar dos lamentosos — como de um canto que sobe e baixa, e passos constantes — os gritos e as explosões da fiesta que durava já o dia inteiro.

M. Laruelle serviu-se de mais um anis. Bebia anis porque o fazia lembrar de absinto. Um rubor profundo tomara conta de seu rosto e sua mão tremia ligeiramente acima da garrafa, de cujo rótulo um demônio corado brandia um forcado contra ele.

"… eu queria que ele fosse embora, ficasse dealcoholisé" dizia o dr. Vigil. Ele tropeçou na palavra em francês e continuou em inglês. "Mas eu mesmo estava tão mal naquele dia depois do baile que sofria, fisicamente, de fato. O que é muito feio, porque nós, médicos, temos que nos comportar como apóstolos. Você lembra, jogamos tênis nesse dia também. Bom, depois eu vi o cônsul no jardim da casa dele, mandei um menino perguntar se ele viria um minutinho bater na minha porta, eu ia conversar com ele, senão por favor que me escrevesse um bilhete, se ainda não tivesse morrido de tanto beber".

M. Laruelle sorriu.

"Mas eles foram embora", o outro continuou, "e eu pensei, sim, naquele dia, em perguntar a você se tinha ido na casa dele."

"Ele estava na minha casa quando você telefonou, Arturo."

"Ah, eu sei, mas antes nós ficamos tão horrível de bebedeira aquela noite antes, tão perfectamente borrachos, que pensei o cônsul está tão mal como eu." O dr. Vigil balançou a cabeça. "Doença não só no corpo, mas naquela parte que se costumava chamar: alma. Coitado seu amigo, ele gasta dinheiro na terra numa tragédia atrás da outra."

M. Laruelle terminou seu drinque. Levantou-se e foi até o parapeito; pousou as mãos uma em cima de cada raquete de tênis, olhou para baixo e em torno: as quadras de jai-alai abandonadas, as muretas cobertas de mato, as quadras de tênis mortas, a fonte, bem próxima, no centro da avenida do hotel, onde um plantador de cacto havia amarrado seu cavalo para beber. Dois jovens americanos, um rapaz e uma moça, tinham começado um jogo tardio de pingue-pongue na varanda do anexo abaixo. O que acontecera um ano atrás neste mesmo dia parecia já pertencer a outra era. Podia-se pensar que os horrores do presente teriam engolido tudo como se fosse uma gota d'água. Mas não era assim. Embora a tragédia começasse a se tornar irreal e sem sentido, parecia ainda ser possível lembrar dos dias em que uma vida individual guardava algum valor e não era um mero erro de datilografia em um communiqué. Ele acendeu um cigarro. Ao longe, à esquerda, ao nordeste, além do vale e das encostas em terraços da Sierra Madre Oriental, os dois vulcões, Popocatépetl e Iztaccíhuatl, se erguiam nítidos e magníficos no crepúsculo. Mais perto, talvez a uns quinze quilômetros, e num nível mais baixo que o do vale principal, ele divisou a aldeia de Tomalín, aninhada atrás da selva, da qual subia uma faixa estreita de fumaça ilegal, alguém queimava lenha para fazer carvão. Diante dele, do outro lado da rodovia americana, estendiam-se campos e bosques, através dos quais serpenteavam um rio e a estrada de Alcapancingo. A torre de guarda da prisão se erguia de uma floresta entre o rio e a estrada que se perdia mais adiante, onde as colinas arroxeadas de um Paraíso de Doré ondulavam para longe. Na cidade, as luzes do único cinema de Quauhnahuac, construído numa ladeira e nitidamente destacado, de repente se acenderam, piscaram e se acenderam de novo. "No se puede vivir sin amar", disse M. Laruelle. "Como aquele estúpido escreveu na minha casa."

"Que é isso, amigo, tira da cabeça" disse o dr. Vigil atrás dele.

"Mas, hombre, Yvonne voltou! Isso é que eu nunca vou entender. Ela voltou para o homem!" M. Laruelle se reaproximou da mesa, onde se serviu e tomou um copo de água mineral de Tehuacan. Disse:

"Salud y pesetas."

"Y tiempo para gastarlas", completou seu amigo, pensativo.

M. Laruelle observou o médico se recostando na espreguiça-deira, bocejando, o rosto mexicano imperturbável, moreno, bonito, incrivelmente bonito, os olhos castanho-escuros bondosos, inocentes também, como os olhos daquelas ávidas e lindas crianças oaxaqueñanas que se viam em Tehuantepec (aquele lugar ideal onde as mulheres trabalhavam enquanto os homens se banhavam no rio o dia inteiro), as mãozinhas delgadas, os pulsos finos, em cima dos quais era quase chocante ver despontarem pelos pretos e ásperos. "Já tirei isso da cabeça faz tempo, Arturo", ele disse em inglês e removeu o cigarro da boca com refinados dedos nervosos nos quais tinha a consciência de usar um excesso de anéis. "O que eu acho mais..." M. Laruelle notou que seu cigarro apagara e serviu-se de outro anis.

"Con permiso", o dr. Vigil fez surgir do bolso a chama de um isqueiro tão depressa que ele já parecia estar aceso ali dentro, que fizera surgir a chama de si mesmo, o gesto e o acender num único movimento; estendeu o fogo a M. Laruelle. "Você nunca foi à igreja dos desolados aqui", perguntou de repente, "onde tem a Virgem para aqueles que não têm ninguém com eles?"

M. Laruelle balançou a cabeça.

"Ninguém vai lá. Só aqueles que não têm ninguém com eles", o médico disse devagar. Guardou o isqueiro e olhou o relógio com um giro rápido do pulso. "Allons-nous-en", acrescentou, "vámonos", e riu num bocejo com uma série de acenos de cabeça que pareceram conduzir seu corpo para a frente até a cabeça estar pousada entre as mãos. Depois se levantou, foi até M. Laruelle no parapeito e respi-rou fundo. "Ah, mas esta é a hora que eu adoro, com o sol se pondo, quando todos homem começa cantar e todos cachorros ladronar..."

M. Laruelle riu. Enquanto conversavam, o céu se tornara agitado e tempestuoso ao sul; os celebrantes tinham deixado a encosta do morro. Abutres preguiçosos voavam no alto, pairavam contra o vento. "Umas oito e meia então, acho que vou ao cine por uma hora."

"Bueno. Te vejo mais tarde então, no lugar que você sabe. Lembre que eu ainda não acredito que você vai embora amanhá." Estendeu a mão, que M. Laruelle apertou com força, com afeto por ele. "Tente, venha agora de noite, se não, por favor, saiba que estou sempre interessado na sua saúde."

"Hasta la vista."

"Hasta la vista."

Sozinho, parado à margem da rodovia pela qual viera quatro anos antes no último quilômetro daquela bela, longa e louca jornada desde Los Angeles, M. Laruelle também achava difícil acreditar que estava mesmo indo embora. Então a ideia do amanhá pareceu quase insuportável. Ele tinha parado, sem saber que rumo tomar para casa, quando o pequeno ônibus superlotado, Tomalín-Zócalo, passou sacudindo ladeira abaixo na direção da barranca antes de subir para Quauhnahuac. Relutante, ele ia seguir nessa mesma direção esta noite. Atravessou a rua, foi para a estação. Embora não fosse viajar de trem, a sensação de partida, sua iminência, baixou pesada sobre ele outra vez quando, evitando infantilmente os pontos travados, seguiu caminho pelos trilhos de bitola estreita. A luz do sol poente rebatia nos tanques de óleo no aterro gramado adiante. A plataforma dormia. Os trilhos estavam vazios, os sinais erguidos. Quase nada sugeria que algum trem chegasse àquela estação, muito menos que partisse dela:

> QUAUHNAHUAC

No entanto, pouco menos de um ano atrás, o lugar fora cenário de uma partida que ele nunca esqueceria. Ele não gostara do meio-irmão do cônsul em seu primeiro encontro, quando ele viera com Yvonne e o próprio cônsul à casa de M. Laruelle na Calle Nicaragua, nem um pouco mais, ele sentia agora, do que Hugh gostara dele. A aparência estranha de Hugh — embora fosse tamanho o efeito perturbador de encontrar Yvonne outra vez, que ele não reteve nem mesmo a impressão de estranheza com a mesma força que sentiu imediatamente mais tarde, em Parián, ao reconhecê-lo — era como se fosse apenas uma caricatura da amável descrição meio amarga que o cônsul fizera dele. Então aquele era o menino de quem M. Laruelle lembrava vagamente ter ouvido falar anos antes! Em meia hora, o descartou como um chato irresponsável, um profissional marxista de gabinete, vaidoso e convencido, de fato, mas que afetava um romântico ar extrovertido. Enquanto Hugh, que por várias razões decerto não havia sido "preparado" pelo cônsul para conhecer M. Laruelle, sem dúvida o viu como um tipo ainda mais precioso de chato, um velho esteta, um solteirão confirmadamente promíscuo, com maneiras bastante untuosas e possessivas em relação às mulheres. Mas, três noites insones depois, toda uma eternidade tinha sido vivida: tristeza e perplexidade diante de uma catástrofe inadmissível haviam aproximado todos. Nas horas que se seguiram a seu telefonema de volta a Hugh, que havia ligado de Parián, M. Laruelle descobriu muita coisa sobre Hugh: suas esperanças, seus medos, seus autoenganos, seus desesperos. Quando Hugh se foi, era como se ele tivesse perdido um filho.

Sem se preocupar com sua roupa de tênis, M. Laruelle subiu pelo aterro. No entanto, ele estava certo, disse a si mesmo ao chegar ao topo e se deter para respirar, certo, depois que o cônsul tinha sido "descoberto" (embora nesse meio-tempo a situação grotescamente patética tivesse se desenvolvido até o ponto em que não havia um cônsul britânico em Quauhnahuac a quem apelar, nessa primeira ocasião em que era tão urgente a presença dele), estava certo em insistir que Hugh devia deixar de lado todos os escrúpulos convencionais e gozar de todas as vantagens da curiosa relutância da "polícia" em detê-lo — a ansiedade da polícia que em tudo dava a impressão de querer se livrar dele quando parecia altamente lógico que eles deviam detê-lo como testemunha, ao menos no que se referia a um aspecto daquilo que agora, à distância, se poderia quase qualificar como o "caso" — e no momento mais breve possível embarcar naquele navio que providencialmente o esperava em Vera Cruz. M. Laruelle olhou a estação lá atrás; Hugh deixara um vazio. Em certo sentido, havia levantado acampamento junto com a última de suas ilusões. Porque Hugh, aos vinte e nove anos, ainda sonhava, mesmo então, mudar o mundo (não havia outro jeito de dizer isso) com suas ações — assim como Laruelle, aos quarenta e dois, ainda não havia perdido inteiramente a esperança de mudá-lo com os grandes filmes que se propunha de alguma forma a realizar. Mas até hoje seus sonhos pareciam absurdos e presunçosos. Afinal de contas, ele havia feito grandes filmes como eram os grandes filmes no passado. E até onde sabia eles não tinham mudado o mundo em absolutamente nada. No entanto, adquirira certa identidade com Hugh. Assim como Hugh, ele ia para Vera Cruz; e também como Hugh, não sabia se seu navio chegaria um dia a um porto...

O caminho de M. Laruelle atravessou campos semicultivados ladeados por trilhas estreitas e gramadas, pisadas pelos plantadores de cactos ao voltar do trabalho para casa. Até então, era um caminho favorito, embora não trilhado desde antes das chuvas. As folhas dos cactos estavam atraentes com seu frescor; as árvores verdes iluminadas pelo sol do entardecer podiam ser chorões que oscilavam ao vento de tempestade que se erguera; um lago de luz amarela apareceu à distância abaixo de morros atraentes como pães. Mas agora havia algo maligno no anoitecer. Nuvens negras mergulhavam em direção ao sul. O sol despejava vidro derretido nos campos. Os vulcões pareciam aterrorizantes no indomável pôr do sol. M. Laruelle caminhou depressa, com os bons tênis pesados que já devia ter posto na mala, balançando a raquete. Uma sensação de medo tomara conta dele outra vez, uma sensação de ser, depois de todos esses anos e em seu último dia ali, ainda um estranho. Quatro anos, quase cinco, e ainda se sentia como um viajante em outro planeta. Não que isso tornasse menos duro ir embora, ainda que ele fosse em breve, se Deus quisesse, rever Paris. Ah, bom! Tinha poucas emoções em relação à guerra, a não ser que era uma coisa ruim. Um lado ou outro iria vencer. De qualquer jeito, a vida seria difícil. Embora fosse pior se os Aliados perdessem. De qualquer jeito, a batalha de cada um continuaria.

Com que frequência e assombro a paisagem mudava! Agora os campos estavam cheios de pedras: havia uma fileira de árvores mortas. Um arado perdido, silhuetado contra o céu, erguia os braços em muda súplica; outro planeta, ele pensou de novo, um estranho planeta onde, se olhasse um pouco mais adiante, além das Tres Marías, encontrava-se todo tipo de paisagem ao mesmo tempo, as Cotswold, as Windermere, New Hampshire, os prados de Eure-et-Loire, até as dunas cinzentas de Cheshire, até o Saara, um planeta no qual, num piscar de olhos, podia-se mudar de clima, e dando-se ao trabalho de pensar a respeito, num cruzamento de rua, três civilizações; mas era belo, não havia como negar sua beleza, fatal ou purificadora que fosse, a beleza do próprio Paraíso Terreno.

Porém no Paraíso Terreno o que ele tinha feito? Fizera poucos amigos. Arranjara uma amante mexicana com quem discutia e numerosos ídolos maias que não poderia levar embora do país, e tinha...

M. Laruelle se perguntou se ia chover: chovia às vezes, embora raramente naquela época do ano, como no ano passado, por exemplo, chovera quando não devia. E aquelas nuvens ao sul eram de tempestade. Imaginou que sentia cheiro de chuva, e passou por sua cabeça que nada seria melhor do que se molhar, ficar encharcado até a pele, e caminhar e caminhar por aquele país selvagem com sua roupa branca de flanela mais e mais e mais molhada. Olhou as nuvens: cavalos escuros, rápidos, percorriam o céu. Uma tempestade sombria irrompia fora de estação! Assim era o amor, pensou; amor que vinha tarde demais. Só que nenhuma calma saudável o sucedia, como quando a fragrância da noite ou a luz vagarosa do sol e seu calor voltavam à terra surpreendida! M. Laruelle apressou o passo ainda mais. E permitir que tal amor o deixasse mudo, cego, louco, morto — seu destino não seria alterado por uma imitação. Tonnerre de dieu... Dizer como era o amor que vinha tarde demais em nada aplacava a sede.

A cidade estava quase diretamente à sua direita agora e acima dele, porque M. Laruelle seguira aos poucos morro abaixo desde que deixara o Casino de la Selva. Do campo que ele estava atravessando, podia ver, acima das árvores na encosta da montanha e além da forma acastelada e escura do Palácio Cortez, a roda-gigante girando devagar, já acesa, na praça de Quauhnahuac; ele achou que distinguia o som de riso humano que subia de suas gôndolas luminosas e, de novo, aquela leve embriaguez de vozes que cantavam, diminuíam e morriam ao vento, por fim inaudíveis. Uma tristonha canção americana, o St. Louis Blues, ou algo assim, vinha até ele pelos campos, às vezes uma onda sonora ao vento, da qual subiam respingos tagarelas que pareciam não tanto quebrar, mas ir bater nas paredes e torres dos arrabaldes; depois, com um gemido, eram sugadas de volta pela distância. Ele se viu numa alameda que atravessava a cervejaria até a rua Tomalín. Chegou à rua Alcapancingo. Passou um carro e, de rosto virado para o outro lado, enquanto esperava a poeira baixar, lembrou-se daquela vez em que rodava de carro com Yvonne e o cônsul no leito do lago mexicano, ele próprio certa vez a cratera de um imenso vulcão, e viu de novo o horizonte suavizado pela poeira, os ônibus que atravessavam depressa os redemoinhos de pó, os rapazes sacolejando em pé na carroceria de caminhões, agarrados contra a morte, os rostos cobertos por causa da poeira (e havia nisso uma magnificência que ele nunca sentira, algum simbolismo do futuro, para o qual preparativos realmente grandes haviam sido feitos por um povo heroico, uma vez que por todo o México viam-se caminhões trovejantes com aqueles jovens construtores em cima, eretos, as calças batendo com força, pernas plantadas abertas, firmes) e ao sol, no morro redondo, a solitária seção de poeira que avançava, os montes escurecidos pelo pó junto ao lago como ilhas debaixo de chuva. O cônsul, cuja antiga casa M. Laruelle agora divisava na encosta além da barranca, também parecera bem feliz na época, quando vagara por Cholula com suas trezentas e seis igrejas, duas barbearias, a Toalete e o Harém, escalara a pirâmide em ruínas depois, que ele orgulhosamente insistia ser a Torre de Babel original. Admirável como ele escondera o que devia ser a babel de seus pensamentos!

Dois índios esfarrapados se aproximavam de M. Laruelle através da poeira; discutiam, mas com a profunda concentração de professores universitários num passeio ao entardecer de um verão na Sorbonne. Suas vozes, os gestos de suas refinadas mãos encardidas eram inacreditavelmente corteses, delicados. O porte deles sugeria a majestade de príncipes astecas, os rostos, esculturas obscuras de ruínas de Yucatan:

"… perfectamente borracho…"

"… completamente fantástico…"

"Sí, hombre, la vida impersonal…"

"Claro, hombre…"

"¡Positivamente!"

"Buenas noches."

"Buenas noches."

Eles passaram na penumbra. A roda-gigante sumiu de vista: os ruídos da feira, a música, em vez de ficarem mais próximos, cessaram temporariamente. M. Laruelle olhou para oeste; um cavaleiro às antigas, com raquete de tênis por escudo e lanterna de bolso por documento, ele sonhou um momento com batalhas que a alma sobrevivera para ali vagar. Tencionava virar em outra alameda à direita, que passava em frente à fazenda-modelo onde pastavam os cavalos do Casino de la Selva e que dava diretamente em sua rua, a Calle Nicaragua. Mas, num impulso repentino, virou à esquerda na rua que seguia em frente à prisão. Sentiu um obscuro desejo de, em sua última noite, dar adeus à ruína do Palácio de Maximiliano.

Para o sul, um imenso arcanjo, negro como trovão, bateu as asas vindo do Pacífico. No entanto, afinal de contas, a tempestade continha sua própria calma secreta... Sua paixão por Yvonne (se ela jamais seria ou não uma boa atriz não vinha ao caso, ele havia sido sincero quando dissera que ela seria mais que boa em qualquer filme que ele fizesse) devolvera a seu coração, de uma forma que ele não conseguiria explicar, a primeira vez que tinha visto, sozinho, quando caminhava pelos campos de Saint Près, a sonolenta aldeia francesa de água paradas, eclusas e moinhos d'água cinzentos fora de uso onde estava hospedado, erguendo-se devagar e deslumbrante de uma beleza ilimitada acima dos campos podados onde oscilavam flores silvestres, erguendo-se lentamente ao sol, como séculos antes os peregrinos que pisavam aqueles mesmos campos tinham visto se erguerem as torres gêmeas da Catedral de Chartres. Seu amor trouxera uma paz, mesmo que muito breve, que era estranhamente igual ao encantamento, à magia, de Chartres, havia muito tempo, cujas ruazinhas e cafés ele passara a amar, dos quais podia olhar a catedral singrando eternamente as nuvens, um encanto que nem mesmo o fato de ele estar escandalosamente endividado podia quebrar. M. Laruelle caminhou depressa para o Palácio. Nem tinha qualquer remorso pelo cônsul ter rompido aquele outro encanto quinze anos antes ali em Quauhnahuac! A propósito, M. Laruelle refletiu, o que reaproximara o cônsul e ele durante algum tempo, mesmo depois que Yvonne foi embora, não era, de nenhum dos dois lados, remorso. Era talvez, em parte, mais o desejo por aquele conforto ilusório, quase tão satisfatório como morder com um dente dolorido, a ser fruído no pretexto mútuo de que Yvonne ainda estava ali.

Ah, mas essas coisas poderiam parecer uma razão muito boa para pôr o mundo inteiro entre eles e Quauhnahuac! No entanto, nenhum dos dois o fizera. E agora M. Laruelle podia sentir o peso deles a pressioná-lo de fora, como se de algum modo tivesse sido transferido para todas aquelas montanhas roxas à sua volta, tão misteriosas, com suas minas de prata secretas, tão recolhidas e no entanto tão próximas, tão calmas, e dessas montanhas emanava uma estranha força melancólica que tentava conservá-lo corporalmente ali e que era o peso delas, o peso de muitas coisas, mas sobretudo o peso da tristeza.

Passou por um campo onde um Ford azul desbotado, uma ruína total, tinha sido empurrado contra uma cerca viva num aclive: debaixo das rodas dianteiras tinham posto dois tijolos para impedir uma partida involuntária. O que você está esperando, ele sentiu vontade de perguntar, com uma espécie de parentesco, de empatia por aqueles retalhos de abas velhas de capô... *Querido, por que fui embora? Por que você deixou que eu fosse?* Não eram dirigidas a M. Laruelle as palavras de Yvonne naquele cartão-postal muito atrasado, cartão-postal que o cônsul devia ter posto maliciosamente debaixo de seu travesseiro em algum momento daquela última manhã — mas como ter certeza de quando? —, como se o cônsul tivesse calculado tudo, *sabendo* que M. Laruelle o encontraria no momento exato em que Hugh, perturbado, ligaria de Parián. Parián! À sua direita, erguiam-se os muros da prisão. No alto da torre de vigia, apenas visíveis acima delas, dois guardas investigavam o leste e o oeste com binóculos. M. Laruelle atravessou uma ponte sobre o rio, depois tomou um atalho através de uma ampla clareira na floresta, evidentemente projetada como um jardim botânico. Do sudeste, vinham aves em bando: aves pequenas, pretas, feias, mas compridas demais, algo como insetos monstruosos, algo como corvos, com caudas estranhas e compridas em um voo ondulante, instável, trabalhoso. Fragmentadoras do crepúsculo, batiam fervorosamente as asas a caminho de casa, como faziam todo entardecer, para se aninhar entre as árvores de freixo no zócalo, que até o cair da noite ressoaria com os incessantes gritos mecânicos e penetrantes delas. Disperso, o bando se calou e acomodou-se. Quando ele chegou ao Palácio, o sol tinha se posto.

Apesar de seu *amour propre*, ele imediatamente lamentou ter ido por ali. As colunas cor-de-rosa quebradas, na penumbra, podiam estar à espera de cair em cima dele: a piscina, coberta de espuma verde, os degraus arrebentados presos por um gancho podre, para despencar sobre sua cabeça. A malcheirosa capela em ruínas, tomada pelo mato, as paredes desmoronadas, manchadas de urina, nas quais espreitavam escorpiões — entablamento arruinado, arquivolta tristonha, pedras escorregadias, cobertas de excremento —, este lugar, onde o amor um dia brotara, parecia parte de um pesadelo. E Laruelle estava cansado de pesadelos. A França, mesmo disfarçada de austríaca, não podia se transferir para o México, pensou. Maximiliano tinha sido infeliz em seus palácios também, pobre-diabo. Por que tinham que chamar de Miramar também aquele outro palácio fatal em Trieste, onde Carlota enlouqueceu, e todos que lá viveram, desde a imperatriz Elizabeth da Áustria até o arquiduque Ferdinando, tiveram mortes violentas? No entanto, como deviam ter amado esta terra, esses dois solitários exilados envergonhados, seres humanos afinal, amantes fora de seu elemento — seu éden, sem que nenhum dos dois soubesse exatamente por quê, começara a se transformar em uma prisão bem debaixo do nariz deles e a cheirar como uma cervejaria, sua única majestade afinal a majestade da tragédia. Fantasmas. Fantasmas, como no Casino, certamente viviam ali. E um fantasma que ainda dizia: "É nosso destino vir para cá, Carlota. Olhe esse glorioso campo ondulando, essas montanhas, vales, vulcões tão belos que mal se acredita. E pensar que são nossos! Vamos ser bons e construtivos, nos tornarmos dignos disto aqui!". Ou havia fantasmas que discutiam: "Não, você amou a si mesmo, amou a sua desgraça mais do que a mim. Você atraiu isso deliberadamente para nós". "Eu?" "Você sempre teve gente que cuidava de você, te amava, te usava, te conduzia. Você ouviu a todos, menos a mim, que te amei de verdade." "Não, você é a única pessoa que eu sempre amei." "Sempre? Você só amou a si mesmo." "Não, foi você, sempre você, você tem que acreditar em mim, por favor: você deve lembrar que sempre planejamos ir para o México. Lembra?… É, tem razão. Tive a minha chance com você.

Nunca terei outra chance igual!" E de repente choravam juntos ali, apaixonadamente.

Mas era a voz do cônsul, não de Maximiliano, que M. Laruelle quase podia ouvir no Palácio: e se lembrou, ao seguir adiante, agradecido por finalmente chegar à Calle Nicaragua, mesmo que no fim dela, do dia em que topara com o cônsul e Yvonne abraçados ali; não foi muito depois da chegada deles ao México, e como o Palácio lhe parecera diferente então! M. Laruelle diminuiu o passo. O vento abrandara. Ele abriu o casaco de tweed (comprado porém na High Life, que na Cidade do México se pronunciava Itchilif) e afrouxou seu lenço azul de bolinhas. A noite estava excepcionalmente opressiva. E tão silenciosa. Nem um som, nem um grito chegava a seus ouvidos. Nada além da desajeitada força de sucção de seus passos... Nem só uma alma à vista. M. Laruelle sentia-se também ligeiramente irritado, a calça o apertava. Estava engordando muito, já havia engordado demais no México, o que sugeria outra estranha razão para algumas pessoas pegarem em armas, que nunca chegaria aos jornais. Sem nenhum motivo, vibrou no ar a raquete de tênis, no movimento de um saque, de uma devolução: mas estava pesada demais, tinha esquecido dos protetores. Passou pela fazenda-modelo à sua direita, por prédios, campos, morros agora sombreados na escuridão que avançava rápida. A roda-gigante estava visível outra vez, só o topo dela ardia em silêncio no alto da colina, quase diretamente à sua frente, depois as árvores a encobriram. A rua, que era terrível e cheia de buracos, subia ali, íngreme; ele se aproximava da pequena ponte sobre a barranca, a ravina profunda. No meio da ponte parou; acendeu outro cigarro naquele que estava fumando, inclinou-se sobre o parapeito e olhou para baixo. Estava muito escuro para ver o fundo, mas: ali havia de fato um fim, e uma fenda! Quauhnahuac era como o tempo sob esse aspecto, para onde quer que alguém se voltasse o abismo estava à espera logo depois da esquina. Dormitório para abutres e para o Moloc da cidade! Quando crucificaram Cristo, assim dizia a lenda hierática, nascida no mar, a terra se abrira ao longo de todo aquele país, embora a coincidência dificilmente pudesse impressionar alguém naquela época! Foi sobre essa ponte que o cônsul um dia sugeriu a ele que fizesse um filme sobre a Atlântida. Sim, debruçado bem dessa maneira, bêbado, mas controlado, coerente, um pouco louco, um pouco impaciente — era uma daquelas ocasiões em que o cônsul bebia para ficar sóbrio —, tinha lhe falado sobre o espírito do abismo, sobre o deus da tempestade, "huracán", que "atestava tão sugestivamente o relacionamento entre os lados opostos do Atlântico". Sabe-se lá o que queria dizer.

Se bem que não tinha sido a primeira vez que o cônsul e ele haviam parado para olhar um abismo. Pois existira sempre, séculos atrás — e como se podia esquecer? —, o "Bunker do Inferno": e aquele outro encontro que parecia guardar alguma obscura relação com o último no Palácio de Maximiliano... Teria a descoberta do cônsul ali, em Quauhnahuac, sido realmente tão excepcional, a descoberta de que seu velho parceiro de brincadeiras — dificilmente poderia chamá-lo de "colega de escola" —, que não via fazia quase um quarto de século, morava de fato na mesma rua que ele, e isso, sem que soubesse, havia já seis semanas? Provavelmente não; provavelmente tinha sido apenas uma dessas correspondências sem sentido que podiam ser rotuladas de: "a brincadeira favorita dos deuses". Mas como lhe voltavam vivas agora aquelas velhas férias à beira-mar na Inglaterra!

M. Laruelle, que nascera em Languion, na região de Moselle, mas cujo pai, um rico filatelista de hábitos reservados, se mudara para Paris, na infância geralmente passava as férias de verão com seus pais na Normandia. Courseulles, em Calvados, no canal da Mancha, não era um recanto muito elegante. Longe disso. Havia algumas pensões batidas pelo vento, quilômetros de dunas desoladas, e o mar era frio. Entretanto, foi para Courseulles que, no escaldante verão de 1911, a família do famoso poeta inglês Abraham Taskerson se deslocou, trazendo com ela o estranho órfão anglo-indiano, uma criatura contemplativa de quinze anos, tão tímida e ao mesmo tempo tão curiosamente reservada, que escrevia poesias que o velho Taskerson (que ficara em casa) parecia estimular, e que às vezes caía em prantos se em sua presença mencionava-se a palavra "pai" ou "mãe". Jacques, mais ou menos da mesma idade, sentira-se estranhamente atraído por ele: e como os outros meninos Taskerson — pelo menos seis, a maioria mais velha e, aparentemente, todos de uma casta mais rústica, embora fossem de fato aparentados com o jovem Geoffrey Firmin — tendiam a se juntar e deixar o rapaz sozinho, Jacques estava sempre com ele. Passeavam juntos pela praia com dois velhos bastões trazidos da Inglaterra e algumas bolas de golfe de guta-percha sendo gloriosamente lançadas ao mar em sua última tarde. "Joffrey" passou a ser "Old Bean". Mère Laruelle, para quem, no entanto, ele era "aquele lindo jovem poeta inglês", também gostava dele e mère Taskerson se afeiçoara ao rapaz francês: como resultado, Jacques foi convidado a passar o mês de setembro na Inglaterra com os Taskerson, onde Geoffrey permaneceria até o começo do semestre escolar. O pai de Jacques, que planejava mandá-lo a uma escola inglesa até completar dezoito anos, consentiu. Ele admirava particularmente o porte ereto e viril dos Taskerson... E foi assim que M. Laruelle foi parar em Leasowe.

Era uma espécie de versão adulta, civilizada de Courseulles na costa noroeste da Inglaterra. Os Taskerson moravam em uma casa confortável, cujo quintal ficava encostado em um lindo campo de golfe ondulante, limitado no outro extremo pelo mar. Parecia o mar; na verdade era o estuário de um rio com mais de dez quilômetros de largura: rochas brancas a oeste marcavam o começo do mar de verdade. Os montes de Gales, áridos, negros e enevoados, com um ocasional pico nevado para fazer Geoff se lembrar da Índia, ficavam do outro lado do rio. Durante a semana, quando tinham permissão para brincar, o campo ficava deserto: papoulas-marinhas amarelas e esfarrapadas tremulavam na grama áspera da areia. Na costa, ficavam os resquícios de uma floresta antediluviana com feios tocos negros de árvores à mostra e mais adiante um velho farol deserto atarracado. Havia uma ilha no estuário, com um moinho igual a uma curiosa flor negra, à qual se podia chegar na maré baixa, montado num burrico. A fumaça dos cargueiros que partiam para Liverpool pairava baixa no horizonte. Havia uma sensação de espaço e vazio. Só nos fins de semana a região deles sofria certa desvantagem: embora a temporada chegasse ao fim e os cinzentos hotéis hidropáticos ao longo dos passeios estivessem quase vazios, o campo de golfe ficava lotado o dia inteiro com corretores de Liverpool jogando em grupos de quatro. Da manhã de sábado até a noite de domingo, uma chuva constante de bolas de golfe voava dali e bombardeava o telhado. Então era um prazer ir com Geoffrey à cidade, cheia de garotas lindas e sorridentes, passear pelas ruas ensolaradas e ventosas ou assistir a um dos shows cômicos de Pierrot na praia. Ou, melhor ainda, eles podiam sair velejando no lago marinho em um iate de doze pés emprestado e habilmente conduzido por Geoffrey.

Geoffrey e ele ficavam — assim como em Courseulles — bastante soltos. E Jacques agora entendia mais claramente por que tinha estado tão pouco com os Taskerson na Normandia. Aqueles rapazes eram caminhantes portentosos, sem precedentes. Não achavam grande coisa caminhar quarenta, cinquenta quilômetros num dia. Mas o que parecia ainda mais estranho, uma vez que nenhum deles estava acima da idade escolar, era serem beberrões portentosos, sem precedentes. Em um simples trajeto de sete quilômetros paravam em outros tantos pubs para tomar uma ou duas poderosas cervejas cada um. Até o mais novo, que ainda não tinha quinze anos, dava conta de uns bons três litros em uma tarde. E, se alguém passava mal, sorte dele. Abria espaço para mais. Nem Jacques, que tinha o estômago fraco — embora estivesse acostumado a certa quantidade de vinho em casa —, nem Geoffrey, que não gostava de cerveja e, além disso, frequentava uma escola wesleyana rigorosa, aguentavam aquele ritmo medieval. Mas de fato a família inteira bebia imoderadamente. O velho Taskerson, um homem inteligente e bondoso, havia perdido o único dos filhos que herdara algum grau de seu talento literário; toda noite ele ficava pensando sentado em seu estúdio, com a porta aberta, bebendo hora após hora, os gatos no colo, estralejando o jornal da tarde em distante reprovação aos outros filhos, que na maioria ficavam sentados hora após hora bebendo na sala de jantar. A sra. Taskerson, uma mulher diferente em sua casa, onde talvez sentisse menos necessidade de causar boa impressão, ficava com os filhos, seu lindo rosto afogueado, desaprovava-os um pouco também, mesmo assim bebia alegremente como todos à mesa. Verdade que os rapazes estavam sempre à frente. Não que fossem do tipo que é visto cambaleando pelas ruas. Era ponto de honra para eles que, quanto mais bêbados estivessem, mais sóbrios deviam parecer. Como regra, andavam fabulosamente eretos, ombros para trás, olhar à frente, como sentinelas a postos, e só no fim do dia caminhavam muito, muito devagar, mas com aquele mesmo "porte ereto e viril", em suma, que tanto impressionara o pai de M. Laruelle. Mesmo assim, não era ocorrência nada rara encontrar de manhã a família inteira dormindo no chão da sala de jantar. No entanto, ninguém parecia se sentir nada mal com isso. E a despensa estava sempre abarrotada com barris de cerveja a serem abertos por quem quisesse. Saudáveis e fortes, os rapazes comiam como leões. Devoravam uma horrorosa massa de estômago de carneiro e embutidos conhecidos como *black* ou *blood puddings*, uma espécie de conglomerado de vísceras envolto em aveia que Jacques temia ser, pelo menos em parte, em sua homenagem — *boudin,* sabe, Jacques —, enquanto o Old Bean, agora mencionado com frequência como "aquele Firmin", permanecia sentado sem jeito e deslocado, o copo de cerveja clara amarga intocado, tentando timidamente conversar com o sr. Taskerson.

De início, foi difícil entender o que fazia "aquele Firmin" com aquela família improvável. Ele não tinha gostos em comum com os rapazes Taskerson nem estava na mesma escola. No entanto, era fácil ver que os parentes que o enviaram haviam agido com o melhor dos motivos. Geoffrey "andava sempre com o nariz enfiado num livro", de forma que "o primo Abraham", cuja obra tinha um aspecto religioso, seria o "homem certo" para ajudá-lo. Quanto aos rapazes, provavelmente sabiam tão pouco a respeito deles quanto a própria família de Jacques: eles conquistavam todos os prêmios de línguas na escola e todos os prêmios de atletismo: sem dúvida esses bons rapazes animados seriam "perfeitos" para ajudar o pobre Geoffrey a superar sua timidez e a parar de fantasiar sobre seu pai e a Índia. O coração de Jacques vibrava pelo pobre Old Bean. Sua mãe havia morrido quando ele era criança, na Caxemira, e no ano anterior ou pouco antes o pai, que se casara de novo, havia simplesmente desaparecido, o que foi um escândalo. Ninguém na Caxemira ou em qualquer outro lugar sabia exatamente o que acontecera com ele. Um dia, havia subido o Himalaia e desaparecido, deixando Geoffrey em Srinagar com seu meio-irmão, Hugh, então bebê de colo, e a madrasta. Depois, como se não bastasse, a madrasta também morreu e os dois filhos ficaram sozinhos na Índia. Pobre Old Bean! Apesar de sua esquisitice, ele ficava realmente muito tocado com a bondade que demonstravam com ele. Ficava tocado até por ser chamado de "aquele Firmin". E era dedicado ao velho Taskerson. M. Laruelle sentia que à sua maneira ele era dedicado a todos os Taskerson e que os defenderia até a morte.

Havia nele algo tocantemente desamparado e ao mesmo tempo muito leal. Afinal de contas, os rapazes Taskerson tinham, à sua monstruosa maneira gozadora inglesa, feito todo o possível para não deixá-lo isolado e para demonstrar comiseração nas primeiras férias de verão dele na Inglaterra. Não podiam fazer nada se ele não conseguia beber três litros e meio de cerveja em catorze minutos ou caminhar oitenta quilômetros sem cair. Era em parte devido a eles que o próprio Jacques estava ali para lhe fazer companhia. E eles *tinham* talvez conseguido em parte fazê-lo superar a timidez. Pois com os Taskerson Old Bean aprendera ao menos, assim como Jacques aprendera com ele, a arte inglesa de "pegar meninas". Eles tinham uma absurda canção de Pierrot, cantada de preferência com o sotaque francês de Jacques.

Oh we allll WALK ze wibberlee wobberlee WALK
And we allll TALK ze wibberlee wobberlee TALK
And we allll WEAR ze wibberlee wobberlee TIES
And look at all ze pretty girls with wibberlee wobberlee eyes. Oh
We allll SING ze wibberlee wobberlee SONG
Until ze day is dawn-ing,
And we all have zat wibberlee wobberlee wobberlee wibberlee
  wibberlee wobberlee feeling
In ze morning.*

Depois, o ritual era gritar "Hi" e ir atrás de alguma garota cuja admiração você imaginava ter excitado se acontecia de ela se virar. Se tivesse de fato e fosse depois do pôr do sol, você ia com ela ao campo de golfe, que era cheio, como diziam os Taskerson, de bons "lugares para sentar". Eles ficavam nos bunkers ou em valas entre as dunas. Os bunkers em geral estavam cheios de areia, mas eram abrigados do vento e profundos; nenhum mais fundo que o "Bunker do Inferno".

---

* Canção nonsense de menestréis que Lowry aprendeu com os irmãos: Oh nós todos andamos com o *wibberlee wobberlee* passo/ e todos falamos a *wibberlee wobberlee* fala/ e todos usamos as *wibberlee wobberlee* gravatas/ e todos olhamos as meninas bonitas com *wibberlee wobberlee* olhares/ Oh nós todos cantamos a *wibberlee wobberlee* música/ até o dia amanhecer/ e temos todos aquela *wibberlee wobberlee wobberlee wibberlee wibberlee wobberlee* sensação/ de manhã. (N. T.)

O Bunker do Inferno era um azarão a ser evitado, bem perto da casa dos Taskerson, no meio do longo declive do fairway oito. Dava para o green de certa forma, embora bem longe, bem abaixo dele e ligeiramente para a esquerda. O abismo se abria em posição adequada para engolir a terceira tacada de um jogador como Geoffrey, um belo golfista de graça natural e talvez a décima quinta de um desajeitado como Jacques. Jacques e Old Bean sempre concluíam que o Bunker do Inferno era um bom lugar para levar uma garota, embora para onde quer que fosse levada estava subentendido que nada muito sério aconteceria. No geral, havia, em toda a história de "pegar uma menina", um ar de inocência. Depois de algum tempo Old Bean, que era virgem, para dizer o mínimo, e Jacques, que fingia não ser, deram para pegar meninas no passeio, ir até o campo de golfe para ali se separarem e se encontrarem mais tarde. Havia, estranhamente, horários bastante regulares na casa dos Taskerson. Até hoje M. Laruelle não sabia por que não houve um entendimento a respeito do Bunker do Inferno. Ele decerto não teve nenhuma intenção de espionar Geoffrey. Por acaso, atravessava com sua garota, que o entediava, o fairway oito na direção do Leasowe Drive, quando ambos foram surpreendidos por vozes vindas do bunker. Então o luar revelou a cena bizarra da qual nem ele nem a garota conseguiram desviar os olhos. Laruelle teria se afastado depressa, mas nenhum dos dois — ambos não de todo conscientes do impacto sensorial do que ocorria no Bunker do Inferno — conseguiu controlar o riso. Curiosamente, M. Laruelle nunca se lembrou do que nenhum deles disse, apenas da expressão no rosto de Geoffrey ao luar, do jeito grotesco e desajeitado com que a garota se pôs de pé e, depois, que tanto Geoffrey como ele se portaram com notável elegância. Foram todos a uma taverna com um nome estranho, algo como "O Caso Alterado". Era patentemente a primeira vez que o cônsul ia a um bar por sua própria iniciativa; ele pediu em voz alta uma rodada de Johnny Walker, mas o garçom, ao deparar com o proprietário, recusou-se a servi-los e eles foram dispensados como menores de idade. Infelizmente, por alguma razão a amizade deles não sobreviveu a essas duas tristes, embora sem dúvida providenciais, pequenas frustrações. Nesse meio-tempo, o pai de M. Laruelle havia desistido da ideia de mandá-lo à escola na Inglaterra.

As férias se dissiparam em desolação e ventos equinociais. Houve uma melancólica e triste despedida em Liverpool e uma triste e melancólica viagem até Dover e de volta para casa, sozinho como um mascate de cebolas, no barco assolado pelo mar até Calais...

M. Laruelle endireitou o corpo, instantaneamente consciente de alguma atividade, bem a tempo de sair do caminho de um cavaleiro que havia parado de través na ponte. A escuridão baixara como na Casa de Usher. O cavalo piscava ao farol agitado de um carro, fenômeno raro àquela altura da Calle Nicaragua, que vinha da cidade, deslizando como um navio pela rua assustadora. O homem montado no cavalo estava tão bêbado que se esparramara sobre a montaria, os estribos soltos, o que era um feito, considerando seu tamanho, e mal conseguia segurar as rédeas, embora em nenhum momento segurasse a cabeça da sela para se equilibrar. O cavalo recuava, agitado, rebelde — em parte por medo, em parte talvez por desprezar o cavaleiro —, e de repente saltou na direção do carro: o homem, que de início pareceu estar caindo para trás, miraculosamente se salvou, escorregou para um lado como um cavaleiro de circo, retomou a sela, depois deslizou, escorregou, caiu para trás — e todas as vezes conseguia se salvar, nunca com a cabeça da sela, mas sempre com as rédeas, as duas em uma só mão agora, os estribos ainda não recuperados, enquanto batia com fúria nos flancos do cavalo com um facão que tirara de uma longa bainha curva. Enquanto isso, os faróis iluminaram uma família que subia penosamente o morro, um homem e uma mulher de luto, e duas crianças muito bem-vestidas, que a mulher puxou para a beira da rua quando o cavaleiro passou depressa, enquanto o homem recuou em direção à vala. O carro parou, diminuiu os faróis para o cavaleiro, depois avançou para M. Laruelle e atravessou a ponte atrás dele. Era um carro silencioso e forte, de fabricação americana, pesado sobre as molas, o motor mal audível, e o som dos cascos do cavalo ressoava claramente, desaparecia agora, ladeando a mal iluminada Calle Nicaragua, passou pela casa do cônsul, onde haveria luz em uma janela que M. Laruelle não queria ver — porque, muito tempo depois de Adão ter deixado o jardim, a luz da casa de Adão continuou acesa —, pelo portão que estava remendado, depois pela escola à esquerda, e o lugar onde ele havia encontrado Yvonne com Hugh e Geoffrey naquele dia — e ele imaginou que o cavaleiro não parou nem na própria casa de Laruelle, onde seus baús se amontoavam ainda arrumados apenas pela metade, mas galopou, descuidado, virou a esquina da Calle Tierra del Fuego e seguiu através da cidade, os olhos loucos como aqueles que logo olharão a morte — e isso também, ele pensou de repente, essa maníaca visão de um frenesi sem sentido, mas controlado, não de todo descontrolado, de alguma forma quase admirável, isso também, obscuramente, era o cônsul...

M. Laruelle passou pelo morro: parou, cansado, na cidade abaixo da praça. Não tinha, porém, subido a Calle Nicaragua. Para evitar a própria casa, tomara um atalho à esquerda, um pouco adiante da escola, um caminho acidentado, cheio de curvas, que ia dar atrás do zócalo. As pessoas o olhavam com curiosidade enquanto ele passeava pela Avenida de la Revolución, ainda com a raquete de tênis. Essa via, quando seguida até o fim, levava de volta à rodovia americana e ao Casino de la Selva; M. Laruelle sorriu: a esse passo ele prosseguiria para sempre numa órbita excêntrica em torno de sua casa. Atrás dele, a feira, à qual mal havia espiado, continuava agitada. A cidade, colorida mesmo à noite, estava brilhantemente iluminada, mas só em certos pontos, como um porto. Sombras ventosas varriam as calçadas. E árvores que ocasionalmente recebiam sombra pareciam encharcadas de poeira de carvão, os ramos curvados sob o peso da fuligem. O pequeno ônibus passou ruidoso por ele outra vez, agora na direção oposta, freando duro na ladeira íngreme e sem uma luz traseira. O último ônibus para Tomalín. Ele passou diante da janela do dr. Vigil do lado oposto: Dr. Arturo Díaz Vigil, Médico Cirujano y Partero, Facultad de México, de la Escuela Médico Militar, Enfermedades de Niños, Indisposiciones Nerviosas — e como isso era polido comparado aos anúncios que se encontravam nos mingitorios! — Consultas de 12 a 2 y 4 a 7. Um leve exagero, pensou. Jornaleiros passaram correndo a vender exemplares do *Quauhnahuac Nuevo*, a publicação pró-Almazán, pró-Eixo publicada, segundo diziam, pela cansativa Unión Militar. Un avión de combate francés derribado por um caza alemán. Los trabajadores de Australia abogan por la paz. ¿Quiere Vd. — perguntava um cartaz numa vitrine — vestirse con elegancia y a la última moda

DE EUROPA Y LOS ESTADOS UNIDOS? M. Laruelle continuou ladeira abaixo. Diante do quartel, dois soldados, com capacetes do exército francês e fardas cinza arroxeadas, desbotadas, cruzadas e recruzadas, com laços verdes, marchavam em sentinela. Ele atravessou a rua. Ao se aproximar do cinema, tomou consciência de que nem tudo estava como deveria estar, que havia no ar uma estranha excitação fora do comum, uma espécie de febre. Instantaneamente ficou muito mais fresco. E o cinema estava apagado, como se não houvesse projeção de filme esta noite. Por outro lado, um grupo grande de pessoas, não uma fila, mas evidentemente alguns frequentadores do cinema que haviam jorrado lá de dentro de forma prematura, estava parado na calçada sob a marquise ouvindo um alto-falante montado numa van que tocava muito alto a Washington Post March. De repente, houve uma trovoada e as luzes da rua se apagaram. Então a luz do cinema já tinha acabado. Chuva, pensou M. Laruelle. Mas a vontade de se molhar o abandonou. Pôs a raquete de tênis dentro do paletó e correu. Neste momento, um vento penetrante engolfou a rua, espalhou jornais velhos e apagou as bocas de gás das bancas de tortilha: um raio louco riscou o céu acima do hotel em frente ao cinema, seguido de mais um trovão. O vento gemia, as pessoas corriam por toda parte, a maioria rindo, em busca de abrigo. M. Laruelle ouviu a trovoada estalar nos montes atrás dele. Chegou ao cinema bem a tempo. A chuva caía em torrentes.

Parou, sem fôlego, ao abrigo da entrada do cinema que mais parecia, porém, a entrada de algum bazar ou mercado melancólico. Uma multidão de camponeses com cestos. Na bilheteria, momentaneamente desocupada, uma galinha frenética tentava entrar pela porta entreaberta. Por toda parte as pessoas acendiam lanternas ou riscavam fósforos. A van com o alto-falante afastou-se em direção à chuva e ao trovão. LAS MANOS DE ORLAC, dizia um cartaz: 6 Y 8H30. LAS MANOS DE ORLAC, CON PETER LORRE.

As luzes da rua voltaram a se acender, mas o cinema continuou às escuras. M. Laruelle procurou um cigarro. As mãos de Orlac… Pensou como, num relâmpago, aquilo havia trazido de volta os velhos tempos do cinema, na verdade seus dias tardios de estudante, os dias de *O estudante de Praga*, e Wiene, Werner Krauss, Karl Grüne, dias da UFA, quando uma Alemanha derrotada conquistava o respeito do mundo culto por meio dos filmes que fazia. Só que na época era Conrad Veidt que interpretava "Orlac". Curioso é que aquele filme específico dificilmente teria sido melhor que a versão atual, uma produção frouxa de Hollywood a que ele havia assistido anos antes na Cidade do México ou talvez — M. Laruelle olhou em torno —, talvez naquele mesmo cinema. Não era impossível. Mas, pelo que se lembrava, nem mesmo Peter Lorre conseguira salvar o filme e não queria vê-lo de novo... Porém que história complicada e infindável parecia contar, de tirania e santuário, aquele cartaz pendurado acima dele agora, com a imagem do assassino Orlac! Um artista com mãos de assassino; essa era a chamada, o hieroglifo da época. Porque na verdade era a Alemanha que, na horrível degradação de um cartum ruim, pairava acima dele. Ou seria, por algum incômodo desdobrar da imaginação, o próprio M. Laruelle?

O gerente do cinema estava parado na frente dele e protegia com a mão, com a mesma cortesia repentina, desajeitada e canhestra exibida pelo dr. Vigil, por todos os latino-americanos, um fósforo para o seu cigarro: seu cabelo, intocado pela chuva, que parecia quase envernizado, e um perfume pesado que emanava dele traíam sua visita diária à peluquería; estava vestido de forma impecável, com calça riscada e paletó preto, inflexivelmente *muy correcto*, como a maioria dos mexicanos do seu tipo, apesar de terremotos e tempestades. Ele então jogou longe o fósforo num gesto que não foi supérfluo, porque equivalia a uma saudação. "Venha tomar um drinque", disse.

"A temporada de chuva demora para passar." M. Laruelle sorriu enquanto abriam caminho até uma pequena cantina vizinha ao cinema, mas que não compartilhava com ele sua marquise de proteção. A cantina, conhecida como Cervecería XX e que também era o "lugar que você sabe" de Vigil, estava iluminada por velas espetadas em garrafas sobre o balcão e nas poucas mesas ao longo das paredes. As mesas estavam lotadas.

"Chingar", disse o gerente, baixinho, preocupado, alerta e olhando em torno: tomaram seus lugares, em pé, no fim do curto balcão, onde havia espaço para dois. "Sinto muito que a sessão teve de ser cancelada. Mas os fios estão podres. Chingado. Toda bendita semana acontece alguma coisa com as luzes. Semana passada foi muito pior, terrível mesmo. O senhor sabe que recebemos aqui uma trupe da Cidade do Panamá que veio testar um espetáculo para o México."

"Se importa se…"

"Não, hombre", o outro riu. M. Laruelle havia perguntado ao sr. Bustamente, que conseguira atrair a atenção do barman, se ele havia assistido ao filme de Orlac ali antes e em caso afirmativo se tinha sido um sucesso. "… uno…?"

M. Laruelle hesitou. "Tequila." Depois se corrigiu: "No, anís… anís, por favor, señor".

"Y una… ah… gaseosa", disse o sr. Bustamente ao barman. "No, señor." Ele alisava, avaliava, ainda preocupado, o tecido do paletó de tweed de M. Laruelle mal tocado pela chuva. "Compañero, não reprisamos, não. Só voltou. Outro dia eu passo aqui meu último noticioso também: pode crer, o primeiro filme noticioso da guerra espanhola, que voltou outra vez."

"Mas tenho visto que você ainda recebe alguns filmes modernos", M. Laruelle (ele acabara de recusar um lugar no camarote das *autoridades* para a segunda sessão, se houvesse) olhou com um pouco de ironia um cartaz espalhafatoso de três folhas de uma estrela de cinema alemã, embora seus traços parecessem cuidadosamente espanhóis, pendurado atrás do balcão: LA SIMPATIQUÍSIMA Y ENCANTADORA MARÍA LANDROCK, NOTABLE ARTISTA ALEMANA QUE PRONTO HABREMOS DE VER EN SENSACIONAL FILM.

"… un momentito, señor. Con permiso".

O sr. Bustamente saiu, não pela porta por onde tinham entrado, mas por uma saída lateral atrás do balcão logo à direita deles, que uma cortina separava do cinema. M. Laruelle teve uma boa visão do interior. Dele, exatamente como se a projeção estivesse em curso, vinha um lindo ruído de berros de crianças e mascates que vendiam batatas fritas e frijoles. Era difícil acreditar que tantos tinham deixado seus lugares. Formas escuras de cachorros vadios perambulavam entre as fileiras. As luzes não estavam totalmente apagadas: emitiam uma luminosidade alaranjada e tremulante. Na tela, pela qual transitava uma infindável procissão de sombras à luz de lanternas, via-se, magicamente projetado de cabeça para baixo, um tênue pedido de desculpas pela "sessão suspensa"; no camarote das autoridades, um mesmo fósforo acendeu três cigarros. Ao fundo, onde a luz refletida revelava a palavra SALIDA, ele divisou a figura ansiosa do sr. Bustamente que entrava em seu escritório. Lá fora, trovejava e chovia. M. Laruelle tomou um gole da água enevoada pelo anís que era primeiro verde e refrescante, depois bem enjoativo. Na verdade, não tinha nada a ver com absinto. Mas o cansaço o deixara e ele começou a sentir fome. Sete horas já. Embora Vigil e ele provavelmente fossem jantar mais tarde no Gambrinus ou no Charley's Place. De um pires, escolheu um quarto de limão e chupou, reflexivo, olhando o calendário que, ao lado da enigmática Maria Landrock atrás do balcão, retratava o encontro de Cortez com Moctezuma em Tenochtitlán: EL ÚLTIMO EMPERADOR AZTECA, dizia abaixo, MOCTEZUMA Y HERNÁN CORTÉS REPRESENTATIVO DE LA RAZA HISPANA, QUEDAN FRENTE A FRENTE: DOS RAZAS Y DOS CIVILIZACIONES QUE HABÍAN LLEGADO A UN ALTO GRADO DE PERFECCIÓN SE MEZCLAN PARA INTEGRAR EL NÚCLEO DE NUESTRA NACIONALIDAD ACTUAL. Mas o sr. Bustamente já voltava e trazia, na mão erguida acima do aperto das pessoas junto à cortina, um livro...

M. Laruelle, consciente do choque, revirava o livro em suas mãos. Depois, colocou-o no balcão e tomou um gole de anís. "Bueno, muchas gracias, señor", disse.

"De nada", o sr. Bustamente respondeu em tom baixo; ele afastou com as mãos em um gesto amplo e de alguma forma íntimo, uma forma sombria que avançava com uma bandeja de crânios de chocolate. "Não sei por quanto tempo, talvez dois, talvez três anos aqui."

M. Laruelle olhou a página de rosto outra vez, depois fechou o livro sobre o balcão. Acima deles, a chuva martelava o telhado do cinema. Dezoito meses antes, o cônsul havia lhe emprestado aquele volume marrom e usado com peças elisabetanas. Naquela época, Geoffrey e Yvonne estavam separados havia cinco meses, talvez. Seis meses mais se passariam até ela voltar. No jardim do cônsul, eles passeavam tristonhos por entre as rosas, belas-emílias e flores de cera "iguais a préservatifs dilapidados", o cônsul observara com um olhar diabólico para ele, um olhar ao mesmo tempo quase oficial, que então parecia dizer: "Eu sei, Jacques, que você pode nunca mais devolver o livro, mas suponha que empresto a você exatamente por isso, para você um dia se arrepender de não ter devolvido. Ah, aí eu perdoo você, mas será que você consegue se perdoar? Não só por não ter devolvido, mas porque então o livro terá se transformado num emblema do que mesmo agora é impossível devolver". M. Laruelle aceitara. Queria o livro porque já havia algum tempo que lá no fundo acalentava a ideia de fazer na França uma versão cinematográfica moderna da história de Fausto com algum personagem como Trótski de protagonista: na verdade, ele não tinha aberto o livro até aquele minuto. Embora o cônsul mais tarde tivesse pedido o livro diversas vezes, ele dera pela falta dele naquele mesmo dia, quando devia tê-lo esquecido no cinema. M. Laruelle ouviu a água roncar pela sarjeta debaixo da porta de venezianas da Cervecería xx que dava para uma rua lateral no canto esquerdo. Um súbito trovão sacudiu o prédio todo e o som ecoou ao longe como carvão despejado através de uma calha.

"O señor sabe", ele disse de repente, "que esse livro não é meu."

"Eu sei", o sr. Bustamente respondeu, mas de um jeito manso, quase num sussurro. "Acho que seu amigo, era dele." Deu uma tossida confusa, uma appoggiatura. "Seu amigo, o *bicho*." Aparentemente sensível ao sorriso de M. Laruelle, ele se interrompeu. "Não quis dizer *bitch*; falei *bicho*, aquele de olho azul." Então, como se ainda houvesse alguma dúvida a respeito de quem ele falava, pôs a mão na ponta do queixo e puxou para baixo, numa barba imaginária. "Seu amigo, ah, señor Firmin. El Cónsul. O americano."

"Não. Ele não era americano." M. Laruelle tentou elevar um pouco a voz. Era difícil, porque todo mundo na cantina havia parado de falar e M. Laruelle notou que um curioso silêncio baixara na sala de exibição. A luz agora acabara de vez e ele olhou por cima do ombro do sr. Bustamente, para além da cortina, um escuro de cemitério, apunhalado por flashes de lanternas como raios de calor, mas os vendedores tinham baixado a voz, as crianças parado de rir e gritar, enquanto a reduzida plateia continuava em seus lugares, relaxada e aborrecida, embora paciente diante da tela escura, repentinamente iluminada, varrida por silenciosas sombras grotescas de gigantes, lanças e pássaros, depois escura de novo, os homens ao longo do balcão da direita, que não tinham se dado ao trabalho de se mexer ou descer, um sólido friso escuro entalhado na parede, homens sérios de bigode, guerreiros à espera de que o filme recomeçasse, para vislumbrar as mãos ensanguentadas do assassino.

"Não?", o sr. Bustamente perguntou baixinho. Tomou um gole de sua gaseosa, olhou para o cinema também e depois, preocupado de novo, para a cantina em torno. "Mas era verdade, então, que ele era cônsul? Porque me lembro dele muitas vezes sentado aqui, bebendo; e muitas vezes, coitado, sem meia."

M. Laruelle deu uma risada breve. "É, ele era o cônsul britânico aqui." Falavam baixo, em espanhol, e o sr. Bustamente, desesperado por mais dez minutos de luz, foi convencido a tomar um copo de cerveja, enquanto M. Laruelle tomava um refresco.

Mas não conseguira explicar o cônsul ao gentil mexicano. As luzes tinham voltado outra vez, fracas, tanto no cinema como na cantina, embora a projeção não tivesse recomeçado, e M. Laruelle ficou sozinho numa mesa de canto que vagara na Cervecería xx, com outro anís à sua frente. Seu estômago ia sofrer com aquilo: só no último ano é que passara a beber tanto. Ficou sentado, rígido, o livro de peças elisabetanas fechado sobre a mesa, olhou a raquete de tênis apoiada nas costas da cadeira em frente, guardada para o dr. Vigil. Sentia-se um pouco como alguém deitado numa banheira depois que toda a água escoou, cabeça oca, quase morto. Se tivesse ido para casa, a essa altura já teria terminado de arrumar as malas. Mas não tinha sido capaz nem de tomar a decisão de se despedir do sr. Bustamente. Ainda chovia fora da estação sobre o México, as águas escuras subiam lá fora para engolfar sua própria zacuali na Calle Nicaragua, sua torre inútil contra a chegada do segundo dilúvio. Noite da Culminação das Plêiades! O que, afinal, era um cônsul para alguém se importar com ele? O sr. Bustamente, que era mais velho do que parecia, lembrava da época de Porfirio Díaz, época em que, nos Estados Unidos, toda pequena cidade ao longo da fronteira mexicana abrigava um "cônsul". Na verdade, os cônsules mexicanos eram encontrados até em aldeias a centenas de quilômetros da fronteira. O que se esperava dos cônsules era que cuidassem dos interesses comerciais entre países, não era isso? Mas em cidades do Arizona que não tinham nem dez dólares de comércio anual com o México havia cônsules mantidos por Díaz.

Claro que não eram cônsules, mas espiões. O sr. Bustamente sabia, porque antes da revolução seu próprio pai, um liberal, membro do Ponciano Arriaga, ficara preso durante três meses em Douglas, no Arizona (embora o sr. Bustamente fosse votar em Almazán), por ordem do cônsul mantido por Díaz. Não era então razoável supor, ele insinuara, sem ofensa, e talvez não de todo a sério, que o señor Firmin fosse um cônsul não desses cônsules mexicanos, na verdade, não exatamente da mesma laia desses outros, mas um cônsul inglês que mal podia alegar ter interesses em comércio britânico no coração de um lugar onde não havia interesses britânicos nem ingleses, ainda mais porque considerava-se que a Inglaterra havia rompido relações diplomáticas com o México?

Na realidade, o sr. Bustamente parecia meio convencido de que M. Laruelle se deixara enganar, que o señor Firmin havia sido uma espécie de espião, *spy*, ou de *spider*, como dizia, confundindo as palavras. Mas em nenhum lugar do mundo havia gente mais humana ou prontamente movida a compaixão do que os mexicanos, mesmo votando como votavam em Almazán. O sr. Bustamente tendia a sentir pena do cônsul mesmo ele sendo um *spider*, sentia pena em seu coração pela pobre alma desamparada, trêmula e solitária que se sentara ali bebendo noite após noite, abandonado pela esposa (embora ela tivesse voltado, M. Laruelle quase gritou alto, que coisa extraordinária, ela havia voltado!) e possivelmente, ao lembrar das meias, abandonado até mesmo por seu país, vagando sem chapéu e desconsolado, fora de si pela cidade, perseguido por outros *spiders* que, sem que ele jamais tivesse plena certeza, um homem de óculos escuros que ele tomava por um vagabundo aqui, um homem parado do outro lado da rua que ele achava ser um peão ali, um rapaz careca de brincos se balançando loucamente numa rede que rangia alto acolá, guardavam cada rua e entrada de alameda, que nem mesmo um mexicano podia mais acreditar (porque não era verdade, M. Laruelle falou), mas que ainda era muito possível, como o pai do sr. Bustamente teria garantido, ele que começasse alguma coisa para ver, bem como seu pai havia garantido que ele, M. Laruelle, não poderia atravessar a fronteira em um caminhão de gado, digamos, sem que "eles" soubessem na Cidade do México antes que ele chegasse e já estivesse decidido o que "eles" iam fazer a respeito. Claro que o sr. Bustamente não conhecia bem o cônsul, embora fosse seu hábito ficar de olhos abertos, mas a cidade inteira o conhecia de vista, e a impressão que ele dava, ou pelo menos dera no último ano, além de estar sempre *muy borracho*, claro, era de um homem que vivia em contínuo terror por sua vida. Uma vez, ele entrara correndo na cantina El Bosque, da velha Gregorio, hoje viúva, e gritara algo como "Sanctuario!", que tinha gente atrás dele, e a viúva, mais apavorada ainda, o escondera no quarto dos fundos durante metade da tarde. Não foi a viúva que contou isso a ele, mas o próprio señor Gregorio antes de morrer, cujo irmão era jardineiro dele, do sr. Bustamente, porque a señora Gregorio era ela mesma meio inglesa ou americana e tinha precisado dar alguma difícil explicação tanto ao señor Gregorio como ao irmão dele, Bernardino. No entanto, se o cônsul tinha sido um *spider*, não era mais e podia ser perdoado. Afinal, ele era *simpático*. Pois não o tinha visto uma vez ali naquele mesmo balcão dar todo seu dinheiro a um mendigo levado pela polícia?

Mas o cônsul também não era um covarde, M. Laruelle interrompera, talvez de forma irrelevante, ao menos não do tipo a ter medo por sua vida. Ao contrário, era um homem valente ao extremo, nada menos que um herói de fato, que conquistara, por conspícua galanteria a serviço de sua pátria durante a última guerra, uma cobiçada medalha. Nem devido a todos os seus defeitos seria ele, no fundo, um homem mau. Sem saber bem por quê, M. Laruelle sentiu que ele devia ter comprovado de fato sua grande força para o bem. Mas o sr. Bustamente nunca havia dito que ele era um covarde. O sr. Bustamente foi quase reverente ao apontar que ser covarde e temer pela própria vida eram coisas diferentes no México. Com certeza o cônsul não era mau, e sim um *hombre noble*. No entanto, não podia ser que justamente uma personalidade e uma carreira tão notáveis como M. Laruelle dizia serem as dele o qualificassem para as perigosas atividades de um *spider*? Pareceu inútil tentar explicar ao sr. Bustamente que o trabalho do pobre cônsul era apenas um refúgio, que no início ele pretendera a carreira pública na Índia, acabara no serviço diplomático e, por uma razão ou outra, fora chutado escala abaixo para consulados cada vez mais remotos, e finalmente para a sinecura em Quauhnahuac, posição em que era menos provável que ele se revelasse um incômodo para o Império, coisa que, ao menos em parte, M. Laruelle desconfiava que ele acreditasse de forma apaixonada.

Mas por que tudo isso acontecera? ele se perguntava agora. Quién sabe? Ele arriscou outro anís e ao primeiro gole veio-lhe à mente uma cena, talvez muito inexata (M. Laruelle estivera na artilharia durante a última guerra, à qual ele sobreviveu apesar de, durante algum tempo, seu comandante ter sido Guillaume Apollinaire). Uma calma mortal na linha de batalha, mas, se o S.S. *Samaritan* estivesse lá, estaria muito ao norte. De fato, para um vapor que ia de Xangai a Newcastle, na Nova Gales do Sul, com uma carga de antimônio, mercúrio e tungstênio, o barco traçara por algum tempo uma rota bem estranha. Por que havia adentrado, por exemplo, o oceano Pacífico pelo estreito Bungo, no Japão, ao sul de Shikoku e não longe do mar da China oriental? Durante dias, então, não muito diferente de um carneiro perdido no incomensurável prado verde das águas, o barco passara ao largo de várias ilhas interessantes muito distantes de sua rota. Sōfugan e Chichijima. Nishinoshima e Iwo Jima. Ilhas Vulcano e Sto. Augustine. Foi em algum ponto entre a Farallón de Pájaros e o recife Euphrosine que avistaram o periscópio e voltaram atrás a toda velocidade. Mas, quando o submarino emergiu, o navio parou. Nave comercial desarmada, o *Samaritan* não lutou. Antes que o grupo de abordagem do submarino o atingisse, porém, ele mudou de ânimo. Como por mágica, o cordeiro se transformou em um dragão que cuspia fogo. O submarino alemão nem teve tempo de submergir. Toda sua tripulação foi capturada. O *Samaritan*, que perdera seu capitão no confronto, seguiu viagem e abandonou o submarino a queimar, um charuto aceso na vasta superfície do Pacífico.

E em algum posto obscuro para M. Laruelle — uma vez que Geoffrey não estivera na marinha mercante, mas chegara, via iate clube ou alguma atividade de resgate, a tenente naval, ou, sabe Deus, talvez naquela época a tenente-comandante — o cônsul havia sido em grande parte responsável por essa escapada. Por isso, ou pela bravura ligada a ela, recebera a Ordem ou Cruz Britânica de Serviços Notáveis.

Mas parece ter havido uma ligeira estranheza. Embora todos da tripulação do submarino se tornassem prisioneiros de guerra quando o

Samaritan (que era apenas um dos nomes do navio, embora o preferido do cônsul) aportou, misteriosamente nenhum de seus oficiais estava entre eles. Algo acontecera a esses oficiais alemães, e o que acontecera não era bonito. Falou-se que tinham sido sequestrados pelos foguistas do *Samaritan* e queimados vivos nas caldeiras.

M. Laruelle pensou a respeito. O cônsul amava a Inglaterra e quando jovem podia ter participado do popular ódio ao inimigo — embora fosse duvidoso, uma vez que essa era, naquele tempo, uma prerrogativa sobretudo dos não combatentes. Mas ele era um homem honrado e provavelmente ninguém supôs nem por um momento que tivesse ordenado aos foguistas do *Samaritan* que jogassem os alemães nas caldeiras. Ninguém sonhava que uma ordem dessas viesse a ser obedecida. Mas restava o fato de que os alemães tinham sido jogados nelas, e não adiantava dizer que era o melhor lugar para eles. Alguém tinha que levar a culpa.

Então o cônsul não recebeu sua condecoração sem antes passar pela corte marcial. Foi absolvido. Para M. Laruelle não era nada claro por que ele e ninguém mais devesse ser julgado. Porém era fácil pensar no cônsul como uma espécie mais lacrimosa de pseudo "Lorde Jim" num exílio autoimposto, que, apesar do prêmio, lastimava sua honra perdida, seu segredo e imaginava que um estigma o marcaria por aquilo durante toda a sua vida. No entanto, estava longe de ser esse o caso. Evidentemente, nenhum estigma o marcava. E ele não demonstrara nenhuma relutância em discutir o assunto com M. Laruelle, que anos antes havia lido um cauteloso artigo a respeito no *Paris-Soir*. Ele tinha até sido imensamente engraçado. "As pessoas não pegam e jogam alemães em caldeiras", dissera. Só uma ou duas vezes, durante aqueles últimos meses, quando bêbado, ele começara de repente, para a perplexidade de M. Laruelle, a proclamar não apenas sua culpa na questão, mas que havia sofrido terrivelmente por causa daquilo. Ele foi muito mais longe. Não atribuiu nenhuma culpa aos foguistas. Não veio à tona nenhuma ordem dada a eles. Ele flexionou os músculos e, sardônico, anunciou sua autoria inteiramente individual do fato. Mas nessa época o pobre cônsul já havia perdido quase toda capacidade de dizer a verdade e sua vida tornara-se uma quixotesca invenção oral. Ao contrário de "Jim", ele se tornara bastante displicente com sua honra, e os oficiais alemães eram apenas uma desculpa para comprar mais uma garrafa de mescal. M. Laruelle disse isso ao cônsul e eles discutiram grotescamente, afastaram-se outra vez, quando coisas mais dolorosas não os haviam afastado, e permaneceram desse modo até o fim — de fato, no finalzinho tinha sido triste e perversamente pior que nunca —, como anos antes em Leasowe.

Então voarei de cabeça na terra:
Terra, boquiaberta!, não me abrigará!

M. Laruelle abrira o livro de peças elisabetanas ao acaso e por um momento esqueceu do que havia em torno, olhou as palavras que pareciam ter o poder de conduzir sua cabeça para o fundo de um abismo, como em cumprimento do próprio espírito que a ameaça do Fausto de Marlowe lançara em seu desespero. Só que Fausto não tinha dito bem aquilo. Ele olhou mais atento a passagem. Fausto dissera: "Então correrei impetuosamente na terra" e "Oh, não, ela não...". Não era tão ruim. Naquelas circunstâncias correr não era tão ruim como voar. Entalhada na capa de couro marrom do livro, havia uma figurinha dourada sem rosto, também correndo, com uma tocha na mão, o pescoço longo, a cabeça e o bico aberto de uma íbis sagrada. M. Laruelle suspirou, com vergonha de si mesmo. O que produzira a ilusão, a fugidia luz da vela bruxuleante, associada à tênue, porém agora menos tênue, luz elétrica, ou alguma correspondência, talvez, como Geoff gostava de dizer, entre o mundo subnormal e o anormalmente suspeito? Como o cônsul havia se deleitado naquele jogo absurdo: sortes shakespeareanae... *E as maravilhas que fiz toda a Alemanha pode ver. Entra Wagner, solus... Ich sal you wat suggen, Hans. Dis skip, dat komen from Candy, is als vol, by God's sacrament, van sugar, almonds, cambrick, end alle dingen, towsand, towsand ding.**

---

* Mistura de holandês e inglês, do ato iii, cena 1, da peça teatral *The Shoemaker's Holiday*, [As férias do sapateiro], de Thomas Dekker: "I'll tell you what, Hans; this ship that is come from Candia, is quite full, by God's sacrament, of sugar, civet, almonds cambric, and all things, a thousand, thousand, things". [Te digo uma coisa, Hans; este navio que vem da Candia está bem cheio, em nome de Deus, de açúcar, almíscar, cambraia, e tudo, coisas mil, mil".]

M. Laruelle fechou o livro na comédia de Dekker, depois, diante do barman que o observava, pano de prato manchado no braço, com calada curiosidade, fechou os olhos, abriu o livro de novo, girou um dedo no ar e baixou-o com firmeza numa passagem que voltou então para a luz:

Ceifada está a haste que podia ter crescido direita,
E queimado o ramo de louros de Apolo,
que um dia cresceu dentro desse homem culto,
Fausto se foi: vejam sua queda infernal...

Abalado, M. Laruelle devolveu o livro à mesa, fechou-o com os dedos e o polegar de uma mão, enquanto com a outra alcançou no chão a folha de papel dobrada que havia voado de dentro dele. Pegou o papel entre dois dedos e o desdobrou, olhou o verso. *Hotel Bella Vista*, dizia. Na verdade, havia duas folhas do papel de anotações excepcionalmente fino do hotel, achatadas pelo livro, compridas, mas estreitas e cobertas de ambos os lados com escrita a lápis sem margem. À primeira vista, não parecia uma carta. Mas não havia dúvida, mesmo à luz incerta, a caligrafia, meio garranchosa, meio generosa e totalmente bêbada, era do cônsul, os Es gregos, as hastes voadoras dos Ds, os Ts como cruzes solitárias à beira do caminho salvo onde crucificavam uma palavra inteira, as próprias palavras descendo linha abaixo, embora os caracteres individuais parecessem resistir à descida, retesados, subindo para o lado oposto. M. Laruelle sentiu uma apreensão. Pois via agora que de fato era uma espécie de carta, embora uma carta que o autor sem dúvida teve pouca intenção, talvez nenhuma capacidade de maior esforço tátil, de pôr no correio:

... Noite: e mais uma vez o embate noturno com a morte, o quarto sacudido por orquestras demoníacas, os fragmentos de um sono temeroso, as vozes fora da janela, meu nome continuamente repetido com desprezo por indivíduos imaginários que chegam, as espinetas sombrias. Como se não houvesse ruídos reais suficientes nessas noites cor de cabelo grisalho. Não como o tumulto dilacerante de cidades americanas, o ruído do desenfaixar de grandes gigantes em agonia. Mas o uivo dos cães de rua, os galos que a noite inteira anunciam a alvorada, o martelar, o gemido que será encontrado mais tarde como plumagem branca encolhida em fios de telégrafo, em quintais ou aves aninhadas em macieiras, a eterna tristeza que não dorme nunca do grande México. Por mim, gosto de levar minha tristeza para a sombra de velhos mosteiros, minha culpa para claustros e debaixo de tapeçarias, aos locutórios de cantinas inimagináveis onde oleiros de cara triste e mendigos sem pernas bebem ao amanhecer, cuja fria beleza de junquilho se descobre na morte. De forma que quando você foi embora, Yvonne, fui para Oaxaca. Não existe palavra mais triste. Será que devo te contar, Yvonne, a terrível viagem até lá, através do deserto, na ferrovia de bitola estreita, nas tábuas de um banco de vagão de terceira classe, a criança cuja vida a mãe e eu salvamos esfregando sua barriga com tequila da minha garrafa, ou como, quando fui para meu quarto no hotel onde um dia fomos felizes, o ruído da matança na cozinha abaixo me expulsou para a luz da rua e mais tarde, nessa noite, havia um urubu pousado na pia? Horrores na medida para um nervo gigante! Não, meus segredos são do túmulo e precisam ser mantidos. E é assim que eu às vezes penso sobre mim mesmo, como um grande explorador que descobriu alguma terra extraordinária da qual não pode voltar nunca para dar conhecimento ao mundo: mas o nome dessa terra é inferno.

Não é o México, claro, mas no coração. E hoje eu estava em Quauhnahuac como sempre quando recebi de meu advogado a notícia de nosso divórcio. Foi como se eu tivesse pedido isso. Recebi outras notícias também: a Inglaterra vai romper relações diplomáticas com o México, e todos os seus cônsules — quer dizer, os que são ingleses — estão sendo chamados de volta para casa. São homens bons e gentis, quase todos, cujo nome acho que eu avilto. Não vou voltar para casa com eles. Talvez volte para casa, mas não para a Inglaterra, não para essa casa. Então, à meia-noite, rodei com o Plymouth até Tomalín para ver meu amigo tlaxcaltecano Cervantes, o dono de galos de briga no Salón Ofélia. E dali vim até o Farolito em Parián, onde estou sentado agora, numa salinha que dá para o bar às quatro e meia da manhã enquanto bebo *ochas* e depois mescal e escrevo neste papel de notas de algum Bella Vista que roubei na outra noite, porque o papel de carta do consulado, que é uma tumba, me machuca só de olhar. Acho que sei muito sobre sofrimento físico. Mas este é o pior de todos, sentir a alma morrendo. Me pergunto se é porque esta noite minha alma realmente morreu que sinto no momento algo como paz.

Ou se é porque existe um caminho que atravessa o inferno, como Blake bem sabia, e, embora eu não possa seguir por ele ultimamente, às vezes, em sonhos, sou capaz de vê-lo? E aqui está um estranho efeito que a notícia de meu advogado teve sobre mim. Parece que vejo agora, entre mescais, esse caminho, e além de suas estranhas paisagens, algo como visões de uma nova vida juntos que podemos levar em algum lugar. Parece que nos vejo morando em algum país do norte, de montanhas, montes e água azul; nossa casa construída num braço de mar, e uma noite estamos parados, felizes um com o outro, na sacada dessa casa, olhando a água. Há serrarias meio escondidas por árvores mais adiante e, ao pé das montanhas do outro lado do braço de mar, o que parece uma refinaria de óleo, só que abrandada e embelezada pela distância.

É um anoitecer azul de um verão claro e sem lua, mas tarde, talvez dez horas, com Vênus muito brilhante na luz diurna, de forma que certamente estamos em algum lugar bem ao norte, parados nessa sacada, quando lá embaixo ao longo do litoral vem o trovejar de um trem de carga bem comprido e com muitas locomotivas, trovejar porque, embora estejamos separados dele por essa larga faixa de água, o trem roda para leste e o vento instável muda de repente vindo de um quadrante oriental, e estamos de frente para o leste, como os anjos de Swedenborg, debaixo de um céu claro a não ser ao longe, a nordeste, sobre as montanhas distantes cujo arroxeado empalideceu, há uma massa de nuvens de um branco puro e que de repente, como se pela luz de um lampião de alabastro, se ilumina com luz dourada por dentro, no entanto não se ouve trovão, apenas o rugir do grande trem com suas locomotivas e vastos ecos de manobras avança pelas colinas para dentro das montanhas: e então, de repente, um barco de pesca muito alto contorna o cabo como uma girafa branca, muito ágil e altiva, e deixa diretamente atrás de si uma longa trilha prateada de bordas franzidas, num movimento invisível para a terra, mas agora vindo diretamente, pesada, para a praia, em nossa direção, essa enrolada borda de prata toca a margem primeiro à distância, depois se espalha pela curva da praia, seu trovão e comoção crescentes agora se juntam ao trovão minguante do trem, e depois reboa quebrando em nossa praia, enquanto as boias, porque havia boias de madeira para mergulho, oscilavam junto, tudo em movimento, lindamente agitado, mexido e atormentado por essa lustrosa prata rolando, depois, pouco a pouco, calma de novo, e se vê o reflexo das remotas nuvens brancas de tempestade sobre a água, e o relampejar dentro das nuvens brancas na água funda, quando o barco pesqueiro com uma faixa dourada de luz cambiante na esteira prateada a seu lado, refletida da cabine, desaparece atrás da terra firme, silêncio, e então, de novo, dentro das nuvens distantes de tempestade brancas brancas de alabastro além das montanhas, o relampejar dourado sem trovão no anoitecer azul, de outro mundo...

Nós, ali parados, olhamos e de repente vem o marulhar de outro barco não visto, como uma grande roda, os vastos raios da roda girando a atravessar a baía...

(Vários mescais depois.) Desde dezembro de 1937, quando você foi embora, e ouço dizer que agora é a primavera de 1938, luto deliberadamente contra meu amor por você. Ousei não me submeter a ele. Me agarrei a cada raiz e galho que me ajudem a cruzar sozinho este abismo em minha vida, mas não posso mais me iludir. Se for para eu sobreviver preciso de sua ajuda. Senão, mais cedo ou mais tarde, cairei. Ah, se ao menos você me tivesse dado algo em memória para eu te odiar, porque aí nenhuma lembrança boa de você me tocaria neste lugar terrível em que estou! Mas em vez disso você me mandou aquelas cartas. A propósito, por que mandou as primeiras para Wells Fargo, na Cidade do México? Será que não se deu conta de que eu ainda estava aqui? Ou — se em Oaxaca — de que Quauhnahuac ainda era minha base? É muito estranho. Também teria sido muito fácil descobrir. E também se você tivesse ao menos me escrito *imediatamente*, podia ter sido diferente — até mesmo me mandado um cartão-postal, por causa da angústia comum de nossa separação, um apelo que fosse para que *nós*, apesar de tudo, terminássemos imediatamente aquele absurdo — de alguma forma, de qualquer forma —, dizendo que nos amávamos, qualquer coisa, ou um telegrama, simples. Mas você esperou demais — ou assim parece agora, até depois do Natal — do

Natal! — e do Ano-Novo, e aí o que você mandou eu não consegui ler. Não: nem uma única vez estive livre do tormento ou sóbrio para apreender mais que o propósito principal de qualquer uma dessas cartas. Mas podia, posso, senti-las. Acho que tenho algumas comigo. Mas são dolorosas demais para ler. Me partem o coração. E, de qualquer forma, chegaram tarde demais. E agora acho que não virá mais nenhuma.

Ai, mas por que não fingi ao menos que as li, por que não aceitei o prêmio de retratação pelo fato de terem sido enviadas? E por que não mandei um telegrama ou alguma palavra imediatamente? Ah, por que não, por que não, por que não? Pois suponho que você teria voltado em seu devido tempo se eu te pedisse. Mas é assim viver no inferno. Eu não podia, não posso, mandar um telegrama. Fiquei aqui parado, e na Cidade do México, na Compañía Telegráfica Mexicana, e em Oaxaca, tremia e suava no corrcio, escrevia telegramas a tarde inteira, quando havia bebido o suficiente para ficar com a mão firme, sem mandar nenhum. Uma vez consegui um número seu e efetivamente fiz um interurbano para você em Los Angeles, mas sem sucesso. E da outra vez o telefone quebrou. Então por que não vou eu para os Estados Unidos? Estou doente demais para providenciar as passagens, para sofrer o delírio trêmulo das infinitas planícies de cactos gastos. E por que ir aos Estados Unidos para morrer? Talvez não me importasse ser enterrado nos Estados Unidos. Mas acho que preferia morrer no México.

Nesse meio-tempo, você ainda me vê trabalhando no livro, ainda tentando responder a perguntas como: existe uma realidade última, externa, consciente e eterna etc. etc. que possa ser compreendida por qualquer meio e aceitável a todos os credos e religiões, adequada a todos os climas e países? Ou você me vê entre Misericórdia e Entendimento, entre Chesed e Binah (mas ainda em Chesed) — meu equilíbrio, e equilíbrio é tudo, precário — que oscila, balança sobre o horrendo vazio intransponível, o caminho que é tudo menos irrecuperável do raio de Deus de volta para Deus? Como se eu jamais tivesse estado em Chesed! Mais para Qliphoth. Quando eu devia estar produzindo obscuros volumes de versos intitulados O Triunfo de Humpty Dumpty ou o Nariz com a Piroca Luminosa! Ou, na melhor das hipóteses, como Clare, "a tecer assustadora visão"... Um poeta frustrado em todo homem. Embora talvez seja uma boa ideia na atual circunstância fingir ao menos continuar a própria grande obra sobre "Conhecimento Secreto", para que se possa sempre dizer, quando nunca for publicada, que o título explica sua deficiência.

Mas ai do Cavaleiro da Triste Figura! Porque ah, Yvonne, sou tão assombrado continuamente pela ideia de suas canções, de seu calor e alegria, de sua simplicidade e companheirismo, de suas habilidades de cem maneiras diferentes, de sua santidade fundamental, seu des-leixo, sua arrumação igualmente excessiva — o doce começo de nosso casamento. Você se lembra da música de Strauss que costumávamos cantar? Uma vez por ano, os mortos vivem durante um dia. Ah, venha para mim como veio um dia em maio. Os jardins de Generalife e os jardins de Alhambra. E as sombras de nosso destino em nosso encon-tro na Espanha. O bar Hollywood em Granada. Por que Hollywood? E o convento de lá: por que Los Angeles? E, em Málaga, a Pensión México. No entanto nada pode tomar o lugar da unidade que um dia conhecemos e que, só Deus sabe, deve existir ainda em alguma região. Soube mesmo em Paris — antes de Hugh chegar. Isso também é uma ilusão? Estou sendo completamente piegas, com certeza. Mas ninguém pode tomar seu lugar; eu devia saber disso agora, e rio ao escrever isso, quer eu te ame ou não... Às vezes, sou invadido por uma sensação poderosa, por ciúmes perturbadoramente desesperadores que, quando aprofundados pela bebida, se transformam em um desejo de me destruir pela minha própria imaginação — para ao menos não ser uma presa de — fantasmas...

(Vários mescalitos depois e agora no Farolito)... De qualquer forma, o tempo é um falso curandeiro. Como alguém acha que pode me falar de você? Você não tem como saber a tristeza de minha vida. Infindavelmente assombrado, dormindo e acordado, pela ideia de que você pode precisar de minha ajuda, que não posso dar, assim como preciso da sua, que você não pode, vendo-a em visões e em toda som-bra, fui impelido a escrever isto, que nunca enviarei, para te perguntar o que podemos fazer. Não é incrível? No entanto — não devemos a nós mesmos, àquele eu que criamos, separado de nós, tentar de novo? Ai, o que aconteceu com o amor e o entendimento que tivemos um dia! O que vai acontecer com ele — o que vai acontecer com nossos corações? O amor é a única coisa que dá sentido a nossos pobres caminhos pela terra: não exatamente uma descoberta, temo eu. Você vai achar que estou louco, mas é assim que eu bebo também, como se tomasse um eterno sacramento. Ah Yvonne, não podemos permitir que o que criamos mergulhe no esquecimento desse jeito sórdido…

Erga os olhos para as montanhas, parece que escuto uma voz me dizer. Às vezes, quando vejo o aviãozinho vermelho do correio chegar de Acapulco às sete da manhã sobre os montes estranhos, ou mais provavelmente escuto, me arrepio e estremeço, quase morto na cama (quando estou na cama a essa hora) — só um ronquinho e ele se vai — quando estendo a mão e resmungo, para o copo de mescal, o drinque que, ao levar aos lábios, nem posso acreditar que tive a maravilhosa ideia de deixar à mão na noite anterior, penso que você estará nele, naquele avião que passa toda manhã e que terá vindo me salvar. Então a manhã passa e você não veio. Mas ah, rezo por isso agora, que você venha. Pensando melhor, não vejo por que de Acapulco. Mas pelo amor de Deus, Yvonne, me escute, baixei minhas defesas, no momento elas estão abaixadas — e lá vai o avião, eu o ouvi à distância então, só por um momento, além de Tomalín — volte, volte. Eu paro de beber, qualquer coisa. Estou morrendo sem você. Pelo amor de Cristo Jesus, Yvonne, volte para mim, ouviu, é um grito, volte para mim, Yvonne, mesmo que só por um dia…

M. Laruelle começou a dobrar a carta de novo muito devagar, alisou as dobras com cuidado entre o indicador e o polegar, depois, quase sem pensar, a amassou. Ficou sentado com o papel amassado no punho sobre a mesa, olhando em volta, profundamente abstraído. Nos últimos cinco minutos o cenário dentro da cantina estava todo mudado. Lá fora, a tempestade parecia ter passado, mas nesse meio--tempo a Cervecería xx se enchera de camponeses, que evidentemente fugiam dela. Não se sentaram às mesas, que estavam vazias — pois, embora a projeção ainda não tivesse começado, a maior parte do público voltou para dentro do cinema, agora bastante calado e de prontidão —, mas se acotovelavam no balcão. E havia uma beleza, uma espécie de religiosidade nesse cenário. Na cantina, tanto as velas como as tênues lâmpadas elétricas ainda estavam acesas. Um camponês levava pela mão duas meninas pequenas enquanto o chão estava coberto de cestos, quase todos vazios, encostados uns nos outros, e o barman agora dava uma laranja à mais nova das meninas: alguém saiu, a menina sentou com a laranja, a porta de veneziana girava e girava e girava. M. Laruelle olhou para o relógio — Vigil não iria chegar por mais meia hora — e de novo para as páginas amassadas na mão. O frescor do ar lavado pela chuva penetrava na cantina através das venezianas, e dava para ouvir a chuva que gotejava dos telhados e a água que ainda corria pelas sarjetas na rua, à distância, mais uma vez, os sons do festival. Ele estava a ponto de recolocar a carta amassada dentro do livro, quando, meio distraído, mas num impulso subitamente decisivo, encostou-a na chama da vela. A labareda iluminou toda a cantina com uma explosão de brilho no qual as figuras do balcão — onde ele viu agora, além das crianças pequenas e dos camponeses que eram plantadores de marmelo ou de cacto vestidos com roupas brancas folgadas e chapéus de abas largas, também diversas mulheres de luto vindas dos cemitérios e homens de rosto escuro com ternos escuros de colarinhos abertos e nós da gravata desfeitos — pareceram por um instante se imobilizar como um mural: tinham todos parado de falar e olhavam para ele com curiosidade, todos menos o barman, que pareceu momentaneamente protestar, mas que perdeu o interesse quando M. Laruelle pôs a massa incendiada em um cinzeiro, onde, com lindas formas, ela se dobrou sobre si mesma, um castelo incendiado, desmoronou, reduziu-se a uma colmeia estralejante cujas fagulhas, como pequenos vermes vermelhos, rastejavam e voavam, enquanto acima dela fiapos de cinza voejavam na fumaça fina, uma casca morta agora, vagamente crepitante...

De repente, lá fora, um sino se manifestou e parou de um instante para o outro: *dolente... dolore!*

Acima da cidade, na noite escura e tempestuosa, a roda luminosa girou para trás...

2

"… Um morto será transportado pelo expresso!"

A incansável voz jovial que acabara de arremessar essa observação singular pelo peitoril do bar Bella Vista para a praça, embora seu dono permanecesse invisível, era tão indiscutível e dolorosamente familiar como o espaçoso hotel de sacadas floridas, e tão irreal quanto, Yvonne pensou.

"Mas por que, Fernando, por que um morto seria transportado por expresso, o que você acha?"

O motorista do táxi, mexicano, conhecido também, que acabara de pegar as malas dela — porém não havia nenhum táxi no minúsculo campo de pouso de Quauhnahuac, apenas a sacolejante perua que insistiu em levá-la ao Bella Vista —, pôs as malas de novo na calçada como para assegurar a ela: sei por que a senhora está aqui, mas ninguém reconheceu a senhora, só eu, e não vou contar nada. "Sí, señora", ele disse com uma risadinha. "Señora… El cónsul." Suspirou, inclinou a cabeça com certa admiração na direção da janela do bar. "¡Qué hombre!"

"… por outro lado, droga, Fernando, por que não? Por que um morto não pode ser transportado pelo expresso?"

"Absolutamente necesario."

"… só um bando de alabamalditos camponeses!"

A última era ainda outra voz. Pois o bar, aberto a noite inteira para a ocasião, estava evidentemente lotado. Envergonhada, amortecida pela nostalgia e ansiedade, relutante em entrar no bar lotado, embora igualmente relutante em deixar o motorista do táxi entrar por ela, Yvonne, a consciência tão assolada pelo vento, pelo ar, pela viagem, que parecia ainda estar viajando, ainda navegando porto adentro em Acapulco ontem à noite através de um furacão de borboletas imensas e deslumbrantes que adejaram em meio ao mar para saudar o *Pennsylvania* — num primeiro momento foi como se varressem cascatas de papéis coloridos da galeria do salão —, olhou na defensiva para a praça em torno, realmente tranquila em meio a essa comoção de borboletas ainda em zigue-zague no alto ou além dos pesados portais abertos, desaparecendo sem fim em direção à popa, a praça *delas*, imóveis e brilhantes ao sol matinal das sete da manhã, silente, mas de alguma forma suspensa, em expectativa, já com um olho meio aberto, os carrosséis, a roda-gigante, sonhando levemente, à espera da fiesta mais tarde — os táxis rústicos enfileirados também lá à espera de alguma outra coisa, uma greve de táxis essa tarde, haviam informado a ela confidencialmente. O zócalo igualzinho apesar de seu ar de Arlequim adormecido. O velho coreto vazio, a estátua equestre do turbulento Huerta cavalgando debaixo das árvores vacilantes de olhos arregalados para sempre, espiava o vale além, que, como se nada tivesse acontecido e fosse novembro de 1936 e não novembro de 1938, erguia, eternamente, seus vulcões, seus belos vulcões. Ah, como aquilo tudo era familiar: Quauhnahuac, a cidade dela de água fria de montanha que corria depressa. Onde a águia pousa! Ou, como dissera Louis, de fato significava perto da floresta? As árvores, as maciças profundidades brilhantes dessas antigas árvores de freixo, como conseguira viver sem elas? Yvonne respirou fundo, o ar ainda tinha um toque de amanhecer, o amanhecer desse dia em Acapulco — verde e roxo-escuro lá no alto e ouro a se desenrolar e revelar um rio de lápis-lazúli onde queimava o chifre de Vênus tão ferozmente que ela era capaz de imaginar a sombra tênue projetada por sua luz no campo de pouso, os urubus voando preguiçosos acima do horizonte vermelho-tijolo, a cujo pacífico presságio o aviãozinho da Compañía Mexicana de Aviación subira, como um minúsculo demônio verme-lho, emissário alado de Lúcifer, a biruta abaixo acenando uma firme despedida.

Ela assimilou o zócalo com um último e prolongado olhar — a ambulância abandonada que talvez não tivesse saído do lugar desde que Yvonne estivera ali pela última vez, em frente ao Servicio de Ambulancia dentro do Palácio Cortez, o imenso pôster de papel estendido entre duas árvores que dizia Hotel Bella Vista Gran

BAILE NOVIEMBRE 1938 A BENEFICIO DE LA CRUZ ROJA. LOS MEJORES ARTISTAS DEL RADIO EN ACCIÓN. NO FALTE VD., abaixo do qual alguns hóspedes voltavam, pálidos, exaustos, e a música soou no mesmo instante e a fez lembrar que o baile ainda prosseguia — depois entrou no bar silenciosamente, piscou, míope, na alcoólica penumbra coriácea perfumada de leve, o mar daquela manhã ainda dentro dela, áspero e puro, com as longas ondas do amanhecer que avançavam, subiam e quebravam para brilhar e afundar em elipses sem cor na areia, enquanto pelicanos madrugadores caçando viravam e mergulhavam, mergulhavam e voltavam, e mergulhavam de novo na espuma, movendo-se com a precisão de planetas, as ondas findas correndo de volta para sua calma; havia manchas de espuma espalhadas por toda a praia; ela ouvira, dos barquinhos que oscilavam no Caribe, os rapazes que como jovens Tritões já começavam a soprar suas lamentosas conchas...

O bar, porém, estava vazio.

Ou melhor, continha uma figura. Ainda com seu traje de gala, que não estava especialmente desarrumado, o cônsul, um cacho de cabelo loiro caído sobre os olhos e uma mão fechada em torno do cavanhaque pontudo, estava sentado de lado com um pé em cima do apoio de um banquinho próximo, diante do pequeno balcão em ângulo reto, meio reclinado sobre ele e aparentemente falando sozinho, porque o barman, um rapaz moreno e esquivo de uns dezoito anos, encostado a certa distância no painel de vidro que dividia a sala (de outro bar, ela lembrou, que dava para uma rua lateral), não parecia ouvir. Yvonne ficou parada em silêncio junto à porta, incapaz de qualquer movimento, observando, o ronco do avião ainda dentro dela, o bater do vento e do ar quando se afastaram do mar, as estradas lá embaixo que ainda subiam e desciam, as cidadezinhas passando firmes com suas igrejas corcundas, Quauhnahuac com suas piscinas cor de cobalto que se erguia outra vez, oblíqua, para encontrá-la. Mas a animação da viagem, de montanha sobre montanha, o terrível ataque do sol enquanto a terra girava ainda na sombra, um rio cintilante, uma garganta que serpenteava escura lá embaixo, os vulcões que surgiam abruptamente do leste luminoso, a animação e a saudade tinham desaparecido dela. Yvonne sentiu se comprimir seu espírito, que viera ao encontro do espírito daquele homem. Viu que se enganara a respeito do barman: ele estava ouvindo, afinal. Isto é, não entendia o que Geoffrey (que ela notou estar sem meia) dizia, mas, de toalha nas mãos, inspecionava os copos cada vez mais devagar e esperava uma abertura para dizer ou fazer alguma coisa. Pousou o copo que estava enxugando. Depois pegou o cigarro do cônsul que queimava sozinho num cinzeiro na beira do balcão, deu uma tragada profunda, fechou os olhos com uma expressão de êxtase jocoso, abriu-os e, mal exalando agora a lenta fumaça espiralada pelo nariz e pela boca, apontou para um anúncio de *Cafeaspirina*, onde uma mulher de sutiã escarlate estava deitada num divã todo de arabescos, atrás da fileira superior de garrafas de *tequila añejo*. "Absolutamente necesario", disse ele, e Yvonne entendeu que era a mulher, não a *Cafeaspirina* que ele afirmava ser absolutamente necessária (uma frase do cônsul, sem dúvida). Mas ele não conseguira chamar a atenção do cônsul, então fechou os olhos de novo com a mesma expressão, abriu-os, devolveu o cigarro do cônsul ao cinzeiro e, ainda exalando fumaça, apontou mais uma vez para o anúncio — ao lado dele, ela notou outro, do cinema local, simplesmente LAS MANOS DE ORLAC, CON PETER LORRE — e repetiu: "Absolutamente necesario".

"Um corpo, de adulto ou de criança", o cônsul prosseguiu depois de uma breve pausa para rir dessa pantomima e concordar com uma espécie de agonia, "Sí, Fernando, absolutamente necessário" — isso é um ritual, ela pensou, um ritual entre eles, como existiram um dia rituais entre nós, só que Geoffrey tinha ficado um pouco enfadado com eles no final — e ele voltou a estudar uma tabela de horários azul e vermelha da Ferrovia Nacional Mexicana. Depois ergueu a cabeça de repente e a viu, olhou míope e atento à sua volta antes de reconhecê-la, parada ali, um pouco borrada provavelmente por causa do sol por trás dela, uma das mãos na alça de uma bolsa escarlate que descia até o quadril, parada ali sabendo que ele ia vê-la, meio alegre, um pouco desconfiado.

Ainda com os horários nas mãos, o cônsul se equilibrou sobre os pés quando ela avançou. "*Meu* Deus."

Yvonne hesitou, mas ele não fez nenhum gesto em sua direção; ela deslizou tranquila para a banqueta ao lado dele; não se beijaram.

"Festa surpresa. Voltei... Meu avião chegou há uma hora."

"... quando Alabama aparece a gente não pergunta nada a ninguém", veio de repente do bar do outro lado da divisória de vidro: "A gente entra voando com os calcanhares!"

"De Acapulco, Hornos... vim de navio, Geoff, de San Pedro, Panamá, Pacífico. O *Pennsylvania*. Geoff..."

"... holandeses teimosos! O sol resseca os lábios e eles racham. Ah, meu Deus, uma vergonha! Os cavalos vão todos embora levantando poeira! Eu não aguentava. E pegaram os cavalos também. Eles não perdem tempo. Atiram primeiro e perguntam depois. Você tem toda razão. E é muito bom que se diga isso. Eu pego um bando de camponeses fodidos e não faço pergunta nenhuma. Certo! Fume aqui um cigarro mentolado..."

"Você não adora essas manhãs bem cedinho?" A voz do cônsul, mas não sua mão, estava perfeitamente firme quando ele pôs a tabela de horários no balcão. "Aceite um, como nosso amigo vizinho sugere", ele inclinou a cabeça para a divisória, "um..." o nome no maço de cigarros trêmulo, oferecido e rejeitado, a surpreendeu: Alas! "..."

O cônsul disse com seriedade: "Ah, Hornos... Mas por que vir pelo Cabo Horn? Ele tem o mau costume de abanar o rabo, me contam os marinheiros. Ou será que quer dizer fornos?".

"... Calle Nicaragua, cincuenta dos." Yvonne deu um tostón a um deus escuro a esta altura já de posse das malas dela, ele agradeceu e desapareceu obscuramente.

"E se eu não morasse mais lá." O cônsul, sentado de novo, tremia tão violentamente que teve que segurar com as duas mãos a garrafa de uísque com que se servia de um drinque. "Aceita um?"

"..."

Ou devia aceitar? Devia: muito embora detestasse beber de manhã, sem dúvida devia, sim: era o que ela havia decidido fazer se necessário, não tomar nem um drinque sozinha, mas quantos drinques quisesse com o cônsul. Só que em vez disso sentiu o sorriso sumir de seu rosto que lutava para conter as lágrimas que proibira a si mesma, conter a qualquer custo, pensando e sabendo que Geoffrey sabia o que ela pensava: "Eu estava preparada para isto, eu estava preparada". "Você bebe e eu brindo", ela se viu dizendo. (Na realidade, estava preparada para quase qualquer coisa. Afinal de contas, o que se podia esperar? Ela havia dito a si mesma o tempo todo no navio, um navio porque teria tempo a bordo para se convencer de que sua viagem não era nem impensada nem precipitada, e no avião, quando entendeu que era ambas as coisas, que ela devia tê-lo avisado, que era abominavelmente injusto pegá-lo de surpresa.) "Geoffrey", ela continuou, e se perguntou se não parecia patética sentada ali, todo o seu discurso cuidadosamente pensado, seus planos e tato desaparecendo de maneira tão óbvia na tristeza ou meramente repulsivos — ela se sentia um tanto repulsiva — porque não tomava um drinque. "O que aconteceu com você? Eu te escrevi e escrevi. Escrevi até meu coração rebentar. O que você fez com a sua..."

"... vida", veio do outro lado da divisória. "Que vida! Meu Deus, é uma vergonha. Na minha terra eles não correm. A gente vai se arrebentar desse jeito..."

"Não. Eu pensei, claro, que você tinha voltado para a Inglaterra quando não respondeu. O que aconteceu? Ah, Geoff... você se demitiu do serviço diplomático?"

"... foi até Fort Sale. Pegou seu rifle. Pegou sua Brownings. Pula, pula, pula, pula, pula... sabe, entende?"

"Encontrei com Louis em Santa Barbara. Ele contou que você ainda estava aqui."

"... e nem no inferno você consegue, você não consegue, e é isso que se faz no Alabama!"

"Bom, de fato mesmo, eu só saí uma vez." O cônsul tomou um gole longo e trêmulo de seu drinque e sentou de novo ao lado dela. "Até Oaxaca. Lembra de Oaxaca?"

"Oaxaca?..."

"Oaxaca."

... A palavra era como um coração partido, um súbito dobrar de sinos abafados numa ventania, as últimas sílabas de alguém que morre de sede no deserto. Se ela se lembrava de Oaxaca! As rosas e a grande árvore, era isso?, a poeira e os ônibus para Etla e Nochitlán? e: *damas acompañadas de un caballero, gratis!*". Ou à noite os gritos deles de amor se erguendo no fragrante ar maia antigo, ouvidos apenas por fantasmas? Em Oaxaca, tinham se encontrado uma vez. Ela observava o cônsul, que parecia estar menos na defensiva do que num processo enquanto endireitava os folhetos sobre o balcão e mudava mentalmente do papel que desempenhava com Fernando para o papel que devia desempenhar com ela, observava-o quase com perplexidade: "Sem dúvida estes não podem ser nós dois", ela gritou de repente em seu coração. "Não podem ser nós, alguém diga que não, isto não pode ser *nós dois* aqui!" Divorciar. O que a palavra queria dizer de fato? Ela procurara no dicionário no navio: separar, seccionar. E divorciado significava: separado, seccionado. Oaxaca queria dizer divórcio. Eles não estavam divorciados lá, mas foi para lá que o cônsul foi quando ela partiu, como se para o coração da separação, do seccionamento. No entanto, tinham se amado! Mas era como se o amor deles vagasse por alguma desolada planície de cactos, longe dali, perdido, tropeçando e caindo, atacado por feras selvagens, pedindo socorro… morrendo, para dar um último suspiro com uma espécie de paz cansada: Oaxaca…

… "O mais estranho com esse pequeno morto, Yvonne", o cônsul disse, "é que ele precisa estar acompanhado por uma pessoa que segure sua mão: não, desculpe. Parece que não a mão, só um bilhete de primeira classe." Sorrindo, ele ergueu a mão direita e a sacudiu com um movimento de apagar o giz de um quadro-negro imaginário. "De fato é o tremor que torna insuportável este tipo de vida. Mas ele vai parar: eu bebi só o necessário, portanto ele vai parar. Só o necessário, o drinque terapêutico." Yvonne olhou para ele. "… mas o tremor é o pior, claro", ele continuou. "Depois de um tempinho, consigo gostar do outro e estou muito melhor do que estava, digamos, em Oaxaca" — ela notou nos olhos dele um curioso brilho familiar que sempre a assustou, um brilho agora voltado para dentro como o brilho sombrio daquelas pencas de luzes debaixo das escotilhas do *Pennsylvania* no trabalho de descarregar, só que aquilo ali era um trabalho de espoliação: e ela sentiu um súbito horror de que aquele brilho, como antigamente, se voltasse para fora, para ela.

"Deus sabe que já vi você assim antes vezes demais para ser uma surpresa", dizia o pensamento dela, dizia o seu amor, através da tristeza do bar. "Você me renega de novo. Mas dessa vez há uma profunda diferença. Agora é como uma negação definitiva… ah, Geoffrey, por que você não pode voltar atrás? Tem que ir em frente para sempre, mergulhar nessa escuridão idiota, procurar por ela, mesmo agora, onde não consigo te alcançar, mergulhar sempre na escuridão da separação, do seccionamento! Ah, Geoffrey, por que você faz isso!"

"Mas olhe aqui, esqueça tudo, não é escuridão total", o cônsul parecia dizer em resposta, delicadamente, ao pegar um cachimbo meio cheio e com absoluta dificuldade o acender, e com os olhos dela seguindo os dele que vagavam pelo bar, sem encontrar os do barman, que muito sério e ocupado havia desaparecido no fundo, "você se engana a meu respeito se acha que é escuridão total que eu vejo, e se insiste em pensar assim, como posso te dizer por que eu faço isso? Mas se você olhar aquele sol ali, ah, então talvez encontre a resposta, sabe, olhe como ele entra pela janela: qual beleza pode se comparar à de uma cantina de manhã cedinho? Seus vulcões lá fora? Suas estrelas... Ras Algethi? Antares encolerizado a sul-sudeste? Me desculpe, não. Não tanto a beleza desta aqui necessariamente, a qual, por uma regressão de minha parte, talvez não seja propriamente uma cantina, mas pense em todas as outras terríveis onde as pessoas enlouquecem a tal ponto que logo vão baixar as persianas, porque nem mesmo os portões do céu, se abrindo para me receber, poderiam me encher com tal celestial, complicada e desesperada alegria como as portas de ferro que se abrem enrolando com um estalo, como as treliças tremulantes que admitem aqueles cuja alma treme com a bebida que levam sem firmeza aos lábios. Todo o mistério, toda a esperança, toda a decepção, sim, todo o desastre, está aqui, para além dessas portas de vaivém. E, a propósito, está vendo aquela velha de Tarasco sentada no canto, que você não via antes, mas vê agora?" os olhos dele perguntaram a ela, olharam em torno com o brilho divertido e sem foco do olhar de um amante, seu amor perguntou a ela, "como, a menos que beba como eu, você pode esperar entender a beleza de uma velha de Tarasco que joga dominó às sete da manhã?"

Verdade, era quase misterioso, *havia* mais alguém na sala que ela não notara até o cônsul, sem uma palavra, ter olhado para trás deles: os olhos de Yvonne foram pousar na velha, que estava sentada à sombra, à única mesa do bar. Na beira da mesa sua bengala, feita de aço e com a garra de algum animal como castão, pendurada como uma coisa viva. A velha trazia uma pequena galinha presa num barbante e a mantinha debaixo do vestido, junto ao coração. A galinha espiava para fora com movimentos ousados, bruscos, dissimulados. A velha pôs a pequena galinha sobre a mesa, bem perto, onde ela ciscou entre os dominós, emitindo gritos curtos. Depois a devolveu para dentro do vestido e o puxou ternamente sobre ela. Mas Yvonne desviou os olhos. A velha com a galinha e os dominós gelou seu coração. Era como um mau presságio.

… "Por falar em mortos…" o cônsul serviu-se de outro uísque e assinou uma caderneta de crédito com a mão um tanto mais firme, enquanto Yvonne se dirigia à porta, "… eu gostaria de ser enterrado ao lado de William Blackstone…" Ele empurrou a caderneta de volta para Fernando, a quem, felizmente, ele não tentara apresentá-la. "O homem que foi viver entre os índios. Você sabe quem era, claro." O cônsul parou meio virado para ela, olhou, em dúvida, para o novo drinque que não havia tomado.

"… Nossa, se você quer, Alabama, vá e pegue para você… Eu não quero. Mas se você quer, vá e pegue."

"Absolutamente necesario…"

O cônsul deixou metade da dose.

Lá fora, ao sol, na onda da música tíbia do baile que ainda continuava, Yvonne esperou outra vez, lançou olhares nervosos por cima do ombro para a entrada principal do hotel por onde saíam a todo instante convivas como vespas meio tontas de um ninho escondido enquanto, sem demora, correto, abrupto, exército e marinha, consular, o cônsul, sem quase nenhum tremor agora, encontrou os óculos escuros e colocou-os.

"Bem", disse ele, "parece que os táxis desapareceram. Vamos a pé?"

"Nossa! o que aconteceu com o carro?" Tão confusa pela apreensão de encontrar algum conhecido estava ela, que Yvonne quase pegou o braço de outro homem de óculos escuros, um jovem mexicano esfarrapado encostado à parede do hotel a quem o cônsul, batendo a bengala em seu pulso e com voz algo enigmática, dirigiu um: "Buenas tardes, señor". Yvonne foi na frente, depressa. "Claro, vamos a pé."

O cônsul pegou o braço dela de forma cortês (ela notou que ao mexicano esfarrapado de óculos escuros foi se juntar outro homem com tapa-olho e pés descalços que estava encostado à parede mais à frente e a quem o cônsul dirigiu também um "Buenas tardes", mas não havia mais hóspedes saindo do hotel, apenas os dois homens que polidamente responderam "Buenas" quando eles passaram, um cutucando o outro como se dissessem: "Ele falou 'Buenas tardes', que bacana que ele é!") e seguiram em linha oblíqua pela praça. A fiesta só ia começar muito mais tarde e as ruas que lembravam tantos outros Dias dos Mortos estavam praticamente desertas. Os cartazes coloridos, as serpentinas de papel, rebrilhavam: a grande roda cochilava debaixo das árvores, brilhante, imóvel. Mesmo assim a cidade em torno e abaixo deles estava cheia de ruídos nítidos, remotos, como explosões de rico colorido. ¡BOX! dizia um cartaz. ARENA TOMALÍN. FRENTE AL JARDÍN XICOTANCATL. DOMINGO 8 DE NOVIEMBRE DE 1938. 4 EMOCIONANTES PELEAS.

Yvonne tentou evitar a pergunta:

"Você bateu o carro de novo?"

"Na verdade, eu o perdi."

"Perdeu!"

"É uma pena porque… mas, escute aqui, chega disso, você não está terrivelmente cansada, Yvonne?"

"Nem um pouco! Acho que você é que…"

… ¡BOX! PRELIMINAR A 4 ROUNDS. *El Turco* (GONZALO CALDERÓN DE PAR. DE 52 KILOS) VS. *El Oso* (DE PAR. DE 53 KILOS).

"Tive milhões de horas para dormir no navio! E prefiro *muito* ir a pé, só que…"

"Nada. Só um toque de reumatismo. Ou será o intestino? Por sorte ainda tenho alguma circulação nas pernas."

… ¡BOX! EVENTO ESPECIAL A 5 ROUNDS, EN LOS QUE EL VENCEDOR PASARÁ AL GRUPO DE SEMI-FINALES. *Tomás Aguero* (EL INVENCIBLE INDIO DE QUAUHNAHUAC DE 57 KILOS, QUE ACABA DE LLEGAR DE LA CAPITAL DE LA REPÚBLICA). *Arena Tomalín.* FRENTE AL JARDÍN XICOTANCATL.

"É uma pena não ter o carro, porque a gente podia ir ao boxe", disse o cônsul, que andava exageradamente ereto.

"Detesto boxe."

"… de qualquer modo só vai ser no domingo que vem… Ouvi dizer que haverá algum tipo de rodeio de touros hoje na Tomalín. Você lembra…"

"Não!"

O cônsul ergueu um dedo, em uma dúbia saudação, a um sujeito que parecia ser um carpinteiro e a quem, tanto quanto ela, ele não conhecia e que passou por eles balançando a cabeça, um pedaço serrado de prancha com veios debaixo do braço e que lançou, quase entoou, uma palavra risonha que soou para ele como: "Mescalito!".

O sol brilhava sobre eles, brilhava na eterna ambulância, cujos faróis momentaneamente se transformaram em lupas ofuscantes, reverberava nos vulcões, ela não conseguiu olhar para eles. Nascida no Havaí, ela já tivera vulcões em sua vida. Sentado num banco de parque debaixo de uma árvore na praça, os pés mal tocando o chão, o pequeno escriba público já batucava numa gigantesca máquina de escrever.

"Escolho a única saída, ponto e vírgula", disse o cônsul, alegre e sóbrio, ao passar. "Adeus, ponto-final. Outro parágrafo, outro capítulo, outros mundos..."

Toda a paisagem em torno dela, os nomes das lojas que cercavam a praça: *La China Poblana, vestidos bordados à mão*, os anúncios: BAÑOS DE LA LIBERTAD, LOS MEJORES DE LA CAPITAL Y LOS ÚNICOS EN DONDE NUNCA FALTA EL AGUA, ESTUFAS ESPECIALES PARA DAMAS Y CABALLEROS: e SR. PANADERO: SI QUIERE HACER BUEN PAN EXIJA LAS HARINAS "PRINCESA DONAJI" — pareceram a Yvonne tão estranhamente familiares outra vez e no entanto tão duramente estranhos depois de um ano de ausência, o seccionamento de pensamento e corpo, de modo de ser, tornou-se quase intolerável por um momento. "Você podia ter encomendado a ele responder a algumas das *minhas* cartas", ela disse.

"Olhe, lembra como María chamava aquilo?" O cônsul, com sua bengala, apontou por entre as árvores para o mercadinho americano na esquina oposta ao Palácio Cortez. "Pigly Wigly."

"Não", Yvonne pensou, andou mais depressa e mordeu os lábios. "Não vou chorar."

O cônsul pegou no braço dela. "Desculpe, nunca pensei."

Seguiram pela rua outra vez: quando a atravessaram, ela agradeceu a desculpa sugerida pela vitrine da gráfica para um reajuste. Ficaram parados, como antes, olharam para dentro. A loja, vizinha ao Palácio, mas separada dele pela boca de uma íngreme ruazinha desesperada como um túnel, estava abrindo cedo. Do espelho dentro da vitrine, uma criatura oceânica tão encharcada e bronzeada pelo sol, filtrada pelo vento do mar e por borrifos, olhava para ela e parecia, mesmo com os gestos fugidios da vaidade de Yvonne, estar em algum lugar além da tristeza humana cavalgando as ondas. Mas o sol transformou tristeza em veneno e um corpo brilhante só zombava do coração doente, Yvonne sabia, se não o soubesse aquela criatura escurecida pelo sol, de ondas, de margens marítimas e feno batido! Na vitrine, de ambos os lados desse olhar abstraído de seu rosto espelhado, estavam enfileirados os mesmos valentes convites de casamento de que ela se lembrava, as mesmas fotos retocadas de noivas extravagantemente floríferas, mas dessa vez havia algo que ela não tinha visto antes, que o cônsul agora apontava com um murmúrio de "Estranho", espiando mais de perto: uma ampliação fotográfica se propondo mostrar a desintegração de um depósito glacial na Sierra Madre, de uma grande rocha fendida por incêndios florestais. Essa imagem curiosa, e curiosamente triste — à qual as outras ali exibidas emprestavam uma irônica pungência adicional —, ficava atrás e acima das prensas que já rodavam e seu título era: La Despedida.

Eles continuaram, passaram em frente ao Palácio Cortez, depois pela lateral começaram a descer o barranco que o atravessava na largura. O caminho era um atalho para a Calle Tierra del Fuego, que lá embaixo fazia uma curva para encontrá-los, mas o barranco era pouco mais que um monte de lixo com restos fumegantes e eles tiveram que cuidar por onde iam. Mas Yvonne agora respirava com mais facilidade, agora que deixavam para trás o centro da cidade. *La Despedida*, ela pensou. A Partida! Depois que a umidade e o detrito fizessem seu trabalho, as duas metades seccionadas daquela rocha fendida cairiam por terra. Era inevitável, assim dizia a foto... Seria mesmo? Não haveria um jeito de salvar a pobre rocha de cuja imutabilidade havia tão pouco tempo ninguém sonharia duvidar? Ah, quem teria pensado nisso naquela época senão como uma rocha íntegra e singular? Mas, uma vez que havia fendido, não haveria um jeito, antes que a desintegração total se instalasse, de ao menos salvar as metades fendidas? Não havia nenhum jeito. A violência do fogo que fendera a rocha havia incitado também a destruição de cada rocha separada e anulara a força que poderia conservá-las como unidade. Ah, mas por que, por alguma exótica taumaturgia geológica, não se podia fundir as partes outra vez! Ela queria curar a rocha fendida. Ela era uma das rochas e queria salvar a outra, para que ambas fossem salvas. Por um esforço superlapidar, chegou mais perto da rocha, despejou seus argumentos, suas lágrimas apaixonadas, revelou todo o seu perdão: a outra rocha permaneceu inamovível. "Está tudo muito bem", disse a rocha, "mas acontece que a culpa é sua e, quanto a mim, proponho me desintegrar quanto eu quiser!"

"... em Tortu", dizia o cônsul, embora Yvonne não o acompanhasse, e agora eles tinham saído na Calle Tierra del Fuego propriamente, uma rua estreita e rústica que, deserta, parecia bem desconhecida. O cônsul estava começando a tremer de novo.

"Geoffrey, estou com tanta sede, por que não paramos para tomar um drinque?"

"Geoffrey, vamos ser irresponsáveis e encher a cara juntos antes do café da manhã!"

Yvonne não disse nada disso.

... A Rua da Terra do Fogo! À esquerda, bem altas acima do nível da rua, havia calçadas irregulares com degraus rústicos encravados. Toda a passagem, com uma ligeira corcova no centro onde os esgotos abertos tinham sido preenchidos, se inclinava íngreme para a direita como se tivesse um dia deslizado num terremoto. Desse lado, casas térreas com telhados de cerâmica e janelas retangulares gradeadas ficavam ao nível da rua, mas pareciam estar abaixo. Do outro, acima deles, os dois passavam por pequenas lojas, sonolentas, embora a maioria estivesse se abrindo ou, como o "Molino para Nixtamal, Morelense", já aberta: lojas de arreios, uma leiteria sob a placa *Lechería* (alguém insistia que significava bordel e ela não entendera a piada), interiores escuros com fieiras de pequenas salsichas, chorizos, penduradas acima de balcões onde se podia comprar também queijo de cabra, vinho doce de marmelo, cacau, dentro de uma das quais o cônsul desaparecia agora com um "momentito. Continue que eu te alcanço. Não demoro nem um segundo".

Yvonne seguiu um pequeno trecho, depois voltou. Não tinha entrado em nenhuma dessas lojas desde a primeira semana deles no México e o perigo de ser reconhecida nas abarrotes era pequeno.

Mesmo assim, arrependida de seu impulso tardio de entrar com o cônsul, ela esperou do lado de fora, inquieta como um pequeno iate girando na âncora. A oportunidade de se juntar a ele passou. Uma sensação de martírio pairou sobre ela. Queria que o cônsul a visse, ao sair, esperando ali, abandonada e ofendida. Mas olhou o caminho por onde tinham vindo e esqueceu de Geoffrey por um momento. Era inacreditável. Ela estava em Quauhnahuac outra vez! Lá estavam o Palácio Cortez e, no alto do rochedo, um homem parado olhando o vale que por seu ar de concentração marcial poderia ser o próprio Cortez. O homem se mexeu, destruindo a ilusão. Agora ele parecia menos Cortez e mais o pobre rapaz de óculos escuros que estivera encostado à parede no Bella Vista.

"*Você homem que gosta muito…* vino!" ouviu-se poderosamente de dentro da abarrotes para a rua sossegada, em seguida o rugido de uma risada incrivelmente bem-humorada, mas de rufião, masculina. "Você é… *diablo!*" Houve uma pausa na qual ela ouviu o cônsul falar alguma coisa. "*Ovos!*", a voz bem-humorada explodiu de novo. "Você… *dois diablos*! Você *três diablos*." A voz gargalhou com alegria. "*Ovos!*" Depois: "Quem é a linda *leidi*? — Ah, você… ah, *cinco diablos*, você ah… *ovos*!" jocosamente acompanhado do cônsul, que apareceu neste momento, sorrindo tranquilo na calçada acima de Yvonne.

"Em Tortu", ele disse, agora mais firme de novo, acertando o passo com ela, "a universidade ideal, onde absolutamente nenhuma atividade, me informaram com autoridade, nada, nem mesmo o atletismo, pode interferir com a questão de… cuidado!… beber."

Do nada, apareceu o funeral da criança, o caixãozinho coberto de renda seguido pela banda: dois saxofones, um baixo, um violino, e tocavam nada mais nada menos que "La cucaracha", as mulheres atrás, muito solenes, enquanto vários passos atrás alguns curiosos brincavam e acompanhavam na poeira, quase correndo.

Os dois foram para um lado enquanto o pequeno cortejo descia depressa em direção à cidade, depois caminharam em silêncio sem se olhar. A inclinação da rua se tornou menos acentuada e as calçadas e lojas ficaram para trás. À esquerda, havia apenas um muro baixo com terrenos baldios atrás, enquanto à direita as casas haviam se tornado barracos baixos, abertos, cheios de carvão. O coração de Yvonne, que vinha lutando com uma opressão insuportável, de repente quase parou. Embora não parecesse, aproximavam-se do bairro residencial, território deles.

"Olhe bem onde pisa, Geoffrey!" Mas foi Yvonne quem tropeçou ao virar a esquina em ângulo reto da Calle Nicaragua. O cônsul olhou para ela sem expressão enquanto ela ergueu os olhos ao sol para a bizarra casa do outro lado, perto do alto da rua deles, com duas torres e uma galeria entre elas nas cumeeiras, a qual alguém, um peão virado de costas, também observava com curiosidade.

"É, ela ainda está aí, não saiu do lugar nem um centímetro", ele disse enquanto passavam pela casa à esquerda deles com a inscrição na parede que ela não quis ver e seguiram pela Calle Nicaragua.

"Mas de alguma forma a rua parece diferente." Yvonne voltou a se calar. Na verdade, fazia um tremendo esforço para manter o controle. O que ela não podia explicar era que recentemente, em sua imagem de Quauhnahuac, aquela casa não estava ali! Nas ocasiões em que sua imaginação a levara com Geoffrey pela Calle Nicaragua ultimamente, nem uma vez, pobres fantasmas, eles haviam se deparado com a zacuali de Jacques. Ela desaparecera algum tempo antes, sem deixar nenhum traço, era como se a casa nunca tivesse existido, do mesmo jeito que na mente de um assassino pode acontecer de algum marco proeminente nas vizinhanças de seu crime ser obliterado, de forma que ao voltar ao bairro, antes tão familiar, ele mal sabe para onde virar. Mas a Calle Nicaragua não parecia de fato diferente. Ali estava ela, ainda entulhada de grandes pedras soltas cinzentas, cheia das mesmas crateras lunares e naquele bem conhecido estado de erupção congelada que pareciam obras, mas que de fato apenas testemunhava cinicamente o contínuo embate entre a municipalidade e os donos das propriedades a respeito de sua manutenção. Calle Nicaragua! O nome, apesar de tudo, cantava, plangente, dentro dela: só aquele ridículo choque com a casa de Jacques podia explicar, com uma parte de sua mente, que ela se sentisse calma a respeito.

A rua, larga, sem calçadas, seguia cada vez mais íngreme encosta abaixo, quase toda entre muros altos cobertos por árvores, embora no momento houvesse mais pequenos barracões de carvão à direita, até uma curva à esquerda uns trezentos metros adiante, onde a quase a mesma distância outra vez, acima da casa deles, perdia-se de vista. Árvores encobriam os morros baixos adiante. Quase todas as grandes residências estavam à esquerda deles, construídas bem longe da rua, na direção da barranca, a fim de ficarem de frente para os vulcões do outro lado do vale. À distância, ela viu outra vez as montanhas, através de um espaço entre duas propriedades, um pequeno campo limitado por uma cerca de arame farpado e tomado por grama alta e espetada, como se loucamente desarrumada por um grande vento que houvesse cessado de repente. Lá estavam eles, Popocatépetl e Iztaccíhuatl, embaixadores remotos de Mauna Loa, Mokuaweoweo: nuvens escuras escondiam agora sua base. A grama, ela pensou, não estava tão verde quanto deveria estar no final das chuvas: devia ter havido uma seca, embora as valas de ambos os lados da rua estivessem cheias até a borda de água corrente da montanha e…

"E ele ainda está lá também. Também não se mexeu nem um centímetro." Sem se voltar, o cônsul acenou com a cabeça na direção da casa de M. Laruelle.

"Quem… quem não…", Yvonne hesitou. Olhou para trás: havia apenas o *peon* que tinha parado para olhar a casa e entrava numa alameda.

"Jacques."

"Jacques!"

"Isso mesmo. Na verdade, tivemos momentos fantásticos. Passamos por tudo, desde o bispo Berkeley até a *mirabilis jalapa* das quatro horas."

"Você faz *o quê*?"

"O Serviço Diplomático." O cônsul tinha parado e acendia o cachimbo. "Às vezes eu acho que se pode dizer alguma coisa a favor dele."

"…"

Ele se curvou para deixar um fósforo flutuar na vala transbordante, e de alguma forma eles avançavam, até depressa mesmo: ela ouvia, divertida, o clicar e o crepitar rápido e zangado de seus saltos na rua e a voz aparentemente sem esforço do cônsul por cima de seu ombro.

"Por exemplo, se você tivesse sido adido britânico na embaixada da Bielorrússia em Zagreb em 1922, e eu sempre achei que uma mulher como você se daria muito bem como adido na embaixada da Bielorrússia em Zagreb em 1922, embora só Deus saiba como ela conseguiu sobreviver tanto tempo, você teria adquirido uma certa, não digo exatamente técnica, mas um jeito, uma máscara, um modo, de qualquer forma, de lançar em seu rosto, num instante, um ar de sublime distanciamento desonesto."

"…"

"Embora eu possa ver muito bem o que você acha disso: como a imagem de nossa indiferença implícita, de Jacques e minha, digo, parece a você ainda mais indecente do que, digamos, Jacques não ter ido embora quando você foi ou que não tenhamos rompido nossa amizade."

"…"

"Mas se você, Yvonne, um dia estivesse na ponte de um navio de guerra disfarçado, e eu sempre achei que uma mulher como você se daria muito bem na ponte de um navio de guerra britânico, e olhasse a Tottenham Court Road por um telescópio, só figurativamente, claro, dia após dia, contando as ondas, você teria aprendido…"

"Por favor, olhe onde pisa!"

"Embora tivesse você um dia sido cônsul da Cornocareca, aquela cidade ameaçada pelo amor perdido de Maximiliano e Carlotta, então, ora então…"

¡BOX! ARENA TOMALÍN. EL BALÓN *vs.* EL REDONDILLO.

"Mas acho que não acabei de falar sobre o corpo do menino. O que é realmente incrível é que ele tem que ser revistado, rigorosamente revistado, na fronteira dos Estados Unidos para sair. Enquanto o preço do bilhete para ele é equivalente a dois passageiros adultos…"

"…"

"Porém, como você parece não querer me ouvir, tem uma outra coisa que talvez eu deva te contar."

"…"

"Uma outra coisa, repito, muito importante, que talvez eu deva te contar."

"Sei. O que é?"

"Sobre Hugh."

Yvonne falou afinal:

"Você tem notícias de Hugh. Como ele está?"

"Está em casa comigo."

... ¡BOX! ARENA TOMALÍN. FRENTE AL JARDÍN XICOTANCATL. *Domingo 8 de Noviembre de 1938. 4 Emocionantes Peleas.* EL BALÓN VS. EL REDONDILLO.

LAS MANOS DE ORLAC. CON PETER LORRE.

"*O quê?*" Yvonne estacou.

"Parece que dessa vez ele esteve nos Estados Unidos numa fazenda de gado", o cônsul dizia com muita seriedade enquanto de alguma forma, de qualquer forma, continuavam andando, mas agora mais devagar. "Por quê, só Deus sabe. Não pode ter sido para aprender a montar a cavalo, mesmo assim ele apareceu faz mais ou menos uma semana com uma roupa nitidamente falsificada, igual a Hoot S. Hart em *O passo da morte*. Ao que parece, ele se teletransportou ou foi deportado dos Estados Unidos num caminhão de gado. Não tenho a pretensão de saber como a imprensa se informa desses assuntos. Ou talvez fosse um palpite... De qualquer forma, ele chegou a Chihuahua com o gado e um parceiro armado, um pistoleiro chamado... Weber?... esqueci, de qualquer forma, não conheci, levou Hugh de avião pelo resto do trajeto." O cônsul bateu o cachimbo no salto do sapato, sorrindo. "Parece que hoje em dia todo mundo vem de avião me ver."

"Mas... mas *Hugh*... eu não entendo..."

"Ele tinha perdido as roupas na viagem, mas não por descuido, se é que dá para acreditar, só que na fronteira queriam fazer com que ele pagasse imposto mais alto do que elas valiam, então naturalmente ele deixou as roupas para trás. Mas não tinha perdido o passaporte, o que é fora do comum talvez, porque de alguma forma ele ainda está no *Globe* de Londres, embora eu não faça a menor ideia de em qual função... Claro que você sabe que ele ficou bem famoso ultimamente. Pela segunda vez, caso você não saiba da primeira."

"Ele sabia do nosso divórcio?" Ivonne conseguiu perguntar.

O cônsul negou com a cabeça. Seguiram devagar, o cônsul com os olhos no chão.

"Você contou?"

O cônsul manteve silêncio, andava mais e mais devagar. "O que eu disse", ele falou afinal.

"Nada, Geoff."

"Bom, agora ele já sabe que estamos separados, claro." Com a bengala, o cônsul decapitou uma papoula vermelha empoeirada que crescia ao lado da vala. "Mas ele esperava que nós dois estivéssemos aqui. Acho que ele tinha alguma ideia de que nós podíamos... mas eu evitei contar para ele que o divórcio tinha acontecido. Quer dizer, acho que evitei. Eu queria evitar. Até onde eu sei, sinceramente, eu não tinha contado quando ele foi embora."

"Então ele não está mais com você."

O cônsul explodiu numa risada que virou uma tosse. "Ah, está, sim! Com toda certeza, está... Na verdade, eu quase morri de tensão com as operações de salvamento dele. O que quer dizer que ele está tentando 'me endireitar'. Você percebe? Reconhece o fino toque italiano dele? E ele quase literalmente conseguiu, logo de cara, com algum composto malévolo de estricnina que ele preparou. Mas...", durante um breve momento, o cônsul pareceu ter dificuldade de pôr um pé na frente do outro, "para ser mais concreto, ele de fato tinha uma razão melhor para ficar do que fazer o papel de Theodore Watts Dunton. Para o meu Swinburne." O cônsul decapitou outra papoula. "Swinburne mudo. Ele soube de alguma história enquanto estava de férias na fazenda e veio atrás dela aqui igual a um trapo vermelho atrás de um touro. Não te contei?... Razão por que... eu não disse isso antes?... ele foi para a Cidade do México."

Depois de algum tempo, Yvonne disse com voz fraca, mal ouvindo a si mesma: "Bom, nós podemos ficar um pouquinho juntos, não é?".

"Quién sabe?"

"Mas você disse que ele está na Cidade agora", ela replicou depressa.

"Ah, ele vai deixar o emprego, pode estar em casa agora. De qualquer forma, volta hoje, acho. Ele diz que quer 'ação'. Coitado, está adotando uma linha bem popular hoje em dia." Sincero ou não, o cônsul acrescentou com uma dose do que soou como indulgência: "E só Deus sabe qual será o fim dessa urgenciazinha romântica dele".

"E como ele vai se sentir", Yvonne perguntou, repentinamente valente, "quando encontrar de novo com você?"

"É, bom, não tem muita diferença, não deu tempo de aparecer, mas eu estava a ponto de dizer", o cônsul continuou com uma ligeira aspereza, "que os tempos terríveis, os de Laruelle e os meus, eu quero dizer, acabaram com a chegada de Hugh." Ele cutucava o chão com a bengala, deixando por instantes pequenos padrões ao prosseguir, como um cego. "Principalmente os meus, porque Jacques tem estômago fraco e costuma passar mal depois de três drinques, depois de quatro começa a virar o Bom Samaritano e, depois de cinco, Theodore Watts Dunton também... De forma que eu gostei, por assim dizer, da mudança de técnica. Ao menos na medida em que acho que agora posso agradecer, em nome de Hugh, se você não disser nada a ele..."

"Ah..."

O cônsul pigarreou. "Não que na ausência dele eu tenha bebido muito, e não que eu não esteja agora absolutamente sóbrio e frio, como você pode ver com toda a clareza."

"Ah, sem dúvida." Yvonne sorriu, cheia de pensamentos que já a tinham arrastado para milhares de quilômetros de tudo aquilo, em uma frenética retirada. No entanto, ela estava ali, caminhando devagar ao lado dele. E, do mesmo modo prudente que um alpinista num lugar alto e sem proteção olha os pinheiros lá em cima no precipício e se consola dizendo "Que me importa o vazio abaixo de mim, seria bem pior se eu estivesse num daqueles pinheiros lá em cima!", ela fez um esforço para escapar do momento: parou de pensar ou pensou na rua outra vez, lembrou do último relance pungente que tivera dela — e como as coisas pareciam ainda mais desesperadoras naquele momento! — no começo daquela fatídica viagem à Cidade do México, olhando para trás ao virarem a esquina em um Plymouth agora perdido, que sacudia, esmagava a suspensão nos buracos, parava, depois se arrastava, pulava para a frente outra vez, relava nos muros, sem importar de qual lado. Eles eram mais altos do que ela se lembrava e cobertos de buganvílias; maciços blocos ardentes em flor. Acima delas, dava para ver o topo das árvores, os ramos pesados e imóveis, e de vez em quando uma torre de vigia, o eterno mirante do estado de Parián, plantado entre elas, as casas invisíveis ali, abaixo dos muros, e do alto também, como ela um dia se dera ao trabalho de descobrir, encolhidas dentro de seus pátios, os mirantes cortados, flutuantes como solitárias cumeeiras da alma. Também não dava para distinguir muito melhor as casas através da renda de ferro fundido dos portões altos, que lembravam vagamente New Orleans, trancadas atrás desses muros, nos quais havia recados furtivos de amantes escritos a lápis e que com tanta frequência escondiam o sonho de um lar mais espanhol que mexicano. A vala do lado direito que era subterrânea por um trecho e outro daqueles barracões baixos construídos na rua franziu o cenho para ela com seus sinistros depósitos abertos de carvão, onde María costumava ir buscar o carvão para eles. Depois a água tremulou para fora sob o sol e do outro lado, através de um espaço entre os muros, o Popocatépetl emergiu sozinho. Sem que ela percebesse tinham passado a esquina, a entrada da casa deles visível.

A rua agora estava absolutamente deserta e silenciosa, a não ser pelo murmurar das valas que ali se transformaram em dois ferozes riozinhos que apostavam corrida um com o outro: aquilo a relembrou, confusamente, de que no coração, antes de encontrar Louis, e quando imaginava em parte que o cônsul estaria na Inglaterra, tentara conservar Quauhnahuac como uma espécie de trilha segura onde o fantasma dele poderia passear infindavelmente, acompanhado apenas da sombra dela, indesejada e consoladora, acima das águas de uma possível catástrofe a se elevar.

Então, desde outro dia Quauhnahuac tinha parecido, embora ainda vazia, diferente, purgada, limpa do passado, com Geoffrey ali sozinho, mas agora, em carne e osso, redimível, querendo a ajuda dela.

E ali, de fato, estava Geoffrey, não apenas sozinho, não apenas querendo a ajuda dela, mas vivendo em meio à culpa dela, uma culpa que, sob todos os aspectos, ele havia curiosamente sustentado...

Yvonne agarrou a bolsa, de repente abstraída e quase sem consciência dos marcos que o cônsul, aparentemente recuperado, indicava em silêncio com a bengala: a alameda campestre à direita, a igrejinha com as lápides que havia sido transformada em escola e a barra horizontal no parquinho, a entrada escura no fosso da mina de ferro que corria por baixo do jardim, os muros altos de ambos os lados temporariamente desaparecidos.

De ida e volta da escola...
Popocatépetl
Era o seu dia brilhante...

O cônsul cantarolou. Yvonne sentiu o coração derreter. Uma sensação de compartilhamento, uma paz de montanha, pareceu pousar entre eles; era falsa, era uma mentira, mas por um momento foi quase como se eles estivessem voltando do mercado para casa em dias passados. Ela pegou o braço dele, rindo, acertaram o passo. Então lá estavam os muros outra vez, e o caminho deles descia para a rua onde ninguém havia levantado poeira, já pisada por pés descalços, e lá estava o portão deles, solto das dobradiças e caído além da entrada, como, por sinal, sempre estivera, desafiadoramente, meio escondido debaixo do tufo de buganvílias.

"Então, Yvonne. Vamos lá, querida… Estamos quase em casa!"

"É."

"Estranho…", disse o cônsul.

Um cachorro horroroso de rua os seguiu e entrou com eles.

3

A tragédia, decretada, ao seguirem pela curva da entrada, não só pelos buracos abertos nela como pelas plantas altas e exóticas, lívidas e crepusculares através dos óculos escuros dele, perecendo sob todos os aspectos de sede desnecessária, dando a impressão de quase cambalear umas contra as outras, mas lutavam como moribundos voluptuosos na fantasia de manterem alguma atitude final de potência, ou de uma fecundidade coletiva desolada, o cônsul pensou, distante, parecia revisada e interpretada por uma pessoa que caminhava a seu lado, sofria por ele e dizia: "Olhe: veja que estranhas, que tristes, podem ser as coisas conhecidas. Toque esta árvore que um dia foi sua amiga: ai!, que aquilo que você conheceu no sangue possa parecer tão estranho! Olhe aquele nicho no alto da parede na casa onde Cristo ainda está, sofrendo, que poderia te ajudar se você pedisse: você não pode pedir a ele. Pense na agonia das rosas. Veja, no gramado os grãos de café de Concepta, você costumava dizer que eram de María, secando ao sol. Ainda se lembra do doce aroma deles? Olhe: as bananeiras com sua estranha e conhecida floração, um dia emblemático da vida, agora de uma pérfida morte fálica. Você não sabe mais amar essas coisas. Todo seu amor agora é para as cantinas: a tênue sobrevivência de um amor pela vida transformado em veneno, que só não é totalmente veneno, e o veneno se transformou em sua comida diária, quando na taverna...".

"Então Pedro também foi embora?" Yvonne segurava o braço dele com força, mas sua voz era quase natural, ele sentiu.

"Foi, graças a Deus!"

"E os gatos?"

"Perro!", disse o cônsul e tirou os óculos, amável com o vira-lata que tinha aparecido, de modo familiar, junto de seus pés. Mas o animal recuou no caminho da entrada. "Embora o jardim esteja uma bagunça de rajá, eu acho. Estamos praticamente sem jardineiro esses meses todos. Hugh arrancou umas ervas daninhas. Limpou a piscina também... Ouviu? Deve estar cheia hoje." A rampa de entrada se ampliava para uma pequena área e desembocava num caminho que cortava obliquamente o gramado estreito e íngreme, com ilhas de canteiros de rosas até a porta da "frente", que na verdade ficava nos fundos da casinha branca e baixa cujo telhado era coberto com telhas cor de vaso de flores, iguais a canos bisseccionados. Vislumbrado entre as árvores, com sua chaminé no canto extremo esquerdo, da qual subia um fio de fumaça escura, o bangalô pareceu por instantes um lindo naviozinho ancorado. "Não. Meu destino tem sido enfrentar enganação e processos por pagamentos atrasados. E formigas-cortadeiras, várias espécies. A casa foi arrombada uma noite quando eu não estava. E enchente: o esgoto de Quauhnahuac nos visitou e nos deixou com algo que até recentemente cheirava como o Ovo Cósmico. Mas não ligue, talvez você possa..."

Yvonne soltou o braço dele para levantar o tentáculo de uma trepadeira de trombeta americana que crescia do outro lado do caminho.

"Ah, Geoffrey! Onde estão minhas camélias? ..."

"Só Deus sabe." O gramado era dividido por um riacho paralelo à casa, atravessado por uma prancha espúria como ponte. Entre solanáceas e rosas uma aranha tecera uma teia intrincada. Com gritos pétreos, um bando de tesourinhas mergulhou acima da casa num rápido voo escuro. Eles atravessaram a prancha e estavam na "varanda".

Uma velha com rosto de um gnomo negro altamente intelectual, como o cônsul sempre achou (talvez amante de algum rústico guarda da mina que um dia correra por baixo do jardim), levava ao ombro o inevitável esfregão, o trapeador ou marido americano, saiu pela porta da "frente", esfregando os pés — o esfregar, no entanto, aparentemente não identificado, controlado por mecanismos independentes. "Esta é a Concepta", disse o cônsul. "Yvonne: Concepta. Concepta: a señora Firmin." A gnoma deu um sorriso de criança que momentaneamente transformou seu rosto num inocente rosto de menina. Concepta enxugou as mãos no avental: estava apertando a mão de Yvonne enquanto o cônsul hesitava, olhava e estudava com sóbrio interesse (embora a esta altura ele de repente se sentisse mais agradavelmente "alto" do que em qualquer momento desde pouco antes daquele período em branco da noite anterior) a bagagem de Yvonne na varanda diante dele, três malas e uma caixa de chapéu tão ornada de etiquetas que poderia explodir numa espécie de floração para dizer eis a sua história: Hotel Hilo Honolulu, Villa Carmona Granada, Hotel Theba Algeciras, Hotel Peninsula Gibraltar, Hotel Nazareth Galilee, Hotel Manchester Paris, Cosmo Hotel Londres, o s.s. *Ile de France*, Regis Hotel, Canada Hotel México D.F. — e então as etiquetas novas, as flores mais recentes: Hotel Astor Nova York, Town House Los Angeles, s.s. *Pennsylvania*, Hotel Mirador Aca-pulco, Compañía Mexicana de Aviación. "El otro señor?", o cônsul perguntou a Concepta, que balançou a cabeça com deliciada ênfase. "Ainda não voltou. Tudo bem, Yvonne, acredito que vai querer seu antigo quarto. De qualquer forma, Hugh está no quarto dos fundos com a máquina."

"Máquina?"

"A máquina de cortar grama."

"… por qué no, agua caliente", a voz macia, musical e bem--humorada de Concepta subia e descia enquanto ela carregava duas malas, arrastando os pés.

"Então tem água quente para você, o que é um milagre!"

Do outro lado da casa, a vista era de repente espaçosa e ventilada como o mar.

Além da barranca, as planícies ondulavam até o sopé dos vulcões, para dentro de uma barreira de escuridão acima da qual se erguia o cone puro do velho Popo, e espalhados para a esquerda dele, como uma Cidade Universitária na neve, os picos recortados de Iztaccíhuatl, e por um momento eles ficaram parados na varanda sem falar, sem se dar as mãos, as mãos apenas se tocando, como se não bem certos de estarem sonhando, cada um deles isolado em seu catre despojado, as mãos apenas fragmentos voadores de suas memórias, meio temerosas de comungar, mas se tocando por cima do rugido do mar na noite.

Imediatamente abaixo deles, a piscininha risível continuava a encher por meio de uma mangueira que vazava ligada a um hidrante, embora já estivesse quase cheia; eles próprios a tinham pintado um dia, azul dos lados e no fundo; a tinta quase não desbotara e refletia o céu, macaqueava o céu, a água parecia de um turquesa profundo. Hugh havia podado a beira da piscina, mas o jardim descia além dela numa confusão indescritível de roseiras bravas, das quais o cônsul desviou os olhos: a agradável sensação evanescente de bebedeira se acabava...

Distraído, ele olhou em torno da varanda que abraçava também brevemente o lado esquerdo da casa, a casa em que Yvonne ainda não havia entrado, e agora, como em resposta à prece dele, Concepta vinha vindo ao longo dela. O olhar de Concepta estava fixo na bandeja que levava, ela não olhava nem para a direita nem para a esquerda, nem para as plantas pendentes, empoeiradas e murchas no parapeito baixo, nem para a rede manchada, nem para o mau melodrama de uma cadeira quebrada, nem para o sofá estripado, nem para os incômodos Quixotes empalhados curvos em suas montarias de palha na parede da casa, ela arrastava os pés para mais perto deles, por cima da poeira e das folhas mortas que ainda não havia varrido do piso de tijolos vermelhos.

"Concepta conhece meus hábitos, sabe?" O cônsul então olhou a bandeja onde havia dois copos, uma garrafa de Johnny Walker pela metade, um sifão de água gaseificada, uma jarra com gelo derretendo e uma garrafa de aspecto sinistro, também pela metade, que continha uma poção turva e vermelha como um clarete ruim, ou talvez um xarope para tosse. "De qualquer modo, esta é a estricnina. Quer um uísque com soda?... O gelo parece ser em sua honra. Nem um absinto?" O cônsul mudou a bandeja do parapeito para uma mesa de vime que Concepta trouxera para fora.

"Deus me livre, para mim não, obrigada."

"... Um uísque puro então. Vamos lá. O que você tem a perder?"

"... Deixe eu tomar o café da manhã antes!"

"... Ela podia ter dito sim para variar", uma voz falou no ouvido do cônsul neste momento com incrível rapidez, "pois agora é claro coitado de você querendo horrivelmente se embebedar de novo não é mesmo uma vez que o problema de fato como se pode ver é a muito sonhada volta de Yvonne mas deixe de lado a angústia meu rapaz isso não é nada", a voz tagarelou, "criou em si mesma a situação mais importante de sua vida a não ser exatamente a situação muito mais importante que cria por sua vez de você precisar de quinhentos drinques para lidar com ela", a voz que ele reconheceu ser de um agradável e impertinente espírito familiar, talvez com chifres, pródigo em disfarces, um especialista em casuística, e que acrescentou severamente, "mas você é homem de fraquejar e tomar um drinque nesta hora crítica Geoffrey Firmin você não é você vai lutar contra isso já lutou contra essa tentação não lutou lutou não então tenho de te lembrar que na noite passada não recusou não recusou drinque após drinque e finalmente depois de um bom soninho até ficou totalmente sóbrio não ficou ficou não ficou sim nós sabemos que depois de ter ficado só bebeu o suficiente para corrigir seu tremor um autocontrole de mestre que ela não consegue nem pode imaginar!"

"Mas de alguma forma eu sinto que você não acredita na estricnina", disse o cônsul com sereno triunfo (havia um imenso conforto, no entanto, na mera presença da garrafa de uísque) e serviu da garrafa sinistra meio copo da mistura. Eu resisti à tentação por dois minutos e meio pelo menos: minha redenção está garantida. "Nem eu acredito na estricnina, você vai me fazer chorar outra vez, seu idiota Geoffrey Firmin, vou te dar um chute na cara, ó idiota!" Era outro familiar, o cônsul ergueu o copo em sinal de agradecimento e bebeu metade de seu conteúdo pensativamente. A estricnina — por ironia ele pusera um pouco de gelo nela — era doce, parecida com cassis; produzia talvez uma espécie de estímulo subliminar, percebido vagamente: o cônsul, que ainda estava de pé, tinha consciência também de um tênue amaciar de sua dor, desprezível...

"Mas você não percebe seu cabrón que ela pensa que a primeira coisa em que você pensa depois que ela chegou em casa desse jeito é num drinque mesmo que só um drinque de estricnina cuja intrusiva necessidade e justaposição cancelam sua inocência de forma que você percebe que podia também diante de tal hostilidade não começar agora com o uísque em vez de mais tarde não com a tequila onde ela está junto à parede tudo bem tudo bem nós sabemos onde ela está que seria o começo do fim nem com o mescal que seria o fim embora um fim danado de bom talvez mas uísque o bom e velho saudável fogo que arranha a garganta dos ancestrais de sua esposa nasció 1820 y siguiendo tan campante e depois você podia talvez tomar uma cerveja que te faria bem e cheia de vitaminas pois seu irmão vai estar aqui e é uma ocasião importante e isso talvez seja todo o foco para celebração claro que é e ao beber o uísque e depois a cerveja você pode afinar poco a poco como deve ser, mas todo mundo sabe que é perigoso tentar isso muito depressa ainda sustentando a boa ação de Hugh de endireitar você claro que consegue!" Era seu primeiro familiar de novo e o cônsul, com um suspiro, pôs o copo na bandeja com uma mão desafiadoramente firme.

"O que foi que você disse?", ele perguntou.

"Eu falei três vezes", Yvonne ria, "pelo amor de Deus, tome um drinque decente. Não precisa beber esse negócio para me impressionar... Eu fico sentada aqui e faço um brinde."

"*O quê?*" Ela estava sentada no parapeito olhando o vale com toda a aparência de interessado prazer. Havia uma calma total no jardim. Mas o vento deve ter mudado de repente; Ixta desaparecera enquanto o Popocatépetl estava quase totalmente obscurecido por colunas horizontais de nuvens negras, como fumaça emitida na montanha por diversos trens correndo paralelos. "Pode dizer isso de novo?" O cônsul pegou a mão dela.

Abraçaram-se apaixonadamente, ou ao menos parecia: em algum lugar, saído do céu, um cisne, paralisado, mergulhou para a terra. Diante da cantina El Puerto del Sol na Independencia, os homens condenados já estariam se reunindo ao calor do sol, à espera de que as portas subissem com um estrondo de trombetas...

"Não, vou ficar com meu velho remédio, obrigado." O cônsul tinha quase caído para trás em sua cadeira de balanço verde e quebrada. Ficou sentado sobriamente na frente de Yvonne. Esse então era o momento, esperado debaixo de camas, dormindo em cantos de bares, no limiar de escuras florestas, alamedas, bazares, prisões, o momento em que... mas o momento, natimorto, passou: e atrás dele a *ursa horribilis* da noite avançara para mais perto. O que ele tinha feito? Dormido em algum lugar, isso era certo. *Tak: tok: socorro: socorro*: a piscina tiquetaqueava como um relógio. Ele tinha dormido: o que mais? Sua mão procurou nos bolsos da calça social e tocou a borda dura de uma pista. O cartão que ele trouxe à luz dizia:

ARTURO DÍAZ VIGIL

MÉDICO CIRUJANO Y PARTERO

ENFERMEDADES DE NIÑOS

INDISPOSICIONES NERVIOSAS

CONSULTAS DE 12 A 2 Y DE 4 A 7

AV. REVOLUCIÓN NÚMERO 8

"… Você voltou mesmo? Ou só veio me ver?", o cônsul perguntou a Yvonne com delicadeza ao guardar de volta o cartão.

"Estou aqui, não estou?" Yvonne disse alegremente, até com uma nota de desafio.

"Estranho", o cônsul comentou, e tentou um pouco se levantar para pegar o drinque que Yvonne havia ratificado apesar dele mesmo e da voz rápida que protestou: "Maldito idiota Geoffrey Firmin, vou chutar tua cara se beber, se tomar um drinque eu vou gritar, ó idiota!". "No entanto, é incrivelmente valente de sua parte. E se… eu estou numa bela de uma confusão, sabe."

"Mas você está *surpreendentemente* bem, eu acho. Não faz *ideia* de como está com boa aparência." (O cônsul, de um jeito ridículo, havia flexionado os bíceps e os apalpava: "Ainda forte como um touro, por assim dizer, forte como um touro!".) "Como eu estou?", ela parecia ter dito. Yvonne desviou um pouco o rosto, ficou de perfil.

"Eu ainda não disse?" O cônsul olhou para ela. "Linda… Bronzeada." Ele tinha dito aquilo? "Bronzeada como uma fruta. Você tem nadado", ele acrescentou. "Parece ter tomado muito sol… Aqui também faz muito sol, claro", ele continuou. "Como sempre… Sol demais. Apesar da chuva… Sabe, eu não gosto."

"Ah, gosta, sim, de verdade", ela pareceu responder. "Nós podíamos ir para o sol, sabe."

"Bom…"

O cônsul sentou na frente de Yvonne, na cadeira de balanço verde quebrada. Talvez fosse apenas a alma, ele pensou, que emergia devagar da estricnina numa forma de distanciamento, para disputar com Lucretius, que ficou mais velho, enquanto o corpo poderia se renovar muitas vezes, a menos que tivesse adquirido um hábito inalterável de idade. E talvez a alma vicejasse em seus sofrimentos, e nos sofrimentos que infligira a sua esposa, a alma dela havia não só vicejado, mas florescido. Ah, e não só nos sofrimentos que ele infligira. Que dizer daqueles pelos quais era responsável o fantasma adúltero chamado Cliff, que ele sempre imaginava como apenas um fraque e um pijama listrado aberto na frente? E o filho, estranhamente também chamado Geoffrey, que ela tivera com o fantasma, dois anos antes da primeira passagem dela para Reno e que teria seis anos, se não tivesse morrido na idade de outros tantos meses e outros tantos anos atrás, de meningite, em 1932, três anos antes de eles próprios se encontrarem e se casarem em Granada, na Espanha? Ali estava Yvonne, de todo modo, bronzeada, jovem, sem idade: aos quinze anos, ela contara a ele (isto é, lá pela época em que devia atuar naqueles filmes de faroeste os quais M. Laruelle, que não os tinha visto, garantiu seguramente terem influenciado Eisenstein ou alguém), tinha sido uma garota de quem as pessoas diziam: "Ela não é bonita, mas vai ficar atraente"; aos vinte anos, ainda diziam isso e, aos vinte e sete, quando ela se casou com ele, isso ainda era verdade, de acordo, claro, com a categoria com a qual as pessoas percebem essas coisas: era igualmente verdade sobre ela agora, aos trinta, que dava a impressão de alguém que ainda ia ser, talvez bem a ponto de ser, "atraente": o mesmo nariz inclinado, as orelhas pequenas, os cálidos olhos castanhos, agora enevoados e magoados, a mesma boca larga de lábios cheios, cálida também e generosa, o queixo ligeiramente fraco. O rosto de Yvonne era o mesmo rosto fresco e claro que podia desmoronar, como Hugh diria, igual a um monte de cinzas e ficar cinzento. Mas ela havia mudado. Ah, havia mesmo! Boa parte do comando perdido do capitão rebaixado, visto através da janela do bar no porto, havia mudado. Ela não era mais dele: alguém devia sem dúvida ter aprovado o elegante conjunto de viagem azul-ardósia dela: não tinha sido ele.

De repente, com um gesto delicado mas impaciente, Yvonne tirou o chapéu, sacudiu o cabelo castanho clareado pelo sol e levantou-se do parapeito. Sentou-se no sofá e cruzou as pernas excepcionalmente bonitas, aristocráticas e longas. O sofá emitiu um estrépito rasgado de cordas de violão. O cônsul encontrou seus óculos escuros e os colocou, quase brincalhão. Mas havia lhe ocorrido com remota angústia que Yvonne ainda estava esperando ganhar coragem para entrar na casa. Ele disse, consularmente, com voz artificial e grave:

"Hugh não demora a chegar se ele vier com o primeiro ônibus."

"A que horas é o primeiro ônibus?"

"Dez e meia, onze." Que importância tinha? Carrilhões soavam na cidade. A menos claro que parecesse absolutamente impossível, detestava-se a hora da chegada de qualquer pessoa a menos que trouxesse bebida. Como seria se não houvesse nenhuma bebida na casa, apenas a estricnina? Ele teria suportado? Ele estaria ainda agora cambaleante pelas ruas empoeiradas no calor crescente do dia atrás de uma garrafa; ou teria mandado Concepta. Em algum barzinho de esquina de uma alameda empoeirada, esquecido de sua missão, ele teria bebido a manhã inteira para celebrar a chegada de Yvonne enquanto ela dormia. Talvez ele fingisse ser um islandês ou um visitante dos Andes ou da Argentina. Muito mais que a hora da chegada de Hugh, era apavorante a questão que já o assolava quanto ao passo do famoso sino de igreja de Goethe em busca do menino que escapara da igreja. Yvonne girou a aliança de casamento no dedo uma vez. Ela ainda a usava por amor ou por uma de duas possíveis conveniências, ou ambas as coisas? Ou, pobre garota, meramente por ele, por *eles*? A piscina tiquetaqueava. *Deve uma alma ali se banhar e limpar-se ou saciar sua secura?*

"Ainda são só oito e meia." O cônsul tirou os óculos outra vez.

"Seus olhos, meu pobre querido, estão muito vidrados", Yvonne exclamou; o sino da igreja estava mais próximo; galopou, sonante, sobre uma escada e a criança tropeçara.

"Um toque de irritação… só um toque." *Die Glocke Glocke tönt nicht mehr…* O cônsul acompanhou o desenho de um dos ladrilhos da varanda com seu sapato social dentro dos quais os pés (sem meia não porque, como pensava o sr. Bustamente, gerente do cinema local, ele bebera até não ter mais dinheiro para meias, mas porque todo o corpo dele estava tão neurítico com o álcool que lhe era impossível calçá-la) estavam inchados e doloridos. Não estariam assim não fossem a estricnina, maldito produto, e a completa fria e feia sobriedade a que o havia levado! Yvonne estava de novo sentada no parapeito e encostada a uma coluna. Mordeu os lábios, atenta ao jardim:

"Geoffrey, isto aqui está um desastre!"

"Mariana e o jardim murado não está aí." O cônsul dava corda em seu relógio de pulso. "… Mas, olhe aqui, suponhamos, só para argumentar, que você abandona uma cidade sitiada, a deixa ao inimigo e, de uma forma ou de outra, não muito tempo depois, volta para lá (não gosto de alguma coisa em minha analogia, mas não importa, suponha apenas), então você não pode ter a esperança de brindar sua alma com as mesmas graças ainda verdes, com as mesmas antigas boas-vindas aqui e ali, pode, há?"

"Mas eu não abandonei…"

"Mesmo, eu não diria, que essa cidade parecesse funcionar de novo, embora de um jeito um tanto abalado, admito, com seus bondes rodando mais ou menos no horário." O cônsul fechou a pulseira do relógio com firmeza no pulso. "Há?"

"… Olhe o pássaro vermelho no galho da árvore, Geoffrey! Nunca vi um cardeal tão grande assim."

"Não." O cônsul, sem ser notado, pegou a garrafa de uísque, desarrolhou, cheirou o conteúdo e a devolveu com ar sério à bandeja, apertou os lábios: "Não deve ter visto mesmo. Porque não é um cardeal".

"Claro que é um cardeal. Olhe o peito vermelho. É como uma labareda!" Yvonne, estava claro para ele, abominava a cena que se aproximava tanto quanto ele, e sentia agora uma compulsão para continuar falando sobre qualquer coisa até que o momento inadequado perfeito chegasse, aquele momento em que, sem que ela visse, o sino horrendo efetivamente tocaria a criança condenada com uma gigantesca língua saliente e um infernal hálito wesleyano. "Ali, no hibisco!"

O cônsul fechou um olho. "Acho que é um surucuá-rabo-de--cobre. E não tem o peito vermelho. É um solitário que provavelmente vive lá longe no Cânion dos Lobos, longe daqueles outros sujeitos cheios de ideias, para ter paz para meditar sobre o fato de não ser um cardeal."

"Tenho certeza de que é um cardeal e que vive bem aqui neste jardim!"

"Como quiser. Acho que o nome exato é *Trogon ambiguus ambiguus*, o pássaro ambíguo! Duas ambiguidades deveriam resultar em uma afirmação, que é esta: um surucuá-rabo-de-cobre, não um cardeal." O cônsul estendeu a mão para seu copo de estricnina vazio na bandeja, mas esqueceu a meio caminho o que pretendia pôr nele, ou se o que queria primeiro não era uma das garrafas, mesmo que só para cheirar, e não o copo, baixou a mão, se inclinou ainda mais para a frente e transformou o movimento em uma preocupação pelos vulcões. Disse:

"O velho Popeye deve entrar em erupção de novo logo, logo."

"No momento, ele parece ter se transformado totalmente em um espinafre", tremulou a voz de Yvonne.

O cônsul acendeu um fósforo, novamente a velha piada deles de acender o cigarro que de alguma forma não conseguira pôr entre os lábios: depois de um momento, vendo-se com um fósforo morto, ele o guardou no bolso.

Durante algum tempo os dois se confrontaram como duas fortalezas mudas sem falar.

A água que ainda escorria para a piscina — puxa, tão mortalmente devagar — preenchia o silêncio entre eles… Havia algo mais; o cônsul imaginava ainda ouvir a música do baile, que devia ter cessado havia muito, de forma que aquele silêncio era permeado por um surdo bater de tambores amanhecidos. Pariah: significava tambor também. Parián. Era sem dúvida a ausência quase tátil da música, no entanto, que tornava tão peculiar as árvores aparentemente se moverem para ela, uma ilusão que abrangia não só o jardim, mas as planícies além, toda a paisagem diante dos olhos deles, com horror, o horror de uma intolerável irrealidade. Ele disse a si mesmo que aquilo não devia ser diferente do que sofre uma pessoa louca naqueles momentos em que, sentada mansamente no jardim do hospício, a loucura de repente deixa de ser um refúgio e encarna no céu estilhaçado e em todo seu arredor em cuja presença a razão, já entorpecida, só pode baixar a cabeça. Será que um louco encontra alívio em tais momentos, quando seus pensamentos como balas de canhão estalam dentro de sua cabeça, na refinada beleza do jardim do hospício ou das colinas em torno além da chaminé terrível? Dificilmente, o cônsul pensou. Quanto a essa beleza particular, ele a sabia tão morta como seu casamento e tão determinadamente assassinada. O sol rebrilhava agora em todo o mundo diante dele, os raios detalhavam tanto a linha das árvores como o cimo do Popocatépetl, como uma gigantesca baleia que emergia abrindo espaço entre as nuvens de novo, tudo isso não conseguia elevar seu ânimo. O sol não podia compartilhar seu peso na consciência, a tristeza sem razão. O sol não o conhecia. À sua esquerda, além das bananeiras, o jardineiro da residência de fim de semana do embaixador argentino abria caminho através do mato alto, limpando o chão de uma quadra de badminton, porém algo nessa ocupação bastante inocente continha uma horrível ameaça a ele. As folhas largas das próprias bananeiras que pendiam, delicadas, pareciam ameaçadoramente selvagens como asas abertas de pelicanos, sacudindo antes de se dobrar. Os movimentos de mais alguns passarinhos vermelhos no jardim, como botões de rosa animados, pareciam insuportavelmente agitados e desonestos. Era como se as criaturas estivessem ligadas a seus nervos por fios sensíveis. Quando o telefone tocou, o coração dele quase parou de bater.

Na verdade, o telefone estava claramente tocando e o cônsul saiu da varanda para a sala de jantar, onde, com medo da coisa furiosa, começou a falar no fone e depois, suando, no bocal, se expressava depressa, porque era um interurbano, sem saber o que dizia, ouvindo a voz abafada de Tom com bastante clareza, mas transformava as perguntas dele em suas próprias respostas, apreensivo de que a qualquer momento vertesse óleo quente para dentro de seu ouvido ou sua boca: "Tudo bem. Até mais… Ah, me diga, Tom, de onde surgiu aquele boato sobre prata que apareceu nos jornais ontem e que Washington negou? Queria saber de onde veio aquilo… Como começou. É. Tudo bem. Até mais. Sei, sim, terrível. Ah, fizeram! Pena. Mas afinal eles são os donos. Ou não são? Até mais. Eles provavelmente vão. É, tem razão; tudo bem. Até mais, até mais!" … Nossa. O que ele quer me ligando a essa hora da manhã. Que horas são nos Estados Unidos. Erikson 43.

Nossa… Ele pôs o fone ao contrário no aparelho e voltou à varanda: nada de Yvonne; depois de um momento, ouviu-a no banheiro…

O cônsul subia cheio de culpa a Calle Nicaragua.

Era como se escalasse alguma infindável escada entre casas. Ou talvez o velho Popeye mesmo. Nunca parecera tão longe chegar ao alto desse morro. A rua com suas pedras quebradas soltas se estendia para sempre na distância como uma vida de agonia. Ele pensou: 900 pesos = 100 garrafas de uísque = 900 idem de tequila. *Ergol*: não se devia beber nem tequila nem uísque, mas mescal. Estava quente como um forno na rua, o cônsul suava profusamente. Ir! Ir! Não iria muito longe, não até o alto do morro. Havia uma alameda que saía para a esquerda antes de chegar à casa de Jacques, frondosa, não mais que uma trilha no começo, depois uma estradinha, não mais de cinco minutos de caminhada, num canto empoeirado, havia à sua espera uma pequena cantina fresca provavelmente com cavalos amarrados do lado de fora e um grande gato branco dormindo debaixo do balcão de quem um pingodudo diria: "Ele, ah, trabalha a noite inteira, míster, e dorme o dia inteiro!". E essa cantina estaria aberta.

Era para lá que ele ia (a alameda estava agora plenamente visível, com um cão a guardá-la) tomar em paz umas duas doses de necessários drinques não especificados em sua cabeça, e voltar antes que Yvonne terminasse o banho. Também era possível, claro, que ele encontrasse...

Mas de repente a Calle Nicaragua subiu ao seu encontro.

O cônsul caiu de cara no chão da rua deserta.

... Hugh, é você dando uma mãozinha para o velho companheiro? Muito obrigado. Porque talvez seja de fato a sua vez de dar uma mão agora. Não que eu não tenha sempre tido muito prazer em te ajudar! Eu até adorei aquela vez em Paris que você chegou de Aden todo atrapalhado por causa da sua *carte d'identité* e o passaporte sem o qual você parece tantas vezes preferir viajar e cujo número eu me lembro até hoje que é 21312. Talvez me desse ainda mais prazer porque servia para durante algum tempo me tirar da cabeça meus próprios problemas, e além disso provava para a minha satisfação, embora alguns de meus colegas já começassem a duvidar disto, que eu ainda não estava tão divorciado da vida a ponto de ser incapaz de me desincumbir de tais deveres com expediente. Por que digo isso? Será em parte para que você veja que eu também reconheço o quanto Yvonne e eu havíamos sido levados ao desastre antes de encontrar você? Ouviu, Hugh — fui bem claro? Claro que eu perdoo você, como, de alguma forma nunca fui inteiramente capaz de perdoar Yvonne, e que ainda posso amar você como um irmão e te respeitar como homem. Claro que eu ajudaria você de novo sem reclamar. Na verdade, desde que papai escalou os Alpes Brancos sozinho e nunca voltou, embora eles fossem o Himalaia, e mais vezes do que sou capaz de pensar esses vulcões me lembram dele, assim como esse vale me lembra o vale do Indo e aquelas velhas árvores de turbante em Taxco me lembram de Serinagar e como Xochimilco — está me ouvindo, Hugh? — me lembra de todos os lugares que eu vi quando vim para cá pela primeira vez, me lembra daquelas casas flutuantes no Shalimar de que você não tem como lembrar e sua mãe, minha madrasta morreu, todas aquelas coisas horríveis que pareciam acontecer ao mesmo tempo como se os parentes da catástrofe tivessem de repente chegado do nada ou, talvez, de Damchok, e se mudado para nossa casa de mala e cuia — houve muito poucas oportunidades de eu agir, digamos, como seu irmão. Veja bem, eu posso talvez ter agido como pai: mas você era apenas um bebê, e mareado no P. e O., o velho e perdido *Cocanada*. Mas depois disso e uma vez de volta à Inglaterra houve muitos guardiões, muitos substitutos em Harrogate, muitos estabelecimentos e escolas, sem falar da guerra, da luta para vencer que, como você diz com razão, ainda não acabou, eu continuo numa garrafa e você com as ideias que espero possam se mostrar menos calamitosas para você do que as de nosso pai foram para ele, ou, a propósito, as minhas para mim mesmo. Seja como for tudo isso — ainda está aí, Hugh, me dando uma mão? — devo indicar com termos bem certeiros que eu nunca sonhei nem por um momento que aquilo que aconteceu pudesse ou fosse acontecer. Eu perder a confiança em Yvonne não significa necessariamente que ela perdeu a confiança em mim, coisa de que é difícil ter uma concepção muito diferente. E que eu confio em você nem preciso dizer. Muito menos podia eu ter sonhado que você fosse tentar se justificar moralmente com base em que eu estava absorto em perversão: há certas razões também, a serem reveladas apenas no dia do Juízo, pelas quais você não deveria ter me julgado. Temo, no entanto — está me ouvindo, Hugh? —, que muito antes daquele dia o que você fez impulsivamente e tentou esquecer na cruel abstração da juventude começará a lhe aparecer sob uma luz nova e mais sombria. E eu com tristeza temo que você possa de fato, precisamente porque no fundo você é uma pessoa boa e simples e respeita de verdade mais que a maioria dos princípios e decências que poderiam ter impedido aquilo, vir a ser herdeiro, quando ficar mais velho e sua consciência menos robusta, de um sofrimento por causa disso mais abominável que qualquer outro que haja causado a mim. Como posso te ajudar? Como posso impedir? Como pode o homem assassinado convencer seu assassino de que não vai assombrá-lo? Ah, o passado fica pleno mais depressa do que pensamos, e Deus tem pouca paciência para remorso! Porém isto aqui ajuda, o que eu estou tentando te dizer, que *eu* compreendo até que ponto atraí tudo isso para mim mesmo? Ajuda que eu esteja além disso admitindo que o fato de ter jogado Yvonne em cima de você daquele jeito foi um ato inútil, quase, eu ia dizer, uma palhaçada, que pedia em troca o inevitável golpe de cabeça na cintura, um bocado de serragem no coração. Sinceramente espero que sim… Enquanto isso, porém, rapaz, minha cabeça cambaleia com o efeito da estricnina da última meia hora, de diversos drinques terapêuticos antes disso, de numerosos drinques nitidamente não terapêuticos com o dr. Vigil antes disso, você precisa conhecer o dr. Vigil, nem falo do amigo dele Jacques Laruelle, ao qual, por diversas razões, até agora evitei te apresentar — por favor me lembre de pegar de volta com ele as minhas peças elisabetanas —, dos dois dias e uma noite de bebida constante antes disso, dos setecentos e setenta e sete e meio… — mas por que continuar? Minha cabeça, repito, deve de alguma forma, drogada com isso, como D. Quixote evitando uma cidade contra a qual ele investiu com repugnância por causa de seus excessos lá, fazer um desvio em torno — eu falei dr. Vigil?…

"Nossa, nossa, o que aconteceu?" A voz inglesa de "King's Parade", pouco acima dele, soou de trás da direção de um carro extremamente longo e baixo parado a seu lado; murmurante, o cônsul viu então: um M. G. Magna ou algo assim.

"Nada." O cônsul se pôs de pé de repente, sóbrio como um juiz. "Tudo absolutamente certo."

"Não pode estar certo, você estava caído na rua aí, ora." O rosto inglês voltado para ele era rubicundo, alegre, gentil, mas preocupado, acima da gravata inglesa listrada, que lembrava uma fonte num grande pátio.

O cônsul bateu a poeira da roupa; procurou ferimentos em vão; nem um arranhão. Ele viu a fonte nitidamente. *Deve uma alma ali se banhar e limpar-se ou saciar sua secura?*

"Parece tudo bem", ele disse, "muito obrigado."

"Mas que droga, você estava caído bem aí na rua, podia ter passado em cima de você, deve ter alguma coisa errada, ora. Não?" O inglês desligou o motor. "Nossa, já não vi você antes ou algo assim?"

"…"

"…"

"Trinity." O cônsul sentiu sua voz se tornar involuntariamente um pouco mais "inglesa". "A menos que…"

"Caius."

"Mas você está com a gravata da Trinity…", o cônsul observou com uma polida nota de triunfo.

"Trinity?… É. Na verdade é do meu primo." O inglês olhou a gravata abaixo do queixo, o rosto alegre e vermelho ficou um pouco mais vermelho. "Vamos para a Guatemala… Incrível país este aqui. Uma pena toda essa história do petróleo, não é? Bem ruim. Tem certeza de que não quebrou nenhum osso nem nada, meu velho?"

"Não. Nenhum osso quebrado", disse o cônsul. Mas estava tremendo.

O inglês inclinou-se para a frente, mexeu na partida do carro outra vez. "Tem certeza de que está tudo bem? Nós estamos no Bella Vista Hotel, só vamos embora à tarde. Podia levar você até lá para tirar uma soneca… Tem um pub que é demais, mas é muita confusão a noite inteira. Você devia estar no baile, não estava? Mas está indo para o lado errado, não está? Eu sempre tenho uma garrafa de alguma coisa no carro para uma emergência… Não. Scotch não. Irlandês. Burke's Irish. Quer um trago? Mas quem sabe você…"

"Ah…" O cônsul tomou um longo gole. "Agradeço muitíssimo."

"Vá em frente… Vá em frente…"

"Obrigado." O cônsul devolveu a garrafa. "Muitíssimo."

"Bom, força." O inglês deu a partida. "Força, rapaz. Não fique mais deitado na rua. Deus me livre, pode ser atropelado ou se arrebentar, ou alguma outra coisa, droga. Muito ruim esta rua. Tempo fantástico, não?" O inglês seguiu rua acima, acenou com a mão.

"Se você tiver algum problema", o cônsul gritou para ele sem muito empenho, "eu sou… Espere, este é o meu cartão…"

"Tchauzinho!"

… Não era o cartão do dr. Vigil que o cônsul tinha na mão: mas com certeza não era o dele. *Saudações do Governo Venezuelano.* O que era aquilo? *O Governo Venezuelano agradecerá…* De onde podia ter surgido aquilo? *O Governo Venezuelano agradecerá uma resposta ao Ministerio de Relaciones Exteriores, Caracas, Venezuela.* Bem, ora, Caracas... por que não?

Ereto como Jim Taskerson, ele pensou, agora também casado, pobre-diabo, restaurado, o cônsul deslizou Calle Nicaragua abaixo.

Dentro da casa havia o ruído da água do banho escoando: ele fez uma toalete relâmpago. Ao interceptar Concepta (embora não sem antes acrescentar com tato uma estricnina aos deveres dela) com a bandeja de café da manhã, o cônsul, com a inocência de um homem que cometeu um assassinato na posição de dummy num jogo de bridge, entrou no quarto de Yvonne. Estava claro e arrumado. Um serape de Oaxaca de cores alegres cobria os pés da cama onde Yvonne estava meio adormecida com a cabeça apoiada na mão.

"Oi!"

"Oi!"

Uma revista que ela estivera lendo caiu no chão. O cônsul, ligeiramente inclinado sobre o suco de laranja e os ovos ranchero, avançou, ousado, em meio a uma variedade de emoções impotentes.

"Você está confortável aqui?"

"Muito, obrigada." Yvonne aceitou a bandeja e sorriu. A revista era aquela de astronomia para amadores que ela assinava, e da capa as cúpulas gigantescas de um observatório, aureoladas de ouro, destacadas em negra silhueta como capacetes romanos, olharam brincalhonas para o cônsul. "*Os maias*", ele leu em voz alta, "*eram muito avançados em observações astronômicas. Mas nem desconfiavam do sistema copernicano.*" Ele jogou a revista de novo na cama e sentou-se tranquilo em sua cadeira, cruzou as pernas, tocou as pontas dos dedos com estranha calma, a estricnina no chão a seu lado. "Por que deveriam?... Mas o que eu gosto são os anos 'vagos' dos antigos maias. E seus 'pseudoanos', não se pode esquecer deles! E os nomes deliciosos que usavam para os meses. Pop. Uo. Zip. Zotz. Tzec. Xul. Yaxkin.

"Mac", Yvonne disse, rindo, "não tem um chamado Mac?"

"Tem Yax e Zac. E Uayeb: de todos o que eu mais gosto é o mês que dura só cinco dias."

"Acusamos recebimento sua correspondência datada primeiro de Zip!..."

"Mas aonde leva tudo isso afinal?" O cônsul tomou um gole de estricnina que ainda tinha que provar ser adequado como perseguidor do Burke's Irish (agora talvez na garagem do Bella Vista). "O conhecimento, eu digo. Uma das primeiras penitências que me impus foi aprender de cor o trecho filosófico de *Guerra e paz*. Isso, claro, foi antes de eu conseguir me equilibrar no cordame da cabala como um macaco de são Jago. Mas outro dia me dei conta de repente de que a única coisa que eu lembrava do livro inteiro é que a perna de Napoleão tremia..."

"Você não vai comer nada? Deve estar morto de fome."

"Eu comi."

Yvonne tomava com gosto seu café da manhã e perguntou: "Como está o mercado?"

"O Tom está um pouco aborrecido porque confiscaram alguma propriedade dele em Tlaxcala, ou Puebla, que ele achou que ia conseguir conservar. Eles ainda não têm o meu número, não estou bem certo de onde eu fico nessa história, agora que me demiti do serviço..."

"Então você..."

"A propósito, tenho que me desculpar por ainda estar com esta roupa, além de ruim, empoeirada, eu devia ter posto um blazer pelo menos em sua homenagem!" O cônsul sorriu por dentro pela sua pronúncia, agora por razões impublicáveis quase descontroladamente "inglesa".

"Então você se demitiu mesmo!"

"Ah, sem dúvida! Penso me tornar cidadão mexicano, em ir viver entre os índios, como William Blackstone. Mas quanto ao hábito de ganhar dinheiro, não sabe?, todo um mistério para você, eu suponho, olhando de fora..." O cônsul olhou vagamente ao redor, os quadros nas paredes, quase todos aquarelas de sua mãe, cenas da Caxemira: uma pequena cerca de pedras em torno de várias bétulas e um álamo mais alto que eram o túmulo de Lalla Rookh, um quadro de um arrebatado cenário torrencial, vagamente escocês, a garganta, a ravina de Gugganvir; o Shalimar parecia mais que nunca o Cam: uma vista distante do Nanga Parbat a partir do vale de Sind podia ter sido pintada da varanda ali, o Nanga Parbat podia bem passar pelo velho Popo... "... olhando de fora", ele repetiu, "o resultado de tanta preocupação, especulação, previsão, pensão, domínios..."

"Mas…" Yvonne tinha deixado de lado a bandeja com seu café da manhã e pegado um cigarro da cigarreira ao lado da cama, que acendeu antes que o cônsul pudesse atendê-la.

"Já podíamos ter feito isso!"

Yvonne ficou deitada, fumando… O cônsul mal ouvia o que ela falava, calma, sensata, encorajadora, por causa do alerta de uma coisa extraordinária que acontecia em sua cabeça. Ele viu, num relâmpago, como se fossem navios no horizonte, debaixo de um abstrato céu preto lateral, a oportunidade para uma desesperada celebração (não importava que ele fosse o único a celebrar) que recuava e ao mesmo tempo se aproximava, o que só podia ser, o que era — Deus do Céu! — sua salvação…

"*Agora?*", ele se viu perguntando em voz baixa. "Mas nós não podemos simplesmente ir embora *agora*, podemos, com o Hugh, você, eu, e uma coisa ou outra, não acha? É um pouco irrealizável, não é?" (Porque sua salvação talvez não parecesse uma ameaça tão imensa não fosse o uísque Burke's Irish escolher de repente dar uma apertada quase imperceptível num parafuso. Era a elevação desse momento, concebido como contínuo, que se sentia ameaçada.) "Não é?", ele repetiu.

"Tenho certeza de que o Hugh vai entender…"

"Mas a questão não é bem essa!"

"Geoffrey, esta casa virou uma coisa do mal…"

"… quero dizer, é um truque muito sujo…"

Ah, nossa!… O cônsul lentamente assumiu uma expressão que tencionava ser um tanto brincalhona e ao mesmo tempo segura, indicativa de sua sanidade consular definitiva. Porque era isso. O sino de igreja de Goethe o encarava diretamente entre os olhos; por sorte, ele estava preparado. "Me lembro de um sujeito que de alguma forma ajudei em Nova York uma vez", ele dizia com aparente irrelevância, "um ator desempregado ele era. 'Ora, sr. Firmin', ele dizia, 'não é naturel aqui.' Era assim mesmo que ele pronunciava: naturel. 'O homem não foi feito para isso', ele reclamava. 'As ruas são todas iguais como essa Décima ou Décima Primeira rua, na Filadélfia também…'.'" O cônsul sentiu sua pronúncia inglesa ir embora e a de um palhaço da rua Bleeker tomar seu lugar. "'Mas em Newcastle, Delaware, ah, aquilo é outra coisa! Velhas ruas pavimentadas com seixos... E Charleston: velho estilo sulista... Mas ah, meu Deus, esta cidade... o barulho! o caos! Se eu pudesse ir embora! Se eu pelo menos soubesse como sair daqui!'", o cônsul concluiu com paixão, com angústia, a voz trêmula; embora na realidade ele nunca tivesse conhecido tal pessoa e toda a história lhe tivesse sido contada por Tom, ele tremia violentamente com a emoção do pobre ator.

"De que adianta escapar", ele chegou à moral da história com toda a seriedade, "de nós mesmos?"

Yvonne afundara na cama pacientemente. Mas então esticou o corpo e apagou o cigarro na bandeja de um cinzeiro alto de metal no formato de uma representação abstrata de um cisne. O pescoço do cisne tinha ficado ligeiramente desenrolado, mas curvou-se, gracioso, trêmulo ao toque de Yvonne quando ela respondeu:

"Tudo bem, Geoffrey: que tal deixar isso de lado até você se sentir melhor? Podemos resolver daqui a um ou dois dias, quando você estiver sóbrio."

"Meu bom Deus!"

O cônsul ficou sentado absolutamente imóvel, olhos no chão enquanto a enormidade do insulto atravessava sua alma. Como se, como se, como se ele não estivesse sóbrio agora! No entanto, havia alguma indefinível sutileza no impedimento que ainda lhe escapava. Porque ele não estava sóbrio. Não, não estava, não naquele exato momento, não estava! Mas o que isso tinha a ver com um minuto antes, com meia hora atrás? E que direito tinha Yvonne de supor tal coisa, supor ou que ele não estava sóbrio agora ou que, muito pior, dentro de um ou dois dias ele *estaria* sóbrio? E mesmo que não estivesse sóbrio agora, através de quais estágios fabulosos, de fato comparáveis apenas aos caminhos e às esferas da Sagrada Cabala, teria ele atingido *aquele* estágio outra vez, tocado brevemente uma vez antes dessa manhã, aquele estágio em que sozinho ele podia, como ela afirmava, "suportar", aquele precário estágio precioso, tão árduo de ser mantido, de estar bêbado e somente nele ficar sóbrio! Que direito tinha ela, quando ele sofrera as torturas dos condenados e do hospício em favor dela durante vinte minutos inteiros sem tomar nem um drinque decente, de sequer insinuar que ele estava, aos olhos dela, algo que não sóbrio? Ah, uma mulher não conseguia entender os perigos, as complicações, sim, a *importância* da vida de um bêbado! De qual perspectiva de concebível retidão ela imaginava poder julgar o que era anterior à sua chegada? E ela não sabia nada do que ele enfrentara recentemente, sua queda na Calle Nicaragua, seu aplomb, firmeza, até mesmo valentia na situação — o uísque Burke's Irish! Que mundo. E o problema era que ela agora estragava o momento. Porque o cônsul agora sentia que teria sido capaz, ao lembrar do "talvez depois do café da manhã eu tome um" de Yvonne, e tudo o que isso implicava, de dizer, dentro de um minuto (não fosse a observação dela e, sim, apesar de qualquer salvação), "Sim, você tem toda a razão: vamos!". Mas quem haveria de concordar com alguém que tinha tanta certeza de que você iria estar sóbrio depois de amanhã? Também não se tratava, em um plano mais superficial, de não ser bem sabido que ninguém percebia quando ele estava bêbado. Igual aos Taskersons: que Deus os abençoe. Ele não era uma pessoa de ser vista cambaleando na rua. Verdade que podia ficar deitado na rua, se preciso, como um cavalheiro; mas cabecear, não. Ah, que mundo aquele, que pisoteava a verdade e os bêbados igualmente! Um mundo cheio de gente com sede de sangue, nada menos! Sede de sangue eu ouvi você dizer, comandante Firmin?

"Mas meu Deus, Yvonne, você sem dúvida a esta altura já sabe que eu não fico bêbado por mais que eu beba", ele disse, quase trágico, com um gole abrupto de estricnina. "Ora, você acha que eu *gosto* de engolir esta *nux vomica* horrorosa, ou beladona, ou seja lá o que for que Hugh preparou?" O cônsul se levantou com o copo vazio e começou a andar pelo quarto. Ele não estava muito consciente de ter feito por descuido algo fatal (não era o caso, por exemplo, de ter jogado fora toda sua vida), mas sim algo meramente tolo, e ao mesmo tempo, por assim dizer, triste. Mas parecia haver a necessidade de alguma retificação. Ele pensou ou disse:

"Bom, talvez amanhã eu beba só cerveja. Nada melhor que cerveja para endireitar a gente, e mais um pouco de estricnina, depois no dia seguinte só cerveja… tenho certeza de que ninguém vai protestar se eu beber cerveja. Este negócio mexicano é particularmente cheio de vitaminas, pelo que sei… Porque estou vendo que vai ser de fato uma ocasião e tanto, essa reunião de nós todos, então talvez quando meus nervos voltarem ao normal eu possa dispensar isto aqui completamente. E depois, quem sabe", ele falou perto da porta, "eu possa trabalhar outra vez e terminar meu livro!"

Mas a porta ainda era uma porta e estava fechada: e agora entreaberta. Através dela, na varanda, ele viu a garrafa de uísque, ligeiramente menor e mais vazia de esperança que o Burke's Irish, largada ali. Yvonne não havia se oposto a nada: ele tinha sido injusto com ela. No entanto isso era motivo para ele ser injusto também com a garrafa? Nada no mundo era mais terrível que uma garrafa vazia! A não ser um copo vazio. Mas ele podia esperar: sim, às vezes ele sabia deixar a garrafa sossegada. Voltou para a cama e pensou ou disse:

"É: já posso ver as críticas. Os sensacionais novos dados do sr. Firmin sobre a Atlântida! A coisa mais extraordinária de seu gênero desde Donnelly! Interrompida por sua morte prematura… Maravilhoso. E os capítulos sobre os alquimistas! Que reduzem a frangalhos o bispo da Tasmânia. Só que não é bem assim que eles vão dizer. Bem bom, hein? Eu podia até trabalhar em alguma coisa sobre Coxcox e Noé. E já tenho um editor interessado; em Chicago, interessado, mas não preocupado, se me entende, porque é realmente um erro imaginar que um livro desses possa vir a ser popular. Mas é incrível, pensando bem, como o espírito humano parece florescer à sombra do matadouro! Como, sem falar de toda a poesia, não muito abaixo dos currais para escapar completamente do fedor da cervejaria do amanhã, as pessoas conseguem viver em porões a vida dos velhos alquimistas de Praga! É: viver entre as coabitações do próprio Fausto, entre litargo, ágata, jacinto e pérolas. Uma vida que é amorfa, plástica e cristalina. Do que estou falando? *Copula maritalis*? Ou de álcool para alcaeste. Você pode me dizer?… Ou talvez eu consiga outro emprego, com o cuidado de primeiro pôr um anúncio no *Universal*: acompanho mortos a qualquer lugar do leste!"

Yvonne estava sentada, olhava sua revista, a camisola ligeiramente puxada de lado deixando ver o ponto em que seu ardente bronzeado empalidecia na pele branca do seio, os braços fora das cobertas e uma mão virada para baixo pousada na beira da cama; quando ele se aproximou ela virou essa mão com a palma para cima num movimento involuntário, de irritação talvez, mas era como um gesto inconsciente de apelo; era mais: parecia, de repente, a epítome de toda a velha súplica, toda a estranha mudez secreta de ternura, lealdades e eternas esperanças incomunicáveis do casamento deles. O cônsul sentiu seus canais lacrimais se ativarem. Mas sentiu também um repentino e estranho embaraço, uma sensação quase de indecência, que ele, um estranho, estivesse no quarto dela. Aquele quarto! Ele foi até a porta e olhou para fora. A garrafa de uísque ainda estava lá.

Mas ele não fez nenhum movimento na direção dela, nenhum, a não ser colocar os óculos escuros. Tomou consciência de novas dores aqui e ali e, pela primeira vez, do impacto da Calle Nicaragua. Vagas imagens de tristeza e tragédia relampejaram em sua mente. Em algum lugar uma borboleta voava para o mar: perdida. O pato de La Fontaine tinha se apaixonado pela galinha branca, porém depois que escaparam juntos da horrível fazenda para o lago no meio da floresta foi o pato que nadou: a galinha, ao segui-lo, se afogou. Em novembro de 1895, com roupa de prisioneiro, das duas da tarde até meia hora depois, algemado, reconhecido, Oscar Wilde ficou parado na plataforma central de Clapham Junction…

Quando o cônsul voltou à cama e sentou-se nela, os braços de Yvonne estavam debaixo das cobertas, seu rosto virado para a parede. Depois de um momento, ele disse com emoção, a voz de novo rouca:

"Lembra que na noite antes de você ir embora nós marcamos um encontro de verdade como um casal de estranhos para jantar na Cidade do México?"

Yvonne ficou olhando a parede.

"Você não apareceu."

"Foi porque na última hora não consegui lembrar o nome do restaurante. Eu só sabia que era em algum lugar na Via Dolorosa. Era aquele que tínhamos descoberto juntos na última vez que estivemos na Cidade. Entrei em todos os restaurantes da Via Dolorosa à sua procura, sem encontrar, e tomei um drinque em cada um."

"Pobre Geoffrey."

"Eu devo ter telefonado de cada restaurante para o Hotel Canada. Da cantina de cada restaurante. Deus sabe quantas vezes, porque achei que você podia ter voltado para lá. E todas as vezes me disseram a mesma coisa, que você tinha saído para se encontrar comigo, mas não sabiam onde. E eles acabaram ficando bem zangados. Não consigo imaginar por que a gente ficava no Canada e não no Regis: lembra como, por causa da minha barba, eles me confundiam com aquele lutador?... De qualquer forma, lá ia eu de um lugar para o outro, lutando e pensando o tempo todo que podia impedir você de ir embora na manhã seguinte se conseguisse te encontrar."

"É."

(Se conseguisse encontrá-la! Ah, como estava fria aquela noite, com o vento que uivava e um louco vapor que subia das grades da calçada onde crianças esfarrapadas procuravam dormir debaixo de seus pobres jornais. No entanto, ninguém era mais sem-teto que você, à medida que ficava mais tarde, mais frio, mais escuro, e você ainda não a tinha encontrado! E uma voz tristonha parecia gemer para você na rua com o vento chamando o nome: Via Dolorosa, Via Dolorosa! E de repente já era a manhã seguinte, ela já tinha deixado o Canada, você mesmo levou uma das malas dela para baixo, embora não a visse partir, você estava sentado no hotel tomando mescal com gelo que congelava o estômago, você engolia sementes de limão, quando de repente um homem com aspecto de carrasco veio da rua e entrou arrastando para a cozinha dois pequenos cervos que guinchavam de medo. E depois você ouviu o grito deles, provavelmente ao serem abatidos. E você pensou: melhor não lembrar o que você pensou. E mais tarde ainda, depois de Oaxaca, quando você voltou aqui para Quauhnahuac, através da angústia dessa volta, saindo das Tres Marías e circulando com o Plymouth, a cidade lá embaixo através da névoa, e depois a cidade em si, os marcos, sua alma arrastada por eles como a cauda de um cavalo fugitivo, quando você voltou para cá...)

"Os gatos tinham morrido quando eu voltei", ele disse. "Pedro insistiu que era tifoide. Ou melhor, o coitado do velho Édipo parece que morreu no mesmo dia em que você foi embora, ele já tinha sido jogado barranca abaixo, enquanto a pequena Pathos estava deitada no jardim debaixo das bananeiras quando eu cheguei, parecia ainda mais doente do que quando a encontramos na sarjeta, morrendo, embora ninguém conseguisse descobrir de quê: María disse que era de saudade..."

"Assunto bem alegrinho", Yvonne respondeu num tom perdido com o rosto ainda voltado para a parede.

"Lembra da sua música, eu não vou cantar: 'O gatinho não trabalhou nada, o gatão não trabalhou nada, ninguém trabalhou nada, nin-guém!'", o cônsul se ouviu perguntar; lágrimas de tristeza lhe vieram aos olhos, ele tirou os óculos escuros depressa e enterrou o rosto no ombro dela. "Não, mas o Hugh", ela começou a dizer… "Não ligue para o Hugh", ele não tivera a intenção de falar disso, de empurrá-la de volta para os travesseiros; sentiu o corpo dela enrijecer, ficar duro e frio. Porém sua concordância não parecia ser por cansaço apenas, mas por uma solução de um instante em comum, lindo como trombetas num céu claro…

Mas ele sentia agora também, ao tentar o prelúdio, as nostálgicas frases preparatórias nos sentidos de sua esposa, a imagem da posse dele, como aquele portal de joias que o desesperado neófito, em busca de Yesod, projeta pela milésima vez no céu para permitir a passagem de seu corpo astral, se dissolve, e lentamente, inexoravelmente, o da cantina, quando em mortal silêncio e paz ela abre as portas de manhã e assume seu lugar. Era uma dessas cantinas que abriria agora, às nove horas; e ele estava estranhamente consciente de sua própria presença lá com as furiosas palavras trágicas, as palavras mesmas que poderiam logo ser pronunciadas, fixando-se atrás dele. Essa imagem também se dissolveu: ele estava onde estava, suava agora, olhando o caminho da entrada pela janela — mas sem interromper o prelúdio, a pequena introdução com um dedo só da composição inclassificável que poderia ainda vir em seguida — temendo que Hugh aparecesse ali, ele então realmente imaginou vê-lo no fim do caminho atravessando o espaço, ouviu de forma distinta seus passos no cascalho… Ninguém. Mas agora, agora ele queria ir, apaixonadamente queria ir, ciente de que a paz da cantina mudava para suas primeiras preocupações febris da manhã: o exilado político no canto tomava discretamente seu suco de laranja, o contador que chega, as contas melancolicamente examinadas, os blocos de gelo arrastados para dentro por um brigão com um escorpião de ferro, um barman que fatiava limões, o outro, com sono nos olhos, separando garrafas de cerveja. E agora, agora ele queria ir, consciente de que o lugar se enchia de pessoas que não eram parte da cantina em nenhuma outra hora, pessoas que arrotavam, explosivas, cometiam inconveniências, cordas de laço nos ombros, ciente também do entulho da noite anterior, as caixas de fósforos mortas, as cascas de limão, os cigarros abertos como tortilhas, os maços mortos deles enxameando sujeira e catarro. Agora que o relógio acima do espelho diria que passava um pouco das nove e os jornaleiros de *La Prensa* e *El Universal* entravam pisando forte, ou paravam no canto neste exato instante diante dos urinóis imundos lotados com os engraxates que carregavam seus apetrechos de engraxar sapatos nas mãos ou os deixavam equilibrados entre o ardente apoio de pés e o balcão, agora ele queria ir! Ah, ninguém além dele sabia como tudo aquilo era bonito, o sol, o sol, o sol inundando o bar de El Puerto del Sol, banhando o agrião e as laranjas ou deixando uma única linha dourada cair como uma lança diretamente para dentro de um bloco de gelo, como se no ato de conceber um Deus...

"Desculpe, não está dando certo, sinto muito." O cônsul fechou a porta ao passar e uma pequena chuva de estuque banhou sua cabeça. Um D. Quixote caiu da parede. Ele pegou do chão o triste cavaleiro de palha...

E então a garrafa de uísque: ele bebeu ferozmente dela.

Ele não havia esquecido seu copo, porém, e dentro dele servia agora um caótico *long drink* de sua mistura de estricnina, meio por engano, ele tinha querido servir uísque. "Estricnina é um afrodisíaco. Talvez tenha efeito imediato. Ainda pode não ser tarde demais." A sensação era de que ele havia quase afundado dentro da cadeira de balanço de vime verde.

Ele apenas conseguiu alcançar o copo deixado na bandeja e agora o tinha nas mãos, calculava seu peso, mas — como estava tremendo de novo, não pouco, mas violentamente, como alguém com doença de Parkinson ou paralisia cerebral — não foi capaz de levá-lo aos lábios. Depois, sem beber, colocou-o no parapeito. Passado um instante, o corpo todo trêmulo, levantou-se devagar e serviu-se, em um copo não usado que Concepta não removera dali, de cerca de duas doses de uísque. Nació 1820 y siguiendo tan campante. Siguiendo. Nascido em 1896 e ainda firme. Adoro você, murmurou, agarrando a garrafa com as mãos para colocá-la de volta na bandeja. Em seguida levou o copo cheio de uísque de volta para a cadeira e sentou-se com ele nas mãos, pensando. Sem ter bebido desse copo também, colocou-o no parapeito ao lado do copo de estricnina. Ficou ali sentado olhando os dois copos. Atrás dele na sala, ouvia Yvonne chorando.

... "Você esqueceu das cartas Geoffrey Firmin as cartas que ela escreveu até o coração dela partir por que você fica aí sentado tremendo por que não volta para ela agora ela vai entender afinal não foi sempre assim perto do fim talvez mas você conseguia rir disso conseguia rir disso por que você acha que ela está chorando não é só por causa do que você fez com ela meu rapaz as cartas que você não só nunca respondeu como não sim não sim então onde está sua resposta mas nunca realmente leu onde estão elas agora estão perdidas Geoffrey Firmin perdidas ou deixadas em algum lugar que nem nós mesmos sabemos onde..."

O cônsul estendeu a mão e distraidamente tomou um gole de uísque; a voz podia ser ou de seus familiares ou...

Alô, bom dia.

No instante em que o cônsul viu aquela coisa que sabia ser uma alucinação ele se sentou, bem calmo agora, à espera de que fosse embora o objeto com forma de um homem morto que parecia estar deitado de costas junto à piscina, com um grande sombrero sobre o rosto. Então o "outro" tinha voltado. E agora ido embora, ele pensou: mas não, não totalmente, pois ainda havia alguma coisa ali, conectada de alguma forma àquilo, ou aqui, a seu lado, ou atrás de suas costas, em sua frente agora; não, isso também, fosse o que fosse, estava sumindo: talvez um surucuá-rabo-de-cobre que se movimentava entre os arbustos, seu "pássaro ambíguo" que agora partia depressa, estralejava as asas, como um pombo uma vez em voo, em direção a sua morada solitária no Cânion dos Lobos, longe das pessoas com ideias.

"Droga, estou me sentindo bastante bem", ele pensou de repente e terminou seu meio quartilho. Estendeu a mão para a garrafa de uísque, não conseguiu alcançá-la, levantou-se outra vez e se serviu de mais um dedo. "Minha mão já está muito mais firme." Terminou seu uísque, pegou o copo e a garrafa de Johnny Walker, que estava mais cheia do que ele imaginara, atravessou a varanda para o canto mais remoto e colocou-os num armário. Dentro dele, havia duas velhas bolas de golfe. "Jogue comigo eu ainda consigo chegar ao oitavo green com três tacadas. Estou em declínio", disse. "Do que estou falando? Até eu mesmo sei que estou sendo vaidoso."

"Vou ficar sóbrio." Ele voltou e serviu um pouco mais de estricnina em outro copo, encheu-o, depois mudou a garrafa de estricnina da bandeja para uma posição mais proeminente no parapeito. "Afinal de contas, passei a noite inteira fora: o que se podia esperar?"

"Estou sóbrio demais. Perdi meus familiares, meus anjos da guarda. Estou endireitando", acrescentou, e sentou-se outra vez diante da garrafa de estricnina com seu copo. "Em certo sentido, o que aconteceu foi um sinal de minha fidelidade, minha lealdade; qualquer outro homem teria passado este último ano de um jeito muito diferente. Pelo menos não tenho nenhuma doença", ele gritou em seu coração, porém o grito pareceu terminar numa nota um tanto duvidosa. "Talvez seja bom eu ter tomado um pouco de uísque, já que o álcool também é afrodisíaco. Nem se deve esquecer que o álcool é um alimento. Como se pode esperar que um homem desempenhe seus deveres matrimoniais sem alimento? Matrimoniais? De todas as formas, estou progredindo, devagar, mas firme. Em vez de sair correndo imediatamente para o Bella Vista e me embebedar como fiz da última vez que isso aconteceu e tivemos uma briga desastrosa sobre Jacques e eu quebrei uma lâmpada elétrica, eu fiquei aqui. Verdade, eu antes tinha o carro e era mais fácil. Mas aqui estou eu. Não vou escapar. Além do mais pretendo ter um momento infernalmente melhor ficando." O cônsul deu um gole na estricnina e pôs o copo no chão.

"A vontade de um homem é invencível. Nem Deus pode vencê-la."

Recostou na cadeira. Iztaccíhuatl e Popocatépetl, aquela imagem do casamento perfeito, abriam-se agora claros e belos no horizonte debaixo de um céu matinal quase puro. Muito acima dele, umas poucas nuvens brancas apostavam uma ventosa corrida atrás de uma pálida lua corcunda. Beba a manhã inteira, disseram a ele, beba o dia inteiro. Isso é a vida!

A uma altura também imensa, notou alguns urubus à espera, mais graciosos que águias enquanto pairavam lá como papéis queimados a flutuar de uma fogueira que subitamente se vê subir depressa, oscilantes.

A sombra de um imenso cansaço passou sobre ele... O cônsul caiu no sono, estatelado.

4

Informe londres imprensa Daily Globe *recolhido o seguinte ontem campanha antissemita iminente pro petição imprensamex ce te eme confederação trabalhadoresmex pro expulsão exmexico aspas pequenos manufatureiros texteis judeus fecha aspas sabido hoje fonte confiavel legaçao alema cidademex ativamente por tras campanha etdeclaraçao que legaçao enfatizou muito envio propaganda antissemita deptmex de interior confirmou posse jornalista local stop panfleto afirma judeus influencia desfavoravel qualquer pais onde vivem etenfatiza aspas sua convicção poder absoluto etque conquistam seus objetivos sem consciencia nem consideraçao fecha aspas stop Firmin.*

Enquanto relia uma vez mais o carbono desse despacho final (enviado esta manhã da Oficina Principal da Compañía Telegráfica Mexicana, esquina San Juan de Letrán e Independencia, México, D. F.), Hugh Firmin foi menos que devagar, tão lentamente se movia pelo caminho até a casa de seu irmão, o paletó do irmão equilibrado nos ombros, um braço enfiado quase até o cotovelo nas alças duplas da pequena mala gladstone do irmão, seu revólver no coldre axadrezado batendo preguiçosamente na coxa: olhos nos pés, eu devo ter, e palha também, pensou ao parar na beira do buraco profundo, então seu coração e o mundo pararam também; o cavalo a meio caminho sobre a barreira, o mergulhador, a guilhotina, o homem enforcado caindo, a bala do assassino e o bafo do canhão, na Espanha ou na China, congelados no ar, a roda, o pistão, paralisados…

Yvonne, ou algo tecido com filamentos do passado que se parecia com ela, trabalhava no jardim, e a pouca distância dava a impressão de estar totalmente vestida de sol. Ela se pôs de pé — estava com uma calça amarela —, os olhos apertados olhavam para ele, uma mão erguida para se proteger do sol.

Hugh pulou por cima do buraco para a grama; desembaraçou-se da maleta, passou por um instante de paralisada confusão e relutância em ir ao encontro do passado. A maleta, decantada no rústico assento desbotado, vomitou em cima de sua tampa uma escova de dentes careca, um barbeador enferrujado, a camisa do irmão e um exemplar de segunda mão de *O vale da lua*, de Jack London, comprado no dia anterior por quinze centavos na livraria alemã na frente da Sandborns na Cidade do México. Yvonne estava acenando.

Ele avançou (exatamente quando no Ebro recuavam), o paletó emprestado de alguma forma ainda em equilíbrio, meio pendurado no ombro, o chapéu largo na mão, o telegrama, dobrado, de alguma forma ainda na outra.

"Oi, Hugh. Nossa, por um momento achei que você era o Bill Hodson... Geoffrey contou que você estava aqui. Que bom te ver de novo."

Yvonne esfregou a terra das palmas e estendeu a mão, que ele não apertou, de início nem mesmo tocou, depois deixou cair como por descuido, consciente de uma dor em seu coração e também de uma ligeira tontura.

"Que coisa mais incrível. Quando você chegou?"

"Agora há pouco." Yvonne catava flores mortas de alguns vasos de flores que pareciam zínias, com delicadas flores perfumadas brancas e carmesim, enfileirados num muro baixo; ela pegou o telegrama que Hugh por alguma razão lhe estendeu junto com o vaso seguinte: "Ouvi dizer que você esteve no Texas. Será que virou um caubói de salão?".

Hugh arranjou seu chapelão para trás da cabeça, riu, envergonhado, com sua bota de salto, a calça justa demais enfiada dentro dela. "Apreenderam minhas roupas na fronteira. Eu ia comprar roupa nova na Cidade, mas não sei por que não consegui... Você está ótima!"

"Você também!"

Ele começou a abotoar a camisa, que estava aberta até a cintura e revelava, acima dos dois cintos, a pele mais preta que marrom de sol; ele tocou a bandoleira debaixo do cinto inferior, que descia em diagonal para o coldre apoiado em seu quadril, preso à perna direita por uma correia chata de couro, tocou a correia (secretamente ele tinha enorme orgulho de todo o figurino), depois o bolso da camisa, onde encontrou um cigarro enrolado solto que ia acender quando Yvonne disse:

"O que é isto, a nova mensagem do Garcia?"

"A CTM", Hugh olhou o telegrama por cima do ombro, "a Confederação dos Trabalhadores Mexicanos, enviou uma petição. Eles não aceitam uma certa confusão teutônica neste país. E, a meu ver, estão certos em não aceitar." Hugh olhou o jardim; onde estava Geoff? Por que ela estava ali? Ela está à vontade demais. Eles não estão separados ou divorciados afinal? O que é isso? Yvonne devolveu o telegrama e Hugh enfiou-o no bolso do paletó. "Este", ele disse, embarcando, uma vez que agora estavam na sombra, "é o último telegrama que mandei para o *Globe*."

"Então o Geoffrey..." Yvonne olhou para ele: ela puxou o paletó atrás (sabia que era de Geoff?), as mangas curtas demais: os olhos dela pareciam magoados e infelizes, mas vagamente divertidos: sua expressão, enquanto continuava a limpar as flores, conseguia ser ao mesmo tempo especulativa e indiferente; ela perguntou:

"Que história é essa que eu fiquei sabendo de você viajar num caminhão de gado?"

"Entrei no México disfarçado de vaca para pensarem que eu era um texano na fronteira e não ter que pagar nenhuma taxa. Ou, pior", disse Hugh, "uma vez que a Inglaterra é persona non grata aqui, por assim dizer, depois da farra do petróleo de Cárdenas. Moralmente, é claro, estamos em guerra com o México, caso você não esteja sabendo... Onde está nosso rubicundo monarca?"

"... Geoffrey está dormindo", Yvonne disse, sem insinuar de forma alguma que estava bêbado, Hugh pensou. "Mas o seu jornal não cuida dessas coisas?"

"Bom. É muy complicado... Dos Estados Unidos eu mandei meu pedido de demissão do *Globe*, mas eles não responderam... deixe que eu faço isso..."

Yvonne tentava empurrar para trás um galho teimoso de buganvília que bloqueava alguns degraus que ele não havia notado antes.

"Acredito que você soube que estávamos em Quauhnahuac?"

"Descobri que ao vir para o México eu podia matar vários coelhos com uma cajadada só… Claro que foi uma surpresa você *não estar* aqui…"

"Este jardim não está um *desastre*?", Yvonne disse de repente.

"Para mim está bem bonito, uma vez que Geoffrey não tem jardineiro há tanto tempo." Hugh conseguiu dominar o galho (estão perdendo a Batalha do Ebro porque eu fiz isso) —, e lá estavam os degraus; Yvonne fez uma careta, desceu por eles e parou perto do fim para inspecionar um oleandro que parecia razoavelmente venenoso e mesmo assim ainda florido:

"E o seu amigo era vaqueiro ou também estava disfarçado de vaca?"

"Contrabandista, eu acho. Geoff te contou do Weber, hein?" Hugh riu. "Tenho uma grande desconfiança de que ele trafica munição. De qualquer forma, eu tive uma discussão com o sujeito num botequim de El Paso e por acaso ele tinha dado um jeito de ir até Chihuahua no caminhão de gado, o que pareceu uma boa ideia, e depois ir de avião para a Cidade do México. Na verdade, a gente foi de avião, sim, de algum lugar com um nome esquisito, algo como Cusihuriachic, discutindo o trajeto todo, sabe. Ele é um desses americanos semifascistas, esteve na Legião Estrangeira, sabe Deus o que mais. Mas ele queria mesmo era ir a Parián então aterrissamos convenientemente na pista daqui. Foi uma viagem e tanto."

"Hugh, isso é bem você!"

Yvonne se pôs de pé ali embaixo, sorriu para ele, as mãos nos bolsos da calça, pés bem separados, como um menino. Os seios empinados debaixo da blusa bordada com pássaros, flores e pirâmides que ela provavelmente comprara ou trouxera por causa de Geoff, e mais uma vez Hugh sentiu a dor em seu coração e desviou o olhar.

"Eu talvez devesse ter dado um tiro no bastardo de uma vez: só que ele era um porco muito decente…"

"Às vezes, dá para ver Parián daqui."

Hugh oferecia um cigarro ao ar. "Não é bem insuportavelmente inglês ou algo típico de Geoff estar dormindo?" Ele acompanhou Yvonne pelo caminho. "Tome, meu último feito à máquina."

"Geoffrey foi ao baile da Cruz Vermelha ontem à noite. Está bem cansado, pobrezinho." Continuaram a caminhar juntos, fumando.

Yvonne se detinha a cada poucos passos para arrancar uma erva daninha ou outra, até parar de repente para observar um canteiro completa e violentamente emaranhado por uma rústica trepadeira verde. "Meu Deus, este jardim era lindo. Era como o paraíso."

"Então vamos escapar deste inferno. A menos que você esteja muito cansada para caminhar." Um ronco ricocheteou, agonizado, amargo, mas controlado, único, e flutuou até o ouvido dele: a voz abafada da Inglaterra havia muito adormecida.

Yvonne olhou em torno depressa, como se temesse que Geoff fosse catapultado através da janela, com cama e tudo, a menos que estivesse na varanda, e hesitou: "Nem um pouco", disse animada, cálida. "Vamos..." Seguiu pelo caminho, à frente dele. "O que estamos esperando?"

Inconscientemente, ele a observava, o pescoço e os braços nus e morenos dela, a calça amarela e as vívidas flores escarlate por trás de Yvonne, seu cabelo castanho em torno das orelhas, os movimentos ágeis e graciosos da sandália amarela na qual ela parecia dançar, flutuar mais que caminhar. Ele a alcançou e mais uma vez caminharam juntos, evitaram uma ave de cauda comprida que flutuou para pousar perto deles como uma flecha perdida.

A ave andava altiva à frente deles agora, pelo caminho esburacado, atravessou o portão sem portão, onde se juntou a ela um peru branco e carmesim, um pirata que tentava escapar com as velas enfunadas para a rua cheia de poeira. Eles riram das aves, mas ficaram por dizer as coisas que poderiam ter dito em condições ligeiramente diferentes, como: fico pensando o que será que aconteceu com nossas bicicletas ou lembra, em Paris, daquele café com as mesas em cima das árvores, em Robinson.

Viraram à esquerda, na direção contrária à cidade. A rua descia íngreme diante deles. Lá embaixo, erguiam-se montes rosa-arroxeados. Por que isto aqui não é amargo, ele pensou, por que não é de fato, se já era antes; pela primeira vez, Hugh tinha consciência daquele outro remorso, à medida que a Calle Nicaragua, com os muros das grandes residências, ficava para trás e se transformava em um caos praticamente intransponível de pedras soltas e crateras. A bicicleta de Yvonne não teria muita utilidade ali.

"O que *você* foi fazer no Texas, Hugh?"

"Fui atrás de migrantes. Quer dizer, eu estava atrás deles em Oklahoma. Pensei que o *Globe* podia se interessar pelos migrantes. Então fui para aquela fazenda no Texas. Foi lá que ouvi falar dessa gente da zona das tempestades de areia que não tinha permissão para atravessar a fronteira."

"Que enxerido você é!"

"Cheguei a Frisco bem a tempo de Munique." Hugh olhou para a esquerda, onde, à distância, as treliças da torre de vigia da prisão de Alcapancingo tinham acabado de aparecer, havia pequenas figuras no alto que olhavam para leste e oeste com binóculos.

"Estão só brincando. A polícia aqui adora ser misteriosa, como você. Onde você estava antes? Devemos ter nos desencontrado por pouco em Frisco."

Um lagarto desapareceu nas buganvílias que cresciam à margem da rua, buganvílias selvagens agora, excessivas, seguido por um segundo lagarto. Debaixo do barranco abria-se um buraco semiescorado, talvez outra entrada para a mina. Os campos íngremes se precipitavam à direita deles, inclinavam-se violentamente a cada ângulo. Muito à frente, aninhada nos montes, ele divisou a velha arena de touradas e de novo ouviu a voz de Weber no avião, aos gritos e berros em seu ouvido, ao passarem de um para outro a garrafa cinturada de habanero: "*Quauhnahuac! Foi lá que crucificaram as mulheres na arena de touros durante a revolução e atiçaram os touros nelas. Que bela história para contar! O sangue correu pela sarjeta e fizeram churrasco de cachorro na praça do mercado. Atiram primeiro e perguntam depois! Você tem toda razão!*". Mas não havia revolução em Quauhnahuac agora e, na calmaria das encostas roxas diante deles, os campos, até mesmo a torre de vigia e a arena de touros, pareciam murmurar sobre a paz, sobre o paraíso mesmo. "Na China", ele disse.

Yvonne virou-se sorrindo, embora seus olhos estivessem perturbados e perplexos: "E a guerra?", ela perguntou.

"Foi essa a questão. Eu caí de uma ambulância com três dúzias de garrafas de cerveja e seis jornalistas em cima de mim, foi quando resolvi que seria mais saudável ir para a Califórnia." Hugh olhou desconfiado para um bode que acompanhava os dois do lado direito, ao longo da grama da margem entre a rua e a cerca de arame e que ali parou, imóvel, olhando para eles com um respeitável desprezo. "Não, eles são a forma mais baixa de vida animal, a não ser talvez... cuidado!... meu Deus, eu sabia." O bode tinha investido contra eles e Hugh sentiu de repente a embriagadora, apavorada incidência e o calor do corpo de Yvonne quando o animal errou o ataque, derrapou e escorregou na curva abrupta que a rua fazia nesse ponto para uma ponte baixa de pedras e desapareceu adiante em um morro, arrastando furiosamente seu cabresto. "Bodes", ele disse, e com firmeza desembaraçou Yvonne de seus braços. "Mesmo sem guerra nenhuma, imagine o dano que eles causam", ele continuou em meio a algo nervoso e ainda mutuamente dependente no riso deles. "Jornalistas, quero dizer, não bodes. Não existe na terra castigo à altura deles. Só o Malebolge... E o Malebolge é aqui."

O Malebolge era a barranca, o precipício que serpenteava pelo campo, estreito ali, mas sua imponência conseguiu afastar a mente deles do bode. A pontezinha de pedra em que estavam o atravessava. As árvores, o topo delas abaixo deles, cresciam por essa ravina, a ramagem escondia em parte a queda terrível. Lá do fundo, vinha um riso tênue da água.

"Se Alcapancingo está daquele lado", disse Hugh, "este aqui deve ser mais ou menos o lugar onde Bernal Díaz e seus tlaxcalanos atravessaram para derrotar Quauhnahuac. Um nome fantástico para uma orquestra de dança: Bernal Díaz e seus tlaxcalanos... Ou você não entrou em contato com Prescott na universidade do Havaí?"

"Há-há", fez Yvonne, o que podia significar sim ou não para a pergunta sem sentido, e olhou a ravina com um estremecimento.

"Pelo que sei até o velho Díaz ficou tonto."

"Não seria de admirar."

"Não dá para ver, mas está lotado de jornalistas defuntos, que ainda espiam por buracos de fechadura convencidos de que agem pelos altos interesses da democracia. Mas eu tinha esquecido que você não lê jornais. Há?" Hugh riu. "Jornalismo é igual a prostituição intelectual masculina, oral e escrita, Yvonne. Nesse ponto estou inteiramente de acordo com Spengler. Epa." Hugh ergueu os olhos de repente ao ouvir um som desagradavelmente familiar, como se mil tapetes fossem batidos ao mesmo tempo à distância: ao barulho que parecia emanar da direção dos vulcões, agora quase invisíveis no horizonte, seguiu-se o prolongado *twang-piiing* de seu eco.

"Prática de tiro", disse Yvonne. "Estão nisso outra vez."

Paraquedas de fumaça pairavam acima das montanhas; eles olharam um minuto em silêncio. Hugh suspirou e começou a enrolar um cigarro.

"Eu tinha um amigo inglês que foi lutar na Espanha e se morreu acho que ainda está lá." Hugh lambeu a dobra do papel, fechou-o e acendeu, o cigarro queimou firme e depressa. "Na verdade, ele foi dado por morto duas vezes, mas apareceu de novo nas duas últimas vezes. Foi em 36. Enquanto esperavam Franco atacar, ele ficava deitado ao lado da metralhadora na Cidade Universitária, lendo De Quincey, que nunca tinha lido. Mas a metralhadora pode ser exagero meu: acho que não tinham nenhuma. Ele era comunista e praticamente o melhor homem que já conheci. Gostava de Vin Rosé d'Anjou. Ele também tinha um cachorro chamado Harpo, em Londres. Você provavelmente não pensaria que um comunista teria um cachorro chamado Harpo. Ou pensaria?"

"Você pensaria?"

Hugh apoiou um pé no parapeito e olhou seu cigarro, que parecia torto como a humanidade, se consumir o mais depressa possível.

"Tive outro amigo que foi para a China, mas não sabia o que fazer lá, ou eles não sabiam o que fazer com ele, então foi para a Espanha também, como voluntário. Foi morto por uma bomba perdida antes de ver qualquer ação. Esses dois sujeitos tinham vidas perfeitamente boas em casa. Não tinham roubado nenhum banco." Ele fez um silêncio canhestro.

"Claro que fomos embora da Espanha mais ou menos um ano antes que começasse, mas Geoffrey sempre dizia que havia sentimento demais em toda essa história de ir morrer pelos legalistas. Na verdade, ele dizia que seria muito melhor se os fascistas simplesmente vencessem e pusessem um fim em tudo…"

"Ele agora segue outra linha. Diz que *quando* os fascistas vencerem haverá apenas uma espécie de 'congelamento' da cultura na Espanha. A propósito, aquilo ali em cima é a lua? Bom, um congelamento. Que provavelmente vai descongelar em alguma data futura, quando se descobrir que apenas houve, por assim dizer, um estado de animação suspensa. Arrisco dizer que é verdade, de forma geral. A propósito, você sabia que *eu* estive na Espanha?"

"Não", Yvonne disse, surpresa.

"Ah, sim. Caí de uma ambulância lá com apenas duas dúzias de garrafas de cerveja e cinco jornalistas em cima de mim, todos a caminho de Paris. Não foi muito depois da última vez que vi você. O negócio foi o seguinte: como o show em Madri já tinha realmente começado, por assim dizer, parecia que estava tudo decidido, então o *Globe* falou para eu me retirar... E eu fui, como um idiota, se bem que depois tenham me mandado de volta outra vez por um tempo. Só fui para a China depois de Brihuega."

Yvonne lançou um olhar estranho para ele e disse:

"Hugh, você não está pensando em voltar à Espanha *agora*, está, por acaso?"

Hugh balançou a cabeça, rindo: deixou cair meticulosamente na ravina o cigarro destruído. "Cui bono? Para dar apoio a um nobre exército de cáftens e especialistas, que já foram para casa praticar seus risinhos cínicos com os quais propõem desacreditar a coisa toda no primeiro momento em que ficar na moda não ser uma resistência comunista. No, muchas gracias. E estou absolutamente farto de trabalhar em jornal, não é pose." Hugh enfiou os polegares no cinto. "Então... como eles botaram os Internacionais para fora cinco semanas atrás, em vinte e oito de setembro para ser exato, dois dias antes de Chamberlain ir a Godesburgo e caprichosamente minar a ofensiva do Ebro, com metade do último bando de voluntários ainda apodrecendo na prisão em Perpignan, como você acha que se poderia entrar, de qualquer forma, tão tardiamente?"

"Então o que Geoffrey quis dizer quando falou que você 'queria ação' e aquela coisa toda?... E qual é esse outro objetivo misterioso que trouxe você para cá?"

"Na verdade, é bem banal", Hugh respondeu. "O fato é que vou voltar para o mar por um tempo. Se der tudo certo, vou partir de Vera Cruz daqui a uma semana mais ou menos. Como intendente, você sabia que eu tenho um cartão de oficial, não sabia? Bom, eu podia ter pegado um navio em Galveston, mas já não é tão fácil como antes. De qualquer forma, vai ser mais divertido partir de Vera Cruz. Havana, talvez Nassau e depois, sabe, descer para as Índias Ocidentais e São Paulo. Eu sempre quis dar uma olhada em Trinidad, pode haver alguma diversão de verdade em Trinidad um dia. Geoff me ajudou com alguns contatos, mas nada além disso, eu não queria que ele se responsabilizasse. Não, simplesmente estou até as tampas comigo mesmo, só isso. Tente convencer o mundo a não cortar a própria garganta durante meia década ou mais, como eu, usando um nome ou outro, e começa a baixar a consciência de que até mesmo o *seu* comportamento é parte do plano. Eu pergunto: o que sabemos nós?"

E Hugh pensou: o S.S. *Noemijolea*, seis mil toneladas, partindo de Vera Cruz na noite de 13-14 (?) de novembro de 1938, com antimônio e café, com destino a Freetown, na África Ocidental Britânica, vai seguir para lá, muito estranhamente, de Tzucox na costa de Yucatán, e também em direção nordeste; apesar do que o navio ainda irá emergir no oceano Atlântico pelo canal de Barlavento ou do Crooked, onde depois de muitos dias sem terra à vista chegará à costa montanhosa da Madeira, de onde, se evitar Port Lyautey e mantiver cuidadosamente como destino Serra Leoa, quase três mil quilômetros a sudeste, passará, com sorte, pelo estreito de Gibraltar. De onde, uma vez mais, contornará, espera-se fervorosamente, o bloqueio de Franco, prosseguirá com extrema cautela pelo mar Mediterrâneo, deixará bem à popa primeiro Cabo de Gata, depois Cabo de Palos, em seguida Cabo de la Nao; então, ao avistar as ilhas Pityusae, o navio deslizará pelo golfo de Valencia e para o norte passará por Carlos de la Rápita e a boca do Ebro, até a costa rochosa de Garraf aparecer à popa, onde, por fim, ainda deslizando, em Vallcarca, uns trinta e dois quilômetros ao sul de Barcelona, ele entregará sua carga de TNT para o mui pressionado exército legalista e provavelmente será explodido em pedacinhos...

Yvonne olhava barranca abaixo, o cabelo caído sobre o rosto: "Eu sei que Geoff parece sórdido de vez em quando", ela disse, "mas concordo com ele em um ponto, essas ideias românticas sobre a Brigada Internacional..."

Mas Hugh estava parado ao leme: Firmin Batata ou Colombo ao contrário: abaixo dele o convés do *Noemijolea* entre duas ondas azuis e espuma explodiu através dos escoadouros laterais nos olhos dos marujos que raspavam a tinta de um guindaste: no castelo de proa o vigia ecoou um sino, tocado por Hugh um momento antes, e o marujo recolheu suas ferramentas: o coração de Hugh acelerava junto com o navio, tinha consciência de que o oficial a postos havia trocado a farda branca para a azul por causa do inverno, mas, ao mesmo tempo, pela excitação, pela ilimitada purificação do mar...

Yvonne jogou o cabelo para trás com impaciência e se pôs de pé. "Se eles tivessem ficado de fora, a guerra teria terminado há muito tempo!"

"Bom, não tem mais brigada, não", Hugh disse, distraído, pois não era um navio que ele conduzia agora, mas o mundo, para longe do oceano Ocidental de sua desgraça. "Se os caminhos da glória não levam senão ao túmulo (uma vez eu fiz uma excursão à poesia), então a Espanha é o túmulo aonde levou a glória da Inglaterra."

"Bobagem!"

Hugh riu de repente, não alto, provavelmente sem razão nenhuma; ele endireitou o corpo com um movimento ágil e saltou para cima do parapeito.

"Hugh!"

"Meu Deus. Cavalos", disse Hugh, olhando, se esticando até sua plena estatura mental de dois metros e quatro (ele media um e oitenta e três).

"Onde?"

Ele apontou: "Lá".

"Claro", Yvonne disse devagar, "eu tinha esquecido. São do Casino de la Selva: soltam lá para pastarem ou alguma coisa assim. Se a gente subir o morro mais um pouco chegamos lá..."

Numa suave encosta à esquerda deles agora, potros de pelagem lustrosa rolavam na grama. Da Calle Nicaragua, eles viraram para uma estreita alameda sombreada que levava a uma lateral do padoque. Os estábulos eram parte do que parecia ser uma fazenda leiteira modelo. Estendia-se além dos estábulos em solo plano, onde árvores altas de aspecto inglês alinhavam-se em ambos os lados de uma avenida gramada com marcas de rodas. À distância, umas poucas vacas bastante grandes que, no entanto, assim como os *longhorns* do Texas, guardavam uma perturbadora semelhança com veados (você conseguiu seu gado de novo, pelo que vejo, disse Yvonne), se abrigavam debaixo das árvores. Uma fileira de baldes de leite brilhantes diante do estábulo ao sol. Um cheiro doce de leite, baunilha e flores silvestres pairava no local tranquilo. E o sol sobre tudo isso.

"Que fazenda adorável", disse Yvonne. "Acho que é algum experimento do governo. Eu adoraria ter uma fazenda assim."

"... talvez você preferisse alugar uns dois antílopes grandes como aqueles ali".

Os cavalos eram dois pesos por hora cada um. "Muy correcto", os olhos negros do rapaz do estábulo brilharam, bem-humorados, ao ver a bota de Hugh, quando ele se virou habilmente para arrumar os estribos de Yvonne. Hugh não sabia por quê, mas aquele rapaz o lembrava como, na Cidade do México, se você para em certo ponto do Paseo de la Reforma de manhã cedo, de repente todo mundo por ali parece estar correndo, rindo, para o trabalho, debaixo do sol, passando pela estátua de Pasteur... "Muy *in*correcto", Yvonne conferiu sua calça: ela se ajeitou e se ajeitou, duas vezes, na sela. "Nunca andamos a cavalo juntos, não é?" Ela se inclinou para acariciar o pescoço da égua quando avançaram.

Seguiram alameda acima, acompanhados por dois potros que seguiam as mães padoque afora e um afetuoso cachorro branco peludo e penteado que pertencia à fazenda. Depois de algum tempo, a alameda desembocou na rua principal. Eles pareciam estar no próprio Alcapancingo, uma espécie de subúrbio apartado. A torre de vigia, mais próxima, mais alta, desabrochava acima da floresta, através da qual eles apenas divisavam os muros altos de prisão. Do outro lado, à esquerda deles, a casa de Geoffrey apareceu, quase em vista aérea, o bangalô encolhido, muito miúdo, diante das árvores, o jardim comprido lá embaixo descia, íngreme, paralelos ao qual, em níveis diferentes, subiam obliquamente a encosta todos os outros jardins das residências contíguas, cada um com seu retângulo cobalto de piscina também descendo íngreme em direção à barranca, a terra se elevando para o alto da Calle Nicaragua até a proeminência do Palácio Cortez. Será que aquela mancha branca lá embaixo podia ser o próprio Geoffrey? Talvez para evitar chegarem a um lugar onde, pela entrada do jardim público, eles quase com certeza estariam diretamente opostos à casa, trotaram por outra alameda que se inclinava para a direita. Hugh estava satisfeito de ver que Yvonne montava ao estilo caubói, grudada na sela, e não, como Juan Cerillo afirma, "como nos jardins". A prisão estava agora atrás deles e ele imaginou que os dois entravam em enorme foco nos binóculos inquisitivos lá de cima da torre de vigia; "Guapa", um guarda diria. "Ah, muy hermosa", responderia outro, deliciado com Yvonne, estalando os lábios. O mundo estava sempre dentro dos binóculos da polícia. Enquanto isso, os potros, que talvez não tivessem muita consciência de que uma rua é um meio de chegar a algum lugar e não, como um campo, algo onde circular e comer, sempre se perdiam no mato de ambos os lados. Então as éguas relinchavam para eles, ansiosas, e eles voltavam para perto. Mas as éguas cansaram de relinchar, e Hugh assobiou de um jeito que havia aprendido. Ele se comprometera a vigiar os potros, mas na verdade o cachorro vigiava a todos. Evidentemente treinado para detectar cobras, ele corria à frente, depois voltava para ter certeza de que estava tudo seguro antes de seguir adiante outra vez. Hugh observou-o um momento. Com toda certeza era difícil comparar esse cachorro àqueles vira-latas vistos pela cidade, aquelas criaturas horrendas que pareciam acompanhar seu irmão por toda parte como uma sombra.

"Incrível como você faz um som tão parecido com o de um cavalo", Yvonne disse de repente. "Onde aprendeu isso?"

"Uh-uh-uh-uh-uh-uh-uh-uh-uh-uh-uhiiiiiiii-u", Hugh assobiou outra vez. "No Texas." Por que ele disse Texas? Tinha aprendido o truque na Espanha, com Juan Cerillo. Hugh tirou o paletó e o pôs atravessado na cernelha do cavalo, diante da sela. Voltou-se depois de ver que os potros regressavam obedientemente do mato e acrescentou:

"O segredo é o uhiii-u. O relincho morrendo no final."

Passaram pelo bode, duas ferozes cornucópias em cima de uma sebe. Não tinha erro. Rindo, eles tentaram definir se o bode virara na Calle Nicaragua na outra pista ou na ligação com a estrada para Alcapancingo. O bode pastava na beira de um campo e então ergueu um olho maquiavélico para eles, mas não avançou, só observava os dois. *Posso ter errado aquela vez. Mas ainda estou em guerra.*

A nova alameda, pacífica, bem sombreada, com sulcos profundos e, apesar da seca, ainda cheia de poças que refletiam lindamente o céu, serpenteava entre grupos de árvores e cercas vivas interrompidas que velavam os campos indeterminados, como se fossem um grupo, uma caravana que levava com eles ao cavalgarem, para sua maior segurança, um pequeno mundo de amor. Mais cedo, tinha havido a promessa de muito calor, mas um sol apenas suficiente os aquecia, uma brisa suave acariciava seus rostos, o campo em ambos os lados sorria para eles com enganosa inocência, um rumor sonolento subia da manhã, as éguas balançavam a cabeça, havia os potros, ali estava o cachorro, e é tudo uma maldita mentira, ele pensou: caímos nela inevitavelmente, é como se, neste dia único do ano, os mortos voltassem à vida, ou pelo menos era-se informado disso com toda a confiança no ônibus, esse dia de visões e milagres, por alguma contrariedade nos foi permitido por uma hora um vislumbre do que nunca existiu de fato, do que nunca pôde existir desde que a fraternidade foi traída, a imagem de nossa felicidade, do que seria melhor pensar que nunca pudesse ter existido. Outro pensamento ocorreu a Hugh. No entanto eu não espero, nunca em minha vida, ser mais feliz do que sou agora. Nenhuma paz jamais encontrarei que não seja envenenada como são envenenados estes momentos...

("Firmin, você é um mau exemplo de bom homem." A voz podia vir de um membro imaginário da caravana deles e então Hugh vislumbrou Juan Cerillo nitidamente, alto e montado num cavalo pequeno demais para ele, sem estribos, de forma que seus pés quase tocavam o chão, o chapéu de abas largas e fita para trás da cabeça, e uma máquina de escrever numa caixa pendurada no pescoço, apoiada no cepilho da sela; com a mão livre ele segurava um saco de dinheiro e um menino corria ao lado dele na poeira. Juan Cerillo! Na Espanha, ele tinha sido um dos bem raros símbolos humanos evidentes do generoso auxílio que o México dera efetivamente; voltara para casa antes de Brihuega. Químico formado, trabalhava para o Banco de Crédito em Oaxaca com o ejido, entregava dinheiro a cavalo para financiar o esforço coletivo das remotas aldeias zapotecas, frequentemente perseguido por bandidos que gritavam como assassinos *Viva el Cristo Rey*, baleado por inimigos de Cárdenas em reverberantes torres de igreja, seu trabalho diário era na verdade uma aventura numa causa humana, que Hugh fora convidado a compartilhar. Pois Juan havia escrito uma carta expressa, num envelope bravamente selado de tamanho minúsculo — os selos mostravam arqueiros que atiravam contra o sol —, escrito que ele estava bem, de volta ao trabalho, a menos de duzentos quilômetros, e agora quando cada vislumbre das misteriosas montanhas parecia lamentar essa oportunidade perdida para Geoff e o *Noemijolea*, Hugh parecia ouvir seu bom amigo a ralhar com ele. Era a mesma voz plangente que um dia, na Espanha, dissera de seu cavalo deixado em Cuicatlán: "Minha pobre égua, ela deve estar mordendo, mordendo o tempo inteiro". Mas a voz agora falava do México da infância de Juan, do ano em que Hugh nascera. Juárez tinha vivido e morrido. No entanto, era um país sem censura, com garantia de vida, liberdade e busca da felicidade? Um país de escolas com murais brilhantes e onde mesmo cada pequena aldeia gelada de montanha tinha seu palco de pedra ao ar livre, e a terra pertencente a seu povo livre para expressar seu gênio nativo? Um país de fazendas-modelo: de esperança? Era um país de escravidão, onde seres humanos eram vendidos como gado e seus povos nativos, os yaquis, os papagos, os tomasachics, exterminados através de deportação ou reduzidos a algo pior que trabalhos forçados, suas terras dominadas ou nas mãos de estrangeiros. E em Oaxaca havia o terrível Valle Nacional onde o próprio Juan, um legítimo escravo de sete anos, tinha visto um irmão mais velho ser espancado até a morte e outro, comprado por quarenta e cinco pesos, morrer de fome em sete meses, porque era mais barato acontecer assim, e o dono do escravo comprar outro escravo, do que simplesmente ter um escravo mais bem alimentado que o trabalho matasse dentro de um ano. Tudo isso falava de Porfirio Díaz: rurales por toda parte, jefes políticos e assassinato, a extirpação de instituições políticas liberais, o exército uma máquina de massacre, um instrumento de exílio. Juan sabia disso, sofrera isso, e mais. Pois mais tarde, na revolução, sua mãe foi assassinada. E, mais tarde ainda, o próprio Juan matou seu pai, que havia lutado com Huerta, mas se tornara traidor. Ah, culpa e remorso tinham perseguido os passos de Juan também, porque ele não era um católico que conseguia emergir aliviado do banho frio da confissão. No entanto, a banalidade permanecia: que o passado era irrecuperavelmente passado. E a consciência havia sido dada ao homem para lamentar apenas na medida em que podia mudar o futuro. Porque o homem, todo homem, Juan parecia lhe dizer, assim como o México, tem de incessantemente lutar para subir. O que era a vida senão a guerra e a estadia de um estranho? A revolução medra também na terra caliente de cada alma humana. Não paz, mas isso deve pagar seu preço total ao inferno...)

"É mesmo?"

"É mesmo?"

Eles desciam lentamente na direção de um rio, até mesmo o cachorro, embalado em um lanoso solilóquio, seguia devagar, e agora estavam dentro, o primeiro passo pesado e cauteloso, depois a hesitação, depois o impulso à frente, o desamparado passo seguro abaixo do corpo, ainda tão delicado que provocava certa sensação de leveza, como se a égua nadasse ou flutuasse no ar e os levasse com a divina segurança de um Cristóvão, mais que com instinto falível. O cachorro nadava à frente, insensatamente importante; os potros balançavam a cabeça, solenes, oscilavam atrás, mergulhados até o pescoço; o sol cintilava na água calma, que mais adiante, rio abaixo, onde o rio estreitava, irrompia em furiosas ondazinhas, em redemoinhos e turbilhões perto da margem contra as pedras negras, com um efeito de arrebatamento, quase uma corredeira; o êxtase de um relâmpago de aves estranhas voou baixo acima da cabeça deles, manobrou em acrobacias aéreas, em voltas immelmanianas de inacreditável velocidade, acrobáticas como libélulas recém-nascidas. A margem oposta era densamente arborizada. Além de um suave barranco ascendente, um pouco à esquerda do que era aparentemente a entrada cavernosa para a continuação da alameda, havia uma pulquería, decorada com alegres fitas coloridas ondulantes acima das portas gêmeas de abre e fecha (que de longe pareciam não muito diferentes da divisa de um sargento do exército americano). Pulques Finos diziam as letras azuis desbotadas na parede de adobe branco-ostra: La Sepultura. Um nome sombrio: mas sem dúvida tinha alguma conotação humorística. Um índio sentado de costas na parede, o grande chapéu meio cobrindo o rosto, descansava ao sol do lado de fora. Seu cavalo, ou um cavalo, estava amarrado perto dele a uma árvore, e do meio do rio Hugh notou o número sete marcado a fogo em sua anca. Pregado na árvore, um cartaz do cinema local: LAS MANOS DE ORLAC CON PETER LORRE. No telhado da pulquería, um moinho de brinquedo, do tipo que se via em Cape Cod, em Massachusetts, girava inquieto na brisa. Hugh disse:

"Seu cavalo não quer beber, Yvonne, só olhar o reflexo. Deixe. Não puxe a cabeça dele."

"Eu não estava puxando. Eu sei disso também", disse Yvonne com um sorrisinho irônico.

Eles ziguezaguearam devagar através do rio; o cachorro nadava como uma lontra e tinha quase chegado à margem oposta. Hugh se deu conta de uma pergunta no ar.

"... você sabe que é nosso convidado".

"Por favor." Hugh inclinou a cabeça.

"... gostaria de jantar fora e ir a um cinema? Ou prefere enfrentar a comida de Concepta?"

"O quê o quê?" Por alguma razão, Hugh pensava em sua primeira semana na escola pública, na Inglaterra, uma semana sem saber o que tinha que fazer ou como responder a qualquer pergunta, e de ser levado em frente por uma espécie de pressão de ignorância compartilhada para salões lotados, atividades, maratonas, e até a exclusivos isolamentos, como a vez em que se viu cavalgando com a esposa do diretor, uma recompensa, disseram-lhe, mas ele nunca descobriu em razão do quê. "Não, acho que eu detestaria ir ao cinema, muito obrigado", ele disse, rindo.

"É um lugarzinho estranho, você pode achar divertido. Os cinejornais eram sempre de dois anos atrás, e acho que não deve ter mudado nada. E alguns filmes voltam insistentemente. *Cimarron, Cavadoras de ouro* e ah... ano passado vimos um documentário de viagem, *Venha para a ensolarada Andaluzia*, como se fossem notícias da Espanha..."

"Deus me livre", disse Hugh.

"E a luz *sempre* falha."

"Acho que assisti ao filme de Peter Lorre em algum lugar. Ele é um grande ator, mas o filme é péssimo. Seu cavalo não quer beber, Yvonne. É sobre um pianista que tem complexo de culpa porque acha que suas mãos são as de um assassino ou algo assim, e fica lavando o sangue delas. Talvez sejam mesmo de um assassino, mas não me lembro."

"Parece assustador."

"Eu sei, mas não é."

Do outro lado do rio, os cavalos quiseram de fato beber e eles pararam a fim de permitir. Depois subiram pela margem para dentro da alameda. Dessa vez, as cercas vivas eram mais altas, mais cerradas e entrelaçadas com trepadeiras. Diante disso, podiam até estar na Inglaterra explorando algum desvio pouco conhecido de Devon ou Cheshire. Havia pouco para contradizer a impressão, a não ser um ocasional conclave de urubus em cima de uma árvore. Depois de uma subida íngreme pela floresta a alameda ficou plana. Então chegaram a um campo mais aberto e passaram a um meio galope. "Nossa, que maravilha era aquilo, ou melhor, nossa, como ele queria estar enganado a respeito, como Judas devia estar, pensou, e ali estava de novo, droga, se um dia Judas teve um cavalo, ou emprestou, ou roubou um, o mais provável, depois daquela *madrugada* de todas as *madrugadas*, lamentou então ter devolvido as trinta moedas de prata, de que nos vale isso, fique você com elas, os miseráveis tinham dito, quando agora ele provavelmente queria beber, trinta drinques (como Geoff sem dúvida tomara essa manhã), e talvez mesmo assim ele tivesse conseguido algumas a crédito, e sentia os cheiros bons de couro e suor, ouvia o agradável bater dos cascos do cavalo e pensava: que alegria tudo isto podia ser, continuar cavalgando assim debaixo do céu estonteante de Jerusalém — e ao esquecer por um instante, *era* realmente alegre — que esplêndido tudo isto poderia ter sido, se eu não tivesse traído o homem na noite passada, embora eu soubesse muito bem que ia trair, que bom seria de fato, porém, se não tivesse acontecido, se não fosse tão absolutamente necessário ir e me enforcar...

E ali, de fato, estava de novo a tentação, a covarde serpente corruptora do futuro: pise em cima dela, seu tolo idiota. Seja o México. Você não atravessou o rio? Em nome de Deus, morra. E Hugh então passou de fato sobre uma cobra-liga morta, cravada no caminho como um cinto num traje de banho. Ou talvez fosse um monstro de Gila.

Tinham saído na borda mais externa do que parecia um parque espaçoso, um tanto descuidado, que se espalhava à direita, ou o que um dia fora um imenso bosque, plantado com árvores altas e majestosas. Puxaram as rédeas e Hugh, atrás, cavalgou devagar sozinho por algum tempo... Os potros o separaram de Yvonne, que olhava à frente com olhar vago como se insensível ao que havia em torno. O bosque parecia irrigado por cursos de água artificiais entupidos de folhas — embora nem todas as árvores fossem decíduas e debaixo delas houvesse frequentes poças de sombra — e era riscado de caminhos. A alameda deles havia, de fato, se tornado um desses caminhos. Um ruído de trem soou à esquerda; a estação não devia estar longe; provavelmente estava escondida atrás daquele morrinho acima do qual pairava uma pluma de vapor branco. Mas um trilho ferroviário, elevado sobre o mato, brilhava entre as árvores à direita; a linha parecia fazer um desvio largo em torno do local. Eles passaram por uma fonte seca abaixo de alguns degraus quebrados, o leito cheio de gravetos e folhas. Hugh fungou: um estranho cheiro cru, que ele não conseguiu identificar de início, permeou o ar. Começaram a entrar no indistinto recinto do que devia ter sido um château francês. O edifício, meio escondido pelas árvores, ficava numa espécie de pátio no final do bosque, fechado por uma fileira de ciprestes que cresciam atrás do muro alto, no qual um portão maciço estava aberto bem na frente deles. O vento soprava poeira pela abertura. *Cervecería Quauhnahuac*: Hugh viu escrito em letras brancas na lateral do château. Ele chamou e acenou para Yvonne parar. Então o château era uma cervejaria, mas de um tipo muito estranho, que não conseguia se decidir se era um restaurante ao ar livre ou um beer garden. No pátio aberto, duas ou três mesas redondas (mais provavelmente para se precaver contra visitas ocasionais de "provadores" semioficiais) enegrecidas e cobertas de folhas, debaixo de árvores imensas não de todo familiares para serem carvalhos nem estranhas o suficiente para serem tropicais, que talvez nem fossem tão velhas, mas que possuíam um ar indefinível de serem imemoriais, de terem ao menos sido plantadas séculos antes por algum imperador com uma pá dourada. Debaixo dessas árvores, onde a cavalgada deles se deteve, uma menina pequena brincava com um tatu.

Da cervejaria em si, que de perto parecia bem diferente, mais como um moinho, fragmentado, retangular, que emitia um clamor repentino como de moinho, e na qual piscavam e deslizavam reflexos de sol na água como rodas de moinho, projetados por um regato próximo, num vislumbre de sua própria maquinaria, saiu então um homem colorido, com viseira, parecia um guarda-caça, e trazia dois canecos espumantes de cerveja escura alemã. Eles não haviam apeado e o homem entregou a eles as cervejas.

"Nossa, está fria", disse Hugh, "mas boa." A cerveja tinha um gosto penetrante, meio metálico, meio terroso, como argila destilada. Estava tão gelada que doía.

"Buenos días, muchacha." Yvonne, caneco na mão, sorria para a menina com o tatu. O guarda-caça desapareceu por um orifício de volta para a maquinaria e isolou deles o ruído, como faria um engenheiro a bordo de um navio. A menina estava agachada com o tatu nas mãos e olhava apreensiva o cachorro, que, no entanto, mantinha uma distância segura e observava os potros que inspecionavam a parte traseira da fábrica. Cada vez que o tatu corria, como se tivesse rodinhas, a menina o pegava pelo rabo em chicote e o virava de barriga para cima. Como ele parecia macio e desamparado! Ela depois endireitava a criatura e a punha em movimento outra vez, algum engenho de destruição, talvez, que depois de milhões de anos chegara àquilo. "Cuánto?" Yvonne perguntou.

A menina pegou o animal de novo e trinou:

"Cinquenta centavos."

"Você não o quer de fato, quer?" Hugh — como o general Winfield Scott depois de emergir das ravinas de Cerro Gordo, ele pensou — estava sentado com uma perna por cima do cepilho da sela.

Yvonne assentiu com a cabeça, brincando: "Eu adoraria. Ele é uma graça".

"Você não conseguiria transformá-lo num bicho de estimação. A menina sabe, por isso quer vender o tatu." Hugh deu um gole na cerveja. "Eu entendo de tatus."

"Ah, eu também!" Yvonne balançou a cabeça, brincando, e arregalou os olhos. "Entendo tudo!"

"Então sabe que se deixar o bicho solto em seu jardim ele vai simplesmente cavar um túnel no chão e não volta nunca mais."

Yvonne ainda balançava a cabeça meio de brincadeira, os olhos bem abertos. "Ele não é uma gracinha?"

Hugh girou a perna e permaneceu montado com a caneca apoiada no cepilho, enquanto olhava a criatura com seu grande focinho maroto, rabo de iguana e barriga desprotegida e pintalgada, o brinquedo de uma criança marciana. "Não, muchas gracias", ele disse com firmeza à menininha, que, indiferente, não se retirava. "Ele não só não vai voltar nunca mais, Yvonne, como, se você tentar impedir, ele vai fazer o impossível para puxar você buraco abaixo também." Voltou-se para ela, sobrancelhas erguidas, e durante algum tempo olharam-se em silêncio. "Conforme seu amigo W. H. Hudson, acho que foi, descobriu a duras penas", Hugh acrescentou. Uma folha caiu de uma árvore em algum lugar atrás deles com o som de um passo repentino. Hugh tomou um longo gole gelado. "Yvonne", ele disse, "você se importa se eu perguntar diretamente se você *está* ou não divorciada do Geoff?"

Yvonne engasgou com a cerveja; não estava segurando as rédeas, enroladas ao cepilho, e seu cavalo deu um pequeno tranco à frente, depois parou antes que Hugh tivesse tempo de pegar o freio.

"Você pretende voltar para ele ou o quê? Ou já voltou?" A égua de Hugh também dera um passo solidário à frente. "Me perdoe por ser tão direto, mas me vejo numa posição horrivelmente falsa. Gostaria de saber exatamente qual é a situação."

"Eu também." Yvonne não olhou para ele.

"Então você não sabe se *está* ou não divorciada dele?"

"Ah, eu… me divorciei dele", ela respondeu, infeliz.

"Mas não sabe se voltou para ele ou não?"

"É. Não… Eu voltei para ele, sim, voltei sim."

Hugh ficou em silêncio enquanto outra folha caía, torta, ressoava e se equilibrava na grama. "Então não seria bem mais simples para você se eu fosse embora imediatamente", ele perguntou com delicadeza, "em vez de ficar aqui um pouquinho como eu esperava? Pensei em ir a Oaxaca por um ou dois dias…"

Yvonne levantou a cabeça diante da palavra Oaxaca. "É", disse. "Seria, sim. Se bem que, ah, Hugh, não me agrada dizer isto, só…"

"Só o quê?"

"Só, por favor, não vá embora enquanto a gente não conversar. Estou muito assustada."

Hugh pagou as cervejas, que custavam apenas vinte centavos; trinta menos que o tatu, ele pensou. "Ou você quer outra?" Ele teve que levantar a voz acima do clamor repetido da fábrica: *prisões, prisões, prisões,* ela dizia.

"Não consigo terminar esta. Termine você."

Retomaram a cavalgada, devagar, saíram do pátio através do portão maciço para a rua lá fora. Como por comum acordo, viraram à direita, para longe da estação de trem. Um camión se aproximava deles por trás, vindo da cidade, e Hugh puxou as rédeas ao lado de Yvonne, enquanto o cachorro tocava os potros para a valeta. O ônibus, Tomalín-Zócalo, desapareceu, clangoroso, ao virar a esquina.

"É um jeito de chegar a Parián", Yvonne protegeu seu rosto da poeira.

"Não era o ônibus de Tomalín?"

"Mesmo assim é o jeito mais fácil de chegar a Parián. Acho que existe um ônibus que vai direto para lá, mas sai do outro lado da cidade e vai por outra estrada, de Tepalzanco."

"Parián parece ter alguma coisa sinistra."

"Na verdade, é um lugar bem sem graça. Claro que é a antiga capital do estado. Anos atrás, havia um imenso mosteiro lá, eu acho, bem parecido com Oaxaca nesse aspecto. Algumas lojas e até as cantinas são parte do que era antes a acomodação dos monges. Mas é quase uma ruína."

"Imagino o que Weber vê lá", Hugh disse. Eles deixaram para trás os ciprestes e a cervejaria. Como chegaram, sem perceber, a uma passagem de nível sem portão, viraram à direita de novo, dessa vez a caminho de casa.

Cavalgavam lado a lado pelo trilho do trem que Hugh tinha visto do bosque, flanqueavam as árvores em direção quase oposta ao caminho por onde haviam chegado. De ambos os lados, um barranco baixo descia para uma vala estreita, além da qual estendia-se um matagal. Acima deles os fios do telégrafo zuniam e gemiam: *violão violão violão*: que era, talvez, coisa melhor a dizer do que *prisões*. O trilho, duplo, mas de bitola estreita, agora se desviava do bosque, por nenhuma razão aparente, depois voltava a correr paralelo a ele. Um pouco adiante, como se para equilibrar as coisas, fazia um desvio semelhante na direção do bosque. Mas à distância voltava a fazer uma curva aberta para a esquerda de proporção tal que dava a sensação de que devia logicamente se enrolar com a estrada de Tomalín. Aquilo era demais para os postes de telégrafo, que seguiam arrogantemente retos à frente e se perdiam de vista.

Yvonne sorria. "Estou vendo que você parece preocupado. Deve haver mesmo uma história para o seu *Globe* nestes trilhos."

"Não consigo entender que droga de coisa é isto aqui."

"Foi construída por vocês, ingleses. Só que a companhia foi paga por quilômetro."

Hugh riu alto. "Que maravilha. Você não está querendo dizer que foi projetada desse jeito estranho só pela quilometragem extra, está?"

"É o que dizem. Mas eu não acho que seja verdade."

"Bom, bom. Estou decepcionado. Eu achava que devia ser alguma extravagância mexicana. Mas sem dúvida faz a gente pensar."

"No sistema capitalista?" De novo, um tom de zombaria no sorriso de Yvonne.

"Me lembra alguma história da *Punch*… A propósito, você sabia que existe um lugar chamado Punch na Caxemira?" (Yvonne murmurou, balançando a cabeça.) "Desculpe, esqueci o que eu ia dizer."

"O que você acha de Geoffrey?" Yvonne fez a pergunta, afinal. Estava inclinada para a frente, apoiada no cepilho, e olhava de lado para ele. "Hugh, me diga a verdade. Você acha que tem… bom… alguma esperança para ele?" As éguas procuravam delicadamente o caminho naquele piso incomum, os potros bem mais à frente que antes olhavam em torno de vez em quando, em busca de aprovação por sua ousadia. O cachorro corria à frente dos potros, embora nunca deixasse de espiar para trás periodicamente para ver se estava tudo bem. Ocupado, ele farejava em busca de cobras no meio dos trilhos.

"Quanto à bebida, você diz?"

"Acha que eu posso fazer alguma coisa?"

Hugh olhou algumas flores silvestres azuis, iguais a miosótis, que de alguma forma haviam encontrado um lugar para crescer entre os dormentes do trilho. Aquelas inocentes também tinham seus problemas: o que é esse assustador sol escuro que ruge e passa por nossas pálpebras a cada poucos minutos? Minutos? Mais provável horas.

Talvez até mesmo dias: os semáforos solitários pareciam permanentemente levantados, podia ser uma triste diligência perguntar sobre os trens. "Acredito que você já sabe da 'estricnina', como ele chama", disse Hugh. "O remédio do jornalista. Bom, eu na verdade consegui aquilo com receita de um sujeito em Quauhnahuac que conheceu vocês dois."

"O dr. Guzmán?"

"É, Guzmán, acho que era esse nome. Tentei fazer com que viesse ver Geoff. Mas ele se recusou a perder tempo com ele. Disse que simplesmente, pelo que sabia, não havia nada de errado com Papa e nunca tinha havido, a não ser que ele não se decidia a parar de beber. Isso parece bem claro e acredito que seja verdade."

A trilha descia com o matagal, depois abaixo dele, de forma que os barrancos agora estavam acima deles.

"De alguma forma, *não é* a bebida", Yvonne disse de repente. "Mas por que ele faz isso?"

"Talvez agora que você voltou ele pare."

"Você não parece ter muita esperança disso."

"Yvonne, me escute. Está mais que evidente que há milhares de coisas a dizer e não vai haver tempo suficiente para dizer a maioria. Difícil saber por onde começar. Estou completamente no escuro. Não tinha nem certeza de que você estivesse divorciada até cinco minutos atrás. Não sei…" Hugh estalou a língua para o cavalo, mas o conteve. "Quanto ao Geoff", continuou, "eu simplesmente não tenho ideia do que ele anda fazendo nem de quanto está bebendo. De qualquer forma, metade do tempo não dá para saber se ele está bêbado."

"Você não diria isso se fosse a *esposa* dele."

"Espere um pouco… Minha atitude com o Geoff era simplesmente a que eu tomaria com um irmão escritor com uma tremenda ressaca. Mas, enquanto eu estava na Cidade do México, me perguntava: cui bono? O que adianta? Fazer ele ficar sóbrio um ou dois dias não vai ajudar nada. Meu Deus, se a nossa civilização ficasse sóbria uns dois dias, ia morrer de remorso no terceiro…"

"Isso ajuda *muito*", Yvonne disse. "Obrigada."

"Além disso, depois de algum tempo a gente começa a sentir que, se um sujeito aguenta aquela bebida toda, por que não deveria beber?" Hugh inclinou-se e acariciou o cavalo dela. "Não, sério, por que vocês dois não vão embora, então? Embora do México. Não tem por que vocês ficarem mais, tem? De qualquer forma, o Geoff abominava o serviço consular." Por um momento, Hugh observou um dos potros parado, seu perfil contra o céu no alto do barranco. "Você tem dinheiro."

"Você vai me desculpar te dizer isto, Hugh. Não era porque eu não quisesse ver você. Mas eu tentei fazer Geoff ir embora hoje de manhã, antes de você voltar."

"Não adiantou, não é?"

"Talvez não tivesse funcionado de jeito nenhum. Nós tentamos antes, isso de ir embora e começar de novo. Mas hoje de manhã o Geoff falou alguma coisa sobre continuar o livro dele... por tudo neste mundo, não sei se ele ainda está escrevendo ou não, nunca trabalhou nele desde que a gente se conheceu e nunca me deixou ver quase nada, mesmo assim mantém todos aqueles livros de referência ao lado dele... e eu pensei que..."

"É", disse Hugh, "o quanto ele sabe de fato de toda essa história de alquimia e cabala? O que isso tudo significa para ele?"

"Era exatamente o que eu ia te perguntar. Eu nunca descobri..."

"Meu Deus, eu não sei...", Hugh acrescentou com um alívio quase avuncular. "Talvez ele seja um mago de magia negra!"

Yvonne sorriu, ausente, batendo as rédeas contra o cepilho. A trilha emergia num aberto e mais uma vez os barrancos inclinavam-se de ambos os lados. Bem no alto velejavam esculturas brancas de nuvens, como conceitos que inchassem o cérebro de Michelangelo. Um dos potros havia se desviado da trilha para o mato. Hugh repetiu o ritual de assobiar, o potro voltou para o barranco, e eles eram um grupo outra vez, em trote pela egoísta ferrovia serpenteante. "Hugh", Yvonne disse, "eu tive uma ideia quando vinha no navio... Não sei se... Sempre sonhei ter uma fazenda em algum lugar. Uma fazenda de verdade, sabe, com vacas, porcos, galinhas... e um celeiro vermelho, campos de milho e trigo."

"O quê, nenhuma galinha-d'angola? Eu podia ter um sonho desses dentro de uma ou duas semanas", disse Hugh. "Onde entra essa fazenda?"

"Ora… Geoffrey e eu podíamos comprar uma."

"*Comprar* uma?"

"É assim tão absurdo?"

"Acho que não, mas onde?" Os 750 ml de cerveja forte que Hugh tomara começavam a fazer seu agradável efeito e de repente ele deu uma risada que mais pareceu um espirro. "Desculpe", disse, "é que imaginei Geoff no meio da alfafa, de macacão e chapéu de palha, carpindo, todo sério."

"Nem precisaria ser assim tão sério. Eu não sou um ogro." Yvonne ria também, mas seus olhos escuros, que brilhavam antes, estavam opacos, recolhidos.

"E se o Geoff detestar fazendas? Talvez ele fique enjoado com a mera visão de uma vaca."

"Ah, não. Antigamente a gente sempre falava de ter uma fazenda."

"Você *sabe* alguma coisa sobre fazenda?"

"Não." Yvonne, de repente deliciada, descartou a possibilidade, inclinou-se e afagou o pescoço da égua. "Mas eu pensei que a gente podia achar um casal que tivesse perdido a própria fazenda, ou algo parecido, para cuidar dela para nós e morar ali."

"Eu não teria pensado que fosse exatamente uma boa coisa começar a prosperar como nobreza proprietária de terras, mas talvez seja. Onde seria essa fazenda?"

"Bom… O que nos impede de ir para o Canadá, por exemplo?"

"… *Canadá?*… Está falando sério? Ora, por que não, mas…"

"Perfeitamente."

Tinham chegado a um lugar onde a estrada de ferro fazia sua grande curva para a esquerda, e desceram pelo aterro. O bosque ficara para trás, mas ainda havia floresta densa à direita deles (acima do centro da qual aparecera de novo o marco quase amigável da torre de vigia da prisão) e se estendia adiante. Uma estrada mostrou-se brevemente à margem da floresta. Aproximaram-se dessa estrada devagar, seguindo os decididos postes de telégrafo murmurantes, por um caminho difícil no meio do mato.

"Quero dizer, por que Canadá e não as Honduras britânicas? Ou mesmo Tristão da Cunha? Um pouquinho solitário talvez, mas um lugar admirável para os dentes, me disseram. E tem a ilha Gough, pertinho de Tristão. Desabitada. Mas você pode colonizar. Ou Sokotra, de onde vinham incenso e mirra e onde os camelos pulam como antílopes: minha ilha favorita no mar Arábico." Mas o tom de Hugh, embora divertido, não era inteiramente cético enquanto ele se referia a essas fantasias, meio para si mesmo, porque Yvonne seguia um pouco à frente; era como se ele se debatesse a sério com o problema do Canadá, ao mesmo tempo que se esforçava para fingir que a situação possuía uma porção de soluções aventureiras e extravagantes. Ele a alcançou.

"Geoffrey não mencionou a refinada Sibéria para você?", ela perguntou. "Você, claro, não deve ter esquecido que ele tem uma ilha na Columbia Britânica."

"Num lago, não é? Lago Pinaus. Eu me lembro. Mas não tem nenhuma casa lá, tem? E não dá para criar gado com pinha e terra."

"A questão não é essa, Hugh."

"Ou você ia propor acampar lá e ter sua fazenda em outro lugar?"

"Hugh, escute…"

"Mas vamos supor que só desse para você comprar sua fazenda em algum lugar como Saskatchewan", Hugh objetou. Veio-lhe à cabeça uma estrofe idiota que acompanhava o ritmo dos cascos do cavalo:

Ah, se ao rio Poor Fish pudermos ir,
e ao lago Onion você me retornar,
pode ficar com o Guadalquivir,
também o de Como pode pegar.
Me leve de volta ao caro Horsefly,
Aneroid ou Gravelburg…

"Em algum lugar com um nome como Product. Ou mesmo Dumble", ele continuou. "Deve existir uma Dumble. Na verdade, eu sei que existe uma Dumble."

"Tudo bem. Talvez *seja* ridículo. Mas ao menos é melhor do que ficarmos aqui sentados sem fazer nada!" Quase chorando, com raiva, Yvonne fez o cavalo entrar num meio galope, mas o terreno era muito irregular; Hugh emparelhou com ela e pararam juntos.

"Desculpe, eu sinto muito, muito mesmo." Contrito, ele pegou a rédea dela. "Fui mais idiota do que nunca."

"Então, você acha *mesmo* que é uma boa ideia?" Yvonne se animou um pouco, chegou a fingir um ar de caçoada.

"Você já esteve no Canadá?" ele perguntou.

"Fui às Cataratas do Niágara."

Seguiram em frente, Hugh levava a rédea dela. "Eu nunca estive no Canadá. Mas um canadense na Espanha, um amigo meu pescador que era do Macs-Paps, me dizia sempre que era o lugar mais incrível do mundo. A Colúmbia Britânica, pelo menos."

"É o que o Geoffrey sempre dizia também."

"Bom, o Geoff tende a ser vago sobre o assunto. Mas foi o que o McGoff me disse. Esse sujeito era picto. Imagine pousar em Vancouver, como parece razoável. Até aí tudo bem. O McGoff não tinha muito o que fazer com a Vancouver moderna. Segundo ele, a cidade tem uma certa qualidade Pango Pango misturada com salsicha e purê, no geral um atmosfera bastante puritana. Tudo mundo dormindo pesado e quando você fura um deles sai uma Union Jack do buraco. Mas em certo sentido ninguém mora lá. Estão simplesmente de passagem. Mineram o lugar e vão embora. Acabam com a terra, derrubam as árvores e mandam por flutuação pela barra de Burrard… Quanto à bebida, por sinal, ela está sitiada", Hugh riu, "todo mundo sitiado por dificuldades talvez favoráveis. Nada de bares, só cervejarias tão incômodas e frias que servem cerveja tão fraca que nenhum bêbado de respeito bota o pé nelas. Tem que beber em casa e, quando acaba a bebida, é longe demais para conseguir uma garrafa…"

"Mas…" Os dois estavam rindo.

"Mas espere um pouco." Hugh olhou para o céu da Nova Espanha. O dia era como um disco bom de Joe Venuti. Ele ouviu o zunido tênue e constante dos postes de telégrafo e fios acima deles que cantavam em seu coração com seu litro de cerveja. Nesse momento, a coisa melhor, mais fácil, mais simples do mundo parecia ser a felicidade dessas duas pessoas num novo país. E o que contava parecia, provavelmente, a agilidade com que se deslocavam. Ele pensou no Ebro. Apenas como uma ofensiva bem planejada podia ser derrotada em seus primeiros dias por potencialidades não consideradas que tiveram tempo de amadurecer, de forma que um repentino movimento desesperado podia ter sucesso precisamente por causa do número de potencialidades que destrói de um só golpe...

"O melhor a fazer", ele continuou, "é sair de Vancouver o mais depressa possível. Descer por uma das barras até alguma aldeia de pesca e comprar um barracão debruçado sobre o mar, com direitos de praia apenas por, digamos, cem dólares. E então viver nesse frio por cerca de seis meses. Sem telefone. Sem aluguel. Sem consulado. Ser um invasor. Relembrar seus ancestrais pioneiros. Água de poço. Cortar a própria lenha. Afinal de contas, Geoff é forte como um touro. E talvez ele consiga mesmo cuidar do livro dele e você vai poder ter suas estrelas e a sensação de estações do ano outra vez; se bem que às vezes dá para nadar até em novembro. E conhecer gente de verdade: os pescadores de rede, os velhos construtores de barcos, os que caçam com armadilhas, segundo McGoff o último povo realmente livre do mundo. Nesse meio-tempo, você pode mandar arrumar sua ilha e encontrar sua fazenda, que antes vai ter que usar como chamariz, se ainda quiser..."

"Ah, Hugh, eu quero, *sim*..."

Ele quase sacudiu o cavalo dela com entusiasmo. "Posso até ver seu barracão. Ele fica entre a floresta e o mar e você tem um píer para descer até a água pelas pedras ásperas, sabe, cobertas de cracas, anêmonas e estrelas-do-mar. Você vai ter que atravessar a floresta até a loja." Hugh viu a loja mentalmente. *A floresta vai estar úmida. E de vez em quando uma árvore cai com ruído. E às vezes há neblina e essa neblina congela. Então a floresta inteira vira uma floresta de cristal. Os cristais de gelo nos ramos crescem como folhas. Depois, logo em seguida você vai ver o nabo-selvagem, e aí é primavera.*

Eles estavam galopando... Um campo plano e nu tomou o lugar das moitas e eles avançavam animados, os potros empinando deliciados adiante, quando de repente o cachorro passou como um raio e as éguas entraram quase imperceptivelmente num longo passo ondulante e solto, Hugh teve a sensação de mudança, o límpido prazer elementar que se experimenta também a bordo de um barco que, ao deixar a água agitada do estuário, se abandona ao balanço e ritmo do mar aberto. Um tênue carrilhão soou à distância, subiu e desceu, afundou de volta como se na própria substância do dia. Judas tinha esquecido; não, Judas havia, de alguma forma, se redimido.

Galopavam paralelo à rua que não tinha cercas vivas e em solo nivelado, então o trovejar surdo e regular dos cascos mudou abruptamente para um som duro, metálico, disperso, e eles metralhavam pela rua: ela virava à direita, contornava a floresta em torno de uma espécie de promontório que se projetava na planície.

"Estamos na Calle Nicaragua outra vez", Yvonne exclamou alegre, "quase!"

A pleno galope, aproximaram-se do Malebolge outra vez, a barranca serpentina, embora num ponto muito mais adiante de onde a tinham cruzado antes; trotavam lado a lado por uma ponte com cerca branca: então, de repente, estavam nas ruínas. Yvonne entrou primeiro, os animais pareceram levados a parar menos pelas rédeas que por decisão própria, possivelmente nostálgicos, possivelmente até por consideração. Desmontaram. As ruínas ocupavam um trecho considerável da grama que margeava a rua à direita. Perto deles havia o que devia ter sido uma capela, com grama onde o orvalho ainda cintilava por entre as frestas do piso. Em torno, os restos de uma larga varanda de pedra com balaustrada baixa caindo aos pedaços. Hugh, que estava bem perdido, amarrou as éguas a uma coluna rosa quebrada que se destacava do resto das ruínas, um emblema sem sentido esfarelando.

"O que é todo este ex-esplendor afinal?", ele perguntou.

"O Palácio de Maximiliano. O de verão, acho. Parece que toda aquela impressão de bosque perto da cervejaria fazia parte da terra dele também." De repente, Yvonne parecia pouco à vontade.

"Você não quer parar aqui?", ele perguntou.

"Claro. É uma boa ideia. Eu queria um cigarro", ela disse, hesitante. "Mas vamos ter que fazer um passeio até a vista preferida de Carlotta."

"O mirante do imperador com certeza já teve dias melhores." Enquanto enrolava um cigarro para Yvonne, Hugh olhou distraído o lugar em torno, que parecia tão conformado com a própria ruína que nenhuma tristeza o tocava; havia pássaros empoleirados nas torres decadentes e nas paredes dilapidadas sobre as quais trepavam as inevitáveis corriolas azuis; os potros, com seu cão de guarda descansando por perto, pastavam preguiçosos na capela: parecia seguro deixá-los ali...

"Maximiliano e Carlotta, hein?", Hugh disse. "Acha que Juárez devia ter fuzilado o homem ou não?"

"É uma história incrivelmente trágica."

"Ele devia ter fuzilado ao mesmo tempo aquele velho esquisitão do Díaz, e encerrado o assunto."

Chegaram ao promontório e olharam para a direção de onde tinham vindo, as planícies, o matagal, a ferrovia, a estrada para Tomalín. Soprava ali um vento seco, constante. Popocatépetl e Iztaccíhuatl. Lá estavam eles, bem pacíficos além do vale; os tiros haviam cessado. Hugh sentiu uma pontada. Ao descer, alimentara uma ideia bem séria de encontrar tempo para escalar o Popo, talvez até mesmo com Juan Cerillo...

"Há a sua lua ainda para você." Ele a apontou outra vez, um fragmento soprado da noite por uma tempestade cósmica.

"Não eram lindos os nomes que os velhos astrônomos davam para os lugares da lua?", ela disse.

"O Pântano da Corrupção. É o único que eu lembro."

"Mar da Escuridão... Mar da Tranquilidade..."

Ficaram lado a lado sem falar, o vento soprava fumaça de cigarro por cima de seus ombros; dali, também o vale parecia um mar, um mar galopante. Além da estrada de Tomalín, o campo se desenrolava e quebrava em ondas bárbaras de dunas e rochas em todas as direções. Acima dos sopés, espetados com suas bordas de pinheiros, como garrafas quebradas que protegem um muro, uma investida branca de nuvens podia ser uma onda imobilizada. Mas atrás dos próprios vulcões ele viu que se formavam nuvens de tempestade. "Sokotra", pensou, "minha ilha misteriosa no mar Arábico, de onde vinham incenso e mirra, e onde ninguém nunca esteve..."

Havia alguma coisa na força bruta da paisagem, um dia um campo de batalha, que parecia gritar para ele, uma presença nascida daquela força cujo grito todo o seu ser reconhecia como familiar, colhido e devolvido pelo vento, alguma jovem palavra-chave de coragem e orgulho — a afirmação apaixonada, e no entanto quase sempre tão hipócrita, da própria alma talvez, ele pensou, do desejo de ser, de fazer, bem, o que era certo. Era como se ele olhasse agora além daquela expansão de planícies e além dos vulcões para o vasto desenrolar do oceano azul, sentindo-o ainda em seu coração, a impaciência ilimitada, o anseio desmesurado.

5

Atrás deles caminhava o único ser vivo que compartilhava sua peregrinação, o cachorro. Aos poucos, chegaram ao mar salgado. Então, com as almas bem disciplinadas, atingiram a região norte e divisaram, com coração que aspirava o céu, a poderosa montanha Himavat... Na qual os lagos ondeavam, os lilases floriam, os plátanos estavam em botão, as montanhas cintilavam, as cachoeiras brincavam, a primavera era verde, a neve branca, o céu azul, as flores de frutas eram nuvens: e ele ainda estava com sede. Depois a neve não cintilava, as frutas não eram nuvens, havia mosquitos, o Himalaia estava escondido pela poeira e ele estava com mais sede que nunca. Depois o lago soprava, a neve soprava, as cachoeiras sopravam, as flores de frutas sopravam, as estações sopravam — sopravam longe —, ele era soprado para longe, girava num turbilhão de flores para dentro das montanhas, onde agora chovia. Mas essa chuva, que só caía nas montanhas, não saciava sua sede. Tampouco ele estava, afinal, nas montanhas. Estava parado, no meio do gado, num rio. Descansava, com alguns pôneis, mergulhados até os joelhos a seu lado no brejo frio. Estava deitado de bruços e bebia de um lago em que se refletiam as cadeias de topos brancos, as nuvens empilhadas até oito quilômetros de altura atrás da poderosa montanha Himavat, os plátanos roxos e uma aldeia aninhada entre as amoreiras. Mas sua sede continuava insaciada. Talvez porque bebesse não água, mas claridade, e promessa de claridade: como podia beber promessa de claridade? Talvez porque bebesse não água, mas certeza de clareza? Como ele podia beber certeza de clareza? Certeza de clareza, promessa de claridade, de luz, luz, luz e de novo, de luz, luz, luz, luz, luz!

... O cônsul, uma angústia inconcebível de ressaca horripilante trovejando dentro da cabeça, acompanhado pela tela protetora de demônios que zumbiam em seus ouvidos, tomou consciência de que na horrenda casualidade de ser observado por seus vizinhos dificilmente se poderia supor que ele estivesse apenas passeando por seu jardim com algum inocente projeto horticultural em vista. Ele tampouco estava passeando. O cônsul, que tinha acordado um ou dois momentos antes na varanda e lembrado de tudo imediatamente, estava quase correndo. Estava também cambaleante. Em vão tentou se equilibrar, enfiou mais fundo as mãos nos bolsos da calça social encharcada de suor, com uma excepcional tentativa de nonchalance, na qual ele esperava aparecesse mais que apenas um indício de majestade consular. Então, reumatismo descartado, ele de fato corria... Não poderia, portanto, ser razoavelmente suspeito de um propósito mais dramático, de ter assumido, por exemplo, o borzeguim impaciente de um William Blackstone que deixou os puritanos para morar entre os índios, ou a desesperada conduta de seu amigo Wilson, quando ele tão magnificamente abandonou a Expedição Universitária para desaparecer, também com uma calça social, na floresta da mais escura Oceania, para nunca mais regressar? Não muito razoável. Primeiro, se ele continuasse muito mais na atual direção até o fundo do jardim, qualquer visionária escapada assim para o desconhecido seria logo barrada por aquilo que era, para ele, uma inescapável cerca de arame. "Porém não seja tão tolo a ponto de imaginar que você não tem nenhum objetivo. Nós te alertamos, nós dissemos a você, mas agora, apesar de todos os nossos pedidos, você se meteu nessa deplorável..." Ele reconheceu o tom de um de seus espíritos familiares, tênue entre as outras vozes, enquanto ele se estatelava nas metamorfoses de alucinações de morte e renascimento, como um homem que não sabe que levou um tiro pelas costas. "... condição", a voz continuou, severa, "você tem que tomar alguma providência". "Eu não vou beber", o cônsul disse, e parou de repente. "Ou vou? Mas não mescal." "Claro que não, a garrafa está logo ali, atrás daquela moita. Pegue." "Não posso", ele objetou. "Está certo, tome só um drinque, só o necessário, o drinque terapêutico: talvez dois drinques." "Meu Deus", disse o cônsul. "Ah. Bom. Deus. Jesus." "Aí você pode dizer que não entra na conta." "Não entra. Não é mescal." "Claro que não, é tequila. Você pode tomar outro." "Obrigado, vou tomar." O cônsul levou espasmodicamente a garrafa aos lábios. "Que bênção. Jesus. Santuário... Horror", acrescentou. "Pare: deixe essa garrafa, Geoffrey Firmin, o que está fazendo consigo mesmo?", outra voz falou em seu ouvido, tão alto que ele se virou. No caminho à frente, uma pequena cobra que ele pensara ser um graveto se escondia nos arbustos e ele olhou um momento através dos óculos escuros, fascinado. Era uma cobra de verdade, sim. Não que ele se importasse muito com algo tão simples como cobras, pensou com certa dose de orgulho, enquanto olhava direto para os olhos de um cachorro. Era um vira-lata e perturbadoramente familiar. "Perro", ele repetiu, o cachorro ainda parado ali. Mas se não tivesse ocorrido esse incidente, talvez não agora, por assim dizer, mas uma ou duas horas antes, ele pensou num relâmpago. Estranho. Ele jogou a garrafa que era de vidro branco corrugado — Tequila Añejo de Jalisco, dizia o rótulo — fora de vista no mato, a olhar por ele. Parecia tudo normal outra vez. Afinal, cobra e cachorro tinham ido embora. E as vozes cessaram...

O cônsul sentiu-se nesse momento em posição de encarar, por um instante, a ilusão de que estava tudo realmente "normal". Yvonne devia estar dormindo: não havia por que incomodá-la ainda. E foi uma sorte ele ter lembrado da garrafa de tequila ainda quase cheia: agora tinha a chance de se endireitar um pouco, coisa que jamais teria conseguido na varanda, antes de cumprimentá-la de novo. Havia muita dificuldade envolvida, nessas circunstâncias, em beber na varanda; era muito bom um homem saber onde tomar um drinque sossegado quando quisesse, sem ser incomodado etc. etc... Todas essas ideias passavam pela cabeça dele, que, diga-se, assentindo com pompa, as aceitava com total seriedade, enquanto ele olhava de novo o jardim. Estranhamente, não lhe pareceu tão "arruinado" quanto parecera antes. O caos que podia existir até emprestava certo charme. Ele gostava da exuberância do mato não podado ali. Enquanto mais adiante as soberbas bananeiras floresciam tão determinadas e obscenas, as esplêndidas trepadeiras de trombeta americana, as valentes e teimosas pereiras, os mamoeiros plantados em torno da piscina e, além, o próprio bangalô, baixo, branco, coberto de buganvílias, a longa varanda como a ponte de um navio positivamente produzia uma pequena visão de ordem, uma visão, porém, que de modo inadvertido se mesclava àquele momento em que ele se voltou, por acaso, para uma visão estranhamente subaquática de planícies e vulcões com um imenso sol índigo queimando pluralmente no sul-sudeste. Ou seria norte-noroeste? Ele notou tudo isso sem tristeza, mesmo com certo êxtase, enquanto acendia um cigarro, um Alas (embora repetisse a palavra "Alas" de forma mecânica em voz alta), o suor de álcool a escorrer da testa como água, ele começou a andar pelo caminho na direção da cerca que separava seu jardim do novo jardinzinho público ali adiante que truncava sua propriedade.

Nesse jardim, que ele não tinha olhado desde o dia em que Hugh chegara, quando havia escondido a garrafa, e que parecia mantido com cuidado e amor, existiam no momento alguns sinais de trabalho deixado por completar: ferramentas, ferramentas diferentes, um facão assassino, um garfo de formato estranho, de algum modo nu, empalando a mente, com as pontas retorcidas brilhando ao sol, encostadas à cerca, assim como também algo mais, uma placa desenterrada ou nova, cuja pálida face retangular o encarava através da cerca de arame. ¿Le gusta este jardín?, ela perguntava...

¿LE GUSTA ESTE JARDÍN?

¿QUE ES SUYO?

¡EVITE QUE SUS HIJOS LO DESTRUYAN!

Sem se mover, o cônsul olhou as palavras pretas na placa. Gosta deste jardim? Porque ele é seu? Expulsamos filhos que o destroem! Palavras simples, simples e terríveis palavras, palavras que tocavam o fundo mesmo do ser, palavras que, talvez um julgamento final de alguém, mesmo assim não produziam nenhuma emoção, a não ser uma espécie de agonia branca, descolorida, fria, uma agonia gelada como o mescal gelado tomado no Hotel Canada na manhã em que Yvonne partiu.

Porém agora ele bebia tequila de novo e sem fazer a mínima ideia de como tinha voltado tão depressa e encontrado a garrafa. Ah, o sutil buquê de alcatrão e teredos! Sem se importar de ser observado dessa vez, bebeu profunda e fartamente, depois se levantou — e, tinha, sim, sido observado, por seu vizinho, Mr. Quincey, que regava as flores à sombra da cerca comum deles à esquerda, além das roseiras bravas —, estava de frente para seu bangalô outra vez. Sentiu-se encurralado.

Foi-se a breve visão desonesta de ordem. Sobre sua casa, acima dos espectros de abandono que agora se recusavam a se disfarçar, pairavam as asas trágicas das responsabilidades insustentáveis. Atrás dele, no outro jardim, seu destino repetia baixinho: "Porque é seu?... Você gosta deste jardim?... Expulsamos filhos que o destroem!" Talvez a placa não dissesse exatamente isso, porque o álcool às vezes prejudicava o espanhol do cônsul (ou talvez a própria placa, escrita por algum asteca, estivesse errada), mas chegava bem perto. Tomou uma decisão abrupta, largou a tequila no mato outra vez, virou-se para o jardim público e caminhou com uma tentativa de passo "fácil".

Não que ele tivesse qualquer intenção de "conferir" as palavras da placa, que certamente pareciam ter mais pontos de interrogação do que deveria; não, o que ele desejava, agora via com clareza, era falar com alguém: isso era necessário: mas era mais do que só isso; o que ele desejava envolvia algo como captar nesse momento uma brilhante oportunidade, ou, mais exatamente, uma oportunidade de ser brilhante, uma oportunidade oferecida por aquela aparição de Mr. Quincey através dos arbustos que, agora à sua direita, ele teria de circundar a fim de chegar a ele. Mas essa oportunidade de ser brilhante era, por sua vez, mais como alguma outra coisa, uma oportunidade de ser admirado; até mesmo de ser amado, e ele podia ao menos agradecer à tequila por essa honestidade, por breve que fosse sua duração. Amado precisamente por que era outra questão: uma vez que havia perguntado isso a si mesmo, podia responder: amado por minha aparência irresponsável e descuidada, ou melhor, pelo fato de, por baixo dessa aparência, brilhar tão obviamente o fogo do gênio que, não tão obviamente, não é meu gênio, mas de uma forma extraordinária o gênio de meu velho e bom amigo Abraham Tasker-son, o grande poeta, que um dia falou luminosamente de minhas potencialidades quando jovem.

E o que ele queria nesse momento, ah nesse momento (ele tinha se voltado à direita sem olhar a placa e seguia o caminho ao longo da cerca de arame), o que ele queria nesse momento, pensou, com um olhar anelante para as planícies, e nesse momento ele podia jurar que uma figura, de cujo vestido não teve tempo de notar os detalhes antes que partisse, mas que aparentava algum tipo de luto, estivera parada, cabeça baixa na maior angústia, perto do centro do jardim público; o que você quer então, Geoffrey Firmin, se apenas o antídoto contra essas alucinações rotineiras é, ora, é, nada menos que beber; beber, de fato, o dia inteiro, bem como as nuvens mais uma vez oferecem e, no entanto, não exatamente; de novo é mais sutil que isso; você não quer simplesmente beber, mas beber em determinado lugar e em determinada cidade.

Parián!… Era um nome que sugeria mármore antigo e Cíclades varridas por ventos de tempestade. O Farolito de Parián, como o atraía com suas vozes tristonhas à noite e ao amanhecer. Mas o cônsul (tinha virado para a direita outra vez, deixara a cerca de arame para trás) se deu conta de que ainda não estava bêbado o bastante para se animar muito com suas chances de ir para lá; o dia apresentava muitas e imediatas… armadilhas! Era a palavra exata… Ele tinha quase caído na barranca, cujo setor sem proteção do declive mais alto (a ravina fazia uma curva fechada ali na direção da estrada de Alcapancingo, para se curvar de novo abaixo e seguir seu rumo que cortava o jardim público) acrescentava nesse ponto um quinto lado minúsculo à sua propriedade. Ele parou, espiou, com destemor de tequila, de cima da borda. Ah, o abismo assustador, o eterno horror de opostos! Tu, poderosa bocarra, insaciável cormorão, não zombes de mim, embora eu pareça petulante por cair em tuas fauces. Estamos sempre tropeçando, afinal, na maldita coisa, aquela imensa e intrincada donga a cortar a cidade, certo, de fato, o país, em alguns lugares com uma queda livre de sessenta metros até o que fingia ser um rústico rio durante a estação das chuvas, mas que, mesmo agora, apesar de não ser possível ver o fundo, provavelmente começava a retomar seu papel normal de general Tartarus e fossas gigantescas. Talvez não fosse tão assustadora ali: dava até para descer se alguém quisesse, em estágios fáceis, claro, e de vez em quando tomar um gole de tequila a caminho, para ir visitar o cloacal Prometeu que sem dúvida habitava ali. O cônsul andou mais devagar. Tinha ido dar cara a cara com sua casa outra vez e, simultaneamente, com o caminho que circundava o jardim de Mr. Quincey. À sua esquerda, além da cerca comum, agora à mão, o gramado verde do americano que, naquele momento, era regado com inúmeras pequenas mangueiras giratórias, acompanhava na paralela os seus espinheiros. Nenhum gramado inglês poderia parecer mais macio ou lindo. De repente, tomado de emoção e, ao mesmo tempo, por um violento ataque de soluços, o cônsul se pôs atrás do tronco retorcido e enraizado de uma árvore frutífera ao lado dele, mas que espalhava seu remanescente de sombra sobre o outro, encostou--se nele, prendeu a respiração. Dessa curiosa maneira, imaginou-se escondido de Mr. Quincey, que trabalhava mais adiante, mas logo esqueceu completamente de Quincey em espasmódica admiração por seu jardim... Será que isso aconteceria no final, e isso o salvaria, aquele velho Popeye começaria a parecer menos desejável que um monte de escória em Chester-le-Street e aquela poderosa perspectiva johnsoniana, a estrada para a Inglaterra, se estenderia de novo pelo oceano Ocidental da alma dele? E como seria peculiar! Que estranho atracar em Liverpool, o Edifício Liver visto uma vez mais em meio à neblina da chuva, aquela escuridão que já cheirava a cevadeiras e cerveja Caegwyrle, os conhecidos vapores cargueiros de calado profundo, de mastros harmoniosos, ainda partindo firmemente com a maré, mundos de ferro que escondiam suas tripulações das mulheres de xales pretos chorosas nos ancoradouros: Liverpool, de onde partiam tantas vezes durante a guerra, com ordens sigilosas, aqueles misteriosos caça-submarinos camuflados de navios mercantes, falsos cargueiros transformados em um segundo em navios de guerra, perigo obsoleto de submarinos, viajantes trombudos do inconsciente do mar...

"Dr. Livingstone, eu suponho."

"Hick", fez o cônsul, perplexo com a prematura redescoberta tão próxima daquela figura alta, ligeiramente curvada, de camisa cáqui e calça cinza de flanela, sandália, imaculado, grisalho, completo, em forma, um orgulho para Soda Springs, com um regador na mão, que olhava para ele com desagrado por trás de óculos de aro de chifre, do outro lado da cerca. "Ah, bom dia, Quincey."

"Bom por quê?", perguntou, desconfiado, o plantador de nozes, sem interromper seu trabalho de regar os canteiros de flores, que estavam fora do alcance de suas mangueiras incessantemente giratórias.

O cônsul apontou seus espinheiros e, talvez de forma inconsciente, também na direção da garrafa de tequila. "Eu vi você dali... eu estava inspecionando minha selva, sabe?"

"Você estava fazendo o *quê*?" Mr. Quincey olhou para ele por cima do regador como se dissesse: eu vi tudo isso acontecer; eu sei de tudo porque eu sou Deus e, mesmo sendo um Deus muito mais velho que você, ele já estava de pé a essa hora e lutando, se preciso fosse, enquanto você ainda nem mesmo sabe se está acordado ou não, e mesmo que você tivesse passado a noite inteira de pé certamente não estaria batalhando, como eu faria, nem estaria pronto para lutar contra qualquer coisa ou qualquer pessoa, diga-se de passagem, ao menor sinal!

"Eu acho que é realmente uma selva", continuou o cônsul. "De fato espero que Rousseau saia daí a qualquer momento montado num tigre."

"Como é que é?", Mr. Quincey perguntou, franzindo a testa de um jeito que devia significar: e também Deus nunca bebe antes do café da manhã.

"Num tigre", o cônsul repetiu.

O outro olhou para ele por um momento com o olhar sardônico e frio do mundo material. "Creio que sim", disse, seco. "Muitos tigres. Muitos elefantes também… Posso pedir que da próxima vez que visitar sua selva vomite do seu lado da cerca?"

"Hick", o cônsul respondeu simplesmente. "Hick", rosnou, rindo, e tentou pegar a si mesmo de surpresa batendo com força nos rins, um remédio que, estranhamente, parecia funcionar. "Desculpe ter dado essa impressão, era apenas este maldito soluço!"

"Foi o que notei", disse Mr. Quincey, e talvez ele também tenha dado uma olhada sutil para a tocaia da garrafa de tequila.

"E o mais engraçado", o cônsul interrompeu, "é que mal toquei em qualquer coisa além de água de Tehuacan a noite inteira… Por sinal, como conseguiu sobreviver ao baile?"

Mr. Quincey olhou duro para ele e começou a encher o regador num hidrante próximo.

"Só Tehuacan", o cônsul continuou. "E um pouco de gaseosa. Isso deve fazer você lembrar da boa e velha Soda Springs, hein? Hi hi!, é, cortei a bebida de uma vez estes dias."

O outro retomou a rega, seguindo com firmeza cerca abaixo e o cônsul, sem nada lamentar em deixar a árvore frutífera, na qual notara pendurada a sinistra carapaça de uma cigarra de sete anos, foi atrás dele passo a passo.

"É, estou no bom caminho agora", comentou, "caso você não saiba."

"A caminho do cemitério, eu diria, Firmin", Mr. Quincey murmurou, provocante.

"Por sinal, eu vi uma daquelas cobrinhas de jardim agora há pouco", o cônsul retrucou.

Mr. Quincey tossiu ou roncou, mas não disse nada.

"E ela me fez pensar... Sabe, Quincey, eu sempre me perguntei se não há alguma coisa mais na velha lenda do Jardim do Éden e tal. E se Adão não foi expulso do lugar coisa nenhuma? Quer dizer, no sentido que sempre entendemos..." O plantador de nozes erguera os olhos e olhava fixamente para ele com um ar que parecia, porém, se dirigir a um ponto bem abaixo da cintura do cônsul. "Que tal se o castigo dele consistiu realmente", o cônsul continuou, caloroso, "em ter que *continuar vivendo lá*, sozinho, claro", acrescentou, mais animado, "talvez Adão tenha sido o primeiro proprietário de terras e Deus o primeiro divisor de terras, uma espécie de Cárdenas, de fato — hi hi! —, chutou Adão para fora. Ahn? É", o cônsul riu, consciente, além do mais, de que tudo aquilo provavelmente não era tão divertido nas circunstâncias históricas do momento, "porque é óbvio que todo mundo naquele tempo... não acha, Quincey?, que o pecado original foi ser proprietário de terras..."

O plantador de nozes balançou a cabeça para ele quase imperceptivelmente, mas não parecia concordar; seu olhar de realpolitik ainda estava concentrado no mesmo ponto abaixo da cintura do cônsul e este, ao olhar para baixo, se deu conta de que estava com a braguilha aberta. Licentia vatum mesmo! "Desculpe. J'adoube", ele disse, fez o ajuste, continuou, rindo, e retomou seu primeiro tema, misteriosamente sem nenhuma vergonha da sua adversidade. "É, de fato. É... E claro que a verdadeira *razão* para aquele castigo, quer dizer, ele ser forçado a continuar vivendo no jardim, pode muito bem ter sido que o coitado, quem sabe, abominava em segredo o lugar! Simplesmente detestava e sempre tinha detestado. *E o Velho descobriu isso...*"

"Foi imaginação minha ou eu vi sua mulher ali agora há pouco?", Mr. Quincey disse pacientemente.

"… e não é de admirar! Que se dane o lugar! Pense um pouco em todos os escorpiões e formigas-cortadeiras… para falar só de algumas abominações que ele deve ter precisado aguentar! O quê?", o cônsul perguntou quando o outro repetiu a pergunta. "No jardim? É.. quer dizer, não. Como você sabe? Não, ela está dormindo pelo que eu…"

"Ela ficou um bom tempo fora, não?", o outro disse suavemente, inclinado para poder ver com mais clareza o bangalô do cônsul. "Seu irmão ainda está aí?"

"Irmão? Ah, está falando do Hugh… Não, ele está na Cidade do México."

"Acho que você vai descobrir que ele voltou."

O cônsul então olhou para a casa. "Hick", ele fez brevemente, apreensivo.

"Acho que ele saiu com a sua mulher", o plantador de nozes acrescentou.

"lô-alô-olha-só-quem-vem-lá-minha-cobrinha-de-jardim-minha-pequena-angústia-na-grama…", o cônsul saudou neste momento a gata de Mr. Quincey, esquecendo momentaneamente seu dono outra vez quando o meditativo animal cinzento, com o rabo tão longo que arrastava no chão, veio espreitar entre as zínias: o cônsul se curvou, bateu nas coxas, "oi-gatinha-psiu-psiu-minha-Priapsiu, minha-Edipsiu-psiu", e a gata identificou um amigo, emitiu um grito de prazer, se enfiou pela cerca e se esfregou nas pernas do cônsul, ronronando. "Minha pequena Xicohténcatl." O cônsul endireitou o corpo. Deu dois assobios curtos enquanto abaixo dele as orelhas da gata giraram. "Ela acha que eu sou uma árvore com um passarinho em cima", acrescentou.

"Não me admira", Mr. Quincey retorquiu enquanto enchia o regador no hidrante.

"Animais que não são adequados para alimentação e que são mantidos só para o prazer, a curiosidade ou capricho, ahn?, como disse William Blackstone, já ouviu falar dele, claro!" De alguma forma, o cônsul estava agachado e conversava meio com a gata, meio com o plantador de nozes, que tinha parado para acender um cigarro. "Ou seria aquele outro William Blackstone?" Ele agora se dirige diretamente a Mr. Quincey, que não prestava atenção. "Sempre gostei desse personagem. Acho que foi William Blackstone. Ou então Abraham... Bom, um dia ele chegou ao que é agora, eu acho, não importa, algum lugar em Massachusetts. E viveu ali sossegado no meio dos índios. Depois de um tempo, os puritanos se instalaram do outro lado do rio. Convidaram William para ir para lá; disseram que aquele lado era mais saudável, sabe. Ah, essa gente, essa gente cheia de ideias", ele disse para a gata, "o velho William não gostava deles, não gostava, não, então voltou a viver no meio dos índios, ele voltou. Mas os puritanos descobriram, Quincey, pode crer. Então ele simplesmente desapareceu, Deus sabe para onde... *Então*, gatinha", o cônsul bateu no peito, indicativamente, e a gata, a cara inchada, o corpo arqueado, importante, deu um passo atrás, "os índios estão aqui."

"Estão mesmo", disse Mr. Quincey com um suspiro, um pouco à maneira exacerbada de um sargento-major, "junto com todas as cobras, elefantes cor-de-rosa e tigres de que você falava."

O cônsul riu, um riso que soava sem humor, como se a parte de sua mente que sabia ser tudo aquilo acima de tudo uma paródia de um grande homem generoso, que um dia foi seu amigo, também soubesse o quanto era vazia a satisfação que a representação lhe dava. "Não índios de verdade... E eu não quis dizer no jardim; mas *aqui*." Ele bateu no peito outra vez. "É, só a fronteira final da consciência, só isso. Gênio, como eu gosto tanto de dizer", acrescentou ao se pôr de pé, ajeitar a gravata e (sem pensar mais na gravata) endireitar os ombros como se para acompanhar uma determinação que, também emprestada nessa ocasião da mesma fonte que o gênio e seu interesse por gatos, o abandonou tão abruptamente como o tinha tomado. "O gênio vai cuidar de si mesmo."

Em algum lugar ao longe, um relógio soava; o cônsul continuou parado, imóvel. "Ah, Yvonne, como já posso ter me esquecido de você, justamente hoje?" Dezenove, vinte, vinte e uma badaladas. No relógio dele eram quinze para as onze. Mas os toques não tinham terminado: soaram mais duas vezes, duas notas estranhas, trágicas: *bing-bong*: sussurradas. O vazio do ar depois cheio de sussurros: *alas, alas*. De verdade, queria dizer asas.

"Por onde anda o seu amigo, nunca me lembro o nome dele, aquele francês?", Mr. Quincey tinha perguntado um momento antes.

"Laruelle?" A voz do cônsul veio de longe. Ele estava consciente da vertigem; fechou os olhos e, cansado, segurou-se na cerca para se equilibrar. As palavras de Mr. Quincey golpearam sua consciência — ou havia alguém efetivamente batendo numa porta —, que sumiu, bateram de novo, mais alto. O velho De Quincey; as batidas na porta de Macbeth. *Knock, knock*: quem vem lá? O gato. Gatástrofe. Gatástrofe quem? Gatastrofísico. O quê, é você, meu pequeno popogato? Espere só uma eternidade até Jacques e eu terminarmos de assassinar o sono! *Gatábasis* para gatabismo. *Gathartes* atratus... Claro, ele devia saber, eram os momentos finais da retirada do coração humano, ou a entrada final do demônio, o insulado noturno, bem como o verdadeiro De Quincey (aquele mero demônio-droga, ele pensou ao abrir os olhos e se viu olhando diretamente para a garrafa de tequila) imaginou o assassinato de Duncan e os outros insulados, autorrecolhido a uma profunda síncope e suspensão de paixão terrena... Mas aonde tinha ido Quincey? E, meu Deus, quem era aquele que avançava atrás do jornal da manhã para resgatá-lo pelo gramado, onde o respirar das mangueira tinha de repente se extinguido como por mágica, senão o dr. Guzmán?

Se não Guzmán, se não, não podia ser, mas era, certamente a figura nada menos que de seu parceiro da noite anterior, o dr. Vigil; e que diabos ele estava fazendo ali? Quando a figura chegou mais perto, o cônsul sentiu uma crescente inquietação. Quincey era paciente dele, sem dúvida. Mas nesse caso por que o médico não estava dentro da casa? Por que toda aquela volta secreta pelo jardim? Só podia significar uma coisa: a visita de Vigil tinha sido de alguma forma marcada para coincidir com sua provável visita à tequila (embora ele tivesse conseguido enganar direitinho os dois ali), com o objetivo, claro, de espioná-lo, de obter alguma informação sobre ele, algum indício sobre a natureza do que poderia muito concebivelmente se encontrar dentro das páginas daquele jornal acusador: O ANTIGO CASO DO SAMARITAN SERÁ REABERTO, ACREDITA-SE QUE O COMANDANTE FIRMIN ESTEJA NO MÉXICO. FIRMIN É CULPADO: CONDENADO, CHORA NO BANCO DOS RÉUS. FIRMIN INOCENTE, MAS CARREGA A CULPA DO MUNDO

SOBRE OS OMBROS. CORPO DE FIRMIN ENCONTRADO MORTO EM BUNKER, manchetes monstruosas assim de fato tomaram forma instantaneamente na cabeça do cônsul, pois não era apenas *El Universal* que o médico lia, era o seu destino; mas as criaturas de sua consciência mais imediata não deviam ser renegadas, elas pareciam acompanhar em silêncio aquele jornal matutino, retirar-se para um lado (quando o médico parou e olhou em torno) com as cabeças viradas para ouvir e então murmurar: "Você não pode mentir para nós. Nós sabemos o que você fez a noite passada". Mas *o que* ele tinha feito? Ele viu de novo com bastante clareza — quando o dr. Vigil o reconheceu com um sorriso, fechou o jornal e veio depressa até ele —, viu o consultório do médico na Avenida de la Revolución, visitado por alguma bêbada razão nas primeiras horas da manhã, macabro com seus quadros de antigos cirurgiões espanhóis, as caras de bode erguidas estranhamente de rufos que pareciam ectoplasma, rugindo de rir ao realizar suas cirurgias inquisitoriais; mas uma vez que tudo isso era lembrado como um mero cenário vívido, separado por completo de sua própria atividade, e uma vez que era praticamente tudo o que lembrava, ele não teve como evitar o conforto de não figurar naquilo tudo em algum papel perverso. Ao menos não tão confortável como o que sentiu neste momento, quando o médico chegou ao lugar deixado vago pelo plantador de nozes, parou e curvou-se profundamente diante dele; curvou-se uma, duas, três vezes, garantindo assim, mudo, mas de forma enfática, que o cônsul afinal não cometera durante a noite nenhum grande crime a ponto de não ser mais digno de respeito.

Então, os dois homens gemeram simultaneamente.

"Qué t...", começou o cônsul.

"Por favor", interrompeu o outro, rouco, ao colar nos lábios um dedo bem manicurado, embora trêmulo, e com um olhar ligeiramente preocupado para o jardim.

O cônsul assentiu com a cabeça. "Claro. Você está *tão* bem que vejo que não pode ter ido ao baile ontem à noite", acrescentou alto e leal, seguindo o olhar do outro, embora Mr. Quincey, que afinal de contas podia não estar tão bem, ainda não estava por ali. Ele provavelmente tinha ido fechar as torneiras do hidrante principal, e que absurdo suspeitar de um "plano", quando era tão patentemente uma visita informal e que o médico tinha acabado de ver da rua que Quincey trabalhava no jardim. Ele baixou a voz. "Mesmo assim, posso aproveitar a oportunidade para perguntar o que você receita para um leve caso de katzenjammer?"

O médico deu mais uma olhada preocupada para o jardim e começou a rir baixinho, embora todo seu corpo se sacudisse de alegria, os dentes brancos brilhassem ao sol e até seu imaculado terno azul parecesse rir. "Señor", ele começou, mordendo o lábio com os dentes da frente, como uma criança, para não rir. "Señor Firmin, por favor, me desculpe, mas tenho de me comportar aqui como", ele olhou em torno de novo, prendeu a respiração, "como um apóstolo. O que quer dizer, señor", continuou, mais tranquilo, "é que está se sentindo bem esta manhá, o próprio pulo do gato."

"Bom, nem tanto", disse o cônsul, suave como antes, ao lançar por sua vez um olhar desconfiado na outra direção, para alguns cactos maguey que cresciam além da barranca, como um batalhão que avançasse numa encosta sob fogo de metralhadora. "Talvez seja um exagero. Para ser mais direto, o que você faria para um caso de delirium tremens crônico, controlado, abrangente e inescapável?"

O dr. Vigil se assustou. Um sorriso meio brincalhão pairou no canto de seus lábios enquanto ele tentava, sem muito jeito, formar com o jornal um tubo cilíndrico perfeito. "Quer dizer, nada de gatos...", disse ele, e fez com a mão um rápido gesto ondulante e circular diante de seus olhos, "e sim..."

O cônsul assentiu com a cabeça, alegre. Porque estava com a consciência tranquila. Tinha captado um relance daquelas manchetes matinais, que pareciam inteiramente voltadas para a doença do papa e para a Batalha do Ebro.

"... progresión", o médico repetia com um gesto mais lento, de olhos fechados, os dedos separados, curvados em garras, a cabeça balançando idiotamente. "... *A ratos!*", atacou. "Sí", disse enquanto projetava os lábios e batia a mão na testa num gesto de falso horror. "Sí", repetiu. "Terrivelmente... mais álcool talvez seja melhor", ele disse, sorrindo.

"Seu médico me diz que no meu caso o delirium tremens pode não ser fatal", informou afinal o cônsul, triunfante, a Mr. Quincey, que acabara de chegar.

E no momento seguinte, embora não antes de uma quase imperceptível troca de sinais entre ele e o médico, o cônsul com um minúsculo movimento simbólico do pulso diante da boca, seguido de um olhar para seu bangalô, e Vigil com um ligeiro movimento de bater de braços estendidos aparentemente no ato de se espreguiçar, que significavam (na obscura linguagem conhecida por eminentes adeptos da Grande Irmandade do Álcool): "Venha tomar um trago quando tiver terminado", "Eu não devia, porque, se eu for, vou ficar 'avoado', mas, pensando bem, talvez eu vá" — pareceu-lhe que voltou a beber da garrafa de tequila. E que, no momento seguinte, estava seguindo, lenta e poderosamente ao sol, de volta para o bangalô. Acompanhado pela gata de Mr. Quincey, que seguia algum tipo de inseto pelo caminho, o cônsul flutuou na luz âmbar. Além da casa, onde agora os problemas à sua espera pareciam já a ponto de uma enérgica solução, o dia à sua frente estendia-se como um maravilhoso deserto ondulante e ilimitado no qual seguir, embora de um jeito delicioso, para se perder: se perder, mas não totalmente, a ponto de não ser capaz de encontrar os poucos e necessários olhos-d'água ou oásis esparsos de tequila onde espertos legionários da danação, que não entendiam uma palavra do que ele dizia, acenariam para ele, restaurados, naquele glorioso sertão de Parián, onde o homem nunca fica com sede, e para onde ele, nesse momento, era atraído lindamente pelas miragens a se dissolver, passando por esqueletos como arame congelado e sonhadores leões vagabundos, em direção à inelutável desgraça pessoal, sempre de um jeito delicioso e claro; podia-se até descobrir que, no fim, a desgraça continha certo elemento de triunfo. Não que o cônsul se sentisse tristonho. Muito ao contrário. O panorama nunca parecera tão claro. Ele teve consciência, pela primeira vez, da extraordinária atividade que o cercava por toda parte em seu jardim: um lagarto subia numa árvore, outro tipo de lagarto descia de outra árvore, um beija-flor verde-garrafa explorava uma flor; borboletas imensas, cujas manchas marcadas com precisão o lembraram das blusas do mercado flutuando com indolente graça ginasta (exatamente como Yvonne as descrevera a saudá-la na baía de Acapulco ontem, uma tempestade de multicoloridas cartas de amor rasgadas, rolando ao vento diante dos bares do deque do passeio); formigas com pétalas ou botões escarlate para lá e para cá nas trilhas; enquanto acima, abaixo, do céu e, talvez, debaixo da terra, vinha um som contínuo de assobiar, mastigar, matraquear, até trombetear. Onde estava sua amiga cobra? Escondida no alto da pereira provavelmente. Uma cobra que esperava derrubar anéis em cima de você: ferraduras de puta. Nos galhos dessas pereiras há garrafas penduradas, cheias de uma substância glutinosa amarela para atrair insetos, ainda trocadas religiosamente todo mês pelo colégio de horticultura local. (Como eram alegres os mexicanos! Os horticultores faziam da ocasião, como faziam de toda ocasião possível, uma espécie de dança, traziam consigo suas mulheres, paravam de árvore em árvore, recolhiam e substituíam as garrafas como se a coisa toda fosse um movimento de um balé cósmico, para depois se refestelarem na sombra durante horas, como se o próprio cônsul não existisse.) Então o comportamento da gata de Mr. Quincey começou a fasciná-lo. A criatura tinha afinal capturado o inseto, mas em vez de devorá-lo segurava seu corpo, ainda não ferido, delicadamente entre os dentes, enquanto suas lindas asas luminosas, que ainda batiam, pois o inseto não havia parado de voar nem um instante, se projetavam de ambos os lados dos bigodes dela, fazendo com que se movessem. O cônsul se abaixou para o resgate. Mas o animal se pôs fora de alcance. Ele se abaixou de novo, com o mesmo resultado. Dessa forma ridícula, o cônsul se abaixando, a gata dançando fora de seu alcance, o inseto ainda voando furiosamente na boca da gata, ele chegou à sua varanda. Por fim a gata estendeu uma pata preparada para o abate, abriu a boca e o inseto, cujas asas nunca haviam cessado de bater, de repente e maravilhosamente, voou para longe, como de fato poderia voar a alma humana das presas da morte, subiu, subiu, subiu, pairou acima das árvores: e naquele momento ele os viu. Estavam parados na varanda; os braços de Yvonne cheios de buganvílias, que ela arrumava num vaso de cerâmica azul-escuro. "… mas imagine que ele se negue. Que ele simplesmente não vá… cuidado, Hugh, tem espinhos, e tem que olhar tudo com cuidado para ver se não tem aranhas". "Olá, Suchiquetal!", o cônsul exclamou, alegre, e abanou a mão, enquanto a gata, com um gélido olhar para trás que dizia claramente "Eu não queria o bicho mesmo; ia deixar ir embora", saiu a galope, humilhada, e sumiu entre os arbustos. "Olha só, Hugh, seu cobra velha na grama!

_____ Então por que ele estava sentado no banheiro? Estava dormindo? morto? apagado? Estava no banheiro agora ou meia hora atrás? Era de noite? Onde estavam os outros? Mas então ouviu vozes dos outros na varanda. Alguns dos outros? Eram só Hugh e Yvonne, claro, porque o médico tinha ido embora. No entanto, por um momento, ele foi capaz de jurar que a casa estava cheia de gente; ora, ainda era de manhã, ou mal era tarde, apenas meio-dia e quinze em seu relógio. Às onze, ele falara com Mr. Quincey. "Ah… Ah… "o cônsul gemeu em voz alta… Ocorreu-lhe que devia se aprontar para ir a Tomalín. Mas como tinha conseguido convencer alguém de que ele estava sóbrio para ir a Tomalín? E por que, afinal, Tomalín?

Uma procissão de pensamentos como pequenos animais idosos desfilou pela cabeça do cônsul, e em sua cabeça ele também atravessava com firmeza a varanda outra vez, como tinha feito uma hora atrás, imediatamente depois de ver o inseto voar de dentro da boca da gata.

Ele tinha atravessado a varanda, que Concepta varrera, sorrira de maneira sóbria para Yvonne, apertara a mão de Hugh a caminho da geladeira e ao abri-la sabia que eles não só estavam falando dele como, obscuramente, através daquele claro fragmento de conversa que ouvira, o sentido completo dela, assim como naquele momento vislumbrava a lua nova com a velha nos braços e percebia sua forma completa, embora o resto estivesse sombreado, iluminado apenas pela luz da terra.

Mas o que tinha acontecido depois? "Ah", o cônsul exclamou em voz alta outra vez. "Ah." Os rostos da última hora passaram diante dele, as figuras de Hugh, de Yvonne, do dr. Vigil, rápidas, aos trancos, como naqueles velhos filmes mudos, as palavras explosões mudas no cérebro. Ninguém parecia estar fazendo nada de importante; mas tudo parecia da mais absoluta e excitada importância, por exemplo, Yvonne dizendo: "Nós vimos um tatu." … "O quê? Não *Tarsius spectres*!", ele respondera, em seguida Hugh abriu uma garrafa gelada de cerveja Carta Blanca para ele, deixou a tampinha na beira do parapeito e decantou a espuma em seu copo, cuja contiguidade com a garrafa de estricnina havia, ele tinha de admitir agora, perdido quase toda o significado…

No banheiro, o cônsul se deu conta de que ainda tinha com ele meio copo de cerveja ligeiramente choca; a mão que segurava o copo estava bastante firme mas amortecida, e ele bebeu com cautela, para protelar com cuidado o problema que logo surgiria, o do copo vazio.

"... Bobagem", ele disse a Hugh. E acrescentara com impressionante autoridade consular que de qualquer forma Hugh não podia partir imediatamente, ao menos não para a Cidade do México, que havia apenas um ônibus hoje, o mesmo em que Hugh tinha vindo, que já teria voltado para a Cidade, e um trem que só saía às quinze para a meia-noite...

Então: "Mas não foi Bougainville, doutor", Yvonne perguntou, e de fato como lhe pareciam ali no banheiro incrivelmente sinistras, urgentes, *inflamadas* todas essas minúcias —, não foi Bougainville que descobriu as buganvílias? — O médico, curvado sobre as flores, pareceu apenas alerta e intrigado, não disse nada a não ser com os olhos que talvez traíssem ligeiramente o fato de ele ter tropeçado em uma "situação". ... "Ora, pensando bem, acho que foi Bougainville. Daí o nome", Hugh observou tolamente e sentou-se no parapeito. ... "Sí: você *pode* ir até a botica e, para não entenderem errado, diga favor servir una toma de vino quinado o en su defecto una toma de nuez vómica, pero..." O dr. Vigil ria, falava com Hugh, só podia ser, já que Yvonne deslizara para seu quarto por um momento, enquanto o cônsul, ouvindo de longe, pegava na geladeira outra garrafa de cerveja; então: "Ah, eu estava tão mal hoje de manhã que na rua precisei me apoiar nas janelas." E para o cônsul, que voltava: "... Por favor, perdoe meu comportar idiota ontem à noite: ah, eu fiz muita bobagem por toda parte esses últimos dias, mas" — ergueu o copo de uísque — "nunca vou beber mais; vou precisar de dois dias inteiros dormindo para me recuperar" — então, quando Yvonne voltou, entregando magnificamente todo o show, ergueu o copo para o cônsul outra vez: "Salud: espero você não está tão mal como eu. Você estava tão perfeitamente borracho noite passada que achei devia ter se matado de beber. Pensei até mandar um menino te procurar bater na sua porta hoje de manhã, descobrir se a bebida não tinha te matado já", disse o dr. Vigil.

Um sujeito estranho: no banheiro o cônsul bebeu sua cerveja choca. Um sujeito estranho, decente, de coração generoso, embora ligeiramente deficiente no tato, a não ser em causa própria. Por que as pessoas não sabiam beber? Ele próprio ainda tinha conseguido ser bastante atencioso com a posição de Vigil no jardim de Quincey. Em última análise, não havia ninguém em quem se pudesse confiar para beber até a última gota. Uma ideia solitária. Mas não havia dúvida quanto à generosidade do médico. De fato, não demorou muito, e, apesar da necessidade de "dois dias inteiros dormindo", ele convidou todos para irem com ele a Guanajuato: despreocupadamente propôs partirem para seu dia de folga de carro esta noite, depois da problemática partida de tênis dessa tarde com...

O cônsul tomou mais um gole de cerveja. "Ah", ele disse, estremecendo. "Ah." Noite passada, tinha sido um leve choque descobrir que Vigil e Jacques Laruelle eram amigos, e muito mais embaraçoso lembrar disso esta manhã... De qualquer forma, Hugh tinha recusado a ideia da viagem de trezentos e vinte quilômetros até Guanajuato, uma vez que Hugh — e como, afinal, aquela roupa de caubói caía incrivelmente bem em sua pessoa ereta e displicente! — agora estava decidido a pegar o trem noturno; enquanto o cônsul recusara por causa de Yvonne.

O cônsul se viu outra vez debruçado sobre o parapeito, olhando a piscina lá embaixo, uma pequena mancha turquesa no jardim. Tu és o túmulo onde enterrado vive o amor. Os reflexos invertidos de bananeiras e aves, de caravanas de nuvens deslizavam por ela. Fiapos de grama recém-cortada flutuavam na superfície. Água fresca da montanha escorria para a piscina e escapava da mangueira rachada, cujo comprimento era uma série de pequenos chafarizes.

Depois, Yvonne e Hugh, lá embaixo, nadavam na piscina...

"Absolutamente", o médico dissera, ao lado do cônsul no parapeito, ao acender com atenção um cigarro. "Eu tenho", o cônsul dizia a ele, erguendo o rosto para os vulcões e sentindo sua desolação partir para aquelas alturas onde mesmo agora, no meio da manhã, a neve uivando bateria em seu rosto, e o solo sob os pés seria lava morta, um resíduo petrificado, sem alma, de plasma extinto no qual nem mesmo a mais rústica e solitária árvore jamais enraizaria, "eu tenho outro inimigo lá atrás que você não consegue ver. Um girassol. Sei que ele me espiona e sei que me odeia." "Exactamente", disse o dr. Vigil, "muito posible que ele odeie você um pouco menos se você parasse de beber tequila." "É, mas só estou bebendo cerveja esta manhã", disse o cônsul com toda a convicção, "como pode ver." "Sí, hombre." O dr. Vigil assentiu com a cabeça; depois de alguns uísques (de uma nova garrafa) ele tinha desistido de se esconder da casa de Mr. Quincey e estava ousadamente parado junto ao parapeito ao lado do cônsul. "São mil aspectos", o cônsul acrescentou "dessa infernal beleza de que eu estava falando, cada um com suas torturas peculiares, cada um enciumado como uma mulher de todos os estímulos que não os seus próprios." "Naturalmente", o dr. Vigil disse. "Mas acho que se você for muito sério em sua progresión a ratos pode fazer uma viagem mais longa ainda que essa proposta agora." O cônsul pôs o copo no parapeito, enquanto o médico continuou: "Eu também, a menos que a gente se contenha para não beber nunca mais. Eu acho, mi amigo, que doença não é só do corpo, mas daquela parte que chamavam de alma." "Alma?" "Precisamente", disse o médico, fechando e abrindo os dedos com rapidez. "Mas uma malha? Malha. Os nervos são uma malha, como, como se diz?, um sistema eclético." "Ah, ótimo", disse o cônsul, "você quer dizer um sistema elétrico." "Mas depois de muita tequila o sistema eclético fica talvez um pouco descompusesto, comprenez, como às vezes no cinema: claro?" "Uma espécie de eclampsia, por assim dizer." O cônsul assentiu com a cabeça desesperadamente, tirou os óculos e nesse momento se lembrou de que estava sem beber havia quase dez minutos; o efeito da tequila também tinha quase acabado. Ele olhou para o jardim e foi como se pedaços de suas pálpebras tivessem se quebrado e adejassem, agitados à sua frente, se transformassem em formas e sombras nervosas, saltassem para a culpada conversa em sua cabeça, não bem vozes ainda, mas elas estavam voltando, estavam voltando; a imagem de sua alma como uma cidade apareceu mais uma vez diante dele, mas agora uma cidade arrasada e atacada no caminho negro dos excessos dele, e fechando os olhos que ardiam ele pensara no belo funcionamento do sistema daqueles que estavam realmente vivos, interruptores conectados, nervos rígidos apenas diante de um perigo real e em sono sem pesadelos, agora calmo, não repousado, no entanto equilibrado: uma aldeia pacífica. Nossa, como enfatizava a tortura (e nesse meio-tempo havia toda razão para supor que outros imaginavam que ele estava se divertindo imensamente) ter consciência de tudo isso, enquanto ao mesmo tempo consciente, de todo o horrível mecanismo em desintegração, a luz ora acesa, ora apagada, ora brilhante demais, ora fraca demais, com o refulgir de uma vacilante bateria a morrer — depois, por fim, ver toda a cidade mergulhada em escuridão, a comunicação perdida, o movimento mera obstrução, ameaças de bombas, estampido de ideias...

O cônsul tinha acabado seu copo de cerveja choca. Ficou sentado olhando a parede do banheiro numa atitude de grotesca paródia de uma velha atitude de meditação. "Estou muito interessado em loucos." Era um jeito estranho de começar uma conversa com um sujeito que acabara de lhe pagar um drinque. No entanto foi exatamente como o médico, no bar do Bella Vista, começara a conversa deles na noite anterior. Será que Vigil achou que seu olho bem treinado havia detectado a proximidade da loucura (e isso era engraçado também, lembrando seus pensamentos anteriores a respeito do assunto, concebê-la como meramente próxima), como alguém que observou vento e clima a vida inteira é capaz de prever debaixo de um céu limpo a aproximação de uma tempestade, o escuro que virá galopando do nada pelos campos da mente? Não que se pudesse falar de um céu muito claro nesse caso. Porém o quanto o médico se interessaria por alguém que se sentia abalado pelas próprias forças do universo? Que cataplasmas aplicaria a sua alma? O que até mesmo os hierofantes da ciência sabem da assustadora potência do, para eles, intragável mal? O cônsul não precisava de um olho treinado para detectar naquela parede, ou em qualquer outra, uma Mene-Tekel-Peres para o mundo, em comparação com a qual a mera insanidade era uma gota no balde. No entanto, quem jamais acreditaria que algum homem obscuro, sentado no centro do mundo em um banheiro, digamos, com miseráveis pensamentos solitários, fosse autor de sua condenação que, mesmo no momento em que ele pensava, era como se por trás da cena certas cordas fossem puxadas e continentes inteiros explodissem em chamas, a calamidade chegasse mais perto, assim como agora, neste momento talvez, com um repentino tranco e crepitar, a calamidade tivesse vindo para mais perto e, sem que o cônsul soubesse, o céu lá fora escurecesse. Ou talvez não fosse um homem coisa nenhuma, mas uma criança, uma pobre criancinha, inocente como aquela que Geoffrey foi, que sentava lá em cima, numa galeria de órgão em algum lugar, tocava, puxava as chaves ao acaso, e reinos se dividiam e caíam, e abominações despencavam do céu — uma criança inocente como aquela criança que dormia no caixão que passara por eles na descida da Calle Tierra del Fuego...

O cônsul levou o copo aos lábios, provou seu vazio outra vez, depois o deixou no chão ainda úmido dos pés dos nadadores. O mistério incontrolável do piso do banheiro. Ele se lembrou que da vez seguinte que voltara à varanda com uma garrafa de Carta Blanca, embora, por alguma razão, isso agora parecesse ter acontecido havia muito tempo, foi como se algo que ele não conseguia tocar tivesse misteriosamente intervindo para separar de maneira drástica dele próprio sentado no banheiro as figuras que voltavam (a figura na varanda, apesar de toda sua danação, parecia mais jovem, ter mais liberdade de movimento, de escolha, ter, mesmo que só por segurar um copo cheio de cerveja na mão outra vez, uma chance melhor de futuro) — Yvonne, jovem e bonita com seu maiô de cetim branco, rodava na ponta dos pés em torno do médico, que dizia:

"Señora Firmin, eu estou mesmo desapontado porque não pode ir junto."

O cônsul e ela trocaram um olhar de entendimento, chegava quase a isso, depois Yvonne estava nadando outra vez, lá embaixo, e o médico dizia ao cônsul:

"Guanajuato fica assentada num lindo círculo de montes altos."

"Guanajuato", o médico dizia "você não vai me acreditar, como ela pode assentar lá, como joia dourada no peito da nossa avó."

"Guanajuato", disse o dr. Vigil, "as ruas. Como aceitar os nomes das ruas? Rua dos Beijos. Rua dos Sapos Cantores. Rua da Cabeça Pequena. Não é revoltante?"

"Repulsivo", disse o cônsul. "Não é em Guanajuato que enterram todo mundo de pé?" Ah, e aí é que ele se lembrara do rodeio de touros, sentira a energia voltar, chamou Hugh, que estava sentado pensativamente à beira da piscina com a sunga de banho do cônsul. "Tomalín fica bem perto de Parián, para onde ia seu amigo", disse. "Podíamos ir até lá." E então para o médico: "Talvez você possa ir também... Deixei o meu cachimbo favorito em Parián. O qual eu talvez consiga de volta, com sorte. No Farolito." E o médico dissera: "Iiiiih, es un infierno", enquanto Yvonne, erguia um lado da touca de banho para ouvir melhor, e disse, branda: "Não uma tourada?". E o cônsul: "Não, um rodeio. Se você não estiver muito cansada".

Mas o médico não podia ir com eles a Tomalín, claro, embora isso nunca tivesse sido discutido, uma vez que nesse momento a conversa foi violentamente interrompida por uma súbita e terrível detonação, que sacudiu a casa e fez as aves se espalharem em pânico por todo o jardim. Prática de tiro ao alvo na Sierra Madre. O cônsul estivera semiconsciente disso em seu sono mais cedo. Rolos de fumaça subiam alto acima das rochas do sopé do Popo, no fim do vale. Três urubus pretos cortaram baixo as árvores acima do telhado com gritos tênues e roucos como gritos de amor. Levados a uma velocidade fora do comum pelo medo, eles pareciam quase capotar, voavam próximos, mas se equilibravam em ângulos diferentes para evitar uma colisão. Depois procuraram outra árvore na qual esperar, e os ecos dos tiros passaram por cima da casa, subindo mais e mais alto, cada vez mais fracos, enquanto em algum lugar um relógio batia dezenove vezes. Meio-dia, e o cônsul disse ao médico: "Ah, se o sonho de um mago negro em sua visionária caverna, justo quando sua mão — este é o pedaço que eu gosto — estremece em sua última decadência, fosse o verdadeiro fim deste mundo tão adorável. Nossa! Sabe, compañero, às vezes tenho a sensação de que ele está mesmo afundando, como a Atlântida, debaixo dos nossos pés. Para baixo, para baixo, até os apavorantes 'polvos'. Meropis de Theopompus... E as montanhas *ignivome*". E o médico, que balançava a cabeça com ar triste, disse: "Sí, isso é a tequila. Hombre, un poco de cerveza, un poco de vino, mas nunca mais mais tequila. Nunca mais mais mescal". Depois o médico sussurrou: "Mas, hombre, agora que sua esposa voltou". (Parecia que o dr. Vigil tinha dito isso várias vezes, só que com uma expressão diferente no rosto: "Mas, hombre, agora que sua esposa voltou".) E continuou: "Eu não preciso ser inquisitivo para saber que você podia querer o meu conselho. Não, hombre, como eu disse na noite passada, não estou interessado em dinheiro. Con permiso, o estuque, ele não é bom". Uma pequena chuva de estuque havia de fato caído na cabeça do médico. Então: "Hasta la vista" "Adiós" "Muchas gracias" "Muito obrigado" "Desculpe a gente não poder ir" "Divirta-se" vindo da piscina. "Hasta la vista" de novo, depois silêncio.

Agora o cônsul estava no banheiro, aprontava-se para ir a Tomalín. "Ah…", ele disse. "Ah…" Mas, sabe, nada de muito ruim aconteceu afinal. Primeiro lavar. Suando e tremendo de novo, ele tirou o paletó e a camisa. Tinha aberto a água da pia. Mas por alguma obscura razão estava parado cheio de angústia debaixo do chuveiro, à espera do choque da água fria que não vinha nunca. E ainda estava de calça.

O cônsul se sentou desamparado no banheiro, olhou os insetos pousados na parede em diferentes ângulos em relação uns aos outros, como navios no ancoradouro. Uma lagarta começou a subir na direção dele, espiou para lá e para cá com antenas interrogativas. Um grilo enorme, com fuselagem polida, pendurado na cortina, a balançava ligeiramente e limpava a cara como um gato, os olhos em hastes parecendo girar na cabeça. Ele se voltou, esperando que a lagarta estivesse muito mais perto, mas ela também tinha se virado, mudara ligeiramente de rumo. Agora um escorpião avançava devagar para ele. De repente, o cônsul se levantou, todos os membros tremendo. Mas não era o escorpião que o preocupava. Era que, de repente, as sombras magras de pregos isolados, as manchas de mosquitos assassinados, as próprias cicatrizes e rachaduras da parede começaram a enxamear, de forma que, onde quer que ele olhasse, outro inseto nascia e insinuava- -se no mesmo instante para seu coração. Era como se, e isto era o mais horrendo, todo o mundo de insetos tivesse de alguma forma se movido para mais perto, se fechasse e investisse para cima dele. Por um momento, a garrafa de tequila no fundo do jardim cintilou em sua alma, depois o cônsul cambaleou para seu quarto.

Ali não havia mais aquele medonho enxame visível, mas — agora deitado na cama — parecia ainda persistir em sua mente, muito como a visão do homem morto persistira antes, uma espécie de ebulição, da qual, como se do persistente rufar de tambores ouvido por algum monarca moribundo, ocasionalmente uma voz semirreconhecível se dissociasse:

"Pare, pelo amor de Deus, seu idiota. Olhe onde pisa. Não po- demos mais te ajudar."

"Apreciaria o privilégio de ajudar você, de nossa amizade. Trabalharia com você. Não me interesso nada por dinheiros mesmo."

"O quê? É você, Geoffrey? Não lembra de mim? Seu velho amigo, Abe. O que você aprontou, meu rapaz?"

"Ha ha, você agora vai. Bem direitinho… num caixão! É."

"Meu filho, meu filho!"

"Meu amor. Ah, venha para mim outra vez como num dia de maio."

6

"*Nel mezzo da porra del cammin di nostra vita mi ritrovai in...*" Hugh atirou-se no sofá da varanda.

Um vento forte e quente uivou sobre o jardim. Refeito pelo mergulho na piscina, pelo almoço de sanduíches de peru, pelo charuto que Geoff lhe dera antes e protegido em parte pelo parapeito, ele ficou deitado, olhou as nuvens passarem pelo céu do México. Como iam depressa, muito depressa! No meio da nossa vida, no meio da porra da estrada da nossa vida...

Vinte e nove nuvens. Aos vinte e nove anos, um homem está em seu trigésimo ano. E ele tinha vinte e nove. E agora afinal, embora a sensação talvez estivesse crescendo dentro dele a manhã inteira, ele sabia como era, o intolerável impacto desse conhecimento que podia vir aos vinte e dois, mas não viera, que podia ao menos ter vindo aos vinte e cinco, mas de alguma forma não viera, esse conhecimento, doravante associado apenas com pessoas já à beira do túmulo e com A. E. Housman, de que não se pode ser jovem para sempre, que de fato, num piscar de olhos, não se é mais jovem. Pois em menos de quatro anos, passados tão depressa que o cigarro de hoje parecia fumado ontem, ele teria trinta e três, com sete mais, quarenta; com quarenta e sete, oitenta. Sessenta e sete anos pareciam um tempo confortadoramente longo, mas aí ele teria cem. Não sou mais um prodígio. Não tenho mais desculpa para me comportar desse modo irresponsável. Não sou um sujeito tão estiloso afinal. Não sou jovem. Por outro lado: eu *sou* um prodígio. Eu *sou* um sujeito estiloso. Não sou? Você é um mentiroso, disseram as árvores agitadas no jardim. Você é um traidor, metralharam as folhas de bananeiras. E um covarde também, soaram esporádicos acordes de música, o que podia significar que no zócalo a feira estava começando. E estão perdendo a Batalha do Ebro. Por sua causa, disse o vento. Um traidor até mesmo para seus amigos jornalistas que você gosta de criticar e que são realmente homens de coragem, admita... *Ahhh!* Hugh, como para se livrar desses pensamentos, girou o dial do rádio para a frente e para trás, tentou pegar San Antonio ("Não sou nada disso, na verdade." "Não fiz nada que justifique toda essa culpa." "Não sou pior que ninguém..."); mas não adiantou. Todas as suas resoluções desta manhã não adiantaram nada. Parecia inútil batalhar mais com esses pensamentos, melhor deixar que eles se impusessem. Pelo menos afastariam sua cabeça de Yvonne por algum tempo, mesmo que no fim levassem de volta a ela. Até Juan Cerillo o decepcionou, assim como, neste momento, San Antonio: duas vozes mexicanas em diferentes frequências de onda se chocavam. Porque tudo o que você fez até agora foi desonesto, a primeira podia dizer. E o jeito como você tratou o pobre e velho Bolowski, o editor de música, lembra da lojinha mixa dele na velha Compton Street, saindo da Tottenham Court Road? Mesmo o que você se convence ser o melhor a seu respeito, sua paixão por ajudar os judeus, tem alguma base em uma ação desonrosa sua. Não é de admirar, já que ele te perdoou tão generosamente, que você perdoou a desonestidade *dele*, a ponto de estar preparado para conduzir toda a raça judaica para fora da própria Babilônia... Não: tenho muito medo de que haja pouco em seu passado que venha em sua ajuda contra o futuro. Nem mesmo a gaivota? Hugh perguntou...

A gaivota — pura carniceira do empíreo, caçadora de estrelas comestíveis — eu resgatei aquele dia em menino quando ela ficou presa numa cerca na beira do rochedo, se debatendo até a morte, cega de neve, e embora tenha me atacado consegui que saísse ilesa, segurei os pés dela com uma mão e durante um momento magnífico a ergui para o sol, antes que com angélicas asas ela voasse para longe sobre o estuário congelado?

A artilharia começou a ressoar nos sopés outra vez. Um trem soou em algum lugar, como um vapor que se aproximava; talvez o próprio trem que Hugh ia tomar à noite. Do fundo da piscina lá embaixo, um pequeno sol refletido brilhava e oscilava entre os mamoeiros de cabeça para baixo. Reflexos de urubus mil metros no fundo giraram invertidos e foram embora. Uma ave, bem próxima mesmo, parecia se mover em uma série de espasmos acima do cume cintilante do Popocatépetl — o vento, de fato, diminuíra, o que era bom para seu charuto. O rádio tinha apagado também, e Hugh desistiu, se acomodou de novo no sofá.

Nem a gaivota era a resposta, claro. A gaivota já fora destruída pelo que ele imaginara. Nem mesmo o pobre homenzinho do hot--dog? Naquela noite amarga de dezembro, ele o havia encontrado empurrando sua carrocinha nova pela Oxford Street — a primeira carrocinha de hot-dog de Londres, e ele a empurrava fazia um mês inteiro, sem vender nem um único hot-dog. Agora, com uma família para sustentar e com o Natal chegando, ele estava quebrado. Sombras de Charles Dickens! Era talvez a *novidade* da bendita carrocinha que ele tinha sido iludido a comprar e que parecia tão horrível. Mas como ele podia esperar, Hugh lhe perguntou, quando acima deles os monstruosos enganos acendiam e apagavam, e em torno deles edifícios negros sem alma viam-se embrulhados no sonho frio da própria destruição (eles tinham parado junto a uma igreja, de cuja parede fuliginosa haviam removido a figura de Cristo na cruz e deixado apenas a cicatriz e a lenda: não significa nada para vocês todos, vocês que passam?), como ele podia esperar ver alguma coisa tão revolucionária como um hot-dog em Oxford Street? Ele também podia tentar sorvete no Polo Sul. Não, a ideia era acampar na frente de um pub em uma viela e não qualquer pub, mas a Fitzroy Tavern na Charlotte Street, abarrotada de artistas famintos que bebiam até morrer apenas porque suas almas feneciam, toda noite entre oito e dez, por falta justamente de uma coisa como um hot-dog. Esse era o lugar certo para ir!

Nem mesmo o homem do hot-dog era a resposta; muito embora na época do Natal, evidentemente, ele estivesse de vento em popa em seu comércio na frente da Fitzroy. Hugh se sentou de repente, espalhando cinza de charuto para todo lado. No entanto não importa nada que eu esteja começando a expiar, a expiar meu passado, tão vastamente negativo, egoísta, absurdo e desonesto? Que eu me proponha a sentar em cima de um navio repleto de dinamite endereçado aos sobrecarregados exércitos legalistas? Nada que eu, afinal de contas, esteja disposto a dar minha vida pela humanidade, mesmo que só em *minute particulars*? Nada para vós que passais?… Embora não estivesse muito claro que diabos ele esperava que fosse, se nenhum de seus amigos sabia o que ele ia fazer. Quanto ao cônsul, ele provavelmente suspeitava de alguma coisa ainda mais inconsequente de sua parte. E era preciso admitir que ele não era de todo contrário a isso, não fosse por não impedir o cônsul de chegar incomodamente perto da verdade, que toda a estúpida beleza de tal decisão, tomada por alguém num momento como aquele, devia residir no fato de *ser* fútil demais, de *ser* tardia demais, porque os legalistas já tinham perdido, e que se essa pessoa emergisse sã e salva ninguém poderia dizer *dele* que tinha sido levado pela onda popular de entusiasmo pela Espanha, quando mesmo os russos haviam desistido e os Internacionais se retirado. Mas morte e verdade podiam rimar num estalar de dedos! Havia também a velha evasiva de dizer a qualquer um que sacudisse dos pés a poeira da Cidade da Destruição, que estava fugindo de si mesmo e de suas responsabilidades. Agora como posso eu escapar de mim mesmo, quando não tenho um lugar na terra? Nenhuma casa. Um pedaço de madeira flutuante no oceano Índico. A Índia é meu lar? Me disfarçar de intocável, o que não devia ser muito difícil, e ir para a prisão nas ilhas Andaman por setenta e sete anos, até a Inglaterra devolver a liberdade da Índia? Mas vou dizer uma coisa: ao fazer isso você estaria apenas envergonhando Mahatma Gandhi, secretamente a única figura pública do mundo por quem você tem algum respeito. Não, eu respeito Stálin também, Cárdenas e Jawaharlal Nehru — todos os três que muito provavelmente poderiam se sentir envergonhados pelo meu respeito. Hugh tentou de novo San Antonio.

O rádio acordou com uma vingança; na emissora texana, notícias de uma enchente dada com tamanha rapidez que se tinha a impressão de que o próprio comentarista corria o risco de se afogar. Outro narrador de voz mais aguda gorgolejava falência e desgraça, enquanto ainda outro falava da miséria que cobria uma capital ameaçada, pessoas que tropeçavam no entulho que cobria ruas sombrias, milhares de pessoas apressadas em busca de abrigo na escuridão dilacerada por bombas. Como ele conhecia bem o jargão. Escuridão, desastre! Como o mundo se alimentava com isso. Na guerra que viria, correspondentes iam assumir uma importância inaudita, iam mergulhar em chamas para alimentar o público com seus cálices de excremento desidratado. Um grito ululante de repente alertou sobre ações em baixa, ou irregularmente em alta, sobre o preço de grãos, algodão, metal, munições. Enquanto a estática metralhava eternamente por baixo: poltergeists do éter, claque dos idiotas! Hugh inclinou o ouvido para o pulsar daquele mundo que batia naquela garganta velada, cuja voz fingia agora estar horrorizada com a própria coisa com a qual se propunha se engolfar no primeiro momento em que pudesse ter certeza absoluta de que o processo de engolfamento duraria o suficiente. Hugh girou, impaciente, o botão do dial, pensou ter ouvido de repente o violino de Joe Venuti, a alegre cotoviazinha da melodia discursiva flutuando em algum remoto verão todo próprio acima da fúria abissal, mas furiosa mesmo assim, com o louco abandono controlado daquela música que ainda lhe parecia às vezes a coisa mais alegre da América. Provavelmente estavam retransmitindo algum disco antigo, um daqueles com nomes poéticos como *Little Buttercup* ou *Apple Blossom*, e era curioso como machucava, como se aquela música, nunca superada, pertencesse irrecuperavelmente àquilo que hoje em dia havia se perdido. Hugh desligou o rádio e deitou, charuto entre os dedos, olhando o teto da varanda.

Diziam que Joe Venuti nunca mais foi o mesmo depois que Ed Lang morreu. Este último sugeria violões, e se Hugh jamais escrevesse sua autobiografia, como muitas vezes ameaçava fazer, embora fosse bem desnecessária, sua vida seria uma dessas que talvez se prestassem mais a um breve resumo em revistas, como "Fulano de tal tem vinte e nove anos, foi rebitador, autor de músicas, fiscal de bueiros, foguista, marinheiro, professor de equitação, artista de variedades, músico de banda, raspador de couro de porco, santo, palhaço, soldado (por cinco minutos) e lanterninha numa igreja espiritualista, do que nem sempre se deve concluir que, longe de ter adquirido através de suas experiências uma visão mais ampla da existência, tinha uma noção um tanto mais estreita dela do que qualquer bancário que nunca pôs o pé além de Newcastle-under-Lyme" — mas se um dia a escrevesse, Hugh refletiu, teria de admitir que um violão seria um símbolo bem importante de sua vida.

Fazia quatro ou cinco anos que ele não tocava, embora Hugh pudesse tocar quase qualquer tipo de violão, e seus numerosos instrumentos deterioraram com seus livros em porões ou sótãos de Londres ou Paris, nos clubes noturnos da Wardour Street ou atrás do balcão do Marquis of Granby ou do velho Astoria na Greek Street, há muito transformado em convento e sua conta lá ainda por pagar, em lojas de penhores na Tithebarn Street ou na Tottenham Court Road, onde ele os imagina a esperá-lo por algum tempo com todos os seus sons e ecos pelo seu passo pesado e depois, pouco a pouco, enquanto acumulavam poeira e cada corda se quebrava sucessivamente, perderem a esperança, cada corda um cabo da memória de seu amigo que se apagava, rebentava, a corda mais aguda sempre primeiro, rebentando com um estampido de tiro, ou com gemidos curiosos e agonizantes, ou com provocantes miados noturnos, como um pesadelo na alma de George Frederic Watts, até não existir mais nada além da cara em branco da lira silenciosa, caverna sem som para aranhas e baratinhas, e o delicado pescoço ornamentado, assim como cada corda quebrada separara o próprio Hugh, pontada a pontada, de sua juventude, enquanto o passado permanecia com sua forma torturada, escura, palpável e acusadora. Ou os violões teriam sido roubados já muitas vezes, ou revendidos, novamente penhorados — herdados por outro dono talvez, como se cada um fosse uma grande ideia ou doutrina. Esses sentimentos, ele quase se divertia em pensar, eram mais adequados talvez a algum Segovia exilado e moribundo do que a um mero músico que fora promissor. Mas Hugh, embora, por um lado, não conseguisse tocar exatamente como Django Reinhardt ou Eddie Lang, ou, Deus nos ajude, como Frank Crumit, por outro lado não podia deixar de lembrar também que um dia gozara a reputação de um tremendo talento. Num sentido estranho era espúria essa reputação, como tanta coisa mais a seu respeito, uma vez que seus maiores hits tinham sido com um violão tenor afinado como uquelele e tocado praticamente como um instrumento de percussão. Apesar disso, de um jeito bizarro, ele havia se tornado um mágico de comoções confundidas com qualquer coisa, desde o Scotch Express até elefantes marchando ao luar, um velho ritmo Parlophone clássico (intitulado, elegantemente, de Juggernaut) comprovado até os dias de hoje. De qualquer forma, pensou ele, seu violão tinha provavelmente sido a coisa menos falsa a seu respeito. E, falso ou não, um deles sempre estivera por trás das principais decisões de sua vida. Foi por causa de um violão que ele se tornou jornalista, por causa de um violão que ele veio a ser compositor, foi em grande parte devido a um violão inclusive — e Hugh se sentiu tomado por uma onda lenta e ardente de vergonha — que ele tinha ido ao mar pela primeira vez.

Hugh começara a compor canções na escola, e antes dos dezessete anos, mais ou menos na mesma época em que perdeu sua inocência, também depois de diversas tentativas, dois números dele foram aceitos pela empresa judia de Lazarus Bolowski and Sons na New Compton Street, em Londres. Seu método consistia em passar todo feriado rodando o dia inteiro pelos editores de música com seu violão — e sob esse aspecto sua vida na juventude lembrava vagamente a de outro artista frustrado, Adolf Hitler —, na capa do violão ou em outra velha bolsa gladstone de Geoff estavam seus manuscritos transcritos para solo de piano. Esse sucesso nas ruas musicais da Inglaterra o dominou; quase mesmo antes de sua tia saber o que estava acontecendo, ele deixara a escola por força do sucesso, com a permissão dela. Nessa escola, onde era subeditor da revista, ele se deu mal; dizia a si mesmo que a odiava pelos ideais esnobes que ali prevaleciam. Havia certa dose de antissemitismo; e Hugh, cujo coração era fácil de tocar, tinha, embora popular por causa de seu violão, escolhido os judeus como seus amigos e os favorecia em suas colunas. Ele já fora aceito em Cambridge para dali um ano ou quase. Não tinha, porém, a menor intenção de ir para lá. Essa perspectiva, por alguma razão, ele só abominava menos do que se ver emperrado por algum preparador de exames. E para impedir isso precisava agir depressa. Na ingenuidade de sua visão, havia uma excelente chance de se tornar completamente independente através de suas canções, o que significava também independência antes da pensão que começaria a receber dos Curadores Públicos dentro de quatro anos, independente de todo mundo, e sem o dúbio benefício de um diploma.

Mas seu sucesso já começara a declinar um pouco. Primeiro, era preciso uma caução (sua tia pagara a caução) e as canções não seriam publicadas ainda por vários meses. E lhe ocorreu, mais que profeticamente por sinal, que só essas canções, embora ambas com os exigidos trinta e dois compassos, de igual banalidade e até um pouco tocadas pela burrice — Hugh depois passaria a ter tanta vergonha dos títulos que até hoje os mantinha trancados em uma gaveta secreta de sua mente —, podiam ser insuficientes. Bem, ele tinha outras canções, os títulos de algumas, Susquehanna Mammy, Slumbering Wabash, Mississippi Sunset, Dismal Swamp etc., talvez fossem reveladores, e uma delas ao menos, I'm Homesick for Being Homesick (for being homesick for home) um foxtrote vocal profundo, se não positivamente wordsworthiano...

Mas tudo isso parecia fazer parte do futuro. Bolowski tinha insinuado que podia aceitá-las... E Hugh não queria ofendê-lo tentando colocá-las em outro lugar. Não que restassem muitos outros editores para tentar! Mas talvez, talvez, se essas duas canções *conseguissem* fazer um grande sucesso, vendessem imensamente, fizessem a fortuna de Bolowski, talvez se alguma grande publicidade...

Alguma grande publicidade! Era isso, era sempre isso, era preciso alguma coisa sensacional, era o último grito, e quando naquele dia ele se apresentou no escritório da Superintendência da Marinha em Garston — Garston porque a tia de Hugh tinha se mudado do norte de Londres para Oswaldtwistle na primavera — para se alistar a bordo do S.S. *Philoctetes*, ele ao menos estava certo de ter encontrado alguma coisa sensacional. Ah, ao assinar na linha pontilhada naquele escritório, Hugh entendeu que era bem grotesco e patético o quadro da juventude do rapaz que se imaginava um cruzamento de Bix Beiderbecke, cujos primeiros discos tinham acabado de aparecer na Inglaterra, o Mozart menino, com a infância em Raleigh; talvez fosse verdade também que estava lendo Jack London demais já nessa época, *O lobo do mar,* e agora, em 1938, tinha avançado para o viril *O vale da lua* (mas seu favorito era *O andarilho das estrelas*) e talvez ele afinal amasse genuinamente o mar, e aquela nauseante extensão supervalorizada fosse seu único amor, a única mulher de quem sua futura esposa deveria ter ciúmes, talvez todas essas coisas fossem a verdade daquela juventude, vislumbrando também, talvez, de longe, algo além da cláusula marinheiros e bombeiros devem se ajudar, a promessa de deleite ilimitado nos bordéis do Oriente — uma ilusão, para dizer o mínimo: mas o que infelizmente quase roubava de tudo aquilo qualquer vestígio de heroísmo era que, com o objetivo de conquistar seus fins sem, por assim dizer, "consciência ou consideração", Hugh antes havia ido a todas as redações de jornais num raio de quarenta e oito quilômetros, e a maioria dos grandes diários de Londres tinha filiais naquela parte do norte, e *informado* a eles precisamente sua intenção de embarcar no *Philoctetes*, que contava com a proeminência de sua família, remotamente "notícia" mesmo na Inglaterra desde o misterioso desaparecimento de seu pai, somado à aceitação de suas canções — ele anunciou ousadamente que todas seriam publicadas por Bolowski — para obter uma matéria e assim suprir a necessária publicidade, e usou o medo que isso gerava de que ainda *mais* publicidade e possivelmente total ridículo resultassem para sua família se o impedissem de embarcar, o que era agora um assunto público, para arrancar a permissão familiar. Havia outros fatores também; Hugh tinha esquecido deles. Mesmo assim os jornais dificilmente achariam sua história muito interessante não tivesse levado consigo seu bendito violãozinho a cada redação de jornal. Hugh estremeceu com esse pensamento. Isso provavelmente fazia os repórteres, a maioria, de fato, homens paternais e decentes que podiam ter visto um sonho pessoal se realizando, animando o rapaz tão disposto a se fazer de idiota. Não que algo desse tipo tivesse lhe ocorrido na época. Muito ao contrário. Hugh estava convencido de que era incrivelmente esperto, e as extraordinárias cartas de "congratulações" que recebeu de bucaneiros sem navio de toda parte, os quais viam suas vidas num triste rumo de futilidade porque não tinham viajado com seus irmãos mais velhos pelos mares da última guerra, cujas curiosas ideias preparavam alegremente a próxima e dos quais o próprio Hugh talvez fosse o arquétipo, serviam apenas para fortalecer sua opinião. Ele estremeceu de novo, porque *podia* não ter ido longe afinal, *podia* ter sido forçosamente impedido por certos rudes parentes esquecidos, nunca antes considerados, que vieram como que saídos do chão em auxílio de sua tia, não fosse Geoff, de maneira inesperada, telegrafar jovialmente de Rabat para a irmã do pai deles: *Bobagem. Considero proposta viagem Hugh melhor coisa possível para ele. Insisto muito ele tenha plena liberdade.* Um aspecto poderoso, pensando bem, uma vez que até agora sua viagem fora completamente privada não só de seu aspecto heroico, mas de qualquer possível sabor de rebelião também.

Apesar de ele agora receber toda assistência das pessoas de quem misteriosamente imaginava estar fugindo, mesmo depois de irradiar seus planos para o mundo, ele ainda não conseguia suportar nem por um momento pensar que não estava "fugindo para o mar". E isso Hugh nunca conseguira perdoar inteiramente ao cônsul.

Mesmo assim, no próprio dia treze de maio, uma sexta-feira, em que Frankie Trumbauer a cinco mil quilômetros fazia seu famoso disco *For No Reason at All in C*, para Hugh agora uma pungente coincidência, e importunado por frivolidades neoamericanas pela imprensa inglesa, que começara a contar a história com prazer, indo desde "Compositor escolar torna-se marinheiro", "Irmão de importante cidadão local sente o chamado do mar", "Sempre voltará a Oswaldtwistle, palavras de despedida do prodígio", "Saga do cantor escolar lembra antigo mistério caxemira" até uma vez, obscuramente "Ah, ser um Conrad", e uma vez, inexatamente, "Compositor universitário se alista em cargueiro e leva uquelele" — porque ele ainda não era universitário como um velho marinheiro logo viria a lembrá-lo — até a última e mais aterrorizante, embora as circunstâncias bravamente inspirassem, "Nada de almofada de seda para Hugh, diz tia", o próprio Hugh, sem saber se ia viajar para leste ou oeste, nem mesmo que o marinheiro mais humilde ouvira ao menos o vago rumor de que Philoctetes era uma figura da mitologia grega — filho de Poeas, amigo de Hércules, e cujo arco constituía um pertence quase tão orgulhoso e infeliz como o violão de Hugh —, partiu para Catai e os bordéis de Palambang. Hugh rolava na cama pensando em todas as humilhações que esse pequeno surto publicitário havia realmente lançado sobre sua cabeça, uma humilhação suficiente para mandar qualquer um para um retiro ainda mais desesperado que o mar... Nesse meio-tempo, não é nenhum exagero dizer (Nossa, Cock, você viu a porra do jornal? Tem a porra dum duque ou coisa parecia a bordo) que ele estava em descompasso com seus companheiros. Não que a atitude deles fosse de jeito nenhum o que se podia esperar! A maioria primeiro pareceu simpática com ele, mas no fim os motivos não eram inteiramente altruístas. Eles desconfiavam, com razão, que ele exercia influência na oficialidade. Alguns tinham motivações sexuais, de origem obscura. Muitos, por outro lado, pareciam incrivelmente desdenhosos e malignos, embora de um jeito mesquinho, nunca associado com o mar e nunca antes com o proletariado. Liam o diário dele por suas costas. Roubavam seu dinheiro. Chegaram a roubar seu macacão e o fizeram comprá-lo de novo, a crédito, uma vez que já o tinham praticamente privado de poder de compra. Escondiam martelos em seu catre e em sua sacola. Depois, de repente, quando ele estava limpando, digamos, o banheiro do imediato, algum marinheiro muito jovem podia se mostrar misteriosamente obsequioso e dizer algo como: "Você já percebeu, rapaz, que trabalha pra nós quando a gente é que devia trabalhar pra você?". Hugh, que no momento não tinha percebido que pusera seus camaradas numa falsa posição, ouviu essa frase com desdém. Aceitava com tranquilidade as perseguições, fossem quais fossem. Por um lado, elas compensavam o que para ele era uma das deficiências mais sérias de sua nova vida.

Essa era, num sentido complicado, a sua "fraqueza". Não que não fosse um pesadelo. Era, mas de um tipo muito especial que ele mal tinha idade para avaliar. Não que suas mãos não tivessem ficado raladas e depois duras como pedra. Ou que ele não ficasse quase louco com o calor e o tédio de trabalhar debaixo dos guinchos nos trópicos ou passar zarcão nos conveses. Nem que fosse tudo muito pior que trabalho forçado na escola, ou podia ter parecido assim, não tivesse ele sido mandado cuidadosamente para uma escola moderna onde não havia trabalhos forçados. Era, sim, para ele, era; ele não fazia nenhuma objeção mental. Objetava eram as pequenas coisas, as coisas inconcebíveis.

Por exemplo, que o castelo de proa não fosse chamado de castelo de proa, mas de "alojamento dos homens" e que não ficasse na proa como devia ser, mas na popa, debaixo do tombadilho. Ora, todo mundo sabia que um castelo de proa tinha que ficar na proa e ser chamado de castelo de proa. Mas aquele castelo de proa não era chamado de castelo de proa porque não era de fato um castelo de proa. O teto do tombadilho ficava em cima do que muito patentemente era o "alojamento dos homens", uma vez que era distribuído em cabines separadas como num barco da Ilha de Man, com dois catres em cada uma, ao longo de um corredor cortado pelo refeitório. Mas Hugh não sentia gratidão por essas condições "melhores" duramente conquistadas.

Para ele um castelo de proa — e onde mais a tripulação de um navio poderia morar? — significava inevitavelmente um único cômodo malcheiroso na proa, com catres em volta de uma mesa, debaixo de um lampião de querosene, onde homens brigavam, se corrompiam, bebiam e se matavam. A bordo do *Philoctetes* os homens nem brigavam nem se corrompiam nem se matavam. Quanto à bebida, a tia de Hugh lhe disse no fim, com uma nobre aceitação realmente romântica: "Sabe, Hugh, eu não espero que você vá beber só *café* viajando pelo mar Negro". Ela tinha razão. Hugh nem chegou perto do mar Negro. A bordo, porém, ele bebia sobretudo café: às vezes chá; de vez em quando água; e nos trópicos suco de limão. Assim como todos os outros. Esse chá também era outra questão que o incomodava. Toda tarde, ao baterem as seis e as oito badaladas respectivamente, o primeiro dever de Hugh, se seu parceiro estivesse doente, era servir, saindo da cozinha, primeiro à mesa do contramestre e depois da tripulação, o que o contramestre chamava, com afetação, de "chá da tarde". Com tabnabs. Tabnabs eram uns bolinhos delicados e deliciosos feitos pelo segundo-cozinheiro. Hugh os comia com desdém. Imagine o Lobo do Mar sentado para o chá da tarde às quatro horas com tabnabs! E isso não era o pior. Uma coisa ainda mais importante era a comida. A comida a bordo do *Philoctetes*, um veleiro de carga britânico comum, era excelente. Ela contrariava uma tradição muito forte que Hugh dificilmente ousava contradizer até aquele momento mesmo em seus sonhos; comparada à comida de sua escola pública, onde ele vivera sob condições alimentares que nenhum marinheiro mercante toleraria por cinco minutos, era uma fantasia de gourmet. Nunca havia menos que cinco pratos no café da manhã na mesa dos oficiais, com a qual de início ele estava mais estritamente comprometido; mas a comida se mostrava quase tão satisfatória no "alojamento dos homens". Picadinho americano desidratado, arenque, ovos quentes e bacon, mingau, filés, pães, tudo numa mesma refeição, até num mesmo prato; Hugh não se lembrava de ter visto tanta comida em sua vida. Ainda mais surpreendente para ele foi descobrir que era tarefa sua todos os dias jogar vastas quantidades dessa comida miraculosa de cima do convés. A comida que a tripulação não comera ia para o oceano Índico, para qualquer oceano, bem como se dizia: "Melhor que volte de onde veio". Hugh também não sentia gratidão por essas condições melhores duramente conquistadas. Nem, de forma inexplicável, qualquer um dos outros. Porque a má qualidade da comida era o grande tema de conversa. — Não tem importância, pessoal, logo a gente volta pra casa onde um sujeito tem comida decente pra comer em vez de toda essa porcaria, pedaços de tinta, nem sei o que é isso tudo. — E Hugh, no fundo uma alma leal, reclamava junto com os demais. Porém ele encontrava seu nível espiritual com os camareiros...

No entanto, sentia-se preso. Mais completamente por se dar conta de que em nenhum sentido essencial havia escapado de sua vida passada. Estava tudo ali, embora de outra forma: os mesmos conflitos, rostos, as mesmas pessoas, ele podia imaginar, como na escola, a mesma popularidade espúria com seu violão, o mesmo tipo de impopularidade porque fez amigos entre os camareiros, ou pior, entre os bombeiros chineses. Até mesmo o navio parecia um fantástico campo de futebol móvel. O antissemitismo, é verdade, ele deixara para trás, porque os judeus em geral tinham mais bom senso e não iam para o mar. Mas se ele esperara deixar para trás o esnobismo britânico com sua escola pública estava tristemente enganado. Na verdade, o grau de esnobismo dominante no *Philoctetes* era fantástico, de um tipo que Hugh nunca imaginara possível. O cozinheiro-chefe olhava o incansável segundo-cozinheiro como uma criatura de classe absolutamente inferior. O contramestre desprezava o carpinteiro e ficou três meses sem falar com ele, embora comessem na mesma salinha, porque ele era um comerciante, enquanto o carpinteiro desprezava o contramestre porque ele, Chips, era o suboficial sênior. O camareiro-chefe, que exibia camisas listradas fora das horas de serviço, tinha claro desprezo pelo alegre segundo-camareiro, que se recusava a levar a sério sua função e se contentava com uma camiseta e um lenço. Quando o aprendiz mais jovem ia dar um mergulho no litoral com uma toalha em volta do pescoço, era solenemente repreendido por um intendente de gravata sem colarinho, por ser uma desgraça para o navio. E o próprio capitão ficava com o rosto quase negro quando via Hugh, porque, com a intenção de um elogio, Hugh havia descrito o *Philoctetes* numa entrevista como itinerante, um navio sem linha regular. Itinerante ou não, o navio todo rolava e chafurdava em preconceitos burgueses e tabus que Hugh nem sabia existirem. Ou assim lhe parecia. É errado, porém, dizer que o navio deslizava. Hugh, longe de aspirar a ser um Conrad, como os jornais sugeriram, não havia lido nem uma palavra dele. Mas tinha uma vaga consciência de que Conrad insinuara em algum lugar que em certas estações do ano podia-se esperar tufões na costa da China. Estavam numa dessas estações; e ali, por fim, via-se a costa da China. No entanto, não apareceram tufões. Ou, se apareceram, o *Philoctetes* teve o cuidado de evitá-los. Do momento em que o navio emergiu dos Lagos Amargos até ancorar ao largo de Yokohama, prevaleceu uma monótona calmaria morta. Hugh raspava ferrugem durante as duras vigias. Só que não eram realmente duras; nada acontecia. E não eram vigias; ele era um trabalhador diurno. Mesmo assim, tinha fingido para si mesmo, coitado, que havia algo romântico no que tinha feito. Pois não havia! Ele podia facilmente ter se consolado olhando um mapa. Infelizmente, os mapas também, de maneira muito vívida, sugeriam escola. De forma que, ao atravessar Suez, ele não estava consciente de esfinges, Ismaília, nem do Monte Sinai; nem, ao cruzar o mar Vermelho, de Hejaz, Asir, Iêmen. Porque Perim pertencia à Índia mesmo tão distante dela, aquela ilha sempre o fascinara. No entanto, eles pararam diante do lugar terrível durante toda uma manhã sem que ele percebesse o fato. Um selo da Somália italiana com a imagem de um pastor selvagem tinha sido um dia seu maior tesouro. Passaram por Guardafui sem que ele se desse conta disso mais do que, quando, criança de três anos, navegara por ali na direção oposta. Mais tarde, ele não pensou no cabo Comorin, ou Nicobar. Nem no golfo do Sião, em Phnom-Penh. Talvez ele próprio não soubesse o que pensava a respeito; soavam sinos, o motor roncava; *videre: videre*; e lá em cima havia talvez outro mar, onde a alma arava seu alto rastro invisível...

Certamente Sokotra só passou a ser um símbolo para ele muito mais tarde e nunca lhe ocorreu que em Karachi, no caminho de volta, ele talvez tivesse passado à distância figurativa de uma saudação de seu local de nascimento... Hong Kong, Xangai; mas as oportunidades de descer em terra eram poucas e distantes umas das outras, não podiam nunca tocar no pouco dinheiro que havia e depois de ficar em Yokohama um mês inteiro, sem licença para ir a terra nem uma vez, o cálice de amargura de Hugh transbordou. Porém, quando foi dada a permissão, em vez de fazerem arruaça em bares os homens meramente ficaram sentados a bordo, costurando e contando piadas grosseiras que Hugh tinha ouvido aos onze anos de idade. Ou então se envolveram em compensações sujas e sexualmente neutras. Hugh também não havia escapado à hipocrisia dos anciãos ingleses. Havia uma boa biblioteca a bordo, porém, e, sob a tutelagem de um mantenedor de lampiões, Hugh começou a educação que uma dispendiosa escola pública não conseguira lhe dar. Leu *The Forsyte Saga* e *Peer Gynt*. Foi em grande parte devido ao mantenedor de lampiões, um gentil quase comunista, que normalmente passava seu turno de vigia abaixo do convés estudando um panfleto chamado Mão Vermelha, que Hugh desistiu da ideia de escapar de Cambridge. "Se eu fosse você, ia pra essa porra desse lugar. Aproveite tudo o que puder da instituição."

Enquanto isso, sua reputação o tinha seguido impiedosamente até a costa da China. Embora a manchete do *Free Press* de Cingapura fosse "Assassinato da concubina do cunhado", seria surpreendente se logo não se topasse com uma passagem como: "Um menino de cabelo encaracolado, em pé em cima do castelo de proa do *Philoctetes* que aportou em Penang, tocava sua última composição no uquelele". Notícia que a qualquer dia agora iria aparecer no Japão. Entretanto, o violão tinha vindo em seu socorro. E agora ao menos Hugh sabia no que pensava. Era na Inglaterra e na viagem de volta! Inglaterra, da qual tanto quisera se afastar, agora se tornara o único objeto de seus anseios, a terra prometida para ele; através da monotonia de estar eternamente montado na âncora, além dos crepúsculos de Yokohama como pausas de *Singing the Blues*, ele sonhava com ela como um amante com sua amada. Certamente não pensava em nenhuma outra amante que pudesse ter deixado em sua terra. Um ou dois breves casos que tivera, se foram sérios na época, tinham sido esquecidos havia muito. Um sorriso terno da sra. Bolowski brilhando no escuro da New Compton Street o assombrara mais tempo. Não: ele pensava nos ônibus de dois andares de Londres, nos anúncios de *music halls* do norte, no Birkenhead Hippodrome: duas apresentações por noite, seis e meia, oito e meia. E nas quadras de tênis verdes, no bater das bolas na grama fresca e na passagem rápida delas pela rede, as pessoas em cadeiras de jardim tomando chá (apesar de ele poder emulá-las no *Philoctetes*), no gosto adquirido recentemente pela boa cerveja inglesa e queijo envelhecido...

Mas acima de tudo havia suas canções, que iam ser publicadas. O que importava qualquer coisa quando em sua terra, naquele mesmo Birkenhead Hippodrome talvez, elas fossem tocadas e cantadas, duas vezes por noite, para casas lotadas? E o que aquelas pessoas cantarolavam para si mesmas naquelas quadras de tênis senão as suas canções? Ora se não as cantarolavam, falavam dele. Porque a fama estava à sua espera na Inglaterra, não a do tipo falso que ele já conquistara, não a notoriedade barata, mas a fama verdadeira, fama que ele conseguia sentir agora, depois de passar pelo inferno, pelo "fogo" — e Hugh se convenceu de que esse era realmente o caso — tinha conquistado seu direito e recompensa.

Mas chegou o momento em que Hugh passou de fato pelo fogo. Um dia, um pobre navio irmão, de um século diferente, o *Oedipus Tyrannus*, cujo homônimo o mantenedor de lampiões do *Philoctetes* devia ter informado a ele ser outro grego em crise, se encontrava ao largo de Yokohama, remoto, mas próximo demais, porque nessa noite os dois grandes navios, girando incessantemente com a maré, aos poucos ficaram tão próximos que quase colidiram e, no momento em que isso pareceu a ponto de acontecer, no tombadilho do *Philoctetes* tudo era excitação, então quando as naves deslizaram rentes uma da outra o imediato gritou pelo megafone:

"Dê os cumprimentos do capitão Sanderson ao capitão Terson e diga que ele dar uma bela trombada!"

O *Oedipus Tyrannus,* que, ao contrário do *Philoctetes*, levava bombeiros brancos, estava longe de casa havia incríveis catorze meses. Por essa razão, seu mal-acostumado capitão não estava de forma alguma tão ansioso quanto o de Hugh para negar que seu navio era itinerante. Duas vezes já o rochedo de Gibraltar havia espreitado a estibordo apenas para pressagiar não o Tâmisa, ou Mersey, mas o oceano Ocidental, a longa viagem para Nova York. E depois Vera Cruz e Colón, Vancouver e a longa viagem pelo Pacífico de volta para o Extremo Oriente. E agora, justamente quando todo mundo tinha certeza de que dessa vez, enfim, iriam para casa, ele recebera ordens de ir para Nova York outra vez. Sua tripulação, principalmente os bombeiros, estava morta de cansaço com esse estado de coisas. Na manhã seguinte, quando os dois navios seguiam outra vez a graciosa distância, apareceu um aviso no refeitório de trás do *Philoctetes*, pedindo voluntários para substituir três marinheiros e quatro bombeiros do *Oedipus Tyrannus*. Esses homens teriam assim a possibilidade de voltar para a Inglaterra com o *Philoctetes*, que estava no mar havia apenas três meses, mas que uma semana depois da partida de Yokohama estaria indo na direção de casa.

Ora, no mar quanto mais dias mais dólares, mesmo que poucos. E no mar, da mesma forma, três meses são um tempo terrivelmente longo. Mas catorze meses (Hugh ainda não tinha lido Melville também) são uma eternidade. Não era provável que o *Oedipus Tyrannus* fosse vagar por mais seis meses: mas não dava para saber; a ideia podia ser ir transferindo gradualmente mais braços sofredores para embarcações a caminho de casa quando as encontrasse e manter o navio em curso por mais dois anos. Ao final dos dois dias, havia apenas dois voluntários, o vigia do telégrafo e um marinheiro comum.

Hugh olhou o *Oedipus Tyrannus* em seu novo ancoradouro, girando outra vez rebeldemente próximo, no seu entender o velho vapor aparecia ora num bordo, ora noutro, num momento perto do quebra-mar, no momento seguinte na direção do alto-mar. A seus olhos, ao contrário do *Philoctetes*, ele era tudo o que um navio devia ser. Primeiro, na mastreação não era um navio futebol, uma massa de baixos postes de gol e traves. Seus mastros e vigamento eram do altivo tipo bule de café. Este era preto, de ferro. A chaminé também era alta e precisava de pintura. Estava sujo e enferrujado, o zarcão exposto do lado. Tinha uma listra marcada no bombordo e, quem sabe, uma no estibordo também. O estado da ponte sugeria contato recente — seria possível? — com um tufão. Se não, ele possuía um ar de que logo os atrairia. Estava surrado, antigo e, ideia feliz, talvez quase mesmo a ponto de afundar. No entanto havia algo jovem e bonito nesse navio, como uma ilusão que nunca morrerá, mas permanecerá sempre abaixo da linha visível do horizonte. Diziam que era capaz de sete nós. E estava indo para Nova York! Por outro lado, se se alistasse nele, o que acontecia com a Inglaterra? Ele não estava tão absurdamente confiante em suas canções a ponto de imaginar sua fama tão gloriosa lá depois de dois anos… Além disso, exigiria uma tremenda readaptação, começar tudo de novo. Porém, ele podia não sofrer o mesmo estigma a bordo. Seu nome dificilmente teria chegado a Colón. Ah, seu irmão Geoff, que também conhecia esses mares, esses pastos de experiência, o que ele teria feito?

Mas não podia fazer isso. Era pedir demais, irritado como estava por passar um mês em Yokohama e ainda sem licença para ir a terra. Era como se, na escola, quando o fim do semestre estava lindamente próximo, lhe dissessem que não haveria férias de verão, que ele tinha que continuar estudando como sempre durante agosto e setembro. Só que ninguém lhe dizia nada. Algum eu interior, apenas, insistia que ele fosse voluntário para que outro homem cansado do mar, com saudades de casa havia mais tempo que ele, tomasse seu lugar. Hugh se alistou no *Oedipus Tyrannus*.

Quando voltou ao *Philoctetes* um mês depois, em Cingapura, era outro homem. Estava com disenteria. O *Oedipus Tyrannus* não o desapontara. A comida era ruim. Sem refrigeração, só uma caixa de gelo. E o camareiro-chefe (o pobre-diabo) ficava o dia inteiro sentado em sua cabine fumando cigarros. O castelo de proa era na frente, sim. Mas ele deixou o navio contra a vontade, devido a uma confusão de nomes, e com nada em sua cabeça de Lord Jim, a ponto de pegar peregrinos a caminho de Meca. Nova York tinha sido engavetada, seus companheiros, se não todos os peregrinos, provavelmente chegariam em casa afinal. Sozinho com sua dor, fora do serviço, Hugh se sentia um infeliz. De vez em quando, se erguia sobre o cotovelo: meu Deus, que vida! Nenhuma condição porém podia ser boa demais para os homens fortes o bastante para suportá-la. Nem mesmo os antigos egípcios sabiam o que era a escravidão. Mas o que ele sabia a respeito? Não muito. As carvoeiras, carregadas em Miki — um porto negro de carvão calculado para confirmar o conceito de sonhos de marinheiro de qualquer homem da terra, uma vez que todas as casas ali eram bordéis, toda mulher prostituta, inclusive até a velha coroca que fazia tatuagens —, logo estavam cheias: o carvão subia até o piso da sala das caldeiras. Ele tinha visto apenas o lado bonito do trabalho de um estivador, se é que se podia dizer que havia um. Mas era muito melhor no convés? Não de fato. Nenhuma pena também. Para o marujo, a vida no mar não era nenhuma publicidade sem sentido. Era mortalmente séria. Hugh estava horrivelmente envergonhado de tê-la explorado. Anos de tédio esmagador, de exposição a todo tipo de obscuros perigos e doenças, seu destino à mercê de uma companhia interessada em sua saúde apenas por ter que pagar seu seguro, a vida doméstica reduzida a um meio banho com a esposa no tapetinho da cozinha a cada dezoito meses, isso era o mar. Isso e o desejo secreto de ser sepultado nele. E um orgulho enorme e insaciável. Hugh achou então que entendera vagamente o que o mantenedor de lampiões tinha tentado explicar, por que ele havia alternado abuso e lisonja ao falar do *Philoctetes*. Era em grande parte porque ele se anunciara tolamente como o representante de um sistema impiedoso, ao mesmo tempo temido e indigno de confiança. No entanto, para marinheiros, esse sistema oferece muito maior persuasão do que para bombeiros, que raramente emergiam pelo escovém para o ar burguês superior. Mesmo assim, continua suspeito. Seus caminhos são dúbios. Seus espiões estão por toda parte. Ele vai te seduzir, quem diria, até por um violão. Por isso seu diário tem de ser lido. É preciso estar alerta, ficar atento a suas diabruras. É preciso, se necessário, elogiar, imitar, parecer colaborar. E ele, por sua vez, vai elogiar você. Ele cede um ponto aqui, outro ali, em questão como comida, melhores condições de vida, até mesmo bibliotecas, embora ele primeiro destrua a paz de espírito necessária para se beneficiar delas. Porque dessa maneira ele mantém o controle da sua alma. E por causa disso às vezes acontece de você se tornar obsequioso e se ouvir dizendo: "Você sabe que você trabalha pra nós, quando nós é que devíamos trabalhar pra você?". Isso também está certo. O sistema trabalhava para você, como você logo descobrirá, quando a próxima guerra chegar, com empregos para todos. "Mas não imagine que você possa escapar para sempre com esses truques", você repete todo o tempo em seu coração. "Na verdade você está em nossas mãos. Sem nós, na guerra ou na paz, o cristianismo ruirá como um montão de cinzas!" Hugh via buracos na lógica desse pensamento. Mesmo assim, a bordo do *Oedipus Tyrannus*, quase sem manchar esse símbolo, Hugh não tinha sido nem abusado nem lisonjeado. Tinha sido tratado como um camarada. E generosamente ajudado, quando incapaz para suas tarefas. Apenas quatro semanas. No entanto, essas semanas com o *Oedipus Tyrannus* o reconciliaram com o *Philoctetes*. Assim, ele veio a ficar amargamente preocupado que, enquanto estivesse doente, alguém fizesse seu trabalho. Quando retomou, antes de ficar bom, ainda sonhava com a Inglaterra e a fama. Mas estava ocupado sobretudo em terminar seu trabalho com estilo. Nas últimas árduas semanas, ele raramente tocou violão. Parecia estar se dando muito bem. Tão bem que, antes de atracar, seu companheiros insistiram em fazer a mala para ele. Na verdade, a encheram de pão velho.

Estavam em Gravesend à espera da maré. Em torno deles, no amanhecer enevoado, carneiros já baliam suavemente. O Tâmisa, à meia-luz, não parecia diferente do Yangtzé-Kiang. Então, de repente, alguém bateu o cachimbo no muro de um jardim…

Hugh não esperou para descobrir se o jornalista que subiu a bordo em Silvertown gostava de tocar suas músicas em seu tempo de lazer. Ele quase o jogou fisicamente para fora do navio.

Qualquer que tenha sido a razão de seu ato pouco generoso, ela não impediu que ele de alguma forma encontrasse nessa noite o rumo para a New Compton Street e a lojinha miserável de Bolowski. Fechada agora e escura: mas Hugh tinha quase certeza de que aquelas eram as suas músicas na vitrine. Que estranho tudo aquilo! Ele julgou quase ouvir acordes familiares vindos do alto — a sra. Bolowski praticando delicadamente no andar superior. E depois, ao procurar um hotel, que a toda sua volta as pessoas cantarolavam as músicas dele. Nessa noite também, no Astoria, o cantarolar persistiu em seus sonhos; ele se levantou ao alvorecer para investigar uma vez mais a maravilhosa vitrine. Nenhuma de suas músicas estava lá. Hugh só se decepcionou por um instante. Provavelmente suas músicas fossem tão populares que não havia exemplares disponíveis para expor. Às nove horas o levaram de volta a Bolowski. O homenzinho ficou encantado em vê-lo. Sim, de fato suas duas canções tinham sido publicadas havia um bom tempo. Bolowski podia ir buscá-las. Hugh esperou, sem ar. Por que ele demorava tanto? Afinal, Bolowski era seu editor. Não devia, com certeza, ter nenhuma dificuldade para *encontrá-las*. Por fim Bolowski e um assistente regressaram com dois pacotes enormes. "Aqui estão as suas músicas", ele disse. "O que gostaria que fizéssemos com elas? Gostaria de levá-las? Ou gostaria que ficassem aqui mais um pouco?"

E ali, de fato, estavam as canções de Hugh. Tinham sido editadas, mil exemplares de cada uma, como disse Bolowski: isso era tudo. Não foi feito nenhum esforço para distribuí-las. Ninguém as cantarolava. Nenhum comediante as cantava no Birkenhead Hippodrome. Ninguém tinha jamais ouvido uma só palavra mais das canções que "o menino universitário" escrevera. E para Bolowski era uma questão absolutamente indiferente se alguém ouvisse mais uma palavra no futuro. Ele as tinha impresso, cumprido assim sua parte do contrato. Tinha lhe custado talvez uma terça parte da caução. O resto era lucro líquido. Se Bolowski publicasse por ano mil canções dessas, de ingênuos tolos dispostos a pagar, por que se dar ao trabalho de promovê-las? As cauções em si eram sua justificativa. E, afinal de contas, Hugh tinha suas canções. Ele não sabia, Bolowski explicou gentilmente que não havia mercado para canções de compositores ingleses? Que a maioria das músicas publicadas era americana? Apesar de tudo, Hugh se sentiu lisonjeado por ser iniciado nos mistérios da composição musical. "Mas toda a publicidade", gaguejou, "aquilo tudo não foi boa propaganda para o senhor?" E Bolowski gentilmente balançou a cabeça. Essa história tinha morrido antes de as músicas serem publicadas. "Mas não seria fácil reviver isso?", Hugh murmurou, engolindo todas as suas complicadas boas intenções ao se lembrar do repórter que ele tinha chutado para fora no navio no dia anterior: então, envergonhado, tentou outra abordagem... Talvez, apesar de tudo, alguém poderia ter mais chance na América como compositor? E ele pensou, remotamente, no *Oedipus Tyrannus*. Mas Bolowski zombou, calado, das chances de alguém na América; lá, onde todo garçom era um compositor de canções...

Esse tempo todo, Hugh vinha lançando olhadelas meio esperançosas para suas canções. Pelo menos seu nome estava nas capas. E numa delas havia efetivamente a fotografia de uma banda de dança. Apresentada com enorme sucesso por Izzy Smigalkin e sua orquestra! Ele voltou ao Astoria com vários exemplares de cada uma. Izzy Smigalkin estava tocando no Elephant and Castle, e para lá Hugh dirigiu seus passos, por quê, ele não soube dizer, uma vez que Bolowski já havia insinuado a verdade, que, mesmo que Izzy Smigalkin tocasse no Kilburn Empire, ele ainda não seria o sujeito a se mostrar interessado em quaisquer canções que não tivessem sido compostas para banda, estivesse ele a apresentá-las em obscuros arranjos através de Bolowski, nunca com muito sucesso. Hugh tomou consciência do mundo.

Ele passou no exame de Cambridge, mas não deixou totalmente seus velhos antros. Seria preciso que decorressem dezoito meses até ele ir para lá. O repórter que ele tinha jogado para fora do *Philoctetes* lhe dissera, fosse qual fosse sua intenção: "Você é um idiota. Podia ter todos os editores da cidade correndo atrás de você". Humilhado, Hugh encontrou através desse mesmo homem um emprego para colar recortes de jornal num álbum. Tinha chegado a isso! No entanto, logo adquiriu certo senso de independência — embora sua mensalidade fosse paga pela tia. E a ascensão veio depressa. Sua notoriedade ajudara, apesar de não ter escrito nada no mar. No fundo, desejava honestidade, arte, e diziam que sua história de um bordel em chamas em Wapping Old Stairs abarcava as duas coisas. Mas no fundo de sua cabeça outros fogos queimavam. Ele não se arrastava mais de obscuro editor em editor com seu violão e seus manuscritos na mala gladstone de Geoff. No entanto, sua vida começou a apresentar certa semelhança com a de Adolf Hitler. Ele não perdera contato com Bolowski e em seu coração se imaginava tramando vingança. Uma forma particular de antissemitismo passou a fazer parte de sua vida. Ele transpirava ódio racial à noite. Se às vezes ainda lhe ocorria que na sala das caldeiras ele caíra vítima do sistema capitalista, essa sensação era agora inseparável de seu horror aos judeus. De alguma forma era culpa dos pobres judeus, não meramente de Bolowski, mas de todos os judeus, ele ter se visto na casa das caldeiras numa busca sem propósito. Era até mesmo devido aos judeus que existiam excrescências econômicas como a Marinha Mercante Britânica. Em suas divagações, ele se tornava o instigador de enormes pogroms — abrangentes e portanto sem sangue. E diariamente chegava mais perto de seu destino. Verdade que entre o destino e ele de quando em quando se erguia a sombra do mantenedor de lampiões do *Oedipus Tyrannus*. Ou tremulavam as sombras dos mantenedores de lampiões do *Oedipus Tyrannus*. Não eram Bolowski e sua laia os inimigos da própria raça deles e os judeus os rejeitados, explorados, os errantes da terra, assim como eles, ao menos uma vez, assim como ele? Mas o que era a irmandade dos homens quando seus irmãos punham pão velho em sua mala? Porém, para onde mais se voltar em busca de valores decentes, claros? Se seu pai e sua mãe não tivessem morrido, talvez? Sua tia? Geoff? Mas Geoff, como qualquer eu fantasmagórico, estava sempre em Rabat ou Timbuctu. Além disso, ele já o privara uma vez da dignidade de ser um rebelde. Hugh sorriu ao se acomodar no sofá... Pois tinha havido alguém, ele via agora, a cuja memória ao menos devia ter se voltado. Ademais, veio-lhe a recordação de que tinha sido um ardente revolucionário por algum tempo aos treze anos. E, estranho lembrar, não foi esse mesmo diretor da antiga escola preparatória e chefe escoteiro, o dr. Gotelby, fabuloso totem de Privilégio, Igreja, Cavalheirismo inglês — Deus salve o rei — e último recurso dos pais, o responsável por sua heresia? O velho bode! Com admirável independência o ardente velho, que pregava as virtudes todo domingo na capela, ilustrara para sua esbugalhada classe de história como os bolchevistas, longe de ser os assassinos de crianças do *Daily Mail*, seguiam um rumo na vida apenas menos esplêndido que aquele rumo em curso em toda a sua própria comunidade de Pangbourne Garden City. Mas Hugh havia esquecido seu antigo velho mentor. Assim como tinha esquecido havia muito de fazer sua boa ação todos os dias. Que um cristão sorri e assobia diante de todas as dificuldades, que, uma vez escoteiro, você era sempre um comunista. Hugh só se lembrava de estar preparado. Então Hugh seduziu a mulher de Bolowski.

Isso talvez fosse uma questão de opinião... Mas infelizmente não alterara a decisão de Bolowski de pedir o divórcio e apontar Hugh como corresponsável. Algo quase pior estava por vir. Bolowski de repente acusou Hugh de tentar enganá-lo em outros assuntos, que as canções que publicara não eram nada mais que plágio de dois obscuros números americanos. Hugh ficou pasmo. Como era isso? Teria ele vivido num mundo de ilusão tão absoluto a ponto de desejar apaixonadamente publicar as canções de outra pessoa e pagar de seu bolso, ou melhor, do bolso de sua tia, e que até sua desilusão por elas era falsa? Não era tão ruim assim, porém. No entanto havia uma sólida base para acusação no que dizia respeito a uma música...

No sofá, Hugh batalhava com seu charuto. Deus Todo-Poderoso. Meu bom Deus todo pustuloso. Ele devia ter sabido desde sempre. Ele sabia que sabia. Por outro lado, quando pensava apenas na apresentação, parecia que seu violão era capaz de convencê-lo de que toda música era dele. O fato de o número americano ser infalivelmente um plágio também não ajudava em nada. Hugh estava angustiado. Nessa altura, morava em Blackheath e um dia, com a ameaça de exposição à espreita em cada passo, ele caminhou mais de vinte quilômetros pela cidade, passou pelas áreas miseráveis de Lewisham Catford, New Cross, pela Old Kent Road, passou, ah, pelo Elephant and Castle, foi até o coração de Londres. Suas pobres canções o perseguiam, agora em tom menor, macabras. Ele queria se perder naqueles desesperançados distritos assolados pela pobreza, romantizados por Longfellow. Queria que o mundo o engolisse junto com sua desgraça. Porque desgraça seria. A publicidade que ele um dia despertara a seu favor garantia isso. Como sua tia ia se sentir agora? E Geoff? As poucas pessoas que acreditaram nele? Hugh concebeu um último pogrom gigantesco; em vão. Afinal, parecia quase reconfortante sua mãe e seu pai terem morrido. Quanto ao tutor principal de sua faculdade, não era provável que ele fosse se importar de dar as boas-vindas a um calouro que acabara de ser arrastado ao tribunal de divórcio; palavras horrendas. A perspectiva parecia horrível, a vida no fim, a única esperança se alistar em outro navio imediatamente depois que tudo acabasse ou, se possível, antes que começasse.

Então, de repente, ocorreu um milagre, algo fantástico, inimaginável e para o qual até hoje Hugh não havia encontrado explicação lógica. Subitamente, Bolowski retirou a queixa. Perdoou a esposa. Mandou chamar Hugh e, com absoluta dignidade, o perdoou. O pedido de divórcio foi arquivado. Assim como as acusações de plágio. Foi tudo um erro, disse Bolowski. O pior era as canções não terem sido distribuídas, então onde estava o dano? Quanto mais depressa tudo fosse esquecido, melhor. Hugh não conseguia acreditar: nem em sua lembrança, agora, conseguia acreditar que, tão depressa depois de tudo parecer tão completamente perdido, e com sua vida arruinada de modo irrecuperável, fosse possível, como se nada tivesse acontecido, seguir calmamente...

"Socorro."

Geoffrey, com meio rosto coberto de espuma, parado à porta de seu quarto, acenou tremulamente com o pincel de barba. Hugh jogou o charuto devastado no jardim, levantou-se e entrou atrás dele. Ele normalmente tinha que atravessar esse quarto interessante para chegar ao dele (cuja porta aberta na frente revelava o cortador de grama) e naquele momento, com Yvonne ocupada, chegar ao banheiro. Era um lugar delicioso, extremamente grande para o tamanho da casa; as janelas, pelas quais entrava o sol, davam para o caminho de entrada da Calle Nicaragua. Algum forte aroma adocicado de Yvonne impregnava o quarto, enquanto os odores do jardim se infiltravam pela janela aberta do quarto de Geoff.

"O tremor está horrível, você nunca teve tremores?", o cônsul disse, estremecendo inteiro. Hugh pegou o pincel de barba do irmão e começou a fazer mais espuma no tablete de um aromático sabonete de leite de jumenta que estava na pia. "Você tinha, sim, eu me lembro. Mas não tremores de rajá."

"Não… nenhum jornalista treme nunca." Hugh arrumou a toalha em torno do pescoço do cônsul. "Você quer dizer que tudo roda."

"Isto aqui são as rodas dentro das rodas."

"Tem toda a minha solidariedade. Bom, agora tudo certo. Fique parado."

"Como eu posso ficar parado?"

"Talvez seja melhor sentar."

Mas o cônsul também não conseguia sentar.

"Nossa, Hugh, desculpe. Não consigo parar de sacudir. É como se eu estivesse num tanque… eu disse tanque? Puxa, preciso de um drinque. O que temos aqui?" Do peitoril da janela, o cônsul pegou um frasco de tônico Bay Rum. "Que gosto será que tem, o que você acha, hein? Para o couro cabeludo." Antes que Hugh pudesse detê-lo, o cônsul tinha dado um grande gole. "Não é ruim. Nada mau", acrescentou, triunfante, estalando os lábios. "Ligeiramente pouco alcoólico… Parece pernod, um pouco. Um amuleto contra baratas galopantes, de qualquer forma. E o olhar de polígono proustiano de escorpiões imaginários. Espere um pouco, acho que eu vou…"

Hugh deixou a torneira ruidosamente aberta. Ouviu Yvonne em atividade no quarto vizinho, se aprontando para ir a Tomalín. Mas ele deixara o rádio ligado na varanda; provavelmente ela não conseguiria ouvir mais que a babel usual do banheiro.

"Olho por olho", o cônsul comentou, ainda tremendo, quando Hugh o ajudava a voltar à cadeira. "Eu fiz isso para você uma vez."

"Sí, hombre." Hugh, fez de novo espuma com o pincel no sabão de leite de jumenta, ergueu as sobrancelhas. "Isso mesmo. Melhor agora, meu velho?"

"Quando você era criança." Os dentes do cônsul batiam. "No navio da P&O, na volta da Índia... O velho *Cocanada*."

Hugh ajeitou a toalha em torno do pescoço do irmão, como se obedecesse, distraído, às instruções sem palavras do outro, saiu cantarolando através do quarto, de volta à varanda, onde o rádio agora tocava idiotamente Beethoven para o vento que soprava de novo forte naquele lado da casa. Ao voltar com a garrafa de uísque que acertadamente deduzira que o cônsul havia escondido no armário, seus olhos passaram pelos livros bem-arrumados do cônsul — no quarto onde não havia nenhum sinal de que seu ocupante realizasse algum trabalho ou contemplasse fazê-lo no futuro, a menos que fosse a cama um tanto desarrumada onde o cônsul evidentemente estivera deitado — nas estantes altas em torno da parede: *Dogme et rituel de la haute magie, Serpent and Siva Worship in Central America*, havia duas longas estantes disso, junto com as lombadas de couro gastas e bordas rasgadas de numerosos livros cabalísticos e de alquimia, embora alguns parecessem bem novos, como *A chave menor do rei Salomão ou Lemegaton*, provavelmente eram tesouros, mas o resto era uma coleção heterogênea: Gogol, o *Mahabharata*, Blake, Tolstói, Pontoppidan, os *Upanishads*, um Marston da Mermaid, Bishop Berkeley, Duns Scotus, Spinoza, *Vice Versa*, Shakespeare, um Taskerson completo, *Nada de novo no front*, o *Clicking of Cuthbert*, o *Rig Veda* — Deus sabe, *Pedro Coelho*; "Em *Pedro Coelho* se encontra tudo", o cônsul gostava de dizer. Hugh voltou, sorrindo, e com um floreio de garçom espanhol serviu a ele um drinque puro num copo de escova de dentes.

"Onde você achou isso?... Ah!... Você salvou a minha vida!"

"Não é nada. Fiz o mesmo para Carruthers uma vez." Hugh então começou a barbear o cônsul, que quase imediatamente ficou muito mais firme.

"Carruthers... o Corvo Velho?... O que você fez para o Carruthers?"

"Segurei a cabeça dele."

"Mas ele não estava bêbado, claro."

"Bêbado não... Submerso. E numa supervisão." Hugh fez um floreio com a navalha. "Agora tente ficar sentado quieto assim; está indo bem. Ele tinha enorme consideração por você; e tinha uma quantidade enorme de histórias a seu respeito, sobretudo variações de uma mesma... é... Aquela de você ter entrado na faculdade montado a cavalo..."

"Ah, não... eu não teria entrado a cavalo. Qualquer coisa maior que um carneiro já me assusta."

"De qualquer forma, lá estava o cavalo, amarrado na despensa. E um cavalo bem feroz, por sinal. Parece que precisaram de trinta e sete atendentes e do zelador da faculdade para tirar ele de lá."

"Minha nossa... Mas não consigo imaginar Carruthers firme para fazer uma supervisão. Deixe eu ver, ele só foi praelector uma vez na minha época. Acho que na verdade ele estava mais interessado em suas primeiras edições do que em nós. Claro que era o começo da guerra, um período bem complicado... Mas era um sujeito maravilhoso."

"Ainda era praelector na minha época."

(Na minha época?... Mas o que, exatamente, isso quer dizer? O que, se é que há alguma coisa que se possa fazer em Cambridge, que revele a alma digna de Siegebert of East Anglia... Ou a de John Cornford! O sujeito escapava das aulas, faltava a refeições, não remava pela faculdade, enganava o próprio supervisor e, no fim das contas, a si mesmo. Cursou economia, depois história, italiano, mas passou nos exames? Trepava no portão contra o qual se tinha uma aversão nada marinheira, para visitar Bill Plantagenet na Sherlock Court e, agarrado à roda de santa Catarina, sentia, por um momento adormecido, como Melville, o mundo uivando por todos os ancoradouros à popa? Ah, os sinos de abrigo de Cambridge! Cujas fontes ao luar e claustros e largos fechados, cuja duradoura beleza em sua virtuosa segurança remota pareciam não fazer tanto parte da ruidosa música da vida estúpida que se levava ali, embora mantida talvez pelas incontáveis memórias enganosas de tais vidas, do que de um estranho sonho de

181

algum velho monge, morto há oitocentos anos, cuja casa ameaçadora, construída sobre pilares e estacas fincadas em solo pantanoso, um dia brilhara como um farol no misterioso silêncio e solidão dos charcos. Um sonho zelosamente guardado: Não Pise na Grama. E, no entanto, cuja beleza extraterrena compelia a pessoa a dizer: Deus me perdoe. Conviver com um desagradável odor de marmelada e botas velhas, numa choupana perto do pátio da estação, mantido por um aleijado. Cambridge era o mar ao contrário; ao mesmo tempo uma horrível regressão; no sentido mais estrito — apesar da reconhecida popularidade, da abençoada oportunidade —, o mais horrendo dos pesadelos, como se um homem adulto pudesse de repente acordar, como o malfadado sr. Bultitude em *Vice Versa*, para se deparar não com os azares dos negócios, mas com a lição de geometria que deixara de fazer trinta anos antes e com os tormentos da puberdade. Quartos alugados e castelos de proa estão onde estão, no coração. No entanto, o coração sofre por não mais mergulhar de cabeça no passado, para os mesmos rostos da escola, agora intumescidos como o de afogados, ou corpos magros e crescidos demais, de volta outra vez a todas aquelas coisas de antes de que tanto esforço se fez para escapar, mas em forma grosseiramente inflada. E de fato, se assim não fosse, seria o caso de estar ainda consciente de panelinhas, esnobismos, gênios mergulhados no rio, justiça recusada por uma recomendação da junta de apontamentos, o empenho sem calças — gigantes idiotas com roupa mesclada, tagarelando como velhas, seu único sentido posto em outra guerra. Era como se aquela experiência do mar também, exagerada pelo tempo, fosse o investimento de um profundo desajuste interior do marujo que nunca conseguia ser feliz em terra. Começara assim, porém, a brincar mais seriamente com o violão. E mais uma vez os melhores amigos eram sempre judeus, sempre os mesmos judeus que tinham estado junto com ele na escola. É preciso admitir que eles estavam lá primeiro, tinham entrado e saído de lá desde 1106 a.D. Mas agora eles pareciam quase as únicas pessoas *de sua mesma idade*: só eles tinham algum senso generoso e independente de beleza. Só um judeu não desfigurava o sonho do monge. E de alguma forma só um judeu, com seu rico dote de sofrimento prematuro, podia entender o sofrimento dele, o isolamento, essencialmente, a sua pobre música. De forma que em meu tempo, e com a ajuda de minha tia, eu comprava uma universidade semanalmente. Evitava tarefas da faculdade e me tornei um leal apoiador do sionismo. Como líder de uma banda composta em grande parte de judeus, que tocava em locais de dança, e com minha própria organização privada, os Três Marujos Hábeis, acumulei uma quantia considerável. A linda esposa judia de um professor americano visitante se tornou minha amante. Eu a seduzi também com meu violão. Como o arco de Philoctetes ou a filha de Édipo, o violão era meu guia e objeto de cena. Eu o tocava sem timidez aonde quer que fosse. Tampouco me ocorreu como menos que um inesperado e útil cumprimento que Phillipson, o artista, tenha se dado ao trabalho de me representar, num jornal rival, como um formidável violonista, dentro do qual um menino estranhamente familiar estava escondido, encolhido, como num útero…)

"Claro que ele sempre foi um grande conhecedor de vinhos."

"Na minha época, ele começava a misturar ligeiramente os vinhos e as primeiras edições." Com habilidade, Hugh raspou a extremidade da barba de seu irmão, passou pela veia jugular e pela artéria carótida. "Me traga uma garrafa daquele excelente John Donne, por favor, Smithers?… Sabe, um pouco do genuíno 1611."

"Nossa, que engraçado… Ou não? Coitado do Corvo Velho."

"Era um sujeito maravilhoso."

"O melhor."

(… Toquei violão diante do Príncipe de Gales, mendiguei nas ruas por um ex-soldado no Dia do Armistício, me apresentei em uma recepção oferecida pela sociedade Amundsen e numa convenção da Câmara dos Deputados francesa quando eles preparavam os anos seguintes. Os Três Marujos Hábeis obtiveram fama meteórica, a *Metronome* nos comparou aos Venuit's Blue Four. Houve tempo em que a pior coisa que poderia me acontecer parecia ser algum ferimento na mão. Mesmo assim, o sonho frequente era morrer, mordido por leões, no deserto, no último chamado do violão, dedilhando até o fim… No entanto, parei por vontade própria. De repente, menos de um ano depois de sair de Cambridge, parei, primeiro com as bandas, depois de tocar na intimidade, parei tão completamente que Yvonne, apesar do tênue elo de ter nascido no Havaí, sem dúvida não sabe que eu um dia toquei, tão enfaticamente que ninguém mais diz: Hugh, cadê seu violão? Toque um pouco para nós...)

"Tenho uma ligeira confissão a fazer, Hugh...", disse o cônsul. "Eu roubei um pouco na estricnina enquanto você não estava."

"*Thalavethiparothiam*, é?", Hugh observou, agradavelmente ameaçador. "Ou poder obtido por decapitação. Mas agora não tome cuidado, como dizem os mexicanos, porque vou barbear a sua nuca."

Mas primeiro Hugh limpou a navalha com papel-toalha e olhou distraidamente pela porta do quarto do cônsul. As janelas do quarto estavam escancaradas; a cortina soprava para dentro de forma muito suave. O vento tinha quase parado. Os cheiros do jardim pesavam em torno deles. Hugh ouviu o vento começar a soprar de novo do outro lado da casa, o feroz hálito do Atlântico, temperado com o velho Beethoven. Mas ali, a sota-vento, as árvores que se podia ver pela janela do banheiro não tinham consciência dele. E as cortinas estavam ocupadas com sua própria brisa suave. Assim como a roupa lavada da tripulação de um vapor itinerante, estendida por cima da escotilha seis entre os guindastes brilhantes instalados em trilhos, que mal dança ao sol da tarde, enquanto à popa, a menos de uma légua, algum barco nativo cuja vela bate violentamente parece lutar contra um furacão, elas oscilavam de modo imperceptível, como sob outro controle...

(Por que parei de tocar violão? Decerto não porque, tardiamente, passou a fazer sentido o quadro de Phillipson, a cruel verdade contida nele... Estão perdendo a Batalha do Ebro... No entanto, seria possível continuar a tocar, mas com outra forma de publicidade, um meio de me manter na ribalta, como se aqueles artigos semanais para o *News of the World* já não fossem ribalta suficiente! Ou eu mesmo com a coisa destinada a ser algum tipo de incurável "objeto amoroso" ou eterno troubadour, jongleur, interessado apenas em mulheres casadas — por quê? — enfim totalmente incapaz de amor... Maldito homenzinho. O qual, de qualquer forma, não escrevia mais canções. Enquanto o violão como um fim em si parecia simplesmente fútil; não mais divertido — com certeza uma coisa de criança a ser guardada...)

"Será mesmo?"

"Será mesmo o quê?"

"Está vendo aquela pobre árvore de bordo ali fora", perguntou o cônsul, "sustentada por aquelas muletas de cedro?"

"Não... felizmente para você..."

"Um dia desses, quando o vento soprar de outra direção, ela vai cair." O cônsul falava entrecortado enquanto Hugh barbeava seu pescoço. "Está vendo aquele girassol que olha pela janela do quarto? Ele espia meu quarto o dia inteiro."

"Você quer dizer que ele controla seu quarto?"

"Fixamente. Ferozmente. O dia inteiro. Como Deus!"

(A última vez em que toquei... Dedilhando no King of Bohemia, em Londres. No Fines Ales and Stouts de Benskin. E acordei, depois de apagar, para ver John e os demais cantando sem acompanhamento aquela música sobre os balgine que rodavam. E o que será mesmo um balgine rodando? Canções revolucionárias; tapeação bolchevista... Mas por que nunca tinha ouvido essas músicas antes? Ou, no caso, na Inglaterra, nunca tinha visto tamanho prazer espontâneo ao cantar? Talvez porque em qualquer reunião cantasse sempre para mim mesmo. Canções sórdidas: "I Ain't Got Nobody". Canções sem amor: "The One That I Love Loves Me"... Embora não o fosse a própria experiência de John e "dos demais": não mais que aquele que, ao entardecer ao caminhar com a multidão, ou ao receber más notícias, testemunha injustiça, um dia se voltou e pensou, não acreditou, virou para trás e questionou, decidiu agir... Estão vencendo a Batalha do Ebro! Não para mim talvez. Porém, efetivamente não é de admirar que esses amigos, alguns dos quais agora jazem mortos em solo espanhol, tiveram, como eu entendi então, realmente sido levados pela minha sonoridade pseudoamericana, nem mesmo boa sonoridade afinal, e ouvido apenas por polidez — sonora...)

"Tome mais um trago." Hugh encheu o copo de escova de dentes, deu para o cônsul e pegou para ele um exemplar de *El Universal* que estava no chão. "Acho que um pouco mais baixa do lado, essa barba, e na base do pescoço." Hugh afiou a navalha, pensativo.

"Um drinque comunitário." O cônsul passou o copo de escova de dentes por cima do ombro. "'Tinir de moedas irrita em Forth Worth.'" Segurando o jornal com mão bem firme, o cônsul leu em voz alta a página em inglês: "'Kink infeliz no exílio.' Eu não acredito.

'Cidade conta os focinhos caninos.' Não acredito nisso também, você acredita, Hugh?…".

"E… ah… é!", ele continuou. "'Ovos têm estado há cem anos em cima de uma árvore em Klamanth Falls, estimam os lenhadores, de acordo com os anéis da madeira.' Esse é o tipo de coisa que vocês escrevem hoje em dia?"

"Quase isso. Ou: japoneses montados em todas as estradas de Xangai. Americanos evacuam… Esse tipo de coisa. Pare quieto."

(Não tinha, porém tocado desde aquele dia até hoje… Não, também nada infeliz desde aquele dia até hoje… Um pouco de autoconhecimento é uma coisa perigosa. E de qualquer forma, sem o violão, estava menos na ribalta, menos interessado em mulheres casadas e tal e coisa? Um resultado imediato de ter desistido dele foi, sem dúvida, aquela segunda viagem por mar, aquela série de artigos, o primeiro para o *Globe*, sobre Comércio Costeiro Britânico. Depois, ainda mais uma viagem — que não deu em nada espiritualmente. Acabei um passageiro. Mas os artigos foram um sucesso. Chaminés com crostas de sal. *Britannia rules the waves*. No futuro, meu trabalho será consultado com interesse… Por outro lado, por que sempre me faltou uma real ambição como jornalista? Aparentemente, nunca superei minha antipatia por jornalistas, como resultado de minha ardente corte a eles. Além disso, não se pode dizer que eu compartilhe com meus colegas a necessidade de ganhar a vida. Sempre houve uma entrada de dinheiro. Como trabalhador itinerante eu funcionava bastante bem, ainda até hoje o faço — mas cada vez mais consciente de solidão, de isolamento — consciente também de um estranho hábito de me atirar à frente e depois recuar — como se lembrasse que não estava com o violão afinal… Talvez eu entediasse as pessoas com meu violão. Mas em certo sentido — quem se importa? — me levava para a vida…)

"Alguém citou você no *Universal*", o cônsul estava rindo, "algum tempo atrás. Esqueci sobre o que foi, desculpe… Hugh, você gostaria 'com o mais modesto dispêndio', de 'dois casacos importados de pele de rua novos, bordados, extragrandes'?"

"Pare quieto."

"Ou de um Cadillac por quinhentos pesos. Preço original duzentos… E o que isso quer dizer, entende? 'E um cavalo branco também.' Inscreva-se no guichê sete… Estanhos… Peixe antialcoólico. Não gosto do som disso, não. Mas tem uma coisa para você. 'Um apartamento central conveniente para um ninho de amor.' Ou então um 'sério, *discreto*'…"

"… ah…"

"… 'apartamento'… Hugh, escute isto. 'Para uma jovem dama europeia que deve ser bonita, relacionamento com homem culto, não velho, com boa *posição*'…"

O cônsul parecia sacudir de riso, e Hugh, rindo também, parou, com a navalha suspensa.

"Mas os restos mortais de Juan Ramírez, o famoso cantor, Hugh, continuam rodando de um jeito melancólico de um lugar para o outro… Opa!, diz aqui que foram feitas 'graves objeções' ao comportamento indecente de certos chefes de polícia em Quauhnahuac. 'Graves objeções por', como é isso?, 'fazer sua funções particulares em público'…"

("Escalei o Parson's Nose", alguém escreveu no livro de visitantes com o título de um hotel galês de alpinismo, "em vinte minutos. Achei as rochas muito fáceis." "Desça do Parson's Nose", algum gozador imortal acrescentou no dia seguinte, "em vinte segundos. Vai achar as rochas muito duras"… Então agora, ao me aproximar da segunda metade de minha vida, sem aviso prévio, sem cantar e sem um violão, volto para o mar: talvez estes dias de espera sejam mais como aquela descida de comédia, sobreviver para repetir a escalada. Do alto do Parson's Nose você pode ir a pé para tomar chá em casa, se quiser, assim como o ator que estiver encenando a Paixão pode descer da cruz e ir para o seu hotel tomar uma pilsener. No entanto, na vida, subindo ou descendo, você está perpetuamente envolvido em neblinas, frio e saliências, a corda traiçoeira e a amarra escorregadia; só que, enquanto a corda escorregava, havia às vezes tempo para rir. Mesmo assim, tenho medo… Como tenho também de um simples portão e de escalar mastros ventosos no porto… Será tão ruim como a primeira viagem, cuja dura realidade por alguma razão sugere a fazenda de Yvonne? A gente imagina como ela vai se sentir a primeira vez que vir alguém espetar um porco… Com medo; e no entanto sem medo; eu sei como é o mar; pode ser que eu esteja voltando a ele com meus sonhos intactos, não com sonhos que, desprovidos de maldade, sejam mais infantis que antes. Adoro o mar, o puro mar norueguês. Minha desilusão mais uma vez é pose. O que estou tentando provar com tudo isso? Aceitar; ser sentimental, desordeiro, realista, sonhador, covarde, hipócrita, herói, em resumo um inglês, incapaz de seguir suas próprias metáforas. Esnobe e pioneiro disfarçado. Iconoclasta e explorador. Indômito chato intocado por trivialidades! Por que, pode-se perguntar, em vez de me sentir abalado naquele pub, eu não parti para aprender algumas daquelas músicas, aquelas preciosas músicas revolucionárias? O que pode impedir alguém de aprender mais dessas canções agora, canções novas, diferentes, de alguma forma, mesmo que só para extrair alguma alegria em meramente cantar e tocar o violão? O que eu fiz com a minha vida? Contatos com homens famosos… A ocasião em que Einstein me perguntou as horas, por exemplo. Aquela noite de verão a caminho da tumultuada cozinha de St. John's — quem é aquele atrás de mim que saiu das salas do professor que mora no D4? E quem é aquele que também está perambulando na direção da cabine do zelador —, onde, quando nossas órbitas se cruzam, me pergunta as horas? Será que Einstein veio receber um diploma de honra? E que sorri quando eu digo que não sei… No entanto ele me perguntou. É: o grande judeu, que alterou totalmente as noções de tempo e espaço do mundo, um dia debruçado em sua rede de dormir pendurada entre Áries e o Círculo dos Peixes Ocidentais, para perguntar a mim, um tonto ex-antissemita e esfarrapado calouro embrulhado em sua capa para a primeira aproximação da estrela vespertina, que horas eram. E que sorriu de novo quando apontei o relógio que nenhum de nós tinha notado…)

"… melhor do que eles atuarem em suas funções públicas no privado, de qualquer forma, eu acho", disse Hugh.

"Aí você acertou uma. Quer dizer, esses sujeitos de que falam não são policiais no sentido estrito do termo. Na verdade, a polícia regular aqui…"

"Eu sei, está em greve."

"Então é claro que eles precisam ser democráticos no seu ponto de vista… Como o exército. Tudo bem, é um exército democrático… Mas enquanto isso esses outros grosseirões querem mandar. É uma pena você estar indo embora. Podia ser uma história bem interessante para você. Já ouviu falar da Union Militar?"

"Aquela esquisitice pré-guerra na Espanha?"

"Estou falando aqui, neste estado. São afiliados à Polícia Militar, que dá cobertura a eles, por assim dizer, porque o inspetor geral, que *é* da Polícia Militar, faz parte. Assim como o Jefe de Jardineros, acho."

"Ouvi dizer que vão erguer uma nova estátua de Díaz em Oaxaca."

... "Mesmo assim", continuou o cônsul, em tom ligeiramente mais baixo, como se a conversa deles continuasse no quarto ao lado "existe essa Union Militar, sinarquistas, seja lá o nome que usem, se você estiver interessado, eu não estou, e o quartel-general deles era a Policía de Seguridad daqui, embora não seja mais, estão em Parián, em algum lugar, segundo eu soube."

Por fim, o cônsul estava pronto. A única ajuda mais de que precisou foi com as meias. Vestido com uma camisa recém-passada e calça de tweed com o paletó que Hugh tinha emprestado e trazido agora da varanda, ele parou e olhou para si mesmo no espelho.

Era bem surpreendente, o cônsul não só parecia agora disposto e vivo como desprovido de absolutamente qualquer ar de dissipação. Verdade que ele não tinha antes o ar abatido de um velho depravado e acabado: por que teria, de fato, quando era apenas doze anos mais velho que Hugh? No entanto, era como se o destino tivesse fixado sua idade em algum momento não identificável do passado, quando seu persistente eu objetivo, talvez cansado de assistir de soslaio à sua queda, tivesse por fim o abandonado totalmente, como um navio que deixa o porto em segredo à noite. Contavam histórias sinistras, assim como engraçadas e heroicas, a respeito de seu irmão, cujo instinto poético anterior claramente alimentou a lenda. Ocorreu a Hugh que o pobre--diabo devia estar, enfim, desamparado, nas garras de algo contra o que suas notáveis defesas de nada valiam. Que utilidade têm as garras e as presas para um tigre moribundo? Entre os anéis, digamos, para piorar as coisas, de uma jiboia? Mas aparentemente esse tigre improvável ainda não tinha intenção de morrer. Ao contrário, tencionava dar uma pequena caminhada, levar a jiboia com ele, mesmo que para fingir, por algum tempo, que ela não estava ali. De fato, pensando bem, esse homem de força e constituição anormais e de uma obscura ambição, que Hugh jamais conheceria, que nunca entregaria, por quem tampouco faria qualquer acordo com Deus, mas à sua maneira amava e desejava ajudar, havia triunfantemente conseguido se recompor. Enquanto o que tinha dado origem a todas essas reflexões era, sem dúvida, apenas a fotografia na parede que ambos agora estudavam, cuja mera presença ali devia sem dúvida descontar a maioria daquelas velhas histórias de um pequeno cargueiro camuflado, no qual o cônsul de repente gesticulava com o copo de escova de dentes reabastecido:

"Tudo a respeito do *Samaritan* era artimanha. Veja esses cabrestantes e tabiques. Essa entrada negra que parece que poderia ser a entrada do castelo de proa é um truque também: tem uma arma antiaérea bem escondida ali dentro. Por ali, era por onde se descia. Aqui era a minha cabine... Aí a passagem do intendente. Essa galera podia se transformar numa bateria antes que você conseguisse dizer Coclogenus paca Mexico...

"Mas curiosamente", o cônsul olhou mais de perto "eu recortei essa fotografia de uma revista alemã." Hugh também examinava a escrita gótica debaixo da fotografia: *Der englische Dampfer trägt Schutzfarben gegen deutsche U-Boote*. "Me lembro que só na página seguinte havia uma foto do *Emden*", o cônsul continuou "com *So verliess ich den Weltteil unserer Antipoden*, algo assim, escrito embaixo. 'Nossos antípodas.'" Ele deu uma olhada firme para Hugh que podia significar qualquer coisa. "Gente esquisita. Mas vejo que de repente você está interessado nos meus velhos livros... Uma pena... Deixei o meu Boehme em Paris."

"Eu só estava olhando."

Olhando, pelo amor de Deus, *Um tratado sobre enxofre, de Michall Sandivogius i.e. anagrama de Divi Leschi Genus Amo:* olhando *O triunfo hermético ou a Vitoriosa pedra filosofal, um tratado ainda mais completo e mais inteligível que qualquer outro até hoje, referente ao Magistério Hermético:* olhando *Os segredos revelados ou uma Passagem aberta para o subpalácio do Rei, contendo o maior Tesouro da Química até hoje tão completamente descoberto, composto por um mui famoso inglês autointitulado Anônimo ou Eyraeneys Philaletha Cosmopolita, que por inspiração e leitura obteve a Pedra Filosofal com a idade de vinte e três anos Anno Domini 1645:* olhando *O Musaeum Hermeticum, Reformatum et Am-*

plificatum, Omnes Sopho-Spagyricae artis Discipulos fidelissime erudiens, quo pacto Summa illa vera que Lapidis Philosophici Medicina, qua res omnes qualemcunque defectum patientes, instaurantur, inveniri & haberi queat, Continens Tractatus Chimicos xxi Francofurti, Apud Hermannum à Sande CIↃ IↃC LXXVIII: olhando *Sub-terráqueos, ou os Elementares da Cabbala,* reeditado do texto do *Abbé de Villars, Physio-Astro-Mystico,* com um Apêndice Ilustrativo da obra *Demonialidade,* na qual se afirma que existem na terra criaturas racionais além do homem...

"E aqui?", disse Hugh. Segurava na mão aquele mais do que extraordinário livro antigo, do qual emanava um aroma remoto e venerável, e refletia: "Conhecimento judaico!", quando se conjurou em sua mente uma visão súbita e absurda do sr. Bolowski em outra vida, com um cafetã, uma longa barba branca e solidéu, um intenso olhar apaixonado, parado em uma barraca numa espécie de New Compton Street medieval, lendo uma partitura em que as notas musicais eram letras hebraicas.

"Erekia, aquele que despedaça; e aqueles que dão um longo grito, Illirikim; Apelki, os enganadores ou desviadores; e aqueles que atacam sua presa com movimento trêmulo, Dresop; ah, e os aflitivos atormentadores, Arekesoli; e não se pode esquecer também de Burasin, os que destroem com hálito de fumaça sufocante; nem de Glesi, o que cintila horrivelmente como um inseto; nem de Effrigis, aquele que estremece de um jeito horrível, você ia gostar de Effrigis... tampouco dos Mames, aqueles que se movem para trás, nem dos que mudam com um movimento particularmente rasteiro, os Ramisen...", disse o cônsul. "A carne vestida e os questionadores do mal. Talvez você possa chamar todos eles precisamente de racionais. Mas todos esses, em um momento ou outro, visitaram minha cama."

Numa tremenda pressa e no mais amigável espírito, tinham todos partido para Tomalín. O próprio Hugh um tanto consciente de seus drinques, mas ouvindo num sonho a voz do cônsul a contar — Hitler, ele disse enquanto desciam para a Calle Nicaragua — o que poderia ser uma história boa para ele, se ao menos tivesse demonstrado algum interesse antes — queria aniquilar os judeus apenas para obter exatamente aqueles arcanos que ele podia encontrar ali atrás deles nas estantes — quando de repente o telefone da casa tocou.

"Não, deixe tocar", o cônsul disse quando Hugh se virou para voltar. O telefone continuou tocando (Concepta tinha saído), o tilintar ressoava pelas salas vazias como uma ave presa; depois parou.

Enquanto seguiam, Yvonne disse:

"Ora, Geoff, não se preocupe comigo, eu estou bem descansada. Mas, se Tomalín for longe demais para um de vocês dois, por que não vamos ao zoológico?" Ela olhou para os dois sombria, direta e lindamente, com seus olhos cândidos sob a testa larga, olhos com os quais ela não retribuiu propriamente o sorriso de Hugh, embora sua boca sugerisse um sorriso. Talvez porque ela interpretasse o fluxo de conversa de Geoff como um bom sinal. E talvez fosse! Qualificando-a com um interesse leal, ou seguindo uma rápida tangente preocupada com observações sobre mudanças impessoais ou decadência, serapes ou carbono ou gelo, o clima — onde estava o vento agora? podiam passar um bom dia calmo afinal sem muita poeira —, Yvonne, aparentemente revigorada pela natação, absorvia tudo à sua volta de novo com um olhar objetivo, caminhava com rapidez, graça e independência, e como se realmente não estivesse cansada; mas ocorreu a Hugh que ela caminhava sozinha. Pobre querida Yvonne! Saudá-la quando se aprontou foi como encontrá-la de novo pela primeira vez depois de longa ausência, mas foi também como uma despedida. Porque a utilidade de Hugh se exaurira, a "trama" deles sutilmente comprometida por pequenas circunstâncias, das quais a não menor delas era sua própria presença contínua. Agora pareceria tão impossível quanto a antiga paixão deles procurar sem impostura estar a sós com ela, mesmo tendo em mente o interesse de Geoff. Hugh lançou um olhar ansioso para a encosta, como haviam feito naquela manhã. Agora estavam indo depressa na direção oposta. Aquela manhã já podia estar distante no passado, como a infância ou os dias anteriores à última guerra; o futuro começava a se desenrolar, o vencido idiota terrível maldito futuro de tocar violão. Inadequadamente protegida disso, Hugh sentiu e observou com postura de repórter, Yvonne, pernas nuas, usava, em vez da calça amarela, um conjunto branco mesclado com um botão na cintura e, por baixo, uma blusa colorida de gola alta, como um detalhe de um Rousseau; os saltos de seus sapatos vermelhos batiam, lacônicos, nas pedras quebradas, pareciam nem baixos nem altos, e ela estava com uma bolsa vermelha. Ao passar por ela ninguém desconfiaria de desespero. Não notaria ausência de fé nem questionaria se ela sabia para onde ia nem se perguntaria se andava como sonâmbula. Como parecia feliz e linda, diriam. Talvez estivesse indo encontrar seu amante no Bella Vista! — mulheres de estatura mediana, corpo esguio, sobretudo divorciadas, apaixonadas, mas ciumentas de seu homem — um anjo para ele, seja ele claro ou escuro, mas súcubo destrutivo inconsciente de suas ambições —, mulheres americanas, com aquele balanço tão gracioso no andar, rostos limpos e bronzeados de criança, pele de textura fina como cetim, o cabelo limpo e brilhante como se acabado de lavar, e com essa aparência, mas descuidadas, mãos finas e morenas que não balançam o berço, pés esguios — quantos séculos de opressão as produziram? Elas não se importam com quem está perdendo a Batalha do Ebro, porque para elas é cedo demais para desdenhar o guerreiro Jó. Elas não veem sentido nisso, só tolos indo morrer por uma...

"Sempre se ouviu dizer que eles têm qualidades terapêuticas. Parece que sempre tiveram zoológicos no México, Moctezuma, um sujeito cortês, até mostrou um zoológico ao atarracado Cortez. O coitado pensou que estava nas regiões infernais." O cônsul tinha descoberto um escorpião na parede.

"Alacrán?", Yvonne pronunciou.

"Parece um violino.

"Um bicho curioso o escorpião. Não liga para padre nem para peão pobre... Realmente uma bela criatura. Deixe o coitado. Ele vai acabar se picando até a morte, de qualquer forma." O cônsul balançou a bengala...

Subiram a Calle Nicaragua, sempre entre riachos rápidos e paralelos, passaram pela escola com as lápides cinzentas e o balanço como forca, passaram por muros altos e misteriosos, por cercas vivas intercaladas com flores carmesim, em meio às quais aves cor de marmelada saltitavam e piavam roucas. Hugh estava contente com os drinques, lembrava de sua infância, quando os últimos dias das férias eram sempre piores se você ia a algum lugar, quando então o tempo, que se esperava fosse divertido, começava a qualquer momento a deslizar na sua frente como um tubarão perseguindo um banhista. — ¡BOX! dizia um cartaz. ARENA TOMALÍN, EL BALÓN VS. EL REDONDILLO, O BALÃO VERSUS A BOLA SALTITANTE — era isso? *Domingo*… Mas aquilo era para o domingo, quando eles estavam indo apenas a um rodeio, um propósito de vida cujo objeto não merecia nem ser anunciado. 666: diziam também outros anúncios de um inseticida, placas obscuras de lata amarelas na parte baixa dos muros, para o calado prazer do cônsul. Hugh riu sozinho. Até este momento, o cônsul estava indo muito bem. Seus poucos "drinques necessários", razoáveis ou excessivos, tinham funcionado às mil maravilhas. Andava magnificamente ereto, ombros para trás, peito para a frente; o melhor de tudo era seu enganoso ar de infalibilidade, do inquestionável, sobretudo quando comparado com a aparência de alguém vestido de caubói. Com seu tweed de bom corte (o paletó que Hugh emprestara não estava muito amassado, e agora Hugh pegara outro de empréstimo) e gravata old Chagfordian listrada de azul e branco, com a barba escanhoada que Hugh fizera, o cabelo loiro e grosso bem alisado para trás, a barba castanha grisalha bem aparada, bengala, óculos escuros, quem diria que ele não era, indiscutivelmente, uma figura de total respeitabilidade? E se essa figura respeitável, o cônsul podia dizer, parecesse atravessar de quando em quando uma ligeira nutação, que importância teria isso? quem iria notar? Poderia ser — pois um inglês em terra estrangeira sempre espera encontrar outro inglês — meramente de origem náutica. Se não, seu manquejar, obviamente resultado de uma caça ao elefante ou de um velho embate com patanos, seria uma desculpa. O tufão girava invisível em meio a um tumulto de calçadas quebradas: quem notava sua existência, e ainda mais os marcos na mente que havia destruído? Hugh estava rindo.

> *"Plingen plangen, aufgefangen*
> *Swingen swangen ao meu lado,*
> *Pootle swootle, indo a Bootle,*
> *Nemesis, um passeio apreciado"*,

disse o cônsul misteriosamente, e acrescentou com heroísmo e um olhar em torno:

"É de fato um dia excepcionalmente bonito para uma viagem."

No se permite fijar anuncios...

Yvonne de fato caminhava sozinha agora: eles subiam numa espécie de fila indiana, Yvonne à frente, o cônsul e Hugh irregularmente atrás, e Hugh não tinha consciência do que a distraída mente coletiva deles pudesse estar pensando, pois tinha se envolvido num ataque de riso, que o cônsul tentava não considerar contagioso. Caminhavam desse jeito porque um menino passava por eles com algumas vacas, rua abaixo, meio correndo; e, como no sonho de um hindu moribundo, as guiava pelos rabos. Agora havia algumas cabras. Yvonne se virou e sorriu para ele. Mas essas cabras eram mansas, de aspecto doce, soando suas sinetas. *Papai porém está esperando vocês. Papai não esqueceu.* Atrás das cabras, uma mulher com o rosto negro e contraído passou devagar por eles debaixo do peso de um cesto carregado de carvão. Um peão a seguiu trotando encosta abaixo, com um barril grande de sorvete equilibrado na cabeça e aparentemente gritando por clientes, com aquela esperança de sucesso que não se pode imaginar, uma vez que ele parecia tão sobrecarregado que não conseguia olhar nem de um lado nem de outro, nem de parar.

"É verdade que em Cambridge", o cônsul dizia, com tapinhas no ombro de Hugh, "você deve ter aprendido sobre os guelfos e tal... Mas você sabia que nenhum anjo de seis asas se transforma?"

"Parece que aprendi que nenhuma ave voa com uma só..."

"Ou que Thomas Burnet, autor de *Telluris Theoria Sacra*, entrou para o Christs em... Cáscaras! Caracoles! Virgen Santísima! Ave María! Fuego, fuego! Ay, qué me matan!"

Com um tumulto ruidoso e ameaçador, um avião baixou sobre eles, roçou as árvores assustadas, zunindo, por pouco não destruiu um mirante e no momento seguinte desapareceu na direção dos vulcões, de onde rolou de novo o monótono som de artilharia.

"Acabóse", o cônsul disse com um suspiro.

Hugh de repente notou que um homem alto (que devia ter saído da rua lateral na qual Yvonne parecera ansiosa para que entrassem) de ombros caídos, bonito, traços bastante morenos, embora fosse obviamente europeu, sem dúvida em algum estado de exílio, se confrontou com eles e era como se a totalidade daquele homem, por alguma curiosa ficção, atingisse o topo do chapéu panamá que ergueu, porque o espaço abaixo pareceu a Hugh ainda ocupado por alguma coisa, uma espécie de halo ou propriedade espiritual de seu corpo, ou a essência de algum segredo culpado talvez, que ele conservava debaixo do chapéu, mas que não era momentaneamente exposto, trêmulo e embaraçado. Ele os confrontava, embora sorrisse, parecia, apenas para Yvonne, os olhos azuis dele ousados e protuberantes expressavam um incrédulo desânimo, as sobrancelhas negras congeladas num arco de comediante; ele hesitou; depois esse homem, que usava o paletó aberto e a calça muito alta na barriga, provavelmente tentando escondê-la, mas apenas conseguindo dar a ela o caráter de uma intumescência independente da parte inferior do corpo, avançou com olhos chamejantes e a boca sob o pequeno bigode preto curvada num sorriso ao mesmo tempo falso e cativante, porém de alguma forma protetor — e de alguma forma também progressivamente ameaçador —, avançou como se impelido por uma mola, mão estendida, automaticamente se insinuando:

"Ora, Yvonne, que surpresa deliciosa. Ora, nunca imaginei; ah, olá, meu velho..."

"Hugh, este é Jacques Laruelle", o cônsul disse. "Você deve ter me ouvido falar dele uma vez ou outra. Jacques, meu irmão mais novo, Hugh: ditto... Il vient d'arriver... ou vice-versa. Como vai, Jacques? Você parece muito precisado de um drinque."

"..."

"..."

Um minuto depois, M. Laruelle, cujo nome era apenas uma lembrança muito remota para Hugh, tinha pegado o braço de Yvonne e caminhava no meio da rua subindo a encosta com ela. Provavelmente não havia nisso nenhum significado. Mas a apresentação do cônsul tinha sido brusca, para dizer o mínimo. O próprio Hugh se sentiu meio ferido, e, qualquer que fosse a causa, criou-se uma tensão ligeiramente desagradável quando o cônsul e ele ficaram aos poucos para trás. Enquanto isso, M. Laruelle dizia:

"Por que não vamos todos para a minha 'casa maluca'? Seria divertido, não acha, Geoffrey... ah... ah... Hughes?"

"Não", o cônsul observou delicadamente, por trás, para Hugh, que por sua vez quase sentiu a disposição de rir outra vez. Porque o cônsul também repetia baixinho para si mesmo alguma coisa asquerosa. Seguiam Yvonne e o amigo dela pela poeira que agora, perseguida por um solitário pé de vento, os acompanhava pela rua, zunindo em petulantes redemoinhos para soprar como chuva. Quando o vento morreu, a água que descia pela sarjeta era como uma súbita força na direção oposta.

M. Laruelle dizia atentamente, à frente deles, para Yvonne:

"É… É… Mas seu ônibus não sairá antes das duas e meia. Vocês têm mais de uma hora."

"Mas isso parece um maldito milagre, extraordinário", disse Hugh. "Quer dizer que depois de todos esses anos…"

"É. Foi uma grande coincidência nosso encontro aqui", o cônsul disse a Hugh em outro tom, controlado. "Mas acho realmente que vocês dois deviam se conhecer, vocês têm alguma coisa em comum. Sério mesmo, você vai gostar da casa dele, sempre um pouco divertida."

"Bom", disse Hugh.

"Ora, o *cartero* vem vindo", Yvonne exclamou à frente, virou-se de leve e soltou-se de M. Laruelle. Ela apontou a esquina à esquerda no alto da colina, onde a Calle Nicaragua encontrava a Calle Tierra del Fuego. "Ele é simplesmente incrível", ela dizia, animada. "O engraçado é que todos os carteiros de Quauhnahuac são exatamente iguais. Parece que vêm todos da mesma família e sem dúvida são carteiros há gerações. Acho que o avô deste aqui era carteiro na época de Maximiliano. Não é uma delícia pensar que os correios selecionam todas essas criaturinhas grotescas como pombos-correio para despacharem à vontade?"

Por que você está tão animada? Hugh perguntou a si mesmo: "Que delícia para o correio", ele disse polidamente. Todos observavam a aproximação do carteiro. Hugh nunca tinha observado nenhum daqueles carteiros singulares. Ele não devia medir nem um metro e meio e, à distância, parecia um animal inclassificável, mas de alguma forma agradável, avançando de quatro. Usava um macacão quase sem cor e um quepe oficial surrado, e Hugh viu que ele tinha um cavanhaque miúdo. Em seu pequeno rosto enrugado, enquanto descia a rua na direção deles à sua maneira inumana embora enternecedora, havia a expressão mais amigável que se podia imaginar. Como tinham parado, ele tirou a bolsa do ombro e começou a abri-la.

"Tem aqui uma carta, uma carta, uma carta", ele dizia quando se aproximaram dele, curvando-se para Yvonne como se a tivesse cumprimentado ontem mesmo, "uma mensagem para el señor, para seu cavalo", ele informou ao cônsul, pegou dois maços e sorriu maliciosamente ao abri-los.

"O quê?... nada para señor Calígula."

"Ah." O *cartero* remexeu outro volume, olhou para eles de soslaio e com os cotovelos dos lados do corpo para não derrubar a bolsa. "Não." Pôs a bolsa toda no chão agora e começou a procurar febrilmente; logo havia cartas espalhadas por toda a rua. "Tem que ter. Aqui. Não, isto é. Esta aqui. Ei ei ei ei ei ei."

"Não se preocupe, meu caro", disse o cônsul. "Por favor."

Mas o *cartero* tentou de novo: "Badrona, Diosdado..."

Hugh também esperava ansioso, não tanto por alguma palavra do *Globe*, que se viesse seria por telegrama, mas com meia esperança, uma esperança que a própria aparência do carteiro tornava deliciosamente plausível, de outro minúsculo envelope oaxaqueñano, coberto com coloridos selos de arqueiros atirando contra o sol, de Juan Cerillo. Ele ouviu, em algum lugar, atrás de um muro, alguém tocando violão... mal, ele estava desanimado; e um cachorro latiu forte.

"Fishbank, Figueroa, Gómez... não, Quincey, Sandovah, não."

Por fim, o bom homenzinho recolheu suas cartas e com uma reverência de quem se desculpa, decepcionado, seguiu rua abaixo. Olhavam todos para ele e, no momento em que Hugh se perguntava se o comportamento do carteiro não teria sido parte de uma enorme e inexplicável gozação, se ele não teria caçoado deles o tempo todo, embora da maneira mais gentil, ele parou, remexeu outra vez nos maços, virou-se e, trotando de volta com gritinhos de triunfo, entregou ao cônsul o que parecia um cartão-postal.

Yvonne, que já estava um pouco mais à frente, acenou com a cabeça e sorriu para ele, como se dissesse "que bom, você afinal recebeu uma carta", e com seus passos ritmados subiu a rua poeirenta ao lado de Laurelle.

O cônsul virou o postal duas vezes e o entregou a Hugh.

"Estranho...", disse.

Era da própria Yvonne e aparentemente fora escrito havia pelo menos um ano. Hugh se deu conta de repente de que devia ter sido enviado logo depois que ela deixou o cônsul e muito provavelmente sem saber que ele se propunha a permanecer em Quauhnahuac. No entanto, de forma curiosa, o postal é que tinha viajado muito: endereçado primeiro para a Wells Fargo, na Cidade do México, por algum erro fora devolvido para o exterior e de fato se perdido terrivelmente, pois tinha carimbos de Paris, Gibraltar e mesmo de Algeciras, na Espanha fascista.

"Não, leia." O cônsul sorriu.

A caligrafia de Yvonne dizia: *"Querido, por que fui embora? Por que você deixou? Devo chegar aos Estados Unidos amanhã, na Califórnia dois dias depois. Espero encontrar uma palavra sua lá à minha espera. Amor. Y."*.

Hugh virou o postal. Havia uma foto do leonino pico Signal em El Paso, com a Carlsbad Cavern Highway conduzindo a uma ponte de cerca branca entre deserto e deserto. A estrada virava uma pequena esquina à distância e desaparecia.

7

Ao lado do mundo bêbado que girava loucamente às treze horas e vinte minutos, em rota de colisão com a Borboleta de Hércules, a casa parecia uma ideia ruim, o cônsul pensou...

Havia duas torres, as zacualis de Jacques, uma em cada extremidade e ligadas por uma passarela acima do telhado, que era do estúdio de janelas envidraçadas abaixo. Essas torres eram como se camufladas (quase como o *Samaritan*, de fato): azul, cinza, roxo, cinabre, rasgadas em listas de zebra. Mas o tempo e o clima se juntaram para transformar o efeito a curta distância em um roxo neutro e uniforme. Os topos, aos quais se chegava pela passarela e por escadas de madeira gêmeas, e por dentro através de duas escadas em espiral, formavam dois insignificantes mirantes com ameias, cada um pouco maior que um torreão, minúsculas variantes sem teto dos postos de observação que dominavam por toda parte o vale em Quauhnahuac.

Nas ameias do mirante da esquerda, quando o cônsul e Hugh confrontaram a casa, com a Calle Nicaragua descendo para a direita, apareceram para eles dois anjos mal-humorados. Os anjos, esculpidos em pedra rosada, estavam ajoelhados um de frente para o outro, de perfil contra o céu através das seteiras intermediárias, enquanto atrás, sobre os merlões correspondentes da extremidade, pousavam, solenes, dois objetos inomináveis, como balas de canhão de marzipã, evidentemente construídos com o mesmo material.

O outro mirante não tinha enfeites, a não ser pelas ameias, e ao cônsul sempre pareceu que esse contraste era obscuramente adequado a Jacques, como de fato era aquele entre os anjos e as balas de canhão. Talvez fosse também significativo que ele devesse usar seu quarto para trabalhar, enquanto o estúdio, no andar principal, tinha sido transformado em sala de jantar, muitas vezes nada mais que um acampamento para sua cozinheira e os parentes dela.

Já mais perto dava para ver que na torre da esquerda, ligeiramente maior, debaixo das duas janelas do quarto — as quais, como degenerados balestreiros, eram construídas obliquamente, como duas metades separadas de uma asna —, haviam afixado na parede um painel de pedra rústica, coberto com grandes letras pintadas a folha de ouro, para dar a impressão de um bas relief. Essas letras de ouro, embora muito grossas, se misturavam de modo bem confuso. O cônsul notara visitantes da cidade olhando para elas até durante meia hora. Às vezes, M. Laruelle saía para explicar que elas queriam realmente dizer alguma coisa, que formavam aquela frase de Frei Luis de León que o cônsul, neste momento, não se permitia lembrar. Nem podia se perguntar por que teria se tornado quase mais familiarizado com essa casa extraordinária que com a sua própria, ele agora, à frente de M. Laruelle que o cutucava alegremente por trás, seguiu Hugh e Yvonne para dentro dela, até o estúdio, vazio neste momento, e escada espiral acima até a torre da esquerda. "Já superamos os drinques?", ele perguntou, e sua disposição de distanciamento se expirou ao lembrar que poucas semanas antes havia jurado nunca mais entrar ali.

"Você nunca pensa em outra coisa?", Jacques pareceu dizer.

O cônsul não respondeu, mas entrou na conhecida sala em desordem com as janelas tortas, os balestreiros decadentes, agora vistos por dentro, e seguiu os outros enviesadamente até um balcão nos fundos com uma vista para vales e vulcões ensolarados e sombras de nuvens a percorrer a planície.

M. Laruelle, porém, já descia a escada, nervoso. "Para mim não!", protestaram os outros. Tolos! O cônsul deu dois ou três passos atrás dele, um movimento aparentemente sem sentido, mas que constituía quase uma ameaça: seu olhar mudou de modo vago da escada espiral que continuava da sala para o mirante acima, depois foi se juntar a Hugh e Yvonne no balcão.

"Subam para o terraço, pessoal, ou fiquem na varanda, sintam--se em casa", veio de baixo. "Em cima da mesa aí, há um binóculo... há... Hughes... Não demoro nada."

"Alguma objeção se eu subir até o terraço?", Hugh perguntou a eles.

"Não esqueça o binóculo!"

Yvonne e o cônsul ficaram sozinhos no balcão voador. Dali onde estavam, a casa parecia situada na metade de um rochedo que subia íngreme do vale estendido abaixo deles. Olhando em torno, viram a cidade, construída em cima desse rochedo, que pairava sobre eles. Os tacos de golfe de máquinas voadoras acenavam silenciosamente sobre os telhados, seus movimentos como gestos de dor. Mas os gritos e a música da feira neste momento chegavam claramente até eles. À distância, o cônsul divisou um canto verde, o campo de golfe, com figurinhas que se deslocavam do lado do rochedo, rastejando... escorpiões golfistas. O cônsul lembrou do postal em seu bolso, e aparentemente tinha feito um movimento na direção de Yvonne, queria contar para ela, dizer alguma coisa terna a respeito, puxá-la para ele, beijá-la. Então se deu conta de que, sem outro drinque, a vergonha por aquela manhã impediria que olhasse nos olhos dela. "No que você está pensando, Yvonne", ele disse "com sua mente astronômica?..." Era mesmo ele que falava com ela assim, numa situação dessas? Decerto não, era um sonho. Ele apontou a cidade. "... com sua mente astronômica", repetiu, mas não, ele não tinha dito isso. "Todo esse subir e descer ali em cima não sugere de alguma forma viagens por planetas invisíveis, por luas desconhecidas que giram para trás?" Ele não tinha dito nada.

"Pobre Geoffrey...", Yvonne disse com a mão no braço dele. "Por favor, por favor, acredite, eu não queria ser arrastada para isto. Vamos dar alguma desculpa e sair o mais depressa possível... Não me importa quantos drinques você vai tomar *depois*", ela acrescentou.

"Eu não percebi que falei alguma coisa sobre drinques agora ou depois. Foi você que pôs isso na minha cabeça. Ou Jacques, que estou ouvindo quebrar, ou devo dizer moer?, o gelo lá embaixo."

"Você não tem mais nenhuma ternura ou amor por mim?", Yvonne perguntou de repente, quase comovida, voltando-se para ele, e ele pensou: Eu te amo, sim, tenho todo o amor do mundo por você, só que esse amor parece tão longe de mim e tão estranho também que é quase como se eu pudesse ouvi-lo, um zumbido ou um choro, mas longe, muito longe, e um triste som perdido, que pode estar se aproximando ou recuando, não sei dizer qual. "Você não pensa em mais nada além de quantos drinques vai tomar?"

"Penso", disse o cônsul (mas não tinha sido Jacques que lhe perguntara isso?), "penso, sim… ah, meu Deus, Yvonne!"

"Por favor, Geoffrey…"

Mas ele não conseguia encará-la. Os tacos das máquinas voadoras que via com o canto dos olhos pareciam espancá-lo de todo lado. "Escute", disse, "está me pedindo para nos desenrolar de tudo isso ou está começando de novo a me exortar a não beber?"

"Ah, não estou exortando você, não mesmo. Nunca mais vou te exortar a nada. Faço qualquer coisa que você pedir."

"Então…", ele tinha começado, com raiva.

Mas um ar de ternura dominou o rosto de Yvonne e o cônsul pensou mais uma vez no cartão-postal em seu bolso. Devia ser um bom augúrio. Podia ser o talismã da salvação imediata deles. Talvez tivesse sido um bom augúrio se tivesse chegado ontem ou em casa hoje de manhã. Infelizmente não dava para conceber sua chegada em nenhum outro momento. E como ele podia saber se era ou não um bom augúrio sem tomar outro drinque?

"Mas eu estou de volta", ela parecia dizer. "Você não vê isso? Estamos juntos aqui, somos *nós*. Não consegue ver isso?" Os lábios dela tremiam, estava quase chorando.

Depois ela estava junto dele, em seus braços, mas ele olhava por cima da cabeça dela.

"É, vejo, sim", ele disse, só que não conseguia ver, só ouvir, o zunido, o choro e sentir, sentir a irrealidade. "Eu amo você de fato. Só que…" "Nunca vou conseguir te perdoar com a devida profundidade": era o que havia em sua cabeça para acrescentar?

No entanto, ele pensava tudo de novo, e tudo de novo como pela primeira vez, como ele tinha sofrido, sofrido, sofrido sem ela; de fato tal desolação, tamanha sensação de desesperado abandono e perda, durante o último ano sem Yvonne, que ele nunca tinha vivido na vida, a não ser quando sua mãe morreu. Mas essa emoção presente ele nunca havia experimentado com sua mãe: esse desejo urgente de magoar, de provocar, num momento em que apenas o perdão podia salvar o dia, isso havia começado mais com sua madrasta, de forma que ela teria que chorar: "Não consigo comer, Geoffrey, a comida para na minha garganta!". Era difícil perdoar, difícil, difícil esquecer. Mais difícil ainda não dizer como era difícil, *eu te odeio*. Mesmo agora, justamente. Mesmo que ali estivesse o momento de Deus, a chance de concordar, de mostrar o postal, de mudar tudo; ou só restava um momento… Tarde demais. O cônsul tinha controlado a língua. Mas sentiu que sua mente se dividia e subia como as duas metades de uma ponte levadiça, tiquetaqueando, para permitir a passagem desses pensamentos ruidosos. "Só que o meu coração…", ele disse.

"Seu coração, querido?", ela perguntou, ansiosa.

"Nada…"

"Ah, meu pobre querido, você deve estar tão cansado!"

"Momentito", ele disse e se soltou dela.

Deixou Yvonne na varanda e foi até o quarto de Jacques. A voz de Laruelle flutuava escada acima. Era ali que ele tinha sido traído? Nesse mesmo quarto, talvez, tomado pelos gritos de amor dela. Livros (entre os quais ele não viu suas peças elisabetanas) espalhados por todo o chão e empilhados até quase o teto ao lado do sofá do estúdio, perto da parede, como se por um poltergeist meio arrependido. E se Jacques, se aproximando de seu desígnio com sedutores passos de Tarquin, tivesse perturbado essa avalanche potencial! Desenhos terríveis de Orozco, a carvão, de um horror sem par, assombravam das paredes. Em um, executado com indiscutível mão de gênio, harpias lutavam numa cabeceira de cama quebrada entre cacos de garrafas de tequila, dentes arreganhados. Não era de admirar; o cônsul olhou mais de perto, procurou em vão uma garrafa inteira. Procurou em vão pelo quarto de Jacques também. Havia dois belos Rivera. Amazonas sem expressão, com pés como patas de carneiro, atestavam a união dos trabalhadores com a terra. Sobre as janelas em forma de asna, que davam para a Calle Tierra del Fuego, um quadro que ele não tinha visto antes e que de início tomou por uma tapeçaria. Chamado *Los Borrachones* — por que não Los Borrachos? —, parecia algo entre um primitivo e um cartaz proibicionista, remotamente influenciado por Michelângelo. De fato, ele via agora, tratava-se de um cartaz proibicionista, embora de um século atrás ou quase, meio século, Deus sabe de que período. Embaixo, os bêbados mergulhavam de cabeça no hades, egoístas e congestionados, num tumulto de demônios cheios de faíscas, de medusas e monstruosidades eructantes, em quedas de braços abertos, retorcidas, em saltos horríveis para trás, gritavam entre garrafas a cair e emblemas de esperanças perdidas; subiam, subiam, voavam palidamente, altruístas na luz em direção ao céu, flutuavam sublimes em pares, homens protegendo mulheres, protegidos eles próprios por anjos de asas abnegadas, subiam os sóbrios. Nem todos estavam em pares, porém, o cônsul notou. Umas poucas mulheres sozinhas na parte mais alta eram protegidas por anjos apenas. Pareceu--lhe que essas mulheres lançavam olhares meio ciumentos para baixo em direção a seus maridos que mergulhavam, alguns dos quais traíam no rosto o mais indisfarçável alívio. O cônsul riu, um tanto trêmulo. Era ridículo, mesmo assim... alguém algum dia já dera uma boa razão por que bem e mal não deviam ser assim tão simplesmente divididos? Em outro ponto do quarto de Jacques, ídolos de pedras cuneiformes, agachados como bebês bulbosos: de um lado do quarto havia até uma fila deles, acorrentados. Uma parte do cônsul continuou a rir, sem querer, de toda essa prova de loucos talentos perdidos, da ideia de Yvonne confrontada com as consequências de sua paixão, por toda uma fileira de bebês agrilhoados.

"Como você está se virando aí em cima, Hugh?", ele perguntou da escada.

"Acho que estou vendo Parián bem em foco."

Yvonne lia no balcão e o cônsul olhava *Los Borrachones*. De repente, ele sentiu algo que nunca sentira com tão chocante certeza. Era que ele próprio estava no inferno. Ao mesmo tempo, se viu possuído por uma curiosa calma. Seu fermento interno, as rajadas de vento e redemoinhos de nervosismo estavam de novo sob controle. Podia ouvir Jacques se movimentando embaixo e ele logo teria outro drinque. Isso ia ajudar, mas não era a ideia que o acalmava. Parián... o Farolito! ele disse a si mesmo. O Farol, o farol que chama a tempestade e a ilumina! Afinal, em algum momento durante o dia, quando estivessem no rodeio talvez, ele se separaria dos outros e iria lá, mesmo que só por cinco minutos, mesmo que só para um drinque. Essa perspectiva o encheu de um amor quase curativo e nesse momento, pois era parte da calma, com o maior anseio que ele jamais conhecera. O Farolito! Era um lugar estranho, um lugar realmente do fim da noite e da madruga-da, que como regra, igual àquela outra cantina terrível de Oaxaca, só abria depois das quatro da manhã. Mas, como hoje era o feriado dos mortos, o Farolito não ia fechar. De início, ele lhe parecera minúsculo. Só depois que passou a conhecê-lo bem, descobriu até onde ia nos fundos, que era na realidade composto de inúmeras salinhas, cada uma menor e mais escura que a outra, uma abrindo para a outra, a última e mais escura não maior que uma cela. Essas salas pareciam a ele pontos onde deviam ser urdidas tramas diabólicas, planejados crimes atrozes; ali, como quando Saturno estava em Capricórnio, a vida chegava ao fundo. Mas ali também grandes pensamentos circulantes pairavam na mente; enquanto o oleiro e o trabalhador do campo, que levantavam cedo, pausavam um momento na paliçada da porta, sonhando... Ele via tudo agora, um enorme abismo num lado da cantina descendo para a barranca que sugeria Kublai Khan: o proprietário, Ramón Diosdado, conhecido como o Elefante, cuja reputação era ter matado a esposa para curar a neurastenia dela, os mendigos, contundidos pela guerra e cobertos de feridas, um dos quais uma noite depois de quatro drinques com o cônsul o levara até o Cristo e, de joelhos diante dele, pregara rapidamente debaixo da lapela de seu paletó dois medalhões presos a um minúsculo coração que sangrava como uma almofada de alfinetes e retratava a Virgem de Guadalupe. "Eu vai te dar a Santa!" Ele viu tudo isso, sentiu a atmosfera da cantina se fechar em torno de si, já com a certeza de tristeza e maldade, e com a certeza também de algo mais, que lhe escapava. Mas ele sabia: era paz. Ele viu outra vez o amanhecer, viu com solitária angústia, por aquela porta aberta, a luz de tonalidade violeta, uma lenta bomba que explodia sobre a Sierra Madre — *Sonnenaufgang!* —, os bois atrelados a seus carros com rodas de discos de madeira, pacientemente esperando lá fora os seus condutores, no ar puro e fresco do céu. O anseio do cônsul era tamanho que sua alma estava travada com a essência do lugar onde, parado, ele era tomado por pensamentos como aqueles do marinhei-ro que, ao avistar o tênue farol de Start Point depois de uma longa viagem, sabe que logo vai abraçar a esposa.

Então eles voltaram abruptamente para Yvonne. Ele se perguntou se havia de fato se esquecido dela. Olhou em torno do quarto outra vez. Ah, em quantos quartos, em quantos sofás de estúdio, entre quantos livros, tinham eles encontrado seu próprio amor, seu casamento, sua vida em comum, uma vida que, apesar de seus muitos desastres, de sua total calamidade de fato — e apesar também de algum ligeiro toque de falsidade de seu começo ao lado dela, o casamento dela em parte no passado, em seus ancestrais anglo-escoceses, nos visionários castelos vazios de fantasmas sussurrantes em Sutherland, em uma emanação de tios esquálidos das terras baixas mascando bolos secos às seis da manhã —, não tinha sido sem triunfo. No entanto, por um período muito curto. Cedo demais começara a parecer triunfo excessivo, tinha sido bom demais, horrível demais imaginar perdê--la, afinal impossível de aguentar: era como se o casamento tivesse se tornado seu próprio agouro de que não podia durar, um agouro que era como uma presença também, direcionando os passos dele de novo para as tavernas. E como recomeçar tudo como se o Café Chagrin, o Farolito nunca tivessem existido? Ou sem eles? Dava para ser fiel a Yvonne e ao Farolito ao mesmo tempo? — Deus, oh pharos do mundo, como e com qual cega fé encontrar o caminho de volta, lutar pela volta agora, através dos tumultuosos horrores de cinco mil perturbadores despertares, cada um mais assustador que o outro, de um lugar onde mesmo o amor não consegue penetrar, e, salvo nas mais intensas chamas, não existe coragem? Na parede, os bêbados despencam eternamente. Mas um dos pequenos ídolos maias parecia chorar...

"Ei ei ei ei", disse M. Laruelle, não diferente do carteiro, que vinha pisando forte nos degraus; coquetéis, repasto desprezível. Sem que se percebesse, o cônsul fez uma coisa estranha; pegou o cartão-postal de Yvonne que tinha acabado de receber e o pôs disfarçadamente debaixo do travesseiro de Jacques. Ela emergiu do balcão. "Olá, Yvonne, onde está o Hugh... desculpe ter demorado tanto. Vamos subir para o terraço, vamos?", Jacques continuou.

Na verdade, todas as reflexões do cônsul não tinham levado nem sete minutos. Mesmo assim, Laruelle parecia ter demorado mais que isso. Ele viu, acompanhando-os, junto aos drinques escada espiral acima, que além da coqueteleira e dos copos havia canapés, azeitonas recheadas na bandeja. Talvez, apesar de todo aquele aplomb sedutor,

Jacques tivesse realmente descido assustado com a coisa toda e fora de si. Enquanto essas elaboradas preparações não passavam de desculpa para sua fuga. Talvez também fosse bastante verdade que o pobre-diabo tinha mesmo amado Yvonne. "Ah, meu Deus", o cônsul disse quando chegou ao mirante, onde Hugh havia quase simultaneamente subido, escalando, e se aproximaram nos últimos degraus da escada de madeira da passarela, "Deus, que o sonho do mago negro em sua caverna sobrenatural, mesmo trêmulas suas mãos em sua última decadência — esse é o pedaço que eu gosto —, fosse o verdadeiro fim deste mundo tão torpe... Você não devia ter tido todo esse trabalho, Jacques."

Ele pegou o binóculo de Hugh e, com o drinque em cima do merlão vazio entre os objetos de marzipã, olhou com firmeza o campo. Mas de forma estranha não tocou seu drinque. E a calma misteriosamente persistiu. Era como se ele estivesse parado num ponto elevado do campo de golfe em algum lugar. Que belo buraco aquilo seria, dali para um green lá naquelas árvores do outro lado da barranca, aquele acaso natural que a uns cento e cinquenta metros poderia ser atingido com uma boa tacada de spoon, voando... plock. O Buraco do Gólgota. Lá no alto, um eagle contra o vento numa tacada só. Demonstrava falta de imaginação construir o campo local lá no alto, longe da barranca. Golfe = gouffre = golfo. Prometeu recuperaria as bolas perdidas. E daquele outro lado que gramados estranhos se poderia criar, atravessados por ferrovias solitárias, postes de telégrafo que zuniam, cintilavam com loucas mentiras nos barrancos, sobre as colinas e mais distante, como a juventude, como a vida em si, o campo preenchendo todas aquelas planícies, até muito além de Tomalín, através da selva, até o Farolito, o buraco dezenove... Caso Alterado.

"Não, Hugh", ele disse e ajustou as lentes, mas não se voltou, "Jacques está falando do filme que ele fez de *Alastor* antes de ir para Hollywood, que ele filmou numa banheira, o pedaço que pôde, e aparentemente juntou o resto com sequências de ruínas extraídas de velhos filmes de viagens, e uma selva fisgada de *In dunkelste Afrika*, e um cisne do final de alguma velha Corinne Griffith — Sarah Bernhardt estava no filme também, pelo que sei, enquanto o tempo todo o poeta está parado na margem, e a orquestra deveria caprichar a *Sacre du Printemps*. Acho que esqueci da neblina."

O riso deles deixou o ar um pouco mais leve.

"Mas antigamente você de fato tinha certas *visões* do que devia ser um filme, como um diretor alemão amigo meu costumava dizer", Jacques dizia a eles, por trás do cônsul, em cima dos anjos. "Mas depois é outra história... Quanto à neblina, é o recurso mais barato de qualquer estúdio."

"Você não fez nenhum filme em Hollywood?", Hugh perguntou, ele, que um momento antes quase tinha entrado numa discussão política com M. Laruelle.

"Fiz... Mas me recuso a assistir a esses."

Mas o que ele, o cônsul, continuava a procurar lá naquelas planícies, o cônsul se perguntou, naquela paisagem tumultuosa, através dos binóculos de Jacques? Seria alguma ficção de si mesmo, que um dia gostara de uma boa coisa tão simples, saudável e idiota como o golfe, com buracos cegos, por exemplo, espalhados por altos sertões de dunas de areia, sim, uma vez com o próprio Jacques? Subir e depois olhar, de um ponto alto, o oceano com a fumaça no horizonte, então, lá embaixo, descansando perto da bandeirinha no green, sua Silver King nova que cintilava. Ozônio! — O cônsul não conseguia mais jogar golfe: suas tentativas em anos recentes mostraram-se desastrosas... Eu devia ter me tornado uma espécie de Donne dos gramados ao menos. Poeta da grama não substituída. Quem segura a bandeira branca quando eu acerto o buraco em três? Quem caça minha Zodiac Zone na margem? E quem, naquele último green final, embora eu acerte em quatro, aceita meu placar de dez e três... Embora eu tenha mais. O cônsul deixou o binóculo afinal e virou-se. E ainda não havia tocado seu drinque.

"Alastor, Alastor", Hugh foi dizendo até ele. "Quem é, era, por que e/ou escreveu Alastor, afinal?"

"Percy Bysshe Shelley." O cônsul se debruçou no mirante ao lado de Hugh. "Outro sujeito com ideias... A história de Shelley de que eu gosto é aquela em que ele simplesmente se deixa submergir até o fundo do mar, levando vários livros com ele, claro, e simplesmente ficou lá, em vez de admitir que não sabia nadar."

"Geoffrey, você não acha que Hugh devia ver um pouco da fiesta", Yvonne de repente disse do outro lado, "já que é o último dia dele? Principalmente se vai ter dança típica?"

Então era Yvonne que ia "desenrolá-los daquilo tudo", justamente quando o cônsul estava se propondo a ficar. "Não sei dizer", ele falou. "Não vai ter dança típica e outras coisas em Tomalín? Você gostaria, Hugh?"

"Claro. Gostaria. Tudo que você disser.", Hugh desceu do parapeito, desajeitado. "Ainda falta uma hora para o ônibus partir, não?"

"Tenho certeza de que Jacques vai nos perdoar se sairmos depressa", Yvonne disse, quase desesperada.

"Então deixe eu acompanhar vocês até lá embaixo." Jacques controlou a voz. "É cedo demais para a *fête* estar animada, mas você tem que ver os murais de Rivera, Hughes, se ainda não viu."

"Você não vem, Geoffrey?" Yvonne voltou-se, na escada. "Venha, por favor", os olhos dela diziam.

"Bom, fiestas não são o meu forte. Vão que depois eu encontro vocês no terminal, na hora do ônibus. Tenho que conversar com o Jacques aqui."

Mas todos tinham descido e o cônsul ficou sozinho no mirante. No entanto não sozinho. Yvonne tinha deixado um drinque no merlão junto aos anjos, o do pobre Jacques estava entre as ameias, o de Hugh no parapeito lateral. E a coqueteleira não estava vazia. Além disso, o cônsul não tinha tocado seu próprio drinque. E mesmo agora ele não bebeu. O cônsul apalpou com a mão direita seu bíceps esquerdo debaixo do paletó. Força — de certo tipo —, mas como se dar coragem? Aquela bela coragem divertida de Shelley; não, aquilo era orgulho. E orgulho fazia ir em frente, ou ir em frente e se matar, ou "endireitar", como tantas vezes antes, sozinho, com a ajuda de trinta garrafas de cerveja e olhando para o teto. Mas dessa vez era muito diferente. E se coragem implicasse a admissão de total derrota, a admissão de não saber nadar, admissão de fato (embora por um segundo a ideia não fosse tão má) em um sanatório? Não, qualquer que fosse o fim, não era meramente uma questão de "ir em frente". Nem anjos, nem Yvonne, nem Hugh podiam ajudá-lo ali. Quanto a demônios, eles estavam dentro dele assim como fora; quietos no momento — talvez fazendo a siesta —, ele se via mesmo assim cercado por eles e ocupado; eles tinham a posse. O cônsul olhou o sol. Mas tinha perdido o sol: não era o seu sol. Assim como a verdade, era absolutamente impossível encarar; ele não queria chegar nem perto, muito menos assentar à sua luz e olhar para ele. "No entanto, tenho que encará-lo." Como? Quando ele não só mentia para si mesmo, mas ele próprio acreditava na mentira e mentia de novo para manter aquelas facções mentirosas, entre as quais não estava nem a própria honra deles. Não havia nem mesmo uma base consistente para esses autoenganos. Como poderia haver então para suas tentativas de sinceridade? "Horror", ele disse. "Mas não vou ceder." Mas quem era eu, como encontrar aquele eu, aonde tinha ido o "eu"? "Faça o que fizer, terá de ser deliberadamente." E deliberadamente, era verdade, o cônsul ainda se reprimia para tocar seu drinque. "A vontade do homem é invencível." Comer? Eu devia comer. O cônsul então comeu meio canapé. E quando M. Laruelle voltou o cônsul ainda estava olhando, sem beber — olhava para onde? Ele próprio não sabia. "Lembra quando nós fomos para Cholula", ele disse, "a poeira que tinha lá?"

Os dois homens se olharam em silêncio "Na verdade, eu não quero falar absolutamente nada com você", o cônsul acrescentou depois de um momento. "Na verdade, eu não me importaria se esta fosse a última vez que nos vemos… Está me ouvindo?"

"Você ficou louco?", M. Laruelle exclamou afinal. "Devo concluir que sua mulher voltou para você, uma coisa que eu vi você implorar e uivar pelo chão, literalmente pelo chão… E você trata Yvonne com essa indiferença e ainda continua a só pensar de onde vai vir o próximo drinque?"

Para essa irrespondível e absoluta injustiça, o cônsul não tinha nem uma palavra; pegou seu coquetel, segurou, cheirou; mas em algum lugar, onde não faria bem algum, uma amarra não cedeu: ele não bebeu; ele quase sorriu agradavelmente para M. Laruelle. Você pode começar agora ou mais tarde a recusar os drinques. Melhor começar agora; ou mais tarde. Mais tarde.

O telefone tocou e M. Laruelle correu escada abaixo. O cônsul se sentou com o rosto enterrado nas mãos por um momento, depois deixou o drinque ainda intocado, deixou, sim, todos os drinques intocados, e desceu para o quarto de Jacques.

M. Laruelle desligou o telefone. "Bom", disse, "eu não sabia que vocês se conheciam." Tirou o paletó e começou a afrouxar a gravata.

"Era o meu médico, e ele perguntou por *você*. Ele quer saber se você ainda não morreu."

"Ah… Ah, era o Vigil, era?"

"Arturo Díaz Vigil. *Médico. Cirujano…* Et cetera!"

"Ah", o cônsul disse, cauteloso, e passou o dedo por dentro do colarinho. "É. Nos conhecemos ontem à noite. Na verdade, ele estava na minha casa hoje de manhã."

M. Laruelle se desfez da camisa, pensativo, e disse: "Nós vamos jogar uma partida antes de ele sair de férias".

O cônsul sentou-se e imaginou aquele jogo de tênis tempestuoso, debaixo do opressivo sol mexicano, as bolas lançadas em um mar de erros, difícil para Vigil, mas quem se importa (e quem era Vigil?, o bom sujeito lhe parecia agora irreal como uma figura que se evitaria cumprimentar por medo de não ser o seu conhecido da manhã, e sim um duplo vivo do ator visto na tela aquela tarde), enquanto o outro se preparava para entrar num chuveiro que, com aquele descaso arquitetônico pelo decoro exibido por uma pessoa que valorizava o decoro acima de tudo, era construído em um pequeno recesso esplendidamente visível tanto do balcão quanto do alto da escada.

"Ele quer saber se você mudou de ideia, se você e Yvonne vão a cavalo até Guanajuato com ele… Por que não vão?"

"Como ele sabia que eu estava aqui?", o cônsul se ergueu na cadeira, tremendo um pouco outra vez, embora surpreso por um instante por seu domínio da situação, aí se revelou que *existia* de fato alguém chamado Vigil que o tinha convidado a ir a Guanajuato.

"Como? Como você acha… eu contei para ele. É uma pena vocês não terem se conhecido tempos atrás. Esse homem poderia realmente ser uma ajuda para você."

"Você pode achar que… Você será uma ajuda para ele hoje." O cônsul fechou os olhos, ouvindo distintamente a voz do médico outra vez: "Mas agora que sua esposa voltou. Mas agora que sua esposa voltou… eu trabalharia com você". "O quê?" Ele abriu os olhos… Mas neste momento o abominável impacto sobre todo seu ser pelo fato de que aquele membro hediondamente alongado em forma de pepino, um feixe de nervos azuis e relevos debaixo daquela desavergonhada barriga fumegante, havia buscado prazer no corpo de sua esposa o pôs, tremendo, de pé. Que abominável, que abominável era a realidade. Ele começou a andar pelo quarto, com um tranco nos joelhos a cada passo. Livros, livros demais. O cônsul ainda não tinha visto as peças elisabetanas. Mas havia de tudo, desde *Les joyeuses bourgeoises de Windsor* até Agrippa d'Aubigné e Collin d'Harleville, de Shelley a Touchard-Lafosse e Tristan l'Hermite. *Beaucoup de bruit pour rien!* Podia uma alma se banhar ali ou aplacar sua sede? Podia. No entanto, em nenhum desses livros alguém encontraria o próprio sofrimento. Nem tinham como mostrar a você como olhar uma margarida da sorte. "Mas o que pode ter levado você a contar para Vigil que eu estava aqui, se você não sabia que ele me conhecia?", ele perguntou quase num soluço.

M. Laruelle, envolto em vapor, dedos explicativos nos ouvidos, não tinha escutado: "O que vocês encontraram para conversar, vocês dois? Vigil e você?"

"Álcool. Loucura. Compressão medular da corcova. Nossos acordos foram mais ou menos bilaterais." O cônsul agora tremia abertamente, normalmente, olhou pelas portas do balcão para os vulcões sobre os quais mais uma vez pairavam tufos de fumaça, acompanhados do matraquear de mosquetes; e de relance lançou um olhar apaixonado ao mirante, onde estava seu drinque intocado. "Reflexos de massa, mas só as ereções de armas, disseminando morte", ele disse, e notou que os sons da feira ficavam mais altos.

"O que foi isso?"

"Como você se propunha a entreter os outros, no caso de terem ficado?", o cônsul quase guinchou sem som, pois teve ele próprio lembranças de chuveiros que deslizavam sobre ele todo como sabão que escorrega entre dedos trêmulos. "Tomando uma ducha?"

E o avião de observação voltava, ah, meu Deus, sim, aqui, aqui, do nada, ele vinha zunindo, direto para o balcão, para o cônsul, olhando para ele talvez, em zoom… Aaaaaaaah! Berumph.

M. Laruelle balançou a cabeça; não tinha ouvido nem um som, nem uma palavra. Ele saiu do chuveiro e entrou em outro pequeno recesso fechado por uma cortina que usava como quarto de vestir:

"Lindo dia, não?… Acho que vamos ter trovoadas."

"Não."

Num repente, o cônsul foi até o telefone, que também ficava numa espécie de recesso (a casa parecia hoje mais cheia desses recessos do que o normal), encontrou a lista telefônica, e agora, tremendo inteiro, a abriu; não Vigil, não, não Vigil, seus nervos tagarelavam, mas Guzmán. A.B.C.G. Ele suava demais; súbito ficou tão quente naquele pequeno nicho como numa cabine telefônica de Nova York durante a onda de calor; suas mãos tremiam freneticamente. 666, Cafeaspirina; Guzmán. Erikson 34. Ele sabia o número, tinha esquecido: os nomes Zuzugoitea, Zuzugoitea, depois Sanabria, o encararam na página: Erikson 35. Zuzugoitea. Ele já tinha esquecido o número, esquecido o número, 34, 35, 666: virava as páginas, uma grande gota de suor caiu no catálogo, dessa vez achou ter visto o nome de Vigil. Mas já tinha tirado o fone do gancho, o fone do gancho, do gancho, ele o segurou ao contrário, falou, esguichou no buraco de ouvir, o bocal, ele não conseguia ouvir, estão ouvindo? vendo? o buraco de ouvir como antes: "Qué quieres? Falar com quem... Nossa!", ele gritou e desligou. Ia precisar de um drinque para fazer aquilo. Correu para a escada, mas na metade do caminho, tremendo, num frenesi, começou a descer de novo; trouxe a bandeja para baixo. Não, os drinques ainda estão lá em cima. Ele saiu para o mirante e tomou todos os drinques à vista. Ouviu música. De repente, cerca de trezentas cabeças de gado, mortas, rígidas, congeladas em posturas de vivas, brotaram da encosta diante da casa, sumiram. O cônsul acabou com o conteúdo da coqueteleira e desceu silenciosamente, pegou um livro de capa de papel em cima da mesa, sentou e abriu com um longo suspiro. Era *La Machine infernale*, de Jean Cocteau. "Oui, mon enfant, mon petit enfant", ele leu, "les choses qui paraissent abominables aux humains, si tu savais, de l'endroit où j'habite, elles ont peu d'importance." "Podíamos tomar um drinque na praça", ele disse, fechou o livro e abriu de novo: sortes shakespeareanae. "Os deuses existem, eles são o diabo", Baudelaire o informou.

Tinha esquecido de Guzmán. *Los Borrachones* despencavam eternamente para as chamas. M. Laruelle, que não tinha notado nada, apareceu de novo, resplandecente vestido com flanela branca, pegou a raquete de tênis do alto de uma estante; o cônsul encontrou sua bengala e os óculos escuros, e eles desceram juntos pela escada metálica em espiral.

"Absolutamente necesario." Na rua, o cônsul parou e virou-se… *No se puede vivir sin amar* eram as palavras na casa. Na rua, não havia agora nem um sopro de vento e eles caminharam um tempo sem falar, ouvindo a babel da festa que ficava mais alta à medida que se aproximavam da cidade. Rua da Terra do Fogo. 666.

M. Laruelle, possivelmente por caminhar numa parte mais alta da rua aterrada, parecia agora ainda mais alto do que já era, e ao lado dele, abaixo, o cônsul sentiu-se por um momento incomodamente apequenado, infantil. Anos antes, na infância dos dois essa posição teria sido invertida; o cônsul então era o mais alto. Mas, enquanto o cônsul parara de crescer aos dezessete anos, com um metro e setenta e seis, setenta e nove, M. Laruelle continuara crescendo ao longo dos anos sob céus diferentes até estar hoje fora do alcance do cônsul. Fora do alcance? Jacques foi um menino de quem o cônsul ainda lembrava certas coisas com afeição: o jeito que ele pronunciava *vocabulary* para rimar com *foolery*, ou *bible* com *runcible*. Colher denteada. E ele crescera e se tornara um homem capaz de se barbear e calçar as meias sozinho. Mas fora do seu alcance, dificilmente. Lá em cima, ao longo dos anos, com sua estatura de um metro e noventa ou noventa e dois, não parecia tão fora de propósito sugerir que a influência dele ainda o tocava com força. Se não, por que o paletó de tweed semelhante ao do cônsul, aqueles caros tênis ingleses com os quais se podia passear, a calça branca inglesa de cinquenta e três centímetros de largura, a camisa inglesa usada à maneira inglesa, aberta no pescoço, o excepcional lenço de pescoço que sugeria que M. Laruelle ganhara um dia uma medalha esportiva de menor categoria na Sorbonne ou algo assim? Havia até, apesar de ele ser ligeiramente corpulento, uma espécie de flexibilidade inglesa, ex-consular, em seus movimentos. Por que Jacques jogaria tênis afinal? Se esqueceu, Jacques, que eu mesmo ensinei a você, naquele verão há muito tempo, atrás da casa dos Taskersons, ou nas quadras públicas novas em Leasowe? Numa tarde como a de hoje. Tão breve a amizade deles e no entanto, o cônsul pensou, quão enorme, quão abrangente, permeando toda a vida de Jacques, essa influência, uma influência que aparecia até em sua escolha de livros, no trabalho dele — por que Jacques viera a Quauhnahuac afinal? Não seria muito como se ele, o cônsul, tivesse desejado isso, de longe, por obscuros propósitos próprios? O homem que ele encontrara aqui dezoito meses antes parecia, embora ferido em sua arte e seu destino, o mais completamente inequívoco e sincero francês que ele conhecera. Tampouco era a seriedade do rosto de M. Laruelle, visto agora contra o céu entre as casas, compatível com uma fraqueza cínica. Não era quase como se o cônsul o tivesse seduzido à desonra e à miséria, desejado mesmo a traição dele?

"Geoffrey", M. Laruelle disse de repente, baixo, "ela voltou mesmo?"

"Parece que sim, não parece?" Os dois pararam, para acender seus cachimbos, e o cônsul notou que Jacques usava um anel que ele não tinha visto, um escaravelho, de desenho simples, entalhado em calcedônia: se Jacques ia tirá-lo para jogar tênis, ele não sabia, mas a mão que o usava estava trêmula, enquanto a do cônsul estava firme.

"Mas eu digo voltar de verdade", M. Laruelle continuou em francês enquanto seguiam pela Calle Tierra del Fuego. "Ela não veio simplesmente visitar ou ver você por curiosidade, ou por vocês serem só amigos, e tal, se não se importa que eu pergunte?"

"Na verdade, eu me importo."

"Entenda bem, Geoffrey, estou pensando em Yvonne, não em você."

"Entenda melhor ainda. Você está pensando em si próprio."

"Mas *hoje*... eu posso entender como... Suponho que você ficou bêbado no baile. Eu não fui. Mas se assim é, por que você não vai para casa, agradece a Deus, tenta descansar e ficar sóbrio, em vez de incomodar todo mundo fazendo-os irem a Tomalín? Yvonne parece esgotada."

As palavras produziram tênues ondulações fatigadas na mente do cônsul a se encher todo o tempo com delírios inofensivos. Mesmo assim, seu francês era fluente e rápido:

"O que você quer dizer com suponho que você ficou bêbado quando o Vigil contou isso para você no telefone? E não está sugerindo que eu agora leve Yvonne a Guanajuato com ele? Talvez tenha imaginado que, se conseguisse se insinuar em nossa companhia nessa viagem proposta, ela miraculosamente deixasse de se sentir cansada, mesmo sendo cinquenta vezes mais longe que Tomalín."

"Quando sugeri que fossem, não tinha me dado conta de que ela só havia chegado hoje de manhã."

"Bom… não me lembro de quem foi a ideia de Tomalín", disse o cônsul. Como pode ser uma coisa dessas, eu discutir Yvonne com Jacques, discutir *nós* desse jeito? Embora tivessem feito isso antes. "Mas eu não expliquei direito como Hugh entra no quadro, expliquei…"

"*Ovos!*", apregoara o jovial proprietário da abarrotes acima deles na calçada à direita?

"Mesca*lito*!", alguém zuniu ao passar carregando um pedaço de tábua, algum conhecido de bar; ou teria sido hoje de manhã?

"Pensando bem, acho que não vou me dar ao trabalho."

Logo a cidade assomou à frente deles. Tinham chegado ao pé do Palácio Cortez. Perto deles, crianças (estimuladas por um homem de óculos escuros que parecia familiar e para quem o cônsul gesticulou) balançavam e balançavam em círculos em torno de um poste de telégrafo, num carrossel improvisado, pequena paródia do Grande Carrossel morro acima, na praça. No alto, num terraço do Palácio (porque era também o ayuntamiento) um soldado parado à vontade com um rifle: num terraço ainda mais alto vadiavam os turistas: vândalos de sandálias a olhar os murais.

De onde estavam, o cônsul e M. Laruelle tinham uma boa visão dos afrescos de Rivera. "Daqui dá a impressão de que aqueles turistas não podem estar lá em cima", disse M. Laruelle, "estão perto demais." Ele apontou com a raquete de tênis. "O lento escurecimento dos murais quando se olha da direita para a esquerda. Parece de alguma forma simbolizar a imposição gradual dos espanhóis conquistadores sobre os índios. Entende o que eu digo?"

"Se olhar de uma distância ainda maior, parece simbolizar a gradual imposição dos americanos conquistando a amizade dos mexicanos da esquerda para a direita", o cônsul disse com um sorriso e tirou os óculos escuros, "daqueles que precisam olhar os afrescos e lembrar quem pagou por eles."

A parte dos murais que ele estava olhando retratava, ele sabia, os tlahuicanos que tinham morrido naquele vale em que ele vivia. O artista os representara com traje de batalha, máscaras de pele de lobos e tigres. Diante de seu olhar, parecia que aquelas figuras estavam se reunindo silenciosamente. Então se transformaram em uma figura, uma imensa, malévola criatura que olhava do alto para ele. De repente, essa criatura pareceu avançar e fazer um movimento agressivo. Devia estar, de fato inegavelmente estava, dizendo para ele ir embora.

"Olhe, lá estão Yvonne e Hughes acenando para você." M. Laruelle acenou de volta com a raquete de tênis. "Sabe, eu acho que eles fazem um casal formidável", acrescentou com um sorrio meio dolorido, meio malicioso.

Lá estavam eles, sim, ele viu, o casal formidável no afresco: Hugh com o pé no parapeito do balcão do Palácio, olhava por cima da cabeça deles para os vulcões talvez; Yvonne de costas para eles agora. Ela estava encostada no parapeito, de frente para o mural, depois virou de lado para Hugh e disse alguma coisa. Eles não acenaram de novo.

M. Laruelle e o cônsul decidiram contra o caminho da subida. Flutuaram ao longo da base do Palácio então, até a frente do Banco de Crédito y Ejidal, viraram à esquerda numa rua estreita e íngreme que subia até a praça. Com esforço, encostaram-se na muralha do Palácio para deixar passar um homem a cavalo, um índio de traços finos da classe mais pobre, vestido com uma roupa branca, solta e suja. O homem cantava alegremente para si mesmo. Mas, cortês, acenou com a cabeça como para agradecer a eles. Pareceu a ponto de falar, puxou as rédeas do cavalinho, de cada lado do qual tilintavam dois alforjes e em cuja anca estava gravado o número sete, até ir bem lento ao lado deles enquanto subiam a ladeira. *Tilhim tilhim sobrecilhinha.* Mas o homem, cavalgando um pouco à frente, não falou nada e no alto, repentinamente, acenou com a mão e galopou para longe, cantando.

O cônsul sentiu uma pontada. Ah, ter um cavalo, ir embora a galope, cantando, para alguém que você amasse talvez, no coração de toda a simplicidade e paz do mundo; não era assim a oportunidade oferecida ao homem pela própria vida? Claro que não. Porém, por um momento apenas, pareceu ser.

"O que Goethe fala do cavalo?", ele perguntou. "Cansado de liberdade ele se sujeitou a ser selado e freado e foi montado até a morte por seus esforços."

Na plaza o tumulto era terrível. Mais uma vez, eles mal conseguiam se ouvir. Um menino correu na frente deles, vendendo jornais.

Sangriento Combate en Mora de Ebro. Los Aviones de los Rebeldes Bobardean Barcelona. Es inevitable la muerte del Papa. O cônsul se sobressaltou; desta vez, por um instante, achou que as manchetes se referiam a ele. Mas claro que era apenas do pobre papa a morte inevitável. Como se a morte de todo mundo não fosse inevitável também! No meio da praça, um homem escalava um pau de sebo de um jeito complicado, com cordas e espetos. O imenso carrossel, instalado perto do palco da banda, tinha um aglomerado de cavalos de madeira com peculiares focinhos compridos montados em tubos semiespiralados, subindo e descendo majestosamente ao girar numa lenta circulação de pistão. Meninos de patins seguravam os esteios de uma estrutura de guarda-chuva, giravam, gritando de alegria, enquanto a máquina descoberta que os movimentava martelava como uma bomba a vapor: em seguida sibilava. *Barcelona* e *Valencia* se misturavam a estalos e gritos contra os quais os nervos do cônsul estavam amortecidos. Jacques apontou as imagens nos painéis que percorriam inteiramente a roda interna horizontal e ligada ao topo da coluna giratória central. Uma sereia reclinada no mar penteava o cabelo e cantava para os marinheiros de um navio de guerra com cinco chaminés. Uma mancha que parecia Medeia sacrificando os filhos acabou se revelando macacos dançantes. Cinco veados de aspecto animado olhavam para eles, com toda sua monárquica inverossimilhança, de um vale escocês, e rodaram fora de vista. Enquanto um belo Pancho Villa com bigodes de guidão passou galopando feito um louco por eles. Porém, mais estranho que esses era um painel que mostrava amantes, um homem e uma mulher, reclinados junto a um rio. Embora infantil e rústico, tinha uma qualidade sonambúlica e algo da verdade, do pathos do amor. Os amantes eram representados estranhamente de soslaio. Mas dava para sentir que eles de fato estavam envoltos um nos braços do outro junto a esse rio ao anoitecer entre estrelas douradas. Yvonne, ele pensou, com súbita ternura, onde está você, minha querida? Querida... Por um momento, achou que ela estava a seu lado. Então se lembrou de que ela estava perdida; depois que não, esse sentimento pertencia a ontem, aos meses de solitário tormento que ficaram para trás. Ela não estava nada perdida, estava ali o tempo todo, ali agora, ou mesmo aqui. O cônsul quis erguer a cabeça e gritar de alegria, como o cavaleiro: ela estava aqui! Acorde, ela voltou! Amada, querida, eu te amo! Um desejo de encontrá-la imediatamente e levá-la para casa (onde, no jardim, ainda estava a garrafa branca de Tequila Añejo de Jalisco, não terminada), de pôr um fim nessa viagem sem sentido, de estar, acima de tudo, sozinho com ela, tomou conta dele, e um desejo também de levar de novo, imediatamente, uma vida normal e feliz com ela, uma vida, por exemplo, em que fosse possível uma inocente felicidade como a que toda essa boa gente à sua volta estava fruindo. Mas eles algum dia tinham levado uma vida normal e feliz? Uma coisa como uma vida normal e feliz algum dia havia sido possível para eles? Havia, sim... Mas e aquele cartão-postal atrasado, agora debaixo do travesseiro de Laruelle? Ele provava que o tormento solitário era desnecessário, provava até que ele devia ter querido isso. Algo teria realmente *mudado* se ele tivesse recebido o postal na hora certa? Duvidava. Afinal de contas, as outras cartas dela — nossa, de novo, onde elas estavam? — não tinham mudado nada. Se ele tivesse lido direito, talvez. Mas ele não tinha lido direito. E logo teria esquecido o que tinha sido feito do postal. Mesmo assim o desejo permanecia, como um eco da própria Yvonne, de se encontrar com ela, encontrá-la agora, reverter o destino deles, um desejo que equivalia quase a uma resolução... Levante a cabeça, Geoffrey Firmin, faça sua oração de graças, aja antes que seja tarde. Mas o peso de uma grande mão parecia pressionar sua cabeça para baixo. O desejo passou. Ao mesmo tempo, como se uma nuvem tapasse o sol, o aspecto da feira havia se alterado completamente para ele. O animado rolar de patins, a alegre música irônica, os gritos das criancinhas nos seus cavalos de pescoço de ganso, a procissão de imagens estranhas, tudo isso tinha de repente se tornado transcendentalmente horrível e trágico, distante, transmutado, como se fosse alguma impressão final nos sentidos de como era a terra, levado para uma obscura região de morte, um trovão iminente de incurável tristeza; o cônsul precisava de um drinque...

"Tequila", disse. "Una?", o rapaz perguntou, firme, e M. Laruelle pediu uma gaseosa.

"Sí, señores." O rapaz limpou a mesa. "Una tequila y una gaseosa." Ele trouxe imediatamente uma garrafa de El Nilo para M. Laruelle acompanhada de sal, chili e um pires com fatias de limão.

O café, que ficava no centro de um pequeno jardim cercado na ponta da praça entre árvores, se chamava Paris. E de fato lembrava Paris. Uma fonte simples jorrava ali perto. O rapaz trouxe camarones, camarões vermelhos num pires, e foi preciso pedir de novo a tequila.

Por fim ela chegou.

"Ah…", disse o cônsul, embora o anel de calcedônia é que estivesse tremendo.

"Você gosta mesmo disso?", M. Laruelle perguntou, e o cônsul, chupando um limão, sentiu o fogo da tequila descer pela espinha como um raio que atinge uma árvore que então, miraculosamente, floresce.

"Por que você está tremendo?", o cônsul perguntou.

M. Laruelle fixou os olhos nele, deu uma olhada nervosa para trás, fez como se fosse absurdamente apoiar a raquete em seu pé, mas lembrou do protetor e a apoiou de um jeito esquisito contra a sua cadeira.

"Do que *você* está com medo…", o cônsul caçoou dele.

"Admito que estou confuso…", M. Laruelle lançou outro olhar mais demorado para trás. "Me dê um pouco do seu veneno." Ele se inclinou, tomou um gole da tequila do cônsul e continuou curvado sobre o copo dos terrores em forma de dedal, que há um momento transbordava.

"Gosta?"

"Como oxygènée e gasolina… Se eu começar a beber esse negócio, Geoff, saiba que cheguei ao fim."

"Comigo é o mescal… A tequila não, é saudável… e deliciosa. Como cerveja. Faz bem. Mas, se eu começar a beber mescal outra vez, acho, sim, que será o fim", o cônsul disse, sonhador.

"Nome de um nome de Deus", M. Laruelle estremeceu.

"Não está com medo de Hugh, está?", o cônsul, continuou, brincando, enquanto lhe ocorria que toda a desolação posterior à partida de Yvonne estava agora espelhada nos olhos do *outro*. "Não está com ciúmes dele, está?"

"Por que deveria…"

"Mas você está pensando, não está?, que esse tempo todo eu nunca contei para você a verdade sobre a minha vida", disse o cônsul, "certo?"

"Não... Talvez uma ou duas vezes, Geoffrey, sem saber, você disse a verdade. Não, eu realmente quero ajudar. Mas, como sempre, você não dá chance."

"Eu nunca te disse a verdade. Eu sei, é pior que terrível. Mas, como diz Shelley, o frio mundo não saberá. E a tequila não curou seu tremor."

"Não, acho que não", disse M. Laruelle.

"Mas achei que você nunca sentia medo... Un otro tequila", o cônsul disse ao rapaz, que veio depressa e repetiu firme: "Uno?".

M. Laruelle olhou o rapaz se afastar como se tivesse em mente dizer "dos": "Tenho medo de você, Old Bean", ele disse.

O cônsul escutava, depois de metade da segunda tequila, de quando em quando frases conhecidas de boas intenções. "É difícil dizer isso. De homem para homem. Não me importa quem ela seja. Mesmo que o milagre ocorresse. A menos que você interrompa de uma vez."

O cônsul, porém, olhava atrás de M. Laruelle os barcos voadores a certa distância: a máquina em si era feminina, graciosa como uma bailarina, as saias de ferro de gôndolas girando mais e mais alto. Por fim zuniram com um bater tenso e um gemido, e depois as saias baixaram castamente outra vez e por um momento houve quietude, só a brisa a movimentá-las. E que lindo, lindo, lindo...

"Pelo amor de Deus. Vá para casa, para a cama... Ou fique aqui. Vou encontrar os outros. E dizer para eles que você não vai..."

"Mas eu vou", disse o cônsul enquanto abria um dos camarões. "Camarones, não", acrescentou. "Cabrones. É assim que os mexicanos chamam." Pôs os polegares na base das orelhas e sacudiu os dedos. "Cabrón. Você também, talvez... Vênus é uma estrela com chifres."

"E o quanto você prejudicou a vida *dela*... Depois de tanto uivar... Se você conseguiu Yvonne de volta!... Você tem essa chance..."

"Você está interferindo em minha grande batalha", disse o cônsul, olhando além de M. Laruelle um cartaz ao pé da fonte: PETER LORRE EN LAS MANOS DE ORLAC: Á LAS 6:30 P.M. "Eu mesmo tenho que tomar um drinque ou dois, contanto que não seja mescal, claro, senão fico confuso, como você."

"… na verdade, eu acho, que às vezes, quando se calcula a quantidade exata, se enxerga mesmo com mais clareza", M. Laruelle admitia um minuto depois.

"Contra a morte." O cônsul reclinou com mais conforto na cadeira. "Minha batalha pela sobrevivência da consciência humana."

"Mas sem dúvida não as coisas tão importantes para nós, desprezados seres sóbrios, dos quais depende o equilíbrio de qualquer situação humana. É precisamente a nossa inabilidade de ver essas situações, Geoffrey, que faz delas os instrumentos do desastre que você próprio criou. Seu Ben Johnson, por exemplo, ou talvez foi Christopher Marlowe, seu homem do Fausto, que viu os cartagineses em luta na unha do dedão do pé. Esse é o tipo de clareza de visão que você se permite. Tudo parece perfeitamente claro, porque de fato está perfeitamente claro em termos de unha do pé."

"Coma um escorpião diabolizado", convidou o cônsul, empurrando os camarones com o braço estendido. "Um cabrón endiabrado."

"Eu admito a eficácia da sua tequila… mas você se dá conta de que, enquanto está aqui batalhando contra a morte, ou seja lá o que você imagina estar fazendo, enquanto o que é místico em você se libera, ou seja lá o que for que você imagina liberar, enquanto você frui tudo isso, você percebe que são feitas concessões extraordinárias a você pelo mundo que tem que lidar com você, sim, feitas até mesmo agora por *mim*?"

Pensativo, o cônsul olhava a roda-gigante acima deles, imensa, mas que parecia uma estrutura de criança enormemente ampliada, de vigas e suportes em ângulo, porcas e parafusos, da Meccano; à noite estaria iluminada, seus ramos de aço captados pelo pathos esmeralda das árvores; *as rodas da lei, rodando*; e fazia pensar também que o carnaval não estava animado agora. Que tumulto haveria depois! Seu olhar pousou sobre outro pequeno carrossel, um brinquedo de criança giratório pintado de cores vivas e ele se viu quando criança resolvendo se embarcava nele, hesitante, perdia a próxima oportunidade e a próxima, perdia todas as oportunidades enfim, até ser tarde demais. De que oportunidades exatamente ele falava? Uma voz no rádio em algum lugar começou a cantar uma canção: *Samaritana mía, alma pía, bebe en tu boca linda*, depois emudeceu. Tinha soado como Samaritana.

"E você esquece o que exclui desse, digamos, sentimento de onisciência. E imagino que à noite, ou entre drinques e drinques, o que é uma espécie de noite, o que você excluiu, como se se ressentisse da exclusão, regressa…"

"Direi que regressa", disse o cônsul, que agora ouvia. "Há outros delírios menores também, *meteora*, que dá para pegar no ar diante dos seus olhos, como mosquitos. E é isso que as pessoas parecem pensar que é o fim… Mas os do d.t. são apenas o começo, a música em torno do portal do Qliphoth, a abertura, regida pelo Deus das Moscas… Por que as pessoas veem ratos? Esse é o tipo de pergunta que devia preocupar o mundo, Jacques. Pense na palavra remorso. *Remors. Mordeo, mordere. La Mordida! Agenbite* também… E por que *rongueur*? Por que todas essas mordidas, esses roedores todos, na etimologia?"

"*Facilis est descensus Averno*… É fácil demais."

"Você nega a grandeza da minha batalha? Mesmo que eu vença. E eu com certeza vencerei, se quiser", o cônsul acrescentou, consciente de um homem perto deles que, em cima de uma escada, pregava uma placa numa árvore.

"Je crois que le vautour est doux à Prometheus et que les Ixion se plaisent en Enfers. "

… ¡Box!

"Sem falar do que você perde, perde, perde, está perdendo, rapaz. Idiota, seu grande idiota… Você se isolou até da responsabilidade do sofrimento genuíno… Até o sofrimento que você suporta é em grande parte desnecessário. Espúrio, de fato. Desprovido da própria base que você exige dele para sua natureza trágica. Você se engana. Por exemplo, que se afoga em suas tristezas… Por causa de Yvonne e de mim. Mas Yvonne sabe. E eu também. E você também. Que Yvonne não teria consciência. Se você não estivesse bêbado o tempo todo. Consciência do que ela fazia. Ou pensava. E além do mais. A mesma coisa vai acontecer de novo, idiota, vai acontecer de novo se você não tomar jeito. Dá para ver a escrita na parede. Alô."

M. Laruelle não estava ali; ele falava consigo mesmo. O cônsul se pôs de pé e terminou a tequila. Mas a escrita estava ali, sim, mesmo que não na parede. O homem tinha pregado a placa na árvore:

¿LE GUSTA ESTE JARDÍN?

O cônsul se deu conta, ao deixar o Paris, de que estava num estado de embriaguez, por assim dizer, raro nele. Seus passos desviavam para a esquerda, ele não conseguia fazer com que se inclinassem para a direita. Sabia em que direção estava indo, para o terminal de ônibus, ou melhor, para a pequena cantina escura vizinha a ele, pertencente à viúva Gregorio, que era meio inglesa e tinha vivido em Manchester, e a quem ele devia cinquenta centavos que de repente resolveu pagar. Mas simplesmente não conseguiu traçar uma linha reta para lá... *Oh, we all walk the wibberley wobberley...*

Dies Faustus... O cônsul olhou o relógio. Só por um momento, um horrível momento no Paris, ele pensara que era noite, que era um desses dias em que as horas deslizam como a cortiça que boia para a popa, e a manhã foi levada embora nas asas do anjo da noite, tudo num abrir e fechar de olhos, mas hoje parecia acontecer bem o contrário: ainda eram cinco para as duas. Já era o dia mais longo de toda sua experiência, uma vida; ele não só não tinha perdido o ônibus, como teria muito tempo para mais drinques. Se ao menos não estivesse bêbado! O cônsul reprovava fortemente essa embriaguez.

Crianças o acompanhavam, alegremente conscientes da condição dele. Dinheiro, dinheiro, dinheiro, elas pediam. O.k., míster! A qual bar vai? Seus gritos ficavam desanimados, mais tênues, absolutamente desapontados ao se agarrarem à perna de sua calça. Ele gostaria de dar alguma coisa a elas. Mas não queria chamar atenção para si. Avistou Hugh e Yvonne tentando a sorte numa galeria de tiro ao alvo. Hugh atirava, Yvonne assistia; *phut, pssst, pfffing*; e Hugh derrubou uma procissão de patos de madeira.

O cônsul cambaleou adiante sem ser visto, passou por uma cabine onde se podia tirar fotografia com a namorada contra um fundo aterrorizante, tormentoso, lívido e verde, com um touro atacando, e o Popocatépetl em erupção, passou de rosto virado pelo miserável e pequeno consulado britânico fechado, onde o leão e o unicórnio no escudo desbotado olhavam tristemente para ele. Era uma vergonha. Mas ainda estamos a seu serviço, apesar de tudo, eles pareciam dizer. Dieu et mon droit. As crianças haviam desistido dele. Mas tinha se perdido. Estava chegando aos limites da feira. Ali, tendas misteriosas estavam fechadas, ou caindo aos pedaços, envoltas em si mesmas.

Pareciam quase humanas, as do primeiro tipo acordadas, em expectativa; as últimas com o aspecto amassado e enrugado de um homem adormecido, mas que mesmo na inconsciência quer esticar seus membros. Mais adiante, nas fronteiras finais da feira, era mesmo o Dia dos Mortos. Ali, as barracas e galerias pareciam não tão adormecidas, mas sem vida, além da esperança de reviver. No entanto, ele viu que, afinal, existiam sinais vagos de vida.

Num ponto fora da periferia da plaza, meio na calçada, havia outro carrossel "seguro", absolutamente desolado. As cadeirinhas circulavam debaixo de uma pirâmide de pano com babados que girava devagar por meio minuto, depois parava e ficava parecendo exatamente o chapéu do entediado mexicano que cuidava dele. Ali estava aquele pequeno Popocatépetl, aninhado longe das máquinas voadoras mergulhando, longe da Grande Roda, existindo… para quem existia?, o cônsul se perguntou. Sem pertencer nem às crianças nem aos adultos, ali estava, desabitado, podia-se imaginar a ventoinha da adolescência descansando desertada, se a juventude suspeitasse que ela oferece uma excitação tão aparentemente inofensiva, ao preferir o que na praça propriamente dita girava em elipses agonizantes debaixo de algum toldo gigantesco.

O cônsul caminhou um pouco mais, ainda instável; achou que tinha se localizado de novo, depois parou:

¡BRAVA ATRACCIÓN!
IOC MÁQUINA INFERNAL

leu, um pouco abalado por alguma coincidência naquilo. Louca atração. A imensa máquina do polvo voador estava vazia, mas rodava a toda velocidade acima da cabeça dele naquele setor morto da feira, e sugeria algum imenso mau espírito, gritando em seu solitário inferno, os membros convulsos, batendo o ar como as pás de uma roda. Obscurecido por uma árvore, ele não o tinha visto antes. A máquina parou também…

"Míster. Dinheiro money money." "Míster! Aonde o senhor vai?"

As malditas crianças o tinham encontrado de novo; e seu castigo por tê-las evitado foi se forçar, inexoravelmente, embora com a maior dignidade possível, a embarcar no monstro. Agora, pagos os dez centavos ao corcunda chinês com seu boné de tênis reticulado e com visor, ele estava sozinho, inapelável e ridiculamente sozinho, num pequeno confessionário. Depois de um momento, com violentas convulsões perturbadoras, a coisa começou a girar. Os confessionários, empoleirados na ponta de ameaçadores eixos de aço, giraram para cima e caíram pesadamente. A jaula do cônsul subiu de novo com um impulso poderoso, pairou por um momento de cabeça para baixo no alto, enquanto a outra jaula, que, significativamente, estava vazia, ficava embaixo, pausada por um momento na outra extremidade, e foi erguida de novo cruelmente até o ponto mais alto, onde, por um período interminável, intolerável de suspensão, ficou imóvel. O cônsul, como aquele pobre tolo que trazia luz ao mundo, ficou pendurado de cabeça para baixo lá em cima, com apenas um pedaço de arame trançado entre ele e a morte. Lá, acima dele, pousava o mundo, com suas pessoas esticadas abaixo dele, a ponto de cair para fora da rua de cabeça, ou para dentro do céu. 999. As pessoas não estavam ali antes. Sem dúvida, seguindo as crianças, tinham se reunido para observá-lo. Obliquamente ele tinha consciência de que não sentia medo físico da morte, como não sentiria medo neste momento, se alguma coisa o deixasse sóbrio; talvez tivesse sido essa a ideia. Mas ele não gostou. Aquilo não era divertido. Era, sem dúvida, mais um exemplo de sofrimento desnecessário de Jacques — Jacques? E dificilmente seria uma posição digna de um ex-representante do governo de Sua Majestade, embora fosse simbólica, do que ele não conseguia imaginar, mas sem dúvida simbólica. Nossa. De repente, terrivelmente, os confessionários começaram a rodar para trás: Ah, disse o cônsul, ah; porque a sensação de cair estava agora como que terrivelmente atrás dele, diferente de tudo mais, além de qualquer experiência; com toda certeza esse desenrolar recessivo não era como girar no plano, quando o movimento logo terminava, sendo a única sensação estranha o aumento de peso; como um marinheiro, ele não aprovava aquela sensação também, mas esta — ah, meu Deus! Tudo caía de seus bolsos, tudo sendo arrancado dele, arrebatado, um objeto mais a cada volta, nauseante, mergulhava, retornava, um circuito indizível, sua carteira, cachimbo, chaves, os óculos escuros que tirara, o troco miúdo que não tivera tempo de imaginar arrebatado pelas crianças afinal, ele estava sendo esvaziado, devolvido vazio, sua bengala, seu passaporte — tinha sido seu passaporte? Ele não sabia se o tinha trazido. Então se lembrou de que tinha trazido. Ou não tinha trazido. Mesmo para um cônsul seria difícil ficar sem passaporte no México. Ex-cônsul. O que importava isso? Que se vá! Havia uma espécie de prazer feroz nessa aceitação final. Que tudo se vá! Tudo principalmente aquilo que fornecia meios de ingresso ou saída, que conectava, que dava sentido e caráter, ou propósito ou identidade àquele assustador e maldito pesadelo que ele era forçado a levar sobre as costas em torno de si a toda parte, que atendia pelo nome de Geoffrey Firmin, antigo membro da Marinha de Sua Majestade, mais antigo ainda do Serviço Consular de Sua Majestade, mais antigo ainda de... de repente lhe ocorreu que o chinês estava dormindo, que as crianças, as pessoas, tinham ido embora, que aquilo continuaria para sempre; ninguém poderia parar a máquina... Era o fim.

No entanto não foi o fim. Em terra firme, o mundo continuou a girar, a girar loucamente; casas, cata-ventos, hotéis, catedrais, cantinas, vulcões: era difícil sequer ficar em pé. Ele tinha consciência das pessoas rindo dele, mas, o que era mais surpreendente, de lhe devolverem suas posses, uma por uma. A menina que estava com a carteira a afastou dele de brincadeira antes de devolver. Não: ela tinha ainda alguma coisa na outra mão, um papel amassado. O cônsul agradeceu a ela com firmeza. Algum telegrama de Hugh. Sua bengala, óculos, cachimbo, nada quebrado; mas não seu cachimbo favorito; e nada do passaporte. Bem, definitivamente ele podia não ter trazido o passaporte. Guardou suas outras coisas de volta nos bolsos, virou a esquina, muito instável, e despencou em um banco. Pôs os óculos escuros, o cachimbo na boca, cruzou as pernas e, enquanto o mundo aos poucos ia diminuindo de velocidade, assumiu a expressão entediada de um turista inglês sentado nos Jardins de Luxemburgo.

Crianças, ele pensou, como eram encantadoras no fundo do coração. As mesmas crianças que o tinham cercado por dinheiro haviam lhe devolvido até a menor moeda e depois, tocadas pelo embaraço dele, ido embora correndo sem esperar recompensa. Agora ele gostaria de ter dado alguma coisa para elas. A menininha tinha ido embora também. Talvez fosse o caderno de exercícios dela aberto ali no banco. Ele gostaria de não ter sido tão rude com ela, que ela voltasse, para ele lhe dar o caderno. Yvonne e ele deviam ter tido filhos, teriam tido filhos, deviam ter tido filhos, podiam ter...

No caderno, ele distinguiu com dificuldade:

Escruch é um velho. Ele mora em Londres. Ele vive sozinho numa casa grande. Scrooge é um homem rico, mas que nunca dá para os pobres. Ele é miserável. Ninguém gosta do Scrooge e o Scrooge não gosta de ninguém. Ele não tem amigos. Ele é sozinho no mundo. O homem (el hombre); the house (la casa); the poor (los pobres); ele vive (el vive); ele dá (el da); ele não tem amigos (el no tiene amigos); ele ama (el ama); velho (viejo); grande (grande); ninguém (nadie); rico (rico); quem é Scrooge? Onde ele mora? Scrooge é rico ou pobre? Ele tem amigos? Como ele vive? Sozinho. Mundo. No.

Por fim, a terra parou de rodar com o movimento da Máquina Infernal. A última casa estava parada, a última árvore enraizada de novo. Eram duas e sete em seu relógio. E ele estava sóbrio como uma rocha. Que horrível era a sensação. O cônsul fechou o caderno: maldito velho Scrooge; que estranho encontrá-lo ali!

... Soldados de aspecto alegre, sujos como limpadores de chaminés, passavam de um lado para o outro nas avenidas em garbosas roupas não militares. Seus oficiais, lindamente fardados, sentados em bancos, apoiados à frente em suas bengalas como se petrificados em remotas ideias estratégicas. Um carregador índio com uma torre de cadeiras seguia pela Avenida Guerrero. Um louco passou, com um velho pneu de bicicleta à maneira de cinto de segurança. Com um movimento nervoso, ele mudava continuamente a faixa injuriada em torno do pescoço. Resmungou para o cônsul, mas sem esperar resposta nem gratificação, tirou o pneu e jogou bem longe adiante, na direção de uma barraca, depois continuou, instável, e enfiou na boca alguma coisa que tirou de um frasco de lata. Pegou o pneu e jogou adiante outra vez, repetindo o processo, com a lógica irredutível a que parecia eternamente comprometido, até sumir de vista.

O cônsul sentiu um aperto no coração e quase se levantou. Avistou Hugh e Yvonne de novo numa barraca; ela estava comprando uma tortilha de uma velha. Enquanto a velha punha queijo e molho de tomate na tortilha, um pequeno policial tocantemente deteriorado, sem dúvida em greve, com o quepe de lado, calças folgadas imundas, perneiras e um paletó vários números maior que ele, arrancou um pedaço de alface e, com um sorriso consumadamente cortês, ofereceu a ela. Divertiam-se muito, isso era óbvio. Comeram suas tortilhas sorrindo um para o outro, o molho escorrendo pelos dedos; agora Hugh tirara o lenço; limpava a sujeira do rosto de Yvonne, enquanto rolavam de rir, e o policial se juntou a eles. O que acontecera com a trama deles agora, a trama para afastá-lo? Não importa. O aperto em seu coração tinha se transformado numa garra fria de aço de perseguição que só se soltara com certo alívio; por ora, se Jacques tivesse comunicado a eles suas pequenas ansiedades, estariam eles ali, rindo? Então, ninguém jamais saberia; e um policial era um policial, mesmo em greve, e amigável, e o cônsul tinha mais medo da polícia do que da morte. Ele depositou uma pedrinha em cima do caderno de exercícios da menina, deixou-o no banco e fugiu por trás de uma barraca para evitá-los. Pelas frestas das tábuas, vislumbrou o homem ainda a meia altura do poste escorregadio, nem suficientemente perto do topo, nem da base, para ter certeza de que ia alcançar um ou outro com tranquilidade, evitou uma tartaruga imensa que morria entre dois fios de sangue paralelos na calçada diante de um restaurante de frutos do mar e entrou no El Bosque com passo firme, como uma vez antes, igualmente obcecado, numa corrida: ainda não havia sinal do ônibus; ele tinha vinte minutos, talvez mais.

A Cantina El Bosque do Terminal, porém, parecia tão escura que mesmo sem os óculos ele parou… Mi ritrovai per una bosca oscura — ou selva? Não importa. O nome da Cantina era bem adequado, O Bosque. Aquele escuro, porém, se associava em sua mente a cortinas de veludo, e lá estavam elas, atrás do balcão em sombras, cortinas de veludo ou de belbute, muito sujas e empoeiradas para serem negras, fechavam parcialmente a entrada para a sala escura, que ninguém nunca sabia com certeza se era privada. Por alguma razão, a festa não se espalhara para ali; o lugar — um parente mexicano do Jug and Bottle inglês, dedicado sobretudo àqueles que bebiam "fora" do local, no qual havia apenas uma mesa de ferro magra e dois bancos altos junto ao balcão e que, como dava para o leste, escurecia progressivamente à medida que o sol, para aqueles que notavam tais coisas, ficava mais alto no céu — estava deserto, como sempre àquela hora. O cônsul entrou tateando. "Señora Gregorio", ele chamou suavemente, porém com um tom agoniado e impaciente na voz. Tinha sido difícil encontrar sua voz; ele precisava muito de outro drinque. A palavra ecoou pelo negrume da casa; Gregorio; nenhuma resposta. Ele se sentou, enquanto aos poucos as formas à sua volta ficavam mais claramente definidas, formas de barris atrás do balcão, de garrafas. Ah, pobre tartaruga! — O pensamento tocou uma corda dolorida. — Havia grandes barris verdes de xerez, habanero, catalán, parras, zarzamora, málaga, durazno, membrillo, álcool cru a um peso por litro, tequila, mescal, rompope. Enquanto lia esses nomes e, como se fosse um triste amanhecer lá fora, a cantina se tornou mais clara a seus olhos e ele ouviu vozes em seus ouvidos outra vez, uma única voz acima do rumor surdo da feira: "Geoffrey Firmin, morrer é assim, exatamente assim e nada mais, o despertar de um sonho num lugar escuro, no qual, como vê, estão presentes os meios de escapar de mais um pesadelo. Mas a escolha depende de você. Você não está convidado a usar esses meios de escape; isso fica a seu critério; para obtê-los é necessário apenas…" "Señora Gregorio", ele repetiu e o eco voltou: "Orio".

Num canto do bar, alguém parecia ter começado um pequeno mural que arremedava o Grande Mural do Palácio, duas ou três figuras apenas, tlahuicanos descascados e rudimentares. De trás, veio o som lento e arrastado de passos; a viúva apareceu, uma mulher pequena com um vestido preto farfalhante, excepcionalmente comprido e surrado. O cabelo que ele lembrava ser grisalho parecia ter sido tingido com hena recentemente, ou de vermelho, e embora caísse despenteado na frente estava torcido atrás em um coque de Psiquê. O rosto dela, com gotas de suor, demonstrava a mais extraordinária palidez; ela parecia conturbada, esgotada de sofrimento, no entanto ao ver o cônsul seus olhos cansados brilharam, abrandaram toda a sua expressão num tortuoso divertimento no qual apareciam também tanto determinação como certa expectativa enfadada. "Mescal posiblemente", ela disse, num tom estranho, meio cantado como gozação. "Mescal imposiblemente." Mas não fez nenhum movimento para servir um drinque ao cônsul, talvez porque ele lhe devia, um obstáculo que ele removeu de imediato pondo um tostón no balcão. Ela sorriu quase maliciosa ao se encaminhar para o barril de mescal.

"Não, tequila, por favor", ele disse.

"Un obsequio", ela entregou a tequila a ele. "Onde senhor ri agora?"

"Eu ainda rio na Calle Nicaragua, cincuenta dos", o cônsul respondeu, sorrindo. "A senhora quer dizer vive [*live*], señora Gregorio, não ri [*laugh*], con permiso."

"Lembre", a señora Gregorio o corrigiu gentilmente, devagar, "lembre meu inglês. Bom, que seja", ela suspirou, servindo um pequeno copo de málaga para si mesma do barril marcado a giz com esse nome. "A seu amor. Como é meus nomes?" Ela empurrou para ele um pires com sal polvilhado com pimenta cor de laranja.

"Lo mismo." O cônsul bebeu a tequila devagar. "Geoffrey Firmin."

A señora Gregorio lhe trouxe uma segunda tequila; por um momento, eles se olharam sem falar. "Que seja", ela repetiu afinal e suspirou mais uma vez; e em sua voz havia pena do cônsul. "Que seja. Você deve aceitar o que vem. Não dá pra fazer nada."

"Não, não dá para fazer nada. "

"Se você ter sua esposa você perde todas coisas nesse amor", disse a señora Gregorio, e o cônsul entendeu que de alguma forma aquela conversa seria levada para o ponto onde tinha sido interrompida semanas antes, provavelmente no ponto em que Yvonne o abandonara pela sétima vez naquela noite, e se viu sem dar importância à mudança de base da desgraça compartilhada em que repousava a relação deles; o marido dela, Gregorio, a tinha realmente abandonado antes de morrer. O cônsul a informou de que sua esposa tinha voltado, que de fato estava, talvez, a menos de quinze metros dali. "As duas cabeça ocupada numa coisa só, então você não pode perder a cabeça", ela continuou, triste.

"Sí", disse o cônsul.

"Que seja. Se a sua cabeça está ocupada com todas coisas, então você nunca perde a cabeça. Sua cabeça, sua vida, seu tudo nisso aí. Uma vez quando eu era menina nunca pensava que vivia como agora. Sempre tive sonho muito lindo. Roupa linda, cabelo lindo, 'tá tudo bem pra mim agora' era na hora, teatros, mas tudo; agora eu não penso mais a não ser problema, problema, problema, problema; e problema vem… Que seja. ”

"Sí, señora Gregorio. ”

"Claro que eu era a menina linda da casa", ela disse. "Isto aqui…", ela olhou com desdém o pequeno bar escuro à sua volta "nunca passou pela minha cabeça. A vida muda, sabe, não dá nem pra beber nisso aí."

"Beber [*drink*] nisso não, señora Gregorio, a senhora quer dizer pensar [*think*] nisso. ”

"Nunca beber nisso aí. Ah, bom", disse ela, servindo um pouco de álcool puro para um pobre peon sem nariz que entrara silenciosamente e estava parado num canto, "uma vida linda no meio de gente linda e daí?"

A señora Gregorio arrastou os pés para o quarto dos fundos, deixou o cônsul sozinho. Ele ficou sentado com sua segunda tequila grande, intocada durante alguns minutos. Imaginou que bebia, mas não tinha a força de vontade de estender a mão para pegá-la, como se aquilo fosse uma coisa há muito e tediosamente desejada, mas que um copo até a boca a seu alcance tinha perdido todo o significado. O vazio da cantina e um estranho tique como o de um besouro dentro daquele vazio começou a dar nos nervos; ele olhou o relógio: apenas duas e dezessete. Era dali que vinha vindo o tique. Mais uma vez se imaginou tomando o drinque: mais uma vez sua força de vontade falhou. Uma vez a porta de vaivém se abriu, alguém olhou para dentro, se satisfez rápido, saiu: seria Hugh, Jacques? Fosse quem fosse, parecia ter as feições de ambos, alternadamente. Alguém mais entrou e, embora no instante seguinte o cônsul sentisse que não tinha sido o caso, foi direto para o quarto dos fundos, olhando em torno furtivamente. Um cachorro de rua esfaimado, com a aparência de ter tido a pele arrancada recentemente, se espremeu para dentro atrás do último homem; olhou para o cônsul com olhos redondos e brilhantes, doces. Então, baixou o pobre peito de escaler naufragado, do qual pendiam tetas secas, começou a se curvar e a se coçar diante dele. Ah, o ingresso do reino animal! Antes tinham sido os insetos; agora, eles estavam se fechando em cima dele outra vez, esses animais, essas pessoas sem ideias: "Dispense usted, por Dios", ele sussurrou para o cachorro, depois, com a intenção de dizer algo gentil, acrescentou, curvado, uma frase lida ou ouvida em sua juventude ou infância: "Por Deus, veja o quanto você é realmente tímido e belo e as ideias de esperança que seguem com você como pequenos pássaros brancos…

O cônsul se levantou e de repente declamou para o cachorro:

"No entanto, hoje mesmo, pichicho, estarás comigo no…" Mas o cachorro, aterrorizado, deu um salto para trás em três pernas e saiu furtivamente pela porta.

O cônsul terminou a tequila de um gole só; foi até o balcão. "Señora Gregorio", chamou; ele esperou, passou os olhos pela cantina, que parecia ter ficado muito mais clara. E o eco voltou: "Orio". — Ora, os quadros loucos dos lobos! Ele tinha esquecido que estavam ali. Os quadros materializados, seis ou sete de tamanho considerável, completos, na deserção do muralista, a decoração de El Bosque. Eram precisamente os mesmos em todos os detalhes. Todos mostravam o mesmo trenó puxado pela mesma matilha de lobos. Os lobos assombravam os ocupantes do trenó na extensão inteira do balcão e a intervalos à volta da sala toda, embora nem trenó nem lobos se mexessem um centímetro no processo. A qual tártaro vermelho, oh, fera misteriosa? Incongruente, o cônsul se lembrou da caça ao lobo de Rostov em *Guerra e paz* — ah, aquela festa incomparável depois na casa do velho tio, a sensação de juventude, a alegria, o amor! Ao mesmo tempo, lembrou de lhe terem dito que os lobos nunca caçam em matilha de jeito nenhum. Sim, de fato, quantos padrões de vida baseiam-se em semelhantes equívocos, quantos lobos sentimos em nossos calcanhares, enquanto nossos verdadeiros inimigos seguem em pele de cordeiro? "Señora Gregorio", ele disse de novo e observou que a viúva regressava, arrastando os pés, embora talvez fosse tarde demais, não houvesse tempo para mais uma tequila.

Ele estendeu a mão, depois deixou cair — bom Deus, o que deu nele? Por um momento, achou estar diante de sua própria mãe. Agora se via lutando com as lágrimas, queria abraçar a señora Gregorio, chorar como criança, esconder o rosto no peito dela. "Adiós", ele disse e, ao ver a tequila no balcão, mesmo assim bebeu-a rapidamente.

A señora Gregorio pegou a mão dele e segurou. "A vida muda, sabe?", ela disse, olhando para ele com intensidade. "Você nunca pode beber nela. Acho que eu vejo você com sua esposa de novo logo. Vejo vocês rindo em algum lugar lindo onde você dá risada." Ela sorriu. "Longe. Em algum lugar lindo onde todos problemas você ter agora vai ter…" O cônsul se sobressaltou: o que a señora Gregorio dizia? "Adiós", ela acrescentou em espanhol, "eu não tenho casa, só uma sombra. Mas, sempre que precisar de uma sombra, minha sombra é sua."

"Obrigado."

"Sank you."

"*Sank you* não, señora Gregoria, *thank you*."

"Sank you."

A costa parecia estar livre: no entanto, quando o cônsul empurrou cautelosamente as portas de vaivém, quase caiu em cima do dr. Vigil. Animado e impecável em sua roupa de tênis, ia apressado, na companhia do sr. Quincey e do gerente do cinema local, o señor Bustamente. O cônsul recuou, com medo agora de Vigil, de Quincey, de ser visto saindo da cantina, mas eles pareceram não notá-lo ao passarem pelo camión Tomalín, que tinha acabado de chegar, os cotovelos deles funcionando como jockeys, conversando sem parar. Ele desconfiava de que a conversa fosse toda sobre ele; o que se podia fazer com ele, perguntavam, quantos drinques tinha consumido no Gran Baile na noite anterior? Sim, lá estavam eles indo mesmo ao Bella Vista, para recolher mais algumas "opiniões" a seu respeito. Eles adejaram aqui e ali, desapareceram…

Es inevitabe la muerte del papa.

8

Ladeira abaixo...

"Solte a embreagem, pé na tábua." O motorista deu um sorriso, virou para trás. "Claro, Mike", disse a eles em irlandês-americano.

O ônibus, um Chevrolet 1918, deu um tranco à frente com um barulho de galinhas assustadas. Não estava cheio, a não ser pelo cônsul, que se espalhou, de bom humor, bêbado-sóbrio-desinibido; Yvonne sentada neutra, mas sorrindo; de toda forma, tinham partido. Nada de vento; ainda assim, uma brisa erguia os toldos ao longo da rua. Logo rodavam num pesado mar de pedra caótica. Passaram por cartazes hexagonais altos com anúncios para o cinema de Yvonne: LAS MANOS DE ORLAC. Em outros lugares pôsteres do mesmo filme mostravam as mãos de um assassino, riscadas de sangue.

Avançavam devagar, passaram os Baños de la Libertad, a Casa Brandes (La Primera en el Ramo de Electricidad), como um intruso encapuzado e ruidoso através de ruas estreitas e íngremes. No mercado, pararam para um grupo de mulheres índias com cestos de aves vivas. Os rostos fortes das mulheres eram da cor dos objetos de cerâmica escura. Havia algo maciço em seus movimentos ao se acomodarem. Duas ou três tinham tocos de cigarro atrás das orelhas, outra mascava um cachimbo velho. Seus rostos bem-humorados de velhos ídolos eram enrugados pelo sol, mas não sorriam.

"Olhe! O.k.", o motorista do ônibus chamou a atenção de Hugh e Yvonne, que estavam mudando de lugar, e tirou de debaixo da camisa, onde estavam aninhados, dois secretos embaixadores da paz, do amor, dois belos pombos brancos e domados. "Meus... ah... meus pombos aéreos."

Eles tiveram que coçar a cabeça das aves, que, de costas arqueadas, orgulhosas, brilhavam como se de tinta branca fresca. (Poderia ele ter sabido, como Hugh ao apenas farejar as últimas manchetes tinha sabido, quão mais próximo estava o governo, mesmo nesses momentos, de perder o Ebro, que seria questão de dias até Modesto se retirar totalmente?). O motorista pôs os pombos de novo debaixo de sua camisa branca aberta. "Para eles ficar quentes. Claro, Mike. Sim, senhor", disse. "Vámonos!"

Alguém riu quando o ônibus sacolejou; os rostos dos outros passageiros lentamente se abriram em um sorriso, o camión fundiu as velhas numa comunidade. O relógio acima do arco do mercado, como o de Rupert Brooke, marcava dez para as três; mas eram vinte para. Eles giraram e sacudiram até a via principal, a Avenida de la Revolución, passaram por escritórios cujas janelas proclamavam, enquanto o cônsul balançava a cabeça depreciativamente, Dr. Arturo Díaz Vigil, Médico Cirujano y Partero, passaram pelo cinema. As velhas também não pareciam saber sobre a Batalha do Ebro. Duas delas mantinham uma conversa ansiosa sobre o preço do peixe, apesar dos guinchos e estalos da tábuas do piso. Acostumadas a turistas, não prestavam atenção neles. Hugh disse ao cônsul:

"Como vão os tremores de rajá?"

Inhumaciones: o cônsul, riu, beliscando uma orelha, apontou a resposta na casa funerária pela qual passavam sacolejando, onde um papagaio, cabeça de lado, olhava do poleiro suspenso à entrada, acima da qual uma placa perguntava:

Quo Vadis?

Imediatamente, estavam indo era para baixo, a ritmo de lesma, por uma praça isolada com grandes árvores antigas, suas folhas delicadas como o verde novo de primavera. No jardim abaixo das árvores, havia pombos e uma cabrita preta. ¿Le gusta este jardín que es suyo? ¡Evite que sus hijos lo destruyan! Gosta deste jardim, dizia a placa, que é seu? Não deixe que seus filhos o destruam!

... Porém não havia crianças no jardim; apenas um homem sentado sozinho num banco de pedra. Esse homem parecia ser o diabo em pessoa, com uma imensa cara vermelha, chifres, presas e a língua pendente sobre o queixo, uma expressão mista de maldade, lascívia e terror. O diabo ergueu a máscara para cuspir, se levantou, cambaleou pelo jardim num passo dançado, trotado, em direção à igreja quase oculta entre as árvores. Houve um som de facões em choque. Ocorria uma dança nativa além de algumas barracas ao lado da igreja, em cuja escadaria dois americanos, que ele e Yvonne tinham visto antes, assistiam na ponta dos pés, pescoços esticados.

"Sério", Hugh repetiu ao cônsul, que parecia ter aceitado calmamente o diabo, enquanto Hugh trocava um olhar lamentoso com Yvonne, pois não tinha visto dança nenhuma no zócalo e agora era tarde demais para sair.

"Quod semper, quod ubique, quod ab omnibus."

Atravessaram uma ponte no fim da ladeira, sobre a ravina. Ela parecia aterradoramente aberta ali. Do ônibus, se via direto lá embaixo, como do cesto de vigia do alto do mastro de um veleiro, através de densa folhagem e grandes folhas que em nada escondiam o traiçoeiro precipício; suas margens íngremes estavam cobertas de lixo, pendurado até nos arbustos. Ao se voltar, Hugh viu, bem no fundo, um cachorro morto fuçando os restos; ossos brancos apareciam através da carcaça. Mas no alto o céu estava azul e Yvonne pareceu contente quando avistaram o Popocatépetl, que dominou a paisagem por um momento enquanto subiam a encosta do outro lado. Em seguida, ficou invisível ao virarem uma esquina. Era uma longa encosta serpenteante. No meio do caminho, diante de uma taverna de decoração berrante, um homem de terno azul e um chapéu estranho oscilava suavemente enquanto comia metade de um melão, à espera do ônibus. Do interior dessa taverna, que se chamava El Amor de los Amores, vinha som de canto. Hugh pensou ver policiais que pareciam armados bebendo no bar. O camión derrapou e as rodas travaram numa freada junto à sarjeta.

O motorista entrou depressa na taverna e deixou o camión resfolegando sozinho, enquanto o homem com o melão embarcava. O motorista voltou; embarcou de novo no veículo, engatou quase simultaneamente a marcha. Então, com um olhar divertido para o homem atrás dele e um olhar a seus pombos confiantes, conduziu o ônibus encosta acima:

"Claro, Mike. Claro. O.k. *boy*."

O cônsul apontou El Amor de los Amores lá atrás:

"Viva Franco… Esse é um dos seus botecos fascistas, Hugh."

"E daí?"

"Aquele bêbado é o irmão do proprietário, acho. Isso eu posso te dizer... Não é um pombo-correio."

"Um quê?... Ah."

"Você pode achar que não, mas ele é espanhol."

Os bancos ficavam de comprido, e Hugh olhou o homem de terno azul à sua frente, que falava arrastado, confuso mesmo, e que agora, bêbado, drogado, ou ambas as coisas, parecia mergulhado em estupor. Não havia cobrador no ônibus. Talvez houvesse um mais tarde, evidentemente a tarifa devia ser paga ao motorista ao descer, então ninguém o incomodou. Seus traços, nariz reto, saliente e queixo firme, decerto eram fortemente espanhóis. As mãos, numa das quais levava o meio melão mordido, eram grandes, hábeis e insaciáveis. Mãos de conquistador, Hugh pensou de repente, Mas o aspecto geral dele sugeria menos o conquistador do que, foi o pensamento talvez agudo demais de Hugh, a confusão que, no fim, tende a dominar os conquistadores. O terno azul de corte bastante caro, paletó aberto, aparentemente moldado na cintura. Hugh havia notado a calça de boca larga bem caída sobre os sapatos caros. Os sapatos porém — que tinham sido engraxados naquela manhã, mas estavam sujos de serragem de cantina — estavam cheios de furos. Ele não usava gravata. Sua bela camisa roxa aberta no pescoço revelava um crucifixo de ouro. A camisa estava rasgada e pendurada fora da calça em alguns lugares. E por alguma razão ele usava dois chapéus, uma espécie de chapéu de feltro bem ajustado à copa larga do sombrero.

"Espanhol como?", Hugh perguntou.

"Eles vieram depois da guerra do Marrocos", disse o cônsul. "Um *pelado*", acrescentou, sorrindo.

O sorriso se referia a uma discussão sobre essa palavra que tinha tido com Hugh, que a vira definida em algum lugar como um iletrado descalço. Segundo o cônsul, esse era apenas um dos sentidos; pelados eram de fato "pelados", os sem pele, mas também aqueles que não precisavam ser ricos para explorar os realmente pobres. Por exemplo, aqueles políticos mestiços mesquinhos que, a fim de conseguirem um posto apenas por um ano, durante o qual esperam acumular o suficiente a fim de parar de trabalhar pelo resto da vida, farão sem exagero qualquer coisa, de engraxates a agir como alguém que não era um "pombo-correio". Hugh entendeu que essa palavra era afinal bastante ambígua. Um espanhol, digamos, a interpretaria como índio, o índio que desprezava, manipulava, se embebedava. O índio, porém, podia querer dizer espanhol. Ou ter o significado de alguém que se exibia. Era talvez uma dessas palavras destiladas efetivamente da conquista, sugerindo, como ocorria, por um lado ladrão, por outro explorador. Os termos ofensivos com que o agressor desacredita aqueles a serem explorados são intercambiáveis!

Com a encosta atrás deles, o ônibus parou diante do pé de uma avenida com fontes, que levava a um hotel: o Casino de la Selva. Hugh divisou quadras de tênis e figuras de branco em movimento, os olhos do cônsul apontaram: lá estavam o dr. Vigil e M. Laruelle. M. Laruelle, se era ele, jogou uma bola alta no ar, bateu, mas Vigil passou direto por ela, atravessou para o outro lado.

Ali começava de fato a estrada americana, e eles aproveitaram um breve trecho de estrada boa. O camión chegou à estação de trem, sonolenta, sinais erguidos, pontos travados em sonolência. Estava fechada como um livro. Carros pullman inusitados roncavam num desvio. Na barragem, tanques de óleo Pearce descansavam. Só o brilho deles prateado e polido estava acordado, brincando de esconde-esconde com as árvores. E naquela plataforma solitária ele próprio estaria naquela noite, com sua trouxa de peregrino.

QUAUHNAHUAC

"Como vai? (querendo dizer muito mais!)", Hugh sorriu, inclinado sobre Yvonne.

"Isto é *tão* divertido…"

Como uma criança, Hugh queria que todo mundo estivesse feliz numa viagem. Mesmo que estivessem indo ao cemitério, ele queria que estivessem felizes. Mas Hugh sentia mais como se, fortalecido por uma garrafa de cerveja, estivesse indo jogar alguma partida importante "longe" com os quinze da escola, entre os quais fora incluído no último minuto: quando o horror, duro como pregos e botas, da quadra estranha, dos postes de gol mais brancos, mais altos, se expressavam numa estranha exaltação, num desejo urgente de conversar. O langor do meio-dia passara por ele: no entanto as realidades nuas da situação, como os raios de uma roda, perdiam o foco girando na direção de grandes acontecimentos irreais. Essa viagem agora lhe parecia a melhor de todas as ideias possíveis. Mesmo o cônsul parecia ainda de bom humor. Mas a comunicação entre eles logo se tornou de novo praticamente impossível; a estrada americana se perdia à distância.

Deixaram-na de repente, muros rústicos de pedra tapavam a vista. Agora sacolejavam entre cerradas cercas vivas cheias de flores silvestres com campânulas azul-royal-escuras. Possivelmente, outro tipo de trepadeira-corriola. Roupagem verde e branca pendia dos pés de milho diante das casas de telhado de vidro. Aqui as radiantes flores azuis subiam alto nas árvores que já estavam nevadas de flores.

À direita deles, além de um muro que de repente se mostrou muito mais alto, via-se agora o mesmo bosque daquela manhã. E ali, anunciada pelo seu cheiro de cerveja, estava a Cervecería Quauhnahuac. Yvonne e Hugh, em torno do cônsul, trocaram um olhar de encorajamento e amizade. O portão gigantesco ainda estava aberto. Como passaram depressa! Porém não antes de Hugh ver de novo as mesas enegrecidas e cobertas de folhas e, à distância, a fonte sufocada de folhas. A menininha com o tatu havia desaparecido, mas o homem com visor que parecia um guarda-caça estava parado sozinho no pátio, as mãos atrás das costas, olhando para eles. Ao longo do muro, os ciprestes oscilavam juntos suavemente, suportando a poeira que eles faziam.

Depois do cruzamento com a estrada de Tomalín, a estrada ficou plana por algum tempo. Um vento fresco soprou como uma bênção através das janelas para dentro do camión quente. Pelas planícies à direita deles, serpenteava a interminável ferrovia de bitola estreita que — embora houvesse vinte e um outros caminhos que poderiam ter tomado! — eles haviam pegado de volta para casa. E havia os postes de telégrafo recusando para sempre aquela curva final para a esquerda e seguindo sempre em frente… Na praça também não tinham falado de outra coisa senão do cônsul. Que alívio, e que alegre alívio para Yvonne quando ele acabou aparecendo no terminal! Mas a estrada logo ficou ruim outra vez, agora era absolutamente impossível pensar, muito menos falar…

Seguiram para campos mais e mais rústicos. O Popocatépetl surgiu, uma aparição já circulante que os atraía à frente. A ravina entrou em cena mais uma vez, rastejando pacientemente depois deles à distância. O camión caiu num buraco com um tranco ensurdecedor que lançou a alma de Hugh entre seus dentes. Depois caiu de novo, e de novo, uma segunda série de buracos mais fundos.

"Isto aqui é como rodar *em cima* da lua", ele tentou dizer a Yvonne.

Ela não conseguiu ouvir... Ele notou novas rugas finas em torno de sua boca, um cansaço que não estivera ali em Paris. Pobre Yvonne! Que ela seja feliz. Que tudo se endireite de algum jeito. Que sejamos todos felizes. Deus nos ajude. Hugh se perguntava se devia tirar do bolso interno uma pequena garrafa de habanero que tinha comprado na praça para uma emergência e abertamente oferecer um drinque ao cônsul. Mas era evidente que ele ainda não precisava disso. Um sorriso tênue e calmo brincava nos lábios do cônsul, os quais de quando em quando se moviam um pouco, como se, apesar do movimento, dos trancos e das sacudidelas, e de serem continuamente jogados uns contra os outros, ele estivesse resolvendo um problema de xadrez ou recitando alguma coisa para si mesmo.

Depois eles chiaram por um bom trecho de estrada asfaltada, através de um campo arborizado sem nem vulcão nem ravina à vista. Yvonne tinha se virado de lado e seu claro perfil navegava refletido na janela. O som mais constante do ônibus produziu na cabeça de Hugh um silogismo idiota: estou perdendo a Batalha do Ebro, também estou perdendo Yvonne, portanto Yvonne é...

Agora o camión estava um tanto mais cheio. Além do pelado e das mulheres havia homens vestidos com suas melhores roupas de domingo, calças brancas e camisas roxas, e uma ou duas mulheres mais jovens de luto, provavelmente a caminho de cemitérios. As aves eram tristes de ver. Todas igualmente submetidas a seu destino; galinhas, galos e perus, fossem em seus cestos ou ainda soltos. Com apenas um movimento ocasional para mostrar que estavam vivos, ficavam pousados passivamente debaixo dos bancos compridos, suas enfáticas patas espinhosas amarradas com barbante. Duas frangas tremiam, assustadas, entre o freio de mão e a embreagem, as asas entrelaçadas às alavancas. Coitadas, tinham assinado seu tratado de Munique também.

Um dos perus até se parecia notavelmente com Neville Chamberlain. *Su salud estará a salvo no escupiendo en el interior de este vehículo*: essas palavras, acima do para-brisa, ocupavam toda a largura do ônibus. Hugh se concentrou em diferentes objetos no camión; o espelhinho do motorista com a legenda em torno dele: *Cooperación de la Cruz Roja*, os três cartóes-postais da Virgem Maria pregados ao lado, os dois vasos esguios de margaridas em cima do painel, o extintor de incêndio gangrenado, a jaqueta de brim e a escova de roupa debaixo do assento onde o pelado estava sentado — ele o observou quando chegaram a mais um trecho ruim da estrada.

O homem tentava ajeitar a camisa para dentro da calça e oscilava de um lado para o outro com os olhos fechados. Agora abotoava metodicamente o paletó com os botóes errados. Mas ocorreu a Hugh que tudo isso era apenas um preparatório, uma espécie de toalete grosseira, pois, ainda sem abrir os olhos, ele havia de alguma forma encontrado espaço para se deitar esticado no banco. Era extraordinário também como, esticado como um cadáver, ele ainda preservava a aparência de saber tudo o que acontecia. Apesar de seu estupor, era um homem em guarda. O meio melão saltou de sua mão, os fragmentos picados, cheios de sementes como passas, rolaram no assento; aqueles olhos fechados viram isso. O crucifixo escorregava para fora; ele tinha consciência disso. O chapéu de feltro caiu de seu sombrero, deslizou para o chão, ele sabia de tudo isso, embora não fizesse nenhum esforço para pegar o chapéu. Ele se preservava contra roubo, enquanto juntava forças para mais deboche. A fim de entrar em outra cantina que não a de seu irmão, ele teria que andar direito. Esse pressentimento era digno de admiração.

Nada além de pinheiros, pinhas, pedras, terra preta. No entanto, a terra parecia rachada, aquelas pedras inequivocamente vulcânicas. Por toda parte, exatamente como Prescott informava, havia atestados da presença e da antiguidade do Popocatépetl. Por que havia erupções vulcânicas? As pessoas fingiam não saber. Porque, elas podiam sugerir, hesitantes, debaixo das rochas sob a superfície da terra, gerava-se vapor, com a pressão subindo constantemente; porque as rochas e a água, se decompondo, formavam gases, que se combinavam com o material derretido abaixo; porque as rochas aquosas perto da superfície não conseguiam conter o complexo crescimento de pressões, a massa toda explodia; a lava fluía para fora, os gases escapavam e havia sua erupção. — Mas não sua explicação. Não, a coisa toda era ainda um mistério. Em filmes de erupções, as pessoas eram sempre vistas paradas no meio da enchente invasora, encantadas com ela. Paredes caíam, igrejas desmoronavam, famílias inteiras se mudavam com seus bens em pânico, mas havia sempre aquelas pessoas que saltavam entre os rios de lava derretida, fumando cigarros...

Nossa! Ele não tinha se dado conta de como estavam indo rápido, apesar da estrada e de estarem num Chevrolet de 1918, e lhe pareceu que por causa disso uma atmosfera bem diferente envolvia agora o pequeno ônibus; os homens estavam sorrindo, as velhas murmuravam deliberadamente e riam, dois rapazes, recém-chegados, se aguentavam nos fundos assobiando alegres — as camisas coloridas, a serpentina mais colorida de tíquetes, vermelhos, amarelos, verdes, azuis, pendiam de um aro no teto, tudo contribuía para uma sensação de alegria, uma sensação quase da fiesta outra vez, que antes não estava ali.

Mas os rapazes estavam descendo, um a um, e a alegria, de curta vida como um raio de sol, se foi. Cactos-candelabro de aspecto brutal passaram, uma igreja em ruínas, cheia de abóboras, janelas com barbas de grama. Queimada, talvez, na revolução, seu exterior enegrecido pelo fogo, tinha ela o ar de ter sido amaldiçoada.

"Chegou a hora de você se juntar a seus camaradas, ajudar os trabalhadores", ele disse a Cristo, que concordou. Tinha sido ideia Dele o tempo todo, só até Hugh O resgatar daqueles hipócritas que O mantiveram fechado dentro de uma igreja em chamas onde Ele não conseguia respirar. Hugh fez um discurso. Stálin lhe deu uma medalha e ouviu com interesse enquanto ele explicava o que tinha na cabeça. "Verdade... eu não cheguei a tempo para salvar o Ebro, mas não deixei de dar o meu golpe..." Ele saiu com a estrela de Lênin na lapela; no bolso um certificado. Herói da República Soviética, e da Igreja Verdadeira, orgulho e amor em seu coração...

Hugh olhou pela janela. Bem, afinal. Idiota desgraçado. Mas o estranho era que o amor era real. Meu Deus, por que não podemos ser simples, Cristo Jesus por que não podemos ser simples, por que não podemos ser todos irmãos?

Ônibus com nomes estranhos, uma procissão saída de uma rua lateral, passaram na direção oposta: ônibus para Tetecala, Jujuta, para Xuitepec: ônibus para Xochitepec, para Xoxitepec...

O Popocatepetl espreitava, piramidal, à direita, um lado lindamente curvo como um seio de mulher, o outro em precipício, irregular, feroz. Fiapos de nuvens se juntavam de novo, se acumulavam atrás dele. O Iztaccíhuatl apareceu...

Xiutepecanochtitlantehuantepec, Quintanaruru, Tlacolula, Moctezuma, Juárez, Puebla, Tlampam — bong! o ônibus rosnou de repente. Trovejando, passaram por porquinhos que trotavam pela estrada, um índio peneirava areia, um menino careca, com brincos, coçava a barriga, sonolento, e balançava loucamente numa rede. Anúncios nas paredes em ruínas passavam nadando. ATCHIS! INSTANTE! RESFRIADOS, DOLORES, CAFEASPIRINA. RECHACE IMITACIONES. LAS MANOS DE ORLAC. CON PETER LORRE.

Quando havia um trecho ruim, o ônibus sacudia e derrapava horrivelmente, uma vez saiu todo da estrada, mas sua determinação superava essas oscilações, dava gosto afinal ter transferido as próprias responsabilidades para ele, embalado por um estado do qual seria doloroso despertar.

Cercas vivas, com barrancos baixos e íngremes, nos quais cresciam árvores empoeiradas, os confinavam de ambos os lados. Sem diminuir a velocidade, corriam para um setor estreito e afundado da estrada, cheio de curvas e tão reminiscente da Inglaterra que era de esperar a qualquer ponto ver uma placa: Trilha Pública para Lostwithiel.

¡Desviación! ¡Hombres Trabajando!

Com um guincho dos pneus e dos freios, pegaram um desvio à esquerda depressa demais. Mas Hugh tinha visto um homem, que não atropelaram por pouco, que parecia dormir profundamente debaixo da cerca viva do lado direito da estrada.

Nem Geoffrey nem Yvonne, que olhavam, sonolentos, pela janela oposta, o viram. Nem ninguém mais, se é que tiveram consciência disto, pareceu considerar estranho um homem escolher dormir ao sol na estrada principal, por mais perigosa que fosse sua posição.

Hugh se debruçou para gritar, hesitou, depois tocou o ombro do motorista; quase no mesmo instante o ônibus deu um tranco e parou.

O motorista guiou depressa o veículo guinchante, dirigiu num curso errático com uma só mão, esticado no banco para olhar os cantos atrás e à frente, deu ré no desvio, de volta à estrada estreita.

O cheiro áspero e amigável do escapamento temperou-se com o cheiro de asfalto quente dos reparos, agora à frente deles, onde a estrada era mais larga, com uma ampla margem de grama entre ela e a cerca viva, embora não houvesse ninguém trabalhando ali, todo mundo dispensado provavelmente horas antes, e não havia nada para ver, apenas o tapete macio, azulado que suava sozinho.

Surgiu então, na lateral da estrada, numa espécie de pilha de lixo onde essa margem de grama cessava, oposta ao desvio, uma cruz de pedra. Abaixo dela, uma garrafa de leite, um funil, um pé de meia e parte de uma mala velha.

E agora, ainda mais atrás, na estrada, Hugh viu o homem de novo. Seu rosto coberto por um chapéu largo, deitado pacificamente de costas com os braços estendidos na direção dessa cruz lateral, a cuja sombra, uns seis metros adiante, ele podia ter encontrado uma cama de grama. Perto dali, um cavalo podava mansamente a cerca viva.

Quando o ônibus parou de novo com um tranco, o pelado, que ainda estava deitado, quase escorregou do banco para o chão. Conseguiu, porém, se recuperar e não só se pôs de pé e readquiriu um equilíbrio que conseguiu manter de modo notável como, com um forte contramovimento, chegou quase até a saída, o crucifixo caído seguramente em seu lugar em torno do pescoço, chapéus numa mão e o que restava do melão na outra. Com um olhar que teria enfraquecido logo de início qualquer ideia de roubá-los, ele pôs os chapéus cuidadosamente num banco vago perto da porta e depois, com um cuidado exagerado, desceu para a estrada. Seus olhos ainda estavam apenas semiabertos e conservavam um brilho baço. Porém não podia haver dúvida de que ele já assimilara toda a situação. Jogou fora o melão e partiu na direção do homem, com passo incerto, como se pisasse em obstáculos imaginários. Mas seu curso era reto, ele próprio ereto.

Hugh, Yvonne, o cônsul e dois passageiros homens desceram e foram atrás dele. Nenhuma das velhas se mexeu.

Estava um calor sufocante na estrada deserta e afundada. Yvonne deu um grito nervoso e virou-se; Hugh segurou seu braço.

"Não se preocupe comigo. É só que não consigo ver sangue, droga."

Ela estava subindo ao camión quando Hugh alcançou o cônsul e os dois passageiros.

O pelado cambaleava suavemente em cima do homem no chão, vestido com a usual roupa branca e solta dos índios.

Porém não havia muito sangue à vista, a não ser de um lado do chapéu.

Mas o homem com certeza não estava dormindo pacificamente. Seu peito ofegava como o de um nadador estafado, a barriga se contraía e se dilatava rápido, um punho se fechava e abria na poeira...

Hugh e o cônsul ficaram parados, sem ação, cada um, ele pensou, esperando que o outro tirasse o chapéu do índio, para expor a ferida que cada um achava haver ali, impedidos de tal ação por uma relutância comum, talvez uma obscura cortesia. Pois cada um achava que o outro também pensava que seria melhor ainda que um dos passageiros, ou mesmo o pelado, examinasse o homem.

Como ninguém fez nenhum movimento, Hugh ficou impaciente. Mudava o peso do corpo de um pé para outro. Olhou para o cônsul com expectativa: ele estava naquele país tempo suficiente para saber o que devia ser feito, além de ser ele, entre todos, o que estava mais perto de representar uma autoridade. No entanto, o cônsul parecia perdido em reflexões. De repente, Hugh deu um passo à frente impulsivamente e se curvou sobre o índio; um dos passageiros puxou sua manga.

"Tem de joga cigarro."

"Jogue fora." ... O cônsul despertou. "Incêndio florestal."

"Sí, proibidaram cigarro."

Hugh pisou em seu cigarro e estava a ponto de se curvar sobre o homem outra vez quando o passageiro de novo puxou sua manga.

"No, no", ele disse, tocando o nariz, "proibidaram isso tambnetwork."

"Você não pode tocar nele, é a lei", o cônsul disse, duro, parecendo agora querer estar o mais longe possível daquela cena, se necessário até por meio do cavalo do índio. "Para a proteção dele. Na verdade, é uma lei sensata. Senão você pode se tornar cúmplice após o fato."

A respiração do índio parecia o mar se arrastando por uma praia de pedras. Um único pássaro voou, alto.

"Mas o homem pode estar mor…", Hugh murmurou a Geoffrey.

"Nossa, estou me sentindo péssimo", o cônsul respondeu, embora fosse fato que ele estava para agir, quando o pelado se antecipou: pôs um joelho no chão e, rápido como um raio, arrancou o chapéu do índio.

Todos espiaram e viram a ferida cruel na lateral da cabeça dele, onde o sangue havia quase coagulado, o rosto com bigode, intumescido, virado de lado, e antes que se levantassem Hugh vislumbrou uma soma de dinheiro, quatro ou cinco pesos de prata e um punhado de centavos, que tinham sido guardados cuidadosamente debaixo do colarinho solto da camisa do homem, que os escondia em parte. O pelado pôs de volta o chapéu, endireitou o corpo, fez um gesto de impotência com as mãos agora manchadas de sangue semisseco.

Há quanto tempo ele estava ali, caído na estrada?

Hugh olhou o pelado voltar para o camión e depois, mais uma vez, para o índio, cuja vida, enquanto conversavam, parecia escapar de todos eles. "Diantre! Dónde buscamos un médico?", ele perguntou tolamente.

Dessa vez, de dentro do camión, o pelado fez de novo aquele gesto de impotência, que era também um gesto de compaixão: o que podiam fazer, ele parecia tentar comunicar a eles pela janela, como podiam saber, quando saíram, que não poderiam fazer nada?

"Mas empurre um pouco o chapéu para ele poder respirar", disse o cônsul com uma voz que traía uma língua trêmula; Hugh fez isso e, tão rápido que não teve tempo de ver o dinheiro de novo, também pôs o lenço do cônsul em cima da ferida, preso no lugar pelo sombrero equilibrado.

Alto, em mangas de camisa branca e com uma calça encardida de lona sanfonada, botas sujas amarradas até o alto, o motorista, então, foi dar uma olhada. Com a cabeça desgrenhada, o rosto inteligente e dissipado a sorrir, o passo arrastado, mas atlético, havia algo solitário e agradável nesse homem que Hugh tinha visto duas vezes antes, andando sozinho na cidade.

Confiara instintivamente nele. Mas ali sua indiferença parecia notável; ainda assim, era o responsável pelo ônibus, e o que podia fazer, com seus pombos?

De algum lugar acima das nuvens, um avião solitário emitiu um jato único de som.

"Pobrecito."

"Chingar."

Hugh se deu conta de que, gradualmente, essas observações tinham virado uma espécie de refrão à sua volta — porque sua presença, junto com o fato de o camión ter parado, ao menos ratificara a aproximação, a ponto de outro passageiro e dois camponeses até então não notados e que não sabiam de nada se juntarem ao grupo em torno do homem atingido, que ninguém tocou de novo —, um discreto roçar de inutilidade, um farfalhar de sussurros, no qual a poeira, o calor, o ônibus com sua carga de velhas imóveis e aves condenadas podiam estar conspirando, enquanto apenas essas duas palavras, uma de compaixão, outra de obsceno desdém, foram audíveis acima da respiração do índio.

O motorista, que voltara a seu camión, evidentemente satisfeito porque tudo estava como devia estar, salvo por ter estacionado do lado errado da estrada, começou a buzinar, porém, longe de conseguir o efeito desejado, os sussurros pontuados por um incômodo acompanhamento de toques indiferentes se transformaram em uma discussão generalizada.

Era roubo, tentativa de homicídio ou ambos? O índio provavelmente viera do mercado, onde vendera seus produtos, com muito mais que quatro ou cinco pesos escondidos no chapéu, com mucho dinero, de forma que um bom jeito de evitar suspeitas de roubo era deixar um pouco de dinheiro, como tinha sido feito. Talvez não fosse roubo coisa nenhuma, ele teria apenas caído do cavalo. Possível. Impossível.

Sí, hombre, mas a polícia não foi chamada? Mas claramente alguém já teria ido buscar ajuda. Chingar. Um deles devia ir agora buscar ajuda, buscar a polícia. Uma ambulância — a Cruz Roja —, onde era o telefone mais próximo?

Mas era absurdo supor que a polícia não estivesse a caminho. Como podiam os chingados estar a caminho quando metade deles entrara em greve? Não era apenas um quarto deles que estava em greve. Mas eles estariam a caminho, sim. Um táxi? No, hombre, havia greve de táxi também. Mas seria mesmo verdade, alguém palpitou, o boato de que o Servicio de Ambulancia tinha sido suspenso? Não era uma cruz vermelha, mas uma cruz verde, de qualquer forma, e o negócio deles começava apenas quando eram informados. Chamar o dr. Figueroa. Um homem nobre. Mas não havia telefone. Ah, antigamente havia um telefone, em Tomalín, mas tinha apodrecido. No, o doctor Figueroa tinha um lindo telefone novo. Pedro, filho do Pepe, cuja sogra era a Josefina, que também conhecia, diziam, o Vincente González, o levara ele mesmo pelas ruas.

Hugh (que loucamente pensara em Vigil jogando tênis em Guzmán, pensara loucamente no habanero em seu bolso) e o cônsul também tiveram sua discussão pessoal. Porque restava o fato de que, quem quer que tivesse largado o índio na beira da estrada — embora nesse caso por que não na grama, junto à cruz? —, quem havia deixado o dinheiro no colarinho dele por segurança — e talvez deixado ali de propósito —, quem havia providencialmente amarrado seu cavalo à árvore junto à cerca viva que ele agora comia — porém seria mesmo dele o cavalo? — provavelmente era, fosse ele quem fosse, onde quer que estivesse — ou estariam essas pessoas, que agiram com tamanha inteligência e compaixão — buscando socorro agora mesmo.

Não havia limites para a engenhosidade deles. Embora o obstáculo final e mais potente para fazer qualquer coisa a respeito do índio fosse essa descoberta de que não tinham nada a ver com aquilo, de que era assunto de outros. Hugh olhou em torno e viu que era isso mesmo que todo mundo estava argumentando. Eu não tenho nada a ver com isso, mas, por assim dizer, vocês têm, diziam todos, balançando a cabeça, e não, nem vocês tampouco, mas alguém tem, as objeções se tornavam mais e mais complicadas, mais e mais teóricas, até a discussão acabar assumindo um aspecto político.

Essa virada não fez nenhum sentido para Hugh, que pensava que, se Josué aparecesse neste momento para parar o sol, não se poderia criar um deslocamento de tempo mais absoluto.

Porém não se tratava de parar o tempo. Era mais o tempo a correr com velocidades diferentes, a velocidade com que o homem parecia morrer a contrastar estranhamente com a velocidade com que todo mundo achava impossível tomar uma decisão.

O motorista, porém, desistira de buzinar, estava a ponto de ir mexer no motor, o cônsul e Hugh se afastaram do homem inconsciente e foram até o cavalo, que, com sua rédea de corda, sela vazia e bainhas de ferro pesadas por estribos, mascava calmamente a trepadeira da cerca viva com o ar inocente que só alguém de sua espécie pode ter quando sob mortal suspeita. Os olhos dele, que se fecharam mansamente com a aproximação dos dois, se abriram então, malvados e plausíveis. Havia uma ferida no osso de seu quadril e, na anca do animal, marcado a ferro o número sete.

"Ora… minha nossa… este deve ser o cavalo que Yvonne e eu vimos de manhã."

"Viram, é? Bom." O cônsul fez que ia tocar, mas não tocou, a sobrecincha do cavalo. "Engraçado… Eu também vi. Quer dizer, acho que vi." Ele olhou o índio na estrada como se tentasse arrancar algo de sua memória. "Você notou se tinha algum alforje quando viu? Quando eu vi, tinha."

"Deve ser o mesmo sujeito."

"Não creio que o cavalo tenha matado o homem com um coice e tido inteligência suficiente para soltar com coices também as bolsas e esconder em algum lugar, você acha…"

Mas o ônibus, com sua buzina terrível, estava indo embora sem eles.

O ônibus se aproximou um pouco deles, depois parou, numa parte mais larga da estrada, para deixar passarem dois queixosos carros caros que estavam detidos atrás. Hugh gritou para que eles parassem, o cônsul acenou brevemente para alguém que talvez o tivesse quase reconhecido, enquanto os carros, que tinham, ambos, acima do número das placas a palavra "Diplomático", foram embora, sacudindo no molejo e roçando as cercas vivas, e desapareceram adiante em uma nuvem de poeira. Do banco de trás do segundo carro, um *scotch terrier* latiu alegremente para eles.

"O negócio diplomático, sem dúvida."

O cônsul foi ver Yvonne; os outros passageiros protegeram o rosto da poeira e subiram no ônibus, que continuara pelo desvio onde, parado, ficara à espera, imóvel como a morte, como um carro funerário. Hugh correu até o índio. A respiração dele soava mais tênue e mais trabalhosa. Um desejo incontrolável de ver seu rosto mais uma vez tomou conta de Hugh e ele se inclinou sobre o índio. Ao mesmo tempo, a mão direita do índio subiu num gesto de cego a tatear, o chapéu parcialmente afastado, uma voz resmungou ou gemeu uma palavra:

"Compañero."

"Quero só ver", Hugh disse ao cônsul um momento depois, sem saber por quê. Mas ele detivera o camión, cujo motor deu partida de novo, um pouco mais longa, e ele viu três sorridentes vigilantes se aproximar, marchando através da poeira, seus coldres batendo nas coxas.

"Vamos, Hugh, não vão deixar você entrar no ônibus com ele, e você vai acabar arrastado para a cadeia e enrolado em burocracias sabe Deus por quanto tempo", o cônsul disse. "E eles não são polícia de verdade, só aqueles passarinhos de que eu te falei… Hugh…"

"Momentito." Quase imediatamente, Hugh estava discutindo com um dos vigilantes; os outros dois tinham ido até o índio, enquanto o motorista, cansado, pacientemente buzinava. Então o policial empurrou Hugh para o ônibus: Hugh o empurrou também. O policial baixou a mão e começou a mexer em seu coldre: era uma manobra, não era para ser levada a sério. Com a outra mão, deu mais um empurrão em Hugh, de forma que, para manter o equilíbrio, Hugh foi forçado a subir no degrau posterior do ônibus, que, naquele instante, de repente, violentamente, se afastou. Hugh teria pulado para o chão se o cônsul, usando toda sua força, não o tivesse segurado contra um batente.

"Esqueça, meu velho, teria sido pior que os moinhos."

"Que moinhos?"

A poeira obliterou a cena…

O ônibus roncou em frente, vacilante, explosivo, bêbado. Hugh sentou-se olhando o piso que sacudia, tremia.

… Algo como um toco de árvore com um torniquete, uma perna amputada com bota do exército que alguém catou no chão, tentou desamarrar e depois largou, num enjoativo odor de gasolina e sangue, meio reverentemente na estrada; um rosto que ofegava por um cigarro, se acinzentava, e se cancelou; coisas sem cabeça, sentadas, com traqueias salientes, couro cabeludo caído, eretas em carros; crianças empilhadas, muitas centenas; coisas queimando aos gritos; como as criaturas talvez dos sonhos de Geoff; entre os estúpidos objetos da guerra sem sentido de Tito Andrônico, os horrores que não rendem nem uma boa história, mas que tinham sido, num relance, evocados por Yvonne quando saíram, Hugh, que, insensibilizado, podia ter se desobrigado, ter feito alguma coisa, não tinha feito nada...

Mantenha o paciente em repouso total em um quarto escuro. Às vezes, pode-se oferecer conhaque ao moribundo.

Culpado, Hugh percebeu o olhar de uma velha. O rosto dela completamente sem expressão... Ah, que sensatas eram essas velhas, que pelo menos sabiam o que pensar, que tinham tomado uma decisão comum muda de não ter nada a ver com o assunto todo. Sem hesitação, sem se agitar, sem se afligir. Com quanta solidariedade, ao sentirem o perigo, elas apertaram ao peito suas cestas de aves quando pararam, ou olharam em volta para identificar sua propriedade, depois sentaram-se, como agora, imóveis. Talvez elas se lembrassem do tempo da revolução no vale, os edifícios enegrecidos, as comunicações cortadas, aqueles crucificados e chifrados na arena de touradas, os cachorros de rua transformados em churrasco no mercado. Sentadas pesadamente agora, imóveis, congeladas, sem discutir nada, sem uma palavra, transformadas em pedra. Foi natural terem deixado o problema para os homens. No entanto, era como se, através das várias tragédias da história mexicana, nessas velhas a compaixão, o impulso de se aproximar tenham sido substituídos pelo terror, pelo impulso de escapar (como se aprendia na faculdade) e finalmente se reconciliavam com a prudência, com a convicção de que é melhor ficar onde se está.

E quanto aos outros passageiros, as jovens mulheres de luto — não havia mulheres de luto; aparentemente todas tinham descido e ido a pé, uma vez que a morte à beira da estrada não deve ter permissão para interferir nos planos de ressurreição de alguém no cemitério. E os homens de camisa roxa, que tinham dado uma boa olhada no que acontecia, ainda não tinham saído do ônibus? Mistério. Ninguém era mais corajoso que um mexicano. Mas esta não era, claramente, uma situação que exigisse coragem. Frijoles para tudo: Tierra, Libertad,

Justicia y Ley. Aquilo tudo significava alguma coisa? Quién sabe? Eles não tinham certeza de nada a não ser que era bobagem se envolver com a polícia, principalmente se não era a polícia de verdade; e isso valia também para o homem que puxara a manga de Hugh e os dois outros passageiros que participaram da discussão a respeito do índio, agora todos desciam do ônibus a toda velocidade, à sua maneira elegante e arriscada.

Quanto a ele, o herói da República Soviética e da Igreja Verdadeira, quanto a ele, velho camarada, fora considerado em falta? Nem um pouco. Com o instinto infalível de todo correspondente de guerra com algum treinamento de primeiros socorros, ele apenas tinha estado sempre alerta para produzir o saquinho azul molhado, o nitrato de prata, o pincel de pelo de camelo.

Ele se lembrara de forma instantânea que se devia entender a palavra abrigo como o fornecimento de um cobertor, guarda-chuva ou protetor temporário extra contra os raios de sol. Ele estivera imediatamente em guarda por possíveis indícios de diagnósticos como escadas quebradas, manchas de sangue, maquinaria motora e cavalos inquietos. Fizera tudo isso, sim, mas não adiantara nada, infelizmente.

E a verdade era que talvez fosse uma dessas ocasióes em que nada *teria* adiantado nada. O que só piorava as coisas mais que nunca. Hugh ergueu a cabeça e meio que olhou para Yvonne. O cônsul tinha pegado a mão dela e ela segurava a mão dele com força.

O camión corria para Tomalín, rodava e sacolejava como antes. Mais alguns rapazes tinham embarcado nos fundos, e assobiavam. Os bilhetes coloridos piscavam, vivos, com suas cores. Houve mais passageiros, eles vieram correndo pelos campos, e os homens se olhavam com ar de concordância, o ônibus se superava, nunca antes tinha ido tão depressa, o que devia ser porque ele também sabia que hoje era feriado.

Um conhecido do motorista, talvez o motorista da viagem de volta, tinha se somado ao veículo. Ele se pendurava no lado de fora do ônibus com uma habilidade nativa, cobrando as passagens pelas janelas abertas. Uma vez, quando subiam uma ladeira, ele chegou a descer no lado esquerdo da estrada, correr na traseira do camión e reaparecer à direita, sorrindo para eles como um palhaço.

Um amigo dele subiu no ônibus. Eles se acocoraram, um de cada lado do capô, em cima dos dois para-lamas, de quando em quando se davam as mãos por cima do radiador, enquanto o primeiro homem, inclinando-se perigosamente para fora, olhou para trás para ver se um dos pneus traseiros, onde se abria um vagaroso furo, estava aguentando. Depois continuou a cobrar as passagens.

Poeira, poeira, poeira, ela se infiltrava pelas janelas, uma suave invasão de dissolução a encher o veículo.

De repente, o cônsul chamou a atenção de Hugh com um movimento de cabeça na direção do pelado, de quem, no entanto, Hugh não tinha esquecido: ele estivera sentado muito ereto esse tempo todo, mexia com alguma coisa na lapela, o paletó abotoado, ambos os chapéus na cabeça, o crucifixo ajustado, e com exatamente a mesma expressão de antes, embora depois de seu comportamento exemplar na estrada ele parecesse muito renovado e sóbrio.

Hugh assentiu com a cabeça, sorriu, perdeu o interesse; o cônsul chamou sua atenção de novo:

"Está vendo o que eu estou vendo?"

"O que é?"

Hugh balançou a cabeça, olhou obedientemente para o pelado, não conseguiu ver nada, depois viu, de início sem entender.

As mãos de conquistador manchadas de sangue do pelado, que antes seguravam um melão, agora seguravam uma triste pilha ensanguentada de pesos de prata e centavos.

O pelado tinha roubado o dinheiro do índio moribundo.

Além disso, surpreendido a esta altura pelo cobrador que sorria na janela, ele cuidadosamente selecionou algumas moedas da pequena pilha, sorrindo em torno para os passageiros preocupados, como se quase esperasse algum comentário sobre sua esperteza, e pagou a passagem com elas.

Mas não houve nenhum comentário, pela simples razão de que ninguém, a não ser o cônsul e Hugh, parecia saber exatamente o quanto ele era esperto.

Hugh pegou a garrafinha de habanero, entregou a Geoff, que passou para Yvonne. Ela engasgou, ainda não tinha notado nada; e foi simples assim; todos tomaram um breve trago.

O que era surpreendente demais, pensando melhor, não era que, num impulso, o pelado tivesse roubado o dinheiro, mas que ele agora fizesse apenas um tímido esforço para esconder isso, que ficasse o tempo todo abrindo e fechando a mão com as moedas de prata e cobre ensanguentadas para quem quisesse ver.

Ocorreu a Hugh que ele não tentava absolutamente esconder o dinheiro, que ele talvez pretendesse convencer os passageiros, mesmo que eles nada soubessem a respeito, que ele agira por motivos justos, que pegara o dinheiro apenas para mantê-lo em segurança, que, como ficara demonstrado por sua própria ação, nenhum dinheiro permaneceria no colarinho de um homem moribundo na estrada de Tomalín, à sombra da Sierra Madre.

Além disso, na suposição de que suspeitassem que ele fosse um ladrão, seus olhos, que agora estavam bem abertos, quase alertas e cheios de malícia, diziam, e estavam controlados, que chance teria o índio, se sobrevivesse, de ver seu dinheiro de novo? Claro, nenhuma, como todos sabiam muito bem. A polícia de verdade podia ser honrada, do povo. Mas se ele fosse preso por aqueles substitutos, aqueles outros sujeitos, eles simplesmente roubariam dele o dinheiro, isso com toda certeza, como estariam agora mesmo roubando do índio, não fosse por sua gentil atitude.

Ninguém, portanto, que estivesse genuinamente preocupado com o dinheiro do índio devia suspeitar de nada desse tipo ou, de qualquer modo, não devia pensar muito claramente a respeito; mesmo que agora, no camión, ele decidisse parar de passar o dinheiro de uma mão para a outra, assim, ou guardar uma parte no bolso, assim, ou mesmo supondo que o restante caísse sem querer dentro de seu outro bolso, assim — e essa performance era sem dúvida mais em benefício deles, como testemunhas e estrangeiros —, sem nenhum significado, nenhum de seus gestos queria dizer que ele tivesse sido um ladrão ou que, apesar de excelentes intenções, tivesse resolvido roubar o dinheiro, afinal, e se tornado um ladrão.

E isso era verdade, acontecesse o que acontecesse com o dinheiro, uma vez que a posse dele era aberta e clara, para todo mundo saber. Era uma coisa reconhecida, como a Abissínia.

O cobrador continuou a arrecadar as passagens que faltavam e, quando concluiu, entregou-as ao motorista. O ônibus rodou mais depressa; a estrada estreitou de novo, ficou perigosa.

Ladeira abaixo... O motorista manteve a mão no freio de mão gemente ao virarem para Tomalín. À direita, havia um precipício sem proteção, uma imensa encosta empoeirada coberta de cascalho que subia do vazio lá embaixo, árvores se projetando em ângulo...

O Iztaccíhuatl sumira de vista, mas ao descerem, em curvas e curvas, o Popocatépetl de vez em quando aparecia e sumia, nunca com a mesma aparência duas vezes, ora distante, depois intensamente próximo, incalculavelmente distante um momento, no momento seguinte a espreitar além da curva com sua esplêndida densidade de campos de encosta, vales, florestas, o topo varrido por nuvens, cortado por gelo e neve...

Depois uma igreja branca, e eles estavam mais uma vez numa cidade, uma cidade com uma rua comprida, um beco sem saída e muitas trilhas, que convergiam para um pequeno lago ou reservatório adiante, no qual nadavam pessoas e além do qual havia a floresta. Ao lado desse lago ficava o ponto de ônibus.

Os três ficaram parados de novo na poeira, ofuscados pela brancura, pelo brilho da tarde. As velhas e os outros passageiros tinham ido embora. De uma porta, vinham os acordes plangentes de um violão e, perto, o som refrescante de água corrente, de uma cachoeira. Geoff apontou o caminho e eles seguiram na direção da Arena Tomalín.

Mas o motorista e seu conhecido entraram em uma pulquería. O pelado seguiu atrás deles. Andava muito ereto, erguia bem os pés, segurava seus chapéus como se o vento soprasse, no rosto um sorriso fátuo, não de triunfo, quase de súplica.

Ia se juntar a eles; algum arranjo seria feito. Quién sabe?

Observaram as portas duplas da taverna indo e vindo: ela tinha um lindo nome, Todos Contentos y Yo También. O cônsul disse com imponência:

"Todo mundo feliz, inclusive eu."

E inclusive aqueles, pensou Hugh, que sem esforço, lindamente, no céu azul acima deles flutuavam, os abutres — xopilotes, que só esperam a ratificação da morte.

9

Arena Tomalín...

Como todo mundo estava se divertindo, como estavam felizes, como todo mundo era feliz! Como o México ria de sua trágica história, do passado, da morte subjacente!

Era como se Yvonne nunca tivesse deixado Geoffrey, nunca tivesse ido para os Estados Unidos, nunca sofrido a angústia do último ano, ela sentiu por um momento como se estivessem de novo no México pela primeira vez; havia aquela mesma sensação cálida, intensa, indefinível, ilógica de tristeza que seria superada, de esperança — pois Geoffrey não tinha ido encontrá-la no terminal de ônibus? —, acima de tudo de esperança, de futuro...

Um gigante sorridente, barbado, com um serape branco enfeitado com dragões cobalto jogado no ombro, o proclamava. Ele passeava todo importante pela arena, onde a luta de boxe seria no domingo, e empurrava na poeira o que podia ser a Rocket, a primeira locomotiva.

Era um maravilhoso carrinho de amendoim. Ela podia ver o pequeno motor trabalhando minusculamente ali dentro, moendo com fúria os amendoins. Que delícia, que bom se sentir ela mesma, apesar de toda a tensão e estresse do dia, da viagem, do ônibus, e agora a arquibancada oscilante lotada, se sentir parte do colorido serape da existência, parte do sol, dos cheiros, do riso!

De quando em quando, a sirene do carrinho de amendoim soava, a chaminé aflautada arrotava, o apito polido guinchava. Aparentemente, o gigante não queria vender amendoim nenhum. Ele apenas não resistia ao desejo de exibir aquela máquina para todo mundo: veja, eu sou o dono disto aqui, minha alegria, minha fé, talvez até (ele gostaria que imaginassem) minha invenção! E todo mundo o adorava.

Ele empurrava o carrinho para fora da arena com um triunfante arroto e guincho final, quando o touro irrompeu de um portão do lado oposto.

Obviamente, um touro também de coração feliz. ¿Por qué no? Ele sabia que ia ser morto, apenas por diversão, para fazer parte da alegria. Mas a alegria do touro ainda era controlada; depois de sua entrada explosiva, começou a contornar a arena pela borda, devagar, pensativo, embora levantasse muita poeira. Preparava-se para fruir o jogo tanto quanto qualquer um, à custa de si próprio se preciso fosse, só que sua dignidade tinha que receber o devido reconhecimento primeiro.

No entanto, algumas pessoas sentadas na cerca rústica em torno da arena mal se davam ao trabalho de erguer as pernas quando ele se aproximava, enquanto outras deitadas no chão do lado oposto, as cabeças como que enfiadas em pelourinhos de luxo, não recuavam um centímetro.

Por outro lado, alguns borrachos audaciosos entraram na arena antes da hora e tentaram montar no touro. Não era assim que se jogava o jogo: o touro tinha que ser pego de um jeito especial, jogo limpo indispensável, e eles foram levados para fora, cambaleantes, joelhos trêmulos, protestando, mas sempre alegres...

A multidão, em geral mais satisfeita com o touro que com o vendedor de amendoim, começou a dar vivas. Recém-chegados treparam com graça nos parapeitos superiores, para se mostrarem de pé ali, maravilhosamente equilibrados. Ambulantes musculosos erguiam bem alto, com antebraços vigorosos, bandejas pesadas repletas de frutas multicoloridas. Um rapaz de pé na forquilha de uma árvore protegia os olhos do sol enquanto observava fixamente a mata dos vulcões. Procurava um avião na direção errada; ele apareceu, um hífen roncando no azul abissal. Porém havia trovão no ar, atrás dele em algum lugar, um formigamento de eletricidade.

O touro repetiu o giro pelo ringue em passo um pouco mais acelerado, embora ainda controlado, desviou apenas uma vez quando um cachorrinho esperto mordeu seus calcanhares e o fez esquecer para onde ia.

Yvonne endireitou as costas, afastou o chapéu e começou a empoar o nariz no traiçoeiro espelho de seu esmaltado estojo de pó colorido.

Ele a lembrou de que apenas cinco minutos antes ela estava chorando e refletiu também, mais próximo, atrás dela, o Popocatépetl.

Os vulcões! Como se podia ser sentimental com eles! Era "vulcão" agora, porque por mais que ela movesse o espelho não conseguia pegar o pobre Ixta, que, muito eclipsado, caíra duramente na invisibilidade, enquanto o Popocatépetl parecia ainda mais bonito por estar refletido, seu cume brilhando contra as nuvens brancas compactas. Yvonne passou o dedo pelo rosto, desenhou uma pálpebra. Bobagem ter chorado, ainda mais na frente do homenzinho à porta de Las Novedades, que disse a eles que eram "três e meia no *cock**" e que era impossível telefonar porque o dr. Figueroa tinha ido para Xiutepec...

"Vamos para a maldita arena então", o cônsul tinha dito selvagemente e ela havia chorado. O que era quase tão idiota quanto ter virado as costas, essa tarde, não à visão, mas à mera suspeita de sangue. Mas essa era a sua fraqueza, e ela se lembrou do cachorro morrendo na rua em Honolulu, fios de sangue riscando o pavimento deserto e ela quisera ajudar, mas em vez disso desmaiara, apenas por um minuto, e depois se sentiu tão desalentada por estar sozinha caída na calçada — e se alguém a tivesse visto? — que foi embora correndo, sem uma palavra, para ser perseguida pela lembrança da pobre criatura abandonada, de forma que uma vez... mas o que adiantava pensar naquilo? Além disso, não tinham feito todo o possível? Não é como se eles tivessem ido à arena de touradas sem primeiro ter certeza de que não havia telefone. E mesmo que houvesse! Pelo que ela pudera ver, estavam cuidando do pobre índio quando foram embora, portanto agora, pensando bem, ela não conseguia entender por que... Ajeitou o chapéu diante do espelho e piscou. Seus olhos estavam cansados e lhe pregando uma peça. Por um segundo teve a sensação horrível de que não o Popocatépetl, mas a velha com os dominós dessa manhã, olhava por trás de suas costas. Fechou o estojo com um estalo e virou-se para os outros com um sorriso.

Tanto o cônsul como Hugh olhavam melancolicamente para a arena.

---

* *Cock*, "galo" ou "pênis", por *clock*, "relógio" ou "em ponto". (N. T.)

Da tribuna em torno dela, vieram alguns gemidos, alguns arrotos, alguns olés meio desanimados, uma vez que agora o touro, com duas chifradas como vassouradas no chão, afastara o cachorro e retomara o circuito da arena. Mas sem alegria, sem aplauso. Alguns que estavam sentados nos parapeitos pendiam a cabeça, cochilavam. Outra pessoa rasgava um sombrero, enquanto outro espectador tentava, sem sucesso, jogar seu chapéu de palha como um bumerangue para um amigo. O México não ria de sua história trágica; o México estava entediado. O touro estava entediado. Todo mundo estava entediado, talvez tenha estado o tempo todo. Tudo o que acontecera havia sido que o drinque que Yvonne tomou no ônibus fizera efeito e agora estava passando. Em meio ao tédio, o touro circulava pela arena e, em tédio, finalmente se sentou num canto.

"Igualzinho o Ferdinando…", Yvonne começou a dizer, ainda quase esperançosa.

"Nandi", o cônsul murmurou (e ah, ele não tinha pegado a mão dela no ônibus?), olhando de lado para a arena através da fumaça de cigarro —, o touro. Eu batizo esse touro de Nandi, veículo de Shiva, de cujo cabelo brota o rio Ganges e que também já foi identificado com o deus veda da tempestade, Vindra, conhecido pelos antigos mexicanos como Huracán.

"Pelo amor de Deus, papa", disse Hugh, "obrigado."

Yvonne suspirou; era um espetáculo cansativo e odioso, realmente. As únicas pessoas alegres eram os bêbados. Com garrafas de tequila ou mescal, eles desciam à arena, aproximavam-se de Nandi deitado, escorregavam e tropeçavam uns por cima dos outros, foram perseguidos de novo por diversos charros, que agora tentavam arrastar o touro pelas patas.

Mas o touro não se deixava arrastar. Por fim, apareceu um menino pequeno, que ninguém tinha visto antes, mordeu a ponta do rabo dele, e, quando o menino saiu correndo, o animal se pôs de pé convulsamente. De imediato foi laçado por um caubói montado num cavalo de aspecto perverso. O touro logo se soltou aos coices: a corda se enrolara em um casco apenas, ele se afastou da cena balançando a cabeça e, ao ver o cachorro outra vez, correu e o perseguiu por uma curta distância…

De repente, havia mais atividade na arena. Neste momento, todos ali, pomposamente montados a cavalo, ou a pé, corriam, paravam, sacudiam um serape, um tapete velho ou até um trapo — todos tentavam atrair o touro.

A pobre e velha criatura parecia agora de fato como alguém arrastado, atraído para acontecimentos de que não tinha compreensão real, por pessoas com quem se deseja fazer amizade, até brincar, que o incitam, encorajam nele esse desejo, as quais, como na verdade o desprezam e desejam humilhá-lo, acabam por dominá-lo.

... O pai de Yvonne foi na direção dela, entre os assentos, planando, para atender prontamente como uma criança a qualquer um que estendesse uma mão amiga, o pai dela, cuja risada na memória ainda ressoava tão rica e generosa, e que a pequena fotografia em sépia que ela ainda guardava mostrava como um jovem capitão com a farda da guerra hispano-americana, com olhos cândidos e determinados debaixo de uma bela testa alta, a boca sensível de lábios grossos debaixo do sedoso bigode escuro e o furo no queixo — seu pai, com a loucura fatal por invenções, que um dia tão confiante partira para o Havaí para fazer fortuna com o cultivo de abacaxis. Nisso ele não tivera sucesso. Sentira falta da vida do exército e, estimulado por seus amigos, perdera tempo trabalhando em projetos elaborados. Yvonne tinha ouvido falar que ele tentara fazer cânhamo sintético com coroas de abacaxi e pensara mesmo em aproveitar o vulcão atrás da propriedade para fazer a máquina de cânhamo funcionar. Ele ficava sentado na lanai, bebendo okolehao e cantando lamentosas canções havaianas, enquanto os abacaxis apodreciam nos campos e os funcionários nativos sentados à sua volta cantavam com ele, ou dormiam durante a estação de corte, enquanto a plantação se enchia de ervas daninhas e morria, e o lugar todo mergulhava desanimadoramente em dívidas. Esse o quadro geral. Yvonne lembrava pouco dessa época, a não ser pela morte da mãe. Yvonne tinha seis anos. A Guerra Mundial, junto com a execução da hipoteca, se aproximava, e com isso a figura de seu tio Macintyre, irmão de sua mãe, um escocês rico com interesses financeiros na América do Sul, que há muito profetizara o fracasso do cunhado, e, no entanto, a cuja vasta influência se devia, sem dúvida, que, de repente e para a surpresa de todos, o capitão Constable fosse nomeado cônsul em Iquique.

… cônsul em Iquique!… Ou em Quauhnahuac! Quantas vezes no tormento do ano anterior Yvonne não havia tentado se livrar de seu amor por Geoffrey, racionalizando, analisando, falando consigo mesma — nossa, o quanto esperara e escrevera, primeiro cheia de esperança, com todo o seu coração, depois com urgência, freneticamente, por fim desesperada, à espera, à espreita de uma carta todos os dias — ah, aquela crucificação diária do correio!

Ela olhou para o cônsul, cujo rosto, por um momento, pareceu assumir aquela expressão pensativa de seu pai que ela lembrava tão bem durante aqueles longos anos da guerra no Chile. Chile! Foi como se aquela república de litoral estupendo, mas de pouca largura, onde todos os pensamentos levavam a Cape Horn, ou ao campo de nitrato, tivesse tido uma influência atenuante na cabeça dele. Sobre o que, exatamente, seu pai pensava o tempo todo, mais isolado espiritualmente na terra de Bernardo O'Higgins do que Robinson Crusoe um dia estivera, a poucas centenas de quilômetros da mesma costa? Seria sobre o resultado da guerra ou sobre obscuros acordos comerciais que ele talvez tivesse iniciado, ou sobre o bando de marinheiros americanos perdidos no Trópico de Capricórnio? Não, era sobre uma única ideia que, no entanto, não atingira sua fruição até depois do armistício. Seu pai tinha inventado um novo tipo de cachimbo, loucamente complicado, que se podia desmontar em pedaços com a finalidade de limpar. Os cachimbos se abriam em algo como dezessete partes, se abriam e assim ficavam, uma vez que aparentemente ninguém, a não ser o pai dela, sabia como montá-las de novo. Era fato que o próprio capitão não fumava cachimbo. Mesmo assim, como sempre, ele fora seduzido e encorajado… Quando sua fábrica em Hilo queimou seis semanas depois de pronta, ele voltou para Ohio, onde nascera, e durante algum tempo trabalhou para uma companhia de cercas de arame.

E então aconteceu. O touro estava irremediavelmente amarrado. Um, dois, três, quatro laços mais, cada um lançado com uma nova marcante falta de amizade, o pegaram. Os espectadores batiam os pés na arquibancada de madeira, aplaudiam ritmadamente, sem entusiasmo… Sim, ocorreu a ela então que toda aquela história do touro era como uma vida; o nascimento importante, a boa oportunidade, o giro pela arena, ora hesitante, ora seguro, depois meio desesperado, um obstáculo negociado — um feito inadequadamente reconhecido —, tédio, resignação, colapso: depois, outro nascimento, convulso, um novo começo; as circunspectas tentativas de se localizar num mundo agora francamente hostil, o aparente, mas enganoso, encorajamento de seus juízes, metade dos quais adormecidos, as guinadas para o começo de desastre por causa daquele mesmo obstáculo que certamente se tomava por negligenciável antes de um passo, o emaranhamento final nas armadilhas de inimigos que nunca se tinha bem certeza se eram amigos mais desajeitados ou ativamente maldosos, em seguida o desastre, a capitulação, a desintegração...

... O fracasso de uma companhia de cercas de arame, o fracasso, muito mais enfático e definitivo que a mente de um pai, o que eram essas coisas em face de Deus ou do destino? A ilusão persistente do capitão Constable era que ele tinha sido despedido do Exército; e tudo começara com essa desgraça imaginária. Ele ia seguir ainda mais uma vez para o Havaí, porém a demência de caráter estritamente alcoólico o deteve em Los Angeles, onde descobriu que estava sem um tostão.

Yvonne olhou de novo para o cônsul, sentado, meditativo, os lábios projetados, aparentemente atento na arena. Como ele sabia pouco desse período da vida dela, daquele terror, terror, terror que ainda conseguia acordá-la à noite, daquele pesadelo recorrente de coisas desmoronando; o terror que era igual àquele que ela deveria retratar em um filme de tráfico de escravas brancas americano, a mão que agarrava seu ombro pela porta escura; ou o terror real que sentira quando de fato se viu colhida na ravina por duzentos cavalos em disparada; não, assim como o próprio capitão Constable, Geoffrey tinha ficado quase aborrecido, talvez envergonhado, com tudo isso: que ela tivesse, a partir de apenas treze anos, sustentado o pai durante cinco anos como atriz de "seriados" e "faroestes"; Geoffrey podia ter pesadelos, também como o pai dela, podia ser a única pessoa no mundo a ter esses pesadelos, mas que *ela* os tivesse... Geoffrey também não sabia muito mais sobre a falsa excitação real ou o falso encantamento brilhante dos estúdios, ou do infantil orgulho adulto, tão rude como patético, e justificável por ter, de alguma forma, com aquela idade, ganhado a vida.

Ao lado do cônsul, Hugh pegou outro cigarro, bateu na unha do polegar, notou que era o último do maço e o pôs nos lábios. Pôs os pés no encosto do banco abaixo dele, se inclinou para a frente, apoiou os cotovelos nos joelhos, a testa franzida na direção da arena. Então, ainda agitado, riscou um fósforo na unha do polegar com um estalo como o de uma pistola de espoleta e encostou-o no cigarro, com as mãos bem bonitas em concha, a cabeça inclinada... Hugh vindo até ela de manhã, no jardim, sob o sol. Com seu passo gingado, o chapéu de feltro afastado do rosto, o coldre, o revólver, a bandoleira, a calça justa enfiada dentro das botas ornadas com costuras trabalhadas, ela havia pensado, apenas por um instante, que ele era, de fato!, Bill Hodson, o astro de faroeste com o qual ela contracenara em três filmes quando tinha quinze anos. Nossa, que absurdo! Que maravilhoso absurdo! *As Ilhas Havaianas nos deram essa garota realmente esportiva que gosta de natação, golfe, de dançar e é também uma excelente amazona! Ela...* Hugh não tinha dito uma única palavra de manhã sobre o quanto ela montava bem, embora reconhecesse isso, não sem um pequeno prazer secreto, ao explicar que o cavalo dela milagrosamente não quisera beber. Existem áreas num e noutro que deixamos, talvez para sempre, inexploradas! Ela nunca dissera a ele nem uma palavra sobre sua carreira cinematográfica, não, nem mesmo naquele dia em Robinson... Mas era uma pena que Hugh não tivesse idade suficiente para entrevistá-la, senão naquela primeira vez, naquela segunda vez horrível depois que o tio Macintyre a mandou para a faculdade, e depois de seu primeiro casamento, e da morte de seu filho, quando ela voltara mais uma vez a Hollywood. *Yvonne, a Terrível! Cuidem-se, sereias de sarongue e glamour girls, Yvonne Constable, a "Boomp Girl", está de volta a Hollywood! Sim, Yvonne está de volta decidida a conquistar Hollywood pela segunda vez. Mas ela agora tem vinte e quatro anos, e a "Boomp Girl" tornou-se uma mulher elegante, empolgante, que usa diamantes, orquídeas brancas e arminho — uma mulher que sabe o sentido de amor e tragédia, que viveu toda uma vida desde que saiu de Hollywood breves quatro anos atrás. Eu a encontrei outro dia em sua casa de praia, uma Vênus bronzeada, cor de mel, vindo da areia. Enquanto conversávamos, ela olhava a água com seus mortiços olhos escuros, e as brisas do Pacífico brincavam em seu farto cabelo escuro. Num relance, era difícil associar* a Yvonne Constable de hoje com a rude amazona rainha dos seriados de ontem, mas o corpo ainda é incrível e a energia absolutamente sem igual! A Rebelde de Honolulu, que aos doze anos era uma moleca com um grito de guerra, louca por beisebol, desobedecia todo mundo que não fosse seu adorado pai, que ela chamava de "O Papaitrão", aos catorze se tornou atriz infantil e aos quinze a estrela de Bill Hodson. Já então ela era uma central elétrica. Alta para a idade, tinha uma força flexível que vinha de uma infância de natação e surfe nas ondas do Havaí. Sim, embora você talvez não pense nisso agora, Yvonne mergulhou em lagos escaldantes, foi suspensa sobre precipícios, desceu ravinas a cavalo e é perita em "dupla derrubada", Yvonne ri divertida hoje quando se lembra da menina assustada e decidida que declarou que sabia montar muito bem e então, com o filme em andamento e a equipe em locação, tentou montar no cavalo pelo lado errado! Um ano depois, era capaz de "saltos aéreos" sem um fio de cabelo fora do lugar. "Mas, nessa época, fui resgatada de Hollywood", como diz com um sorriso, "e muito contra a vontade, por meu tio Macintyre, que literalmente baixou depois que meu pai morreu e me levou de volta a Honolulu!" Mas depois que você foi uma "Boomp Girl" e está a caminho de ser uma "Oomph Girl" aos dezoito anos, quando você acabou de perder seu querido "Papaitrão", é difícil aceitar uma atmosfera estrita e sem amor. "Tio Macintyre", Yvonne admite, "nunca fez nenhuma concessão aos trópicos. Ah, o caldo de carneiro, o mingau de aveia, o chá quente!" Mas tio Macintyre conhecia sua missão e, depois de fazer Yvonne estudar com um tutor, mandou-a para a Universidade do Havaí. Lá, talvez, diz ela, "porque a palavra 'estrela' tinha assumido uma estranha transformação em minha mente", fez um curso de astronomia! Para tentar esquecer a dor no coração e o vazio, ela se esforçou para se interessar pelo estudo e chegou a sonhar brevemente com ser a "Madame Curie" da astronomia! E lá também, não muito depois, conheceu o playboy milionário Cliff Wright. Ele entrou na vida de Yvonne num momento em que ela estava desanimada com o trabalho universitário, inquieta com a rigidez de tio Macintyre, solitária, ansiosa por amor e companheirismo. E Cliff era jovem, alegre, um partido absolutamente desejável. É fácil perceber como, sob o luar havaiano, ele conseguiu convencê-la de que o amava e de que podia deixar a faculdade e se casar com ele. ("Não me fale, pelo amor de Deus, desse Cliff", o cônsul escreveu em uma de suas raras cartas no começo, "eu o vejo e já odeio o maldito: míope e promíscuo, um metro e oitenta e oito de músculos, barba, sedução, de charme de voz grave e boa lábia." O cônsul o vira com certa astúcia, na verdade, pobre Cliff!, ela raramente pensava nele e tentava não pensar na menina virtuosa cujo orgulho tinha sido tão ofendido pelas infidelidades dele — "eficiente, inapto e pouco inteligente, forte e infantil, como a maioria dos homens americanos, rápido em atirar cadeira numa briga, vaidoso e que, ainda com dez anos aos trinta, transforma o ato do amor numa espécie de disenteria...") *Yvonne já havia sido vítima de sensacionalismo quando de seu casamento, e no inevitável divórcio que se seguiu distorciam o que ela dizia e quando não dizia nada seu silêncio era mal interpretado. E não só pela imprensa: "Tio Macintyre", ela diz, pesarosa, "simplesmente lavou as mãos."* (Pobre tio Macintyre. Era fantástico, era quase engraçado, de certa forma, como contava aos amigos. Ela era uma Constable total, e não filha da família da mãe! Deixem que vá para o lado dos Constable! Deus sabe quantos deles foram vítimas, ou convidados ao mesmo tipo de tragédia sem sentido, ou semitragédia, que ela própria e seu pai. Eles apodreciam em hospícios em Ohio ou dormiam em saletas dilapidadas em Long Island, com galinhas ciscando em meio à prataria da família e bules de chá quebrados que acabavam contendo colares de diamante. Os Constable, um erro da natureza, estavam morrendo todos. De fato, a natureza pretendia eliminar todos eles, sem mais nenhum uso para o que não se desenvolvia. O segredo do sentido deles, se havia algum, se perdera.) *Então Yvonne deixou o Havaí de cabeça erguida e com um sorriso nos lábios, mesmo quando seu coração estava mais vazio e dolorido que nunca. E agora está de volta a Hollywood e as pessoas que melhor a conhecem dizem que ela não tem mais tempo para o amor, que não pensa em nada além de seu trabalho. E no estúdio dizem que os testes que fez recentemente são nada menos que sensacionais. A "Boomp Girl" se tornou a maior atriz dramática de Hollywood! Assim, Yvonne Constable está a caminho de se transformar, pela segunda vez, em uma estrela.*

Mas Yvonne Constable não se tornou uma estrela pela segunda vez. Yvonne Constable nem mesmo esteve a caminho de se tornar uma estrela. Arranjara um agente que conseguiu executar uma excelente publicidade — excelente apesar de publicidade de qualquer tipo, disso ela estava convencida, ser um de seus maiores medos secretos — com base em seu sucesso de atriz de risco anterior; ela recebeu promessas e nada mais. No fim, desceu sozinha a Virgil Avenue ou Mariposa sob as empoeiradas palmeiras mortas plantadas raso na escura e amaldiçoada Cidade dos Anjos, sem nem mesmo a consolação de sua tragédia não ser menos válida por ser tão mofada. Porque suas ambições como atriz sempre foram um tanto espúrias: em certo sentido elas sofriam de deslocamentos de funções — ela percebia isso — da feminilidade. Ela percebia isso e, ao mesmo tempo, agora era tudo bem inútil (agora que ela havia, depois de tudo, *superado* Hollywood), percebia que sob outras condições poderia se tornar uma artista realmente de primeira linha, até mesmo uma grande artista. Pois o que ela era, senão isso, agora (mesmo que muito dirigida) ao caminhar ou dirigir furiosamente através de sua angústia e atravessar todos os faróis vermelhos, vendo, como devia ver o cônsul, a placa "Baile Informal no Salão Zebra", na janela do bar Town House, se transformar em "Infernal" ou "Alerta para Destruição de Parasitas" se tornar "Alerta para Casais em Visita". Enquanto no painel — "Inquirição pública do homem pela hora" — o grande pêndulo oscilava sem cessar no gigantesco relógio azul. Tarde demais! E era isso, era tudo isso que talvez tivesse ajudado a fazer o encontro com Jacques Laruelle em Quauhnahuac ser uma coisa tão perturbadora e horrível na vida dela. Não era simplesmente o fato de terem o cônsul em comum, de forma que através de Jacques ela conseguira misteriosamente tocar e em certo sentido até se beneficiar da inocência do cônsul, coisa que não conhecera antes; só para ele tivera coragem de falar de Hollywood (nem sempre com franqueza, mas cheia do entusiasmo com que parentes próximos podem falar de um pai odiado e com que alívio!) no que tinham em comum de desprezo e fracasso parcialmente admitido. Além disso, descobriram que ambos estavam na cidade no mesmo ano, em 1932, de fato tinham estado numa mesma festa, ao ar livre, churrasco, piscina e balcão; e a Jacques ela também havia mostrado, coisa que escondera do cônsul, as velhas fotografias de Yvonne, a Terrível, vestindo camisa de couro franjada, calça de montaria, botas de salto alto e um chapéu imenso, portanto, no surpreso e perplexo reconhecimento de Jacques nesta manhã horrível, ela imaginara se não havia ao menos uma momentânea hesitação — pois com certeza Hugh e Yvonne estavam de alguma forma grotesca trocados!... E uma vez também, no estúdio dele, aonde o cônsul muito obviamente não iria chegar, M. Laruelle mostrara a ela algumas fotos de seus velhos filmes franceses, um dos quais se revelou ser — nossa! — ao que ela assistira em Nova York pouco depois de ir à Costa Leste outra vez. E em Nova York ela se viu de novo (ainda no estúdio de Jacques) naquela noite congelante de inverno em Times Square — estava hospedada no Astor — olhando as notícias luminosas passarem pelo prédio do *Times*, notícias de desastres, de suicídios, de bancos falidos ou da guerra que se aproximava, de absolutamente nada que, ao olhar para o alto junto com a multidão, se apagou de repente, estalou em escuridão, em fim do mundo, ela sentira, quando não haveria mais notícias. Ou seria... o Gólgota? Uma órfã confusa e espoliada, um fracasso, mas rica, linda, a caminhar, mas não de volta a seu hotel, nos ricos arreios de pele da pensão alimentícia, com medo de entrar sozinha em bares cujo calor ela desejava, Yvonne se sentira muito mais desolada que um vagabundo de rua; caminhava — e seguida, sempre seguida — por uma cidade agitada brilhante amortecida — *o melhor por menos*, ela via por todo lado, ou *Sem saída*, ou *Romeu e Julieta*, e de novo *o melhor por menos* — aquela escuridão horrível continuara em sua cabeça, e escurecia ainda mais sua falsa solidão rica, seu culpado e morto desamparo de divorciada. As flechas elétricas penetravam seu coração — mas eram enganosas: cada vez mais assustada, ela sabia que o escuro ainda estava ali, nelas, para elas. Os aleijados passavam lentamente. Homens murmuravam em cujos rostos toda esperança parecia ter morrido. Bandidos de calças roxas e largas esperavam onde o vento gelado penetrava em salões abertos. E por toda parte aquele escuro, o escuro de um mundo sem sentido, um mundo sem objetivo — *o melhor por menos* —, mas onde todo mundo, menos ela, parecia-lhe, por mais hipócrita, mais grosseiro, solitário, mutilado, desesperado que fosse, era capaz de encontrar alguma fé, mesmo que apenas num sifão de bar, num toco de cigarro catado na rua, mesmo que apenas num bar, em apenas abordar a própria Yvonne... *Le Destin de Yvonne Griffaton...* E ali estava ela — e ainda seguida — parada diante do pequeno cinema da rua Catorze que exibia filmes antigos e estrangeiros. E ali, naquelas fotos, quem poderia ser, aquela figura solitária, senão ela mesma, a caminhar pelas mesmas ruas escuras, até com o mesmo casaco de pele, só que as placas em volta dela diziam: *Dubonnet, Amer Picon, Les 10 Frattelinis, Moulin Rouge*. E "Yvonne, Yvonne!", uma voz dizia à sua entrada, e um cavalo sombreado, gigantesco, enchia toda a tela, parecia saltar em cima dela: era uma estátua pela qual a figura passava, e a voz, uma voz imaginária, que perseguia Yvonne Griffaton pelas ruas escuras, e a própria Yvonne também, como se ela tivesse saído daquele mundo exterior diretamente para esse mundo escuro na tela, sem respirar. Era um desses filmes que, mesmo você chegando na metade, te pega com a convicção instantânea de que é o melhor filme que você já viu na vida; de um realismo tão extraordinariamente completo, que a história em si, o protagonista em si parecem pouco importantes diante da explosão do momento particular, ao lado da ameaça imediata, da identificação com a perseguida, aquela perseguida, nesse caso Yvonne Griffaton — ou Yvonne Constable! Mas se Yvonne Griffaton era seguida, era caçada — o filme parecia narrar a decadência de uma mulher francesa de família rica e origem aristocrática —, ela por sua vez era também a caçadora, procurava, tateava por alguma coisa nesse mundo sombrio, Yvonne inicialmente não entendia o quê. Figuras estranhas se imobilizavam nas paredes, ou em vielas, à aproximação dela: eram as figuras de seu passado, evidentemente, seus amantes, seu verdadeiro amor que cometera suicídio, seu pai, e, como se buscasse santuário contra eles, ela entrava numa igreja. Yvonne Griffaton rezava, mas a sombra de um perseguidor se projetava nos degraus da capela: era o seu primeiro amante, e no momento seguinte ela ria histericamente, estava no Folies Bergères, estava na Opera, a orquestra tocava Zaza, de Leoncavallo; depois estava jogando, a roleta rodava loucamente, ela de volta a seu quarto; e o filme recorria à sátira, sátira quase de si mesmo: os ancestrais dela apareciam em rápida sucessão, símbolos estáticos e mortos de egoísmo e desgraça, mas em sua cabeça romantizada, ao que parecia, heroicos, parados, exaustos, as costas junto às paredes de prisões, eretos na morte. Então o pai de Yvonne Griffaton, que tinha sido implicado no caso Dreyfuss, vinha para caçoar e acabar com ela.

A plateia sofisticada ria, tossia, murmurava, mas a maior parte provavelmente sabia o que Yvonne nunca veio a saber, nem depois, como esses personagens e acontecimentos de que haviam participado contribuíram para o estado atual de Yvonne Griffaton. Tudo isso estava sepultado nos episódios anteriores do filme. Yvonne teria que suportar primeiro o jornal da tela, o desenho animado, um curta chamado *A vida do peixe pulmonado africano* e uma reprise de *Scarface* para ver o quanto daquilo podia emprestar algum sentido (embora ela duvidasse até disso) a seu destino que estava enterrado no passado distante e que podia, na opinião dela, repetir-se no futuro. Mas o que Yvonne Griffaton agora se perguntava estava claro. De fato, as legendas em inglês deixavam muito claro. O que ela podia fazer debaixo do peso de tal legado? Como podia se livrar daquele velho homem do mar? Estava condenada a uma infindável sucessão de tragédias que Yvonne Griffaton não podia acreditar fizessem parte nem mesmo de uma misteriosa expiação pelos obscuros pecados dos outros, há muito mortos e condenados, mas eram apenas francamente sem sentido? Sim, como? A própria Yvonne se perguntava isso. Sem sentido — no entanto, *era-se* condenado? Claro que sempre se podia romantizar os infelizes Constable: ela podia ver a si mesma, ou fingir ver, como uma pequena figura solitária que carregava o fardo desses ancestrais, a fraqueza e a loucura (que seria inventada onde não estivesse disponível) deles no próprio sangue, uma vítima de forças sombrias — isso todo mundo era, não havia como escapar! — incompreendida e trágica, porém ao menos com vontade própria! Mas de que valia a vontade se você não tinha fé? Ela via agora que isso, de fato, era também o problema de Yvonne Griffaton. Isso era o que ela também buscava e buscara o tempo todo, antes de tudo, alguma fé — como se desse para encontrar a fé como um chapéu novo ou uma casa para alugar! —, sim, mesmo o que ela estava agora a ponto de encontrar, e perder, uma fé numa causa, era melhor que nada. Yvonne sentiu que precisava fumar um cigarro e, quando ela voltou, parecia muito que Yvonne Griffaton tinha finalmente obtido sucesso em sua busca. Yvonne Griffaton encontrava a fé na vida, nas viagens, em outro amor, na música de Ravel. Os acordes do *Bolero* marcharam, redundantes, batendo os calcanhares, e Yvonne Griffaton estava na Espanha, na

Itália; via-se o mar, a Argélia, Chipre, o deserto com suas miragens, a Esfinge. O que significava tudo isso? A Europa, Yvonne pensou. Sim, para ela, inevitavelmente a Europa, o Grand Tour, a torre Eiffel, como ela soubera desde sempre. Mas como podia ser que, ricamente dotada de uma capacidade de viver como ela era, nunca tivesse achado suficiente a fé apenas na "vida"? Se isso era *tudo*!… No amor altruísta — nas estrelas! Talvez devesse bastar. No entanto, no entanto, era totalmente verdadeiro que ela nunca tinha desistido, ou deixado de ter esperança, ou de tentar, às cegas, encontrar um sentido, um padrão, uma resposta…

O touro puxou de novo um pouco mais contra a força oposta das cordas, depois se rendeu, tristonho, balançou a cabeça de um lado para o outro com arrastadas pelo chão, na poeira onde, temporariamente derrotado, mas alerta, ele parecia um inseto fantástico preso no centro de uma imensa teia vibrante… A morte, ou uma espécie de morte, como tantas vezes ocorria em vida; e agora, mais uma vez, a ressurreição. Os charros faziam estranhos passes de nós com seus laços sobre o touro, o arreavam para seu montador final, onde quer que estivesse ou quem quer que ele fosse.

"Obrigada." Hugh lhe passara a garrafa de habanero quase distraído. Ela tomou um gole e a entregou ao cônsul, que ficou olhando, melancólico, para a garrafa em sua mão, sem beber. Ele não tinha mesmo ido encontrá-la no terminal de ônibus?

Yvonne olhou em torno da arquibancada: até onde conseguia enxergar, não havia, em todo aquele imenso aglomerado, nenhuma outra mulher além de uma retorcida velha mexicana que vendia pulque. Não, ela estava errada. Um casal americano tinha acabado de subir a arquibancada mais abaixo, uma mulher com um conjunto cinza-pombo e um homem com óculos de aro de chifre, uma ligeira corcunda e cabelo comprido atrás que parecia um maestro de orquestra; era o casal que Hugh e ela tinham visto no zócalo, numa Novedades de esquina, comprando huaraches e chocalhos e máscaras estranhos, e depois, mais tarde, pela janela do ônibus, na escada da igreja, vendo os nativos dançar. Como pareciam felizes um com o outro! Eram amantes ou estavam em lua de mel. O futuro deles se desenrolava à frente dos dois puro e desimpedido como um pacífico lago azul, e ao pensar nisso o coração de Yvonne de repente ficou leve como o de um menino em férias de verão, que levanta de manhã e desaparece ao sol.

Instantaneamente, o barracão de Hugh começou a tomar forma na cabeça dela. Não era um barracão, era um lar! Erigido sobre pernas fortes e grossas de pinho, entre a floresta de pinheiros e os altos, altos e oscilantes amieiros, bétulas altas e delgadas, e o mar. Havia um caminho estreito que descia serpenteando pela floresta até a praia, com arbustos de framboesa-clara, amora-silvestre e amora-preta que em noites vivas de inverno refletiam um milhão de luas; atrás da casa havia um pé de corniso que floria duas vezes ao ano com estrelas brancas. Narcisos e galantos cresciam no pequeno jardim. Havia uma larga varanda onde se sentavam nas manhãs de primavera e um píer que avançava mar adentro. Teriam construído esse píer eles mesmos quando a maré estava baixa, fincado as estacas uma a uma na praia íngreme. Estaca a estaca construiriam, até um dia poderem mergulhar da ponta do píer para o mar. O mar era azul e frio e nadariam todos os dias, e todos os dias subiriam a escada para o píer e correriam direto para casa. Ela agora via a casa claramente; era pequena e feita de placas de madeira velha e prateada, tinha uma porta vermelha e janelas de batente, abertas ao sol. Via as cortinas que ela própria tinha feito, a escrivaninha do cônsul, sua velha cadeira favorita, a cama, coberta com coloridos cobertores indianos, a luz amarela dos abajures contra o estranho azul das longas noites de junho, a macieira silvestre que sustentava em parte a plataforma aberta e ensolarada onde o cônsul podia trabalhar no verão, o vento nas árvores escuras lá em cima e as ondas a bater na praia nas noites tempestuosas de outono; e depois os reflexos de moinho d'água ao sol, como aqueles que Hugh descrevera na Cervecería Quauhnahuac, só que escorrendo pela frente da casa deles, escorriam, escorriam, pelas janelas, pelas paredes, os reflexos que, acima e atrás da casa, transformavam os ramos de pinheiro em chenile verde; e à noite eles ficariam no píer para olhar as constelações, Escorpião e Triangulum, Boieiro e a Ursa Maior, e depois os reflexos que seriam de luar na água que corriam incessantemente pelas paredes de placas de madeira prateada sobrepostas, o luar que na água bordava também as janelas ondulantes...

E era possível. Era possível! Estava tudo lá, à espera deles. Se ela ao menos estivesse sozinha com Geoffrey para poder lhe dizer isso! Hugh, o chapéu de caubói empurrado para trás, os pés nas botas de salto alto no encosto à frente dele, parecia agora um intruso, um estranho, parte da cena abaixo. Ele olhava o arreamento do touro com intenso interesse, mas tomou consciência do olhar dela, baixou as pálpebras, nervoso, procurou e encontrou o maço de cigarros, confirmou que estava vazio mais com os dedos que com os olhos.

Na arena, uma garrafa passava entre os homens a cavalo que a entregaram aos outros que trabalhavam com o touro. Dois cavaleiros galoparam sem rumo pela arena. Os espectadores compravam refrescos, frutas, batatas fritas, pulque. O próprio cônsul fez menção de comprar pulque, mas mudou de ideia, manipulando a garrafa de habanero.

Mais bêbados interferiram, queriam montar o touro outra vez; perderam o interesse, viraram repentinos fãs de cavalo, perderam esse interesse também e foram expulsos depressa.

O gigante voltou com a Rocket que arrotava e guinchava, desapareceu, foi sugado para longe. A multidão ficou silenciosa, tão silenciosa que ela quase conseguia ouvir algum som que talvez viesse da feira outra vez, em Quauhnahuac.

Silêncio era contagioso como riso, ela pensou, um silêncio estranho em um grupo gerava um silêncio rústico em outro, que por sua vez induzia um silêncio mais geral, sem sentido, num terceiro, até ter se espalhado por toda parte. Nada no mundo é mais poderoso que um desse súbitos silêncios estranhos...

... a casa, pintalgada pela luz nebulosa que caía suavemente por entre as pequenas folhas novas e depois a névoa rolando sobre a água, as montanhas, ainda brancas de neve que pareciam agudas e claras contra o céu azul, a fumaça azulada da madeira recolhida do mar subindo da chaminé; o barracão íngreme de placas de madeira em cujo telhado caíam as flores de corniso, a madeira recheada de beleza; o machado, as pazinhas de jardinagem, o rastelo, a pá, o poço fresco, fundo, com sua figura guardiã, um resto de naufrágio, uma escultura de madeira vinda do mar, fixada acima dele; a chaleira, as panelas, os armários. Geoffrey trabalhava lá fora, escrevendo à mão, como gostava, e ela sentada datilografando numa mesa junto à janela — porque ela ia aprender a datilografar para transcrever todos os manuscritos dele naquela caligrafia inclinada com seus estranhos e conhecidos Es gregos e Ts esquisitos em páginas limpas e organizadas — e, enquanto trabalhava, ela veria uma foca emergir da água, espiar em torno e afundar em silêncio. Ou uma garça, que parecia feita de papelão e barbante, passar a bater as asas pesadamente, para pousar, majestosa, numa pedra e lá ficar, alta e imóvel. Mergulhões e pardais passavam pelos beirais ou se empoleiravam no píer. Ou uma gaivota deslizava empoleirada num pedaço de madeira flutuante, a cabeça debaixo da asa, balançando, balançando, com o movimento do mar... Eles comprariam toda a comida deles, como Hugh dissera, na loja além da floresta e não veriam ninguém, a não ser alguns pescadores, cujos barcos brancos no inverno eles olhariam lançando âncora na baía. Ela iria cozinhar e limpar, Geoffrey cortaria lenha e traria água do poço. E eles iriam trabalhar e trabalhar nesse livro de Geoffrey, que lhe granjearia fama internacional. Mas absurdamente não dariam importância a isso; continuariam a viver com simplicidade e amor na casa deles entre a floresta e o mar. E entre uma maré e outra olhariam do píer e veriam, na água rasa e transparente, estrelas do mar turquesa, carmesim e roxas e pequenos caranguejos-navalheira marrons entre pedras cheias de cracas, como um brocado de almofadas de alfinete em forma de coração. E nos fins de semana, no braço de mar, a breves intervalos, passariam balsas, levando música corrente acima...

Os espectadores suspiraram com alívio, houve um farfalhar como de folhas entre eles, lá embaixo tinham conseguido alguma coisa, Yvonne não conseguiu ver o quê. Vozes começaram a zunir, o ar vibrou mais uma vez com sugestões, insultos eloquentes, réplicas.

O touro estava se pondo em pé com seu cavaleiro, um mexicano gordo de cabelo emaranhado, que parecia bastante impaciente e irritado com a história toda. O touro também parecia irritado e parou, imóvel.

Uma banda de cordas da arquibancada em frente atacou "Guadalajara", desafinada. Guadalajara, Guadalajara, metade da banda cantava...

"Guadalajara", Hugh pronunciou cada sílaba bem devagar.

Baixo, alto, baixo baixo, alto, baixo baixo alto, soava o violão, enquanto o homem montado no touro olhava fixamente para eles e depois, com um olhar furioso, agarrou com mais força a corda em torno do pescoço do touro, puxou e por um momento o animal fez de fato o que aparentemente se esperava dele, com uma convulsão violenta, como uma máquina trepidante, com pequenos saltos das quatro patas no ar. Mas em seguida retomou seu velho ritmo de passeio. Como cessara inteiramente de participar, não havia mais dificuldade em montá-lo e, depois de um pesado giro pela arena, ele foi direto para sua baia, a qual, aberta pela pressão da multidão nas cercas, ele almejava secretamente o tempo todo, e trotou para dentro dela com cascos tremulantes e inocentes, repentinamente positivos.

Todos riram como se ri de uma piada ruim: riso sintonizado e de alguma forma aumentado por um novo infortúnio, a aparição prematura de outro touro, que, levado a um quase galope de dentro da baia aberta pelos empurrões, cutucadas e golpes que tentavam prendê-lo, ao entrar na arena tropeçou e caiu de cabeça na areia.

O homem que montara o primeiro touro, carrancudo e desacreditado, tinha desmontado na baia, e era difícil não sentir pena dele também, parado na cerca, coçando a cabeça, explicando seu fracasso a um dos rapazes parado, maravilhosamente equilibrado, no peitoril de cima...

... e talvez nesse mesmo mês, se fossem quentes os últimos dias de outono, ela ficasse na varanda olhando o trabalho de Geoffrey, e por cima do ombro dele a água, e veria um arquipélago, ilhas de espuma opalina e ramos de samambaias de metro mortas — mas lindas, lindas — e os amieiros refletidos, quase sem folhas agora, a sombra esparsa deles sobre o brocado de pedras como almofadas de alfinetes, sobre as quais os caranguejos brocados caminhavam entre as poucas folhas afogadas...

O segundo touro fez duas tíbias tentativas de se levantar, e caiu de novo; um cavaleiro solitário atravessou a arena a galope girando uma corda e gritando para ele com voz rouca: "Bua, shua, bua... — Outros charros apareceram com mais cordas; o cachorrinho veio correndo do nada, girou em círculos, mas não adiantou. Nada definido aconteceu e nada parecia possível de demover o segundo touro, que foi amarrado casualmente onde estava.

Todo mundo se resignou com mais uma longa espera, mais um longo silêncio, enquanto lá embaixo, e com a consciência pesada, meio desanimados, passavam a arrear o segundo touro.

"Olhe o pobre do touro infeliz", o cônsul disse, "na plaza bonita. Você se importa se eu tomar um drinquezinho, querida, um poquitín... Não? Obrigado. À espera, com uma louca conjetura, das cordas que atormentam...

... e folhas douradas também, na superfície, e escarlate, uma verde, valsando corrente abaixo com o cigarro dela, enquanto um sol feroz de outono brilhava debaixo das pedras...

"Ou esperar, por que não?, com sete loucas conjeturas, pela corda que atormenta. O corpulento Cortez devia entrar no próximo trecho, olhar o horrendo, que era o menos pacífico dos homens... Silencioso num pico em Quauhnahuac. Nossa, que desempenho desagradável...

"Não é?", Yvonne disse e ao virar o rosto pensou ver de pé, do outro lado, abaixo da banda, o homem de óculos escuros que tinha estado na frente do Bella Vista de manhã e depois — ou ela imaginara isso? — parado ao lado do Palácio de Cortez. "Geoffrey, quem é aquele homem?"

"Estranho esse touro", o cônsul disse. "Tão evasivo. Lá está seu inimigo, mas ele não quer jogar bola hoje. Ele se deita... Ou só cai; está vendo, ele praticamente esqueceu que é seu inimigo, *você* pensa e lhe faz um carinho... De fato... Da próxima vez que se encontrar com ele, você talvez não reconheça absolutamente um inimigo.

"*Es ist vielleicht* um boi", Hugh murmurou.

"Um oximoro... Sabiamente tolo."

O animal estava deitado como antes, mas momentaneamente abandonado. As pessoas reunidas lá embaixo, discutindo em grupos. Cavaleiros também discutiam e continuavam a rodar pela arena. No entanto, não havia nenhuma ação definida, menos ainda nenhuma indicação de que tal coisa viesse a ocorrer. Quem ia montar o segundo touro? parecia a principal pergunta no ar. Mas o que dizer do primeiro touro, que aprontava a maior confusão na baia e só com dificuldade era contido para não ocupar o campo de novo. Enquanto isso, as observações em torno de Yvonne ecoavam a altercação da arena. O que montou primeiro tinha tido a sua chance, verdade? No hombre, ele não devia ter tido aquela chance. No hombre, ele devia ter outra. Impossível, outro cavaleiro já estava escalado. Vero, ele não estava presente, ou não podia vir, ou estava presente mas não ia montar, ou estava presente mas tentava com toda força chegar lá, verdad? Mesmo assim, isso não mudava o combinado nem dava ao primeiro cavaleiro a oportunidade de tentar de novo.

Os bêbados estavam prontos como sempre a disputar; um havia montado no touro, fingindo já avançar, embora não tivesse se mexido um nada. Ele estava dissuadindo o primeiro cavaleiro, que parecia emburrado; bem na hora, naquele momento, o touro acordou e rolou.

Apesar de todos os comentários, o primeiro cavaleiro estava a ponto de tentar de novo quando... não; ele tinha sido insultado demais e não ia montar de jeito nenhum. Afastou-se e foi em direção à cerca, para dar alguma explicação ao rapaz que se equilibrava em cima dela.

Um homem lá embaixo, com um sombrero enorme, gritou pedindo silêncio e, agitando os braços, se dirigia a eles ali da arena. Apelava ao povo ou para continuar tendo paciência, ou por um voluntário para montar.

Yvonne não entendeu qual, pois alguma coisa extraordinária acontecera. Algo ridículo e inesperado como um terremoto...

Era Hugh. Ele deixara o casaco, saltara da arquibancada para a arena e corria na direção do touro, do qual, talvez por brincadeira, ou talvez por o terem tomado como o cavaleiro da vez, retiravam as cordas como por mágica. Yvonne se pôs de pé; o cônsul se levantou ao lado dela.

"Meu Deus, que idiota!"

O segundo touro, não indiferente à retirada das cordas como se poderia supor e perplexo pelo confuso rumor que saudou a chegada do cavaleiro, se erguera, mugindo; Hugh estava montado nele e já dançava loucamente no meio da arena.

"Maldito cretino estúpido!", disse o cônsul.

Hugh segurava as rédeas com força numa mão e batia nos flancos do animal com a outra, e o fazia com uma habilidade que Yvonne se viu perplexa de ainda ter competência para julgar. Yvonne e o cônsul tornaram a sentar.

O touro saltou para a esquerda, depois para a direita com as patas da frente juntas, como se estivessem amarradas uma na outra. Depois se ajoelhou. Se ergueu, furioso; Yvonne percebeu que o cônsul a seu lado bebia o habanero e que depois arrolhou a garrafa.

"Cristo... Jesus."

"Tudo bem, Geoff. O Hugh sabe o que está fazendo."

"Maldito idiota..."

"O Hugh vai se sair bem... onde quer que ele tenha aprendido isso."

"O cafetão... o sifilítico."

Era verdade que o touro tinha realmente acordado e fazia o possível para derrubá-lo. Pateava a terra, galvanizava a si mesmo como um sapo, até engatinhava de barriga. Hugh se segurava. Os espectadores riam e saudavam, embora Hugh, agora realmente indistinguível de um mexicano, parecesse sério, até severo. Inclinou-se para trás, segurou-se com determinação, os pés esticados, joelhos pregados aos flancos suados. Os charros galopavam pela arena.

"Não acho que ele esteja querendo se exibir." Yvonne sorriu. Não, ele apenas se submetia àquela absurda necessidade de ação que sentia, tão exacerbada daquele modo tão louco pelo dia ociosamente desumano. Tudo o que ele pensava agora era em pôr aquele touro de joelhos. "É assim que você gosta de brincar? É assim que eu gosto de brincar. Você não gosta do touro por alguma razão? Tudo bem, eu também não gosto do touro." Ela achava que esses sentimentos ajudavam a tocar a mente de Hugh, fixa na concentração de derrotar o touro. E, de alguma forma, não dava muita ansiedade olhar para Hugh. Confiava-se implicitamente nele nessa situação, assim como se confiava num aqualouco, num equilibrista da corda bamba, num limpador de chaminés. Sentia-se até, um tanto ironicamente, que aquilo era o tipo de coisa para a qual Hugh estava mais capacitado, e Yvonne ficou surpresa de lembrar seu instante de medo naquela manhã, quando ele saltara para o parapeito da ponte sobre a barranca.

"Que perigo... o idiota", o cônsul disse, bebendo habanero.

Os problemas de Hugh, de fato, estavam apenas começando. Os charros, o homem de sombrero, o menino que tinha mordido o rabo do touro, os hombres de serape e trapos, até o cachorro que se enfiou de novo debaixo da cerca, todos avançavam para incrementá-los; todos tinham seu papel.

De repente, Yvonne se deu conta de que havia nuvens negras subindo do nordeste no céu, um temporário escuro ominoso que emprestava uma sensação de noite, nas montanhas ressoou o trovão, um único rolar, metálico, e uma rajada de vento correu entre as árvores, curvou-as: a cena possuía uma remota e estranha beleza; as calças brancas e os serapes coloridos dos homens provocando o touro brilhavam contra as árvores escuras e o céu baixo, os cavalos, transformados instantaneamente em nuvens de poeira por seus cavaleiros com seus chicotes de ponta de escorpião, que se debruçavam muito em suas selas para atirar loucamente cordas para qualquer lado, para todo lado, o desempenho de Hugh impossível, mas de alguma forma esplêndido no meio daquilo tudo, o rapaz, cujo cabelo voava loucamente em seu rosto, no alto da árvore.

Com o vento, a banda atacou "Guadalajara" outra vez e o touro mugiu, os chifres presos na grade através da qual, impotente, ele era cutucado com varas no que restava de seus testículos, provocado com chicotadas, um facão e, depois de se soltar e se prender de novo, um rastelo de jardim; poeira também e estrume eram jogados em seus olhos vermelhos; e agora parecia não haver mais fim para essa crueldade infantil.

"Querido", Yvonne sussurrou de repente, "Geoffrey… olhe para mim. Escute. Eu estive… nós não temos por que ficar mais aqui… Geoffrey…"

O cônsul, pálido, sem os óculos escuros, olhava penosamente para ela; ele suava e todo seu corpo tremia. "Não", ele disse. "Não… No", acrescentou, quase histérico.

"Geoffrey, querido… não trema… do que está com medo? Por que não vamos embora agora, amanhã, hoje… o que pode nos impedir?"

"Não…"

"Ah, como você tem sido bom…"

O cônsul pôs os braços em torno dos ombros dela, encostou a cabeça úmida no cabelo dela, como uma criança, e por um momento foi como se um espírito de intercessão e ternura pairasse sobre eles, guardando, vigiando. Ele disse, fatigado:

"Por que não? Pelo amor do bom Deus, vamos embora. Para longe, a mil, um milhão de quilômetros, Yvonne, qualquer lugar, contanto que seja longe. Apenas longe. Longe de tudo isto. Nossa!, disto aqui."

… para um céu louco e cheio de estrelas subindo, e Vênus e a lua dourada ao amanhecer… e ao meio-dia as montanhas azuis com neve e a dura água fria azul…

"Está falando sério?"

"Se estou falando sério!"

"Querido…" Passou pela cabeça de Yvonne que de repente eles estavam conversando, concordando apressadamente, como prisioneiros que não têm muito tempo para falar; o cônsul pegou a mão dela. Sentaram próximos, de mãos dadas, os ombros se tocando. Na arena, Hugh batalhava; o touro batalhava, libertou-se, mas, furioso agora, atirava-se para qualquer lugar na cerca que o lembrasse da baia que havia deixado tão prematuramente e agora, cansado, perseguido além da conta, encontrou a baia, se atirou ao portão vezes seguidas com uma amargura enfurecida, regressiva, até que, com o cachorrinho latindo em seus cascos, perdeu o portão de novo… Hugh rodou e rodou pela arena com o touro cansado.

"Não é só uma escapada, quer dizer, vamos começar de novo *de verdade*, Geoffrey, de verdade, limpos, em algum lugar. Podia ser como um renascimento."

"É. Podia."

"Eu acho que sei, está tudo claro na minha cabeça afinal. Ah, Geoffrey, afinal acho que está."

"É, eu também acho."

Abaixo deles, os chifres do touro novamente engancharam na cerca.

"Querido…" Iam chegar a seu destino de trem, um trem que rodaria através de uma terra anoitecida de campos ao lado de água, um braço do Pacífico…

"Yvonne?"

"Diga, meu bem."

"Eu decaí, sabe… Um bocado."

"Não importa, meu bem."

"... Yvonne?"

"Diga."

"Eu te amo... Yvonne."

"Ah, eu te amo também!"

"Minha querida... meu amor."

"Ah, Geoffrey. Nós *podíamos* ser felizes, *podíamos*..."

"É... podíamos."

... e lá longe, no mar, a casinha à espera...

Houve um repentino rugido de aplausos, seguido por um clangor acelerado de violões ao vento; o touro tinha se afastado da cerca e mais uma vez a cena se animava: Hugh e o touro disputaram por um instante no centro de um pequeno círculo fixo que os outros criaram por sua exclusão no interior da arena; depois tudo ficou envolto em poeira; o portão da baia à esquerda se abriu de novo, libertou todos os outros touros, inclusive o primeiro, que provavelmente era o responsável; eles atacavam entre vivas, bufavam, espalhavam-se em todas as direções.

Hugh ficou eclipsado por um momento, lutando com seu touro num canto mais distante; de repente, alguém gritou daquele lado. Yvonne se afastou do cônsul e se levantou.

"O Hugh... Aconteceu alguma coisa."

O cônsul se levantou, incerto. Tinha bebido da garrafa de habanero, bebido até quase terminar com ela. Ele disse então:

"Não estou vendo. Mas acho que é o touro."

Ainda era impossível distinguir o que acontecia do lado oposto na confusão empoeirada de cavaleiros, touros e cordas. Então Yvonne viu, sim, que era o touro, o qual, esgotado, estava caído na areia outra vez. Hugh se afastou dele calmamente, curvou-se para os vivas dos espectadores, desviou dos outros touros e saltou a cerca do outro lado. Alguém lhe devolveu o chapéu.

"Geoffrey...", Yvonne começou a dizer, apressada, "eu não espero que você... quer dizer... eu sei que vai ser..."

Mas o cônsul terminava o habanero. Deixou um pouco para Hugh, porém.

... O céu estava azul outra vez quando entraram em Tomalín; nuvens escuras ainda se juntavam atrás do Popocatépetl, as massas arroxeadas riscadas pelo sol forte do fim do entardecer, que batia também em outro pequeno lago prateado, que cintilava tranquilo, fresco e convidativo diante deles, que Yvonne nem tinha visto no caminho, ou não lembrava.

"O bispo da Tasmânia", o cônsul disse, "ou alguém morrendo de sede no deserto da Tasmânia, teve uma experiência semelhante. A perspectiva distante da montanha Cradle o consolara por algum tempo e então ele viu essa água… Infelizmente, era o sol brilhando sobre uma miríade de garrafas quebradas."

O lago era uma estufa quebrada pertencente a El Jardín Xicotancatl: só ervas daninhas viviam na estufa.

Mas a casa deles estava na cabeça dela agora, enquanto caminhava: o lar deles era real: Yvonne o via ao amanhecer, nas longas tardes de vento sudoeste, e ao anoitecer via a casa à luz das estrelas e ao luar, coberta de neve: a via de cima, na floresta, com a chaminé e o telhado abaixo dela, e o píer apequenado; a via da praia se erguendo acima dela e a via, miúda, à distância, um abrigo e um farol contra as árvores, do mar. Só que o barquinho da conversa deles havia atracado precariamente; ela podia ouvi-lo bater contra as pedras; depois, o puxaria mais para cima, onde era seguro… Mas por que, bem no centro de seu cérebro, tinha de haver a figura de uma mulher numa crise histérica, se sacudindo como uma marionete, batendo os punhos no chão?

"Em frente, para o Salón Ofélia", exclamou o cônsul.

Um vento quente e trovejante se lançou sobre eles, esgotou-se, e em algum lugar um sino bateu loucos tritongos.

As sombras deles rastejavam à frente na poeira, deslizavam pelas paredes brancas e sedentas das casas, foram violentamente aprisionadas por um momento numa sombra elíptica, a roda girando da bicicleta de um menino.

A sombra raiada da roda, enorme, insolente, se foi.

Agora as sombras deles se projetavam inteiras na praça em direção às portas duplas da taverna Todos Contentos y Yo También; eles notaram debaixo das portas o que parecia a ponta de uma muleta, alguém saindo. A muleta não se mexeu; seu dono discutia na porta, um último drinque talvez. Depois ela desapareceu: uma das portas da cantina recuou, alguma coisa saiu.

Curvado para a frente, gemendo com o peso, um velho índio manco levava nas costas, por meio de uma faixa passada em sua testa, outro pobre índio, ainda mais velho e mais decrépito que ele. Carregava o velho e suas muletas, todos os seus membros tremiam com o peso do passado, ele carregava seus dois fardos.

Eles todos estavam parados ali, olhando o índio, que desapareceu com o velho numa esquina da rua, na noite, arrastando os pés na areia branco-acinzentada com suas pobres sandálias...

10

"*Mescal*", o cônsul disse quase distraído. O que ele tinha dito? Não importa. Nada menos que mescal serviria. Mas não tinha que ser um mescal sério, ele se persuadiu. "No, señor Cervantes", sussurrou, "mescal, poquito."

No entanto, o cônsul pensou, não era apenas que ele não devia beber, não apenas isso, não, era mais como se ele tivesse perdido ou deixado passar algo, ou melhor, não exatamente perdido, não necessariamente deixado escapar... Era mais como se ele esperasse alguma coisa e, no entanto, não esperasse... Era quase como se ele estivesse (não na entrada do Salón Ofélia, olhando a calma piscina onde Yvonne e Hugh estavam a ponto de nadar) outra vez naquela plataforma de estação aberta, negra, com centáureas e grinaldas-de-noiva que cresciam do lado oposto, onde, depois de beber toda a noite, tinha que encontrar Lee Maitland, que voltava da Virginia às 7h40 da manhã, tinha ido de cabeça leve, pés leves e naquele estado de ser em que o anjo de Baudelaire realmente desperta, querendo encontrar trens talvez, mas encontrar trens que não param, porque na cabeça do anjo não existem trens que param, e desses trens não desce ninguém, nem mesmo outro anjo, nem mesmo um loiro como Lee Maitland... O trem estava atrasado? Por que ele caminhava pela plataforma? Era o segundo ou terceiro trem da Ponte Pênsil — *Pênsil!* —, o chefe da estação dissera que seria o trem dela? O que o comissário tinha dito? Ela podia estar naquele trem? Quem era ela? Era impossível que Lee Maitland estivesse em qualquer trem daqueles. Além disso, todos esses trens eram expressos. As ferrovias seguiam para longe, encosta acima. Uma ave solitária batia as asas acima dos trilhos, distante. À direita, na passagem de nível, não muito longe, havia uma árvore congelada como uma mina marítima explodida no jardim. A fábrica de cebola desidratada no ramal ferroviário despertou, depois as companhias de carvão. *É um trabalho preto, mas a gente usa vocês, brancos: Carvão do Diabo...* Um delicioso cheiro de sopa de cebola em vielas de Vavin impregnava o começo da manhã. Varredores encardidos empurravam carrinhos de mão ou peneiravam carvão. Fileiras de luzes mortas como serpentes eretas prontas a atacar ao longo da plataforma. Do outro lado, havia centáureas, dentes-de-leão, uma lata de lixo como um braseiro que queimava furiosamente, largada no meio das grinaldas-de-noiva. A manhã esquentou. E agora, um depois do outro, os trens terríveis apareciam em cima do horizonte elevado, tremulavam, como miragem: primeiro o grito distante, depois o jato assustador e o rolo de fumaça negra, um pilar como uma torre sem base, imóvel, depois um corpo redondo, como se não estivesse nos trilhos, como se fosse em outra direção, ou como se parasse, como se não parasse, ou como se deslizasse para longe sobre os campos, como se parasse; ah, Deus, não parasse; encosta abaixo; *tchuctchuc-um* tchuctchuc-um: *tchuctchuc-dois* tchuctchuc-dois: *tchuctchuc-três* tchuctchuc-três: *tchuctchuc-quatro* tchuctchuc-*quatro*; ai, graças a Deus, não parou; e os trilhos sacudiram, a estação voou, a poeira de carvão, preta, betuminosa: *lecti-cat lecti-cat lecti-cut*; e outro trem, *tchuctchuc-um tchuctchuc-um*, vindo de outra direção, gingou, chiou, sessenta centímetros acima dos trilhos, voou, *tchuctchuc-dois*, com uma luz queimando contra a manhã, *tchuctchuc--três* tchuctchuc-três, um olho único e inútil, vermelho-dourado: trens, trens, trens, cada um puxado por uma banshi a tocar um órgão-de--nariz que guinchava em ré menor; *lecti-cat lecti-cat lecti-cat.* Mas não esse trem; e não o trem dela. Mesmo assim, o trem viria sem dúvida, o chefe da estação tinha dito que era o terceiro ou quarto trem de qual lado? Onde era norte, oeste? E, de qualquer forma, norte de quem, oeste de quem?... E ele tinha que apanhar flores para saudar o anjo, a loura virginiana descendo do trem. Mas as flores do trilho não iam servir, vertiam seiva, pegajosas, as flores estavam do lado errado dos caules (e ele do lado errado dos trilhos), ele quase caiu no braseiro, as centáureas cresciam no meio dos caules, os caules das grinaldas-de--noiva — ou seriam rendas-de-rainha? — eram compridos demais, seu buquê um desastre. E como voltar pelos trilhos, vinha vindo um trem de novo na direção errada, *tchuctchuc-um*, tchuctchuc-um, os trilhos irreais, não ali, andando no ar; ou trilhos que de fato levavam a algum lugar, à vida irreal ou, talvez, a Hamilton, Ontario. Bobo, ele tentava andar num trilho só, como um menino na sarjeta: *tchuctchuc--dois* tchuctchuc-dois: *tchuctchuc-três* tchuctchuc-três: *tchuctchuc-quatro tchuctchuc-quatro: tchuctchuc-cinco* tchuctchuc-cinco: *tchuctchuc-seis tchuctchuc-seis: tchuctchuc-sete;* tchuctchuc-sete — trens, trens, trens, trens convergiam para ele de todos os lados do horizonte, cada um gemia por seu amante demônio. A vida não tinha tempo a desperdiçar. Por que, então, desperdiçava tanto de todo o resto? Com as centáureas mortas à sua frente, ao anoitecer — o momento seguinte —, o cônsul sentou na taverna da estação com um homem que tinha acabado de tentar lhe vender três dentes soltos. Era amanhã que ele tinha que vir esperar o trem? O que o chefe da estação tinha dito? Teria sido a própria Lee Maitland acenando loucamente para ele do expresso? E quem tinha jogado um maço de lenços de papel sujos pela janela? O que ele tinha perdido? Por que aquele idiota estava sentado ali com um terno cinza-sujo e calças com bolsos nos joelhos, com um prendedor de ciclista, com seu paletó cinza comprido e folgado, boné cinza de tecido, botas marrons, com sua cara cinzenta grossa e gorda na qual faltavam três dentes superiores, talvez aqueles *mesmos* três dentes, to-dos de um lado, e pescoço grosso, dizia a cada poucos minutos para qualquer um que entrasse: — Estou de olho em você. — Estou vendo você… — Você não me escapa. — Se você pelo menos ficasse quieto, Claus, ninguém ia saber que é maluco… Foi aquela vez também em que, no campo tormentoso, "os raios estão descascando os postes, sr. Firmin, e comendo os fios, meu senhor, depois dá para sentir também, na água, o gosto de enxofre puro" — que às quatro de toda tarde, precedido pelo coveiro do cemitério vizinho — suado, de pés pesados, curvado, queixo comprido e trêmulo, com suas ferramentas especiais de morte — ele entrava nessa mesma taverna para encontrar o sr. Quattras, o bookmaker negro de Codrington, em Barbados. "Eu sou um homem das pistas de corrida e fui criado com brancos, então os negros não gostam de mim." O sr. Quattras, sorridente e triste, temia a deportação… Mas aquela batalha conta a morte fora vencida. E salvara o sr. Quattras. Naquela mesma noite, tinha sido?, com o cora-ção igual a um braseiro frio parado junto à plataforma da estação em meio às grinaldas-de-noiva molhadas de orvalho: elas eram bonitas e aterrorizantes, aquelas sombras de vagões que varriam cercas e varriam, zebradas, o caminho gramado da avenida de carvalhos escuros sob a lua: uma única sombra, como um guarda-chuva em trilhos, viajando por uma cerca de estacas; portentos da condenação, da falha do coração... Foi-se. Devorado em reverso pela noite. E a lua se fora. *C'était pendant l'horreur d'une profonde nuit.* E o cemitério deserto à luz das estrelas, abandonado pelo coveiro, agora bêbado, voltando para casa através dos campos — "Posso cavar um túmulo em três horas se eles deixarem" — o cemitério à luz do luar malhado de um único poste de luz, a grama grossa e densa, o obelisco alto perdido na Via Láctea. Jull, escrito no monumento. O que o chefe da estação tinha dito? Os mortos. Eles dormem? Por que dormiriam, quando nós não podemos? *Mais tout dort, et l'armée, et les vents, et Neptune.* E ele depositou, reverente, as centáureas no túmulo abandonado... Aquilo era Oakville. Mas Oaxaca e Oakville, qual a diferença? Ou entre uma taverna que abria às quatro da tarde e uma que abria (menos aos feriados) às quatro da manhã?... "*Eu não estou falando mentira, palavra, mas uma vez eu cavei do chão um caixão inteiro por $100 e mandei pra Cleveland!*"

Um morto será transportado pelo expresso...

O cônsul exsudava álcool por todos os poros quando parou na porta aberta do Salón Ofélia. Que sensato tomar um mescal. Que sensato! Porque era o drinque certo, o único drinque a tomar naquelas circunstâncias. Além disso, ele não havia apenas provado a si mesmo que não tinha medo; agora estava plenamente alerta, plenamente sóbrio outra vez e capaz de enfrentar qualquer coisa que viesse pela frente. A não ser por aqueles ligeiros tremores e saltos em seu campo de visão, como inúmeras pulgas de praia, ele podia ter dito a si mesmo que não tomava um drinque havia meses. A única coisa errada com ele é que estava com muito calor.

Uma cascata natural caía em uma espécie de reservatório construído em dois níveis; ele achou a imagem menos restauradora do que grotescamente sugestiva de algum agonizante suor definitivo; o nível inferior formava a piscina onde Hugh e Yvonne ainda não nadavam. A água no turbulento nível superior corria acima de uma queda artificial além da qual, transformando-se num riacho rápido, serpenteava através de uma selva cerrada para desaguar em uma cascata natural muito maior, fora de vista. Depois se dispersava, ele lembrava, perdia a identidade, escorria em vários lugares barranca abaixo. Uma trilha acompanhava o riacho através da selva e num ponto outra trilha desviava para a direita, que ia para Parián: e o Farolito. Embora a primeira trilha levasse a um campo também rico em cantinas. Deus sabe por quê. Um dia, talvez no tempo das haciendas, Tomalín tivera alguma importância irrigatória. Então, depois da queima dos canaviais, abandonaram arrebatadamente os planos realizáveis e brilhantes desenvolvidos para um spa. Mais tarde, sonhos vagos de uma usina hidrelétrica pairaram no ar, embora nada tenha sido feito. Parián era um mistério ainda maior. Instalada originalmente por um punhado de valentes ancestrais de Cervantes que tinham tido sucesso em tornar grande o México, apesar da traição dela, da desleal Tlaxcalans, capital nominal do estado tinha sido eclipsada por Quauhnahuac desde a revolução e, enquanto era um obscuro centro administrativo, ninguém jamais havia explicado de modo satisfatório ao cônsul a continuidade da existência dela. Havia pessoas que iam para lá e que, pensando bem, nunca voltavam. Claro que voltavam, ele próprio voltara: havia uma explicação. Mas por que não existia ônibus para lá? Ou só relutantemente por uma rota estranha? O cônsul se sobressaltou.

Perto dele espreitavam fotógrafos encapuzados. Esperavam junto a suas máquinas esfarrapadas os banhistas saírem das cabines. Agora duas garotas gritavam ao entrar na água com seus maiôs velhos, alugados. Seus acompanhantes se exibiam pelo parapeito cinzento que dividia a piscina das corredeiras acima, obviamente decididos a não mergulhar, apontando como desculpa um trampolim sem escada, em ruínas, como uma vítima esquecida de uma catástrofe marítima, numa chorosa pimenteira. Depois de algum tempo, desceram aos gritos um declive de concreto para dentro da piscina. As garotas se controlaram, mas depois foram atrás, rindo. Rajadas nervosas agitavam a superfície dos banhos. Nuvens magenta se acumulavam, altas, contra o horizonte, embora no alto o céu continuasse limpo.

Hugh e Yvonne apareceram, vestidos grotescamente. Pararam rindo à beira da piscina, tremiam, embora os raios horizontais do sol caíssem sobre eles todos com um calor sólido.

Os fotógrafos tiraram fotografias.

"Nossa", Yvonne exclamou, "isto aqui é igual à Cachoeira da Ferradura em Gales."

"Ou Niágara", observou o cônsul, "por volta de 1900. Que tal uma volta no Maid of the Mist, setenta e cinco centavos, capas de chuva incluídas?"

Hugh se voltou cauteloso, mãos nos joelhos.

"É. Até o fim do arco-íris."

"A Caverna dos Ventos. A Cascata Sagrada."

Havia de fato arco-íris. Embora sem eles o mescal (que Yvonne, claro, não podia ter notado) já revestisse de mágica o local. A magia era a própria catarata do Niágara, não sua majestade elemental, a cidade da lua de mel; num sentido de amor espalhafatoso, impetuoso até, que assombrava aquele local nostálgico, borrifado de água. Mas então o mescal instalou uma discórdia, depois uma queixosa sucessão de discórdias à qual as névoas no ar pareciam todas dançar, através das fugidias sutilezas de luz listrada, entre os retalhos soltos de arco-íris a flutuar. Era uma fantasmagórica dança de almas, perplexas com essas misturas enganosas, mas que buscavam ainda permanecer na névoa daquilo que era apenas perpetuamente evanescente ou eternamente perdido. Ou era uma dança do buscador e de seu objetivo, aqui perseguindo ainda as cores alegres que não sabia haver assumido, ali se esforçando para identificar a cena mais fina do que ele poderia nunca se dar conta de que já era parte...

Rolos de sombra escura jaziam no bar deserto. Saltaram em cima dele. "Otro mescalito. Un poquito." A voz parecia vir acima do balcão onde dois intensos olhos amarelos perfuravam a penumbra. A crista escarlate, a barbela, as penas verde-bronze metálicas de alguma ave parada sobre o balcão se materializaram e Cervantes levantou-se divertido por trás dela, o saudou com um prazer tlaxcaltecano: "Muy fuerte, muy terrible", ele disse, rindo.

Era aquela a cara que havia lançado ao mar quinhentos navios, traído Cristo a se ver no hemisfério ocidental? Mas a ave parecia calma. Três e meia no galo, o outro sujeito tinha dito. E havia um galo. Era um galo de briga. Cervantes o treinava para uma luta em Tlaxcala, mas o cônsul não se interessou. Os galos de Cervantes sempre perdiam

— bêbado, ele tinha assistido a uma sessão em Cuautla; as perversas pequenas batalhas fabricadas por humanos, cruéis e destrutivas, no entanto de alguma forma desastradamente inconclusivas, sempre breves como algum hediondo ato sexual mal conduzido, o desgostavam e entediavam. Cervantes levou o galo embora. "Un bruto", acrescentou.

O rugido surdo da cachoeira enchia a sala como um motor de barco… Eternidade… O cônsul, refrescado, encostou-se ao balcão, olhou seu segundo copo do líquido sem cor, com cheiro de éter. Beber ou não beber. Mas sem mescal, imaginava, tinha esquecido a eternidade, esquecido a viagem deles pelo mundo, que a terra era uma nave, atingida pela cauda do Horn, condenada a nunca chegar a seu Valparaíso. Ou aquilo era como uma bola de golfe, atirada na Borboleta de Hércules, loucamente lançada por um gigante da janela de um asilo no inferno. Ou aquilo era um ônibus, em sua errática viagem para Tomalín e o nada. Ou aquilo era como… qualquer coisa que seria em breve, depois do próximo mescal.

Mas ainda não tinha havido um "próximo" mescal. O cônsul se levantou, a mão como se fosse parte do copo, ouvindo, lembrando… De repente, escutou, acima do rugido, as vozes claras e doces dos jovens mexicanos lá fora: a voz de Yvonne também, querida, intolerável — e diferente depois do primeiro mescal —, para logo se perder.

Se perder por quê?… As vozes agora eram como que confusas com a ofuscante torrente de sol que se despejou pela porta aberta e transformou as flores escarlate do caminho em espadas flamejantes. Até mesmo poesia quase ruim é melhor que a vida, a mistura de vozes podia estar dizendo, que ele agora tomava metade da bebida.

O cônsul estava consciente de outro rugido, embora viesse de dentro de sua cabeça: *tchuctchuc-um*: o American Express sacoleja e leva o corpo através dos campos verdes. O que é o homem senão uma pequena alma que sustenta um corpo? A alma! Ah, e não tinha ela também seus selvagens e traiçoeiros tlaxcalanos, seu Cortez e suas noches tristes e, sentada dentro de alguma cidadela interna, acorrentada, bebia chocolate, seu pálido Moctezuma?

O rugido cresceu, morreu, cresceu de novo; acordes de violão se misturaram aos gritos de muitas vozes, chamavam, cantando, como mulheres nativas na Caxemira, suplicavam, acima do ruído do ciclone: "Borrrraaacho", gritavam. E a sala escura com a porta brilhante tremeu debaixo de seus pés.

"... o que você acha, Yvonne, da gente alguma hora escalar aquele menino, o Popo, quero dizer..."

"Minha nossa! Você já não fez bastante exercício para um..."

"... seria boa ideia fortalecer os músculos primeiro, experimentar uns picos pequenos".

Eles estavam brincando. Mas o cônsul não estava brincando. Seu segundo mescal tinha ficado sério. Ele o deixara ainda inacabado no balcão, o señor Cervantes acenava de um canto distante.

Um homenzinho malvestido com um tapa-olho preto, de casaco preto, mas com um belo sombrero de longos pingentes alegres na parte de trás, parecia, por mais selvagem de coração, em um estado tão altamente nervoso como o dele. Qual magnetismo atraía essas criaturas trêmulas e arruinadas para sua órbita? Cervantes indicou o caminho atrás do balcão, subiu dois degraus e abriu uma cortina. Pobre sujeito solitário, queria lhe mostrar sua casa outra vez. O cônsul subiu os degraus com dificuldade. Um quarto pequeno, ocupado por uma imensa cama de latão. Rifles enferrujados num suporte na parede. Num canto, diante de uma miúda Virgem de porcelana, ardia uma pequena lamparina. Na realidade, uma vela sacramental que difundia no quarto uma luminosidade rubi através do vidro e projetava um largo cone amarelo e tremulante no teto: o pavio queimava pouco. "Míster", Cervantes apontou, trêmulo. "Señor. Meu avô me diz para nunca deixar apagar." Lágrimas de mescal vêm aos olhos do cônsul e ele lembrou de algo durante o deboche da noite anterior com o dr. Vigil numa igreja em Quauhnahuac que ele não conhecia, com tapeçarias escuras e estranhos quadros votivos, uma Virgem compassiva flutuando na penumbra, a quem ele rezou, com o coração turvo e acelerado, para que pudesse ter Yvonne de volta. Figuras escuras, trágicas e isoladas espalhadas pela igreja, ou ajoelhadas, só os desolados e solitários iam lá. "Ela é a Virgem para os que não têm ninguém com eles", disse o médico e indicou a imagem com a cabeça. "E para os marinheiros no mar." Ele então se ajoelhou na terra, largou o revólver — porque o dr. Vigil sempre ia armado aos Bailes da Cruz Verme-lha — no chão a seu lado e disse, triste: "Ninguém vem aqui, só os que não têm ninguém com eles." Então o cônsul fez dessa Virgem a outra que tinha atendido sua prece, e ali parados em silêncio diante dela rezou de novo. "Nada se alterou e apesar da misericórdia divina ainda estou sozinho. Embora meu sofrimento pareça sem sentido, ainda estou em agonia. Não existe explicação para a minha vida." De fato, não havia nem era isso que ele pretendia comunicar. "Por favor, permita que Yvonne alcance o sonho dela — sonho? — de uma nova vida comigo — por favor me faça acreditar que tudo isso não é um abominável autoengano", ele tentou... "Por favor, permita que eu faça Yvonne feliz, livre-me desta terrível tirania do eu. Caí tão baixo. Deixe que eu caia ainda mais baixo, para que possa saber a verdade. Me ensine a amar de novo, a amar a vida." Aquilo não ia adiantar também... "Onde está o amor? Deixe que eu sofra de verdade. Devolva minha pureza, o conhecimento dos Mistérios, o que eu traí e perdi. Que eu seja realmente sincero, que eu possa rezar com sinceridade. Que a gente seja feliz em algum lugar, se for ao menos juntos, se for ao menos longe deste mundo terrível. Destrua o mundo!", ele gritou dentro do coração. Os olhos da Virgem estavam voltados para baixo, abençoando, mas talvez ela não tivesse ouvido. O cônsul mal havia notado que Cervantes pegara um dos rifles. "Adoro caçar." Depois de devolvê-lo ao lugar, abriu a gaveta de baixo do guarda-roupa apertado em outro canto. A gaveta estava cheia de livros, inclusive com os dez volumes da História de Tlaxcala. Ele a fechou imediatamente. "Eu sou um homem insignificante e não leio esses livros para provar a minha insignificância", disse, orgulhoso. "Sí, hombre", continuou, e desceu de novo para o bar, "como eu disse, obedeço o meu avô. Ele me diz para casar com minha mulher. Então eu chamo minha mulher de minha mãe." Ele pegou uma foto de uma criança num caixão e pôs no balcão. "Bebi o dia inteiro."

"... óculos de neve e bastão de alpinista. Você ficaria ótimo com..."

"... e meu rosto todo coberto de graxa. E um gorro de lã puxado bem por cima dos olhos..."

A voz de Hugh chegou de novo, depois a de Yvonne, eles estavam se vestindo e conversavam em voz alta por cima da divisória das cabines de banhistas, a menos de dois metros, além da parede:

"... com fome agora, você não?"

"... duas passas e meia ameixa!"

"... sem esquecer dos limões..."

O cônsul terminou o mescal: tudo uma piada patética, claro, mesmo assim esse plano de escalar o Popo, se fosse ao menos o tipo de coisa que Hugh tivesse descoberto antes de chegar, enquanto negligenciava tantas outras coisas; no entanto, a ideia de subir no vulcão de alguma forma pareceria a eles ter a significação de toda uma vida juntos? Sim, erguia-se diante deles, com todos os seus perigos ocultos, abismos, ambiguidades, enganos, portentos, como podiam imaginar pelo pobre espaço autoenganoso de um cigarro que fosse o próprio destino deles — ou estaria Yvonne, ai, simplesmente feliz?

"...de onde a gente parte, de Amecameca..."

Para evitar enjoo das alturas.

"... se bem que é uma grande peregrinação, eu acho! Geoff e eu pensamos em ir anos atrás. A gente segue a cavalo primeiro, até Tlamancas..."

"... à meia-noite no Hotel Fausto!"

"O que vocês preferem? Couve-flor ou potetos?" O cônsul, inocente, sem beber numa cabine reservada, os saudou, de testa franzida; a ceia de Emaús, ele sentiu, e tentou disfarçar a voz distante de mescal enquanto estudava o cardápio* fornecido por Cervantes. "Ou xarope de extramape. Sopa de onan com alho e ovo..."

"Chile com leche? Ou que tal um belo filete de huachinango empanado tártaro con German friends?"

Cervantes havia entregado a Yvonne e Hugh um cardápio para cada um, mas os dois olhavam o dela: "Sopa especial dr. Moise von Schmidthaus". Yvonne pronunciou as palavras com gosto.

"Acho que a minha escolha vai ser peterraba picante", disse o cônsul, "depois dessa *onan*."

"Uma só", o cônsul continuou, ansioso, uma vez que Hugh estava rindo alto demais para a sensibilidade de Cervantes, "mas não esqueça das *German friends*. Elas entram até no filé.

---

* O menu é uma mistura de equívocos de tradução para o inglês e o francês que resultam em obscenidades involuntárias. (N. T.)

"E o tártaro?", Hugh perguntou.

"Tlaxcala!", Cervantes, sorridente, se debatia entre eles com um lápis trêmulo. "Sí, eu sou tlaxcaltecano… Gosta de ovos, señora? Ovos pisados. Muy sabrosos. Ovos divorciados? Para peixe, filé fatiado com ervilha. *Vol-au-vent à la reine*. Sobressaltos para a rainha. Ou gosta de ovos *poxy*, pochê com torrada? Ou fígado de vitela beligerante? *Chique sup* com *pamesan*? Ou galinha *espectral* da casa? Pombo novo? Caranha vermelha com tártaro frito, gosta?"

"Ah, o ubíquo tártaro", Hugh exclamou.

"Acho que a galinha *espectral* da casa seria ainda mais incrível, não acha?" Yvonne ria, mas a obscenidade da coisa toda lhe escapava, o cônsul achou, e mesmo assim ela não notou nada.

"Provavelmente servida no próprio ectoplasma."

"Sí, gosta de lula en su tinta? Ou *atun fish*? Ou un mole esquisito? Quem sabe míster gosta melon para entrada? Marmelada de figo? Amora com crepe Gran Duc? Omelete *surpruse*, gosta? Gostaria beber um gin *fish*? Gin *fish* bom? *Silver fish*? *Sparkenwein*?"

"Madre?", o cônsul perguntou. "O que é este madre aqui? Você gostaria de comer sua mãe, Yvonne?"

"Badre, señor. *Fish* también. Peixe de Yautepec. Muy sabroso. Señor gosta?"

"Que tal, Hugh? Quer esperar o peixe que morre?"

"Eu gostaria de uma cerveja."

"Cerveza, sí. Moctezuma? Dos Equis? Carta Blanca?"

Por fim, decidiram por sopa de mariscos, ovos mexidos, a galinha espectral da casa, feijão e cerveja. De início, o cônsul havia pedido apenas camarões e um hambúrguer, mas cedeu a Yvonne: "Querido, você não comeria mais que isso, eu sou capaz de comer um cavalinho". As mãos deles se encontraram sobre a mesa.

E então, pela segunda vez naquele dia, os olhos deles, em um longo olhar, um longo olhar de anseio. Por trás dos olhos dela, por trás dela, o cônsul, viu por um instante Granada e o trem que valsava de Algeciras sobre as planícies da Andaluzia, *tchufchet papetch, tchufchet papetch*, a rua baixa empoeirada da estação passava pela velha arena de touros, o bar Hollywood e ao entrar na cidade, passando pelo consulado britânico, pelo convento de Los Angeles, até diante do

Washington Irving Hotel (Você não pode me escapar, estou vendo você, a Inglaterra tem que voltar à Nova Inglaterra por seus valores!), o velho trem número sete corria ali: noite, e os majestosos táxis puxados a cavalo passam devagar pelos jardins, passam pelos arcos, passam diante do lugar onde o eterno mendigo toca um violão de três cordas, pelos jardins, jardins, jardins por toda parte, acima, acima, para os maravilhosos ornatos do Alhambra (que o entediavam), passam pelo poço onde se conheceram, até a América Pensión; e acima, acima, agora subindo para os jardins Generalife, e agora dos jardins Generalife para a tumba mourisca no pico extremo do morro; ali eles ficaram noivos...

O cônsul baixou os olhos afinal. Quantas garrafas então? Em quantos copos, em quantas muitas garrafas tinha ele se escondido, desde então sozinho? De repente, ele as viu, as garrafas de aguardiente, de anís, de jerez, de Highland Queen, os copos, uma babel de copos — subindo, como a fumaça do trem aquele dia — construída até o céu e depois caindo, os copos virados e espatifados, morro abaixo dos jardins Generalife, as garrafas quebradas, garrafas de Porto, tinto, blanco, garrafas de Pernod, Oxygènée, absinto, garrafas se espatifando, garrafas deixadas de lado, caindo com um som surdo no chão em parques, debaixo de bancos, camas, poltronas de cinema, escondidas em gavetas em consulados, garrafas de Calvados caídas e quebradas ou explodindo em caquinhos, jogadas em montes de lixo, jogadas no mar, no Mediterrâneo, no Cáspio, no Caribe, garrafas flutuando no oceano, escoceses mortos nas terras altas do Atlântico — e agora ele as via, sentia o cheiro delas, todas, desde o comecinho — garrafas, garrafas, garrafas e copos, copos de bitter, de Dubonnet, de Falstaff, Centeio, Johnny Walker, Vieux Whiskey blanc Canadien, os apéritifs, os digestifs, os demis, os duplos, os noch ein Herr Obers, os et glas Araks, os tusen taks, as garrafas, as garrafas, as lindas garrafas de tequila, e as cabaças, cabaças, cabaças, os milhões de cabaças do lindo mescal... O cônsul ficou sentado muito quieto. Sua consciência parecia abafada com o rugir da água. Ela batia e gemia em torno da casa de moldura de madeira com a brisa espasmódica, com nuvens de tempestade sobre árvores, vistas através de janelas, suas facções. Como ele podia mesmo esperar se reencontrar, começar de novo quando, em algum lugar, talvez em uma daquelas garrafas perdidas ou quebradas, em um daqueles copos estava, para sempre, a pista solitária para sua identidade? Como ele podia voltar e olhar agora, rastejar no vidro quebrado, debaixo de balcões eternos, debaixo de oceanos?

Pare! Olhe! Escute! Quão bêbado ou quão embriagadamente sóbrio, não bêbado, de qualquer forma, como você pode calcular como está *agora*? Tinha havido aqueles drinques na señora Gregorio, não mais que dois decerto. E antes? Ah, antes! Porém mais tarde, no ônibus, ele tinha tomado só aquele gole do habanero de Hugh, depois, na tourada, quase acabara com ele. Era isso que o deixara bêbado de novo, mas bêbado de um jeito que ele não gostava, de um jeito ainda pior que na praça, a bebedeira da inconsciência iminente, do enjoo, e era esse tipo de bebedeira — era? — que ele tentava tornar sóbrio com aqueles mescalitos na surdina. Mas o mescal, o cônsul deu-se conta, tinha produzido um efeito de algum modo fora dos seus cálculos. A estranha verdade era que ele estava com outra ressaca. Havia, de fato, algo quase belo no assustador extremismo daquele estado em que o cônsul se encontrava. Era uma ressaca como a onda de um grande oceano escuro a rolar finalmente contra um navio a vapor que naufraga, por incontáveis rajadas a barlavento que há muito haviam cessado de soprar. E disso tudo não era tão necessário ficar sóbrio de novo, como uma vez mais despertar, sim, como despertar, tão necessário como...

"Lembra de hoje de manhã, Yvonne, quando nós atravessamos o rio, havia uma pulquería do outro lado, chamada La Sepultura, ou algo assim, e havia um índio sentado, encostado à parede, com o chapéu em cima do rosto e o cavalo amarrado a uma árvore, e havia um número sete marcado na anca do cavalo..."

"... alforjes..."

... Caverna dos Ventos, local de todas as grande decisões, pequena Cythère de infância, eterna biblioteca, santuário comprado por um tostão ou nada, onde mais um homem podia absorver e se despir de tanto ao mesmo tempo? O cônsul estava bem acordado, mas aparentemente não estava, no momento, jantava com os outros, embora as vozes deles até lhe chegassem bem claras. O toalete era todo de pedra cinzenta e parecia uma tumba — até o assento era de pedra fria. "É o que eu mereço... É o que eu sou", o cônsul pensou. "Cervantes", ele chamou, e Cervantes, surpreendentemente, apareceu, meio virando a esquina — não havia porta na tumba de pedra — com o galo de briga, fingindo se debater debaixo do braço, rindo:

"... Tlaxcala!"

"... ou talvez estivesse no traseiro dele..."

Depois de um momento, como entendeu a dificuldade do cônsul, Cervantes alertou:

"Uma pedra, hombre, vou trazer uma pedra."

"Cervantes!"

"... *marcada*..."

"... se limpe numa pedra, señor".

A refeição tinha começado bem também, ele lembrou agora, um minuto antes, ou mais, apesar de tudo, e: "Perigosa Magu de Mariscos", ele tinha observado no começo da sopa. — E nosso pobre miolo com ovos estragando em casa! — não tinha ele se comiserado com a aparição da galinha espectral da casa a nadar num molho primoroso? Falavam do homem à beira da estrada e do ladrão no ônibus e então: "Excusado". E isto, este cinzento consulado final, essa ilha Franklin da alma, era o excusado. Separado dos locais de banho, conveniente, mas escondido das vistas, era sem dúvida uma pura fantasia tlaxcaltecana, obra do próprio Cervantes, construída para lembrá-lo de alguma fria aldeia de montanha envolta em neblina. O cônsul sentou-se, porém inteiramente vestido, sem mover um músculo. Por que estava ali? Por que estava sempre mais ou menos ali? Ele gostaria de um espelho para fazer a si mesmo essa pergunta. Mas não havia espelho. Nada além de pedra. Talvez não houvesse tempo também, nesse retrete de pedra. Talvez essa fosse a eternidade sobre a qual ele tanto se agitava, a eternidade já, do tipo Svidrigailov, só que em vez de uma casa de banho no campo, cheia de aranhas, ali se transformava em uma monástica cela de pedra onde se sentava — estranho! — quem senão ele próprio?

"Pulquería..."

"... e depois teve aquele índio..."

SÍTIO DA HISTÓRIA DA CONQUISTA
VISITE TLAXCALA!

o cônsul leu. (E como podia haver, ao lado dele, uma garrafa de refrigerante cheia até a metade de mescal, como ele tinha conseguido aquilo tão depressa, ou Cervantes, arrependido, graças a Deus, pela pedra, trouxera junto o folheto turístico, ao qual estava afixado um horário de trens e ônibus, ou teria ele comprado antes e, nesse caso, quando?)

¡VISITE VD. TLAXCALA!

Sus Monumentos, Sitios Históricos y De Bellezas Naturales. Lugar De Descanso, El Mejor Clima. El Aire Más Puro. El Cielo Más Azul.

¡TLAXCALA! SEDE DE LA HISTORIA DE LA CONQUISTA

"... hoje de manhã, Yvonne, quando nós atravessamos o rio, havia uma pulquería do outro lado..."
"... La Sepultura?"
"... índio sentado encostado à parede..."

SITUAÇÃO GEOGRÁFICA

O estado está localizado entre 19° 06' 10" e 19° 44' 00" de latitude norte e entre 0° 23' 38" e 1° 30' 34" de longitude leste do meridiano do México. Tem como fronteiras a noroeste e sul o estado de Puebla, a oeste o estado do México e a noroeste o estado de Hidalgo. Sua extensão territorial é de 4.132 quilômetros quadrados. A população em torno de 220 mil habitantes, com uma densidade de 53 habitantes por quilômetro quadrado. Está situado em um vale cercado por montanhas, entre as quais as chamadas Matlalcueyatl e Iztaccíhuatl.

"Claro que você lembra, Yvonne, que havia uma pulquería..."
"Como estava gloriosa esta manhã!"

CLIMA

Intertropical e agradável nas montanhas, saudável e constante. A malária é desconhecida.

"... bom, Geoff disse que ele era espanhol, para começar..."
"... mas que diferença faz..."
"Então aquele homem na beira da estrada podia ser um índio, claro", o cônsul de repente exclamou de seu retrete de pedra, embora fosse estranho, aparentemente ninguém o ouvia. "E por que um índio? Para que o incidente possa ter algum significado social para ele, para que possa parecer uma espécie de repercussão tardia da Conquista e uma repercussão da Conquista, se quiser, para que isso possa se tornar por sua vez uma repercussão de..."
"... do outro lado do rio, um moinho..."
"Cervantes!"
"Uma pedra... Quer uma pedra, señor?"

HIDROGRAFIA

Rio Zahuapan — afluente do rio Atoyac, faz fronteira com a cidade de Tlaxcala, fornece grande quantidade de energia a diversas fábricas; dentre as lagoas, a mais notável é Acuitlapilco, dois quilômetros ao sul da cidade de Tlaxcala... Um grande número de palmípedes é encontrado na primeira lagoa.

"... Geoff disse que o pub de onde ele saiu era um reduto fascista. O El Amor de los Amores. O que eu soube é que ele era o dono do pub, mas acho que ele se deu mal e agora só trabalha lá... Quer outra garrafa de cerveja?"
"Por que não? Vamos tomar."
"E se esse homem da beira da estrada tivesse sido um fascista e seu espanhol um comunista?" Em seu retrete de pedra, o cônsul tomou um gole de mescal. "Não importa, acho que seu ladrão é um fascista, mas de um tipo infame, provavelmente um espião de outros espiões ou..."

"Na minha opinião, Hugh, acho que ele deve ser apenas um pobre-diabo que voltava do mercado, tomou muito pulque e caiu do cavalo, estavam cuidando dele, mas aí nós chegamos e ele foi roubado... Se bem que, sabe, eu não notei nada... É uma vergonha para mim."

"Afaste o chapéu dele mais para trás, deixe ele respirar um pouco."

"... na frente do La Sepultura".

CIDADE DE TLAXCALA

A capital do estado, que dizem ser igual a Granada, *a capital do estado, que dizem ser igual a Granada, que dizem ser igual a Granada, Granada, a capital do estado que dizem ser igual a Granada*, é de aparência muito agradável, ruas retas, edifícios arcaicos, clima excelente, luz elétrica pública eficiente e moderno hotel para turistas. Tem um lindo Parque Central chamado Francisco I Madero coberto por árvores de idade avançada, sendo a maioria de freixos, um jardim dotado de muitas belas flores; bancos por toda parte, *quatro limpas, bancos por toda parte*, quatro avenidas laterais limpas e bem cuidadas. Durante o dia, os pássaros cantam melodiosamente entre a folhagem das árvores. Seu todo dá uma visão de emocionante majestade, *emocionante majestade* sem perder a tranquilidade e repousada aparência. A calçada lateral ao rio Zahuapan, com 200 metros de comprimento, tem em ambos os lados corpulentas árvores de freixo ao longo do rio, em algumas partes há aterros construídos, dando a impressão de diques, na parte central da calçada há uma floresta onde se encontram "senadores" (locais para piqueniques), a fim de facilitar os dias de descanso para os transeuntes. Dessa calçada se pode admirar a sugestiva paisagem que mostra o Popocatépetl e o Iztaccíhuatl.

"... ou ele não pagou o pulque no El Amor de los Amores e o irmão do dono do pub foi atrás dele e cobrou a conta. Vejo uma extraordinária possibilidade disso".

"... O que *é* o Ejidal, Hugh?"

"... um banco que adianta dinheiro para financiar empreendimentos coletivos nas aldeias... Esses mensageiros têm um trabalho perigoso. Eu tenho aquele amigo em Oaxaca... Às vezes, eles viajam disfarçados de peões, sabe... Por causa de alguma coisa que Geoff disse… Juntando dois mais dois… Achei que o coitado do homem podia ser um mensageiro do banco… Mas ele era o mesmo sujeito que nós vimos de manhã, de qualquer forma era o mesmo cavalo, você lembra se tinha algum alforje quando nós vimos?"

"Quer dizer, acho que eu vi… Tinha, sim, quando eu acho que vi."

"Ora, acho que tem um banco assim em Quauhnahuac, Hugh, perto do Palácio Cortez."

"… uma porção de gente que não gosta dos Credit Banks e não gosta de Cárdenas também, como você sabe, ou tem algum uso para as leis de reforma agrária dele…"

CONVENTO DE SAN FRANCISCO

Dentro dos limites da cidade de Tlaxcala fica uma das igrejas mais antigas do Novo Mundo. Esse local foi residência da primeira Sé Apostólica, chamada Carolence em honra do rei espanhol Carlos v, sendo o primeiro bispo Don Fray Julián Garcés, no ano de 1526. No citado Convento, segundo a tradição, foram batizados os quatro senadores da República Tlaxcaltecana, na Pia Batismal que ainda existe do lado direito da igreja, sendo padrinhos deles o conquistador Hernán Cortés e diversos capitáes seus. A entrada principal do Convento apresenta uma série magnífica de arcos e na parte interna há uma passagem secreta, *passagem secreta*. Do lado direito da entrada está erigida uma torre majestosa, que é considerada a única nas Américas. Os altares do Convento são em estilo churrigueresque (sobrecarregado) e decorados com pinturas desenhadas pelos mais celebrados artistas, tais como Cabrera, Echave, Juárez etc. Na capela do lado direito, existe ainda o famoso púlpito de onde se pregou pela primeira vez o Evangelho no Novo Mundo. O teto da Igreja do Convento mostra magníficos painéis de carvalho esculpido e decorações em forma de estrelas douradas. O teto é único em toda a América espanhola.

"… apesar do que venho trabalhando e do meu amigo Weber, e do que Geoff disse a respeito da Unión Militar, ainda não acho que os fascistas tenham aqui qualquer influência digna de nota".

"Ah, Hugh, pelo amor de Deus…"

A PARÓQUIA DA CIDADE

A igreja está erigida no mesmo lugar em que os espanhóis construíram o primeiro eremitério consagrado à Virgem Maria. Alguns altares foram decorados com obras de arte de estilo sobrecarregado. O pórtico da igreja é de aparência bela e severa.

"*Ha ha ha!*"
"*Ha ha ha!*"
"Sinto muito que você não possa vir comigo."
"Porque ela é a Virgem para os que não têm ninguém com eles."
"Ninguém vem aqui, só aqueles que não têm ninguém com eles."
"... que não têm ninguém com..."
"... que não têm ninguém com eles..."

CAPELA REAL DE TLAXCALA

Em frente ao parque Francisco i Madero podiam se ver as ruínas da Capela Real, onde os senadores tlaxcaltecanos pela primeira vez rezaram ao Deus do Conquistador. Foi deixado apenas o pórtico, que mostra o escudo do papa, assim como o do Pontificado Mexicano e do rei Carlos v. A história relata que a construção da Capela Real foi erigida a um custo que atingiu $200.000,00...

"Um nazista pode não ser fascista, mas com certeza tem muitos deles por aí, Yvonne. Criadores de abelhas, garimpeiros, farmacêuticos. E donos de pubs. Os próprios pubs são, é claro, ideais para quartel-general. No Pilsener Kindl, por exemplo, na Cidade do México..."

"Sem falar em Parián, Hugh", disse o cônsul, bebendo mescal, embora ninguém parecesse tê-lo ouvido a não ser um colibri, que nesse momento entrou roncando em seu retrete de pedra, zumbiu, agitado, na entrada e ao sair quase bateu no rosto do afilhado do próprio Conquistador, Cervantes, que passou deslizando de novo com seu galo de briga. "No Farolito..."

SANTUARIO OCOTLÁN EM TLAXCALA

É um santuário cujas torres brancas e embelezadas de 38,7 metros de altura, em estilo sobrecarregado, despertam uma impressão majestosa e impositiva. A frontaria ornada com estátuas de arcanjos sagrados, s. Francisco e o epíteto da Virgem Maria. Sua construção, obra de escultura em perfeitas dimensões decorada com símbolos alegóricos e flores. Foi construída na época colonial. Seu altar central é de um estilo sobrecarregado e embelezado. Mais admirável é a sacristia, em arco, decorada com delicadas obras esculpidas em que prevalecem as cores verde, vermelho e dourado. Na parte mais alta dentro da cúpula estão entalhados os doze apóstolos. O conjunto é de uma beleza singular, não encontrada em nenhuma igreja da República.

"… não concordo com você, Hugh. Vamos voltar alguns anos…"

"… se esquecermos, claro, os mistecas, toltecas, Quetzelcoatl…"

"… não necessariamente…"

"… ah, sim, você concorda, sim! E você primeiro diz que espanhol explora índio, depois, quando tem filho, explora o mestiço, depois o espanhol mexicano puro-sangue, o criollo, depois o mestizo explora todo mundo, estrangeiros, índios e tudo. Então os alemães e americanos o exploram: agora o capítulo final, a exploração de todo mundo por todo mundo…"

Locais Históricos — SAN BUENAVENTURA ATEMPAM

Nesta cidade foram construídos e experimentados num dique os navios usados pelos conquistadores no ataque a Tenochtitlán, a grande capital do Império de Moctezuma.

"Mar Cantábrico."

"Tudo bem, eu ouvi, a Conquista ocorreu numa comunidade organizada na qual naturalmente já havia exploração."

"Bom…"

"… não, a questão, Yvonne, é que a Conquista ocorreu numa civilização que era tão boa, se não melhor, que a dos conquistadores, uma estrutura profundamente enraizada. As pessoas não eram todas selvagens ou tribos nômades, desimpedidas e sem rumo…"

"… sugerindo que se elas fossem desimpedidas e sem rumo nunca teria havido nenhuma exploração?"

"Tome outra cerveja… Carta Blanca?"

"Moctezuma… Dos Equis."

"Ou é Montezuma?"

"Moctezuma na garrafa."

"Só isso que ele é agora…"

TLZATLÁN

Nessa cidade, muito próxima de Tlaxcala, ainda estão erguidas as ruínas do Palácio, residência do senador Xicohtencatl, pai do guerreiro de mesmo nome. Nas ditas ruínas, pode-se ainda apreciar os blocos de pedra onde eram oferecidos os sacrifícios aos deuses… Na mesma cidade, muito tempo atrás, havia quartéis-generais dos guerreiros tlaxcaltecanos…

"Estou de olho em você. Você não me escapa."

"… não se trata só de escapar. Quer dizer, vamos começar de novo, de verdade, com tudo limpo".

"Acho que eu conheço o lugar."

"Estou vendo você."

"… onde estão as cartas, Geoffrey Firmin, as cartas que ela escreveu até partir o próprio coração…"

"Mas em Newcastle, Delaware, aí é de novo outra história!"

"… as cartas que você não só nunca respondeu, não respondeu, respondeu, não respondeu, respondeu então onde está sua resposta…"

"… mas ah, meu Deus, esta cidade… o barulho! o caos! Se eu pudesse ao menos ir embora! Se eu ao menos soubesse para onde se pode ir!"

OCOTELULCO

Nessa cidade próxima a Tlaxcala existiu, há muito, o Palácio Maxix-catzin. Nesse lugar, segundo a tradição, ocorreu o batismo do primeiro índio cristão.

"Vai ser como um renascimento."

"Estou pensando em virar cidadão mexicano, ir viver no meio dos índios, como William Blackstone."

"A perna de Napoleão repuxou."

"… podia ter passado por cima de você, deve haver alguma coisa errada, não? Não, indo para…"

"Guanajuato… as ruas… como resistir aos nomes das ruas… A rua dos Beijos…"

MATLALCUEYATL

Nessa montanha existem ainda as ruínas do santuário dedicado ao Deus das Águas, Tlaloc, cujos vestígios estão quase perdidos, portanto, não são mais visitados por turistas, e menciona-se que nesse lugar o jovem Xicohtencatl discursou para seus soldados, disse a eles para lutar contra os conquistadores até o limite, e morrer se necessário.

"… no pasarán".

"Madrid."

"Balearam esses também. Atiravam primeiro e faziam perguntas depois."

"Estou vendo você."

"Estou de olho em você."

"Você não me escapa."

"Guzmán… Erikson 43."

"Um morto será transportado por…"

SERVIÇO FERROVIÁRIO E RODOVIÁRIO
(MEXICO-TLAXCALA)

Linhas	MEXICO	TLAXCALA		Tarifas
Ferrovia Mexico-Vera Cruz	Pr 7h30	Ch 18h50	Ch 12h	$7,50
Ferrovia Mexico-Puebla	Pr 16h05	Ch 11h05	Ch 20h	7,75

Baldeação em Santa Ana Chiautempan em ambos os sentidos.
Ônibus Flecha Roja. Parte a cada hora das 5 às 19 horas.
Pullmans Estrella de Oro parte a cada hora das 7 às 22.
Baldeação em San Martín Texmelucán em ambos os sentidos.

... E agora, uma vez mais, os olhos deles se encontram acima da mesa. Mas dessa vez havia, por assim dizer, uma névoa entre eles, e através da névoa o cônsul pareceu ver não Granada, mas Tlaxcala. Era uma cidade catedral branca, linda, pela qual ansiava a alma do cônsul e que, de fato, sob muitos aspectos, era como Granada; só que aparecia a ele, exatamente como nas fotografias do folheto, perfeitamente vazia. Essa era a coisa mais esquisita e ao mesmo tempo a mais bela; não havia ninguém lá, ninguém — e nisso também parecia um pouco Tortu — para interferir com seu negócio de beber, nem mesmo Yvonne, que, à medida que estava em evidência, bebia com ele. O santuário branco da igreja em Octolán, de estilo sobrecarregado, se ergueu diante deles: torres brancas com um relógio branco e ninguém ali. Enquanto o relógio em si era intemporal. Eles caminhavam, levavam garrafas brancas, giravam bengalas e plantas de freixo, no belo clima constante e melhor, no ar mais puro, entre os freixos corpulentos, as árvores de idade avançada, pelo parque deserto. Caminhavam felizes como sapos numa tempestade, de braços dados pelas quatro avenidas laterais limpas e bem-arranjadas. Pararam, bêbados como cotovias, no convento de San Francisco deserto, diante da capela vazia onde se pregou pela primeira vez o Evangelho no Novo Mundo. À noite, dormiram com lençóis frios e brancos entre as garrafas brancas no Hotel Tlaxcala. E na cidade também havia inúmeras cantinas brancas, onde se podia beber para sempre a crédito, com a porta aberta e o sopro do vento. "Podíamos ir direto para lá, ele disse, "direto para Tlaxcala. Ou podíamos passar a noite em Santa Ana Chiautempan, baldeando em ambos os sentidos, claro, e ir para Vera Cruz de manhã. Claro que isso quer dizer...", ele olhou no relógio, "voltar direto agora... Podíamos pegar o próximo ônibus... Vamos ter tempo para uns drinques", acrescentou, consularmente.

A névoa tinha clareado, mas os olhos de Yvonne estavam cheios de lágrimas e ela estava pálida.

Algo estava errado, muito errado. Para começar, tanto Hugh como Yvonne pareciam surpreendentemente bêbados.

"Como assim, você não quer voltar para Tlaxcala agora?", o cônsul perguntou, talvez duro demais.

"Não é isso, Geoffrey."

Felizmente, Cervantes chegou nesse momento com um pires cheio de mariscos vivos e palitos. O cônsul bebeu um pouco da cerveja que estava à espera dele. A situação da bebida agora era esta, era esta: tinha havido um drinque à espera dele e esse gole de cerveja que ele ainda não tinha dado muito bem. Por outro lado, tinha havido até recentemente diversos drinques de mescal (por que não? a palavra não o intimidava, hã?) à sua espera numa garrafa de refrigerante, e todos esses ele tinha e não tinha bebido: tinha bebido de fato, não tinha bebido no tocante aos outros. E antes disso tinha havido dois mescais que ele devia e não devia ter tomado. Eles desconfiavam? Ele conjurara o silêncio de Cervantes; teria o tlaxcaltecano sido incapaz de resistir e o traído? Do que falavam realmente enquanto ele estava longe? O cônsul levantou os olhos dos mariscos para Hugh; Hugh, assim como Yvonne, além de bem bêbado, parecia zangado e ferido. O que eles estavam aprontando? O cônsul não tinha se ausentado muito tempo (ele achava), não mais que sete minutos no total, reaparecera lavado e penteado — quem sabe como? —, sua galinha tinha esfriado pouco, enquanto os outros terminavam a deles... Et tu Bruto! O cônsul sentiu seu olhar para Hugh se transformar num olhar frio de ódio. Com os olhos fixos como uma verruma sobre ele, o cônsul o viu como aparecera esta manhã, sorridente, a lâmina afiada brilhando ao sol. Mas agora ele avançava como para decapitá-lo. Então a visão escureceu e Hugh ainda avançava, mas não para ele. Em vez disso, de volta à arena, ele avançava para um boi: agora havia trocado sua navalha por uma espada. Ele deu um golpe com a espada para forçar o boi a se ajoelhar... O cônsul combatia uma onda sem sentido, mas irresistível, de louca raiva. Trêmulo, apenas por esse esforço — e um esforço construtivo, pelo qual ninguém lhe dava crédito, para mudar de assunto —, ele empalou um dos mariscos num palito, ergueu-o e quase sibilou entre dentes:

"Agora você vê que tipo de criaturas nós somos, Hugh. Comemos coisas vivas. É isso que fazemos. Como se pode ter muito respeito pela humanidade ou qualquer convicção na luta social?"

Apesar disso, Hugh pareceu dizer, distante, calmo, depois um tempo: "Eu uma vez vi um filme russo sobre uma revolta de alguns pescadores... Um tubarão preso na rede com um cardume de outros peixes e morto... Aquilo me pareceu um belo símbolo do sistema nazista, que, mesmo morto, continua a engolir homens e mulheres que se debatem!"

"Isso vale também para qualquer sistema... Inclusive o sistema comunista."

"Olhe aqui, Geoffrey..."

"Olhe aqui, meu caro", o cônsul ouviu a si próprio "ter contra você Franco ou Hitler é uma coisa, mas ter Actinium, Argon, Beryllium, Dysprosium, Niobium, Palladium, Praseodymium..."

"Olhe aqui, Geoffrey..."

"... Ruthenium, Sarnarium, Silicon, Tantalum, Tellurium, Terbium, Thorium..."

"Escute aqui..."

"Thulium, Titanium, Uranium, Vanadium, Virginium, Xenon, Ytterbium, Yttrium, Zirconium, para não falar de Europium e Germanium... ah!... e Columbium! Contra você e todos os outros, é outra coisa." O cônsul terminou a cerveja.

O trovão soou de novo lá fora com um estalo e uma explosão riscada.

Apesar disso, Hugh parecia dizer, calmo, distante: "Escute aqui, Geoffrey. Vamos acertar isso de uma vez por todas. O comunismo para mim não é, essencialmente, um sistema, seja qual for a sua fase atual. É apenas um novo espírito, algo que um dia poderá ou não parecer tão natural como o ar que respiramos. Parece que já ouvi essa frase antes. O que eu tenho a dizer não é original também. De fato, se eu vier a dizer isso daqui a cinco anos, talvez soe absolutamente banal. Mas, pelo que sei, ninguém ainda invocou Matthew Arnold para defender seu argumento. Então vou citar Matthew Arnold para você, em parte porque você acha que eu não sou capaz de citar Matthew Arnold. Mas é aí que você se engana. Minha ideia do que nós chamamos de…"

"Cervantes!"

"… é um espírito do mundo moderno que desempenha papel análogo ao do cristianismo no antigo. Matthew Arnold diz, em seu ensaio sobre Marco Aurélio…"

"Cervantes, pelo amor de Deus…"

"Longe disso, o cristianismo que aqueles imperadores queriam reprimir era, na concepção que eles tinham da coisa, algo filosoficamente desprezível, politicamente subversivo e moralmente abominável. Como homens, eles sinceramente viam o cristianismo muito como pessoas bem condicionadas, entre nós, veem o mormonismo: como governantes ele viam muito como estadistas liberais, entre nós, viam os jesuítas. Uma espécie de mormonismo"…

" …"

" '… constituído como uma vasta sociedade secreta, com objetivos políticos obscuros e subversão social, foi o que Antonius Pius'"…

"Cervantes!"

"A causa interna e motora da representação está nisso, sem dúvida, que o cristianismo era um novo espírito no mundo romano, destinado a atuar naquele mundo como um solvente; e era inevitável que o cristianismo"…

"Cervantes", o cônsul interrompeu, "você é oaxaqueñano?"

"No, señor. Eu sou tlaxcalano, Tlaxcala."

"Você é", disse o cônsul. "Bom, hombre, e não tem árvores de idade avançada em Tlaxcala?"

"Sí, sí, hombre. Árvores de idade avançada. Muitas árvores."

"E Ocotlán. Santuario de Ocotlán. Isso não fica em Tlaxcala?"

"Sí, sí, señor, Santuario de Ocotlán", disse Cervantes enquanto voltava para o balcão.

"E Matlalcuayatl."

"Sí, hombre, Matlalcuayatl… Tlaxcala."

"E lagoas?"

"Sí… muitas lagoas."

"E não tem muitas aves palmípedes nessas lagoas?"

"Sí, señor. Muy fuerte… Em Tlaxcala."

"Bom, então", o cônsul disse, voltando-se para os outros, "o que tem de errado no meu plano? O que tem de errado com vocês? Você não vai para Vera Cruz afinal, Hugh?"

De repente, um homem começou a tocar violão raivosamente na porta e mais uma vez Cervantes avançou: ""Flores Negras" é o nome dessa música". Cervantes estava a ponto de convidar o homem para entrar. "Diz assim: eu sofro porque seus lábios dizem mentiras e têm a morte num beijo."

"Diga para ele ir embora", o cônsul falou. "Hugh… cuántos trenes hay el día para Vera Cruz?"

O tocador de violão mudou a música:

"Essa é música de camponês", disse Cervantes, "para bois."

"Bois, chega de bois por hoje. Diga para ele ir embora, por favor", disse o cônsul. "Meu Deus, qual é o problema com vocês dois? Yvonne, Hugh… É uma ideia muito boa, uma ideia muito prática. Não percebem que ela vai matar dois pássaros com uma pedra só… uma pedra, Cervantes!… Tlaxcala fica no caminho de Vera Cruz, Hugh, a verdadeira cruz … É a última vez que vou te ver, meu velho. Pelo que sei… Podíamos celebrar. Vamos lá, não pode mentir para mim, estou de olho em você… Baldeação em San Martín Texmelucán em ambos os sentidos…"

Um trovão, único, explodiu no meio do ar bem na frente da porta e Cervantes veio correndo com o café: acendeu fósforos para os cigarros deles: "La superstición dice", ele sorriu ao riscar mais um para o cônsul, "que cuando tres amigos prenden su cigarro con la misma cerilla, el último muere antes que los otros dos".

"Vocês têm essa superstição no México?", Hugh perguntou.

"Sí, señor", Cervantes balançou a cabeça, "a fantasia é que, quando três amigos usam o fogo do mesmo fósforo, o último morre antes dos outros dois. Mas na guerra é impossível, porque muitos soldados só têm um fósforo."

"Feurstick", disse Hugh, protegendo mais um fósforo para o cônsul. "Os noruegueses têm um nome melhor para fósforos."

... Escurecia, o tocador de violão parecia estar sentado no canto, de óculos escuros, eles tinham perdido o ônibus de volta, se é que queriam pegá-lo, o ônibus que ia levá-los para casa em Tlaxcala, mas ao cônsul pareceu, quando tomavam café, que ele tinha, repentinamente, começado a falar com sobriedade, de modo brilhante e fluente outra vez, que ele estava, de fato, em ótima forma, fato que sem dúvida deixava Yvonne, à sua frente, feliz de novo. Feurstick, a palavra norueguesa de Hugh, ainda estava na cabeça dele. E o cônsul falou dos indo-arianos, dos iranianos e do fogo sagrado, Agni, invocado do céu pelo sacerdote, com seus bastões de fogo. Falou do soma, amrita, o néctar da imortalidade, louvado em todo um livro do Rig Veda — *bhang*, que era, talvez, muito parecido com o mescal, e, mudando de assunto, delicadamente, falou da arquitetura norueguesa, ou melhor, do quanto a arquitetura na Caxemira era quase norueguesa, por assim dizer, a mesquita Hamadan, por exemplo, de madeira, com suas torres altas e afiladas e ornatos pendulares nos beirais. Falou dos jardins Borda em Quauhnahuac, na frente do cinema de Bustamente e que eles, por alguma razão, sempre o faziam lembrar do terraço do Nishat Bagh. O cônsul falou dos deuses védicos, que não eram propriamente antropomorfizados, enquanto Popocatépetl e Iztaccíhuatl... Ou não eram? De qualquer forma, o cônsul falava, mais uma vez, do fogo sagrado, do fogo sacrificial, da prensa de soma feita de pedra, dos sacrifícios de bolos, bois e cavalos, do sacerdote a entoar os Vedas, de como os ritos da bebida, simples no início, se tornaram mais e mais complicados com o passar do tempo, os ritos celebrados com meticuloso cuidado, uma vez que o menor deslize — *ti hi!* — tornaria inválido o sacrifício. Soma, bhang, mescal, ah sim, o mescal, ele estava de volta àquele assunto outra vez e agora partira dele, quase tão ardiloso quanto antes. Falou da imolação de esposas, e do fato que, na época a que se referia, em Taxila, na boca do desfiladeiro Khyber, a viúva de um homem sem filhos podia contrair levirato, casar com o cunhado. O cônsul se viu afirmando ver uma obscura relação, à parte de qualquer outra meramente verbal, entre Taxila e Tlaxcala: pois quando aquele grande discípulo de Aristóteles — Yvonne — Alexandre, chegou a Taxila, não tinha ele já, à maneira de Cortez, se comunicado com Ambhi, o rei de Taxila, que da mesma forma vira numa aliança com um conquistador estrangeiro uma excelente chance de se livrar de um rival, neste caso não Moctezuma, mas o monarca Paurave, que governava o país entre o Jhelma e o Chenab? Tlaxcala... O cônsul falou, como sir Thomas Browne a respeito de Arquimedes, Moisés, Aquiles, Matusalém, Carlos v e Pôncio Pilatos. O cônsul falou, além do mais, de Jesus Cristo, ou melhor, de Yus Asaf, que, segundo a lenda caxemira, *era* Cristo — Cristo que tinha, depois de retirado da cruz, vagado pela Caxemira em busca das tribos perdidas de Israel e morrido lá, em Srinagar...

Mas havia um ligeiro engano. O cônsul não estava falando nada. Aparentemente não. O cônsul não pronunciara uma única palavra. Era tudo uma ilusão, um torvelinho cerebral caótico, do qual enfim, depois de um longo enfim, naquele exato instante, emergiu, acabada, completa, a ordem:

"O ato de um louco ou de um bêbado, meu caro", ele disse, "ou de um homem que batalha sob violenta excitação, parece menos livre e mais inevitável para aquele que conhece o estado mental do homem que realiza a ação, e mais livre e menos inevitável para aquele que não conhece."

Era como uma peça para piano, era como aquele trechinho em sete bemóis, nas teclas pretas — era como aquilo, mais ou menos, ele agora lembrava, tinha ido ao excusado especificamente *para* lembrar, para trazer à lembrança com perfeição —, era talvez também como a citação que Hugh fizera de Matthew Arnold sobre Marco Aurélio, como aquela pequena peça aprendida com tanta dificuldade, anos atrás, e esquecida sempre que se queria particularmente tocá-la, até que um dia, bêbado a tal ponto que os dedos lembraram sozinhos a combinação e, milagrosamente, perfeitamente, destravaram a riqueza da melodia; só que aqui Tolstói não havia fornecido nenhuma melodia.

"O quê?", Hugh perguntou.

"Nenhuma. Eu sempre volto ao ponto e pego a coisa onde foi interrompida. De que outro jeito eu teria permanecido cônsul por tanto tempo? Quando não temos absolutamente nenhum entendimento das causas de uma ação... estou me referindo, no caso de sua cabeça ter voltado ao assunto de sua própria conversa, aos acontecimentos da tarde... as causas, sejam viciosas ou virtuosas, ou sei lá o quê, às quais atribuímos, segundo Tolstói, um maior elemento de livre-arbítrio. Segundo Tolstói, portanto, devíamos ter menos relutância do que tivemos em interferir…"

"'Todas as causas sem exceção, em que nosso conceito de livre--arbítrio e necessidade varia, dependem de três considerações'", disse o cônsul. "Você não pode se safar."

"Além disso, segundo Tolstói", ele continuou, "antes de julgarmos um ladrão, se ladrão ele for, teríamos que perguntar a nós mesmos: quais eram as ligações dele com outros ladrões, laços de família, seu lugar no tempo, se sabemos até isso, a relação dele com o mundo exterior e com as consequências que levam ao ato… Cervantes!"

"Claro que estamos demorando para descobrir tudo isso enquanto o coitado do sujeito simplesmente continua à morte na estrada", disse Hugh. "Como chegamos nisso? Ninguém teve uma oportunidade de interferir até o fato consumado. De que crime, afinal, você está falando, Geoff? Se outro crime houve… E o fato de não termos feito nada para deter o ladrão nada tem a ver com o fato de não termos feito nada para salvar a vida do homem."

"Exatamente", disse o cônsul. "Eu falava sobre interferência em geral, acho. Por que deveríamos ter feito alguma coisa para salvar a vida dele? Ele não tinha o direito de morrer, se quisesse?… Cervantes, mescal, não, parras, por favor… Por que alguém deve interferir em alguém? Por que alguém deveria interferir nos tlaxcalanos, por exemplo, que estavam perfeitamente felizes com suas árvores de idade avançada, entre as aves palmípedes da primeira lagoa…"

"Que ave palmípede e em que lagoa?"

"Ou quem sabe mais especificamente, Hugh, eu não estivesse falando de nada… Uma vez que supomos definir alguma coisa… ah, *ignoratio elenchi*, Hugh, isso é que é. Ou a falácia de supor que um ponto está comprovado ou desmentido por um argumento que prova ou desmente algo que não está em questão. Como essas guerras. Pois me parece que em quase toda parte do mundo hoje em dia há muito cessou de existir qualquer coisa fundamental ao homem que esteja até mesmo em questão… Ah, vocês que têm ideias!"

"Ah, *ignoratio elenchi*!… Tudo isso, por exemplo, sobre ir lutar pela Espanha… e a pobrezinha China indefesa! Você não percebe que existe uma espécie de determinismo no destino das nações? Elas todas parecem receber o que merecem a longo prazo."

"Bom…"

Uma rajada de vento gemeu em torno da casa com um som sinistro como um nortista que espreita entre as redes de tênis na Inglaterra, tilintando os anéis.

"Não exatamente original."

"Não muito tempo atrás era a pobrezinha Etiópia indefesa. Antes disso, a pobrezinha indefesa Flandres. Sem falar, é claro, do pobrezinho e indefeso Congo Belga. E amanhã será a pobrezinha e indefesa Letônia. Ou Finlândia. Ou Piddledidi. Ou mesmo a Rússia. História lida. Voltar mil anos. De que adianta interferir no estúpido curso delas que não vale nada? Como uma barranca, uma ravina, afogada com lixo, que se desenrola através das eras e se esgota em um… O que, em nome de Deus, toda a heroica resistência de pobres pequenos povos indefesos, todos tornados indefesos por alguma bem calculada e criminosa razão…"

"Droga, *eu* que disse isso para você…"

"… tem a ver com a sobrevivência do espírito humano? Absolutamente nada. Menos que nada. Países, civilizações, impérios, grandes hordas perecem sem nenhuma razão, e sua alma e sentido com elas, aquele velho de que você talvez nunca ouviu falar e que nunca ouviu falar delas, sentado a arder em Timbuctu, provando a existência do correlativo matemático de *ignoratio elenchi* com instrumentos obsoletos, pode sobreviver".

"Pelo amor de Deus", disse Hugh.

"Basta voltar aos dias de Tolstói… Yvonne, aonde você vai?"

"Lá fora."

"Naquela época, era a pobrezinha e indefesa Montenegro. Pobrezinha e indefesa Sibéria. Ou um pouco mais para trás ainda, Hugh, até o seu Shelley, quando era a pobrezinha e indefesa Grécia… Cervantes!… Como será de novo, claro. Ou para Boswell, pobrezinha e indefesa Córsega! Tons de Paoli e Manboddo. Cáftens e fadas fortes pela liberdade. Como sempre. E Rousseau — não o *douanier* — sabia que o que ele estava dizendo era absurdo…"

"Eu gostaria de saber de que maldita porcaria do inferno você acha que está falando."

"Por que as pessoas não param de se meter nos negócios dos outros!"

"Ou dizer o que querem dizer?"

"Era alguma outra coisa, garanto a você. A desonesta racionalização de massa do *motivo*, justificativa da coceira patológica comum. Dos motivos para a interferência; meramente uma paixão por fatalidade metade do tempo. Curiosidade. Experiência... muito natural... Mas nada construtivo no fundo, na verdade apenas aceitação, uma insignificante aceitação desprezível do estado de coisas que lisonjeia alguém a se sentir assim nobre ou útil!"

"Mas meu Deus, é *contra* esse estado de coisas que pessoas como os legalistas..."

"Mas com calamidade no fim! Tem que haver calamidade, senão as pessoas que efetuaram a interferência teriam que voltar e assumir suas responsabilidades para variar..."

"Espere só a guerra de verdade chegar para ver como sujeitos sanguinários como você são!"

"O que nunca aconteceria. Por que todo mundo como você que fala de ir para a Espanha lutar pela liberdade — Cervantes! — devia aprender de cor o que Tolstói disse sobre esse tipo de coisa em *Guerra e paz*, aquela conversa com os voluntários no trem..."

"Mas de qualquer forma aquilo foi em..."

"Onde o primeiro voluntário, quero dizer, se revelou um gabola degenerado que depois de beber ficou evidentemente convencido de que ia fazer alguma coisa heroica... do que você está rindo, Hugh?"

"É engraçado."

"E o segundo foi um homem que tentou tudo e foi um fracasso em tudo. E o terceiro..." Yvonne voltou de repente e o cônsul, que estava gritando, baixou um pouco a voz, "um homem da artilharia, foi o único que lhe deu inicialmente uma impressão favorável. Porém o que ele se revelou? Um cadete que tinha sido reprovado nos exames. Todos eles, como vê, eram desajustados, não serviam para nada, covardes, babuínos, lobos mansos, parasitas, cada um e todos eles, pessoas com medo de enfrentar as próprias responsabilidades, lutar sua própria luta, prontos para ir a qualquer parte, como Tolstói bem percebeu…"

"Frouxos?", Hugh perguntou. "O Katamasov ou seja lá quem for não acreditava que a ação desses voluntários era mesmo assim a expressão de toda a alma do povo russo? Olhe que eu considero que um corpo diplomático que só fica em San Sebastián esperando que Franco vença depressa, em vez de voltar a Madri para dizer ao governo britânico a verdade sobre o que acontece na Espanha, não possa ser constituído de frouxos!"

"Não é vontade sua lutar pela Espanha, por bobagens, por Timbuctu, pela China, pela hipocrisia, por qualquer porra, por qualquer bobagem que uns idiotas de uns filhos de uns cabeças ocas escolhem chamar de liberdade, claro que não existe nada disso, na realidade…"

"Se…"

"Se você realmente leu *Guerra e paz*, como diz que leu, por que não teve o bom senso de aproveitar o que leu, eu repito?"

"De qualquer forma", disse Hugh, "aproveitei o livro a ponto de distinguir de *Anna Kariênina*."

"Bom, *Anna Kariênina* então…", o cônsul fez uma pausa. "Cervantes! — e Cervantes apareceu, com o galo de briga, evidentemente em sono profundo debaixo de seu braço. "Muy fuerte", disse, "muy terrible", e atravessou a sala, "un bruto." Mas como eu sugeri, vocês, malditos, escutem bem, não cuidam das suas coisas nem em casa quanto mais em países estrangeiros. Geoffrey querido, por que não para de beber, não é tarde demais… e tal. Por que não? Eu disse isso? "O que ele estava dizendo? O cônsul ouviu a si mesmo quase com surpresa diante dessa súbita crueldade, dessa vulgaridade. E dentro de instantes ia ficar pior. "Achei que estava tudo tão esplêndida e legalmente ajeitado isso tudo. Só você insiste que não.

"Ah, Geoffrey…"

… O cônsul estava dizendo aquilo? Tinha que dizer aquilo? Parecia que sim. "Porque vocês todos sabem que o que me mantém vivo é só a consciência de que, com toda certeza, é tarde demais… Vocês são todos iguais, Yvonne, Jacques, você, Hugh, tentando interferir na vida dos outros, interferindo, interferindo… por que alguém haveria de se intrometer com o jovem Cervantes aqui, por exemplo, dado o seu interesse em brigas de galo?... é exatamente isso que está atraindo desastre para o mundo, para ir ainda mais longe, é, sim, bem mais longe, tudo porque vocês não têm a sabedoria, a simplicidade, a coragem, é, sim, de pegar e assumir a, de assumir...

"Escute aqui, Geoffrey..."

"O que você já fez pela humanidade, Hugh, com toda sua *oratio obliqua* sobre o sistema capitalista, a não ser falar, e insistir, até sua alma feder?"

"Cale a boca, Geoff, pelo amor de Deus!"

"Para falar a verdade, a alma de vocês dois fede! Cervantes!"

"Geoffrey, por favor, sente", Yvonne parecia ter dito, preocupada, "você está fazendo uma cena."

"Não, não estou, Yvonne. Estou falando com toda calma. Como quando pergunto a você o que você já fez por alguma pessoa além de si mesma." O cônsul tinha que dizer isso? Estava dizendo, disse: "Onde estão os filhos que eu podia ter desejado? Você pode supor que eu podia ter querido filhos. Afogados. Ao acompanhamento do chiar de mil duchas ginecológicas. Mas também *você* não finge amar a humanidade, nem um pouquinho! Você não precisa nem da ilusão, embora tenha algumas ilusões, infelizmente, para te ajudar a negar a única função natural e boa que você tem. Embora, pensando bem, talvez seja melhor mulheres não terem nenhuma função!"

"Não seja um porco nojento, Geoffrey." Hugh se levantou.

"Fique quietinho aí, droga", ordenou o cônsul. "Claro que eu vejo o clima romântico de vocês dois. Mas, mesmo que Hugh dê o melhor de si outra vez, não vai durar, não vai demorar até ele se dar conta de que é só um dos cento e tantos simplórios com guelras de bacalhau e veias de cavalos de corrida, vigorosos como bodes, lascivos como macacos, assanhados como lobos no cio! Não, um já basta..."

Um copo, felizmente vazio, caiu no chão e se espatifou.

"Como se ele colhesse beijos pelas raízes, depois pusesse a perna sobre a coxa dela e suspirasse. Que momentos fora do comum vocês dois devem ter tido, de mãos dadas e brincando de tetinha e chupetinha, o dia inteiro escondido por minha causa... Nossa! Pobre e indefeso eu, não tinha pensado nisso. Mas, sabe, é perfeitamente lógico a que chega a coisa: eu tenho nas mãos minha própria lutazinha insignificante pela liberdade. Mamãe, deixe eu voltar para o lindo bordel! De volta ao lugar onde dedilhavam aqueles trísceles, o trismo infinito…"

"Verdade, fiquei tentado a falar de paz. Fui enganado por suas ofertas de um Paraíso sóbrio e não alcoólico. Pelo menos quero supor que seja isso que vocês estão elaborando o dia inteiro. Mas agora eu tomei minha pequena decisão melodramática, no que resta de minha mente, o suficiente para decidir. Cervantes! Que longe de querer isso, muito obrigado, pelo contrário eu escolho… Tlax… Onde ele estava? Tlax… Tlax…"

… Era como se, quase, ele estivesse parado sobre aquela negra plataforma de estação aberta, aonde ele tinha ido — *tinha* ido? — aquele dia depois de beber a noite inteira para encontrar Lee Maitland que voltava da Virginia às 7h40 da manhã, tinha ido, de cabeça leve, pés leves e naquele estado de ser em que o anjo de Baudelaire desperta de fato, desejando encontrar trens talvez, mas não encontrar trens que param, pois na cabeça do anjo não há trens que parem e de tais trens ninguém desce, nem mesmo outro anjo, nem mesmo um loiro como Lee Maitland… O trem estava atrasado? Por que ele andava pela plataforma? Era o segundo ou terceiro trem da Ponte Pênsil… Pênsil! … "Tlax…", o cônsul repetiu. "Eu escolho…"

Ele estava numa sala, e de repente nessa sala a matéria se desconjuntava: uma maçaneta estava um pouco longe da porta. Uma cortina flutuava sozinha, solta, presa a nada. Ocorreu-lhe a ideia de que ela tinha vindo para estrangulá-lo. Um bem-comportado reloginho atrás do balcão o chamou à consciência, o tique-taque muito alto: *tlax: tlax: tlax: tlax:* … Cinco e meia. Tudo isso? "Droga", ele encerrou absurdamente. "Porque…", Tirou uma nota de vinte pesos e pôs na mesa.

"Eu gosto", disse alto para eles, do lado de fora, através da janela aberta. Cervantes estava atrás do balcão, com olhos assustados, o galo nos braços. "Adoro o inferno. Mal posso esperar para voltar para lá. De fato, estou correndo. Já estou quase lá."

Ele corria mesmo, apesar de mancar, chamava por eles loucamente e o mais esquisito era que não estava sério de verdade, corria para a floresta, que ficava mais e mais escura, tumultuosa acima — um golpe de ar passou por ela e a pimenteira chorosa rugiu.

Depois de algum tempo, ele parou: estava tudo calmo. Ninguém tinha vindo atrás dele. Aquilo era bom? Era bom, sim, pensou, o coração batendo forte. E já que era tão bom, ia pegar o caminho para Parián, para o Farolito.

À frente dele, os vulcões, escarpados, pareciam mais próximos. Erguiam-se acima da floresta, subiam para o céu baixo... maciços interesses moviam-se ao fundo.

11

Pôr do sol. Redemoinhos de aves verdes e alaranjadas espalhadas no alto, em círculos cada vez maiores como anéis na água. Dois porquinhos desapareceram na poeira a galope. Uma mulher passou depressa, uma pequena garrafa transparente equilibrada na cabeça, com a graça de uma Rebecca.

Então, com o Salón Ofélia finalmente para trás deles, não havia mais poeira. E o caminho em direção à floresta parecia reto, passava pelo rugir da água do local de banhos onde, despreocupados, restavam alguns banhistas tardios.

À frente, no nordeste, estavam os vulcões, as volumosas nuvens escuras atrás deles cresciam constantemente no céu.

... A tempestade, que já despachara seus batedores, devia estar viajando em círculo: o verdadeiro ataque ainda estava por vir. Nesse meio-tempo, o vento tinha diminuído e estava leve de novo, embora o sol tivesse se posto atrás deles, ligeiramente para a esquerda, no sudoeste, onde um fulgor vermelho se abria em leque no céu sobre a cabeça deles.

O cônsul não tinha estado no Todos Contentos y Yo También. E agora, no cálido lusco-fusco, Yvonne andava à frente de Hugh, propositalmente depressa demais para conversar. Mesmo assim, a voz dele (assim como a do cônsul pouco antes) a perseguia.

"Você sabe muito bem que eu não vou simplesmente fugir e abandonar Geoffrey", ela disse.

"Meu Deus, isso nunca teria acontecido se eu não estivesse aqui!"

"Provavelmente aconteceria outra coisa."

A selva se fechou sobre eles e os vulcões foram encobertos. No entanto, ainda não escurecera. O regato que corria ao lado emitia alguma luminosidade. Grandes flores amarelas, que pareciam crisântemos, cresciam de ambos os lados da água e brilhavam como estrelas na penumbra. Buganvílias silvestres, vermelho-tijolo à meia-luz, de quando em quando um arbusto com campânulas brancas, línguas para baixo, surgiam diante deles, por vezes um aviso pregado numa árvore, uma flecha talhada, gasta pelo tempo, com as palavras dificilmente visíveis: *A la Cascada...*

Mais adiante, lâminas de arado gastas e enferrujadas, e chassis de carros americanos abandonados atravessavam o riacho que eles mantinham sempre à esquerda.

O som das quedas lá atrás agora se perdia no da cascata à frente. O ar cheio de borrifos, de umidade. Não fosse o tumulto, daria quase para ouvir o crescimento das coisas, enquanto a torrente corria pela pesada folhagem molhada que se erguia por todo lado no solo de aluvião em torno deles.

De repente, acima, viram o céu de novo. As nuvens, não mais vermelhas, tinham assumido um branco-azulado peculiar, umas tênues, outras profundas, como se iluminadas pela lua mais que pelo sol, entre as quais rugia ainda o intenso azul-cobalto sem fundo do entardecer.

Aves deslizavam no alto, subindo mais e mais. A ave infernal de Prometeu!

Eram urubus, que em terra tão mesquinhamente disputam entre si, poluindo-se com sangue e sujeira, muito embora capazes de subir, assim, acima das tempestades, a alturas partilhadas apenas pelo condor, acima do pico dos Andes...

A sudoeste ficava a lua, se preparando para seguir o sol abaixo do horizonte. À esquerda deles, através das árvores, além do riacho, apareciam morros baixos, como aqueles ao pé da Calle Nicaragua; eram roxos e tristes. Ao pé deles, tão perto que Yvonne soltou um pequeno sussurro, movia-se gado pelos campos íngremes entre pés de milho dourados e misteriosas tendas listradas.

À frente, Popocatépetl e Iztaccíhuatl continuavam a dominar o nordeste, a Mulher Adormecida agora talvez a mais bonita dos dois, com ângulos cortados em vermelho-sangue na neve do topo, que desapareceram enquanto olhavam, açoitados por sombras de rocha mais escura, o pico parecia suspenso no ar, flutuando entre as nuvens negras coaguladas, sempre a aumentar.

Chimborazo, Popocatépetl — dizia o poema de que o cônsul gostava — tinham roubado o coração dele! Mas na trágica lenda índia, o Popocatépetl era estranhamente o sonhador: os fogos de seu amor de guerreiro, nunca extintos no coração do poeta, queimavam eternamente por Iztaccíhuatl, que ele perdera logo ao achá-la e que guardava em seu sono sem fim…

Tinham chegado ao limite da clareira, onde o caminho se dividia em dois. Yvonne hesitou. Apontando para a esquerda, como se fosse em linha reta, outra velha seta numa árvore repetia: *A la Cascada*. Mas uma seta semelhante em outra árvore apontava um caminho à direita, para longe do riacho: *A Parián*.

Yvonne agora sabia onde estava, mas as duas alternativas, os dois caminhos, se abriam diante dela de ambos os lados, como os braços — ocorreu-lhe o pensamento perturbador — de um homem crucificado.

Se escolhessem o caminho da direita chegariam a Parián muito mais cedo. Por outro lado, o caminho principal no fim os levaria ao mesmo lugar e, ainda por cima, passariam, ela tinha certeza, por duas outras cantinas pelo menos.

Escolheram o caminho principal: as tendas listradas, os pés de milho sumiram e a selva voltou, seu cheiro úmido terroso, leguminoso, subindo em torno deles com a noite.

Esse caminho, ela pensou, depois de emergir numa espécie de rodovia principal perto de uma cantina-restaurante chamada Rum-
-Popo ou El Popo, formava, ao se retomá-lo (se é que se podia dizer que fosse o mesmo caminho), um atalho em ângulo reto pela floresta até Parián, até o Farolito, que podia ser o sombrio travessão de onde pendiam os braços do homem.

O rugido da queda-d'água que se aproximava era agora como as vozes despertando a favor do vento de cinco mil pássaros tristes-pias numa savana de Ohio. Em direção a ela corria a torrente furiosa, alimentada de cima, onde, pela margem esquerda, transformada abruptamente em uma grande muralha de vegetação, a água vertia no rio através de moitas com festões de corriolas mais altos que as árvores mais altas da floresta. E era como se o espírito da pessoa também fosse arrebatado pela rápida corrente com as árvores arrancadas e os arbustos esmagados em debacle na direção da queda final.

Chegaram à pequena cantina El Petate. Ficava a pouca distância da queda clamorosa, suas janelas iluminadas amigáveis contra o entardecer, e no momento estava ocupada, ela viu, e seu coração deu um salto e parou, saltou de novo e parou, apenas pelo barman e por dois mexicanos, pastores ou camponeses, mergulhados em conversa apoiados ao balcão… Suas bocas abriam e fechavam sem som, as mãos marrons traçavam desenhos no ar, cortesmente.

A El Petate, que do ponto onde ela estava parecia um confuso selo postal, sobrecarregado do lado de fora com os inevitáveis anúncios de Moctezuma, Criollo, Cafeaspirina, mentholatum — no se rasque las picaduras de los insectos! —, era tudo o que restava, segundo tinham dito a ela e ao cônsul uma vez, da antiga e próspera cidade de Anochtitlán, que se incendiara, mas que em certo momento se estendeu para o oeste, do outro lado do rio.

No ruído esmagador, ela ficou esperando do lado de fora. Desde que deixaram o Salón Ofélia até esse ponto, Yvonne tinha se sentido possuída pelo mais completo distanciamento. Mas agora, enquanto Hugh se juntava à cena da cantina — fazia perguntas aos dois mexicanos, descrevia a barba de Geoffrey para o barman, descrevia a barba de Geoffrey para os mexicanos, fazia perguntas ao barman, que, com dois dedos tinha simulado de forma jocosa uma barba —, ela se deu conta de que estava rindo forçado para si mesma, ao mesmo tempo que sentia, loucamente, como se alguma coisa dentro dela queimasse, tivesse pegado fogo, como se todo seu ser naquele momento fosse explodir.

Ela recuou. Tinha tropeçado numa estrutura de madeira perto da Petate, que pareceu saltar sobre ela. À luz da janela, viu que era uma gaiola de madeira, na qual havia uma ave grande.

Era uma pequena águia que ela assustara e que agora tremia na umidade e no escuro de sua prisão. A gaiola estava entre a cantina e uma grossa árvore baixa, na verdade duas árvores abraçadas: uma gameleira e um cipreste-montezuma. A brisa soprava borrifos no rosto de Yvonne. A cascata ressoava. As raízes entrelaçadas das duas árvores amantes corriam pelo chão até o rio, buscando-o em êxtase, embora não precisassem dele de fato; as raízes podiam muito bem ficar onde estavam, pois a toda volta a natureza se superava em extravagante frutificação. Nas árvores mais altas adiante havia uma abertura, um rasgo rebelde, e um chocalhar como de cordame; galhos como vergas oscilavam sombrios e duros em torno dela, folhas largas se desdobravam. Havia uma atmosfera de escura conspiração, como navios no porto antes de uma tempestade, entre essas árvores, através das quais de repente, no alto da montanha, voou um raio e a luz da cantina apagou, acendeu de novo, depois apagou. Sem trovão. A tempestade estava distante mais uma vez. Yvonne esperou com nervosa apreensão: a luz voltou e Hugh — agora como um homem, ah, meu Deus! mas talvez fosse culpa dela, por ter se recusado a entrar — tomava um drinque rápido com os mexicanos. A ave estava quieta, a escura forma furiosa de asas longas, um pequeno mundo de desesperos e sonhos, de lembranças de flutuar acima do Popocatépetl, quilômetro após quilômetro, para mergulhar no sertão e pousar, vigilante, nos fantasmas das árvores devastadas da linha de pinheiros da montanha. Com mãos trêmulas e apressadas, Yvonne começou a destrancar a gaiola. A ave adejou para fora, pousou aos pés dela, hesitou, alçou voo para o telhado da El Petate, depois abruptamente voou pelo entardecer, não para a árvore mais próxima como se poderia supor, mas subiu... ela estava certa, a ave sabia que estava livre... subiu mais, com um súbito bater de asas, para o azul profundo do céu puro no alto, no qual, nesse momento, apareceu uma estrela. Nenhum remorso tocou Yvonne. Ela sentia apenas um inexplicável triunfo secreto, alívio: ninguém jamais saberia que tinha feito isso; e então desceu sobre ela uma sensação de absoluto desgosto e perda.

A luz da lâmpada brilhou nas raízes das árvores; os mexicanos pararam na porta com Hugh, balançaram a cabeça para o tempo e apontaram caminho abaixo, enquanto o barman da cantina se servia de um drinque de algo que pegou de baixo do balcão.

"Não!...", Hugh gritou por cima do tumulto. "Ele não esteve aqui, não! Mas nós podemos tentar esse outro lugar!"

"..."

"Mais abaixo na estrada!"

Depois da El Petate, o caminho virava para a direita, passava diante de um canil no qual havia um tamanduá acorrentado, fuçando a terra preta. Hugh pegou o braço de Yvonne.

"Viu o tamanduá? Lembra do tatu?"

"Não me esqueci, *de nada!*"

Yvonne disse isso enquanto acertavam o passo, sem saber exatamente o que quis dizer. Criaturas selvagens da floresta passavam por eles no mato, e ela olhava para todo lado procurando em vão a águia, na esperança de vê-la de novo. A mata aos poucos ficava mais rala, havia uma vegetação apodrecida em torno deles e um cheiro de decomposição; a barranca não devia estar longe. Então o ar soprou estranhamente mais quente e doce, e o caminho ficou mais íngreme. Da última vez que passara por ali, Yvonne tinha ouvido um curiango, *curiango, curiango*, a queixosa voz solitária da primavera em casa tinha falado, e chamado para casa... para onde? Para a casa de seu pai em Ohio? E o que um curiango estaria fazendo tão longe de casa numa escura floresta mexicana? Mas o curiango, assim como o amor e a sabedoria, não tinha casa; e talvez, como o cônsul então acrescentara, estivesse melhor ali do que rodando por Caiena, onde devia passar o inverno.

Estavam subindo, chegaram a uma pequena clareira de alto do monte; Yvonne podia ver o céu. Mas não conseguia se localizar. O céu mexicano tinha ficado estranho e esta noite as estrelas encontraram para ela uma mensagem ainda mais solitária do que aquela lembrada do pobre curiango sem ninho. Por que estamos aqui, elas pareciam perguntar, no lugar errado, e tudo com a forma errada, tão longe, tão longe, tão longe de casa? De que casa? Quando ela, Yvonne, tinha *não* voltado para casa? Mas as estrelas por seu próprio ser a consolavam. E continuando a caminhar ela sentiu seu estado de distanciamento voltar. Agora Yvonne e Hugh estavam tão no alto a ponto de ver, através das árvores, as estrelas baixas no horizonte ocidental.

Escorpião se pondo... Sagitário, Capricórnio; ah, lá estavam elas afinal, em seus devidos lugares, suas configurações de repente corretas, reconhecíveis, a geometria pura cintilante, impecável. E essa noite, assim como cinco mil anos atrás, elas iam se erguer e se pôr: Capricórnio, Aquário, com a solitária Formalhaut abaixo; Peixes; e o Carneiro; Touro, com Aldebará e as Plêiades. "Quando Escorpião se põe no sudoeste, as Plêiades nascem no nordeste." "Quando Capricórnio se põe no oeste, Órion nasce no leste. E Cetus, a Baleia, com Mira." Esta noite, como eras atrás, as pessoas diriam isso, ou fechariam suas portas a elas, em desolada agonia voltariam as costas a elas, ou olhariam para elas com amor e diriam: "Aquela é a nossa estrela, sua e minha"; guiados por elas acima das nuvens ou perdidos no mar, ou de pé nos borrifos do castelo de proa, observá-las, de repente, adernar; depositar nelas sua fé ou falta de fé; em mil observatórios, telescópios fracos passam sobre elas, em cujas lentes nadam enxames de estrelas e nuvens de escuras estrelas mortas, catástrofes de sóis explodindo, ou a gigantesca Antares enraivecida, a caminho de seu fim, uma brasa dormida no entanto, quinhentas vezes maior que o sol da terra. E a terra ainda girando em seu eixo e circulando em torno desse sol, o sol girando em torno da roda luminosa desta galáxia, as incontáveis desmedidas rodas de joias de incontáveis desmedidas galáxias, girando, girando, majestosamente, para o infinito, para a eternidade, através de tudo isso em que corre a vida, tudo isso, muito depois que ela própria tiver morrido, os homens ainda lerão no céu noturno, e enquanto a terra gira por essas estações distantes, e eles observam as constelações que ainda nascem, culminam, se põem, nascem de novo, Áries, Touro, Gêmeos, o Caranguejo, Leão, Virgem, a Balança e o Escorpião, Capricórnio, o bode marítimo e Aquário, a Portadora da Água, Peixes e, mais uma vez, triunfante, Áries!, não estariam eles também ainda fazendo a eterna pergunta impossível: com que fim? Que força impulsiona essa sublime maquinaria celestial? Escorpião se põe... E nascem, Yvonne pensou, invisíveis atrás dos vulcões, aqueles cuja culminação seria nessa meia-noite, quando Aquário se pusesse; e alguns olhariam com uma sensação de fugacidade, no entanto sentindo seu brilho adamantino cintilar um instante na alma, tocando dentro dela tudo aquilo que na lembrança era doce, nobre, valente, orgulhoso, enquanto no alto apareciam, num voo macio como um bando de pássaros para Órion, as benéficas Plêiades...

As montanhas que tinham sumido de vista agora estavam de novo à frente deles, enquanto avançavam através da floresta cada vez mais rala... Porém Yvonne ainda relutava.

No sudeste, ao longe, os chifres inclinados e baixos da lua, pálida companheira deles de manhã, estava finalmente se pondo e ela a observou, a filha morta da terra!, com uma estranha súplica faminta. O Mar da Fertilidade, retangular, e o Mar do Néctar, de forma pentagonal, e Frascatorius, com sua muralha norte em ruínas, a gigantesca muralha oeste de Endimion, elíptica perto do membro oeste; os montes Leibniz no Chifre Sul e a leste de Proclus, o Pântano do Sono. Hércules e Atlas lá estavam em meio ao cataclismo, além do nosso conhecimento...

A lua tinha sumido. Uma rajada de vento forte soprou em seus rostos e um raio brilhou branco e recortado no nordeste: o trovão falou, economicamente; uma avalanche contida...

O caminho ficou ainda mais íngreme e virou para a direita deles, começou a curvar em torno de sentinelas de árvores espalhadas, altas e solitárias, e cactos enormes, cujas inúmeras mãos espinhosas e retorcidas bloqueavam a vista de todos os lados nas curvas do caminho. Ficou tão escuro que era surpreendente não encontrar noite mais escura no outro mundo.

Mas a visão que lhes surgiu diante dos olhos quando saíram na rua foi apavorante. As nuvens negras e maciças ainda tomavam o céu do anoitecer. Acima delas, numa vasta altura, uma terrível vastidão de altura, pássaros negros sem corpo, mais como esqueletos de pássaros, flutuavam. Tempestades de neve caíam no topo do Iztaccíhuatl, obscureciam o pico, enquanto seu volume era envolto em cúmulos. Mas todo o escarpado volume do Popocatépetl parecia vir na direção deles, viajar com as nuvens, inclinar-se sobre o vale, em cuja lateral, posto em relevo pela curiosa luz melancólica, brilhava um pequeno monte rebelde com um minúsculo cemitério encravado nele.

O cemitério tomado por um enxame de gente visível apenas por suas velas acesas.

Mas de repente foi como se um heliógrafo metralhasse mensagens através da paisagem selvagem; e eles divisaram, imobilizadas, as diminutas figuras em preto e branco. E então, à espera do trovão, ouviram-nas: gritos mansos e lamentações, trazidos pelo vento, chegaram até eles. Os enlutados cantavam sobre os túmulos dos entes queridos, tocavam violões suavemente ou rezavam. Um som como de sinos de vento, um tintinabular fantasmagórico, chegou a seus ouvidos.

Um titânico rugir do trovão o dominou, rolando pelos vales. A avalanche começara. Não tinha, porém, superado as chamas das velas. Elas ainda brilhavam, destemidas, algumas se deslocando agora em procissão. Alguns enlutados desciam em fila pela encosta.

Yvonne sentiu com gratidão a rua sob seus pés. As luzes do Hotel e Restaurant El Popo se acenderam. Acima da garagem vizinha, um luminoso apunhalava: *Euzkadi*. Em algum lugar, um rádio tocava loucamente música quente a uma incrível velocidade.

Na frente do restaurante, carros americanos enfileirados diante do beco sem saída, à margem da mata, davam ao local algo do caráter recolhido, expectante, típico de uma fronteira à noite, e uma espécie de fronteira havia, não longe dali, onde a ravina, que se estendia para a direita no limiar da velha capital, marcava a fronteira do estado.

Na varanda, por um instante, o cônsul estava sentado calmamente jantando sozinho. Mas só Yvonne o tinha visto. Eles seguiram em meio às mesas redondas até um bar deserto, mal definido, onde o cônsul estava sentado num canto, de testa franzida, com três mexicanos. Mas ninguém além de Yvonne o notou. O barman não tinha visto o cônsul. Nem o subgerente, um japonês excepcionalmente alto, também cozinheiro, que reconheceu Yvonne. No entanto, mesmo quando negavam todo conhecimento dele (e embora, a essa altura, Yvonne já tivesse quase resolvido que ele estava no Farolito), o cônsul desaparecia em cada canto e saía por todas as portas. As poucas mesas sobre o chão de ladrilhos na frente do bar estavam desertas, no entanto o cônsul também estava sentado ali sombriamente, e levantou-se com a aproximação deles. E, no pátio de trás, era o cônsul puxando sua cadeira e avançando, curvado para saudá-los.

De fato, como sempre acontece por alguma razão em lugares assim, não havia no El Popo gente suficiente para justificar o número de carros lá fora.

Hugh procurava desesperadamente, em parte pela música, a qual, parecendo vir do rádio de um dos carros e que soava como se não pertencesse à terra naquele ponto desolado, uma força mecânica, abissal, descontrolada, que corria para a morte, quebrando-se, atirando-se para uma terrível confusão, cessara abruptamente.

O pátio do bar era um longo jardim retangular coberto de flores e ervas daninhas. Varandas, em parte sombreadas, e arqueadas no parapeito, o que atribuía a elas um efeito de claustro, percorriam ambos os lados. Os quartos davam para as varandas. A luz do restaurante de trás captava, aqui e ali, uma flor escarlate, um arbusto verde, com uma intensidade nada natural. Duas araras de aspecto raivoso, com uma colorida plumagem arrepiada, estavam pousadas em aros de ferro entre os arcos.

Um raio tremulou, incendiou as janelas por um momento; o vento crepitou nas folhas e parou, deixou um vazio quente no qual as árvores se debatiam caóticas. Yvonne se debruçou contra um arco e tirou o chapéu; uma das cacatuas gritou e ela apertou as palmas das mãos contra os ouvidos, com mais força quando o trovão começou de novo, e as manteve assim com os olhos fechados, em ausência, até que parasse e as duas cervejas geladas que Hugh pedira chegassem.

"Bom", disse ele, "isto aqui é um tanto diferente da Cervecería Quauhnahuac... De fato!... É, acho que vou me lembrar para sempre desta manhã. O céu estava tão azul, não estava?"

"E o cachorro peludo e os potros que vieram conosco, o rio com aqueles pássaros rápidos no alto..."

"Quanto falta para chegar ao Farolito?"

"Uns dois quilômetros. Dá para reduzir quase um quilômetro se a gente pegar o atalho da floresta."

"No escuro?"

"Não podemos esperar muito se você quer pegar o último ônibus de volta a Quauhnahuac. Já passa das seis. Não consigo beber esta cerveja, você consegue?"

"Não. Tem gosto de metal... droga... nossa", disse Hugh, "vamos..."

"Tome outra coisa", Yvonne propôs, meio irônica.

"Não dá para *telefonar*?"

"Mescal", Yvonne disse, brilhante.

O ar estava tão cheio de eletricidade que estremecia.

"Comment?"

"Mescal, por favor", Yvonne repetiu, balançando a cabeça, solene, sardonicamente. "Sempre quis entender o que Geoffrey vê no mescal."

"Cómo no, tomamos mescal, nós dois."

Mas Hugh ainda não tinha voltado quando os dois drinques foram trazidos por outro garçom que questionou a penumbra e, com a bandeja equilibrada em uma só mão, acendeu outra luz.

Os drinques que Yvonne tomara no jantar e durante o dia, embora relativamente poucos, repousavam como porcos em sua alma: passaram-se alguns momentos antes que ela estendesse a mão para beber.

Enjoativo, escuro, com gosto de éter, o mescal de início não aqueceu seu estômago, apenas, como a cerveja, esfriou, refrescou. Mas funcionou. Da varanda lá fora, um violão, ligeiramente desafinado, atacou "La Paloma", uma voz mexicana cantava, e o mescal ainda funcionava. Tinha, afinal, a qualidade de um bom drinque pesado. Onde estava Hugh? Teria encontrado o cônsul ali afinal? Não: ela sabia que ele não estava ali. Olhou em torno do El Popo, uma morte sem alma e ventosa que tiquetaqueava e gemia, como o próprio Geoffrey dissera uma vez: um mau fantasma de uma casa de estrada americana; mas não parecia mais tão horrível. Ela escolheu um limão da mesa, espremeu algumas gotas em seu copo, e tudo isso levou um tempo incrivelmente longo para ser feito.

De repente, teve consciência de que ria forçado para si mesma, algo dentro dela fumegava, como se ardesse em chamas: e uma vez mais também em seu cérebro tomou forma o quadro de uma mulher batendo incessantemente os punhos no chão…

Mas não, não era ela em chamas. Era a casa de seu espírito. Era o seu sonho. Era a fazenda, era Órion, as Plêiades, era sua casa junto ao mar. Mas havia um incêndio? O cônsul é que tinha sido o primeiro a notar. O que eram esses pensamentos loucos, pensamentos sem forma nem lógica? Estendeu a mão para o outro mescal, o mescal de Hugh, e o fogo apagou, foi dominado por uma súbita onda de amor e ternura desesperados pelo cônsul em todo o seu ser.

… muito escuro e limpo com um vento do mar, e o som de ondas que não se podem ver, no fundo da noite de primavera as estrelas de verão no alto, presságio de verão, e as estrelas brilhantes; limpo e escuro, e a lua não tinha nascido; um belo vento limpo na praia e então a lua minguante nascendo sobre a água e depois, dentro da casa, o rugir de ondas invisíveis que batiam na noite…

"Gostou do mescal?"

Yvonne deu um pulo. Estava quase curvada em cima do drinque de Hugh; Hugh oscilava, parado diante dela, debaixo do braço um estojo comprido e desgastado de lona em forma de chave.

"O que é isso que você está segurando?" A voz de Yvonne sem foco e distante.

Hugh deixou o estojo no parapeito. Em seguida, pôs em cima da mesa uma lanterna elétrica. Era um aparelho de escoteiro, como um ventilador de navio com um anel de metal para passar o cinto. "Encontrei aquele sujeito da varanda do Salón Ofélia com quem Geoff foi tão rude e comprei dele isto aqui. Mas ele queria vender o violão e comprar um novo, então comprei o violão também. Só ocho pesos cincuenta…"

"Para que você quer um violão? Vai tocar a 'Internacional', ou algo assim, a bordo do seu navio?", Yvonne perguntou.

"Que tal o mescal?", Hugh perguntou de novo.

"Igual a quinze metros de cerca de arame farpado. Quase destampou minha cabeça. Olhe, o seu está aqui, Hugh, o que sobrou."

Hugh sentou-se: "Tomei uma tequila com o hombre do violão…" "Bom…", ele acrescentou "definitivamente não vou tentar ir para a Cidade do México esta noite e, isso resolvido, temos várias coisas a fazer com Geoff."

"Eu preferia ficar bêbada", Yvonne disse.

"Cómo tú quieras. Pode ser uma boa ideia."

"Por que você disse que seria uma boa ideia ficar bêbada?", Yvonne perguntou diante do novo mescal. "Para que você arrumou um violão?", ela repetiu.

"Para cantar com ele. Para mentir para os outros talvez."

"Por que você é tão estranho, Hugh? Mentir o quê para quem?"

Hugh inclinou a cadeira até que tocasse o parapeito atrás dele, depois, sentado assim, fumando, aninhou no colo seu mescal.

"O tipo de mentira que Sir Walter Raleigh medita quando se dirige à sua alma. "A verdade é a tua fiança. Vai. A morte me tem na mira. E dá ao mundo a mentira. Diz à corte que ela ilumina, brilha tal qual uma carcaça. Diz à Igreja que ela ensina o que é bem, embora bem não faça. Se Igreja ou corte retorquira, dá a ambas a mentira." Esse tipo de coisa, só que ligeiramente diferente.

"Você está fazendo drama consigo mesmo, Hugh. Salud y pesetas."

"Salud y pesetas."

"Salud y pesetas."

Ele ficou parado, em pé, fumando, drinque na mão, encostado ao escuro arco monástico, e olhou para ela:

"Mas, ao contrário", disse, "nós queremos sim fazer o bem, ajudar, ser irmãos na desgraça. Condescendemos até em ser crucificados, em certos termos. E *somos*, sim, com regularidade, a cada vinte e poucos anos. Mas para um inglês é terrivelmente difícil ser um mártir de boa vontade. Podemos respeitar com uma parte de nossa mente a integridade de homens como, digamos, Gandhi ou Nehru. Podemos até reconhecer que o desapego deles, por exemplo, pode nos salvar. Mas em nosso coração gritamos 'Joguem o maldito homenzinho no rio'. Ou 'Libertem Barrabás!' 'O'Dwyer para sempre!' Nossa! É bem difícil para a Espanha também ser mártir; de um jeito muito diferente, claro... E se a Rússia tiver que provar..."

Hugh dizia tudo isso enquanto Yvonne examinava um papel que ele empurrara na mesa para ela. Era simplesmente um velho menu da casa, sujo e amassado, que parecia ter sido pego do chão, ou passado um longo tempo no bolso de alguém, e ela leu isto, com alcoólica deliberação, diversas vezes:

"EL POPO"
SERVICIO Á LA CARTE

Sopa de ajo	$0.30
Enchiladas de salsa verde	0.40
Chiles rellenos	0.75
Rajas a la "Popo"	0.75
Machitos en salsa verde	0.75
Menudo estilo soñora	0.75
Pierna de ternera al horno	1.25
Cabrito al horno	1.25
Asado de pollo	1.25
Chuletas de cerdo	1.25
Filete con papas o al gusto	1.25
Sandwiches	0.40
Frijoles refritos	0.30
Chocolate a la española	0.60
Chocolate a la francesa	0.40
Café solo o con leche	0.20

Isso tudo estava datilografado em azul, e abaixo — ela observou com a mesma deliberação — havia um desenho como uma pequena roda dentro da qual estava escrito "Lotería Nacional Para La Beneficencia Pública", fazendo outra moldura circular, dentro da qual aparecia uma espécie de marca ou logotipo que representava uma mãe feliz acariciando seu filho.

O lado esquerdo do menu era inteiro tomado por um retrato litográfico de uma moça sorridente, e trazia acima a legenda de que no Hotel Restaurant El Popo se observa la más estricta moralidad, siendo esta disposición de su propietario una garantía para el pasajero que llegue en compañía. Yvonne estudou a mulher: era robusta e deselegante, com um penteado quase americano, e usava um vestido longo estampado de confetes coloridos; com uma das mãos ela acenava com ar malicioso, enquanto com a outra mostrava um bloco com dez bilhetes de loteria, em cada um dos quais uma moça vestida de caubói montava um cavalo em pleno salto (como se aquelas dez figuras fossem os eus reduplicados e semiesquecidos da própria Yvonne se despedindo dela), acenando com a mão.

"Sei", ela disse.

"Não, veja o outro lado", disse Hugh.

Yvonne virou o menu e fixou nele um olhar vago.

O verso do menu estava quase todo tomado pela caligrafia do cônsul em seu estado mais caótico. No alto, à esquerda, estava escrito:

Rechnung

1 ron y anís	1.20
1 ron Salón Brasse	.60
1 tequila doble	.30
	2.10

Assinado por G. Firmin. Era uma pequena conta ali deixada pelo cônsul alguns meses antes, um vale que tinha feito para si mesmo. "Não, acabei de pagar isso", disse Hugh, sentando-se ao lado dela.

Mas abaixo dessa "conta" estava escrito, enigmaticamente, "escassez… sujeira… terra…", abaixo disso havia um longo rabisco do qual não se conseguia entender nada. No centro do papel viam-se estas palavras: "corda… corta… suporta", em seguida "de uma fria cela", enquanto, à direita, genitor e explicação parcial dessas exuberâncias, aparecia o que podia ser um poema em processo de composição, uma tentativa de algum tipo de soneto talvez, mas com uma construção oscilante e despencada, e tão riscado e rabiscado, manchado, desfigurado, e cercado de esboços de desenhos — um bastão, uma roda, até uma longa caixa preta como um esquife —, a ponto de ser quase indecifrável; por fim tinha esta aparência:

Anos atrás ele começou a escapar
………… vem……… escapando desde então
não sabe que o perseguidor deixou de esperar
vê-lo na ponta de uma corda (a balançar)
perseguido por olhos e mil terrores agora a lente
de um mundo ofuscante até a sua defesa indiferente
lido em tempo passado estritamente
sem nada… pensando-o indigno dessa sorte
(nem mesmo)… o preço de uma cela fria.
A sua morte teria sido escandalosa
talvez. Não mais que isso. Alguém contaria
estranhas lendas infernais dessa alma desditosa
que um dia fugiu para o norte…

Que um dia fugiu para o norte, ela pensou. Hugh disse: "Vámonos."

Yvonne disse sim.

Lá fora o vento soprava com um estranho frescor. Uma janela solta em algum lugar batia e batia, e o luminoso acima da garagem furava a noite: *Euzkadi…*

O relógio acima, inquirição pública do homem pela hora!, marcava doze para as sete: "Que um dia fugiu para o norte". Os comensais tinham deixado a varanda do El Popo…

Quando eles começaram a descer a escada os raios foram seguidos por baterias de trovões quase imediatamente, dispersos e prolongados. Nuvens negras se acumulavam no céu engolindo as estrelas ao norte e ao leste. Pégaso invisível golpeava o céu; mas lá no alto ainda estava limpo: Vega, Deneb, Altair; através das árvores, para oeste, Hércules. "Que um dia fugiu para o norte", ela repetiu. Bem em frente a eles, na estrada, havia a ruína de um templo grego, sombrio, com duas colunas altas e esguias, às quais se chegava por dois amplos degraus; ou teria existido um momento esse templo, com sua requintada beleza de colunas e perfeito no equilíbrio e proporção, a amplidão de seus degraus, que se tornava agora dois fachos de luz ventosa da garagem caindo sobre a rua e as colunas dois postes de telégrafo.

Viraram no caminho. Hugh, com sua lanterna, projetou um alvo fantasma, que se expandiu, ficou enorme, deu uma guinada e, transparente, emaranhou-se ao cacto. O caminho estreitou e eles seguiram, Hugh atrás, em fila indiana, o alvo luminoso à frente deles em elipses concêntricas e abrangentes, através das quais a própria sombra errada dela saltou, ou a sombra de uma giganta. Os candelabros cinza como sal onde a lanterna os colhia, rígidos e carnosos demais para se curvar com o vento, num lento arfar múltiplo, um gargalhar desumano de escamas e espinhos.

"Que um dia fugiu para o norte..."

Yvonne sentia-se agora totalmente sóbria: os cactos ficaram para trás e o caminho, ainda estreito, em meio às árvores altas e o mato, parecia fácil.

"Que um dia fugiu para o norte." Mas eles não iam para o norte, iam para o Farolito. Assim como naquela época o cônsul não tinha ido para o norte, talvez, claro, exatamente como esta noite, teria ido para o Farolito. "Sua morte teria sido escandalosa." Os topos das árvores faziam um ruído como de água corrente acima da cabeça dos dois. "A morte dele."

Yvonne estava sóbria. Era o mato, que fazia repentinos movimentos rápidos no caminho deles, obstruindo a passagem, que não estava sóbrio; as árvores móveis não estavam sóbrias; e finalmente Hugh, que agora ela se dava conta só a tinha trazido até ali para provar que o caminho era mais prático, o perigo daquela floresta sob as descargas de eletricidade agora quase em cima deles, é que não estava sóbrio; e Yvonne descobriu que ela tinha parado de repente, mãos fechadas com tanta força que doíam, enquanto dizia:

"Precisamos correr, deve ser quase sete horas. "Em seguida ela se apressou, quase corria pelo caminho, falava alto e excitada: "Contei para você que na última noite antes de eu ir embora, um ano atrás, Geoffrey e eu marcamos um encontro para jantar na Cidade do México e ele esqueceu onde, ele me contou, e foi de restaurante em restaurante à minha procura, como estamos procurando por ele agora".

En los talleres y arsenales
a guerra! todos, tocan ya

Hugh cantou, resignado, com voz profunda.
"… e foi do mesmo jeito que encontrei com ele a primeira vez em Granada. Marcamos para jantar num lugar perto do Alhambra, e achei que ele tinha dito para nos encontrarmos *no* Alhambra, e eu não conseguia achá-lo, e agora sou *eu* procurando por ele outra vez… na minha primeira noite de volta."

… todos, tocan ya;
morir, ¿quién quiere por la gloria
o por vendedores de cañones?

Saraivada de trovões pela floresta e Yvonne quase estacou outra vez, imaginando que tinha visto, por um instante, chamando por ela no fim do caminho, a mulher de sorriso fixo com os bilhetes de loteria.
"Quanto falta ainda?", Hugh perguntou.
"Acho que estamos quase lá. Mais umas duas curvas à frente e um tronco caído que vamos ter que escalar."

Adelante, la juventud,
al asalto, vamos ya,
y contra los imperialismos,
para un nuevo mundo hacer.

"Acho que você está certa, então", disse Hugh.
Houve uma calmaria na tempestade que, para Yvonne, ao olhar para os topos escuros das árvores que balançavam devagar ao vento

contra o céu tempestuoso, foi um momento como de virada da maré e, no entanto, cheio da mesma qualidade do passeio a cavalo com Hugh naquela manhã, alguma essência noturna de seus pensamentos matinais compartilhados com uma louca ansiedade pelo mar de juventude, amor, remorso.

Um estampido agudo como de revólver, vindo de algum lugar à frente, como de um motor de carro, rompeu essa calma oscilante, seguido por outro e outro: "Mais prática de tiro ao alvo", disse Hugh, rindo; porém esses eram sons mundanos diferentes para ser tomados como um alívio diante do trovão assustador que veio em seguida, pois achavam que Parián estava perto, logo suas luzes fracas iam cintilar entre as árvores; no relampejar de um raio claro como o dia, viram uma flecha melancólica e inútil apontando a direção de onde tinham vindo, para o queimado Anochtitlán; e depois, no escuro mais profundo, a luz da lanterna de Hugh iluminou um tronco de árvore do lado esquerdo, onde uma placa de madeira com uma mão apontando confirmava a direção deles:

☞ A PARIÁN

Hugh cantava atrás dela… Começou a chover de mansinho e um cheiro doce e limpo subia da floresta. E então lá estava o lugar onde o caminho se dobrava sobre si mesmo e estava bloqueado por um imenso tronco coberto de musgo que o dividia do exato caminho que ela recusara, o qual o cônsul devia ter seguido depois de Tomalín. A escada descolorida pelo mofo com seus degraus espaçados que subiam contra o lado próximo do tronco ainda estava ali e Yvonne os tinha subido antes mesmo de se dar conta de que havia perdido a luz de Hugh. De alguma forma, Yvonne se equilibrou em cima desse tronco escuro e escorregadio e viu a luz dele de novo, um pouco à direita, se deslocando entre as árvores. Ela disse com certa nota de triunfo:

"Cuidado para não sair do caminho aí, Hugh, é meio complicado. E atenção com o tronco caído. Tem uma escada deste lado, mas você tem que pular para o chão do outro lado."

"Pule então", Hugh disse. "Devo ter perdido o seu caminho.

Ouvindo a plangente reclamação do violão dele, quando Hugh bateu o estojo, Yvonne chamou: "Estou aqui".

"Hijos del pueblo que oprimen cadenas
esa injusticia no debe existir
si tu existencia es un mundo de penas
antes que esclavo, prefiere morir prefiere morir…"

Hugh cantava ironicamente.

De repente, a chuva caiu mais pesada. Um vento igual a um trem expresso varreu a floresta; à frente um raio desabou entre as árvores com um furor selvagem, e o rugir do trovão sacudiu a terra…

Às vezes, no trovão, há outra pessoa que pensa por você, tira a mobília da varanda mental, fecha e tranca as janelas da mente contra o que parece uma ameaça menos apavorante que alguma distorção de privacidade celestial, uma insanidade abaladora no céu, uma forma de desgraça a que os mortais estão proibidos de olhar muito de perto; mas fica sempre uma porta aberta na mente, como se sabe que há homens que em grandes tempestades deixam abertas as portas reais para Jesus entrar, para a entrada e recepção do inaudito, da temerosa aceitação do raio que nunca cai em cima da pessoa, do relâmpago que sempre atinge a outra rua, da desgraça que tão raramente ataca na hora provável da desgraça, e foi através dessa porta que Yvonne, ainda equilibrada no tronco, percebeu que algo estava ameaçadoramente estranho. No rastro do trovão, alguma coisa se aproximava com um ruído que não era de chuva. Era um animal de algum tipo, apavorado com a tempestade, e, fosse o que fosse, um cervo, um cavalo, indiscutivelmente com cascos, se aproximava em uma louca corrida, atroando, mergulhando entre as moitas; e então, quando o raio caiu de novo e o trovão cedeu, ela ouviu um prolongado relincho se transformar num grito quase humano de pânico. Yvonne se deu conta de que seus joelhos tremiam. Gritou para Hugh, tentou virar para descer de volta a escada, mas sentiu perder o pé no tronco: escorregou, tentou recuperar o equilíbrio, escorregou de novo e caiu para a frente. Um pé dobrado sob o corpo com uma dor aguda ao cair. No momento seguinte, ao tentar se levantar, viu à luz forte de um raio o cavalo sem cavaleiro. Estava mergulhando de lado, não para cima dela, e Yvonne viu, com todos os detalhes, a sela solta escorregar das costas dele, até o número sete marcado em sua anca. Ela tentou se levantar de novo, ouviu seu próprio grito quando o animal voltou-se e veio para cima dela. O céu era uma placa de flama branca contra o qual as árvores e o cavalo apoiado nas patas traseiras se recortaram num instante...

Eram os carros da feira que giravam em torno dela; não, eram os planetas, enquanto o Sol parado no centro queimava, girava, cintilava; lá vinham eles de novo, Mercúrio, Vênus, Terra, Marte, Júpiter, Saturno, Urano, Netuno, Plutão; mas não eram os planetas, pois que não era de jeito nenhum um carrossel, mas a roda-gigante, eram constelações, no centro das quais, como um grande olho frio, queimava Polaris e em torno giravam e giravam: Cassiopeia, Cefeu, o Lince, a Ursa Maior, a Ursa Menor, o Dragão; porém não eram constelações, mas, de alguma forma, miríades de borboletas coloridas, ela navegava no porto de Acapulco através de um furacão de lindas borboletas que ziguezagueavam no alto e desapareciam incessantemente à popa sobre o mar, o mar, áspero e puro, as ondas longas do amanhecer avançavam, subiam e se quebravam para deslizar em elipses sem cor sobre a areia, mais fundo, mais fundo, alguém chamava seu nome de longe e, ela se lembrou, estavam numa floresta escura, ouviu o vento e a chuva que corria pela floresta e viu os tremores do raio que sacudia o céu e o cavalo, grande Deus, o cavalo, e será que essa cena ia se repetir infindavelmente e para sempre: o cavalo, empinado, parado acima dela, petrificado no ar, uma estátua, alguém sentado sobre a estátua, era Yvonne Griffaton, não, era a estátua de Huerta, o bêbado, o assassino, era o cônsul, ou era um cavalo mecânico do carrossel, mas o carrossel tinha parado e ela estava numa ravina onde um milhão de cavalos trovejavam em sua direção e ela precisava escapar, através da floresta amistosa até a casa deles, o pequeno lar deles junto ao mar. Mas a casa estava em chamas, ela via agora da floresta, dos degraus de cima, ouvia o crepitar, estava em chamas, tudo queimando, seu sonho estava queimando, a casa queimando, no entanto eles permaneceram ali por um instante, Geoffrey e ela, dentro dela, dentro da casa, esfregando as mãos, e tudo parecia bem, em seu devido lugar, a casa ainda ali, tudo precioso, natural, familiar, a não ser o telhado que estava em chamas, aquele crepitar mecânico, e agora o fogo se espalhava enquanto olhavam, o armário, as panelas, a chaleira velha, a chaleira nova, a figura guardiã no fresco poço profundo, as pazinhas, o rastelo, o barracão de telhado inclinado sobre o qual as flores do corniso caíam, mas não cairiam mais, porque a árvore estava queimando, o fogo se espalhava mais e mais depressa, as paredes com seus reflexos de moinhos na água queimavam, as flores no jardim enegrecidas e queimadas se retorciam, enrolavam, caíam, o jardim queimava, a varanda onde se sentavam nas manhãs de primavera queimava, a porta vermelha, as janelas de caixilho, as cortinas que ela fizera queimavam, a velha cadeira de Geoffrey queimava, a escrivaninha dele, e agora seu livro, seu livro estava queimando, as páginas queimando, queimando, queimando, em redemoinho para cima do fogo, espalhadas, queimando, ao longo da praia, e agora escurecia e a maré subia, a maré lavou a casa arruinada, os barcos de lazer que haviam rumado rio acima velejaram de volta silenciosamente pelas águas escuras do Eridanus. A casa deles morrendo, só uma agonia entrava lá agora.

Yvonne deixou o sonho incendiado e se sentiu de repente arrebatada para cima e levada às estrelas, através de turbilhões de estrelas se espalhando no alto em círculos cada vez mais amplos como anéis na água, entre os quais apareceu então, como um rebanho de pássaros adamantinos voando, suaves e firmes para Órion, as Plêiades...

12

"Mescal", disse o cônsul.

O bar principal do Farolito estava deserto. Do espelho atrás do balcão, que também refletia a porta aberta para a praça, seu rosto fixava silencioso a si mesmo, com severo e familiar presságio.

O lugar porém não estava silencioso. Tomado por aquele tiqueta-quear: o tique-taque de seu relógio, de seu coração, de sua consciência, um relógio em algum lugar. Havia um som remoto também, vindo bem de lá embaixo, de água corrente, de colapso subterrâneo; e, além de tudo, ele podia ainda ouvir as acusações amargas e ferinas que tinha lançado contra sua própria miséria, as vozes como em discussão, a dele próprio mais alta que o resto, se misturando agora com aquelas outras vozes que pareciam lamuriar de longe, aflitivas: "Borracho, Borrachón, Borraaaacho!".

Mas uma dessas vozes era como a de Yvonne, suplicante. Ele ainda sentia o olhar dela, o olhar deles no Salón Ofélia, por trás dele. Deliberadamente, eliminou todo pensamento em Yvonne. Bebeu duas doses rápidas de mescal: as vozes cessaram.

Chupou um limão e avaliou o ambiente. O mescal, embora apla-casse, deixava sua mente mais lenta; cada objeto exigia alguns instantes para se impor a ele. Num canto da sala, um coelho branco comia uma espiga de milho indígena. Ele mordiscava as teclas roxas e pretas com ar de distanciamento, como se tocasse um instrumento musical. Atrás do balcão, num pino giratório, uma bela cabaça de Oaxaca de mescal de olla, da qual seu drinque tinha sido dosado. Enfileirados de ambos os lados, garrafas de Tenampa, Berreteaga, Tequila Añejo, Anís doble de Mallorca, um decantador roxo do "delicioso licor" Henry Mallet, um frasco de cordial de hortelã, uma garrafa alta e em espiral de Anís del Mono, em cujo rótulo um diabo brandia um tridente.

No balcão largo diante dele, havia pires com palitos, chiles, limões, um copo com canudinhos, colheres de cabo longo cruzadas num caneco de cerveja. Numa ponta, estavam arranjados frascos grandes de aguardente, álcool puro de diferentes sabores, nos quais flutuavam cascas de cítricos. Um anúncio pregado no espelho do baile da noite anterior em Quauhnahuac chamou sua atenção: *Hotel Bella Vista Gran Baile a Beneficio de la Cruz Roja. Los Mejores Artistas del radio en acción. No falte Vd.* No anúncio, havia um escorpião pendurado. O cônsul observou todas essas coisas cuidadosamente. Dando longos suspiros de um alívio gelado, até contou os palitos. Estava seguro ali; era o lugar que ele adorava — santuário, o paraíso de seu desespero.

O "barman", filho do Elefante, conhecido como "Poucas Pulgas", uma criança pequena, morena, de aspecto doentio, olhava com olhos míopes através de óculos de aro de chifre uma revista em quadrinhos, El Hijo del Diablo, *Ti-to*. Enquanto lia, murmurava em voz baixa para si mesmo, comia chocolates. Ao encher de novo o copo de mescal do cônsul, ele derrubou um pouco no balcão. Porém continuou a ler sem enxugá-lo, murmurava e fartava-se de crânios de chocolate comprados para o Dia dos Mortos, esqueletos de chocolate, chocolate, sim, carros funerários. O cônsul apontou o escorpião na parede e o menino o afastou com um gesto aborrecido: estava morto. Poucas Pulgas voltou à sua história, murmurou alto e arrastado: "De pronto, Dalia vuelve a sí y grita llamando la atención de un guardia que pasea. ¡Suélteme! ¡Suélteme!".

Salve-me, o cônsul pensou, vago, quando o menino de repente saiu para ir buscar o troco, suélteme, socorro; mas talvez o escorpião não quisesse ser salvo, tivesse picado a si mesmo e morrido. Ele passeou entre as mesas da sala. Depois de tentar infrutiferamente fazer amizade com o coelho branco, aproximou-se da janela aberta à sua direita. Era quase uma queda livre até o fundo da ravina. Que lugar escuro e melancólico! Em Parián, Kubla Khan… E o rochedo ainda estava ali também, assim como em Shelley ou Calderón, ou ambos, o rochedo que não conseguia resolver se despencava inteiramente, agarrava-se assim, fendido, à vida. A mera altura era aterrorizante, ele pensou, debruçado para fora, olhou de lado a rocha fendida, tentou lembrar a passagem de *Os Cenci* que descrevia o imenso volume agarrado à massa de terra, como se pousado na vida, sem medo de cair, mas escuro mesmo assim, aonde iria se fosse. Era um caminho terrível, horrendo, até o fundo. Mas lhe ocorreu que também não tinha medo de cair. Traçou mentalmente o abissal caminho tortuoso da barranca através do país, através de minas destroçadas, até seu próprio jardim, depois viu a si mesmo de novo parado, naquela manhã, com Yvonne, diante da loja do gráfico, olhando a imagem daquela outra rocha, La Despedida, a rocha glacial que desmoronava entre os convites de casamento na vitrine da loja, a roda girando atrás. Como isso parecia distante, estranho, triste, remoto como a lembrança do primeiro amor, até mesmo como a morte de sua mãe; como se por um triste remorso, dessa vez sem esforço, Yvonne deixou de novo a mente dele.

O Popocatépetl se erguia pela janela, os flancos imensos em parte escondidos por rolos de nuvens de tempestade; o pico bloqueando o céu, aparecia quase exatamente acima, a barranca, o Farolito, direto abaixo dele. Debaixo do vulcão! Não era à toa que os antigos haviam posto o Tártaro debaixo do monte Etna, e dentro dele o monstro Tufão com suas cem cabeças, olhos e vozes relativamente assustadores.

O cônsul virou-se e foi com seu drinque pela porta aberta. Uma agonia de mercurocromo no poente. Ele olhou Parián. Lá, além do trecho de grama, estava a praça inevitável com seu pequeno jardim público. À esquerda, à margem da barranca, um soldado dormia debaixo de uma árvore. Meio de frente para ele, à direita, numa inclinação, ficava o que parecia à primeira vista um mosteiro ou estação de tratamento de água em ruínas. Essa era a caserna com torres da Polícia Militar que ele mencionara a Hugh como o pretenso quartel-general da Unión Militar. O prédio, que tinha também uma prisão, olhou para ele com um olho só, cravado na testa da fachada baixa acima do arco: um relógio marcava seis horas. De cada lado do arco, as janelas gradeadas do Comisario de Policía e da Policía de Seguridad olhavam para um grupo de soldados a conversar, as cornetas penduradas nos ombros com laços verde-vivo. Outros soldados, batendo as perneiras, se entrechocavam em sentinela. Debaixo do arco, na entrada do pátio, um cabo trabalhava numa mesa, sobre a qual havia um lampião de óleo apagado. Ele escrevia algo com caligrafia copperplate, o cônsul sabia, porque seu trajeto bastante incerto até lá — não tão incerto porém quanto na praça em Quauhnahuac antes, mas ainda assim uma desgraça — o levara até quase em cima dele. Através do arco, agrupados em torno do pátio à frente, o cônsul podia ver calabouços com barras de madeira, como chiqueiros. Num deles, um homem gesticulava. Em algum outro lado, à esquerda, espalhavam-se cabanas de palha escura, que se fundiam com a selva que cercava a cidade de todos os lados, e brilhava agora com a luz antinatural da tempestade que se aproximava.

Poucas Pulgas voltara, o cônsul foi até o balcão pegar seu troco. O menino, aparentemente sem ouvir, despejara em seu copo o mescal da linda cabaça. Ao entregar o copo, ele derrubou os palitos. O cônsul não disse nada mais sobre o troco nesse momento. Porém anotou mentalmente que devia pedir como seu próximo drinque algo que custasse mais que os cinquenta centavos que já pusera no balcão. Dessa forma, se viu recuperando aos poucos seu dinheiro. Discutia absurdamente consigo mesmo que era preciso ficar apenas por isso. Sabia que havia outra razão, mas não conseguia pôr o dedo nela. Cada vez que a ideia de Yvonne lhe voltava, ele tomava consciência disso. Depois pareceu de fato que ele devia ficar por causa dela, não porque ela fosse *segui-lo* até ali, não, Yvonne tinha ido embora, ele a deixara ir afinal, Hugh podia vir, porém ela nunca, não dessa vez, evidentemente ela voltaria para casa, e a cabeça dele não podia viajar além desse ponto, mas por alguma outra razão. Viu o troco em cima do balcão, o preço do mescal não deduzido dele. Guardou o dinheiro todo e foi para a porta outra vez. Agora a situação se invertera: o menino tinha que ficar de olho *nele*. Era lugubremente divertido imaginar que por causa de Poucas Pulgas, embora semiconsciente de que o menino preocupado não o vigiava coisa nenhuma, tinha assumido aquela expressão tristonha peculiar a certo tipo de bêbado, já quente com dois drinques conseguidos a crédito, a olhar para um salão vazio, com uma expressão que finge esperar que socorro, qualquer tipo de socorro, esteja a caminho, de amigos, de qualquer tipo de amigos que venha resgatá-lo. Para ele, a vida está sempre virando a esquina, na forma de outro drinque em outro bar. No entanto, ele não quer nenhuma dessas coisas. Abandonado por seus amigos, como eles por ele, o cônsul sabe que nada além do olhar esmagador de um credor vive virando a esquina. Ele não se fortalece o suficiente nem para tomar emprestado mais dinheiro, nem para obter mais crédito; nem gosta da bebida do vizinho, de qualquer forma. Por que estou aqui, diz o silêncio, o que eu fiz, ecoa o vazio, por que me arruinei dessa determinada maneira, ri o dinheiro na caixa registradora, por que cheguei tão baixo, seduz a rua, para o que a única resposta era… A praça não lhe deu resposta. A cidadezinha, que parecera vazia, enchia-se com o correr da noite. De vez em quando, um oficial de bigode passava garboso, com passo pesado, batendo o chicotinho nas perneiras. As pessoas voltavam dos cemitérios, embora talvez a procissão ainda fosse demorar algum tempo para passar. Um andrajoso pelotão de soldados atravessava a praça marchando. Clarins clangoravam. Os policiais também tinham chegado com tudo: aqueles que não estavam em greve, ou que tinham fingido estar a postos nos cemitérios, ou os delegados, também não era fácil distinguir mentalmente entre a polícia e os militares. Con *German friends*, sem dúvida. O cabo, que ainda escrevia à sua mesa, estranhamente o tranquilizava. Dois ou três bebedores passaram por ele ao entrar no Farolito, sombreros de lantejoulas para trás na cabeça, coldres batendo nas coxas. Dois mendigos tinham chegado e assumiram seus postos na frente do bar, debaixo do céu tempestuoso. Um deles, sem pernas, se arrastava no pó como uma pobre foca. Mas o outro mendigo, que exibia uma perna, rígido, orgulhoso, parou encostado à parede da cantina como se esperasse ser fuzilado. Então esse mendigo com uma perna se inclinou para a frente: jogou uma moeda na mão estendida do homem sem pernas. Havia lágrimas nos olhos do primeiro mendigo. O cônsul agora observou que à sua extrema direita alguns animais raros, que pareciam gansos, mas grandes como camelos, e homens sem pele, sem cabeça, de muletas, cujas entranhas animadas se arrastavam pelo chão, saíam do caminho da floresta por onde ele tinha vindo. Fechou os olhos a isso e quando os abriu alguém que parecia um policial conduzia um cavalo pelo caminho, só isso. Ele riu, apesar do policial, depois parou, pois viu que o rosto do mendigo inclinado se transformava lentamente no da señora Gregorio e em seguida no rosto de sua mãe, no qual apareceu uma expressão de infinita pena e súplica.

Ele fechou os olhos de novo, ali parado, copo na mão, pensou por um minuto com uma calma gelada, distanciada, quase divertida na noite horrível que estava inevitavelmente à sua espera quer bebesse mais ou não, seu quarto tremendo com orquestras demoníacas, fragmentos de sono tumultuado e assustador, interrompido por vozes que eram na verdade cachorros latindo, ou por seu nome continuamente repetido por pessoas que chegavam, os gritos odiosos, o dedilhar de cordas, as batidas, as pancadas, o combate com insolentes arqui-inimigos, a avalanche que arrombava a porta, os cutucões debaixo da cama e sempre, lá fora, os gritos, os lamentos, a música terrível, as sombrias espinetas: ele voltou ao bar.

Diosdado, o Elefante, tinha acabado de voltar dos fundos. O cônsul observou enquanto ele tirava o casaco preto, pendurava no armário, depois tocava o bolso do peito de sua camisa branca impecável, pois nele havia um cachimbo. Ele o tirou e começou a encher com tabaco de um pacote de Country Club el Bueno Tono. O cônsul se lembrou então de seu cachimbo: ali estava ele, sem dúvida.

"Sí, sí, míster", ele respondeu, ouvindo com a cabeça inclinada a pergunta do cônsul. "Claro. No… my paipe no inglese. Monterey paipe. Senhor era… ah… borracho um dia lá. No señor?"

"¿Cómo no?", disse o cônsul.

"Duas vezes por dia. Senhor bêbado três vezes por dia", disse Diosdado, e seu olhar, o insulto, a extensão implícita de sua derrocada abalaram o cônsul. "Então senhor vai indo pra América agora", ele acrescentou, e remexeu atrás do balcão.

"Eu… no… por qué?"

Diosdado de repente bateu no balcão um pacote gordo de envelopes presos com elástico. "Es suyo?", perguntou sem rodeios.

Onde estão as cartas Geoffrey Firmin as cartas as cartas que ela escreveu até machucar seu coração? Ali estavam as cartas, ali e em nenhum outro lugar: eram aquelas as cartas e o cônsul entendeu isso imediatamente sem nem examinar os envelopes. Quando falou, não reconheceu a própria voz:

"Sí, señor, muchas gracias", disse.

"De nada, señor." O Dadopordeus virou as costas.

La rame inutile fatigua vainement une mer immobile… O cônsul não conseguiu se mexer durante todo um minuto. Não pôde nem pegar um drinque. Então começou a traçar um pequeno mapa na bebida derramada no balcão. Diosdado voltou e observou com interesse. "España", disse o cônsul, e quando lhe faltou o espanhol, em inglês: "O senhor é espanhol?".

"Sí, sí, señor, sí", disse Diosdado, e observou, mas em outro tom. "Español. España."

"Essas cartas que me deu, sabe?, são da minha mulher, mi esposa. Claro? Foi aqui que nos conhecemos. Na Espanha. O senhor reconhece, sua antiga pátria, conhece a Andaluzia? Isto, aqui em cima, é o Guadalquivir. Mais adiante, a Sierra Morena. Abaixo tem a Almería. Estas", ele traçou com os dedos "aqui no meio são as montanhas da Sierra Nevada. E aqui Granada. Este é o lugar. O lugar exato onde nos conhecemos." O cônsul sorriu.

"Granada", Diosdado disse, firme, com uma pronúncia diferente, mais dura que a do cônsul. Deu-lhe um olhar investigativo, um olhar importante, desconfiado, e se afastou outra vez. Ele agora falava com um grupo na outra ponta do balcão. Rostos se voltaram na direção do cônsul.

O cônsul levou outro drinque junto com as cartas de Yvonne para uma sala interna, um dos cubículos do labirinto chinês. Não se lembrava que eram fechados com molduras de vidro fosco, como caixas de banco. Nessa sala, não ficou exatamente surpreso de encontrar a velha tarascana do Bella Vista daquela manhã. Sua tequila, cercada por dominós, estava à frente dela na mesa redonda. Sua galinha ciscava entre as peças. O cônsul se perguntou se eram dela mesmo; ou ela simplesmente precisava que houvesse dominós onde quer que estivesse? Sua bengala com o castão de garra pendurada, como se viva, na beira da mesa. O cônsul foi até ela, bebeu metade de seu mescal, tirou os óculos, depois removeu o elástico do pacote.

"Lembra de amanhã?", ele leu. Não, pensou; as palavras afundaram como pedras em sua cabeça. Era fato que ele estava perdendo contato com sua situação... Estava dissociado de si próprio e ao mesmo tempo via isso plenamente, o choque de receber as cartas o levara, em certo sentido, a despertar, mesmo que, por assim dizer, de um sonambulismo para outro; estava bêbado, estava sóbrio, tinha uma ressaca; tudo ao mesmo tempo; passava das seis da tarde, no entanto fosse por estar no Farolito, ou pela presença da velha naquela sala envidraçada onde ardia uma lâmpada elétrica, parecia-lhe de manhã cedo outra vez: era quase como se ele fosse outro tipo de bêbado, em circunstâncias diferentes, em outro país, a quem acontecia algo bem diferente: ele era como um homem que se levanta meio estupidificado de bebida ao amanhecer, tagarelando "Jesus, esse é o tipo de sujeito que eu sou, Ugh! Ugh!" para acompanhar sua mulher a um ônibus cedinho, embora seja tarde demais, e haja sobre a mesa do café da manhã um bilhete: "Desculpe por ter ficado histérica ontem, uma explosão assim decerto não tem desculpa por você ter me machucado, não esqueça de trazer o leite", debaixo do qual ele encontra, escrito quase como um pensamento posterior: "Querido, não podemos continuar assim, é terrível, estou indo embora…" e que, em vez de perceber todo o significado disso, se lembra, incongruente, de ter contado ao barman com excessivos detalhes na noite anterior como a casa de alguém tinha se incendiado… e porque ele contou onde mora, agora a polícia poderá encontrá-lo… e por que o nome do barman é Sherlock? um nome inesquecível?… e depois de tomar um copo de vinho do Porto, água e três aspirinas, que o deixam enjoado, ele reflete que faltam cinco horas para os bares abrirem, quando ele terá que voltar àquele mesmo bar e pedir desculpas… Mas onde pus meu cigarro? e por que meu copo de vinho do Porto está embaixo da banheira? e isso que ouvi foi uma explosão em algum lugar da casa?

E ao encontrar seus olhos acusadores em outro espelho dentro da salinha, o cônsul teve a estranha sensação passageira de que havia se levantado da cama para fazer isso, que se levantara e devia dizer "Coriolano está morto!" ou "confusão confusão confusão" ou "acho que era oh! oh!" ou algo realmente sem sentido como "baldes, baldes, milhões de baldes na sopa!" e que agora ele iria (embora estivesse sentado bem calmamente no Farolito) voltar mais uma vez para os travesseiros e observar, tremendo de terror impotente por si mesmo, as barbas e olhos se formarem nas cortinas ou preencherem o espaço entre o guarda-roupa e o teto e ouvir, vindos da rua, os passos macios do eterno policial fantasmagórico lá fora…

"Lembra de amanhã? É nosso aniversário de casamento… Não recebi nem uma palavra sua desde que vim embora. Meu Deus, é esse silêncio que me assusta."

O cônsul tomou um pouco mais de mescal.

"É esse silêncio que me assusta… esse silêncio…"

O cônsul leu e releu a frase, a mesma frase, a mesma letra, todas as letras vãs como aquelas que chegam ao porto de navio para alguém perdido no mar, porque ele encontrou certa dificuldade em focalizar, as palavras borravam e desmontavam, seu próprio nome lhe vindo ao encontro: mas o mescal o colocou em contato com sua situação outra vez, a tal ponto que ele agora não precisava entender nenhum significado das palavras, além da abjeta confirmação da falta de rumo dele, de sua infrutífera ruína egoísta, agora talvez enfim autoimposta, seu cérebro, diante dessa prova cruelmente negligenciada da dor que havia causado a *ela*, numa agonizante paralisia.

"É esse silêncio que me assusta. Imaginei todo tipo de tragédia acontecendo com você, é como se você estivesse na guerra e eu esperasse e esperasse notícias suas, uma carta, um telegrama… mas nenhuma guerra poderia ter esse poder de gelar e aterrorizar assim meu coração. Receba todo meu amor, meu coração inteiro e todos os meus pensamentos e orações." Ao beber, o cônsul teve consciência de que a mulher com os dominós tentava atrair sua atenção, abria a boca e apontava para dentro: ela agora deslizava sutilmente em torno da mesa para mais perto dele. "Sem dúvida você deve ter pensado muito em *nós*, no que construímos juntos, em como impensadamente destruímos a estrutura e a beleza, mas não conseguimos destruir a memória dessa beleza. É isso que tem me perseguido dia e noite. Me volto e nos vejo em centenas de lugares com uma centena de sorrisos. Chego a uma rua e você está lá. Vou para a cama à noite e você está à minha espera. O que mais existe na vida além da pessoa que se adora e da vida que se pode construir com essa pessoa? Pela primeira vez entendo o sentido do suicídio… Nossa, como é vazio e sem sentido o mundo! Dias preenchidos com momentos baratos e sem brilho se sucedem, inquietos, e em seguida noites assombradas, numa amarga rotina: o sol brilha sem brilhar e a lua nasce sem luz. Meu coração tem gosto de cinzas e minha garganta está apertada e cansada de chorar. O que é uma alma perdida? É uma alma que se desviou do caminho verdadeiro e tateia no escuro por lembranças…"

A velha puxava a manga dele, e o cônsul — Yvonne teria lido as cartas de Abelardo e Heloísa? — estendeu a mão e apertou uma campainha elétrica, cuja presença urbana, porém violenta, naqueles estranhos pequenos nichos nunca deixava de lhe causar um choque. Um momento depois, Poucas Pulgas entrou com uma garrafa de tequila numa mão e mescal Xicotancatl na outra, mas levou as garrafas depois de servir os drinques. O cônsul acenou com a cabeça para a velha, apontou para a tequila dela, bebeu quase todo seu mescal e retomou a leitura. Não se lembrava se tinha pago ou não. "Ah, Geoffrey, como lamento amargamente agora. Por que adiamos tanto? É tarde demais? Quero filhos seus, logo, agora, imediatamente, eu quero. Quero que sua vida me preencha e se mexa dentro de mim. Quero nossa felicidade debaixo do meu coração, suas tristezas em meus olhos e sua paz nos dedos de minha mão…" O cônsul fez uma pausa, o que ela dizia? Esfregou os olhos, procurou seus cigarros: ai; a palavra trágica rondou a sala como uma bala que o tivesse atravessado. Continuou a ler, fumando: "Você caminha à beira de um abismo onde não posso te acompanhar. Acordo para um escuro no qual tenho que seguir a mim mesma infindavelmente, odiando o eu que tão eternamente me persegue e confronta. Se pudéssemos nos erguer de nossa miséria, buscar um ao outro mais uma vez, e de novo encontrar conforto nos lábios e nos olhos um do outro. Quem pode ficar entre nós? Quem pode impedir?"

O cônsul se levantou, Yvonne com certeza estivera lendo *alguma coisa*, inclinou-se para a velha e foi para o bar que imaginou ter se enchido depois dele, mas que continuava bastante deserto. Quem de fato poderia ficar entre eles? Postou-se na porta de novo, como já fizera algumas vezes antes no enganoso amanhecer violáceo: quem de fato poderia impedir? Mais uma vez olhou a praça. O mesmo batalhão de soldados andrajosos parecia ainda atravessá-la como em algum filme quebrado que se repetia. O cabo ainda batalhava com sua escrita copperplate debaixo do arco, só a sua luz estava acesa. Escurecia. Não havia polícia à vista. Embora, junto à barranca, o mesmo soldado ainda dormisse debaixo de uma árvore; ou não seria um soldado, e sim alguma outra coisa? Ele desviou os olhos. Nuvens negras ferviam outra vez, houve um distante romper de trovão. Ele respirou o ar opressivo no qual havia um ligeiro traço de frescor. Quem, de fato, mesmo agora, ficaria entre eles? pensou desesperadamente. Quem de fato, mesmo agora, podia impedir? Ele queria Yvonne naquele momento, pegá-la entre os braços, queria mais que nunca ser perdoado e perdoar: mas para onde ele iria? Onde a encontraria agora? Uma família inteira, improvável, de classe indeterminada, passava pela porta: o avô na frente acertava o relógio, espiando o relógio do quartel na penumbra que ainda marcava seis horas, a mãe ria ao puxar o rebozo sobre a cabeça, provavelmente caçoando da tempestade (lá nas montanhas, dois deuses bêbados muito afastados ainda estavam envolvidos num jogo de raquetes infindavelmente indeciso e loucamente movimentado com uma canção birmanesa), o pai sozinho a sorrir orgulhoso, contemplativo, estalando os dedos, tirou uma mancha de poeira de suas belas botas marrom-brilhantes. Duas crianças bonitas com límpidos olhos negros caminhavam entre eles de mãos dadas. De repente, a criança mais velha se libertou da mão da irmã e virou uma série de cambalhotas no trecho de grama alta. Todos riram. O cônsul detestou olhar para eles... Mas já tinham passado, graças a Deus. Miseravelmente ele queria Yvonne e não a queria. "Quiere María?", uma voz falou baixo atrás dele.

De início, ele viu apenas as pernas bonitas da moça que o levava, agora apenas pela força constritora da carne dolorida, da patética, trêmula, porém brutal luxúria, através das salinhas envidraçadas, que iam ficando menores e menores, mais e mais escuras, até o mingitorio, o "Señores", de cuja malcheirosa penumbra irrompia um riso sinistro, havia meramente um anexo sem luz, não maior que um armário dentro do qual dois homens, cujos rostos ele também não conseguia ver, estavam sentados, bebendo ou tramando.

Então lhe ocorreu que alguma força assassina e temerária o atraía, o forçava, enquanto ele permanecia apaixonadamente consciente de todas as muito possíveis consequências e, de certa forma, tão inocentemente inconsciente, de fazer sem precaução ou consciência o que ele nunca seria capaz de desfazer ou contradizer, e o levava de forma irresistível para o jardim — cheio de raios neste momento, estranhamente o fez lembrar de sua própria casa e também do El Popo, onde ele pensara em ir antes, só que isto era mais sujo, mais fronteiriço àquilo —, o levava pela porta aberta a um quarto escuro, um dos muitos que davam para o pátio.

Então era isso, a idiota e não profilática rejeição final. Ele não conseguia impedi-la nem mesmo agora. Ele não ia impedi-la. No entanto, talvez seus espíritos familiares, ou uma de suas vozes, pudessem ter algum bom conselho: olhou em torno, atento; *erectis whoribus*. Não veio voz alguma. De repente, ele riu: tinha sido esperteza sua enganar as vozes. Elas não sabiam que ele estava ali. A sala, na qual brilhava uma única lâmpada elétrica, não era sórdida: à primeira vista parecia um quarto de estudante. De fato, parecia muito seu velho quarto na faculdade, só que este era mais espaçoso. Havia as mesmas portas grandes e estantes num lugar familiar, com um livro aberto em cima da estante. Num canto, incongruente, pairava um sabre gigantesco. Caxemira! Ele imaginava ter visto a palavra, mas ela se foi. Provavelmente a tivesse visto, pois o livro era uma história da Índia britânica em espanhol. A cama estava desarrumada, coberta de marcas de pés, aparentemente até de manchas de sangue, embora essa cama também fosse parecida com uma cama de estudante. Ele notou ao lado dela uma garrafa quase vazia de mescal. Mas o piso era de arenito vermelho e de alguma forma sua lógica fria e forte anulava o horror: ele esvaziou a garrafa. A moça que fechava as portas duplas enquanto se dirigia a ele em alguma língua estranha, possivelmente zapotecano, veio em sua direção e ele viu que era jovem e bonita. Um relâmpago silhuetou um rosto contra uma janela, por um momento curiosamente parecido com o de Yvonne. "Quiere María — ela ofereceu de novo, jogou os braços em torno do pescoço dele, puxou-o para a cama. Seu corpo era como o de Yvonne também, as pernas, os seios, o apaixonado coração batendo, eletricidade estralejava sob os dedos dele e corria sobre ela, embora a ilusão sentimental estivesse indo embora, afundada num mar, como se nunca tivesse estado ali, tinha se tornado o mar, um horizonte desolado com um imenso veleiro negro, casco abaixo, singrando para o pôr do sol; ou o corpo dela era nada, uma mera abstração, uma calamidade, um demoníaco aparato para uma calamitosa sensação nauseante; era desgraça, era o horror de acordar de manhã em Oaxaca, o corpo dele completamente vestido, às três e meia de todas as manhãs depois que Yvonne foi embora; Oaxaca e a escapada noturna do adormecido Hotel Francia, onde Yvonne e ele um dia foram felizes, do quarto barato que dava para um balcão muito alto, para El Infierno, aquele outro Farolito, da tentativa de encontrar a garrafa no escuro, e falhar, do urubu sentado na pia; seus passos, sem ruído, silêncio mortal fora de seu quarto de hotel, cedo demais para os sons terríveis de gritos e risos na cozinha abaixo — de descer a escada acarpetada para o imenso poço escuro do salão de jantar deserto, antigamente um pátio, afundando no desastre macio do carpete, seus pés afundando em mágoa quando chegou à escada, ainda sem certeza de estar no patamar, e a pontada de pânico, de repulsa por si mesmo, quando ele pensou no banho de chuveiro frio à esquerda, usado apenas uma vez antes, mas que bastou... e a aproximação final, trêmula e silenciosa, respeitável, seus passos afundavam na calamidade (e era essa calamidade que ele agora penetrava com María, a única coisa viva nele agora esse órgão ardente fervente crucificado mau... Deus, é possível sofrer mais do que isso, alguma coisa deve nascer desse sofrimento e o que nasceria seria sua própria morte), pois ah, como são semelhantes os gemidos de amor e os gemidos da morte, quão semelhantes, os do amor e os da morte... e seus passos afundavam, em seu tremor, o nauseante tremor frio, e no poço escuro do salão de jantar, com uma luz fraca além da esquina brilhando sobre a mesa, e o relógio... cedo demais... e as cartas não escritas, incapaz de escrever, e o calendário que dizia eternamente, poderosamente, o aniversário de casamento deles, e o sobrinho do gerente adormecido no sofá, à espera da chegada do trem matinal da Cidade do México; o escuro que murmurava e era palpável, a fria solidão dolorida no salão de jantar sonoro, duro, com os guardanapos branco-cinza dobrados mortos, o peso do sofrimento e da consciência maior (aparentemente) que aquele suportado por qualquer homem que sobreviveu... a sede que não era sede, mas ela própria mágoa, lascívia, era morte, morte e morte de novo e morte à espera no frio salão de jantar do hotel, meio sussurrando para si mesmo, esperando, desde El Infierno, aquele outro Farolito, não abria antes das quatro da manhã, mas se podia esperar do lado de fora... (e essa calamidade ele agora penetrava, era calamidade, a calamidade de sua própria vida, a própria essência daquilo que ele agora penetrava, estava penetrando, penetrava) — a espera pelo Infierno cuja única lâmpada de esperança logo brilharia além dos escuros esgotos abertos, e na mesa, no salão de jantar do hotel, difícil de distinguir, uma garrafa de água — tremendo, tremendo, ao levar a garrafa de água aos lábios, mas não o bastante, era pesada demais, como o peso de sua tristeza — "*você não pode beber isso*" — ele podia apenas umedecer os lábios e então... deve ter sido Jesus quem me mandou isso, era só Ele afinal que me seguia — a garrafa de vinho tinto francês de Salina Cruz ainda ali na mesa posta para o café da manhã, marcada com o número do quarto de alguma outra pessoa, desarrolhada com dificuldade e (olhando para ver se o sobrinho não estava olhando) a segurá-la com ambas as mãos, o licor abençoado a escorrer por sua garganta, só um pouquinho, porque afinal de contas ele era um inglês e ainda honrado, e depois afundava no sofá também, seu coração uma dor fria quente de um lado — para dentro de uma concha fria e tremulante de palpitante solidão — mas sentindo o vinho ligeiramente mais, como se o peito agora se enchesse com gelo fervente, ou como se houvesse uma barra de ferro em brasa atravessada no peito, mas fria em seu efeito, para a consciência que assola por baixo de novo e explode o coração que queima tão feroz com as chamas do inferno, uma barra de ferro em brasa é um mero resfriar — e o relógio avança, com seu coração que bate agora como um tambor abafado pela neve, bate, treme, o tempo tremendo e avançando para El Infierno, então — a escapada! — puxa para cima da cabeça o lençol que tinha trazido em segredo do quarto de hotel, passa na ponta dos pés pelo sobrinho do gerente — a escapada! — pelo balcão da recepção, sem ousar procurar a correspondência "é esse silêncio que me assusta" (pode estar ali? sou eu? ai, miserável desgraçado com pena de si mesmo, seu velho patife) passa — a escapada! — o vigia noturno índio que dorme no piso da porta e ele próprio como um índio agora, agarrado aos poucos pesos que ainda tinha, para o frio da cidade murada e pavimentada, passa — a escapada pela passagem secreta! — pelos esgotos abertos nas ruas esquálidas, as poucas luzes mortiças solitárias, para dentro da noite, para dentro do milagre dos esquifes de casas, os marcos ainda lá, a escapada pelas pobres calçadas quebradas, gemendo, gemendo, como são semelhantes os gemidos de amor e os gemidos da morte, quão semelhantes, os do amor e os da morte! — e as casas tão paradas, tão frias, antes do amanhecer, até ele ver, depois da esquina, brilhar, segura, a lâmpada única do El

Infierno, que era tão semelhante ao Farolito, então, surpreso mais uma vez de conseguir sequer chegar, parado dentro do lugar com as costas contra a parede, e o lençol ainda em cima da cabeça, conversando com os mendigos, os trabalhadores matinais, as prostitutas sujas, os cáftens, o entulho e o detrito das ruas e do fundo da terra, mas que eram ainda tão mais leves que ele, bebiam exatamente como ele bebia ali no Farolito, contavam mentiras, mentiam — a escapada, ainda a escapada! — até o alvorecer arroxeado que deveria trazer a morte e ele deveria ter morrido agora também; o que foi que eu fiz?

Os olhos do cônsul focalizaram um calendário atrás da cama. Ele tinha atingido sua crise afinal, uma crise sem possessão, quase sem prazer afinal, e o que ele viu podia ter sido, não, com certeza era, uma foto do Canadá. Debaixo de uma lua cheia brilhante, um cervo parado ao lado de um rio pelo qual um homem e uma mulher remavam uma canoa de casca de bétula. Esse calendário marcava o futuro, o mês seguinte, dezembro: onde ele estaria então? Na pálida luz azul, divisou até os nomes dos santos de cada dia de dezembro, impressos junto aos numerais: Santa Natalia, Santa Bibiana, S. Francisco Xavier, Santa Sabas, S. Nicolau de Beri, Santo Ambrósio: o trovão escancarou a porta, o rosto de M. Laruelle desapareceu na porta.

No mingitorio, um fedor como de mercaptano bateu palmas amarelas junto a seu rosto e agora, das paredes dos urinóis, ele ouvia, intrusas, as suas vozes outra vez, que chiavam, gritavam, martelavam para ele: "Agora você acabou, agora você realmente acabou, Geoffrey Firmin! Nem nós podemos mais te ajudar... Mesmo assim, você podia agora aproveitar ao máximo, a noite é uma criança...".

"Você gosta María, gosta?" Uma voz de homem, que ele reconheceu ser do homem que tinha dado risada, soou no escuro e o cônsul, com os joelhos trêmulos, olhou em torno: tudo o que viu de início foram anúncios rasgados nas paredes sebosas, parcamente iluminadas: *Clínica Dr. Vigil, Enfermedades Secretas de Ambos Sexos, Vías Urinarias, Transtornos Sexuales, Debilidad Sexual, Derrames Nocturnos, Emisiones Prematuras, Espermatorrea, Impotencia. 666.* Seu versátil companheiro daquela manhã e da noite anterior o tinha informado ironicamente que nem tudo estava perdido ainda, infelizmente agora ele devia estar já a caminho de Guanajuato. Ele distinguiu um homem incrivelmente imundo sentado curvado no canto, sobre o assento de uma privada, tão baixo que os pés sob a calça não chegavam ao chão imundo, cheio de lixo. "Você gosta María?", o homem coaxou de novo. "Eu manda. Eu amigo", ele peidou. "Eu amigo inglês tempo inteiro, tempo inteiro." "Qué hora?", perguntou o cônsul, tremendo ao notar, no escoadouro, um escorpião morto; uma faísca de fosforescência e ele tinha sumido, ou nunca estivera ali. "Que horas são?" "*Sick*", o homem respondeu. "Não, *it* há ha *half past sick by the cock.*"* "Você quer dizer *hald past six by the clock*." "Sí señor. *Half past sick by the cock*."

606. — A peterraba pimentada, beterraba picante; o cônsul arrumou a roupa e riu sombriamente da resposta do cáften, ou seria ele uma espécie de espião, no sentido estrito do termo? E que tinha dito antes *half past tree by the cock*? Como o homem sabia que ele era inglês, o cônsul se perguntou, ao relembrar sua risada através das salas envidraçadas, através do bar, que de novo se enchia pela porta... talvez ele trabalhasse para a Unión Militar, sentado no banquinho de araponga o dia inteiro nas celas da Seguridad, espionando as conversas dos prisioneiros, enquanto a cafetinagem era apenas um bico. Podia ter descoberto com ele sobre María, se ela estava... mas não queria saber. O homem estava certo sobre a hora, porém. O relógio da Comisaría de Policía, anelar, imperfeitamente luminoso, mostrava, como se tivesse acabado de se deslocar para a frente com um tranco, um pouco mais de seis e meia, e o cônsul acertou seu relógio, que estava atrasado. Estava bem escuro. Contudo, o mesmo batalhão andrajoso ainda parecia marchar pela praça. O cabo não estava mais escrevendo porém. O arco atrás dele foi de repente varrido por uma louca luz. Mais além, junto às celas, a sombra da lanterna de um policial dançava contra a parede. A noite estava cheia de barulhos estranhos, como os do sono. O rufar de um tambor em algum lugar era uma revolução, um grito na rua, alguém sendo assassinado, freios que guinchavam ao longe, uma alma em dor. As cordas dedilhadas de um violão pairavam sobre a cabeça dele. Um sino tocava freneticamente à distância. Os raios piscavam. *Half past sick by the cock*... Na Colúmbia Britânica, no Canadá, no frio lago Pinaus, onde sua ilha havia muito tinha se

---

* Corruptela de *Half past six by the clock*, seis e meia no relógio. (N. T.)

tornado um matagal de louros e plantas fantasmas, morangos silvestres e azevinho do Oregon, ele se lembrou de uma estranha crença índia que afirmava que um galo cantava sobre o corpo de um afogado. Que horrível confirmação naquela prateada tarde de fevereiro muito tempo antes quando, como cônsul lituano em exercício em Vernon, ele acompanhara um grupo de busca no barco e o entediado galo acordara para cantar alto sete vezes! As cargas de dinamite não tinham, ao que parecia, perturbado nada, remavam sombriamente para a margem no nebuloso entardecer quando, de repente, projetada para fora da água, viram o que parecia à primeira vista uma luva: a mão do lituano afogado. Colúmbia Britânica, a gentil Sibéria, que não era nem gentil nem Sibéria, mas um paraíso não descoberto, talvez impossível de descobrir, que poderia ser uma solução, voltar lá, construir, se não em sua ilha, em algum outro lugar lá, uma nova vida com Yvonne. Por que não tinha pensado nisso antes? Ou por que ela não pensou? Ou seria a isso que ela ia chegar aquela tarde e que se comunicara em parte à mente dele? Minha casinha cinzenta no oeste. Agora lhe parecia que tinha pensado nisso muitas vezes antes, naquele ponto preciso em que estava parado. Mas agora também ao menos isso estava claro. Ele não podia voltar para Yvonne se quisesse. A esperança de qualquer vida em comum, mesmo que por milagre oferecida de novo, dificilmente poderia sobreviver ao ar árido de um perturbado adiamento ao qual era preciso agora, além de tudo mais, se submeter por razões apenas brutalmente higiênicas. Verdade, essas razões ainda não tinham bases totalmente seguras, mas por outra finalidade que lhe escapava precisavam continuar incontestáveis. Todas as soluções agora se chocavam com a grande muralha da China dos dois, o perdão entre eles. Riu outra vez, sentindo uma estranha liberação, quase uma sensação de conquista. Sua cabeça estava clara. Fisicamente ele também parecia melhor. Como se, por meio de uma absoluta contaminação, tivesse obtido força. Sentia-se livre para devorar em paz o que lhe restava de vida. Ao mesmo tempo, certa alegria repulsiva se infiltrava em seu humor e, de um jeito extraordinário, certa malícia inconsequente. Tinha consciência de um desejo de completo e absoluto esquecimento e ao mesmo tempo de uma inocente aventura juvenil. "Ai", uma voz parecia dizer também em seu ouvido, "meu pobre filhinho você não sente de verdade nada dessas coisas, apenas perdido, apenas desabrigado."

Ele partiu. Na frente dele, amarrado a uma pequena árvore que não havia notado, embora estivesse bem na frente da cantina, do outro lado do caminho, um cavalo pastava a grama farta. Alguma coisa familiar no animal o fez ir até lá. É, exatamente como pensara. Ele não podia negar nem o número sete marcado na anca nem a sela de couro modelada daquele jeito. Era o cavalo do índio, o cavalo do homem que ele tinha visto hoje primeiro montado cantando num mundo ensolarado, depois abandonado, deixado para morrer na beira da estrada. Deu tapinhas no animal, que mexeu as orelhas e continuou a pastar, imperturbável — talvez não tão imperturbável; com o rugido de trovão o cavalo, cujos alforjes ele notou terem sido misteriosamente restituídos, relinchou inquieto, se sacudiu inteiro. E misteriosamente as bolsas não retiniam mais. Involuntária, veio ao cônsul uma explicação para os acontecimentos daquela tarde. Não era afinal um policial em quem haviam se dissolvido todas aquelas abominações que ele observara pouco antes, um policial conduzindo um cavalo nessa direção? Por que aquele cavalo não seria esse cavalo? Tinham sido aqueles hombres vigilantes que apareceram na estrada naquela tarde e ali, em Parián, como ele tinha dito a Hugh, ficava o quartel-general deles. Como Hugh ia saborear isso, se estivesse ali! A polícia — ah, a temida polícia —, ou melhor, não a polícia de verdade, ele se corrigiu, mas aqueles sujeitos da Unión Militar estavam por trás, de um jeito loucamente complicado, mas estavam por trás de toda aquela história. De repente, teve certeza disso. Como se, por meio de alguma correspondência entre o mundo subnormal e o mundo anormalmente desconfiado dentro dele, tivesse brotado a verdade, brotado como uma sombra, a qual porém,...

"Qué hacéis aqui?"

"Nada", ele disse, e sorriu para o homem que parecia um sargento de polícia mexicano e tirara as rédeas de suas mãos. "Nada. Veo que la tierra anda; estoy esperando que pase mi casa por aquí para meterme en ella", conseguiu responder brilhantemente. O latão dos ornatos da farda do perplexo policial captaram a luz da porta do Farolito, depois, quando ele se virou, o couro da faixa peitoral a captou de forma que reluzia como uma folha de bananeira, e por último suas botas, que brilharam como prata fosca. O cônsul riu: bastava olhar para ele para sentir que a humanidade estava a ponto de ser salva imediatamente. Ele repetiu a boa piada mexicana, não exatamente certa, em inglês, dando tapinhas no braço do policial, cujo queixo caiu de perplexidade enquanto olhava para ele sem expressão. "Sei que o mundo gira, então estou aqui esperando minha casa passar." Ele estendeu a mão. "Amigo", disse.

O policial grunhiu, afastou a mão do cônsul. Depois, com rápidos olhares furtivos e desconfiados por cima do ombro, amarrou melhor o cavalo à árvore. Nesses olhares rápidos havia algo de realmente sério, o cônsul notou, algo que o aconselhava a escapar sob risco. Um tanto magoado, lembrou-se também do olhar que Diosdado lhe dera. Mas o cônsul não se sentia nem sério nem com vontade de escapar. Tampouco seus sentimentos mudaram quando se viu empurrado por trás pelo policial, na direção da cantina, além da qual, com um raio, no leste, apareceu brevemente, investindo, uma nuvem alta de tempestade. Ao entrar antes dele pela porta, ocorreu ao cônsul que o sargento na verdade tentava ser polido. Ele se pôs de lado, bem ágil e com um gesto convidou o outro a entrar primeiro. "Mi amigo", ele repetiu. O policial o empurrou e foram para uma ponta do balcão que estava vazio.

"Americano, há?", o policial disse então, firme. "Espere, aquí. Comprende, señor?" E foi para trás do balcão falar com Diosdado.

Sem sucesso, o cônsul tentou introduzir em defesa de sua conduta uma nota cordial de explicação ao Elefante, que parecia tão sombrio como se tivesse matado mais uma de suas esposas para curar a própria neurastenia. Enquanto isso, Poucas Pulgas, temporariamente ocioso, e com surpreendente caridade, escorregou pelo balcão um mescal para ele. As pessoas olhavam para ele de novo. Então o policial o confrontou do outro lado do balcão. "Eles diz que tem problema porque senhor não paga", disse, "senhor não paga o... há... uísque mehican. Senhor não paga moça mehican. Senhor agora tem dinheiro, hein?"

"Zicker", disse o cônsul, cujo espanhol, apesar de uma insurgência temporária, ele sabia ter praticamente desaparecido. "Sí. Yes. Mucho dinero", acrescentou, e pôs um peso no balcão para Poucas Pulgas. Viu que o policial era um belo homem de pescoço grosso com bigode negro, dentes brilhantes e maneiras bem conscientemente fanfarro-nescas. Nesse momento, juntou-se a ele um homem alto e esguio com terno de tweed americano bem cortado, rosto duro, sombrio e belas mãos longas. Olhava com regularidade para o cônsul enquanto falava em voz baixa com Diosdado e o policial. Esse homem, de aparente raça pura castelhana, parecia familiar e o cônsul se perguntou onde o teria visto antes. O policial livrou-se dele, apoiou os cotovelos no balcão e dirigiu-se ao cônsul. "Senhor não tem dinheiro, hein, e agora rouba meu cavalo. "Ele piscou para Dadopordeus. "Para que senhor ah foge com caballo mehican? pra não paga dinheiro mehican, há?"

O cônsul o encarou. "Não. Certamente que não. Claro que eu não ia roubar seu cavalo. Só estava olhando para ele, admirando."

"Para que senhor quer olha caballo mehican? Para quê?" O policial riu de repente, com real divertimento, deu tapas nas coxas, evidentemente um bom sujeito, e o cônsul sentiu quebrar-se o gelo e riu também. Mas o policial claro que também estava bastante bêbado, de forma que era difícil avaliar a qualidade de sua risada. Os rostos de Diosdado e do homem de tweed continuavam ambos negros e severos. "Senhor faz mapa da Espanha", o policial insistiu, controlando o riso afinal. "Conhece ah Espanha?"

"Comment non", o cônsul respondeu. Então Diosdado tinha contado a ele sobre o mapa, mas claro que aquilo tinha sido uma coisa inocentemente triste que fizera. "Oui. Es muy asombrosa." Não, ali não era Pernambuco: definitivamente ele não devia falar português. "Jawohl. Correcto, señor", concluiu. "Conheço, sim, a Espanha."

"Senhor faz um mapa da Espanha? Senhor babaca bolcheviki? Senhor membro da Brigade Internationale que arma confusão?

"Não", o cônsul respondeu firme, com todo o respeito, mas agora um tanto agitado. "Absolutamente não."

"Ab-so-lu-ta-mente, há?" Com outra piscada a Diosdado, o poli-cial imitou o cônsul. Foi para o lado certo do balcão outra vez, levou com ele o homem sombrio que não dissera uma palavra nem bebera, apenas tinha ficado parado ali, olhando sério, assim como Elefante, na frente dele agora, a enxugar raivosamente os copos. "Tudo", ele resmungou, "bem!", o policial acrescentou com tremenda ênfase, e deu um tapa nas costas do cônsul. "Tudo bem. Vamos lá, meu amigo…", ele convidou. "Drinque. Drinque tudo que ah quer. Nós estava procurando senhor", ele continuou num tom bêbado alto, meio de brincadeira. "Senhor assassinou um homem e escapou em sete estados. Nós quer descobre sobre senhor. Nós descobriu, está certo?, senhor desertou navio em Vera Cruz? Senhor diz tem dinheiro. Quanto dinheiro senhor tem?"

O cônsul tirou do bolso uma nota amassada e guardou de novo. "Cinquenta pesos, hein. Talvez não dinheiro suficiente. Senhor qual é? Inglês? Español? Americano? Alemán? Russish? Senhor vem da u erre esse esse? Para que faz o senhor?"

"Eu não falar inglês… ei, como seu nomes?", alguém perguntou a seu lado e o cônsul se virou e viu outro policial vestido exatamente como o primeiro, só mais baixo, bochechudo, com pequenos olhos cruéis num rosto cinzento, flácido, barbeado. Embora portasse armas, não tinha os dois dedos de gatilho e o polegar direito. Ao falar, fazia movimentos obscenos de rebolado com o quadril e piscava para o primeiro policial e para Diosdado, embora evitasse os olhos do homem de tweed. "Progresión al culo", acrescentou, sem nenhuma razão que o cônsul percebesse, ainda rebolando o quadril.

"Ele é o chefe da municipalidade", o primeiro policial explicou animado ao cônsul. "Este homem quer saber ah seu nome. Cómo se llama?

"Yes, como seu nomes", gritou o segundo policial, que tinha pegado um drinque no balcão, mas não olhava para o cônsul, ainda rebolando o quadril.

"Trótski", zombou alguém na ponta do balcão e o cônsul, consciente da própria barba, ruborizou.

"Blackstone", ele respondeu muito sério, e de fato perguntara a si mesmo, ao aceitar outro mescal, se não tinha ele vindo numa vingança viver entre os índios. O único problema era ter muito medo de que esses índios especificamente se revelassem pessoas de ideias também. "William Blackstone.

"Por que ah senhor está?", gritou o policial gordo, cujo nome era algo como Zuzugoitea. "Para que ah senhor está?" E repetiu o catecismo do primeiro policial, a quem parecia imitar em tudo. "Inglés? Alemán?"

O cônsul balançou a cabeça. "Não. Apenas William Blackstone."

"Senhor juden?", perguntou o primeiro policial.

"Não. Apenas Blackstone", o cônsul repetiu, balançando a cabeça. "William Blackstone. Judeus quase nunca ficam borracho."

"Senhor está... ah... borracho, hein", disse o primeiro policial e todo mundo deu risada, vários outros, seus companheiros evidentemente tinham se juntado a eles, embora o cônsul não conseguisse distingui-los com clareza, a não ser o inflexível e indiferente homem de tweed. "Ele é chefe dos Jardins", explicou o primeiro policial em seguida. "Aquele homem Jefe de Jardineros." E havia certa admiração em seu tom. "Eu também sou chefe, sou chefe de Tribunas", ele acrescentou, um tanto reflexivo, como se quisesse dizer "Eu sou apenas chefe de Tribunas".

"E eu...", começou o cônsul.

"Estou perfecta*mente* borracho", continuou o primeiro policial e todo mundo rolou de rir outra vez, menos o Jefe de Jardineros.

"Y yo...", o cônsul repetiu, mas o que queria dizer? E quem eram aquelas pessoas na realidade? Chefe de quais Tribunas, chefe de qual municipalidade, acima de tudo, chefe de quais Jardins? Com certeza aquele homem silencioso de tweed, sinistro também, embora aparentemente o único desarmado do grupo, era o responsável por todos aqueles pequenos jardins públicos. Embora o cônsul fosse impulsionado por uma sombria presciência a respeito dos pretendentes a esses títulos. Eles estavam associados, em sua cabeça, ao inspetor geral do Estado e também, como tinha dito a Hugh, à Unión Militar. Sem dúvida os tinha visto antes em uma daquelas salas ou no balcão, mas certamente não tão de perto como agora. No entanto, todas aquelas perguntas que não conseguia responder eram bombardeadas em cima dele, por tantas pessoas diferentes, que seu significado quase se perdia. Ele concluiu, porém, que o respeitado chefe dos Jardins, ao qual, nesse momento, ele mandou um mudo apelo de socorro, podia ser até mais "elevado" que o próprio inspetor geral. O apelo foi respondido com um olhar mais negro que nunca: ao mesmo tempo, o cônsul se lembrou onde o tinha visto; o chefe dos Jardins podia ter sido a imagem dele mesmo quando, magro, bronzeado, sério, sem barba, numa encruzilhada de sua carreira, assumira o vice-consulado em Granada. Inúmeras doses de tequila e mescal eram trazidas e o cônsul bebia tudo que chegava sem respeitar a quem pertencia. "Não basta dizer que estiveram juntos em El Amor de los Amores", ele se ouviu repetindo: devia ser em resposta a alguma insistente pergunta sobre a história de sua tarde, embora ele não entendesse absolutamente por que teria sido feita... "O que importa é como a coisa aconteceu. O peon... talvez ele não fosse bem um peon... ele estava bêbado? Ou caiu do cavalo? Talvez o ladrão tivesse apenas reconhecido um companheiro de farra que lhe devia um ou dois drinques..."

Um trovão rugiu fora do Farolito. Ele se sentou. Era uma ordem. Tudo ia ficando muito caótico. O bar estava quase cheio. Alguns clientes tinham vindo dos cemitérios, índios com roupas folgadas. Havia soldados dilapidados com oficiais mais bem-vestidos aqui e ali entre eles. Nas salas envidraçadas, ele descobriu clarins e laços verdes em movimento. Vários dançarinos entraram vestidos com longos mantos pretos riscados com tinta luminosa para representar esqueletos. O chefe da municipalidade estava parado atrás dele agora. O chefe das Tribunas parado também, conversava à sua direita com o Jefe de Jardineros, cujo nome, o cônsul descobriu, era Fructuoso Sanabria. "Alô, qué tal?", o cônsul perguntou. Alguém sentado ao lado dele meio virado de costas também parecia familiar. Parecia um poeta, algum amigo dos dias de faculdade. Cabelo loiro caído numa bela testa. O cônsul ofereceu um drinque que esse jovem não só recusou, em espanhol, como se levantou para recusar, fez com a mão um gesto de empurrar o cônsul, depois, com o rosto furioso meio virado, afastou-se para o extremo oposto do balcão. O cônsul ficou magoado. Mais uma vez lançou um apelo mudo ao chefe dos Jardins; a resposta foi um olhar implacável, quase definitivo. Pela primeira vez, o cônsul sentiu que corria um perigo tangível. Sabia que Sanabria e o primeiro policial discutiam a seu respeito com a maior hostilidade, decidindo o que fazer com ele. Depois viu que tentavam capturar a atenção do chefe da Municipalidade. Abriram caminho, apenas os dois, de novo para trás do balcão, até um telefone que ele não havia notado, e o curioso era que esse telefone parecia funcionar direito. O chefe das Tribunas se encarregou de falar; Sanabria parado ao lado, sombrio, aparentemente dava instruções. Falavam com toda a calma, e ao se dar conta de que o telefonema era sobre ele, qualquer que fosse sua natureza, o cônsul, com uma lenta dor ardente de apreensão, sentiu de novo o quanto estava sozinho, que tudo em volta, apesar da multidão, do tumulto, ligeiramente abrandado com um gesto de Sanabria, estendia-se numa solidão parecida com a vastidão cinza do Atlântico agitado, conjurado a seus olhos durante um breve instante com María, só que dessa vez sem veleiro à vista. O clima de malícia e liberação tinha desaparecido completamente. Ele sabia que o tempo todo de certa forma esperara que Yvonne viesse resgatá-lo, sabia, agora, que era tarde demais, ela não viria. Ah, se Yvonne, se ao menos como uma filha, que o compreendesse e confortasse, pudesse apenas estar a seu lado agora! Mesmo que apenas para levá-lo pela mão, embriagadamente para casa, através de campos de pedra, de florestas... sem interferir, claro, em seus ocasionais usos da garrafa, e ah esses ventos ardentes de solidão, ele nunca os perderia, aonde quer que fosse, eram talvez as coisas mais felizes que sua vida conhecera!... como ele tinha visto as crianças índias conduzindo seus pais para casa aos domingos. Instantaneamente, conscientemente, se esqueceu de Yvonne outra vez. Passou por sua cabeça que podia talvez sair sozinho do Farolito nesse momento, sem ser notado e sem dificuldade, porque o chefe da Municipalidade ainda estava mergulhado em uma conversa, enquanto os outros dois policiais estavam de costas ao telefone, mas não fez nenhum movimento. Em vez disso, apoiou os cotovelos no balcão, enterrou o rosto nas mãos.

Viu de novo, mentalmente, aquele quadro extraordinário na parede de Laruelle, *Los Borrachones*, só que agora ele assumira um aspecto um tanto diferente. Não teria outro sentido, aquele quadro, de um humor não intencional, para além do simbolicamente óbvio? Ele viu aquelas pessoas como espíritos que apareciam para ficar mais livres, mais separados, seus rostos nobres e distintos mais distintos, mais nobres, quanto mais alto ascendiam para a luz; aqueles seres enfeitados que pareciam demônios embuçados ficavam mais parecidos uns com os outros, mais juntos, mais como um demônio, quanto mais mergulhavam para a escuridão. Talvez tudo aquilo não fosse tão ridículo. Quando ele lutara para se erguer, como no começo com Yvonne, não tinham as "feições" da vida parecido ficar mais claras, mais animadas, amigos e inimigos mais identificáveis, problemas especiais, cenas e com eles o sentido de sua própria realidade, mais *separada* dele mesmo? E não acontecera então que, quanto mais baixo ele afundava, mais aquelas feições tendiam a desmontar, a enjoar e a tumultuar, a se tornarem afinal pouco melhores que caricaturas horrendas dos dissimulados eus interior e exterior dele, ou de sua luta, se luta ainda havia? Sim, mas ele desejara aquilo, quisera aquilo, o mundo muito material, por ilusório que fosse, poderia ser um confederado apontando o caminho sábio. Ali não teria havido nenhuma transferência através de vozes falhas irreais e formas de dissolução que se tornavam mais e mais como uma única voz para a morte mais morta que a morte em si, mas uma infinita amplidão, um infinito desenvolvimento e extensão de fronteiras, nas quais o espírito era como uma entidade, perfeito e íntegro: ah, quem sabe por que o homem, por mais que seja sua sorte assolada por mentiras, recebe o oferecimento do amor? No entanto era preciso encarar, para baixo, para baixo ele tinha ido, para baixo até… não era o fundo nem mesmo agora, ele percebia. Ainda não era o fim. Era como se sua queda tivesse sido interrompida por uma estreita plataforma, uma plataforma através da qual ele não podia nem subir nem descer, na qual ele jazia ensanguentado e meio tonto, enquanto lá embaixo o abismo se escancarava, à espera. E enquanto estava ali caído era cercado em delírio por esses fantasmas de si mesmo, os policiais, Fructuoso Sanabria, aquele outro homem que parecia um poeta, esqueletos luminosos, até mesmo o coelho no canto, a cinza e o vigia no chão imundo… não correspondiam, cada um, de um jeito que ele não conseguia entender, mas obscuramente reconhecia, a alguma fração de seu ser? E ele viu tenuemente também como a chegada de Yvonne, a serpente no jardim, a briga dele com Laruelle e depois com Hugh e Yvonne, a máquina infernal, o encontro com a señora Gregorio, a descoberta das cartas, e muito mais, como todos os eventos do dia de fato tinham sido tufos indiferentes de grama a que ele desalentadamente se agarrara, ou pedras soltas em seu voo para baixo, que ainda caíam sobre ele lá de cima. O cônsul pegou seu maço azul de cigarros com asas desenhadas: ai! Levantou a cabeça de novo; não, ele estava onde estava, não havia para onde voar. E era como se um cachorro preto estivesse sentado em suas costas e o pressionasse contra o banco.

O chefe dos Jardins e o chefe das Tribunas ainda esperavam junto ao telefone, talvez pelo número certo. Provavelmente chamavam o inspetor geral: mas e se tivessem esquecido dele, do cônsul; e se não estivessem telefonando a respeito dele? Lembrou-se dos óculos escuros que tinha tirado para ler as cartas de Yvonne e, por alguma fátua noção de disfarce que lhe passou pela cabeça, colocou-os. Atrás dele, o chefe da municipalidade ainda estava ocupado; agora, mais uma vez, ele podia ir. Com a ajuda dos óculos escuros, o que podia ser mais simples? Podia ir, só que precisava de mais um drinque; a saideira. Além disso, se deu conta de que estava cravado no meio de uma sólida massa humana e que, para piorar as coisas, o homem sentado a seu lado ao balcão, com um sombrero sujo para trás da cabeça e um cinto cartucheira bem baixo na calça, o agarrou pelo braço de modo afetuoso; era o cáften, o araponga vigia de presos, do mingitorio. Curvado quase na mesma postura de antes, aparentemente falava com ele fazia cinco minutos.

"Meu amigo, pra mim", ele resmungava "todos estes homem nada pra você nem pra mim. Todos estes: nada pra você nem pra mim! Todos estes homem, filhas da puta... Claro, senhor inglês!" Agarrou o braço do cônsul com mais força. "Todos meu! Homens mexican: sempre inglês amigo meu, mexican! Não liga pra americano filha da puta: não bom pra senhor, nem pra mim, meu mexican sempre, sempre, sempre... hã?"

O cônsul retirou o braço, mas foi imediatamente agarrado pelo braço esquerdo, por um homem de nacionalidade incerta, estrábico de bebida, que parecia marinheiro. "Você inglês", afirmou direto, e girou o banquinho. "Eu sou do condado de Pope", gritou o desconhecido, muito devagar, e passou braço pelo braço do cônsul. "O que você acha? Mozart foi o homem que escreveu a Bíblia. Você está aqui para o *fora* lá de baixo. Os homens aqui, na terra, precisam ser iguais. E que haja tranquilidade. Tranquilidade quer dizer paz. Paz na terra, de todos os homens..."

O cônsul se libertou: o cáften agarrou-o de novo. Quase em busca de socorro, ele olhou em torno. O chefe da municipalidade ainda ocupado. Ao balcão, o chefe das Tribunas telefonava de novo. Sanabria parado a seu lado, orientando. Espremido contra a cadeira do cáften, outro homem, que o cônsul tomou por americano, olhava continuamente para trás como se esperasse alguém e dizia para ninguém em especial: "Winchester! Droga, isso é outra coisa. Não me diga. Certo! O Black Swan fica em Winchester. Me capturaram do lado alemão do campo e do mesmo lado do lugar onde me capturaram tem uma escola de moças. Uma professora. Ela me deu. E você pode ficar com isso. E você pode ficar".

"Ah", disse o cáften, ainda segurando o braço do cônsul. Falava através dele, em parte para o marinheiro. "Meu amigo, qual problema? Eu procura você tempo todo. Meu homem Inglaterra, tempo inteilo, tempo inteilo, claro, claro. Descul. Esse homem diz pra mim meu amigo por você tempo todo. Gosta dele? Esse homem muito dinheiro. Esse homem, certo ou errado, claro; mexican meu amigo ou inglés. Americano desgraçado filha da puta pra você e pra mim, ou pra qualquer tempo."

O cônsul bebia inextricavelmente com essas pessoas macabras. Quando olhou em torno nesse momento, encontrou, atentos a ele, os olhinhos duros e cruéis do chefe da municipalidade. Ele desistiu de tentar entender o que dizia o marinheiro iletrado, que parecia ainda mais obscuro que o araponga. Consultou o relógio: ainda só quinze para as sete. O tempo também era de novo circunfluente, drogado com mescal. Sentindo os olhos do señor Zuzugoitea ainda fixos em seu pescoço, ele pegou mais uma vez, com importância, com determinação, as cartas de Yvonne. Com os óculos escuros elas pareciam, por alguma razão, mais claras.

"E o *fora* do homem aqui será que o senhor esteja conosco o tempo todo", berrava o marinheiro, "essa a minha religião nessas poucas palavras. Mozart foi o homem que escreveu a Bíblia. Mozart escreveu o antigo testemunho. Fique nele e vai estar no bem. Mozart era advogado."

"Sem você eu sou forasteira, apartada. Sou uma forasteira de mim mesma, uma sombra…"

"Weber é o meu nome. Me capturaram em Flandres. Você ia duvidar mais ou menos. Mas se me capturassem agora! Quando veio Alabama, nós viemos voando. Não fizemos nenhuma pergunta para ninguém porque lá a gente não corre. Nossa, se você quer, vá em frente e pegue. Mas se você quer Alabama, aquele bando." O cônsul ergueu os olhos; o homem, Weber, estava cantando: "*Eu sou apenas um rapaz do campo. Não sei droga nenhuma*". Ele bateu continência para seu reflexo no espelho. "Soldat de la Légion Etrangère."

"Lá encontrei umas pessoas que preciso te contar, porque talvez a ideia dessas pessoas posta diante de nós como uma prece de absolvição possa nos fortalecer mais uma vez para alimentar nossa chama que não pode nunca se apagar, mas queima agora tão assustadoramente fraca."

"Sim, senhor. Mozart era advogado. E não discuta mais comigo. Um brinde ao fora de Deus. Eu discutiria meu negócio incompreensível!"

"… de la Légion Etrangère. Vous n'avez pas de nation. La France est votre mère. A cinquenta quilômetros de Tânger, levando muito bem. Ordenança do capitão Dupont… Ele era um filho da puta do Texas. Nunca dizia seu nome. Era Fort Adamant".

"*Mar Cantábrico!*"

"Você nasceu para andar na luz. Mergulhando a cabeça para fora do céu branco você se debate num elemento estranho. Você acha que está perdido, mas não é assim, porque os espíritos de luz vão te ajudar e conduzir apesar de você mesmo e além de toda oposição que você possa oferecer. Falo como louca? Às vezes acho que sou. Pegue a imensa força potencial que você combate, que está dentro do seu corpo e ainda com mais força dentro de sua alma, me devolva a sanidade que se foi quando você me esqueceu, quando você me mandou embora, quando voltou seus passos para um caminho diferente, uma estranha rota que você trilhou separado…"

"Ele saiu desse lugar subterrâneo aqui. Quinto esquadrão da Legião Estrangeira. Amarraram com braços e pernas esticados. Soldat de la Légion Etrangère." Weber bateu continência para si mesmo no espelho e bateu os calcanhares. "O sol queima os lábios e eles racham. Ah, Deus, é uma vergonha: os cavalos vão todos embora chutando a poeira. Eu não aguentava. Arrancaram eles também."

"Eu sou talvez a mais solitária mortal de Deus. Não encontro na bebida a companhia que você encontra, mesmo insatisfatória. Minha desgraça está trancada dentro de mim. Você chorava para mim para que eu o ajudasse. O pedido que te faço é muito mais desesperado. Me ajude, sim, me salve, de tudo o que é envolvente, ameaçador, trêmulo e pronto para cair em cima da minha cabeça."

"… homem que escreveu a Bíblia. Tem que estudar com profundidade para entender o que Mozart escreveu na Bíblia. Mas vou te contar, você não pode pensar comigo. Minha cabeça é horrível", dizia o marinheiro ao cônsul. "E desejo o mesmo a você. Espero que encontre o bem. Só para o inferno comigo", acrescentou e, de repente, desesperado, esse marinheiro se levantou e foi embora.

"American não bom pra mim não. American não bom pra mexican. Estes burro, estes homem", disse o cáften, contemplativo, olhando à frente, e depois para o legionário que examinava um revólver como se fosse uma joia preciosa na mão. "Tudos meu, mexican. Tudos homem Inglaterra, meu amigo mexican." Ele chamou Poucas Pulgas, pediu mais drinques e indicou que o cônsul ia pagar. "Não liga se filho da puta american bom pra você, bom pra mim. Meu mexican, tempo inteilo, tempo *inteilo*, há?", declarou.

"Quiere usted la salvación de Méjico?", perguntou de repente o rádio em algum ponto atrás do balcão. "Quiere usted que Cristo sea nuestro Rey?" E o cônsul viu que o chefe das Tribunas não estava mais ao telefone e continuava parado no mesmo lugar com o chefe dos Jardins.

"No."

"Geoffrey, por que você não me responde? Só posso acreditar que minhas cartas não chegaram a você. Deixei de lado todo meu orgulho para implorar seu perdão, para oferecer o meu. Não posso, não vou acreditar que você deixou de me amar, que me esqueceu. Ou será que está com alguma ideia errada de que estou melhor sem você, que está se sacrificando para eu encontrar a felicidade com outra pessoa? Querido, meu amor, não percebe que isso é impossível? Podemos dar um ao outro tanto mais que outras pessoas, podemos nos casar de novo, podemos construir um futuro…"

"Senhor meu amigo pra tempo inteiro. Eu paga pra você, pra mim e pra esse homem. Esse homem é amigo pra mim e pra este aqui", e o cáften, calamitosamente, deu um tapa nas costas do cônsul que nesse momento tomava um *long drink*. "Ele quer?"

"Se você não me ama mais e não me quer de volta, poderia me escrever e dizer isso? É esse silêncio que está me matando, o suspense que emerge desse silêncio e toma conta de minha força e de meu espírito. Escreva e me diga que sua vida é a vida que você quer, que você está alegre, ou arrasado, ou contente, ou inquieto. Se perdeu a sensação de mim escreva sobre o tempo, ou sobre as pessoas que conhecemos, as ruas por onde andamos, a altitude... Onde está você, Geoffrey? Não sei nem onde você está. Ah, é tudo tão cruel. Para onde nós fomos, eu me pergunto? Em que lugar distante ainda caminhamos de mãos dadas?..."

A voz do araponga soava clara, acima do clamor, da babel, ele pensou, a confusão de línguas, e lembrou de novo ao distinguir a voz distante do marinheiro que voltava, da viagem a Cholula: "Você me diz ou eu digo a você? Japão não bom pra EUA, pra América... No bueno. Mehican, diez y ocho. Tempo inteilo mehican vai pra guerra por EUA. Claro, claro, sim... Dá cigarro pra mim. Dá fósforo pra meu. Minha guerra mehican foi para Inglaterra tempo inteilo...".

"Onde você está, Geoffrey? Se eu ao menos soubesse onde você está, se eu ao menos soubesse que me quer, saiba que há muito já estaria com você. Porque minha vida é irrevocavelmente e para sempre ligada à sua. Nunca pense que por me liberar você estará livre. Você só estaria nos condenando ao absoluto inferno na terra. Você apenas liberaria algo mais para destruir a nós dois. Estou assustada, Geoffrey. Por que você não me diz o que aconteceu? De que você precisa? E, meu Deus, o que está esperando? Que libertação pode se comparar à libertação do amor? Minhas coxas doem por te abraçar. O vazio de meu corpo tem uma necessidade faminta de você. Minha língua está seca em minha boca pela falta de *nossa* conversa. Se deixar que aconteça alguma coisa com você irá danificar minha carne e minha mente. Estou em suas mãos agora. Salve..."

"Mexican funciona, Inglaterra funciona, mexican funciona, claro, francês funciona. Por que fala inglês? Meu mexican. Mexican Estados Unidos ele vê negros... de comprende... Detroit, Houston, Dallas..."

"Quiere usted la salvación de Méjico? Quiere usted que Cristo sea nuestro Rey?"

"No."

O cônsul ergueu os olhos, guardou as cartas no bolso. Alguém perto dele tocava alto um violino. Um velho mexicano patriarcal com uma barba rala e arrepiada, encorajado por trás, de modo irônico, pelo chefe da municipalidade, movia o arco quase em seu ouvido com "Star Spangled Banner". Mas também falava alguma coisa em particular. "Americano? Este lugar ruim pra você. Estes hombres, malos. Cacos. Gente ruim aqui. Brutos. No bueno pra ninguém. Comprendo. Eu sou oleiro", ele continuou, urgente, o rosto próximo ao do cônsul. "Eu leva você pra minha casa. Eu ah espera lá fora." O velho, ainda tocando loucamente, apesar de bem desafinado, foi embora, abriram caminho para ele passar pela multidão, mas seu lugar, de alguma forma, entre o cônsul e o cáften, tinha sido ocupado por uma velha que, embora vestida respeitosamente com um rebozo jogado sobre os ombros, se comportava de maneira perturbadora, enfiava, agitada, a mão no bolso do cônsul, que ele retirava, agitado, achando que ela queria roubá-lo. Então se deu conta de que ela também queria ajudá-lo. "Não bom pra você", ela sussurrou. "Lugar ruim. Muy malo. Estes homem não amigo de povo mexicano." Ela acenou com a cabeça na direção do balcão, onde ainda estavam o chefe das tribunas e Sanabria. "Eles no policía. Eles diablos. Assassinos. Ele mata dez velhos. Eles mata vinte velhos." Ela espiou atrás para ver se o chefe da municipalidade a observava e tirou do xale um esqueleto mecânico. Colocou-o em cima do balcão diante de Poucas Pulgas, que olhava com atenção e mastigava um esquife de marzipã. "Vámonos", ela sussurrou ao cônsul, enquanto o esqueleto, posto a funcionar, dançava no balcão e caiu, flácido. Mas o cônsul apenas ergueu seu copo. "Gracias, buena amiga", disse, sem expressão. A velha então foi embora. Nesse meio-tempo, a conversa a respeito dele tinha se tornado ainda mais tola e destemperada. O cáften tocou no cônsul do outro lado, onde antes estava o marinheiro. Diosdado servia ochas, álcool puro em chá de ervas fervente: havia também um cheiro penetrante de maconha, vindo das salas envidraçadas. "Todos estes homens e mulheres dizendo pra mim estes homens meu amigo do senhor. Ah me gusta gusta gusta... Senhor gosta de mim gosta? Eu gosta este homem tempo *inteilo*", o cáften censurou o legionário, que estava a ponto de oferecer um drinque ao cônsul. "Meu amigo homem Inglaterra! Meu para mexican todos! Americano não bom pra mim não. Americano não bom pra mexican. Estes burro, estes homem. Estes burro. Não sabe nada. Eu paga tudo que senhor bebe. Senhor não americano. Senhor Inglaterra. O.k. Vida pra seu cachimbo?"

"No gracias", disse o cônsul e acendeu o cachimbo ele próprio, com um olhar significativo para Diosdado, de cujo bolso da camisa seu outro cachimbo aparecia de novo. "Eu por acaso sou americano e estou ficando bem chateado com seus insultos."

"Quiere usted la salvación de Méjico? Quiere usted que Cristo sea nuestro Rey?"

"No."

"Estes burro. Desgraçado filho da puta pra mim."

"One, two, tree, four, five, twelve, sixi, seven... it's a long, longy, longy, longy... way to Tipperaire."

"Noch ein habanero..."

"Bolshevisten..."

"Buenas tardes, señores", o cônsul saudou o chefe dos Jardins e o chefe das Tribunas que voltavam do telefone.

Estavam parados ao lado dele. Logo coisas absurdas foram ditas entre eles de novo, sem uma razão adequada: respostas, lhe pareceu, dadas por ele a perguntas que, embora eles não tivessem feito, mesmo assim pairavam no ar. E quanto a algumas respostas que outros davam, quando ele se voltava, não havia ninguém ali. Vagarosamente o bar se esvaziava para la comida; no entanto, um punhado de estranhos misteriosos já tinha entrado para tomar o lugar dos outros. Nenhuma ideia de escapar tocava a mente do cônsul. Tanto sua vontade como o tempo, que não tinha avançado mais que cinco minutos desde que tivera consciência dele na última vez, estavam paralisados. O cônsul viu alguém que reconheceu: o motorista do ônibus daquela tarde. Ele havia chegado àquele estágio de embriaguez em que é necessário apertar a mão de todo mundo. O cônsul também se viu apertando a mão do motorista. "Dónde están vuestras palomas?", ele perguntou. De repente, a um sinal de Sanabria, o chefe das Tribunas enfiou as mãos no bolso do cônsul. "Hora de você pagar o ah uísque mehican", ele disse alto, e pegou a carteira do cônsul com uma piscada para Diosdado. O chefe da municipalidade fez um obsceno movimento circular com o quadril. "Progresión al culo…", começou a dizer. O chefe das Tribunas havia abstraído o pacote de cartas de Yvonne: olhou de relance para elas, sem remover o elástico que o cônsul havia recolocado. "Chingao, cabrón." Seus olhos consultaram Sanabria, que, silencioso, severo, acenou com a cabeça outra vez. O chefe tirou do bolso do paletó do cônsul outro papel e um cartão que ele não sabia possuir. Os três policiais juntaram as cabeças sobre o balcão, para ler o papel. Então, o cônsul, intrigado, leu ele mesmo o papel:

Daily… Londres imprensa Daily Globe. Recolhido campanha antissemita pro petição… manufatureiros texteis judeus fecha aspas… alemã por tras… deptmex de interior. O que era aquilo?… panfleto… judeus… país convicçao… poder sem consciencia… fecha aspas stop Firmin.

"Não. Blackstone", disse o cônsul.

"Cómo se llama? Seu nome é Firmin. Diz aqui: Firmin. Diz que senhor é juden."

"Não me interessa o que diz em qualquer lugar. Meu nome é Blackstone e não sou jornalista. Verdade, vero, sou escritor, escritor, só sobre assuntos econômicos", o cônsul inventou.

"Seus documentos? Por que sem documentos?", perguntou o chefe das Tribunas, e embolsou o telegrama de Hugh. "Onde seu passaporte? Por que precisa fazer disfarce?"

O cônsul tirou os óculos escuros. Em silêncio, entre um polegar e um indicador sardônicos, o chefe dos Jardins estendeu o cartão: *Federación Anarquista Ibérica*, dizia. *Sr. Hugo Firmin.*

"No comprendo." O cônsul pegou o cartão e virou. "Blackstone é o meu nome. Sou escritor, não anarquista."

"Escridor? Senhor anticrista. Sí, senhor anticrista fodido." O chefe das Tribunas arrebatou o cartão e o embolsou. "E juden", acrescentou. Deslizou o elástico das cartas de Yvonne, umedeceu o polegar, folheou-as, olhou de relance uma vez mais os envelopes. "Chingar. Pra que senhor diz mentiras?", perguntou, quase pesaroso. "Cabrón. Pra que senhor mente? Diz aqui também: seu nome é Firmin." Ocorreu ao cônsul que o legionário Weber, que ainda estava no bar, porém à distância, o observava com ar de remota especulação, mas ele desviou os olhos de novo. O chefe da municipalidade olhou o relógio do cônsul, que segurava na palma de uma mão mutilada, enquanto se coçava entre as pernas com a outra, ferozmente. "Olhe, oiga." O chefe das Tribunas tirou uma nota de dez pesos da carteira do cônsul, a fez estalar e jogou no balcão. "Chingao." Com uma piscada para Diosdado, guardou a carteira em seu próprio bolso junto com as outras coisas do cônsul. Então Sanabria falou com ele pela primeira vez. "Creio que terá que vir à prisão", disse simplesmente, em inglês. Voltou ao telefone.

O chefe da municipalidade rebolou o quadril e agarrou o braço do cônsul. O cônsul gritou para Diosdado em espanhol e se libertou com uma sacudida. Conseguiu esticar a mão sobre o balcão, mas Diosdado a empurrou. Poucas Pulgas começou a ganir. Um ruído súbito no canto sobressaltou todo mundo: Yvonne e Hugh talvez, afinal. Ele se virou depressa, ainda livre do chefe: era apenas o rosto incontrolável no chão do bar, o coelho, com uma convulsão nervosa, tremendo inteiro, mexendo o focinho e se arrastando em desaprovação. O cônsul vislumbrou a velha com o rebozo: leal, ela não tinha ido embora. Balançava a cabeça para ele, a testa franzida tristemente, e ele então se deu conta de que era a mesma velha dos dominós.

"Pra que senhor mente?", o chefe das Tribunas repetiu em tom furioso. "Senhor diz seu nome Black. No es Black." Ele o empurrou para trás na direção da porta. "Diz que é escridor." Empurrou de novo. "Não é escridor." Empurrou o cônsul com mais violência, mas o cônsul aguentou firme. "Senhor não é nenhum escridor, senhor é spider e nós fuzila espião no México." Alguns policiais militares observavam preocupados. Os recém-chegados se afastavam. Dois cachorros vira-latas corriam em torno do balcão. Uma mulher se agarrou a seu bebê, apavorada. "Senhor não escridor." O chefe o pegou pelo pescoço. "Senhor Al Capón. Senhor judeu chingao." O cônsul se sacudiu e libertou-se outra vez. "Senhor spider."

Abruptamente, o rádio, que, quando Sanabria terminou o telefonema, Diosdado havia posto a todo volume, gritou em espanhol o que o cônsul traduziu para si mesmo num relâmpago, gritou como ordens numa rajada de vento, as únicas ordens que salvarão o navio: "Incalculáveis são os benefícios que a civilização nos trouxe, incomensurável a força produtiva de toda classe de riquezas originadas pelas invenções e descobertas da ciência. Inconcebíveis as maravilhosas criações do sexo humano a fim de tornar os homens mais felizes, mais livres e mais perfeitos. Sem paralelo as cristalinas e fecundas fontes de nova vida que ainda permanecem inatingíveis para os lábios sedentos do povo que continua em suas opressivas e bestiais tarefas".

De repente, o cônsul pensou ver um enorme galo bater as asas diante dele, a ciscar e cantar. Ele levantou as mãos e o galo cagou em seu rosto. Ele acertou bem entre os olhos o Jefe de Jardineros que voltava. "Me devolva essas cartas", ele se ouviu gritando para o chefe das Tribunas, mas o rádio encobriu sua voz e em seguida um trovão encobriu o rádio. "Seus sifilíticos. Seus coxcoxes. Vocês mataram aquele índio. Vocês tentaram matar o índio e fazer parecer um acidente", vociferou. "Vocês todos estão envolvidos. Depois vieram mais alguns e levaram o cavalo. Devolva meus papéis."

"Papéis. Cabrón. Senhor não tem papéis." O cônsul endireitou o corpo e viu na expressão do chefe das Tribunas um ar de M. Laruelle e investiu contra isso. Depois viu a si mesmo no chefe dos Jardins de novo e bateu nessa figura; depois no chefe da municipalidade, o policial que Hugh tinha se controlado para não espancar naquela tarde, e atacou essa figura também. O relógio lá fora bateu depressa sete vezes. O galo bateu as asas diante de seus olhos, o cegou. O chefe das Tribunas o pegou pelo paletó. Alguém mais o agarrou por trás. Apesar de seus esforços, foi arrastado para a porta. O homem loiro, que tinha reaparecido, ajudou a empurrá-lo pela porta; e Diosdado, que havia pulado pesadamente por cima do balcão, e Poucas Pulgas, que o chutava maldosamente nas canelas. O cônsul pegou um facão numa mesa perto da entrada e o brandiu como um louco. "Me devolva essas cartas!", gritou. Onde estava aquele maldito galo? Podia cortar a cabeça dele. Cambaleou para trás até a rua. Pessoas que ocupavam mesas cheias de gaseosas fugindo da tempestade pararam para olhar. Mendigos viraram a cabeça mortiçamente. A sentinela diante do quartel continuou imóvel. O cônsul não sabia o que dizia: "Só os pobres, só através de Deus, só as pessoas em cima das quais você limpa os pés, os pobres de espírito, os velhos que carregam seus pais e filósofos que choram na poeira, América talvez, Dom Quixote..." Ainda brandia a espada, era aquele sabre na realidade, ele pensou, do quarto de María. "Se ao menos vocês parassem de interferir, parassem de andar no sono, parassem de ir para a cama com minha mulher, só os mendigos e os amaldiçoados." O facáo caiu com estrépito. O cônsul se sentiu desequilibrar para trás e caiu em cima de um tufo de grama. "Vocês roubaram esse cavalo", repetiu.

O chefe das Tribunas olhava para ele de cima para baixo. Sanabria, parado em silêncio, esfregava o rosto sombriamente. "Norte-americano, hein", disse o chefe. "Inglés. Você judeu." Ele entrecerrou os olhos. "Que diabo acha está fazendo aqui? Senhor pelado, hein? Não faz bem pra saúde. Eu matei vinte pessoa." Era em parte uma ameaça, em parte uma confidência. "Nós descobrimos... no telefone... está certo?... que senhor é criminoso. Quer ser policial? Eu faz você policial no México."

O cônsul se pôs de pé devagar, cambaleante. Viu o cavalo, amarrado perto dele. Só agora o via mais vívido e como um todo, eletrificado: a boca cordeada, o cabeço de madeira raspado, atrás do qual pendia uma fita, os alforjes, os forros debaixo do cinto, o brilho ferido do osso do quadril, o número sete marcado na anca, a tacha atrás da fivela brilhando com um topázio à luz da cantina. Cambaleou na direção dele.

"Eu estouro você dos joelhos pra cima, você chingao judeu", alertou o chefe das Tribunas enquanto o agarrava pelo colarinho, e o chefe dos Jardins, parado ao lado, balançava a cabeça com ar grave. O cônsul se sacudiu e se soltou, e arrancou furiosamente o freio do cavalo. O chefe das Tribunas deu um passo de lado, mão no coldre. Puxou o revólver. Com a mão livre acenou para alguns curiosos se afastarem. "Estouro você dos joelhos pra cima, seu cabrón", ele disse, "seu pelado."

"Não, eu não faria isso", disse o cônsul tranquilo, e se virou. "Isso é um Colt 17, não é? Ele lança uma porção de estilhaços."

O chefe das Tribunas empurrou o cônsul para fora da luz, deu dois passos à frente e atirou. O raio explodiu como uma lagarta a descer do céu, e o cônsul, vacilante, viu acima dele por um momento a forma do Popocatépetl, encimado por neve esmeralda e banhado em brilho. O chefe atirou mais duas vezes, os tiros espaçados, deliberados. Raios caíram nas montanhas e depois mais perto. Solto, o cavalo empinou, balançou a cabeça, girou e, com um relincho, mergulhou na floresta.

De início, o cônsul sentiu um estranho alívio. Então se deu conta de que tinha levado tiros. Caiu sobre um joelho, depois, com um gemido, de cara na grama. "Nossa", observou intrigado, "que jeito miserável de morrer."

Um sino declarou:

Dolente... dolore!

Chovia mansinho. Vultos pairavam sobre ele, seguravam sua mão, talvez tentassem explorar seus bolsos, ou ajudar, ou meramente curiosos. Podia sentir a vida vazando dele como fígado, sumindo na maciez da grama. Estava só. Onde estava todo mundo? Ou não tinha havido ninguém? Então um rosto brilhou na penumbra, uma máscara de compaixão. Era o velho violinista, curvado sobre ele. "Compañero...", começou a dizer. E desapareceu.

Então a palavra "pelado" começou a preencher toda a sua consciência. Tinha sido a palavra de Hugh para o ladrão: agora alguém lançara a ele o insulto. E era como se, por um momento, ele tivesse se tornado o pelado, o ladrão, sim, o larápio de ideias desordenadas sem sentido das quais brotara sua rejeição pela vida, que tinha usado seus dois ou três chapéus-coco, seus disfarces, a respeito dessas abstrações: agora a mais real delas estava próxima. Mas alguém o tinha chamado de "compañero" também, o que era melhor, muito melhor. Deixou-o feliz. Esses pensamentos passavam por sua mente acompanhados por música, que ele só ouvia se escutasse com atenção. Mozart era? "A Siciliana." Finale do quarteto em ré menor de Moises. Não, era algo fúnebre, de Gluck talvez, do Alceste. No entanto, havia nela uma qualidade de Bach. Bach? Um cravo, ouvido de longe, na Inglaterra, no século XVII. Inglaterra. Os acordes de um violão também, meio perdidos, misturados ao clamor distante de uma cachoeira e do que soava como gritos de amor.

Estava na Caxemira, ele sabia, deitado nos campos perto de água corrente, entre violetas e trevos, o Himalaia ao fundo, o que tornava ainda mais notável que ele devesse de repente partir com Hugh e Yvonne para escalar o Popocatépetl. Eles já seguiam na frente. "Pode colher buganvílias?", ele ouviu Hugh perguntar e "Cuidado", Yvonne respondeu, "tem espinhos e é preciso olhar muito bem para ter certeza de que não há aranhas". "Nós fuzila spider no México", outra voz murmurou. E com isso Hugh e Yvonne se foram. Ele desconfiava que tinham não só escalado o Popocatépetl como estavam agora além dele. Dolorosamente, arrastou-se pela encosta do sopé até Amecameca apenas. Com óculos de neve ventilados, com bordão de alpinista, com mitenes e um gorro de lã puxado sobre as orelhas, os bolsos cheios de ameixas secas, passas e nozes, com o frasco de arroz aparecendo em um bolso do casaco e o informativo do Hotel Fausto no outro, ele estava absolutamente sobrecarregado. Não conseguia ir mais adiante. Exausto, desamparado, afundou no solo. Ninguém ia ajudá-lo, mesmo que pudesse. Agora ele era aquele que morre à beira da estrada onde não para nenhum bom samaritano. Embora fosse intrigante haver aquele som de risada em seus ouvidos, de vozes: ah, ele estava sendo resgatado afinal. Estava numa ambulância guinchando através da selva, que corria montanha acima, passava a linha das árvores em direção ao pico, e esse era com certeza um jeito de chegar lá! enquanto aquelas eram vozes amigas à sua volta, a de Jacques e Vigil, iam pronunciar condescendências, acalmariam Hugh e Yvonne a respeito dele. "No se puede vivir sin amar", diriam, o que explicaria tudo, e ele repetiria isso em voz alta. Como podia ter pensado tão mal do mundo quando o socorro estava à mão o tempo todo? E agora tinha chegado ao cimo. Ah, Yvonne, querida, me perdoe! Mãos fortes o levantaram. Abriu os olhos, olhou para baixo, à espera de ver, ao longe, a selva magnífica, os cumes, Pico de Orizabe, Malinche, Cofre de Perote, como aqueles picos de sua vida conquistados um após outro antes que essa maior ascensão de todas se concluísse, mesmo que não de modo convencional, com sucesso. Mas não havia nada lá: nem picos, nem vida, nem subida. Nem era esse cimo um cimo exatamente: não tinha substância nem base firme. Desmoronava também, fosse o que fosse, ruía, enquanto ele caía, caía dentro do vulcão, ele devia ter subido afinal, se bem que agora havia esse barulho de lava se impondo a seus ouvidos, horrivelmente, estava em erupção, no entanto não, não era o vulcão, o mundo em si explodia, explodia em jorros negros de aldeias catapultadas ao espaço, com ele próprio caindo através de tudo, através do inconcebível pandemônio de um milhão de tanques, através da fogueira de dez milhões de corpos em chamas, caindo, para uma floresta, caindo…

De repente, ele gritou e era como se esse grito fosse jogado de uma árvore para outra, e seu eco então voltasse, como se as próprias árvores se juntassem, se reunissem, se fechassem sobre ele, penalizadas...

Alguém jogou um cachorro morto depois dele pela ravina.

¿LE GUSTA ESTE JARDÍN?
¿QUE ES SUYO?
¡EVITE QUE SUS HIJOS LO DESTRUYAN!

ESTA OBRA FOI COMPOSTA PELA ABREU'S SYSTEM EM ADOBE GARAMOND
E IMPRESSA EM OFSETE PELA GRÁFICA SANTA MARTA SOBRE PAPEL PÓLEN SOFT
DA SUZANO S.A. PARA A EDITORA SCHWARCZ EM MARÇO DE 2021

A marca FSC® é a garantia de que a madeira utilizada na fabricação do papel deste livro provém de florestas que foram gerenciadas de maneira ambientalmente correta, socialmente justa e economicamente viável, além de outras fontes de origem controlada.